shiji
wenxue
jingdian

世纪文学经典

丁 玲 著

丁玲精选集

北京燕山出版社
BEIJING YANSHAN PRESS

"世纪文学60家"书系总策划：
白烨、陈骏涛、倪培耕、贺绍俊、张红梅

"世纪文学60家"评选专家名单：
（以姓氏笔画为序）

丁　帆	南京大学中文系教授
王中忱	清华大学中文系教授
王晓明	华东师范大学中文系教授
王富仁	汕头大学中文系教授
白　烨	中国社会科学院文学研究所研究员
孙　郁	鲁迅博物馆研究员
吴思敬	首都师范大学文学院教授
陈思和	复旦大学中文系教授
陈晓明	北京大学中文系教授
陈骏涛	中国社会科学院文学研究所研究员
陈子善	华东师范大学中文系教授
孟繁华	沈阳师范大学教授
於可训	武汉大学文学院教授
杨匡汉	中国社会科学院文学研究所研究员
杨　义	中国社会科学院文学研究所研究员
张　炯	中国社会科学院文学研究所研究员
张　健	北京师范大学文学院教授
张中良	中国社会科学院文学研究所研究员
赵　园	中国社会科学院文学研究所研究员
洪子诚	北京大学中文系教授
贺绍俊	沈阳师范大学教授
谢　冕	北京大学中文系教授
程光炜	中国人民大学中文系教授
雷　达	中国作家协会创研部研究员
黎湘萍	中国社会科学院文学研究所研究员

出版前言

"世纪文学60家"书系的创编与推出,旨在以名家联袂名作的方式,检阅和展示20世纪中国文学所取得的丰硕成果与长足进步,进一步促进先进文化的积累与经典作品的传播,满足新一代文学爱好者的阅读需求。

为使"世纪文学60家"书系的评选、出版活动,既体现文学专家的学术见识,又吸纳文学读者的有益意见,我们采取了专家评选与读者投票相结合的方式。我们依据20世纪华文作家在中国现当代文学史上的地位与影响,经过反复推敲和斟酌,确定了100位作家及其代表作作为候选名单。其后,又约请25位中国现当代文学专家组成"世纪文学60家"评选委员会,在100位候选人名单的基础上进行书面记名投票,以得票多少为顺序,产生了"世纪文学60家"的专家评选结果。为了吸纳广大读者对20世纪华文作家及作品的相关看法和阅读意向,我们与"新浪网·读书频道"的全力合作,展开了为期两个月的"华文'世纪文学60家'全民网络大评选"活动。2005年12月16日,读者评选结果在"新浪网·读书频道"正式公布。为了使"世纪文学60家"的评选与编选,能够比较客观地反映专家和读者两方面的意见,经过反复协商,最终以各占50%的权重,得出了"世纪文学60家"书系入选名单。

"世纪文学60家"书系入选作家,均以"精选集"的方式收入其代表性的作品。在作品之外,我们还约请有关专家、学者撰写了研究性序言,编制了作家的创作要目,为读者了解作家作品、创作特点和其在文学史上的地位,提供必要的导读和更多的资讯。

"世纪文学60家"评选结果

排名	作家	专家评分	读者评分	评选结果	排名	作家	专家评分	读者评分	评选结果
1	鲁迅	100	100	100	31	赵树理	85	55	70
2	张爱玲	100	97	98.5	32	梁实秋	67	71	69
3	沈从文	100	96	98	33	郭沫若	70	65	67.5
4	老舍	94	94	94	33	陈忠实	67	68	67.5
4	茅盾	100	88	94	35	张恨水	64	70	67
6	贾平凹	94	92	93	36	苏童	58	75	66.5
7	巴金	94	90	92	36	冰心	51	82	66.5
7	曹禺	100	84	92	38	穆旦	78	52	65
9	钱钟书	80	99	89.5	39	丁玲	78	47	62.5
10	余华	85	92	88.5	40	顾城	29	95	62
11	汪曾祺	100	76	88	41	舒婷	51	69	60
12	徐志摩	85	89	87	42	张承志	67	51	59
12	莫言	94	80	87	43	王朔	45	72	58.5
14	王安忆	94	77	85.5	44	刘震云	58	58	58
15	金庸	70	98	84	45	韩少功	54	57	55.5
15	周作人	94	74	84	46	阿城	54	56	55
17	朱自清	70	93	81.5	47	张洁	64	44	54
18	郁达夫	78	83	80.5	48	三毛	22	85	53.5
19	戴望舒	94	66	80	49	铁凝	51	53	52
20	史铁生	80	79	79.5	50	张炜	60	40	50
20	北岛	78	81	79.5	50	李劼人	78	22	50
22	孙犁	94	62	78	52	宗璞	64	33	48.5
22	王蒙	78	78	78	53	郭小川	58	36	47
24	艾青	94	60	77	53	柳青	58	36	47
25	余光中	78	73	75.5	55	施蛰存	51	42	46.5
26	白先勇	85	64	74.5	56	张贤亮	42	49	45.5
27	萧红	85	61	73	56	刘恒	64	27	45.5
27	路遥	60	86	73	56	高晓声	45	46	45.5
29	闻一多	78	67	72.5	56	李锐	51	40	45.5
30	林语堂	54	87	70.5	60	徐訏	45	43	44

目 录

现代中国知识女性命运的典型缩写
................王中忱 001

中短篇小说

莎菲女士的日记................ 003
韦护................ 037
我在霞村的时候................ 128
在医院中................ 145

长篇小说

太阳照在桑干河上................ 165

创作要目................ 395

（本书目由陈骏涛选定）

现代中国知识女性命运的典型缩写

王中忱

一

在20世纪中国文学史上,丁玲是一个特殊的存在。这不仅仅因为她开手写作就给当时"死寂的文坛上抛下了一颗炸弹一样"的作品①,以后也不断有引人注目的作品问世,是"五四"以后少有的几位持续创作半个多世纪的女作家之一,还因为她是中国文学界深深卷入激烈变动的社会历史旋流中的人物,她的命运起落沉浮,都与时代的风云变幻紧紧纠结在一起,她的坎坷命运,典型地缩写着现代中国知识女性的命运。"新批评"放逐作者的文本解读方法,对解读丁玲的创作显然不很适宜,而如果我们说丁玲的生平就是她的代表作,肯定不是过甚其词;我们要了解丁玲的代表作,结合她的生平来阅读,无疑是一条可行的途径。

丁玲(1904—1986)是从地方漂泊到都市的知识女性。她的故乡在湖南临澧,临澧地处湘西北地区,县内山丘、平原交错,河溪纵横,其中最大的水系是澧水,其干流从西向东横贯全境,临澧县即因这条河流而得名,但在丁玲出生的时候,家乡的县名还称"安福"②,丁玲出生于一个被称为"安福蒋家"的高门大族,原名蒋伟,字冰之,在她

---

① 毅真:《丁玲女士》。
② 临澧于清雍正七年(1729)设县,称安福,民国三年(1914)改称临澧。参见《临澧县志》第1页,临澧县志编纂委员会,北京,中国社会出版社1992年11月。

的记忆里,并没有这个家族的鼎盛景象,而是内部的尔虞我诈和衰败凄凉。丁玲在故乡生活的时间很短,四岁时父亲病逝,家道中落,翌年便随母亲移居常德,她是在母亲的呵护下长大的。丁玲的母亲余曼贞(1878—1953),是一位坚忍刚强、勤奋豁达的女性,她携带孤儿幼女,顶着社会习俗的压力,克服经济上的困难,到常德、长沙等地的女子师范学校求学读书,汲取新知,毕业后长期从事教育工作,成为自立于社会的职业妇女,以自身的行为给子女树立了榜样。丁玲说:"母亲一生的奋斗,对我是最好的教育"①。而丁玲和母亲的人生经历,则体现了现代中国知识女性成长的历史连续性。

由于有母亲等新女性开辟前路,丁玲从小便在新式学校就读,1919年她在桃源湖南省立第二女子师范学校预科读书时,曾和同学一起,参加呼应北京"五四运动"的游行和讲演,并到"贫民夜校"担任小先生;后来转学长沙,受到进步教师的教育和熏陶,1922年初,未满十八岁的丁玲因向往到"一个更遥远的更光明的地方去追求"②,和桃源女师时期的同学王剑虹一起奔赴上海,先就读于陈独秀、李达等创办的平民女子学校,后进入上海大学中国文学系学习。一些知名的新文化人物和共产党人如李达、瞿秋白、陈望道、沈雁冰、田汉等都曾在这些学校授课,给丁玲以影响,但是,当时还耽于浪漫幻想的丁玲并没有跟随这些师长们投入实际的社会、文化工作,用她后来的话说:"我固执地要在自由的天地中飞翔,从生活实践中寻找自己的道路。"③但"自己的道路"是什么,在哪里? 丁玲本人似乎也不很清楚。在家乡之外的天地里,她感到新鲜、自由,也不断感到失望、厌倦和幻灭。1924年,因已经与瞿秋白结婚的好友王剑虹病逝而受到情感创伤,丁玲离开上海到北京,在这座古都结识了青年诗人胡也频(1903—1931),丁玲说:"由于我的出身、教育、生活经历,看得出我们的思想、性格、感情都不一样,但他的勇猛、热烈、执拗、乐观和穷困

---

① 丁玲:《我母亲的生平》,长沙,《芙蓉》1980年第3期。
② 丁玲:《我怎样飞向了自由的天地》,《时代青年》第1卷第5期,1946年5月。
③ 丁玲:《向警予同志留给我的影响》,《收获》1980年第1期。

都惊异了我。"①而胡也频令人惊异的性格和感情也表现在对爱情的追求上,1925年夏,他和丁玲"只见过两三次面",便只身赶到湖南常德,寻找回家度假的丁玲②。1925年秋,丁玲和胡也频在北京结婚。在胡也频的诗歌里,曾有多首写到他们甜蜜而浪漫的爱情,但生活的贫困漂泊和前行无路的思想境况,也时时在其间投下阴翳。对当时的思想与生活状况,丁玲后来做过这样的描述:

"我那时候的思想正是非常混乱的时候,有着极端的反叛情绪,盲目地倾向于社会革命,但因为小资产阶级的幻想,又疏远了革命的队伍,走入孤独的愤懑、挣扎和痛苦。"

"……形式上我很平安,不大讲话,或者只像一个热情诗人的爱人或妻子,但我精神上痛苦极了。除了小说,我找不到一个朋友。于是我写小说了,我的小说就不得不充满了对社会的鄙视和个人孤独的灵魂的倔强挣扎。"③

二

尽管后来的文学史家常常把丁玲早期的写作放到"左联"新人群体中叙述,但事实上,早在加入"左联"之前,丁玲的文学写作已经有了相当的名声。与丁玲同一年以小说家身份在《小说月报》登场的茅盾后来所做的评价应该包含了他的直观感受,茅盾说,丁玲的第一篇小说发表的时候,她的名字"在文坛上是生疏的,可是这位作者的才能立刻被人认识了。接着她的第二篇短篇小说《莎菲女士的日记》也

---

① 丁玲:《一个真实人的一生》,开明书店1951年版《胡也频选集》的序言,初刊于《人民文学》第3卷第2期,1950年12月。
② 参见丁玲《胡也频》,《文汇增刊》1981年第1期。丁玲这样写当时的情景和自己的感受:"我母亲诧异这是从哪里来的访问者;我也诧异这个我在北京刚刚只见过两三次面的、萍水相逢、印象不深的人,为什么远道来访。但使我们更诧异的是这个少年竟是孑然一身,除一套换洗裤褂外便什么也没有,而且连他坐来的人力车钱也是我们代付的。"
③ 丁玲:《一个真实人的一生》。

在《小说月报》上发表了,人们于是更深切地认识到一位新起的女作家,在谢冰心女士沉默了的那时,以一种新的姿态出现于文坛"①;甚至学院里的学者也注意到了这位女作家的出现,将其及时引进了刚刚在大学开设的新文学史课程②。而丁玲的"新的姿态",并不同于当时已经开始流行的革命罗曼蒂克式写作,她这一时期的小说,归不到"左联"酝酿、准备时期的"革命文学",其实还在延续着"五四"文学的"新女性"故事。但处女作《梦珂》所讲述的,已经不是传统守旧家庭与渴望新生活的青年的"父子冲突",而是年轻知识女性走出家庭以后的境遇。并且,《梦珂》不是抽象地提出问题,而是展开描述了梦珂进入现代都市之后仍然彷徨无路的状况,表现了都市资本主义生活对这位年轻女性天真个性的压抑、扭曲和改塑。小说开篇梦珂为遭受美术学校教师侮辱的女模特而仗义执言的片段,无疑是一个包含着多重暗示的插曲,预示了梦珂后来的命运。而结尾处令梦珂晕倒的电影摄影棚里的水银灯,则可以看作是姑妈客厅以及"圆月剧社"里那些放肆的男性目光的延续和放大。通过富有寓意的场面和细节,揭示现代都市生活里社会阶层与男女性别中的多重权力关系,以及"新女性"在这些关系中遭遇的困境。《梦珂》明显拓展了"五四"文学"娜拉走后怎样"的主题。当然,从小说的叙述方面看,无论结构安排还是视点的转换,《梦珂》都还流露着生硬的痕迹③,到了《莎菲女士的日记》,则产生了飞跃性的变化。这篇小说因为采取一

---

① 茅盾:《女作家丁玲》,《中国论坛》第 2 卷第 7 期,1933 年 6 月。
② 时在清华大学任教的浦江清曾在 1929 年 1 月 30 日的日记上这样写到:"至图书馆,翻阅杂志。借《小说月报》数册归。读丁玲女士短篇小说数篇,喜其心理描写之细致及句法之流利。"《清华园日记·西行日记》第 22 页,三联书店 1987 年 6 月。同在清华大学任教的朱自清从 1929 年至 1933 年在该校开设"中国新文学研究课程",他遗留下来的讲义《中国新文学研究纲要》第五章列有丁玲和她的小说。参见《朱自清》全集第 8 卷,江苏教育出版社 1993 年 5 月。
③ 1937 年,还在上海圣玛丽亚读中学的张爱玲在该校的文学杂志《国光》上发表《书评四篇》,其中一则为评介丁玲的《在黑暗中》,张爱玲特别称赞《莎菲女士的日记》"细腻的心理描写,强烈的个性,颓废美丽的生活,都写得极好"。但认为《梦珂》是自传式的平铺直叙的小说,"是没有成熟的作品",其评价是比较中肯的。

个女性内心独白的叙述方式,得以有效利用女性的视角,更为充分地展现了现代女性的内在焦虑。《梦珂》所描述的社会阶层与性别之间的权力关系,在这部小说里都凝聚到了莎菲的内心世界,并以反转的形式表现了出来。表面看来,《莎菲女士的日记》中"看"的主体是女性,"被看"的对象则是苇弟、凌吉士等男性青年,但实际上,莎菲品衡男性的目光,如她对凌吉士颀长的身躯、柔软的头发、娇贵的态度的倾倒和迷恋,以及由此产生的激情和欲望,"与其说是她一己的,不如说是男性中心的都市生活意识形态所制造并施予所有女人的"。因为这种以肉感为尺度的判断,"都是按男性都市生活色相市场上的标准塑成的"①。自然,莎菲没有停留在官能的欲望层面,她内心里的深刻痛苦,来自理性与欲望、灵性与肉体的冲突,但是,在这冲突之中,理性和灵性并没有始终占居主导地位。莎菲渴望"有那末一个人了解得我清清楚楚的",渴望建立在理解之上的"真的爱情",但事实上连她本人也说不清自己,"我真不知应怎样才能分析我自己"。当然,莎菲这一人物的特出之处也在于她始终没有放弃自我分析,她的日记写作过程,就是对自我的不断分析过程。小说结尾,当莎菲最后决心弃绝丰仪美形中躲着"卑劣的灵魂"的凌吉士的时候,她一边在内心里想着"我胜利了",同时也鄙夷起了自己。因为她知道:"我是给我自己糟踏了,凡一个人的仇敌就是自己。"她并没有办法"去报复而偿还一切的损失",只能到"无人认识的地方,浪费我生命的余剩"。这样的结局确实是黯淡的,但也可以说,恰恰是从这一角度,《莎菲女士的日记》预示了"新女性"自我意识的真正确立,所需要经过的路程还相当漫长。小说浓厚的颓废色彩,典型反映了"五四"退潮时期"新女性"的精神危机,也呼应了大革命失败后弥漫于整个社会的彷徨心态,引起广泛的共鸣,是很自然的。

《莎菲女士的日记》以后,丁玲的小说仍然以生活漂泊、精神苦闷的知识女性为表现对象,到了1930年中篇小说《韦护》发表,她的创

---

① 孟悦、戴锦华:《浮出历史地表》第115页,中国人民大学出版社2004年7月。

作发生了变化。在这篇小说里,主角改换成了革命者,孤傲狂狷的女性丽嘉在和职业革命者韦护相爱以后,使韦护陷入爱的迷狂,也给韦护带来烦恼,最后,为了他所接受的"另一种人生观念的铁律",不得不下决心离嘉而去,而丽嘉在痛哭之后也振作起来,要"好好做点事业出来"。丁玲早年与共产党人接触、来往的经历,使小说描写人物性情与生活场面的笔墨颇为生动感人,但就整个情节的设计来看,确如作家自己后来总结的那样,"陷入恋爱与革命冲突的光赤式的陷阱里去了"①。随后的《一九三〇年春上海》(之一、之二),也仍然拘囿在《韦护》的故事模式中,《莎菲》时期所探索的女性自我意识,被放到"革命"的语境中进行思考,但丁玲此时给出的分析还是比较简单的:为"革命"放弃个人的爱情,还是改变自我"随着大众跑去",必须二者择一;不过,需要指出的是,当时属于激进的社会意识的"革命""大众"等元素的引入,改变了丁玲写作的格局,给丁玲的小说增添了新的内容和新的发展可能,则是毫无疑义的。这肯定和丁玲参加"左联"的行为有关。1930年5月,丁玲和胡也频加入中国左翼作家联盟,1931年2月胡也频遇难后,丁玲出任"左联"机关刊物《北斗》的主编、"左联"党团书记,更为激进地投身到左翼文学运动之中。可以说,追求社会政治变革的激进意识推动了丁玲创造前卫文学的激情,她这一时期创作的《水》(1931)、《奔》(1933)等作品,选取农民的反抗斗争题材,以"新的描写方法"勾勒群体人物"集体的行动",是被作为左翼新小说的示范性作品看待的②。这些作品,与丁玲此前的小说不同,雄浑气势,笔触粗犷,但宏大叙事所造成的空疏浮泛也是显而易见的。就叙述的圆熟程度来说,丁玲这一时期创作的长篇《母亲》是一部值得重视的作品。据作家说,这部小说原计划三十万字——拟从清末写起,"经过辛亥革命,1927年大革命,以至最近普遍于农村的土地骚动"③——因发表的日刊被禁以及后来

---

① 丁玲:《我的创作生活》,收《创作的经验》,天马书店1933年。
② 冯雪峰:《关于新的小说的诞生》。
③ 丁玲:《给〈大陆新闻〉编者的信》,《大陆新闻》1932年6月15日。

丁玲的被捕而中断，但已经完成的部分可以独立成篇。《母亲》描述了一位生活于封建大家庭的女性，在丈夫去世家庭败落之后，如何振作奋起，携带幼儿进入新式女学堂，追寻新的生活之路的故事；小说笔致舒缓地描写大家庭和新学堂的日常生活，清末到辛亥革命之间的社会大事件则隐约于这些平常的场景之间，前景与背景交错，显示了作家把握大时代变动与人物性格、命运的关系并予以从容表现的能力。小说以"母亲"为题，固然可以从小说主人公曼贞的幼女小菡的视角来理解，但小菡并不是贯穿全篇的叙述人物，所以毋宁说这一题目更多寓含着作者本人的心绪更为贴切。作为"五四"新文学的第二代代表性女作家，置身更为激进的左翼运动旋流之中，能够以一种历史连续性的目光，追溯前一代女性艰苦挣扎的足迹，这行为本身就包含着对"新女性"历史的反思。

三

但动荡的社会环境没有容许丁玲的历史反思在文学写作中从容地展开，1933年5月，丁玲被国民党特务绑架，囚禁在南京，失去写作和活动的自由。1936年9月，她在中共党组织的帮助下，逃离南京，奔赴陕北，由一位大都市里的知名作家，转而成为红色根据地的文学工作者。丁玲的行为对知识分子和青年具有强烈的感召力，她受到毛泽东等中共领导人的欢迎①。而在解放区，丁玲的生活和写作方式都发生了重大变化。1937年"七七事变"以后，丁玲率领战地服务团奔赴抗战前线，写作则多是战地通讯、随笔，以及为宣传演出赶写的剧本，还有服务团的事务性杂记。而更多的工作，如行军、演讲、演戏等等，则不是可以用文字留存下来的，这一时期的丁玲是在用实际工作书写文字文学史无法记录的"行为文学"。但这样的生活经历对

---

① 1936年毛泽东曾做《临江仙·给丁玲同志》，肯定丁玲的转变："昨日文小姐，今日武将军。"参见《毛泽东诗词选》第148—149页，人民文学出版社2004年3月。

丁玲的文学写作具有非同一般的意义,促使她思考文学家在新生活中的位置和身份认同,探索新的写作方式。1939年至1941年间,丁玲主要在延安学习、工作,得以有时间把自己的生活与思考转化为文学。这是丁玲抗战时期文学写作的丰收季节,几个短篇精品都发表于这一时期。其中《我在霞村的时候》(1941)因选取一个被迫充当日本侵略者"慰安妇"的女性做主人公,而触及了一个重要而敏感的题材。小说把贞贞回乡之后遭到村人的歧视和诋毁推到前景予以浓重的表现,刻画女性在民族战争的新状况里所遭受的多重侮辱,从一个特殊的视角,接续和深化了"五四"新文学"国民性批判"的主题。还有必要注意的是,"霞村"和"贞贞"的故事,都是通过"我"的见闻呈现出来的,小说设置作家身份的"我"作为第一人称的叙述者,应该有深意存焉。如果联系到"左联"时代的作品,对比"我"在"霞村"的感受,可以看到,丁玲对知识分子与大众关系的思考,已经由诗意的想象,转向关注其严峻的现实一面。在这一脉络上,《在医院中时》(1941,后改题为《在医院中》)表现得更为强烈。小说描写年轻的医生陆萍被分派到一个新建的医院,目睹到肮脏环境和涣散懈怠、人浮于事的工作状态,击毁了她曾有的"愉快的理想",她努力以自己的工作改变这里的习惯,也联合几位同事对医院的工作提出批评,结果不但没有得到医院领导的理解,反倒招致很多有关个人私生活的流言,甚至连住院的"病员们也对她冷淡了,说她浪漫"。这篇小说曾被认为揭露了革命根据地的"阴暗面"、表现了"反集体主义"的主题而遭到批判,20世纪80年代以后,陆萍与环境的冲突被解读为"和高度的革命责任感相联系着的现代科学文化要求"与落后的"小生产者封建习气"的对立①,获得了文学史家的高度评价。但《在医院中时》的另外一条线索,即陆萍的知识分子"自我"意识的变化,也应该得到重视。小说不仅写了陆萍和环境的冲突,也写到她对自我和环境关系

---

① 严家炎:《现代文学史上的一桩旧案—重评丁玲小说〈在医院中〉》,南京,《钟山》1981年第1期。

的调适。她学医，本来不是自己的志愿而是依照父亲的意思，但到了革命根据地，又被"'党的需要'的铁箍"束缚到这个脏乱的医院，她不能"不顾这铁箍"，只能"打扫了心情，用愉快的调子去迎接该到来的生活"。在小说中，陆萍这方面的心理矛盾没有作为追问的重点，但似乎也没有得到令人信服的解决。在文化教育普遍落后的国度，在民族危亡的战争年代，知识分子置身于士兵和农民大众之中，怎样才能既参与社会的变革实践，又保持"自我"的主体个性，做到"经过千锤百炼而不消溶"，尽管小说结尾用的是肯定的陈述语态，但结合小说的整体情节看，毋宁说作家实际上是提出了一个问题。

这当然也是从城市转往革命根据地的众多知识分子所共有的、不断争论的课题，1942年毛泽东发表《在延安文艺座谈会上的讲话》，对此做出了结论性的解释。丁玲服膺《讲话》的精神，认同知识分子改造的论述，按照她的理解，改造的最重要途径是投身工农大众的生活："要改变自己，要根本去掉旧有的一切感情意识，就非长期地在群众斗争生活中受锻炼不可。要能把自己的感情融合于大众的喜怒哀乐之中，才能领略、反映大众的喜怒哀乐，这不只是变更我们的观点，而是改变我们的情感，整个地改变这个人。"[①] 从逻辑上说，丁玲似乎理清了思路，但一进入生活与写作实际，问题就变得复杂，这在《太阳照在桑干河上》写作过程中表现得特别明显。

《太阳照在桑干河上》是丁玲抗战胜利后，以在晋察冀参加土改运动的生活经验为基础创作的长篇小说。过去人们习惯把这部小说看作"反映土改运动"的作品，从题材特征来说，当然是可以的，但这样的概括只看到了小说表现农民阶级从政治、经济方面"翻身"的一面；其实，这部小说还相当广泛地展示了传统的宗法观念、思想积习对这场变革的障碍，以及农民们在破除这些障碍过程中的精神成长。丁玲曾说："我在写作的时候，围绕着一个中心思想——那就是农民

---

① 丁玲：《关于立场问题我见》，延安，《谷雨》第5期，1942年6月。

的变天思想。就是由这一思想,才决定了材料,决定了人物。"①事实确如作家所说,在小说里,表现农村政治经济的历史变革,与表现农民思想意识的变革,是两条紧密联系、平行推进的线索,尽管前一条线索呈现得更明显,但表现农民不断克服"变天思想",确立自己的精神主体性,才是小说情节和人物性格发展的内在推动力。由此也导致小说不以紧张的情节变换见长,事件进展比较缓慢,以致于过了三分之一的篇幅,才出现农民和地主直接斗争的场面。外部行动缺乏戏剧性,是为了强化内心冲突的激烈性,而这一切,都是作家立意表现思想变革主题的结果。

《太阳照在桑干河上》注意把人物心理放在历史转变的时刻和复杂的社会关系中表现,写出人物性格的多重性;小说不仅没有把农民干部张裕民、程仁写成"无缺点的英雄",也没有把农民斗争的对象地主钱文贵写成面目狰狞的坏蛋,特别值得注意的是,小说把相当多的笔墨用在了处于农村阶级斗争边缘的人物,如被错划为富农的富裕中农顾涌,以及地主钱文贵的侄女黑妮。小说第一章写顾涌赶着胶轮大车回村、带回有关土改的消息,本身就寓意深长。如同小说里写到的那样,土改的重要内容就是把农民划分成若干阶级,按阶级身份决定对他们的态度。《太阳照在桑干河上》以一个阶级身份含混的"中间人物"开篇,从他的视角和心理展开这场大变动的序幕,以及设置既与地主钱文贵有叔侄关系又与农会主席程仁热恋的人物黑妮,不管作家有意还是无意,都表露了对把人截然划成黑白两极的做法的怀疑。而她以同情的笔触描写这些"中间人物"的处境和心态,并在一定程度上借助这些人物的视点去感受土改,无疑具备了更复杂地发掘这场疾风暴雨式阶级斗争运动中"人性"深度的可能。但作家还在写作当中,就受到了警告:"书没有写完,在一次会议上,听到了批评:说有些作家有'地富'思想,……这话可能是对一般作家讲的,但我觉得每句话都冲着我。我想:是呀!我写的农民家里是很脏,地

---

① 丁玲:《生活、思想和人物》,北京,《人民文学》1955年第3期。

主家里的女孩子像黑妮就很漂亮,而顾涌又是个'富农',我写他还不是同情'地富'? 所以很苦恼。"①1948年《太阳照在桑干河上》初稿写出后,交给了文艺界的有关领导,受到了冷淡,后来因为毛泽东的关心,书稿交给胡乔木、艾思奇、陈伯达等人审读,得到了肯定评价和修改的建议,作家做了一定的修改和调整,如把黑妮从钱文贵的女儿改为侄女等②,才得以出版的。丁玲后来曾多次谈起这段写作经历,她强调说,顾涌、黑妮这些人物都是从她亲身参与土改的实际生活中得来的,并且融合了她长期对农民生活的关注,表示了她对所谓"地富思想"之类的批评不能理解。而丁玲在写作《太阳照在桑干河上》过程中遇到的苦恼,则从一个侧面说明,作家投身到群众斗争生活之后,在大众生活中获得的经验和情感,与党的意识形态、工作政策的关系,并不像丁玲想象的那样简单,那样容易解决。从这一角度看,《太阳照在桑干河上》的写作、修改与出版过程,作为新的人民文艺生产方式的标本,也是值得重视的。

新中国成立初期,作为新的人民文艺的重要代表,丁玲活跃在国内外的文学舞台上,并先后担任《文艺报》主编,《人民文学》主编,中国作家协会副主席、党组书记等领导职务,是新中国文艺体制的创建者之一。由于工作繁忙,发表的作品不多。到了1955年,特别是1957年,由于"左"的错误风潮日盛,丁玲先后被划为"反党小集团"、"反党集团"的主要成员,遭到政治批判;1958年被下放到"北大荒"劳动;"文化大革命"期间受到残酷迫害;直到1979年,才得以重返文坛。

复出以后的丁玲,虽年高体弱,仍迸发出创作激情,在写作《太阳

---

① 丁玲:《生活、思想和人物》,北京,《人民文学》1955年第3期。
② 参见《丁玲文集》第9卷第248—253页"从正定到哈尔滨"(日记),湖南文艺出版社1985年1月。另见陈明1948年8月6日、8月18日致丁玲的信,记录艾思奇、萧三等人上报给中共中央宣传部的审读意见颇详,《书语——丁玲陈明爱情书简》第44、45封,北京图书馆出版社,2004年10月。

照在桑干河上》续篇《在严寒的日子里》的同时,发表了相当数量的散文、随笔和文学评论。其中,《牛棚小品》《我所认识的瞿秋白同志》《杜晚香》等,都堪称"新时期"文学的精品。本书由于篇幅限制,不能选入,颇令人遗憾。如果读者通过这本选集,产生更多阅读丁玲作品的兴趣,一定是编者所期待和乐于看到的。

中短篇小说

莎菲女士的日记

十二月二十四

今天又刮风！天还没亮，就被风刮醒了。伙计又跑进来生火炉。我知道，这是怎样都不能再睡得着了的，我也知道，不起来，便会头昏，睡在被窝里是太爱想到一些奇奇怪怪的事上去。医生说顶好能多睡，多吃，莫看书，莫想事，偏这就不能，夜晚总得到两三点才能睡着，天不亮又醒了。像这样刮风天，真不能不令人想到许多使人焦躁的事。并且一刮风，就不能出去玩，关在屋子里没有书看，还能做些什么？一个人能呆呆的坐着，等时间的过去吗？我是每天都在等着，挨着，只想这冬天快点过去；天气一暖和，我咳嗽总可好些，那时候，要回南便回南，要进学校便进学校，但这冬天可太长了。

太阳照到纸窗上时，我在煨第三次的牛奶。昨天煨了四次。次数虽煨得多，却不定是要吃，这只不过是一个人在刮风天为免除烦恼的养气法子。这固然可以混去一小点时间，但有时却又不能不令人更加生气，所以上星期整整的有七天没玩它，不过在没想出别的法子时，又不能不借重它来像一个老年人耐心着消磨时间。

报来了，便看报，顺着次序看那大号字标题的国内新闻，然后又看国外要闻，本埠琐闻……把教育界，党化教育，经济界，九六公债盘价……全看完，还要再去温习一次昨天前天已看熟了的那些招男女编级新生的广告，那些为分家产起诉的启事，连那些什么六〇六，百零机，美容药水，开明戏，真光电影……都熟习了过后才懒懒的丢开报纸。自然,有时会发现点新的广告,但也除不了是些绸缎铺五年六年纪念的减价,恕讣不周的讣闻之类。

报看完,想不出能找点什么事做,只好一人坐在火炉旁生气。气的事,也是天天气惯了的。天天一听到从窗外走廊上传来的那些住客们喊伙计的声音,便头痛,那声音真是又粗,又大,又嗄,又单调;"伙计,开壶!"或是"脸水,伙计!"这是谁也可以想象出来的一种难听的声音。还有,那楼下电话也不断的有人在电机旁大声的说话。没有一些声息时,又会感到寂沉沉的可怕,尤其是那四堵粉垩的墙。它们呆呆的把你眼睛挡住,无论你坐在哪方:逃到床上躺着吧,那同样的白垩的天花板,便沉沉地把你压住。真找不出一件事是能令人不生嫌厌的心的;如那麻脸伙计,那有抹布味的饭菜,那扫不干净的窗格上的沙土,那洗脸台上的镜子——这是一面可以把你的脸拖到一尺多长的镜子,不过只要你肯稍微一偏你的头,那你的脸又会扁的使你自己也害怕……这都可以令人生气了又生气。也许只我一人如是。但我宁肯能找到些新的不快活,不满足;只是新的,无论好坏,似乎都隔我太远了。

吃过午饭,苇弟便来了,我一听到那特有的急遽的皮鞋声从走廊的那端传来时,我的心似乎便从一种窒息中透出一口气来感到舒适。但我却不会表示,所以当苇弟进来时,我只默默的望着他;他以为我又在烦恼,握紧我一双手,"姊姊,姊姊,"那样不断的叫着。我,我自然笑了!我笑的什么呢,我知道!在那两颗只望到我眼睛下面的跳动的眸子中,我准懂得那收藏在眼睑下面,不愿给人知道的是些什么东西!这有多么久了,你,苇弟,你在爱我!但他捉住过我吗?自然,我是不能负一点责,一个女人应当这样。其实,我算够忠厚了;我不相信会有第二个女人这样不捉弄他的,并且我还确确实实地可怜他,竟有时忍不住想指点他:"苇弟,你不可以换个方法吗?这样只能反使我不高兴的……"对的,假使苇弟能够再聪明一点,我是可以比较喜欢他些,但他却只能如此忠实地去表现他的真挚!

苇弟看见我笑了,便很满足。跳过床头去脱大氅,还脱下他那顶大皮帽。假使他这时再掉过头来望我一下,我想他一定可以从我的眼睛里得些不快活去。为什么他不可以再多的懂得我些呢?

我总愿意有那么一个人能了解得我清清楚楚的,如若不懂得我,我要那些爱,那些体贴做什么?偏偏我的父亲,我的姊姊,我的朋友都如此盲目的爱惜我,我真不知他们爱惜我的什么;爱我的骄纵,爱我的脾气,爱我的肺病吗?有时我为这些生气,伤心,但他们却都更容让我,更爱我,说一些错到更使我想打他们的一些安慰话。我真愿意在这种时候会有人懂得我,便骂我,我也可以快乐而骄傲了。

没有人来理我,看我,我会想念人家,或恼恨人家,但有人来后,我不觉得又会给人一些难堪,这也是无法的事。近来为要磨练自己,常常话到口边便咽住,怕又在无意中竟刺着了别人的隐处,虽说是开玩笑。因为如此,所以可以想象出来,我是拿一种什么样的心情在陪苇弟坐。但苇弟若站起身来喊走时,我又会因怕寂寞而感到怅惘,而恨起他来。这个,苇弟是早就知道的,所以他一直到晚上十点钟才回去。不过我却不骗人,并不骗自己,我清白,苇弟不走,不特于他没有益处,反只能让我更觉得他太容易支使,或竟更可怜他的太不会爱的技巧了。

十二月二十八

今天我请毓芳同云霖看电影。毓芳却邀了剑如来。我气得只想哭,但我却纵声的笑了。剑如,她是多么可以损害我自尊之心的;因为她的容貌,举止,无一不像我幼时所最投洽的一个朋友,所以我不觉得时常在追随她,她又特意给了我许多敢于亲近她的勇气。但后来,我却遭受了一种不可忍耐的待遇,无论什么时候想起,我都会痛恨我那过去的,不可追悔的无赖行为:在一个星期中我曾足足的给了她八封长信,而未被人理睬过。毓芳真不知想的哪一股劲,明知我不愿再提起从前的事,却故意邀着她来,像有心要挑逗我的愤恨一样,我真气了。

　　我的笑,毓芳和云霖不会留意这有什么变异,但剑如,她能感受到;可是她会装,装糊涂,同我毫无芥蒂的说话。我预备骂她几句,不过话到口边便想到我为自己定下的戒条。并且做得太认真,反令人越得意。所以我又忍下心去同她们玩。

　　到真光时,还很早,在门口遇着一群同乡的小姐们,我真厌恶那些惯做的笑靥,我不去理她们,并且我无缘无故地生气到那许多去看电影的人。我乘毓芳同她们说到热闹中,丢下我所请的客,悄悄回来了。

　　除了我自己,没有人会原谅我的。谁也在批评我,谁也不知道我在人前所忍受的一些人们给我的感触。别人说我怪僻,他们哪里知道我却时常在讨人好,讨人欢喜。不过人们太不肯鼓励我说那太违心的话,常常给我机会,让我反省我自己的行为,让我离人们却更远了。

　　夜深时,全公寓都静静的,我躺在床上好久了。我清清白白的想透了一些事,我还能伤心什么呢?

十二月二十九

　　一早毓芳就来电话。毓芳是好人,她不会扯谎,大约剑如是真病。毓芳说,起病是为我,要我去,剑如将向我解释。毓芳错了,剑如也错了,莎菲不是欢喜听人解释的人。根本我就否认宇宙间要解释。朋友们好,便好;合不来时,给别人点苦头吃,也是正大光明的事。我还以为我够大量,太没报复人了。剑如既为我病,我倒快活,我不会拒绝听别人为我而病的消息。并且剑如病,还可以减少点我从前自怨自艾的烦恼。

　　我真不知应怎样才能分析我自己。有时为一朵被风吹散了的白云,会感到一种渺茫的,不可捉摸的难过;但看到一个二十多岁的男子(苇弟其实还大我四岁)把眼泪一颗一颗掉到我手背时,却像野人一样在得意的笑了。苇弟从东城买了许多信纸信封来我这里玩,为了他很快乐,在笑,我便故意去捉弄,看到他哭了,我却快意起来,并且说"请珍重点你的眼泪吧,不要以为姊姊像别的女人一样脆弱得受不起一颗眼泪……""还要哭,请你转家去哭,我看见眼泪就讨厌……"自然,他不走,不分辩,不负气,只蜷在椅角边老老实实无声的去流那不知从哪里得来的那么多的眼泪。我,自然,得意够了,又会惭愧起来,于是用着姊姊的态度去喊他洗脸,抚摩他的头发。他镶着泪珠又笑了。

在一个老实人面前,我已尽自己的残酷天性去折磨他,但当他走后,我真想能抓回他来,只请求他:"我知道自己的罪过,请不要再爱这样一个不配承受那真挚的爱的女人了吧!"

一月一号

我不知道那些热闹的人们是怎样的过年,我只在牛奶中加了一个鸡子,鸡子是昨天苇弟拿来的,一共二十个,昨天煨了七个茶卤蛋,剩下十三个,大约够我两星期吃。若吃午饭时,苇弟会来,则一定有两个罐头的希望。我真希望他来。因为想到苇弟来,我便上单牌楼去买了四合糖,两包点心,一篓橘子和苹果,预备他来时给他吃。我断定今天只有他才能来。

但午饭吃过了,苇弟却没来。

我一共写了五封信,都是用前几天苇弟买来的好纸好笔。我想能接得几个美丽的画片,却不能。连几个最爱弄这个玩艺儿的姊姊们都把我这应得的一份儿忘了。不得画片,不希罕,单单只忘了我,却是可气的事。不过自己从不曾给人拜过一次年,算了,这也是应该的。

晚饭还是我一人独吃,我烦恼透了。

夜晚毓芳云霖来了,还引来一个高个儿少年,我想他们才真算幸福;毓芳有云霖爱她,她满意,他也满意。幸福不是在有爱人,是在两人都无更大的欲望,商商量量平平和和地过日子。自然,有人将不屑于这平庸。但那只是另外人的,与我的毓芳无关。

毓芳是好人,因为她有云霖,所以她"愿天下有情人皆成眷属"。她去年曾替玛丽作过一次恋爱婚姻的介绍。她又希望我能同苇弟好,她一来便问苇弟。但她却和云霖及那高个儿把我给苇弟买的东西吃完了。

那高个儿可真漂亮,这是我第一次感觉到男人的美,从来我还没有留心到。只以为一个男人的本行是会说话,会看眼色,会小心就够了。今天我看了这高个儿,才懂得男人是另铸有一种高贵的模型,我看出在他面前的云霖显得多么委琐,多么呆拙……我真要可怜云霖,假使他知道他在这个人前所衬出的不幸时,他将怎样伤心他那些所有的粗丑的眼神,举止。我更不知,当毓芳拿这一高一矮的男人相比时,会起一种什么情感!

他,这生人,我将怎样去形容他的美呢?固然,他的颀长的身躯,白嫩的面庞,薄薄的小嘴唇,柔软的头发,都足以闪耀人的眼睛,但他还另外有一种说不出,捉不到的丰仪来煽动你的心。比如,当我请问他的名字时,他会用那种我想不到的不急遽的态度递过那只擎有名片的手来。我抬起头去,呀,我看见那两个鲜红的,嫩腻的,深深凹进的嘴角了。我能告诉人吗,我是用一种小儿要糖果的心情在望着那惹人的两个小东西。但我知道在这个社会里面是不准许任我去取得我所要的来满足我的冲动,我的欲望,无论这于人并没有损害的事,我只得忍耐着,低下头去,默默地念那名片上的字:

"凌吉士,新加坡……"

凌吉士,他能这样毫无拘束的在我这儿谈话,像是在一个很熟的朋友处,难道我能说他这是有意来捉弄一个胆小的人?我为要强迫地拒绝引诱,不敢把眼光抬平去一望那可爱慕的火炉的一角。两只不知羞惭的破烂拖鞋,也逼着我不准走到桌前的灯光处。我气我自己:怎么会那样拘束,不会调皮的应对?平日看不起别人的交际,今天才知道自己是显得又呆,又傻气。唉,他一定以为我是一个乡下才出来的姑娘了!

云霖同毓芳两人看见我木木的,以为我不欢喜这生人,常常去打断他的话,不久带着他走了。这个我也感激他们的好意吗?我望着那一高两矮的影子在楼下院子中消失时,我真不愿再回到这留得有那人的靴印,那人的声音,和那人吃剩的饼屑的屋子。

一月三号

这两夜通宵通宵地咳嗽。对于药,简直就不会有信仰,药与病不是已毫无关系吗?我明明厌烦那苦水,但却又按时去吃它,假使连药也不吃,我能拿什么来希望我的病呢?神要人忍耐着生活,安排许多痛苦在死的前面,使人不敢走近死亡。我呢,我是更为了我这短促的不久的生,我越求生得厉害;不是我怕死,是我总觉得我还没享有我生的一切。我要,我要使我快乐。无论在白天,在夜晚,我都在梦想可以使我没有什么遗憾在我死的时候的一些事情。我想能睡在一间极精致的卧房的睡榻上,有我的姊姊们跪在榻前的熊皮毡子上为我祈祷,父亲悄悄的朝着窗外叹息,我读着许多封从那些爱我的人儿们寄来的长信,朋友们都纪念我流着忠实的眼泪……我迫切的需要这人间的感情,想占有许多不可能的东西。但人们给我的是什么呢?整整两天,又一人幽囚在公寓里,没有一个人来,也没有一封信来,我躺在床上咳嗽,坐在火炉旁咳嗽,走到桌子前也咳嗽,还想念这些可恨的人们……其实还是收到一封信的,不过这除了再加我一些不快外,也只不过是加我不快。这是一年前曾骚扰过我的一个安徽粗壮男人寄来的,我没有看完就扯了。我真肉麻那满纸的"爱呀爱的"!我厌恨我不喜欢的人们的殷勤……

我,我能说得出我真实的需要是些什么呢?

一月四号

事情不知错到什么地方去了。我为什么会想到搬家,并且在糊里糊涂中欺骗了云霖,好像扯谎也是本能一样,所以在今天能毫不费力的便使用了。假使云霖知道沙菲也会骗他,他不知应如何伤心,莎菲是他们那样爱惜的一个小妹妹。自然我不是安心的,并且我现在在后悔。但我能决定吗,搬呢,还是不搬?

我不能不向我自己说:"你是在想念那高个儿的影子呢!"

是的,这几天几夜我无时不神往到那些足以诱惑我的。为什么他不在这几天中单独来会我呢?他应当知道他不该让我如此的去思慕他。他应当来看我,说他也想念我才对。假使他来,我不会拒绝去听他所说的一些爱慕我的话,我还将令他知道我所要的是些什么。但他却不来。我估定这像传奇中的事是难实现了。难道我去找他吗?一个女人这样放肆,是不会得好结果的。何况还要别人能尊敬我呢。我想不出好法子,只好先到云霖处试一试,所以吃过午饭,我便冒风向东城去。

云霖是京都大学的学生,他租的住房在京城大学一院和二院之间的青年胡同里。我到他那里时,幸好他没有出去,毓芳也没有来。云霖当然很诧异我在大风天出来,我说是到德国医院看病,顺便来这里。他就毫不疑惑,问我的病状,我却把话头故意引到那天晚上。不费一点气力,我便打探得那人儿住在第四寄宿舍,在京都大学二院隔壁。不久,我又叹起气来,我用许多言辞把在西城公寓里的生活,描摹得寂寞,暗淡。我又扯谎,说我惟一只想能贴近毓芳(我知道毓芳已预备搬来云霖处)。我要求云霖同我在近处找房。云霖当然高兴这差事,不会迟疑的。

在找房的时候,凑巧竟碰着了凌吉士。他也陪着我们。我真高兴,高兴使我胆大了,我狠狠的望了他几次,他没有觉得。他问我的病,我说全好了,他不信似的在笑。

我看上一间又低,又小,又霉的东房,在云霖的隔壁一家大元公寓里。他和云霖都说太湿,我却执意要在第二天便搬来,理由是那边太使我厌倦,而我急切的要依着毓芳。云霖无法,就答应了,还说好第二天一早他和毓芳过来替我帮忙。

我能告诉人,我单单选上这房子的用意吗?它位置在第四寄宿舍和云霖住所之间。

他不曾向我告别,我又转到云霖处,尽我所有的大胆在谈笑。我把他什么细小处都审视遍了,我觉得都有我嘴唇放上去的需要。他不会也想到我在打量他,盘算他吗?后来我特意说我想请他替我补英文,云霖笑,他却受窘了,不好意思的含含糊糊的回答,于是我向心里说,这还不是一个坏蛋呢,那样高大的一个男人还会红脸?因此我的狂热更炎炽了。但我不愿让人懂得我,看得我太容易,所以我驱遣我自己,很早就回来了。

现在仔细一想,我惟恐我的任性,将把我送到更坏的地方去,暂时且住在这有洋炉的房里吧,难道我能说得上是爱上了那南洋人吗?我还一丝一毫都不知道他呢。什么那嘴唇,那眉梢,那眼角,那指尖……多无意识,这并不是一个人所应需的,我着魔了,会想到那上面。我决计不搬,一心一意来养病。

我决定了,我懊悔,懊悔我白天所做的一些不是,一个正经女人所做不出来的。

一月六号

都奇怪我,听说我搬了家,南城的金英,西城的江周,都来到我这低湿的小屋里。我笑着,有时在床上打滚,她们都说我越小孩气了,我更大笑起来。我只想告诉她们我想的是什么。下午苇弟也来了。苇弟最不快活我搬家,因为我未曾同他商量,并且离他更远了。他见着云霖时,竟不理他。云霖摸不着他为什么生气。望着他。他更板起脸孔。我好笑,我向自己说"可怜,冤枉他了,一个好人!"

毓芳不再向我说剑如。她决定两三天便搬来云霖处,因为她觉得我既这样想傍着她住,她不能让我一人寂寂寞寞的住在这里。她和云霖待我比以前更亲热。

一月十号

　　这几天我都见着凌吉士,但我从没同他多说几句话,我决不先提补英文事。我看见他一天两次往云霖处跑,我发笑,我断定他以前一定不会同云霖如此亲密的。我没有一次邀请他来我那儿玩,虽说他问了几次搬了家如何,我都装出不懂的样儿笑一下便算回答。我把所有的心计都放在这上面,好像同什么东西搏斗一样。我要那样东西,我还不愿去取得,我务必想方设计让他自己送来。是的,我了解我自己,不过是一个女性十足的女人,女人只把心思放到她要征服的男人们身上。我要占有他,我要他无条件的献上他的心,跪着求我赐给他的吻呢。我简直癫了,反反复复的只想着我所要施行的手段的步骤,我简直癫了!

　　毓芳云霖看不出我的兴奋,只说我病快好了。我也正不愿他们知道,说我病好,我就装着高兴。

一月十二

　　毓芳已搬来,云霖却搬走了。宇宙间竟会生出这样一对人来,为怕生小孩,便不肯住在一起,我猜想他们连自己也不敢断定:当两人抱在一床时是不会另外干出些别的事来,所以只好预先防范,不给那肉体接触的机会。至于那单独在一房时的拥抱和亲嘴,是不会发生危险,所以悄悄表演几次,便不在禁止之列。我忍不住嘲笑他们了,这禁欲主义者!为什么会不需要拥抱那爱人的裸露的身体?为什么要压制住这爱的表现?为什么在两人还没睡在一个被窝里以前,会想到那些不相干足以担心的事?我不相信恋爱是如此的理智,如此的科学!

　　他俩不生气我的嘲笑,他俩还骄傲着他们的纯洁,而笑我小孩气呢。我体会得出他们的心情,但我不能解释宇宙间所发生的许许多多奇怪的事。

这夜我在云霖处（现在要说毓芳处了）坐到夜晚十点钟才回来，说了许多关于鬼怪的故事。

鬼怪这东西，我在一点点大的时候就听惯了，坐在姨妈怀里听姨爹讲《聊斋》是常事，并且一到夜里就爱听。至于怕，又是另外一件不愿告人的。因为一说怕，准就听不成，姨爹便会踱过对面书房去，小孩就不准下床了。到进了学校，又从先生口里得知点科学常识，为了信服那位周麻子二先生，所以连书本也信服，从此鬼怪便不屑于害怕了。近来人更在长高长大，说起来，总是否认有鬼怪的，但鸡粟却不肯因为不信便不出来，毫毛一根根也会竖起的。不过每次同人说到鬼怪时，别人不知道我想拗开说到别的闲话上去，为的怕夜里一个人睡在被窝里时想到死去了的姨爹姨妈就伤心。

回来时，看到那黑魆魆的小胡同，真有点胆怯。我想，假使在哪个角落里露出一个大黄脸，或伸来一只毛手，在这样像冻住了的冷巷里，我不会以为是意外。但看到身边的这高大汉子（凌吉士）做镖手，大约总可靠，所以当毓芳问我时，我只答应"不怕，不怕"。

云霖也同我们出来，他回他的新房子去，他向南，我们向北，所以只走了三四步，便听不清那橡皮鞋底在泥板上发出的声音。

他伸来一只手，拢住了我的腰：

"莎菲，你一定怕哟！"

我想挣，但挣不掉。

我的头停在他的胁前，我想，如若在亮处，看起来，我会像个什么东西，被挟在比我高一个头还多的人的腕中。

我把身一蹲，便蹿出来了，他也松了手陪我站在大门边打门。

小胡同里黑极了，但他的眼睛望到何处，我却能很清楚的看见。心微微有点跳，等着开门。

"莎菲，你怕哟！"

门闩已在响，是伙计在问谁。我朝他说：

"再——"

他猛的握住我的手,我无力再说下去。

伙计看到我身后的大人,露着诧异。

到单独只剩两人在一房时,我的大胆,已经变得毫无用处了,想故意说几句客套话,也不会,只说:"请坐吧!"自己便去洗脸。

鬼怪的事,已不知忘到什么地方去了。

"莎菲!你还高兴读英文吗?"他忽然问。

这是他来找我,提到英文,自然他未必欢喜白白牺牲时间去替人补课,这意思,在一个二十岁的女人面前,怎能瞒过,我笑了(这是只在心里笑)。我说:

"蠢得很,怕读不好,丢人。"

他不说话,把我桌上摆的照片拿来玩弄着,这照片是我姊姊的一个刚满一岁的女儿。

我洗完脸,坐在桌子那头。

他望望我,又去望那小女孩,然后又望我。是的,这小女孩长的真像我。于是我问他:

"好玩吗?你说像我不像?"

"她,谁呀!"显然,这声音表示着非常认真。

"你说可爱不可爱?"

他只追问着是谁。

忽的,我明白了他意思,我又想扯谎了。

"我的,"于是我把相片抢过来吻着。

他信了。我竟愚弄了他,我得意我的不诚实。

这得意,似乎便能减少他的妩媚,他的英俊。要不,为什么当他显出那天真的诧愕时,我会忽略了他那眼睛,我会忘掉了他那嘴唇?否则,这得意一定将冷淡下我的热情。

然而当他走后,我却懊悔了。那不是明明安放着许多机会吗?我只要在他按住我手的当儿,另做出一种眼色,让他懂得他是不会遭拒绝,那他一定可以做出一些比较大胆的事。这种两性间的大胆,我想只要不厌烦那人,会像把肉体融化了的感到快乐无疑。但我为什么要给人一些严厉,一些端庄呢?唉,我搬到这破房子里来,到底为的是什么呢?

一月十五

近来我是不算寂寞了,白天在隔壁玩,晚上又有一个新鲜的朋友陪我谈话。但我的病却越深了。这真不能不令我灰心,我要什么呢,什么也于我无益。难道我有所眷恋吗?一切又是多么的可笑,但死却不期然的会让我一想到便伤心。每次看见那克利大夫的脸色,我便想:是的,我懂得,你尽管说吧,是不是我已没希望了?但我却拿笑代替了我的哭。谁能知道我在夜深流出的眼泪的分量!

几夜,凌吉士都接着接着来,他告人说是在替我补英文,云霖问我,我只好不答应。晚上我拿一本"Poor People"放在他面前,他真个便教起我来。我只好又把书丢开,我说:"以后你不要再向人说在替我补英文吧,我病,谁也不会相信这事的。"他赶忙便说:"莎菲,我不可以等你病好些教你吗? 莎菲,只要你喜欢。"

这新朋友似乎是来得如此够人爱,但我却不知怎的,反而懒于注意到这些事。我每夜看到他丝毫得不着高兴的出去,心里总觉得有点歉疚,我只好在他穿大氅的当儿向他说:"原谅我吧,我有病!"他会错了我的意思,以为我同他客气。"病有什么要紧呢,我是不怕传染的。"后来我仔细一想,也许这话含得有别的意思,我真不敢断定人的所作所为像可以想象出来的那样单纯。

一月十六

今天接到蕴姊从上海来的信,更把我引到百无可望的境地。我哪里还能找得几句话去安慰她呢? 她信里说:"我的生命,我的爱,都于我无益了……"那她是更不需要我的安慰,我为她而流的眼泪了。唉! 从她信中,我可以揣想得出她婚后的生活,虽说她未肯明明的表白出来。神为什么要去捉弄这些在爱中的人儿？蕴姊是最神经质，最热情的人，自然她更受不住那渐渐的冷淡，那遮饰不住的虚情……我想要蕴姊来北京，不过这是做得到的吗？这还是疑问。

苇弟来的时候，我把蕴姊的信给他看：他真难过，因为那使我蕴姊感到生之无趣的人，不幸便是苇弟的哥哥。于是我向他说了我许多新得的"人生哲学"的意义，他又尽他惟一的本能在哭。我只是很冷静的去看他怎样使眼睛变红，怎样拿手去擦干，并且我在他那些举动中，加上许多残酷的解释。我未曾想到在人世中，他是一个例外的老实人，不久，我一个人悄悄的跑出去了。

为要躲避一切的熟人，深夜我才独自从冷寂寂的公园里转来，我不知怎样度过那些时间，我只想："多无意义啊！倒不如早死了干净……"

一月十七

我想：也许我是发狂了！假使是真发狂，我倒愿意。我想，能够得到那地步，我总可以不会再感到这人生的麻烦了吧……

足足有半年为病而禁了的酒，今天又开始痛饮了。明明看到那吐出来的是比酒还红的血。但我心却像被什么别的东西主宰一样，似乎这酒便可在今晚致死我一样，我不愿再去细想那些纠纠葛葛的事……

一月十八

现在我还睡在这床上，但不久就将与这屋分别了，也许是永别，我断得定我还能有再亲我这枕头，这棉被……的幸福吗？毓芳，云霖，苇弟，金夏都守着一种沉默围绕着我坐着，焦急的等着天明了好送我进医院去。我是在他们忧愁的低语中醒来的，我不愿说话，我细想昨天上午的事，我闻到屋子中遗留下来的酒气和腥气，才觉得心正在剧烈的痛，于是眼泪便汹涌了。因了他们的沉默，因了他们脸上所显现出来的凄惨和暗淡,我似乎感到这便是我死的预兆。假设我便如此长睡不醒了呢,是不是他们也将如此沉默的围绕着我僵硬的尸体?他们看见我醒了,便都走拢来问我。这时我真感到了那可怕的死别!我握着他们,仔细望着他们每个的脸,似乎要将这记忆永远保存着。他们都把眼泪滴到我手上,好像我就要长远离开他们走向死之国一样。尤其是苇弟,哭得现出丑脸。唉,我想:朋友呵,请给我一点快乐吧……于是我反而笑了。我请他们替我清理一下东西,他们便在床铺底下拖出那口大藤箱来,箱子里有几捆花手绢的小包,我说:"这我要的,随着我进协和吧。"他们便递给我,我给他们看,原来都满满是信札,我又向他们笑:"这,你们的也在内!"他们才似乎也快乐些了。苇弟又忙着从抽屉里递给我一本照片,是要我也带去的样子,我更笑了。这里面有七八张是苇弟的单像,我又容许苇弟吻我的手,并握着我的手在他脸上摩擦,于是这屋子才不像真有个僵尸停着的一样,天这时也慢慢显出了鱼肚白。他们忙乱了,慌着在各处找洋车。于是我病院的生活便开始了。

三月四号

接蕴姊死电是二十天以前的事,我的病却一天好一天。一号又由送我进院的几人把我送转公寓来,房子已打扫得干干净净。因为怕我冷,特生了一个小小的洋炉,我真不知怎样才能表示我的感谢,尤其是苇弟和毓芳。金和周在我这儿住了两夜才走,都充当我的看护,我每日都躺着,舒服得不像住公寓,同在家里也差不了什么了!毓芳决定再陪我住几天,等天气暖和点便替我上西山找房子,我好专去养病,我也真想能离开北京,可恨阳历三月了,还如是之冷!毓芳硬要住在这儿,我也不好十分拒绝,所以前两天为金和周搭的一个小铺又不能撤了。

近来在病院把我自己的心又医转了,实实在在是这些朋友们的温情把它重暖了起来,觉得这宇宙还充满着爱呢。尤其是凌吉士,当他到医院看我时,我觉得很骄傲,他那种丰仪才够去看一个在病院的女友的病,并且我也懂得,那些看护妇都在羡慕着我呢。有一天,那个很漂亮的密司杨问我:

"那高个人,是你的什么人呢?"

"朋友!"我忽略了她问的无礼。

"同乡吗?"

"不,他是南洋的华侨。"

"那么是同学?"

"也不是。"

于是她狡猾的笑了,"就仅是朋友吗?"

自然,我可以不必脸红,并且还可以警戒她几句,但我却惭愧了。她看到我闭着眼装要睡的狼狈样儿,便得意的笑着走去。后来我一直都恼着她。并且为了躲避麻烦,有人问起苇弟时,我便扯谎说是我的哥哥。有一个同周很好的小伙子,我便说是同乡,或是亲戚的乱扯。

当毓芳上课去,我一个人留在房里时,我就去翻在一月多中所收到的信,我又很快活,很满足,还有许多人在纪念我呢。我是需要别人纪念的,总觉得能多得点好意就好。父亲是更不必说,又寄了一张像来,只有白头发似乎又多了几根。姊姊们都好,可惜就为小孩们忙得很,不能多替我写信。

信还没有看完,凌吉士又来了。我想站起来,但他却把我按住。他握着我的手时,我快活得真想哭了。我说:

"你想没想到我又会回转这屋子呢?"

他只瞅着那侧面的小铺,表示不高兴的样子,于是我告诉他从前的那两位客已走了,这是特为毓芳预备的。

他听了便向我说他今晚不愿再来,怕毓芳厌烦他。于是我心里更充满乐意了,便说:

"难道你就不怕我厌烦吗?"

他坐在床头更长篇的述说他这一个多月中的生活,怎样和云霖冲突,闹意见,因为他赞成我早些出院,而云霖执着说不能出来。毓芳也附着云霖,他懂得他认识我的时间太短,说话自然不会起影响,所以以后他不管这事了,并且在院中一和云霖碰见,自己便先回来。

我懂得他的意思,但我却装着说:

"你还说云霖,不是云霖我还不会出院呢,住在里面舒服多了。"

于是我又看见他默默地把头掉到一边去,不答我的话。

他算是毓芳快来时,便走了,悄悄告诉我说等明天再来。果然,不久毓芳便回来了。毓芳不曾问,我也不告她,并且她为我的病,不愿同我多说话,怕我费神,我更乐得借此可以多去想些另外的小闲事。

三月六号

当毓芳上课去后,把我一人撂在房里时,我便会想起这所谓男女间的怪事;其实,在这上面,不是我爱自夸,我所受的训练,至少也有我几个朋友们的相加或相乘,但近来我却非常不能了解了。当独自同着那高个儿时,我的心便会跳起来,又是羞惭,又是害怕,而他呢,他只是那样随便的坐着,近乎天真的讲他过去的历史,有时握着我的手,不过非常自然,然而我的手便不会很安静的被握在那大手中,慢慢的会发烧。一当他站起身预备走时,不由的我心便慌张了,好像我将跌入那可怕的不安中,于是我盯着他看,真说不清那眼光是求怜,还是怨恨;但他却忽略了我这眼光,偶尔懂得了,也只说:"毓芳要来了哟!"我应当怎样说呢?他是在怕毓芳!自然,我也不愿有人知道我暗地所想的一些不近情理的事,不过我又感到有别人了解我感情的必要;几次我向毓芳含糊的说起我的心境,她还是那样忠实的替我盖被子,留心我的病,我真不能不有点烦闷了。

三月八号

毓芳已搬回去,苇弟又想代替那看护的差事。我知道,如若苇弟来,一定比毓芳还好,夜晚若想茶吃时,总不至于因听到那浓睡中的鼾声而不愿搅扰人便把头缩进被窝算了;但我自然拒绝他这好意,他固执着,我只好说:"你在这里,我有许多不方便,并且病呢,也好了。"他还要证明间壁的屋子空着,他可以住间壁,我正在无法时,凌吉士来了。我以为他们还不认识,而凌吉士已握着苇弟的手,说是在医院见过两次。苇弟冷冷的不理他,我笑着向凌吉士说:"这是我的弟弟,小孩子,不懂交际,你常来同他玩吧。"苇弟真的变成了小孩子,丧着脸站起身就走了。我因为有人在面前,便感得不快,也只掩藏住,并且觉得有点对凌吉士不住,但他却毫没介意,反问我:"不是他姓白吗,怎会变成你的弟弟?"于是我笑了:"那么你是只准姓凌的人叫你做哥哥弟弟的!"于是他也笑了。

近来青年人在一处时,老喜欢研究到这一个"爱"字,虽说有时我似乎懂得点,不过终究还是不很说得清。至于男女间的一些小动作,似乎我又太看得明白了。也许因为我懂得了这些小动作,于"爱"才反迷糊,才没有勇气鼓吹恋爱,才不敢相信自己是一个纯粹的够人爱的小女子,并且才会怀疑到世人所谓的"爱",以及我所接受的"爱"……

在我稍微有点懂事的时候,便给爱我的人把我苦够了,给许多无事的人以诬蔑我,凌辱我的机会,以致我顶亲密的小伴侣们也疏远了。后来又为了爱的胁迫,使我害怕得离开了我的学校。以后,人虽说一天天大了,但总常常感到那些无味的纠缠,因此有时不特怀疑到所谓"爱",竟会不屑于这种亲密。苇弟说他爱我,为什么他只常常给我一些难过呢?譬如今晚,他又来了,来了便哭,并且似乎带了很浓的兴味来哭一样,无论我说:"你怎么了,说呀!""我求你,说话呀,苇弟!……"他都不理会。这是从未有的事,我尽我的脑力也猜想不出他所骤遭的这灾祸。我应当把不幸朝哪一方去揣测呢？后来，大约他哭够了，才大声说："我不喜欢他！""这又是谁欺侮了你呢，这样大嚷大闹的？""我不喜欢那高个子！那同你好的！"哦，我这才知道原来是怄我的气。我不觉得笑了。这种无味的嫉妒，这种自私的占有，便是所谓爱吗？我发笑，而这笑，自然不会安慰那有野心的男人的。并且因我不屑的态度，更激起他那不可抑制的怒气。我看着他那放亮的眼光，我以为他要噬人了，我想："来吧！"但他却又低下头哭了，还揩着眼泪，跟跄地走出去。

这种表示，也许是称为狂热的、直率的爱的表现吧，但苇弟却不假思索地用在我面前，自然是只会失败；并不是我愿意别人虚伪，做作，我只觉得想靠这种小孩般举动来打动我的心，全是无用。或者因为我的心生来便如此硬；那我之种种不惬于人意而得来烦恼和伤心，也是应该的。

苇弟一走，自自然然我把我自己的心意去揣摩，去仔细回忆那一种温柔的，大方的，坦白而又多情的态度上去，光这态度已够人欣赏像吃醉一般的感到那融融的蜜意，于是我拿了一张画片，写了几个字，命伙计即刻送到第四寄宿舍去。

三月九号

我看见安安闲闲坐在我房里的凌吉士，不禁又可怜苇弟，我祝祷世人不要像我一样，忽略了蔑视了那可贵的真诚而把自己陷到那不可拔的渺茫的悲境里；我更愿有那么一个真诚纯洁的女郎去饱领苇弟的爱，并填实苇弟所感得的空虚啊！

三月十三

好几天又不提笔，不知是因为我心情不好，或是找不出所谓的情绪。我只知道，从昨天来我是只想哭了。别人看到我哭，以为我在想家，想到病，看见我笑呢，又以为我快乐了，还欣庆着这健康的光芒……但所谓朋友皆如是,我能告谁以我的不屑流泪,而又无力笑出的痴呆心境?因我看清了自己在人间的种种不愿舍弃的热望以及每次追求而得来的懊丧,所以连自己也不愿再同情这未能悟彻所引起的伤心。更哪能捉住一管笔去详细写出自怨和自恨呢!

是的,我好像又在发牢骚了。但这只是隐忍在心头反复向自己说,似乎还无碍。因为我未曾有过那种胆量,给人看我的蹙紧眉头,和听我的叹气,虽说人们早已无条件的赠送过我以"狷傲""怪僻"等等好字眼。其实,我并不是要发牢骚,我只想哭,想有那么一个人来让我倒在他怀里哭,并告诉他:"我又糟踏我自己了!"不过谁能了解我,抱我,抚慰我呢?是以我只能在笑声中咽住"我又糟踏我自己了"的哭声。

我到底又为了什么呢,这真难说!自然我未曾有过一刻私自承认我是爱恋上那高个儿了的,但他在我的心心念念中又蕴蓄着一种分析不清的意义。虽说他那颀长的身躯,嫩玫瑰般的脸庞,柔软的嘴唇,惹人的眼角,可以诱惑许多爱美的女子,并以他那娇贵的态度倾倒那些还有情爱的。但我岂肯为了这些无意识的引诱而迷恋一个十足的南洋人!真的,在他最近的谈话中,我懂得了他的可怜的思想;他需要的是什么?是金钱,是在客厅中能应酬买卖中朋友们的年轻太太,是几个穿得很标致的白胖儿子。他的爱情是什么?是拿金钱在妓院中,去挥霍而得来的一时肉感的享受,和坐在软软的沙发上,拥着香喷喷的肉体,抽着烟卷,同朋友们任意谈笑,还把左腿叠压在右膝上;不高兴时,便拉倒,回到家里老婆那里去。热心于演讲辩论会,网球比赛,留学哈佛,做外交官,公使大臣,或继承父亲的职业,做橡树生意,成资本家……这便是他的志趣!他除了不满于他父亲未曾给他过多的钱以外,便什么都可使他在一夜不会做梦的睡觉;如有,便只是嫌北京好看的女人太少,有时也会厌腻起游戏园,戏场,电影院,公园来……唉,我能说什么呢?当我明白了那使我爱慕的一个高贵的美形里,是安置着如此一个卑劣灵魂,并且无缘无故还接受过他的许多亲密。这亲密,还值不了他从妓院中挥霍里剩余的一半!想起那落在我发际的吻来,真使我悔恨到想哭了!我岂不是把我献给他任他来玩弄来比拟到卖笑的姊妹中去!这只能责备我自己使我更难受,假设只要我自己肯,肯把严厉的拒绝放到我眸子中去,我敢相信,他不会那样大胆,并且我也敢相信,他所以不会那样大胆,是由于他还未曾有过那恋爱的火焰燃炽……唉!我应该怎样来诅咒我自己了!

三月十四

这是爱吗,也许爱才具有如此的魔力,要不,为什么一个人的思想会变幻得如此不可测?当我睡去的时候,我看不起美人,但刚从梦里醒来,一揉开睡眼,便又思念那市侩了。我想:他今天会来吗?什么时候呢,早晨,过午,晚上?于是我跳下床来,急忙忙的洗脸,铺床,还把昨夜丢在地上的一本大书捡起,不住的在边缘处摩挲着,这是凌吉士昨夜遗忘在这儿的一本《威尔逊演讲录》。

三月十四晚上

我有如此一个美的梦想,这梦想是凌吉士给我的。然而同时又为他而破灭。我因了他才能满饮着青春的醇酒,在爱情的微笑中度过了清晨;但因了他,我认识了"人生"这玩艺,而灰心而又想到死;至于痛恨到自己甘于堕落,所招来的,简直只是最轻的刑罚!真的,有时我为愿保存我所爱的,我竟想到"我有没有力去杀死一个人呢?"

我想遍了,我觉得为了保存我的美梦,为了免除使我生活的力一天天减少,顶好是即刻上西山,但毓芳告诉我,说她托找房子的那位住在西山的朋友还没有回信来,我怎好再去询问或催促呢?不过我决心了,我决心让那高小子来尝一尝我的不柔顺,不近情理的倨傲和侮弄。

三月十七

那天晚上苇弟赌气回去,今天又小小心心地自己来和解,我不觉笑了,并感到他的可爱。如若一个女人只要能找得一个忠实的男伴,做一身的归宿,我想谁也没有我苇弟可靠。我笑问:"苇弟,还恨姊姊不呢?"他羞惭地说:"不敢。姊姊,你了解我吧!我除了希冀你不摈弃我以外不敢有别的念头。一切只要你好,你快乐就够了!"这还不真挚吗?这还不动人吗?比起那白脸庞红嘴唇的如何?但后来我说:"苇弟,你好,你将来一定是一切都会很满意的。"他却露出凄然的一笑:"永世也不会——但愿如你所说……"这又是什么呢?又是给我难受一下?我恨不得跪在他面前求他只赐我以弟弟或朋友的爱吧!单单为了我的自私,我愿我少些纠葛,多点快乐。苇弟爱我,并会说那样好听的话,但他忽略了:第一他应当真的减少他的热望,第二他也应该藏起他的爱。我为了这一个老实的男人,感到无能的抱歉,也够受了。

三月十八

我又托夏在替我往西山找房了。

三月十九

凌吉士居然几日不来我这里了。自然,我不会打扮,不会应酬,不会治事理家,我有肺病,无钱,他来我这里做什么!我本无须乎要他来,但他真的不来却又更令我伤心,更证实他以前的轻薄。难道他也是如苇弟一样老实,当他看到我写给他的字条:"我有病,请不要再来扰我。"就信为是真话,竟不可违背,而果真不来吗?我只想再见他一面,审看一下这高大的怪物到底是怎样的在觑看我。

三月二十

今天我往云霖处跑了三次,都未曾遇见我想见的人,似乎云霖也有点疑惑,所以他问我这几天见着凌吉士没有。我只好怅怅的跑回来。我实在焦烦得很,我敢自己欺自己说我这几日没有思念他吗?

晚上七点钟的时候,毓芳和云霖来邀我到京都大学第三院去听英语辩论会,乙组的组长便是凌吉士。我一听到这消息,心就立刻怦怦的跳起来。我只得拿病来推辞了这善意的邀请。我这无用的弱者,我没有胆量去承受那激动,我还是希望我能不见着他。不过他俩走时,我却请他俩致意凌吉士,说我问候他。哎,这又是多无意识啊!

三月二十一

我刚吃过鸡子牛奶,一种熟习的叩门声响着,纸格上映印上一个颀长的黑影。我只想跳过去开门,但不知为一种什么情感所支使,我咽着气,低下头去了。

"莎菲,起来没有?"这声音如此柔嫩,令我一听到会想哭。

为了知道我已坐在椅子上吗?为了知道我无能发气和拒绝吗?他轻轻的推开门走进来了。我不敢仰起我滋润的眼皮。

"病好些没有,刚起来吗?"

我答不出一句话。

"你真在生我的气啊。莎菲,你厌烦我,我只好走了。莎菲!"

他走,于我自然很合适,但我又猛然抬起头拿眼光止住了他开门的手。

谁说他不是一个坏蛋呢,他懂得了。他敢于把我的双手握得紧紧的。他说:

"莎菲,你捉弄我了。每天我走你门前过,都不敢进来,不是云霖告诉我说你不会生我气,那我今天还不敢来。你,莎菲,你厌烦我不呢?"

谁都可以体会得出来,假使他这时敢于拥抱我,狂乱的吻我,我一定会倒在他手腕上哭出来:"我爱你呵!我爱你呵!"但他却如此的冷淡,冷淡得使我又恨他了。然而我心里在想:"来呀,抱我,我要吻你咧!"自然,他依旧握着我的手,把眼光紧盯在我脸上,然而我搜遍了,在他的各种表示中,我得不着我所等待于他的赐予。为什么他仅仅只懂得我的无用,我的不可轻侮,而不够了解他在我心中所占的是一种怎样的地位!我恨不得用脚尖踢他出去,不过我又为另一种情绪所支配,我向他摇头,表示不厌烦他的来到。

于是我又很柔顺地接受了他许多浅薄的情意,听他说着那些使他津津回味的卑劣享乐,以及"赚钱和花钱"的人生意义,并承他暗示我许多做女人的本分。这些又使我看不起他,暗骂他,嘲笑他,我拿我的拳头,隐隐痛击我的心,但当他扬扬地走出我房时,我受逼得又想哭了。因为我压制住我那狂热的欲念,未曾请求他多留一会儿。

唉,他走了!

三月二十一夜

去年这时候,我过的是一种什么生活!为了蕴姊千依百顺地疼我,我便装病躺在床上不肯起来。为了想蕴姊抚摩我,我伏在桌上想到一些小不满意的事而哼哼唧唧的哭。有时因在整日静寂的沉思里得了点哀戚,但这种淡淡的凄凉,更令我舍不得去扰乱这情调,似乎在这里面我可以味出一缕甜意一样的。至于在夜深的法国公园,听躺在草地上的蕴姊唱《牡丹亭》,那是更不愿想到的事了。假使她不被神捉弄般的去爱上那苍白脸色的男人,她一定不会死的这样快,我当然不会一人漂流到北京,无亲无爱的在病中挣扎。虽说有几个朋友,他们也很体惜我,但在我所感应得出的我和他们的关系能和蕴姊的爱在一个天平上相称吗?想起蕴姊,我真应当像从前在蕴姊面前撒娇一样的纵声大哭,不过这一年来,因为多懂得了一些事,虽说时时想哭却又咽住了,怕让人知道了厌烦。近来呢,我更不知为了什么只能焦急。想得点空闲去思虑一下我所做的,我所想的,关于我的身体,我的名誉,我的前途的好歹的时间也没有,整天把紊乱的脑筋放到一个我不愿想到的去处,因为是我想逃避的,所以越把我弄成焦烦苦恼得不堪言说！但是我除了说"死了也活该！"是不能再希冀什么了。我能求得一些同情和慰藉吗？然而我又似乎在向人乞怜了。

晚饭一吃过，毓芳和云霖来我这儿坐，到九点我还不肯放他俩走。我知道，毓芳碍住面子只好又坐下来，云霖借口要预备明天的课，执意一人走回去了。于是我隐隐向毓芳吐露我近来所感得的窘状，我想她能懂得这事，并且能做主把我的生活改变一下，做我自己所不能胜任的。但她完全把话听到反面去了，她忠实地告诫我："莎菲，我觉得你太不老实，自然你不是有意，你可太不留心你的眼波了。你要知道，凌吉士他们比不得在上海同我们玩耍的那群孩子，他们很少机会同女人接近，受不起一点好意的，你不要令他将来感到失望和痛苦。我知道，你哪里会爱他呢？"这错误是不是又该归我，假设我不想求助于她而向她饶舌，是不是她不会说出这更令我生气，更令我伤心的话来？我噎着气又笑了："芳姊，不要把我说得太坏了吓！"

毓芳愿意留下住一夜时，我又赶她走了。

像那些才女们，因为得了一点点不很受用，便能"我是多愁善感呀"，"悲哀呀我的心……""……"做出许多新旧的诗。我呢，没出息，白白被这些诗境困着，想以哭代替诗句来表现一下我的情感的搏斗都不能。光在这上面，为了不如人，也应撂开一切去努力做人才对，便退一千步说，为了自己的热闹，为了得一群浅薄眼光之赞颂，我也不该拿不起笔或枪来。真的便把自己陷到比死还难忍的苦境里，单单为了那男人的柔发，红唇……

我又梦想到欧洲中古的骑士风度，拿这来比拟不会有错，如其有人看到过凌吉士的话，他把那东方特长的温柔保留着。神把什么好的，都慨然赐给他了，但神为什么不再给他一点聪明呢？他还不懂得真的爱情呢，他确是不懂，虽说他已有了妻（今夜毓芳告我的），虽说他，曾在新加坡乘着脚踏车追赶坐洋车的女人，因而恋爱过一小段时间，虽说他曾在韩家潭住过夜。但他真得到过一个女人的爱吗？他爱过一个女人吗？我敢说不曾！

一种奇怪的思想又在我脑中燃烧了。我决定来教教这大学生。这宇宙并不是像他所懂的那样简单啊!

三月二十二

在心的忙乱中,我勉强竟写了这些日记了。早先因为蕴姊写信来要,再三再四的,我只好开始写。现在蕴姊死了好久,我还舍不得不继续下去,心想为了蕴姊在世时所谆谆向我说的一些话便永远写下去纪念蕴姊也好。所以无论我那样不愿提笔,也只得胡乱画下一页半页的字来。本来是睡了的,但望到挂在壁上蕴姊的像,忍不住又爬起,为免掉想念蕴姊的难受而提笔了。自然,这日记,我是除了蕴姊不愿给任何人看。第一因为这是为了蕴姊要知道我的生活而记下的一些琐琐碎碎的事,二是我怕别人给一些理智的面孔给我看,好更刺透我的心;似乎我自己也会因了别人所尊崇的道德而真的感到像犯罪一样的难受。所以这黑皮的小本子我许久以来都安放在枕头底下的垫被的下层。今天不幸我却违背我的初意了,然而也是不得已,虽说似乎是出于毫无思考。原因是苇弟近来非常误解我,以致常常使得他自己不安,而又常常波及我,我相信在我平日的一举一动中,我都能表示出我的态度来。为什么他不懂我的意思呢?难道我能直捷的说明,和阻止他的爱吗?我常常想,假设这不是苇弟而是另外一人,我将会知道怎样处置是最合法的。偏偏又是如此令我忍不下心去的一个好人!我无法了,只好把我的日记给他看。让他知道他在我的心里是怎样的无希望,并知道我是如何凉薄的反反复复的不足爱的女人。假使苇弟知道我,我自然会将他当做我惟一可诉心肺的朋友,我会热诚的拥着他同他接吻。我将替他愿望那世界上最可爱,最美的女人……日记,苇弟看过一遍,又一遍了,虽说他曾经哭过,但态度非常镇静,是出我意料之外的。我说:

"懂得了姊姊吗?"

他点头。

"相信姊姊吗?"

"关于哪方面的?"

于是我懂得那点头的意义。谁能懂得我呢,便能懂得这只能表现我万分之一的日记,也只令我看到这有限的伤心哟!何况,希求人了解,以想方设计用文字来反复说明的日记给人看,是多么可伤心的事!并且,后来苇弟还怕我以为他未曾懂得我,于是不住的说:

"你爱他,你爱他!我不配你!"

我真想一赌气扯了这日记。我能说我没有糟踏这日记吗?我只好向苇弟说:"我要睡了,明天再来吧。"

在人里面,真不必求什么!这不是顶可怕的吗?假设蕴姊在,看见我这日记,我知道,她会抱着我哭:"莎菲,我的莎菲!我为什么不再变得伟大点,让我的莎菲不至于这样苦啊……"但蕴姊已死了,我拿着这日记应怎样的痛哭才对!

三月二十三

凌吉士向我说:"莎菲!你真是一个奇怪的女子。"我了解这并不是懂得了我的什么而说出的一句赞叹。他所以为奇怪的,无非是看见我的破烂了的手套,搜不出香水的抽屉,无缘无故扯碎了的新棉袍,保存着一些旧的小玩具,……还有什么?听见些不常的笑声,至于别的,他便无能去体会了,我也从未向他说过一句我自己的话。譬如他说"我以后要努力赚钱呀",我便笑;他说到邀起几个朋友在公园追着女学生时,"莎菲那真有趣",我也笑。自然,他所说的奇怪,只是一种在他生活习惯上不常见的奇怪。并且我也很伤心,我无能使他了解我而敬重我。我是什么也不希求了,除了往西山去。我想到我过去的一切妄想,我好笑!

三月二十四

当他单独在我面前时,我觑着那脸庞,聆着那音乐般的声音,心便在忍受那感情的鞭打！为什么不扑过去吻他的嘴唇,他的眉梢,他的……无论什么地方？真的,有时话都到口边了:"我的王！准许我亲一下吧!"但又受理智,不,我就从没有过理智,是受另一种自尊的情感所制止而又咽住了。唉！无论他的思想怎样坏,他使我如此癫狂的动情,是曾有过而无疑,那我为什么不承认我是爱上了他啊？并且,我敢断定,假使他能把我紧紧的拥抱着,让我吻遍他全身,然后他把我丢下海去,丢下火去,我都会快乐的闭着眼等待那可以永久保藏我那爱情的死的来到。唉！我竟爱他了,我要他给我一个好好的死就够了……

三月二十四夜深

我决心了。我为拯救我自己被一种色的诱惑而堕落,我明早便到夏那儿去,以免看见凌吉士又痛苦,这痛苦已缠缚我如是之久了！

三月二十六

为了一种纠缠而去,但又遭逢着另一种纠缠,我不得不又急速的转来了。我去夏那儿的第二天,梦如便去了。虽说她是看另一人去的,但使我感到很不快活。夜晚,她大发其对感情的一种新近所获得的议论,隐隐的含着讥刺向我,我默然。为不愿让她更得意,我睁着眼,睡在夏的床上等到天明,才忍着气转来……

毓芳告诉我,说西山房子已找好了,并且另外替我邀了一个女伴,也是养病的,而这女伴同毓芳又是很好的朋友。听到这消息,应该是很欢喜吧,但我刚刚在眉头舒展了一点喜色,一种默然的凄凉便罩上了。虽说我从小便离开家,在外面混,但都有我的亲戚朋友随着我。这次上西山,固然说起来离城只是几十里,但在我,一个活了二十岁的人,开始一人跑到陌生的地方去,还是第一次。假使我竟无声无息的死在那山上,谁是第一个发现我死尸的？我能担保我不会死在那里吗？也许别人会笑我担忧到这些小事,而我却真的哭过。当我问毓芳舍不舍得我时,毓芳却笑,笑我问小孩话,说这一点点路有什么舍不得,直到毓芳答应我每礼拜上山一次,我才不好意思地揩干眼泪。

下午我到苇弟那儿去,苇弟也说他一礼拜上山一次,填毓芳不去的空日。

回来已夜了,我一人寂寂寞寞地收拾东西,想到我要离开北京的这些朋友们,我又哭了。但一想到朋友们都未曾向我流泪,我又擦去我脸上的泪痕。我又将一人寂寂寞寞地离开这古城了。

在寂寞里,我又想到凌吉士了,其实,话不是这样说,凌吉士简直不能说"想起""又想起",完全是整天都在系念到他,只能说:"又来讲我的凌吉士吧。"这几天我故意造成的离别,在我是不可计的损失,我本想放松他,而我把他捏得更紧了。我既不能把他从心里压根儿拔去,我为什么要躲避着不见他的面呢?这真使我懊恼,我不能便如此同他离别,这样寂寂寞寞的走上西山……

三月二十七

一早毓芳便上西山去了,去替我布置房子,说好明天我便去。为她这番盛情,我应怎样去找得那些没有的字来表示我的感谢?我本想再呆一天在城里,也不好说了。

我正焦急的时候,凌吉士才来,我握紧他双手,他说:

"莎菲!几天没见你了!"

我很愿意这时我能哭出来,抱着他哭,但眼泪只能噙在眼里,我只好又笑。他听见明天我要上山时,显出的那惊诧和嗟叹,很安慰到我,于是我真的笑了。他见到我笑,便把我的手反捏得紧紧的,紧得使我生痛。他怨恨似的说:

"你笑!你笑!"

这痛,是我从未有过的舒适,好像心里也正锥下去一个什么东西,我很想倒向他的手腕,而这时苇弟却来了。

苇弟知道我恨他来,他偏不走。我向凌吉士使眼色,我说:"这点钟有课吧?"于是我送凌吉士出来。他问我明早什么时候走,我告他;问他还来不来呢,他说回头便来;于是我望着他快乐了,我忘了他是怎样可鄙的人格,和美的相貌了,这时他在我的眼里,是一个传奇中的情人。哈,莎菲有一个情人了!……

三月二十七晚

自从我赶走苇弟到这时已整整五个钟头了。在这五点钟里,我应怎样才想得出一个恰合的名字来称呼它?像热锅上的蚂蚁在这小房子里不安的坐下,又站起,又跑到门缝边瞧,但是——他一定不来了,他一定不来了,于是我又想哭,哭我走得这样凄凉,北京城就没有一个人陪我一哭吗?是的,我应该离开这冷酷的北京,为什么我要舍不得这板床,这油腻的书桌,这三条腿的椅子……是的,明早我就要走了,北京的朋友们不会再腻烦莎菲的病。为了朋友们轻快舒适,莎菲便为朋友们死在西山也是该的!但如此让莎菲一人看不着一点热情孤孤寂寂的上山去,想来莎菲便不死,也不会有损害或激动于人心吧……不想了! 不想! 有什么可想的? 假使莎菲不如此贪心攫取感情,那莎菲不是便很可满足于那些眉目间的同情了吗?……

关于朋友,我不说了。我知道永世也不会使莎菲感到满足这人间的友谊的!

但我能满足些什么呢? 凌吉士答应来,而这时已晚上九点了。纵是他来了,我会很快乐吗? 他会给我所需要的吗?……

想起他不来,我又该痛恨自己了! 在很早的从前,我懂得对付哪一种男人应用哪一种态度,而现在反蠢了。当我问他还来不来时,我怎能显露出那希求的眼光,在一个漂亮人面前是不应老实,让人瞧不起……但我爱他,为什么我要使用技巧? 我不能直接向他表明我的爱吗? 并且我觉得只要于人无损,便吻人一百下,为什么便不可以被准许呢?

他既答应来,而又失信,显见得是在戏弄我。朋友,留点好意在莎菲走时,总不至于是一种损失吧。

今夜我简直狂了。语言,文字是怎样在这时显得无用!我心像被许多小老鼠啃着一样,又像一盆火在心里燃烧。我想把什么东西都摔破,又想冒着夜气在外面乱跑,我无法制止我狂热的感情的激荡,我躺在这热情的针毡上,反过去也刺着,翻过来也刺着,似乎我又是在油锅里听到那油沸的响声,感到浑身的灼热……为什么我不跑出去呢?我等着一种渺茫的无意义的希望到来!哈……想到红唇,我又癫了!假使这希望是可能的话——我独自又忍不住笑,我再三再四反复问我自己:"爱他吗?"我更笑了。莎菲不会傻到如此地步去爱上南洋人。难道因了我不承认我的爱,便不可以被人准许做一点儿于人无损的事?

假使今夜他竟不来,我怎能甘心便恝然上西山去……

唉!九点半了!

九点四十分!

三月二十八晨三时

莎菲生活在世上,要人们了解她体会她的心太热太恳切了,所以长远的沉溺在失望的苦恼中,但除了自己,谁能够知道她所流出的眼泪的分量?

在这本日记里,与其说是莎菲生活的一段记录,不如直接算为莎菲眼泪的每一个点滴,是在莎菲心上,才觉得更切实。然而这本日记现在要收束了,因为莎菲已无需乎此——用眼泪来泄愤和安慰,这原因是对于一切都觉得无意识,流泪更是这无意识的极深的表白。可是在这最后一页的日记上,莎菲应该用快乐的心情来庆祝,她从最大的失望中,蓦然得到了满足,这满足似乎要使人快乐得死才对。但是我,我只从那满足中感到胜利,从这胜利中得到凄凉,而更深的认识我自己的可怜处,可笑处,因此把我这几月来所萦萦于梦想的一点

"美"反缥缈了,——这个美便是那高个儿的丰仪!

我应该怎样来解释呢?一个完全癫狂于男人仪表上的女人的心理!自然我不会爱他,这不会爱,很容易说明,就是在他丰仪的里面是躲着一个何等卑丑的灵魂!可是我又倾慕他,思念他,甚至于没有他,我就失掉一切生活意义了;并且我常常想,假使有那么一日,我和他的嘴唇合拢来,密密的,那我的身体就从这心的狂笑中瓦解去,也愿意。其实,单单能获得骑士般的那人儿的温柔的一抚摩,随便他的手尖触到我身上的任何部分,因此就牺牲一切,我也肯。

我应当发癫,因为这些幻想中的异迹,梦似的,终于毫无困难的都给我得到了。但是从这中间,我所感到的是我所想象的那些会醉我灵魂的幸福吗?不啊!

当他——凌吉士——晚间十点钟来的时候,开始向我嗫嚅地表白,说他是如何的在想我……还使我心动过好几次;但不久我看到他那被情欲燃烧的眼睛,我就害怕了。于是从他那卑劣的思想中发出的更丑的誓语,又振起我的自尊心!假使他把这串浅薄肉麻的情话去对别个女人说,一定是很动听的,可以得一个所谓的爱的心吧。但他却向我,就由这些话语的力,把我推得隔他更远了。唉,可怜的男子!神既然赋予你这样的一副美形,却又暗暗的捉弄你,把那样一个毫不相称的灵魂放到你人生的顶上!你以为我所希望的是"家庭"吗?我所欢喜的是"金钱"吗?我所骄傲的是"地位"吗?"你,在我面前,是显得多么可怜的一个男子啊!"我真要为他不幸而痛哭,然而他依样地把眼光镇住我脸上,是被情欲之火燃烧得如何的怕人!倘若他只限于肉感的满足,那么他倒可以用他的色来摧残我的心;但他却哭声地向我说:"莎菲,你信我,我是不会负你的!"啊,可怜的人,他还不知道在他面前的这女人,是用如何的轻蔑去可怜他的这些做作,这些话!我竟忍不住笑出声来,说他也知道爱,会爱我,这只是近于开玩笑!那情欲之火的巢穴——那两只灼闪的眼睛,不正宣布他除了可鄙的浅薄的需要,别的一切都不知道吗?

"喂,聪明一点,走开吧,韩家潭那个地方才是你寻乐的场所!"我既然认清他,我就应该这样说,教这个人类中最劣种的人儿滚出去。然而,虽说我暗暗的在嘲笑他,但当他大胆的贸然伸开手臂来拥我时,我竟又忘了一切,我临时失掉了我所有的一些自尊和骄傲,我完全被那仅有的一副好丰仪迷住了,在我心中,我只想,"紧些!多抱我一会儿吧,明早我便走了。"假使我那时还有一点自制力,我该会想到他的美形以外的那东西,而把他像一块石头般,丢到房外去。

唉!我能用什么言语或心情来痛悔?他,凌吉士,这样一个可鄙的人,吻了我!我静静默默地承受着!但那时,在一个温润的软热的东西放到我脸上,我心中得到的是些什么呢?我不能像别的女人一样晕倒在她那爱人的臂膀里!我张大着眼睛望他,我想:"我胜利了!我胜利了!"因为他所使我迷恋的那东西,在吻我时,我已知道是如何的滋味——我同时鄙夷我自己了!于是我忽然伤心起来,我把他用力推开,我哭了。

他也许忽略了我的眼泪,以为他的嘴唇给我如何的温软,如何的嫩腻,把我的心融醉到发迷的状态里吧,所以他又挨我坐着,继续说了许多所谓爱情表白的肉麻话。

"何必把你那令人惋惜处暴露得无余呢?"我真这样的又可怜起他来。

我说:"不要乱想吧,说不定明天我便死去了!"

他听着,谁知道他对于这话是得到怎样的感触?他又吻我,但我躲开了,于是那嘴唇便落到我手上……

我决心了,因为这时我有的是充足的清晰的脑力,我要他走,他带点抱怨颜色,缠着我。我想:"为什么你也是这样傻劲呢?"他直挨到夜十二点半钟才走。

他走后,我想起适间的事情。我用所有的力量,来痛击我的心!为什么呢,给一个如此我看不起的男人接吻?既不爱他,还嘲笑他,又让他来拥抱?真的,单凭了一种骑士般的风度,就能使我堕落到如此地步吗?

总之,我是给我自己糟踏了,凡一个人的仇敌就是自己,我的天,这有什么法子去报复而偿还一切的损失?

好在在这宇宙间,我的生命只是我自己的玩品,我已浪费得尽够了,那么因这一番经历而使我更陷到极深的悲境里去,似乎也不成一个重大的事件。

但是我不愿留在北京,西山更不愿去了,我决计搭车南下,在无人认识的地方,浪费我生命的余剩;因此我的心从伤痛中又兴奋起来,我狂笑的怜惜自己:

"悄悄的活下来,悄悄的死去,啊!我可怜你,莎菲!"

韦　护

第一章

一

韦护穿一件蓝布工人服,从一个仅能容身的小门里昂然的踏了出来,那原来缺乏血色的脸上,这时却仍保留着淡淡的一层兴奋后的绯红,实在是因为争辩得太多了,又因为天气太闷,所以呼吸急促得很。他很快的朝那胡同的出口处奔去,而且在心中也犹自蕴蓄着一种不平。他觉得现在的一般学者,不知为什么只有直觉,并无理解;又缺乏意志,却偏来固执。一回映起适才的激辩,他不禁懊悔他的回国了。在北京的如是,在上海的如是,而这里也仍然如是。你纵有清晰的头脑,进行的步骤,无奈能指挥者如此其少,而欠训练者又如此其多,他微喟着举起那粗布的袖口,拭额上的汗点。

"喂,韦先生!哪儿去?请慢点啊!"

他侧过身来,那高个子、穿着白袍的柯君,便站在他身旁了。他皱一皱眉,便说:

"对不起,我要用饭去了。"

"呀,正好,一同去吧。"

柯君的殷勤,并不能引起他的兴致,但他不愿再回绝了,只好请他到远一点的唱经楼那里去。因为在那里有一家吃面包的地方。

时间将暮了,一阵阵归林的乌鸦,漫天飞旋;远寺的钟声也不断的颤响着。两人在暗下来的路上向东行去。韦护看着偶尔闪起的灯火,不觉有点惆怅的样子,在少人行的马路上,连步履也很懒然的拖着了。

另外那人,默默的随着,时时看那路旁的矮瓦屋,及在屋前张望着的穷人。那些人都裸着半身,赤红的背,粗的短发,带着与那强悍身躯极不调和的闲暇,悠然的挥着大扇,或抽着烟竿。他又去望天,满天阴沉沉的,无一颗星。他自语般说:

"我想快要下雨了,星都被吹走了呢。"

刚说完就觉得错了,因为确是没有一点风。想去改正那吹字,但身旁那人并不理会,所以只在心上加一个改正。并没再说出来。他觉得他的韦先生仿佛很着恼似的,便又搭讪的向他问及许多闲事。

这个也不住的随口答着,且问:

"你怎么像个安徽人?"

"可不是,我就在安徽生长的。"

"我早先看你身材和气色,还以为是个北方人呢。"他实在不能被什么引起趣味,而且很觉得这谈话之无聊,但人情和工作,都磨炼得他很不愿使人感到不快活,他简直是一个很能迁就的世故者呢。

于是柯君便讲起许多故乡中的事,话又几次为对面冲来的行人打断了,因为这已是一条很热闹的,有着店铺的大街了,他不惮烦的继续着讲,而韦护却很抱歉,他实在听得太少了。

在一家有着玻璃窗的门边,韦护便让柯君在前,走进了这家在这街上很放着异彩的西餐馆子。零零落落有五六张小方桌,桌上铺了灰色的白台布;在另一张大白木桌上,摆满了玻璃杯。他们在最后的一张桌上坐下了,同时还有两个学生模样的人在吃刨冰,诧异的、又缺乏敬意的给了穿短褂的韦护一个白眼。韦护也同时感到这衣服之不适宜于此地了。他轻声说:

"忘了到对门那家天津馆去了。那火烧得不错呢。柯君,我很失悔到这地方来,我没有换衣呢。"

"不要紧,夏天,谁注意你。"

菜一样一样的依次上来,口味真奇特,那炸鱼,像面酱;那牛排,好难嚼呀;韦护不禁笑了。他想起那些连面包屑都感到是美味的人们来,他眼前所晃起的,全是那些裹着大围巾的异国女人,和穿起大皮靴的瘦弱小孩,而且他那时,不也正是每天只能得一磅面包和十枝烟卷,虽说他每星期都能领到很够用的薪水,而且家中也不时寄钱去。于是他将那面包皮一口吞到嘴里去,且赞美着:"好味呀!"

柯君被他惹得打起哈哈来了。

于是他与柯君拉杂的谈着过去的事。

他的语言是超过那许多的事实,而柯君的全心神比他那一双木然望住的眸子还专诚。末后他停了话,望着那脸笑了,他笑他怎么他的五官就生好了是专为听人说话的。柯君还要问那里现在怎样了。他告诉他已好多了,如果他现在要去,可不必为那一切忧虑。

吃完了晚餐,韦护把脚伸起,跷到邻座的一张凳上去,头仰着,腰向后去大大的嘘着气。他实在觉得穿短衣真舒服。但他却厌烦的说:

"这南京真无味!"

柯君也响应了他。其实他在柯君的苍白和阴郁的脸上所感到的无味,只有比从南京得来的多。

柯君还想找点话来说,却一时想不起,看到站起身预备走的韦护,便又拉着他坐下,说是再吃杯冰激淋。

韦护无可无不可的留住了,因为他认为转去了也一样的枯燥无味。

在冰激淋快吃完的当儿,柯君俯着头看那剩在杯中的,已变为流质的东西,忽然叫了起来:

"走,不要迟延了。我们去吧!"

韦护冷然望着他,略带点可笑的神气。

他急忙站起,去穿他那件白袍,又催着不动的人:

"去,我都忘了!你说南京无味,来吧,看看,南京也有有味的地方,也有可谈的人!"

韦护却摇头,问他,他只是像疯了一般的说:

"唉,告诉你呵!你要答应去,我才说。唉,告诉你呵!哈,我有几个女朋友,都是些不凡的人呵!她们懂音乐!懂文学,爱自由!她们还是诗!……"

韦护听到这最后一句,忍不住大笑了。他认识他一星期了,他从不想到他会说出这么一句与他思想和灵魂极不相称的话,一定是从什么地方抄袭了来的。

柯君不理会他,且放重了声音,说完他自己的话:

"而且……她们都是新型的女性!"

女性,这于韦护无关。他不需要。他看得太多了。一个月来,在北京所见就四五十人,在上海又是二十多,就在这南京,不就正有着几个天真的女孩,在很亲近他吗?这些据说也是新的女性。他真受够了那所得来的不痛快,宁使他害病都成。何况他亲近的也很多了。那中国另一时代的才女的温柔,那法兰西女人的多情,那坦直的,勇敢的俄国的妇女,什么他没有见过?现在呢,过去了。他无须这个,他目前的全部热情只能将他的时日为他的信仰和目的去消费。他站起身,去握他朋友的手:

"好,去你的吧!我祝福你,可是失陪了,对不起,我要休息了呢。"

柯君露出一副欲哭的脸,握着他的手不放,非要他同去一遭不行,一分钟也好,他全为要证实他并没有诳语,他恳求他。

韦护最后抓着他朋友的腕,向外推着说:

"好,走吧,孩子!陪你去。"

二

路是一条弯弯曲曲的小街,魆黑的,没有灯,很怕人。韦护挽着他的朋友,在高高低低不平的路上跑。他极力去辨认那两旁的瓦檐,及屋旁的小隙地,他想到一些很奇怪、很浪漫的事上去。他又望他的朋友,看不清,只是气喘呼呼的,带着他朝前奔。韦护不禁从他朋友

身上感到有趣起来,就微笑着去碰那膀子:

"说,到底是些谁们?而且你……你尽管告我,我好明白,我还能帮你忙。"

"瞎说!我是无希望无目的的人,你不必问。见了她们就知道。若是你不愿意,你对我使眼色,我站起身就走。"

韦护一听那声音,其中就含有笑。看见他不肯说明白,也就不追问。只逗搭着说一些别的话。柯君始终少言语,一直到了一家门首。

门又低又小,而且从那暗灰色天空中相衬出的墙瓦,也是波似的,总疑心什么时候在风雨中便会坍倒下来一样。柯君轻轻的敲门。韦护朝四下一望,见邻近只有很稀少的几栋矮踏踏的黑屋,歪歪斜斜的睡着,安静得像没有住人似的。他想,这哪里像个城市。他便看定从黑门上所映出的一条长的柯君的影子。

一个清脆的女性的声音响起:

"谁呀!"

韦护退一步站着。

"是我。"柯君柔和的答着。

"我!'我'又是谁呢?"声音是近了拢来,就在门背后,而且隐隐又听到好几个吃吃的女孩们的笑声。并且又传来一句另一个像水在岩石上流过的声音:"不说清,是不开门的。"

柯君大声答:"是我,柯君呢。"

门背后的女人大笑起来了,大声朝里说:

"唉,是柯君呢。开不开门?"

韦护为这不敬的声音,打起战来了。并且气恼着,正要拖他的朋友走,而门却在几个女孩子喊声中呀的大开了,从房子里的薄弱灯光中,辨认得出一个颇大的院子,在有着树丛的大院中,有几个人影。韦护随着柯君朝里走,开门的姑娘站在门后面等他们走了进去,才来关门。

两人走到院子中心去。柯君极亲昵的喊着一个可爱的名字"丽嘉"。韦护便也张眼四望,更注意那所谓"丽嘉"其人者。

"丽嘉不在家。如若不愿走,就这里坐吧。"一个稍微有点胖的姑娘站起身,腾出她坐的那张小长条板凳来。

他们两人便坐到那条不稳的凳上去。

"柯君!说话呀,若是忘记了预备来说的,那我就替你说一句:'丽嘉不在家也不打紧,我是不走的,就坐在这里了。'"韦护去望说话的人。小小的一团,蜷在石阶上,大约那身体的伶俐,总与其言语的伶俐一样。而且韦护觉得这里的人就没有一个不是说话尖利和擅长那轻蔑的笑。他没有感到愉快,又没有说话机会,只好充个极不重要的角色,旁观下去,且看个明白。所以他没有感到不安的静坐在那儿。柯君反一点也不像适才的高兴样子了,在这里有一种空气压迫他,他没有力量表现自己,他无聊的向睡在旁边藤椅上的人说:

"谁,睡在这里?睡着了,怕着凉呢。"

一件宽大的绸衣,遮隐了那身体,蓬松的短发,正散在脸面上,一双雪白的脚,裸露着不同姿式的伸到椅子外面去了。韦护不觉在心上将这美的线条做了一次素描,他愿意这女人没有睡着。果然,一个小的、不耐烦的声音说了,她谢了柯君的关心,却又拒绝了他的关心。

柯君不自禁的叫了起来:"呵,是你,丽嘉!怎么不做声,装睡着?人不好吗?快告我!丽嘉!"

韦护的精神也提起来了,陡然清爽,他看了他朋友,便又去望躺着的人。

"不,请你莫闹,丽嘉好烦恼呢。"这不耐烦的声音,仍是从椅上发出。

"为什么呢?为什么?"

柯君便动了一下,像要伸手去扳那人一样,忽的丽嘉便跳着坐了起来,一边摇摆着乱发,一边大声笑着说:

"珊珊你们看,仪贞,你们说,不好笑吗,还问我呢。告诉你,柯君,丽嘉烦恼,就是因为你来了呢!若不信,请问她们,是不是丽嘉刚才还同她们笑着,谈得很起劲……"

丽嘉还待说下去时,那坐在石阶上的小人便吼起她果断的声音:

"岂有此理,丽嘉,我不准你说下去了!安静的躺下去吧,你不知道我们的柯君是经不起这样的玩笑吗?"她又对惶遽的柯君说:"不要理她,她常常要这样寻开心的,她不欢迎你,我们大家不会像她一样,这位是谁呢,是同乡? 是朋友?"

丽嘉抢着补充说:"是同志!"

院中的人又大笑了。

柯君慢慢朝着众人说出他的名字:"韦护先生!"

韦护听到有人嗄了一声。丽嘉也说道:

"请韦护先生到房中坐坐。让我们大家都来在灯光下瞻仰瞻仰《我的日记》的作者吧。"

于是韦护便被拥到那有着灯光的房里去了。丽嘉在前面,她先将煤油灯捻大,又在桌子边拉出一张椅子来,说声"请坐。"韦护便不由得坐下来了,柯君也由人给了他一张椅子,大家都坐好了。韦护便来细看这里所有的人,他已经了解柯君在这里所处的,是一个怎样可怜的地位。而自己现在又将变成一个被嘲弄的目标。这几个年轻姑娘,都不缺少锋利的眼神和锋利的话语的。他不愿失败,他愿使她们惊诧,她们应当知道韦护并不属于柯君一流人,可以任她们随意捉弄的。他开始来望丽嘉。

丽嘉有一头乌黑的头发,黑得发亮,蓬乱得很高。发又长,直披到肩上了,使一个白的颈项,显得越白。这一件大的白绸衣,领口斜着,可以在肩头上,见到一个小小的圆涡。她坐在桌子对面,紧紧的瞅着韦护,两个圆圆的大眼,大张着,发着光,显得逼人似的。

韦护便将眼光落在她眼睛上,动也不动。

望了半天,丽嘉忍不住了:"不必这样看我,我叫丽嘉,一个没有上学的学生! 而你呢,看你这身,你的手,你的脸皮,与你的胸脯不相称的衣服,你这痴钝的眼光,及你这可爱的朋友,便知道你是一个社会主义者。虽说我很失望你便是韦护,但我相信你比你的朋友却要高明得多。欢迎你来看望我们,请说一点话。"她把眼皮闭了下来,装出等待别人说话的神气。

韦护知道他第一步给人的印象并不怎样坏。而且他素来就不愿在女人面前让别人在他身上得了不满去，于是他变了一个声音说话，眼睛仍然望着丽嘉：

"有些人的嘴是生来为打趣别人才说话，我固然在某种情形下，也得用嘴来帮忙，然而到了你们这里，却只须用眼睛来看了。"

于是他巡回望过去，连丽嘉有五个，都在十七、八、九上下，是些身体发育得很好的姑娘，没有过分瘦小的或痴肥的。血动着，在皮肤里；眼睛动着，望在他身上。他知道柯君要来这里的缘故了。他去望他，柯君垂着头靠在椅子上，不做声。他觉得他可怜，他也明白他纵愿帮他忙，也无用。

"韦护先生！请不必浪费你的文章，留着到必要的时候使用吧。这里只有粗野，很听不惯这些精致的语言。你既然欢喜穿着这身可爱的粗布衣服，则请说一点穿粗布衣人说的话，我敢担保这只有更受欢迎的。"这是小一点的人说的。她穿一件绿条纹花绸坎肩，坐在门槛上，将两臂高举着，托住那后仰的头，有一个圆圆的额和尖的下巴。

韦护对这些勇敢的言语和举动，发生了兴趣。他很奇异这个小小世界是怎样的环境，会将这些年轻姑娘养成这样性情和倨傲，于是他振作精神，先泛泛的将她们恭维了一阵，然后他又找着了她们的嗜好；他同她们谈讲到音乐上面来，因为他看见正有一张小提琴的匣子歪睡在墙根边。她们的眼睛都张开来了。丽嘉头靠到窗户上在叹息。珊珊（那穿绿绸坎肩的）也走了拢来站在桌前面，娇嫩的脸上，放着光，韦护对于外国的乐器虽不会奏，但他却听过裴多芬、柴可夫斯基、施特劳斯，他说得真动听，比他在会场所激烈争辩的言辞有力得多了。他从音乐又谈到戏剧，末后又转到文学上了。她们都喜欢俄国的作品，这更适宜于他，她们也不吝惜的发表着意见，于是便更热闹了。他知道怎样不单偏重于冷静的批评。他又列举些她们还没有读过的名作，用他的善于描摹的言语，于是故事便更有声有色了。他又不忘了说一些名人轶事，有趣的，或是恋爱的。这都是人们所最爱听的。所以渐渐她们都忘了一切，她们不再去敌视他，在每个眼光中,他懂得他很得了些尊敬和亲近。他也不觉得她们是完全只知道嘲弄别人及无意的瞎闹,而且在每个脑中,也不是全然无理解。她们只是太崇拜了自由,又厌恶男性的自私和浅薄,所以她们处处就带了轻视,因为韦护在这些地方,总常常留心,不愿太偏袒自己在创作上、文学上的主张。她们讲的是自由,是美,是精神,是伟大。她们都觉得投机得了不得。最后她们讲到恋爱了。俄国的妇女,使她们崇拜,然而她们却痛斥中国今日之所谓新兴的、有知识的妇女。韦护反对了这话,说俄国的妇女也有她们的缺点,她们都有健壮的身体,和长谈的精神,她们不管一切,门也不敲便到你房里来了。将大的两股塞进软椅去,抽起烟来,她们自己以为可以发笑的话又特别多,不管你听不听,总是大声说下去。他说他就最找不出精神来同她们做无味的消遣。这话使她们都笑了。丽嘉还说她就只欢喜这些能使男人讨厌的女人。韦护又恭维了一阵中国妇女之有希望,每句话都是向着她们身上投来,所以这话更有了效用。

一直到三点了,煤油灯里的油渐渐的干了,灯光慢慢小了下来,韦护才想起该是告别的时候,一看柯君早已不知道在什么时候熟睡去,打着大声的鼾。而她们中也有两个人的眼睛很疲倦的红着了。韦护向她们道歉说他不该坐得如此久,扰了她们这一夜。她们不答他,只望着睡熟了的柯君笑了起来,韦护心里也发笑,便去喊柯君。

柯君醒时,犹含糊着说梦话。

他们走了。她们没有挽留,也不叮咛他再来。只是欣然的从后门送他出来。因为她们说走后门,越过池塘和菜园,隔他宿处便不远了。这时,月亮已出来了;清凉的风,微微的拂着;喧闹的虫声,正四野鸣起;夜是如此静,如此清幽,他再望她们一次,觉得她们都浮着青春和美。他还见了丽嘉是倚在树干上,目送着他。风将她的大衫鼓得飞舞起来。

三

这里留下了五个年轻的姑娘,她们的意思是一致的,她们都不反对她们讨论文学的行为,她们都承认韦护使人满意,她们都目送着他走远去。她们转来时,都忘了言语,互相不说一句话,默默的,前后走了回来。在她们脑中,只萦回着适才的有味的长谈,而且抹不去一个瘦的、白的、穿一件短蓝布衣服的影子,那南方人的北京腔,又柔和,又跃动,那抽烟的可爱神情,在说话中,常常将头微仰起,吹出那淡白的烟气。她们又回到房子里了。灯已经熄尽。蜡烛的光摇摇的,椅子狼藉着。桌上散着纸屑和烟头。有一种淡淡的凄凉,氤氲着在,而且填到一些微微有着空虚的脑中去。好久,好久,那较年幼的春芝便说:

"睡了吧,时候不早了。"接着她打了个呵欠。

"唉,我找不出一点瞌睡来呢,我相信是因为太说多了的缘故。"丽嘉接着说。

"韦护真会说话!"这是那稍胖的薇英说的,于是室中静默了。

但瞌睡终逼来。春芝等都回房去睡了。只剩了丽嘉和珊珊两人,在她们之中,她两人更投洽。虽说是两种个性支配了两人。然而珊珊却极羡慕丽嘉的豪迈和纵性,而丽嘉也极仰爱珊珊的聪慧和腻情。两人同一样的爱艺术,爱自由是如何的热烈,两人在最近两年中,学了音乐和图画。在起先,为了过分热心和大胆,总是丽嘉显得更有天才,然而到最后,却也是丽嘉先厌倦,终究是两人都又将嗜好转了方向。到现在珊珊是偷偷的在做诗,为的她较多了烦愁。而丽嘉却愿将热血洒遍了人间,为的她要替人间争得了她渴慕的自由,她常常同一些所谓中国的文人来往。但她同珊珊谈到雪莱,拜伦,哥德,那些热情的诗人,是一样的倾心和神往。她常常觉得在她的血管中,也是常常有着那些诗人的浓厚的苦闷存在着。珊珊也不是不同她一样感到,但她对于一切都要忧郁一点。在生活上占有的勇气,她没有她朋友勇敢,然而在谈话上,她却常常要比她朋友来得尖利,所以从外形看来,丽嘉似乎可爱些。惟有在丽嘉心中,则分析得清清白白,她承认,无论在知识方面,性情方面,处世方面,她朋友都比她好得多,而且她承认,很少有人能比得过她朋友。因此两人是更相契重的生活下来了。

丽嘉一见房里只有两人,不觉的便又将她们适才所谈的问题继续了下来。但是珊珊不答她。于是丽嘉又说柯君可怜,她很替他在路上担忧,真断不定在路上他会再打瞌睡,看他在那小椅上也能安安稳稳睡着,便足证明他在路上也有睡着的可能。珊珊始终真的怜惜这类人,她责备她朋友太不厚道。于是丽嘉便又辩明她的无须乎慈善的理由,而最后,她问道:

"你说韦护如何?"

珊珊想不出应怎样答应。这是第一次,她不愿将韦护太夸奖了,在丽嘉面前。她只说:"这人很聪明。"

"是的,我还没有遇见一个能如他这样的人。珊珊,你说呢?"

"是的,他不像柯君,不像冬仁,他懂得艺术,而且他懂得人生。你能从什么地方看出他只是一个简单的革命家?"

丽嘉没有话说了。她走到床前去,整理床上堆积的衣衫,最后她仿佛自语似的:"我也有些不喜欢他。我们的意见不一致。"

珊珊不愿辩驳这句话,她也就默默的睡去了。

第二天,简直是成了无聊的日子。天气热,因为热,不能出去玩,又不能睡觉。几人吃了饭没事做,珊珊拿一本小说翻去覆来的看。她们也各自躺着看书,或挑袖子上的花。丽嘉早已习惯得很会玩,女红的事,她生来便不屑于做,而书本除了特别有文学意味的她也无耐心看,她常常将书翻了几页,便烦恼的丢下了。她躺在抹干净了的、有着花漆布的地上,横伸着,直睡着,不高兴的东滚过去,又西滚过来,衣衫皱了,长发更乱蓬着。直到两点钟的时候,才来了一个并不受欢迎的客,那就是冬仁。冬仁和柯君都在一年前认识了她们,她们从不打趣他,而且较亲近,这是因为冬仁从不知道什么叫诗,他只将她们视为天真的小孩;像自己家中小妹妹们似的。他走到她们这里,鲁莽的说道:

"今天邀你们游后湖,准定去啊!"

丽嘉懒理会他,将脸翻过去,向着墙根,冷笑了一声。薇英说天气热得很。

冬仁便解释，说是在晚上。

珊珊问还有没有旁人，她最怕人多。

于是冬仁不做声了，因为他知道总难免至少有七八个人。但是他说，她们大约都认识的。

"我很想去玩，只是不愿同你们那起人一块玩。我们若去，我们自己会去的，不要别人邀。"丽嘉翻过身来说。

珊珊要他说是些什么人。于是他说认识的，大约是浮生，光复，柯君，不认识的有两个姓李的，是北大来的，还有一个是刚从俄国回来的。

所谓从俄国回来的这不认识的人，在每个心上，都是很熟识了的，所以大家都不做声。丽嘉又无言的将身翻过去了，大脚边的肉，露出了一大块，有着细细的红点隐现着，莹洁得真像羊脂真像玉了。

冬仁走的时候，约妥月上时来邀她们，请她们早点吃晚饭，打扮停当。

四

这天是他们会议的最后一天，所有的争辩均有了结束。韦护的困恼，也像一条捆缚的绳一样，在不觉中轻轻的滑走了。他疲倦的躺在一张板床上，眼望着屋顶，想着他今夜要回上海去预备教课的事。

教课于他，实不是心愿的工作，而这次 S 大学给予他的责任，又实在繁重。他曾同陈实同志商量，陈实也劝勉他，督促他，既然这学校的闯入，是议决了的，若是以头脑清醒、办事有序的韦护还想推避这艰难，则诸事似应束手，而以前的计划，也只是理想而已。韦护虽是一切都应允了，心中总还保留着一丝犹豫，所以一当散会的当儿，仲清递过来一笑，且说：

"喂，韦护，几时上任呵？"他便又想着这事了。这是他个人的事情，他几次预备同陈实商量，但又觉得可笑便又暗住了。真真实实的，他并不是不愿教课，也并不是怕主任的责任太大，他实在有点不愿同什么事都和他做对的仲清在一间房子里办公，他想他如果去，则一切事的进行，必是很棘手的，且在争辩上的用力，必不下于教务上的用力。他想起他将来的种种困难，在床上不觉呆住了。但是他又自信，希望总有一天能说服仲清，许多人都见着的，他实在比仲清强。而一切事将如意的很容易迎刃而解的做去，他为什么要避着仲清呢？他正应该走上前去。仲清是能干的，很有手腕，只是太狂妄了，处处都带着那鄙夷的笑。他应该同他握手，合作，而且纠正他。他肯定的便立起来去清检提包。

提包里面很空，一些纸扎之外便只有一件白夏布大褂了。另外还有一些修指甲的，刮脸的，裁书页的小刀，梳发的小梳，小镜子，胰子盒，乱散着。虽然都又脏又旧了，但仍然认得出是非常精致的东西。他像毫不爱惜这些小宝贝们似的，将它们掼在一边，将床上的一床线毯卷拢来塞进去了。线毯里面露出精装的书籍的一角，是赤红的书面，印有金花的，这是他最爱的一本诗集。他将皮包关好，便拿出表来看。这时那高李走进来了，他和矮李都是北大的学生，这次作为代表来南京的。他对于韦护非常爱慕，看着将毯子也捡了，坐在提包边的韦护便说：

"呵！走得这样急吗？我希望明天我们一块走，因为矮李觉得很有经上海之必要呢。"

韦护说他想搭下午五点钟的车，因为想同仲清谈谈，交换点意见。听说仲清就搭这次车回沪的。

矮李也进来了，也留他等一天。并提到游玄武湖的事。

他终不感到有趣味，后来矮李像自语般说：

"唉，听说柯君还请冬仁去邀了好几个密司，柯君的爱人也在其中呢……"

一跳的丽嘉的影儿便奔上来了。那两个妩媚的、又微微逼人的眼像正瞅着他，且带点命令的样子，挽留他再做一次晤会。于是他迟疑了一会，便决意留下了，但是他一想到那"爱人"两字的刺耳，又映起柯君的那愚蠢的狼狈样子，他不禁很腻烦的要笑出来，他不觉

049

的说：

"矮李，你相信柯君有能力得一个好看的爱人吗？"

"实在不能相信，但他吹得可厉害呢；且有冬仁做证人，他们在南边久，说不定有许多艳事！"

听到这么了一句，韦护真也觉得很奇怪，柯君怎么一下会和那几个姑娘认识的，过细想起来，实在不是能拉在一块儿的人，但又相识如此之久了。她们那样骄傲，而柯君又如此伧俗。他将昨晚的情形再想过，觉得今晚她们不会来，所以他仍然想走，但好久又决不定。

两李不断的又同着他谈到今天晚上游湖的事，他心中却慢慢的有点不受用起来。他觉得他们很可鄙，柯君则更甚。他很希望她们会骂冬仁而不来。他又想他自己去阻止她们前来，总之，柯君实在有点很可笑的地方。而这次的邀请，实在只是游乐而已。

他正在踌躇的当儿，冬仁跳着进来了，矮李也跳起来欢迎，大声问：

"喂，怎么样，今夜的事？"

"幸不辱命！幸不辱命！她们都去。自然先是不答应啰，问这样，嫌那样，但后来终归答应了。嘿，一群小孩子，都怪可爱的。哼，丽……柯君的爱人还有唉……"

矮李便又抢着问成功了没有。冬仁则打起大哈哈说不晓得。高李也在问其余的人漂亮不漂亮。冬仁就拍着胸膛打赌。韦护一声也不响的夹着皮包朝外走，像生着很大的气。冬仁赶出来一把抓住了，说晚上光复还有话和他说。韦护很忍耐的望了他们半天，便笑着进来，也表示他愿迟到搭夜车走，他觉得他心里也有一点点说不清的东西。

五

这是第二次了，韦护又来到这小房子里。他夹在许多人中间，拥了进来，只听见一群女孩们的笑声。他退在最后，站在门边，不敢十分望她们。冬仁在为她们介绍两李，两李局促的将眼盯住她们在说客气话。冬仁又为她们来找这新从外国回来的朋友,她们便都向他微笑起来。他勉强望了她们一下,便笑着又掠开了。只听见珊珊大声向冬仁说:

"哈,我们早就认识了,用不着你来介绍。"

丽嘉什么人也没有理,只牵着浮生的手,同浮生对望着大笑,她责备浮生都不来看她,她又责备浮生太太怎么不同来南京,她又说她挂念他们的小宝宝,而且她鼓起嘴学着小宝宝同人接吻的样子。于是他们又大笑了。浮生不断地拍着她的手,只觉得她天真活泼有趣,而且美丽可爱。唉,那白嫩、丰润的小手,不就正被他那强健有力的手捻着吗?但是浮生有一种好处,他是诚实正直的人,他不愿他有负他太太的地方,因为他们还保持在恋爱中,所以他从不敢有什么不道德的幻想。他只是用一种客气,毫无关系的审美态度来望着丽嘉的闪动的黑眼和娇艳的红唇。

韦护已注意到他们,他无所感的,只觉得不很痛快,一切都无意义,都很无聊。他愿早点回上海去,因为那里有的是工作,工作可以使他兴奋,可以使他在劳苦中得到一丝安慰。他无聊的像当着消遣的去暗暗窥察这所有人的神色。忽然,他听见丽嘉的响亮的声音:

"喂,怎么样,你们这新同志?"

他本能的向他们望去。丽嘉正做出一副玩笑的脸觑着他。浮生则笑着,望着他,却向丽嘉说:

"哦,你说韦护吗?我来替你们介绍?"

韦护心里很着恼,他不等浮生说完便走过去了。丽嘉却忽的笑起来,像正热烈的欢迎着将她的手伸给他:

"我还以为你走了呢!"

韦护说出她眼里的另一句话,心不免轻轻跳了一下。便用力的握着她的手。

几个男人都嚷着要动身了,因为天已黑了下来,月亮也上来了。

果然,月亮虽还没有全圆,但却明亮极了,这是他们到了两边全是旷野的马路上更容易感出的。他们都能将挨得最近的人的脸,朦朦胧胧看得极清白。而远处的树丛,耸到天际线上的山的波峰,哈,周周围围,都显得像幅画似的了。一切的市声都远离了,只有下关那边的电灯,微微染红了一抹云彩。多么寂静呵,只有他们的杂碎的履声,冲破了这庞大的沉寂。

女士们都落在后面了,她们都悠然的互相将手臂搭在肩头,排排的缓着步伐,眉飞扬的眼望着四方,或是低低的、轻声轻气的哼着歌曲,自然的美景将她们的胸襟洗涤得不染一点尘浊,每个人都不缺少那细柔的情绪来领略这周遭。

只有丽嘉一人离开了她们,她挽着浮生走到最前面去了。只看见她的裙子,时时飘起。

这走在当中的几个人,既不能插足留滞在后面的集团中去,又追不到前面的两人,都有点不高兴,而且都不免有点嫉妒起来。矮李唱着说:

"喂,怎么样,柯君?"

柯君装出一个糊涂样子,唯唯否否的答:"呵,什么意思,什么意思,我不懂。"

"恐怕要警戒一下浮生了,他又忘了他同他太太曾有过的几次争执。丽嘉真糊涂呢。"这是冬仁的出于衷心的话。

韦护呢,他都听到和见到了,但他不说,他觉得他很了解这些人。而且他微微有点高兴。无论怎样,他仍保留了一个较好的地位,在这群姑娘们心上。尤其是对于丽嘉,他很相信,纵使丽嘉和浮生排排走着,那不过是兄弟姊妹,而她所给他自己的一闪眼光,却是包涵得有许多话和感情的,他望着她隐隐摆动的腰肢,他自己仿佛觉得有一点点无言的忧伤。他只是装做精神很好的,热心的同光复在讨论光复的一件事。

"我懂得,这一种名士的遗毒,你自己不会觉得的。你只觉得被冤屈了。而他们又总以为你是太难了解了,他们说你是个人主义,而他们又都以自己的简单而骄傲。真是不值什么,本来中国人是极浪漫的,病态的神经质的人,古老的民族呵!你,我懂得的,你是一个重感情的人,你相信自己的时候,总是很多,你不甘于平凡。而你的那几位同事又真是不足道得很。我知道的,你自然很痛苦呵。我会替你尽力的。我也曾像你一样怪僻过呢,不过这都早就过去了,我们不说它。你也得学会忍耐,牺牲意见。你们湖南人做事各方面都好,就只常常太偏激了一点。这也是毛病。你觉得我的话怎样?"

光复紧紧的握着他的手,一边走,一边说:

"你真知道我,我们永远做好朋友吧。唉,告诉你吧,你说的不错,名士的遗毒,我从前本是……——不说了,我们以后再谈。"他自己忽然停住了话题,是因为已走到丰润门了的缘故。

穿黑衣服的警士眼炯炯的望着这一群男女,而且警告说到了九点半是必得关城门的。

大众分乘了几只小船。迤逦的、鱼贯的、向生满苇叶的曲港行去。有的地方芦苇太高了将月光遮去,船只在深黑的水潭中无声的滑走,或是嚓的一下,船底触着斜伸出的短的断茎,或是风过去,苇叶的尖全颤颤的,细语着,薄的衣衫全鼓荡起,发覆在额上,呵,这清凉畅快的夏夜!

韦护有好几年不曾领略这江南的风味了。它像酒一样,慢慢将你酥醉去,然而你不会感到这酒的辛烈。它诱惑了你,却不压迫你,正像一个东方式的柔媚的美女,只在轻颦轻笑,一顾盼间便使人无力了,这里没有什么紧张、心动的情绪。韦护想起他往年在中学时代的事来,他是多么一个可以十足骄傲的年轻的人呵!到现在,唉,他的才情呢,逸兴呢,一切都已疏远了,而且那些友人呢,那些"郑板桥","王渔洋"……大约到现在仍然在做着一些潇洒的或是感慨的新诗吧。他们一定还是那样多愁落魄的生活着。然而他,那时最惊人的他,却变了,变得太厉害,会使人不相信。他一想起过去的生活,想起他被二十世纪的怒潮所冲激的变形,他真感到有点伟大得可惊叹!

好多人都像想到什么去了,全寂然无声。不久,又经了几个转折,船绕过湖心亭,走到一个桥下,月亮摇摇荡荡飘在荡漾的湖水上。像披了一层薄纱的紫金山更显得俏丽了。忽然在后面的船上,悠然的响起:"啊,良宵呵!"的歌声,是三位女士的合唱。他们不能将歌词细细辨明,然而那声调的柔和,和微微带点感伤的凄切,他们都感动得拍起手来,一致赞好,要求她们再唱,浮生也向坐在对面的丽嘉说:

"怎么样,好不好,你也来唱个吧。"

丽嘉将头扭了一下,哼了一声,接着便笑道:

"欢迎我唱吗?"

同船的矮李忙将两手合拢来轻轻拍了两下,连说欢迎之至。

丽嘉望也不望他一眼就昂起头噘着唇,高高的叫了一声。

这一下大家都哗然笑了。浮生也学着叫起来。

船到宽广的湖面上,都慢慢荡着,彼此距离得很近,大家很方便的谈起话来。

可是时间已过去很多了,他们怕拖延得太久,只好从菱荷丛中赶快的划回码头去,大家可以一伸手便攀住那正在满开的花,嗅着这花的清香。

进城时,警士很不高兴的申斥着,他已等待快一刻钟了。

挨了骂的人,反因此增加了笑谈的趣味,比在湖上,在回来的路上更嘈杂了,到最后,丽嘉忽然说:

"这里面有个人真沉默得使我疑心呢。"

好几个人都惊了一跳,连珊珊都以为她朋友是开她的玩笑。柯君是更愁惨的沉默了。其实丽嘉真无心会说到他身上。唉,这可怜的人!

六

十一点钟的时候,韦护已独自踯躅在冷漠的车站。只有稀稀朗朗几个候车的人,和几个打着呵欠的搬运夫。稍远的地方,陈列着不少睡熟了的人体,随着微风,送来那粗重的浓鼾。韦护心里异常不安。他像正恼着什么人一样,可是又找不到可以发泄的对象。他厌烦的望着一切,又觉得都不是可以将眼光放落在那里的。灯光黄黄的,照出那建筑的拙笨和污秽。他又抬头去望天,天空灰灰的,一点云彩也没有。月亮已升到中天了,只冷漠无情的注视着大地。几个星儿,在不关心的眨着眼。这景象真使人愁惨。韦护勉强压住自己的无来由的烦躁,开始去想这次他回上海后应着手先办的事。第一得找个住处,陈实那里是决不能久留的;学校也不能住,人太杂,做事不方便,这房子事就太难了。他又有一些习惯,是很难邀得同事了解的。他比他们更浪漫,他的历史可作证,他从前因为贫苦,有过两天没吃饭。等将最后的衣当了钱时,却将来买醉了。他为了爱情也曾……即使最近在北京,也因为工作忙迫,有三个星期都忘记换衬衫了,然而他却不愿住在那终夜都可以听见邻家打牌的房子,而且准能碰到隔板壁就住有一对夫妇。但是住什么地方呢?太麻烦了。他又去想别的事,想到学校,想到仲清,想到这次会面,这次会面上,不是仲清也显然和他做对吗?他不免更焦躁起来,在那空落的月台上,不知来来去去走了许多回。他暴躁的诅咒这迟到的火车,而且在心上竟骂了一句不文雅的话。

但是忽然,又静下去了,他仿佛看见了一个人影,这影子很模糊,却使他喜悦。这影子里显出一双活泼有力的大眼,像丽嘉。他心里想:"如我现在又转到她们那里去,她们将怎样呢?"立刻他有答案了。他断定她们一定都很惊诧的张着惺忪的眼,笑着,感到有趣的笑着来欢迎他,她们真都可爱呢。他真下决心了,他举步朝站里走去,微笑着想到他去惊扰她们的情景,准可以骇她们一跳,她们一定会快乐着来怨他的。可是飕的一下,响起一个责备的声音:

"韦护!你怎么了?难道你还闹这些无意识的玩意儿吗?有几多事等着你去做,你却像小孩般在找着女孩子玩!"

他骇得停步了。而且依稀有点鄙薄自己起来。正在这时,从浦口开来的车便轰起来了,车头尖锐地叫着,凶猛地直冲过来。候车的人都惊慌的忙乱了,搬运夫乱窜着。而他呢?变得很可笑,他仿佛又有点恨这车来得太快了。

直到车又快开了,他才断然的像气愤样的跳上车去,他凝视着城的那方，微微带点怅惘。这一夜他未曾合眼，及到上海时，他却已想好了两首诗，这是已经荒弃到快两年的玩意儿了。

七

第二天，矮李还预备与柯君再来邀请游山，但不凑巧得很，天却变了，大团的黑云，直盖了拢来，到下午，大点的雨，便滂沱起来了，矮李很懊恼的望着天色，自叹的说：

"唉，看情形，今天只得要动身了呢。"他又转过头来，望柯君，"但是，你怎么样，为了你，我想我们有留住几天的必要。唉，我看你，完全失败了呢。"

"本来就没有什么了不得的交情呵！"柯君心中的希望并不绝，他以为丽嘉不过是一个天真的小孩，虽然有时喜怒无常，但却并不是有心的。

"我说，她对浮生太俨然了呢，而且太倨傲，她对我们连正眼也不看，在湖上，她还嘲笑了韦护。唉，我说，她到底凭什么瞧不起我们，瞧不起韦护？"高李简直有点气愤起来了。

"女人么，不就是这样，她若不装出一点自大的样子，她不是就找不到一点自己美好的满足来做安慰么？不过柯君却真有眼力，她实在是出类拔萃的呢，但她单喜欢浮生那呆子，我却感到不平。"

两李的意见，总是与他们的尊躯一样，相差得太远。高李听他说什么出类拔萃的话，他皱着眉，到后来，像想起了什么一样高声的问柯君：

"那个微微有点胖的，白白脸的是姓什么呢？"

"呵，是薇英，姓什么可不知道，她们都废了姓的。她性子比较好些，你对她怎样呢？"

"谈不到，谈不到……"他们都大笑了。

于是谈话的题材便推广了，但大半总不超过女人的范围。

至于那几位被谈论到的女士呢，也在雨声中讲到夜来游湖的事。不是月亮多皎洁的么，谁知天气一下就变了，这场雨已扫尽了夏日的炎威。风从身上吹过，简直有很深的秋意似的。她们不禁感到时间跑得太快了，而对于这秋季的来临，不知怎样才好。她们讨论着行止。在这些时候，丽嘉总是不愿表示意见的，她说：

"我真住腻了这地方，我们都太闲了，闲得使人真闷，我赞成我们全找事做去。"

春芝第一个反对，理由是她没有技能，她要念书去，她真需要念书呢。

接着薇英赞成，赞成春芝的意见。她来南京时，本是预备学体育的，却为丽嘉和珊珊反对，说她不适宜，强迫她一同呆下来学音乐，学绘画，看小说的玩过去了，她的成绩都不好，只在思想上、个性上受了很大的同化，她从前是一个拘谨守旧的人。而她之所以预备学体育，也是不能不走这条生活的捷径，她完全是为了两年毕业后可以不难找到一个位置，她的经常实在不宽裕。正因为她受了她们的影响，她很爱自由，又爱艺术，但她觉得若不能将自己的经济地位弄得宽裕些，那一切只全是美梦。她到底没有全变得像她们，她比她们能多虑到这一层。她说她想到北京进女师大去，那里学费低，录取并不严格，她去学音乐，听说那里的教授很有名，她或者可以有点成就。

珊珊同情她，说：

"本来，我们同着一块生活，自然很好，但究竟不是长事，我们都太年轻了。所以我们的懒惰总是胜过我们别的方面，它将害得我们一无成就。你去北京，我觉得很好，再受一番学校的训练，未始不更有益处些。我呢，我也很想能进一个学校，那里人多，凡事都显得有生气。但又因为人多，我受不了那压迫，我始终只愿和几个好友过着理想的生活，像现在一样。所以我虽说希望你们都努力去，但在我心上，我终究是很难过这分离的，若想再聚，恐怕就不易了。"

大家随着都有点黯然了，好像还是不分开的好。

丽嘉则坚持自己的主张，她给一个在南洋做校长的朋友写了一封信，请他找五个教员的位置，她希望大家都到那新的境界去。她说了五打以上的梦想，说得像真有其事一样来蛊惑她的朋友们。真是大家都动心了,只愁找不出那么些位置怎么好。

一个礼拜过去了,回信还没有来。自然回信不会这样快!邮政还没有用到飞机呢。薇英不耐等了,若是再迟延,事又不成功,则学校也不能进,她不能再一玩又半年,所以无论丽嘉怎样说得天花乱坠都枉然了,她决定这天去北京。她们送她渡过浦口上了车才回来。她们在要好的女友前,都不会吝惜那恋别的泪,她们都坦率的热烈的拥抱了好几次,直到车开了,薇英还从窗户口伸出一个嘟着嘴的脸,天真的哽咽着,话说不分明:"南洋有……有信来,你们告……告我。我再来看……看你们。"

几天后,春芝和那顶小的一位也考了学校,丽嘉只是焦躁的望着回信。她向珊珊说:"你呢,你怎么样?她们都走了。我,我是要走的,我要离开中国,这国度里的一切都使我生恨。我想到法国去,但是没有钱。克强从巴黎来信,说一年只要四百块钱。四百块,数目并不多,我相信纵使家里毫不帮助我,我也可以弄得。什么工作我不可以做?衣装店职员也好,咖啡馆的侍女也好。只是路费,而且,你说,我们能不能够穿起香港布短衣在巴黎城里跑。现在呢,只好到南洋去,南洋总比中国好,因为那里的一切我们都生疏得很呢。等到一觉得不好了,我们再走远一点,再走远一点……慢慢的就可以走到巴黎了。或者到意大利去,到德国去……我相信总不会饿死的,而且总是快乐的……我们还可以见到许多……"

她不说下去了,她想到同一些热情的文学家做朋友,那真是幸福的事。

珊珊却跳起来了:"嘉!你真好。我相信你。我们一同走。我们同做流浪天涯的人吧!"

信是终于到了,但信上说:

"近来此地人浮于事,谋事极为困难(朋友中已不乏人,你认识之本德君,亦于昨日抵广州矣),故我等均无法,终日惟有相对闷坐而已。且五人位置,亦甚为难,因教员之聘请,均须取得校董同意,而校董又全为糊涂之资本家,猪而已……"

丽嘉把几张信纸扯成粉碎,她不屑再给这朋友写信了。

然而她们不得不想法,不久,便决定了,因为丽嘉的一个女友在上海来信要她去看一看,这女友正在一个无理由的失恋中。丽嘉觉得有安慰她的责任,而珊珊也愿同去,她是听了浮生太太的怂恿,想到 S 大学去听一点课,据说这学校是很理想很自由的。

第二章

一

到上海是八月末的时候,气候还不很凉,太阳正要下山的时候,丽嘉和珊珊两人所乘的那趟车,已轰然的停止在北火车站了,一切都格外喧哗。她们从那沉闷的车厢跳出时,直像闯入了另外一个世界。她们想到去年离开这儿的时候了。她们站在船头上,骄傲的摇着手巾,向那些高大的建筑物,那些龌龊的脸,以及一切遗留在记忆里的权势、狡猾、卑鄙告别,她们愿意不要再来了。谁知时间还不到一年,又觉得无路可走一样,又来到这里了。她们带点好奇心,接受了这不堪的嘈嚷,在人堆中挤着向前去,并四处搜求她们要见的人影。忽的,从她们背后响起一声尖锐的叫声:"呵!珊!"一个白净的女人便跳到珊珊的胸前了。珊珊也握起她的手,端详着那圆的脸,说:"怎么雯姐,你更漂亮年轻了呀!"接着浮生也笑着走拢来。他问她们的行李怎样了,于是她们将一张行李单交给他,而她便欢笑着走进待车室了。丽嘉第一句便问小宝宝怎样了,乖不乖,因为头次浮生在南京曾告诉她,说小宝宝很像她,尤其那对黑眼最像,时时放出金色的光来。雯便显出母亲的笑,说是睡着了,等下回家便可以看见,她不必说出那小天使的可爱来,她想准可以使她们惊诧而疼爱的。珊珊又去打趣她的旧友。雯颇有点放赖的神情蹲在她身旁了。她正经的说:"珊!你不知道,我想你来,比浮生离开我时想他还厉害,总觉得朋友更使人难忘呢。"于是她们都不言的笑起来了。

这夜她们便住在浮生的家里,在他们堆满什物的后楼里,抹去了积尘,费了许多力气,才腾出一张摆了不知多少破乱书籍的床。她们谈到三更天才睡,这在浮生真是少有的事,所以一倒下头便发出沉重的鼾声了。

浮生近来很劳苦,在S大学担任几点钟社会学,这在他不能不算很吃力。他不是苟且的人,所以他备课编讲义的时间是两三倍超过上讲堂的时间,薪水又实在不够用。他参考的书籍又一天一天的觉得太少了,这是不能减省的。而太太也是一天一天觉得所需的多,尤其是关于小孩子的东西,两人常常要为这些事体闹架。譬如太太站在百货公司的帽子部尽瞧,男的却硬拖着她回来了,太太嚷了几个月的要为小宝宝买张摇床,而浮生得了钱,信也不给一个,便换了几本书回来了。太太当时虽不好说什么,然而如此情形一压积多,便总得找机会发泄出来的。所以哪怕是很相爱,但为了这些小事不免要常常反目的。想起往日的日子,却安宁温柔得使人羡慕不止。浮生在编讲义之外,还要翻译点文章,请人到各书铺去卖,想得点钱使太太欢喜,又常常要到他们小组织里去开会,又常要列席S大学的教务会议,因为韦护很看重他。而且学生们又有一起没一起的来找他谈,他总是振起精神陪他们坐,为他们解释问题。他虽说不感困倦,然而一歇下来,便颓然躺着了。他忘了他的第一功课,他将陪太太玩的时间减少得可怕。尤其使太太不满的是他对于小宝宝的冷淡,纵有时看着玩,也显然看得出在勉强敷衍。所以不怕浮生怎样自信,他是爱她的,她是他永久的爱人,然而在雯这方面有时总会感到像有所遗憾,这情形使刚来的两人,一下便看清了。第二天,珊珊劝了他们一些话,请浮生替她办进学校的事,又在学校附近去找房子。房子一下便找好了,是一间小小的亭子间。浮生他们也要搬,便在她们的间壁找好了房子。进学校的手续很简单,只要缴清费用便可随时上课了。

这些麻烦事,连同帮忙浮生搬家,足足忙了三天。

二

一切事情都很妥当了,丽嘉心里却更茫然。这本来都不是为她预备的,她不需要这些。这天,她送珊珊去上课,到大门时,她向珊珊说:

"小姐,都很好了。你就这样生活吧。我呢,我要离开这里几天。你知道的,我要去看看毓芳了。他们纠葛的事,还不知怎样了呢?"

珊珊给了她愤怨的一眼:"你总喜欢使人不快活,为什么不听我的话,两人上课不更好吗?"

她仿佛没有听见一样,笑了一笑,便快步的走了。

她转了几个弯,搭了一辆电车,又转搭了一次车才到了辣斐德路的极西端的一个弄堂口。经过许多热闹的街市,店铺都张着大减价、九折七折的旗子;有的打着洋鼓,有的开着留声机,有的跳叫着,处处都进出着体面的男女。她仿佛很有精神的去观赏一切。直到走进了弄堂里,被一股强烈的便溺的腥臭冲进了鼻管才将那些热闹的影像抹去,她皱着眉心,掩着鼻子,去找门牌的号数。找到最后的一家,门大敞着,三个男人在围着圆桌吃稀饭。她特意去敲响门环:

"喂,我是找赵毓芳的,她是不是住在这里?"

"谁呀?"楼窗上伸出一个头来了,听声音便可以知道那正是毓芳。两个人同时都"呵"了一声,楼板上便只听见咚咚的足音了。

"呵,我正盼着你呢,怎么才来? 我们上楼去吧。"毓芳看见她时直嚷。

她也抓着她跳起来:"我真高兴! 我真快乐! 你还是同从前一样,一点也没有变呵!"

她们穿过客堂,走上楼时,那三个年轻伙子望着她们笑,有一个还说:"毓芳小鬼你真快乐呀!"

两人都紧紧的望着,不知说什么好。还是毓芳先想起来,问她的行李。她告诉她已同珊珊租好房子了。

"你不是说珊珊要上学吗?"

"是的,她已在大学上课了。"

"那你呢?"

丽嘉望了她半天,不知怎样说才好。她觉得她自己很烦恼,又觉得这烦恼不必向人说,因为别人不一定能了解,而且说了也毫无用处。因此她倒呆了半天。毓芳接着说下去:

"那么也上学啰!只是你们在周仲清那一起人门下学什么呢?社会学,他们懂吗?他们一古脑儿看了几本书?文学,你们去打听一下吧,什么人都在那里做起教授来了,问他们自己可配?除了翻译一点小说,写几句长短新诗,发点名士潦倒牢骚,可有一点思想在那里?他们太看轻了你们这般大学生呢!我不会去向他们请教,学问是向人学得来的吗?全靠自己呢。"

丽嘉笑了,她早把眼光将全室搜罗遍:只见这房间,一点也不整齐,四处都散着一些报纸,纸屑,桌上脏极了,厚厚的一层灰。几个不干净的茶杯孤零零的站在那儿。床上堆积了许多折皱的被袄、衣服之类的东西。她觉得她的朋友的怠惰的素性,仍然保留得很多。她锐利的望她一眼,将自己的锐利的言语制住了。她遇着别人意见太偏时,她便反承认那被反对者的一部分理由。因为不愿在久别后刚相见的好友前起冲突,她只好笑着说,还用手去拍她朋友的肩膊:

"哈,倒看不出,你有这么多意见。不过,你放心!我不是能耐烦的人。我受不了那上课的罪。横竖我不想学什么,我只想找事做。倒是你呢,你和保霖的关系现在怎样了?我很挂心呢。特意跑来看你的,却将话说到些无意义的事上去了。你详详细细的告诉我吧!"

于是在毓芳口中,便赤裸裸画出一个简单的、浅薄的、过分自私的男子的影子。听着听着,只觉得这历史,这经历,太不精彩了,而且很丑恶,同丽嘉原来的想象全不对,她希望她朋友至少也应有点儿悲哀的调子,或是正又挟着报复的心,谁知事情只是这样:原来两人并不怎样相投,时时吵嘴,这次又为了一点小事,都不相让,终于咆哮动武,于是一个气冲冲的走了,一个也随他,到现在恐怕两人都已记不清到底为的什么事才闹起头,因为那原因太小了。丽嘉只觉得太糊涂,太可笑了,原来本想来安慰朋友的,现在只觉得正适宜于打趣了。可是毓芳又从抽屉里翻出一张照片给她看,说是纪念品,是在保霖走后第三天照的,前几天刚送来,她说她从此要过清静生活,好好做点事。照片拍得异常丰艳。丽嘉不禁望着相片娇媚的说:

"这太美了,只应再来个恋爱,为什么要说尼姑们说的话?看这像,就并不是餍足恋爱的像呢,真的,那楼下面的几位是谁呢?"接着她做了一个会意的笑。

毓芳把嘴一撅,像想起了什么似的,问道:

"醉仙那里你去过没有?他有几次同我谈过你呢,在那里可以见着许多人。大半都是同志——对了,你一定不高兴这名称吧,不过好些人都视你为顶好的同志呢。去,我们就去吧,我想你认识一半人呢。"

"是的,我们早先不熟,只知道他资格很老,但我不高兴他那不庄严的样儿,所以不去亲近他,还是今年在孙九先生那里见到的。我从不佩服人,只是对孙九先生的那种热忱,却不得不钦佩。他无论对人,对事业,对学问,都极其忠实的那样做。我在他面前只觉得惭愧。我希望我能为他感化过来。只是他又走了,我仍然是无头绪,一天天沉于梦想和说不出的不痛快。好,既然醉仙在这里,我和你去,我也很想见见上海的这一些人。"

她们手携着手便出去了。

三

丽嘉在毓芳处玩了两天,便又很腻烦的走了回来。房子已清检得更清爽美好了,添了两盆桂花,花正盛开,一股甜的香气占满一室,使人油然起一种幽静愉快之感。但是珊珊却不在房子里,只在那铺有织花布的桌上,堆了几本珊珊新买来的书,大都是一些文艺书籍,在每本书角上,都由她写上一些小小的字:"与嘉共读之!"丽嘉很高兴,她像小孩一样的又去审视书架上安置的一些小东西,审视墙上的画片,仔细看那精美的床,她不觉很惆怅起来。她希望能立刻看见珊珊才好,好像有好久不见她了。但她不愿到学校去找她,她一步一步踱往间壁浮生家去,想找他们小宝宝玩,好等珊珊回来。

当她走进浮生家的后门时,她便看见韦护正坐在客堂里,脸向着她。她正要喊,韦护也倏的一下迎着她来:

"呵!丽嘉,是你!我总以为你不回来了呢!"他伸着双手望着她这样欢呼。

她也不知所以的便跳过去,将双手投给他:"啊!是韦护吗?没有想到会遇见。啊,真好久不见了,近来怎样?"

浮生也走到门口,握她手,她不理他,只望着韦护笑。

珊珊也在这里,却很苍白,丽嘉跑来拥着她说:"珊,你真好,我已到过家了,见不着你才来的。"

珊珊淡淡的一笑。

丽嘉并没有注意,转过脸去,拿眼在瞅韦护的新洋装了。简直是一种专为油画用的那沉重的深暗的灰黄的颜色,显然是精选的呢料,裁制得那么贴身,使人一想起那往日蓝色的粗布衣,就觉得好笑,仿佛背项都为这有直褶的衣显得昂然了。丽嘉又看他脚,穿的是黑漆的皮鞋,反射出蓝色的光,整齐得适与那衣裳相配合。发是薄薄的一片,涂了一点油,微微带点棕黄,软软的、松松的铺在脑盖上。在上了胶的白领上,托出一个素净的面孔,带着一点高兴,又带着一点烦恼,常常露出好像是我知道了的微笑,真是一副具有稍近中年的不凡男子的气质,自自然然会令人生出一种爱好的心,不杂一点狎弄的。丽嘉端详了他半天,她那惯于嘲讽的嘴,已失去了效用,只能将眼睛睁大,然而却不是惊愕的神情。这时一室都静默着了,各人都听到自己的心的跳动,而且那跳动的心是正在说什么话。

然而这静默却又同时喊醒了各个人,都仿佛骇着了似的笑起来。韦护便躺到软椅上去,露出一种温柔的倦态。珊珊低着头。凝视自己手指上的细细的指纹,眼睛仿佛有点潮湿了。丽嘉却反过脸,大声的同雯说笑,又抓着浮生的手,这是她适才冷淡了的。她仿佛与从前一样,闪着轻蔑的眼光。她又跑上后楼去,将一个有着巨大的眼,和柔细头发的小孩捧了下来,一个可爱的欲笑的面孔,于是都围拢来,将这做了谈话的标识,父亲感叹着,母亲又抱怨了起来。真的小孩的东西太少了,连一个粗藤制的有橡皮轮的车也没有,莫说那有精致的把手和垂有重价的小纱帘的车子,这使小宝宝到公园去也不能,小宝宝是正适宜于要晒点太阳,因为她的皮肤太嫩了,而且邻近的这些有着林阴的安静的马路上,就常常有好多小儿车推过的,不怕浮生曾好多次愿抱着小宝宝去公园散步,然而这做太太和做母亲的雯却始终害羞将这可怜的家庭给别人瞧,她宁肯在家里陪着她生来便穷的小女儿玩。

丽嘉觉得这话题不能再继续下去了,否则又会引起风波来。不知为什么,一个女人一做了母亲,便将一切都缩小了,且总是那样小气,填不满那物质的奢望。她觑着那快要生气的浮生大笑起来,她将两个手指按着自己的嘴唇,向浮生命令道:

"禁止发言,不准发挥你的理论,谁都懂得的,说了也无用,因为不适用呢。你不说,我们也了解你,而且同情,但是你假使定要争执起来呢,我个人便完全站在雯的方面,开始攻击你了。"

浮生竖起了眉,预备同这调停人开始争辩,但他看见了那眼光,仿佛陡的聪明了许多,他便默然了。

丽嘉制止了他说话后,便继续说:

"总之,车是得买一个的呵,我和珊珊可以借给你三十块钱,你再支二十元薪水便够了。下星期我们大家都要推着小宝宝去公园玩呢。哼,你做爸爸,简直不会享福!雯,事情就这样定了。他不买,我们大家不依就是。"

这话说得珊珊韦护都笑了,浮生也只能笑,吐着不清的言语:"好,好,依你们就是,好,好,……"他那癫头癫脑的样子,惹得别人笑个不止,更逗起小宝宝来喊叫着。

韦护再三再四观察她,有时觉得很接近,有时简直是太难捉摸了。他一看到她那目中无人的傲慢样子,他便只想抓下她什么来,问她为什么要这样使人心里难受?但是他一想到她那些凶猛的,其实又是同样柔媚的眼光,他又恨不得将她高高地举起来,而且自己还向她做一些愚蠢的动作。

他看她那么不费力的管领着浮生,像一个驯狮者对那抚弄惯的狮儿一样。因为他知道浮生是那样一个无邪心的好人,不知人情的憨直的人,却那么并不有所希冀的服从了她。而那做太太的,也不能从她那里找出痕隙,所以他更赞赏她。但是当他看见她将脸伏在小宝宝怀中,那么不知节制的疯狂的笑,他忽然像是耐不住一样的嘲讽般的笑了一下。

丽嘉俨然很着恼,抬起头来,发散满一脸,她粗声的问:

"你笑什么?笑我吗?"

韦护不能立即收回那笑容,不知怎样答复才好,只得连声:"没有呀,我是想起了别的。"

"哼,你想起了别的。好,韦先生,你从什么地方学来的礼貌?当面侮人!我们还没见识过呢。"她不等别人回话,也不再看那向她投来抱歉的眼光。她飒的立起来,拖着珊珊的手就向外冲去,而且命令珊珊道:"走呀,不要在这里了。"

珊珊踉踉跄跄的不知抵抗的就被她抓着走了,真显得那腰肢的瘦弱。

在走出门口时,她没有回头,但却大声说:"雯,明天再来看你们。"

雯,没有答应她,只向着韦护安慰似的说:

"完全是小孩,癫子一样,同生人老喜欢拌嘴,一熟就好了。若同她一样小孩气,真怄也怄不完,恨也恨不完。"

韦护也只有一笑置之,视为小孩气而已。但是总有点不痛快,想跑去追她回来,又不好意思,又觉得无意义。他佯装很坦然一样,同浮生讲到他们团体中最近发生的一桩小事。好久以后,他才告辞出来,因为他不愿意让浮生他们能在他身上得到一点可疑的地方。

四

韦护住的地方,离学校很远。他一星期总有五天要这样往返的跑着。他为这住处的事真考虑得太多了。他知道,关于这一层他始终都很难邀得一大部分、几乎是全体人的谅解,就是无论怎样,他不能生活得太脏了。即使在北京他也生活得较好。所以他必须找一家干净的房子,和一个兼做厨子的听差。但是不知所以然的,他常常为一些生活得很刻苦的同志们弄得心里很难受,将金钱光在住房子和吃饭上就花费那么多,仿佛是很惭愧的。他的这并不多的欲望,且是正当的习惯(他自己横竖这样肯定),与他一种良心的负疚,也可以说是一种虚荣(因为他同时也希望把生活糟蹋得更苦些)相战好久。结局是另一种问题得胜了。就是他必须要有一间较清静的房间,为写文章用。他每月所负的责任不轻,他不能弃置这事不努力。因为能写的人,在他看来,简直是太少了。所以他找到了那个房子又好,房东又好,房东的听差也好的一家了。正因为房东同他有点戚谊关系,虽说他出的钱比较贵了一点,然而向人尽可以说是住在亲戚家里。他又买了一些并不是贱价的家具,和好多装饰品。俨然房子很好,使人疑心这是为一个讲究的太太收拾出来的。韦护住在这里,真的很相安。开始几天太忙了,人很累,一倒下那宽大的、有钢垫的床,便享福一样的睡熟了。等过几天,学校的事走上了轨道,而与陈宝等组织一个文学研究社大体已有了头绪。他除了上午到一个办事处翻译一些稿件,下午到学校上两个钟头的课,其余的时间,都可以由他自由支配。他像一架机器,一回到家,坐在软椅上,抽两枝烟之后,便伏在案上,不知天昏地黑的要到人实在太疲倦了才停笔,然后钻进那听差为他理好的薄被中去,再抽一枝烟,就睡着了。他仿佛顶满意这伏在案上用笔的工作似的,可是过不了几天之后他将休息的时间,不觉得延长了。而且在笔尖稍一停顿的时候,思想便从笔尖飞跑了开去,不知乱想了一些什么,才又自己觉得好笑,才又将心神收敛了拢来,继续的写下去。但不久,却又忘其所以的,仿佛很有兴致,在另一张空白的稿纸上写出一首两首小诗来。虽说常常责难自己的这些行为,然而也很珍贵的将这些诗稿安放在另一个抽屉里去,真是一些不忍弃置的小东西呵!一到了晚上十一点钟的时候,这在从前实在只能算是太早了,他就仿佛文章已写够了一样,早早的爬上床去,蜷在被窝里,靠在大的软枕上,在小小的红的灯光底下,他翻了一些大的精装本,又去翻一些小的,更适宜于躺着看的书。他一天天的感出这些文学巨著内容的伟大。他对于艺术的感情,渐渐的浓厚了,竟至有时候很厌烦一些头脑简单、语言无味的人。他只想跑回家,成天与这些不朽的书籍接近。他在这里可以了解一切,比什么都快乐。若不是为另一种不可知的责任在时时命令他,他简直会使人怀疑他的怠惰和无才来,他真是勉强在写那文章。

这天别了浮生回来后,他更不安的坐在房里,同时对于自己起着反感。为免除这懊恼,他整个晚上都消遣在小说中。他简直恨起来为什么这时不会有点意外的工作来消磨他的时间,好让他不为别的可笑的事件苦着。

但在睡了一觉之后,他又变得好好的,与从前一样有精神,有兴致的走到那办事的地方去。没有一个人看得出他在夜晚失过眠。而且大家忙碌着,脸上放着光辉,他也就异常有劲了,他需要有许多在拚命努力的人来鼓励他、帮助他。

五

下了课后,他在教务处坐了一个钟头。仲清不在,只有两三个糊涂的人在那里,都异常敬仰的在同他敷衍,因为他们不知应说什么话才好。他毫无趣味的同他们讲学校的事,又讲报纸上的事。然而总无结果,总无真的意见。他们对一切都很朦胧呢。他看表,还只四点钟,回去是太早了,但又无事可做。他再望这些同事们,觉得还不如同那门房老头儿说话有趣味。他无法了,只好站起身,做出一副要走的神情,其中一人便赶忙为他找帽子,另一人便模仿着感叹的声音说:

"唉,韦先生,你简直太忙了呢。"

韦护不禁显出苦笑来,但是却极亲热的与他们周旋了一会才急急的离了学校。既到了马路上却又彷徨起来,不知往哪儿走才好。

最后还是不觉的向浮生家走去,最近浮生夫妇之于他,仿佛有很亲近的意味了。

一到门边,便听着有那响亮的笑声,他不觉心一动,脚就踌躇了,想退回去。不过他为了一种自负的情绪,他不愿怕什么,所以还是带着一副好的气氛走进去了。他将他的大的满的皮包向桌上一掼,转脸向丽嘉笑道:

"还生气吗,小姐?韦护今天特来赔罪。"

他伸过右手去,仿佛也很倨傲的样子,但眼睛却故意的狠狠的瞅了她一下。

丽嘉将右手放到他手中,柔声的说:

"不懂你的话。我并没生谁的气。只怕你一赌气,不理我们了呢。"她并没有躲避他的眼光。

他又去拉珊珊的手,珊珊却无力举起手来,她说不出有许多抑郁,她一点也不像从前锋芒了。

雯用手指刮着脸去羞丽嘉,露出一副疑问的笑脸,意思是说:"没有生过气吗?"浮生也笑着,一半解释,一半安慰的道:"完全小孩子,哈哈……"

丽嘉简直不在乎,她坐到韦护坐的那张大沙发上,很亲昵的同他说到生活的一些小事,她当面非议浮生他们的生活太单调,太不艺术,她说到他们的种种无生气,她又仰慕的问到他在北京的情形,那些女同志一定都非常自由,非常快乐,她真羡慕她们。韦护也说她们好,因为她们有事做,她们有信仰,她们走上了一种固定的生活轨道,总之她们是不会有许多烦恼的,而且生来便不如南方的女人多感慨似的。

珊珊听来觉得有许多刺耳的地方,而且觉得她朋友的牢骚说得太过分了一些,她忍不住说道:"这只是因为太闲了的缘故,一个人成天不做事,仅用脑子乱想,自然就有许多不如意的事了。中国女人,完全因为是没事给她做呀!"

韦护心里想:"我却实在忙呢,然而也不安定得可怕呢。"

正为了有人说他生活方法不够好的浮生,心里有点不痛快,他反对他们,拿起他的书本在桌上拍得很响的说:"什么'生活'?这只是一些诗人们的话,而且是有钱的人才能讨论的问题。我呢,是一切都不知道,也不过问。只知道就这样忙迫的过去,一直到死。人是不会想到什么烦愁的。"

"哼,然而在工作中也会为了一点小到可笑的事同雯同爱人吵起架来,还要别人劝和呢。"

"那并非这个意思。你不知道,……"浮生无力的辩白着。

"总之,一切都太平凡了。我厌弃这一些不动人的故事。"丽嘉不耐烦的叫着。

韦护解释道:"本来是平凡。人并不是超然的东西。但是,得有动力。譬如我们就是架机器吧,我们有信仰,而且为着一个固定目的不断的摇去,可是我们还缺少一点燃料呵!人是平凡得很,正因为此,却不能不常常需要一点这助动的热力呀。浮生,你是成天忙着的,我也成天忙着,但是你能给我一个确实而满意的回答吗?我们一切生活的主宰到底是什么?"

浮生骇得把眼睛张得很大,不知说什么好。他只想喊:"你有神经病,你简直有神经病!"

"对了,韦护!我相信你,你懂得只有比我们更多的。我们总是缺少一点什么东西。若将我们生活的经历打开来,真不能使读的人会有什么激动的。无味愁烦和苦痛,哪里是生活的病呢?韦护!我们到底要怎样才能弄得使我们好玩点和充实点?"

韦护用一种极同情的眼光望着她。珊珊只是不安的巡回望着他们两人,时时嘘着气。及至韦护征求她的意见时,她竟无所措手足的呐呐着。

韦护已经了解,他已从丽嘉那里取到了一种精神上和思想上的信用。他很兴奋,他又本不缺少那好的谈锋的,于是他将这情形维持到更好的局面。在这里浮生夫妇没有插嘴的余地,而珊珊也像身体不好,缺少说话的趣味。韦护观察到她的后颈边,有一颗极圆的黑痣。而当她笑的时候，又现出两个笑涡来，一大，一小，一个在颊上，一个在微微凹进的嘴角边。那两片活动的红唇，真也有点迷人呢。于是他倒常常静着，只听她说话。

直到浮生的晚饭摆上桌子了，大家才知道时候已不早，是应该告别了。

韦护执意要回家去吃自己的饭，所以他先走了。

不过在丽嘉和珊珊也寂寞的走回间壁后不久，他却又沉闷的走了转来，他握住浮生的手说：

"请你原谅我，我发挥了一些那样可笑的论调。但是我很明了，我不是那样怠惰的人，想你也相信。只是我近来真仿佛有点精神变态，你看，我从前那么忙，每天还能写五六千字，到现在却只能写两千字了。然而我会振作的！我现在将这些话告诉你，因为我把你，也只有你是我在国内最好的朋友。"

浮生并不了解这到底是什么意义，只是更紧的握着他，显得又感激，又替他难过，反做出一副乞怜的样子说：

"唉，我晓得，你一定有什么地方不舒服吧，我看，你休息几天，学校方面，我可以替你做。"

"那倒不必。好，你们吃饭吧，我回去了，晚上还得写文章，因为《青年周刊》无论如何明日得付排。好，不必介意我，浮生若得空，下期翻点稿子给我，要切用，又不要太长了。若能写就更好。好，我走了，明日见。"于是他快快的向门外跑去。

浮生还想拉他吃了饭再走时，也来不及了，只凝望那消去的后影，觉得那影又为工作劳苦得瘦了好些，想起他那样不辞劳苦，而又诚恳的从不叹气皱眉的干着，犹不免一部分同事的非难，真为他难过。相形起来，反觉得自己平日的固执和暴躁，竟能邀得别人的谅解，真是幸遇的事。因此他更同情他了。"韦先生"这外国名儿，是大部分同事单应用在这位懂得外国礼节的韦护身上的，然而意义却全因用的人而变得不同。

六

韦护离了浮生的家,一人冷清清的落在马路上,说不出的对于自己的嫌厌。他在心里重重的打自己的耳光,这悔恨又并不像向浮生所说的那些话的意义,是完全懊悔,怎么又会向浮生,那老实人说一些那么疯疯癫癫的话。本来别人并没有觉出你有什么病,若是一解释,反使人生疑了。若是浮生知道了,或是雯,女人总容易了解,说是我,韦护怎么了怎么了,一嘲笑开去,唉,那真糟!他又悔,为什么竟忘掉一切,同那么一个小姑娘,多幼稚的人谈讲得那么有劲?真太愚蠢了。他越懊恼,他就越兴奋,又越对这兴奋起着反感。他心里说:"韦护!忘掉这一切吧,让魔鬼拿去,你去想一点别的更重要的事!"

他竟忘记坐车了,走了好久才到家。

那表亲,一个洋行里的办事员,近来因为事情颇得意,已吃得有点发胖了,走到阶边来迎他:"呵,来得正好,你今天迟了好些时呢。我也因为有点事刚回来。好,喊他们开饭吧。"

他颓唐的倒在客厅的沙发上,呻吟的说:

"人有点不好过,不想吃饭。"

房东很殷勤的周旋他,亲自倒了一杯白兰地,说吃了会好点。房东太太也来了,一个虽说颜色稍黑,然而却很健实,又很懂一般太太们的风情的女人。他只好顺从了他们。吃饭的时候,房东仿佛打趣般的正经向他说,他实在应当找一个如意的太太了。房东太太也毛遂自荐的说是愿意帮他忙。然而他只好笑了。说住在这有好主妇的家里,便非常满足,竟忘记太太的事了。若是承情帮忙,也应当找一个像这贤惠主妇一模一样的他才要。男的好像受了奉承,就更乐了,女的则横眉一笑。于是这从未使他稍稍留意的女人,也好像使他心动了。他勉强欢笑着敷衍了一会,才离了那对夫妇,回到自己的房子里来。

照例他抽了几枝烟,但将稿纸摊开好久之后,还不能写一个字。他努力镇压住自己的感情。他疑心完全是因为他走了太多的路的缘故，他想早点睡只是又找不到瞌睡了，而且连书也懒于看。他从那秘密的抽屉中，取出那些珍贵的诗稿来，翻来覆去又看了一遍，觉得有些确实写得很好，有许多都是在前两年所不能体会出的情绪。不过他不愿将这些他得意的成绩拿去发表，因为只能给一伙没有修养的人作嘲讽的谈资的。他重将这些东西收藏后，便再也找不到别的可以混去时日的事情了。无论在心中他是怎样的在喊着："明天要发稿呢！难道你存心延期吗？"但他仍然不能执笔。时钟还只到九点半的时候，他就张眼望着天花板躺在床上了。天花板上被那红色的小纱灯反映出许多画着大圆形的黑影，像一个大的、散漫的花朵，他从那些破碎的花瓣中，最先看见了一些他的不明显的意识。多么可笑的意识呵，他闭下眼皮来，愿意这影象消灭去，这会使他不由的要生出惭愧之心来的。但是一些另外的，便在他合拢的眼前跳跃起来了。那逝去了的，曾经陶醉过他的甜蜜。唉！怎么这些本已成为毫不可恋的一些影子，也变得很能诱惑人的在扰乱他，而且使他痛苦。他又厌烦的把眼张开，而那丽嘉，一点没有错，太像那姑娘了，简直就是那副神气望着他，像问他要什么东西一样。他心里想："唉，这到底是什么意思？难道……"接着他便否认了，决不会的。那姑娘决不会把他放在心上的。若果他是一个个人主义者，自由主义者，或是一个音乐家，一个诗人，他都有希望将自己塞满那处女的心中去。然而，多不幸呵。他再也办不到能回到那种思想，那种兴趣里去。他已经献身给他自己的不可磨灭的信念了。而这又决不能博得她的尊敬的。他想起那最初见她时的一切了。她是那样侮弄了柯君，而且那样不胜其讥刺的问到他，"哼，是同志！"若不是因为他是《我的日记》的作者，而他又幸而还勉强应付了过来，她简直不知早就怎样在显示她的傲慢的技术了。他又重新想过一遍她所说的一切的话，他证实了他是怎样的不能给她以人格上的刺激和满足。但是那眼光，唉，为什么在刚开始时，她就那样仿佛欲吞灭人的望着他。而且今天，更使人疑惑的亲切了起来。他越想，越不解。越不解，就越想，竟至有时忘形起来。他不知所以的在床上滚着，几乎将那小几上放的茶杯和水瓶都碰倒了。

总之,这是事实,丽嘉已一反旧日狂狷的态度,她很坦然的同他谈过她自己的无聊的生涯。讲过一切像是属于大众的希望,她很信仰他,她并不暴躁,而且她并没有将他视为一个她所歧视的人。韦护再三想,他实在没有拒绝她的理由。她实在可以做他的一个好朋友。他有许多思想只能给她知道,那些脑筋简单的人是不配了解的,而且也只有她的那些动人的态度,才能引起他有裸露出衷心的需要。他要将她搂过来给她一个拥抱才好。他最后放胆的想"她真可爱"时,他就用力的向空中那幻影的嘴唇上大大吻了一下。

七

这时丽嘉也正在被一种矛盾的思想所纠缠。她觉得她自己简直是太不懂事了,为什么要向韦护,一个初次相识的人,将自己的一切生活上的不满足给他瞧,使他在这裸露的天真的人格上任意观览,将一些不正确的(就是说并没有真正了解)概念了去。他一定看出她实在很柔弱,很贫乏;也许现在正同人说到她,且嘲笑起一切女人来了。她不安的向和衣斜躺在床上的珊珊说:

"珊!你为什么老不同我说点亲热话,是不是有点生我的气?我真值得你恨的。你看我会将韦护当成那样一个朋友看,我实在太不顾虑和太不矜持了。你晓得的,我并不是说人应当虚伪点,只是不应到处向人发牢骚。能了解你的呢,他还给你点同情(然而这也够可耻),否则,只能给人拿去做笑谈了。尤其是我们,一个没有职业的姑娘,真该留心给人的印象是不能太坏的。任人恨也好,恼也好,怕也好,只是不要让人看不起,可怜可欺就好了。珊,你说呢,是不是我今天太老实了?而且到底——唉,你看韦护到底是怎么一个人?"

珊珊也有珊珊的烦恼。她比她朋友稍微大一点,百事都忧郁一点。在人情上,她自然比较的周到。她有一颗玲珑的心,她能使人越同她住得久,越接触得深,越能发现她的聪明和温柔的韵致,然而在表现上,无论她怎样锋芒,也及不到她朋友的这方面的天才。她有一

种中国才女的细腻的柔情,和深深的理解。她只说:

"你,相信我吧。我不会对你说假话。你并没有什么不对。你欢喜哪样就哪样。我只是有点不舒服。我实在无生你的气的理由。"

"为什么你还是这样态度?而且你不答复我的话?我要你说那'韦先生'是怎样一个人!"她跳到珊珊床前去,她将自己的脸去遮住珊珊的视线,她不肯让她再逃避开去。

珊珊坐起身来,握住她的手说:"嘉!我不希望我们将别人讨论得太多了。他与我们有什么相干?而且,韦护,我真不能了解他呢。也许他是好的,他是对的,他比一切我们相熟的人的见解都高明,但是我们何必这样无穷尽来说他呢?你说你悔,你不该将他看得太亲近了,然而这样不疲倦的老研究着他,不更觉得是将他的意义更看得不同了吗?我不反对你任何提议,我只不愿他,韦护,来占领我们整个时间。我看你从转来到现在,他的影儿都没离开你脑子的。"说到这里她便笑,用手去抚摸丽嘉,"这真不值得!"

"真的,我仿佛老不能忘记他。这确不值得,确值你来笑。不过他太会说话了,你未必能否认这一层。想想看,在我们初次见面,他就能将我们的顽固的心,用语言融洽了下来。而且在今天,喂,他那种态度和话语,我几乎疑心只有他能了解我了。你几时看到我曾同一个什么初次见面的人谈到这些话,固然是由于我太不检点了,然而,却也因为他有引起我说这话的兴趣和需要啊。现在,这些都已经成为过去了。我将如你所说的'不值得',我不愿再多想到他。"

珊珊不愿再继续这谈话,故意扰开些,慢慢便说到浮生,珊珊说他是好人;丽嘉承认,且说他很可爱,但是她永不会爱如此的男人,只有能为好母亲的雯才能同他住。她说:"你看那傻样儿,有时真使你觉得他可爱,可是,这是不关紧要的。若是这是你爱人,成天当着人这样,给别人笑,你可真受不了。我喜欢他,因为他有许多特别的地方使你不由要发笑。我也将他当一个好朋友,因为他真是诚恳极了。只是,我们真难了解,他只将我们看做一群天真烂漫的小孩子,但永不能知道我们究竟是怎么一个人。"

话说到这里便停顿了。仿佛想起:"谁能知道我们究竟是怎么一个人?"

但是话仍然继续下去,她们说到雯,又说到毓芳。她们意见总还能一致,然而态度却不同。珊珊无论如何,对于同性的宽容,较她朋友能大些。

直到夜深了的时候,眼皮提不起,瞌睡来迷了,才终止了争辩。丽嘉糊糊涂涂的脱了衣,爬进床的里边去。不久,便只听到那微细的匀整的呼吸了。

珊珊没有睡着。她愿意认真念点书,可是不知从什么地方努力。这位教授讲一点翻译的小说下课了,那位教授来讲一点流行的白话诗,第三位教授又来命他们去翻一点不易懂的易经和尚书。到底这有什么用? 她本来对文学很感到趣味,谁知经先生这么一教,倒反怀疑了。还只听了一个星期的课,便仿佛感到很无聊了。她不能再像往日一样能和丽嘉毫无忧心的游荡。她看见她朋友在那么兴奋的谈了一回话之后能那么香甜的睡去,她真认为是可羡的事。她异常爱惜的将被替她再盖好一点,又闭着眼,数那匀整的呼吸去试着睡,好久,才稍稍睡着去。

不过一会儿天就亮了。弄里响起一些铁轮的车声,赶清早装运垃圾的,珊珊醒了。她很难受的辗转着,头又晕,眼皮又重,她需要睡眠,却又不能睡,她只好张开眼来望天色。天色已由蒙蒙的,变成透亮了,一定是好天气。房里还有一盏夜来忘记捻熄的电灯,讨厌的黄光照着。珊珊不愿起来关,又合眼躺下了。她不知挨了多久,听到楼下客堂的钟响了七下。她觉得应该振作,应该上课去。于是她起身了,摸摸索索的做着一切事的时候,一把那酣睡的丽嘉扰醒。于是这小房的空气全变样了。她总是感到有浓厚的兴致,给予珊珊许多向前的勇气。她蜷坐在被窝里,用愉快的声音赞美珊珊的柔细的发和那又圆又尖的下巴。她常常好像刚发现一样惊诧的问她:"珊! 真怪,怎么你的发会那么软而细,你小时一定没剃过的。真好看,像一个外国人的头。而且,你照一照镜子啰,那小下巴简直和沙乐美的一个样子,那皮亚词侣画的。唉,我真爱它呢。我也得有那么一个就好。哼,明天把这丑的削了去。"等不到别人答应,她又叫起来了:"呀,好香呀,你看这盆桂花都快谢了,却还香呢。唉,珊,我说又快要买菊花了,只是菊花我并不喜欢。"

她就这样常常同珊珊成天讲话。当她睡足了的时候,更高兴。她在珊珊面前毫无忌惮,有时还故意扰得珊珊不能做别的事,她就快活。她又在想法使珊珊缺课了。因为珊珊到学校去后,她太寂寞。但今天珊珊是下了决心的,她柔声的向她说:"我要走了,八点钟有课。你无事,可以多躺一会儿。起来看看书,我就快回来了。以后我们想个法子,不要这样空玩就好。嘉,我们已不小,我们得凭自己的力找一条出路。我对我们将来还有一点意见,等我回来后我们再谈。"于是她一点也不觉得有体贴朋友寂寞的必要,快步出去了。

八

剩下丽嘉一个人蜷坐在被窝里,带点失望的惆怅,想到她朋友,仿佛有点恼她一样,但随即谅解了:"为什么要缺了课,在家里陪我玩?既然是诚心老远跑了来,又花了那么多的听讲费。自然,她是对的,我太自私了。"于是她又笑了,斜身靠在枕头上预备再睡,忽的想起珊珊说的"你无事,可以多睡一会儿"来,不免有点惭愧。但是她转念一想,未必去坐在讲堂上听别人念两段书,便算得是什么事,而且到底上了课的人会有什么与自己不同?她不能相信去上课便有什么了不得的意义。她始终找不到兴趣能在课堂中呆坐,她说(在心里说):"与其在那儿受闷,宁可独自躺着乱想。"她便又很安心的躺着了,而且乱想。她想了许多,将毫无关联的事接在一处。事情并不精彩,又不重要,不过她却感到很有趣。从某一种事体联想开去,一秒钟里便有许多不同的影像旋回过了。但是常常不拘在某种事体中,忽的会跳出一个影子,像韦护;她接着去审视那影子时,便又模糊了。她几次都这样叫,几乎叫出声来了:"怎么我老记不清他那样儿,到底那眼睛,那鼻子怎么生法的?"然而她真记得,那眼的光,探求的,那笑容,那么做得毫不懂拘束的呵,并且那态度,她就从没遇到有比他更动人的。自然,他并不是美好得很,高贵得很,或是豪爽得很,他只是那么一种不带酸气的倜傥,微微带点惹人的沉静,就全凭这个来打动人的心。丽嘉又温习一遍他所说的一切。没有错,他将她的意思引申了,他补充了许多她未说出和未想到的话。他又说他的意见,那全与她一样,只是更具体,更确定,更将她引向他了。她竟会想起:"珊珊也决不会能知道我如此之深的。"她再去想别人,便都觉得俗气了。她只愿再见他,即使说一点小到比什么还可笑的事,也可以从他那里得到极满意的解释。她跳起身预备跑到浮生家里去,在那里准可会到韦护的。有一种直觉,使她断定,若是韦护不逃避她,那他一定也要不断的往这里来。她不觉笑了。她笑她自己所料的决没有错,她又笑自己太急了,但是她仍然急急的穿衣服,要早早的到浮生家去,或是别的地方去,这小房子不能使她逗留了。正在这时呀的一声,门大开了,露出珊珊的头。珊珊望到她那慌慌张张的样子便问:

"急什么? 你要怎样?"

她有点不好意思,仿佛被别人窥破了什么秘密似的,倒身在床上大笑起来,她说:"你晓得的,我预备出去玩,这房子太寂寞了,你又不在家,我真无聊透了!"

"既然想玩,我陪你,只是到什么地方去?"

她不便说出浮生家,而且现在浮生家里也无味,既然珊珊回来了,她是可以不出去的,所以她懒懒的答道:"我也想不出地方。"

珊珊会意的一笑,坐到床上去:"那就不出去,还是我们来谈谈,我缺了两个钟头课,就是为不放心你。"

"呵,你太好了! 依我看,你不必去了吧。"

"我的意思是我们两人都去,你,得找事做。我呢,你不去,我也坐不牢,总惦记你太寂寞了,怕你心焦。而且,嘉,我真需要你给我兴趣和勇气,我自己常常都觉得奇怪,百事一有你那样高高兴兴的在旁边,我才感到那事的意义。若是你一反对,我好像也灰心了一样。自然,这怪我太不能忍耐了。只是,嘉,我不是说你,你不免有点任性,若像你现在这样玩,你将来一定要后悔的。我只希望你能同我一块念书,我好,你又何尝不好。"

丽嘉做了一个难看的怪样子打断了这谈话。她有一种最不愿意的事,便是想到她眼下最需解决的问题。她厌倦了学生生活,无耐心念书,然而又无事给她做,她又不愿闲呆着。她有许多不成理由的理由,没有一个人能了解她,原谅她的。她也想过,但是她所想的都是梦,她知道行不通,所以苦恼得不愿讲到这事了!她一听珊珊说到这里,便忍不住要皱眉,不过一旦珊珊看见她怪脸后,她便觉得很对不起她,所以她随即笑道:

"唉,又来了!你不是已经说过吗?明知无效果,还要来碰钉子,看你这人啰!我,你尽管放心,我不愿负你不能安心念书的责任。好,珊,你既然缺课回来了,我们还是出去玩玩吧!"

但是珊珊却仍旧要将话题继续下去。她说,不错,她曾劝她一同上学校,不过意义完全两样的。以前呢,她完全是自私,她愿她朋友能为她作伴。但现在,她是为着她朋友着想的。她肯定的责问她:"你敢说我们能懂些什么?虽说处处我们都显得很聪明,我们同别人谈讲艺术,谈讲种种问题,以及一切细小的日常生活,而且我们还是多么做得看不起那些谈讲不来的人。但是,到底我们思想的根据在哪里,我们到底懂了那些没有?没有呀!我们没有潜心读过几本书,我们懂的全是皮毛。我们仿佛是在骄傲,然而却一定有许多内行人在讥笑我们了。这些呢,过去了!我们本来是太幼稚了。我也原谅这些,只是现在,嘉!我们都已经有二十岁,而且,看一看这社会,是不是还能准许我们游荡,准许我们糊涂?我们总得找出一条路来。但是,我不敢说,不多读点书,会能找到一条顶正确的路!"

丽嘉始终摆出一副玩笑的样子,不将那些话当正经话听,时时找她朋友闹着玩,又打岔去问一些不关紧要的话。到后来,看到她朋友太认真了,不好不理她,只好点着头,其实她还是希望这些能早点结束的。但是当她听到她朋友发出那么一些责问之辞时,她忍不住很气愤了,她大声抗争着:

"错了！你简直错了！也许这能应用到你自己身上,可是你不该将我和你说在一起。我要告诉你的是：你既然知道这社会已不准你再游荡,那,也就未必还能准你读书！你说,年纪大了,要找条出路,但是你认不清那最正确的,所以你要靠书来帮忙,但是书太多了,路也因为书更多了,你将更认不清你应该选择的那条路,你将永远走不上一条路的。人只是应该向前走,走不通了,再来,那才会有一条真正的路,你不是几次都感叹你太不懂得什么了么？你不是觉得你对于一切问题,都只能讲点皮毛么？但是,读书吧！读那些白话诗吧,你就会懂的！哼！不行,我告诉你,这一切都得实实在在去经验。你不懂这个社会,你便读尽天下的书,你仍然只是一个误解！唉！得了,我们不讲这事了,你看你还那般像演讲似的来教训我,我会不会觉得有笑你之必要？吓,珊！我真要笑了！"

她便纵声的打着哈哈。第一次,她将朋友当做了敌人。

另外那个被嘲笑的,自然也把脸变红,她不能忍受这无礼,她坚持着她的意见,她要纠正那错误,她不惮烦再解释且申斥她了。

慢慢的,都忘记了那重要的一点,只在寻求一些精彩的深刻的讽刺,互相抛过来,要打击对方的心。

珊珊说不出的难过,这局面真不是她能臆想的,她纯粹一副好心,她抱着希望的；然而现在呢,她不图在她们的友情中,会产生这可怕的事实来。她真想痛哭了,但是她忍着,她骂她恼恨的那人。

丽嘉更是充满了愤恨。她原来是很快乐的,现在却为她朋友扰乱得不堪了。她觉得她实在应离开这不愉快的地方。她跳步的冲出这小房的门,她走了,然而却故意做了一个极可恶的样子留给她朋友。

九

外面洒满了金色的阳光,天气像初春。丽嘉仿佛一个被放的囚奴,突然闯入了这世界。她用一种奇异的、狂欢的心情来接触一切。她不断的嘘唇,迎着风快快的向前走去,那清凉的微飔,便频频去摸那脸颊,或是很快的抹了一下便跑走了。她举眼去望天,正有许多团的白的耀眼的东西在那蓝色的天海中变幻着。她仿佛自己也轻了好些一样,只想飞腾起去,脚步换得更快了,像要离开地面似的那么跑了几条马路。马路上都异常安静,即使在白天,也没有很多的行人和车马。她想起适才的争执,简直觉得那是太愚蠢和丑陋了。她捡起一片被秋风吹落在地下的枯黄的叶,像是很珍惜的把玩着,随即便又不经意的抛下了,风将那树叶吹到好远去,她又去捡另外的。她想起珊珊来,看见她红着眼睛,额上有两股细的青筋暴露出。她想:"唉,我怎么能知道她为什么这样对待我,她许久来都在爱护我的。"但即刻又转念道:"自然,只怪我太粗暴了。"她又想起过去的一年,不正是这时候吗,她们刚跑到南京,成天在北极阁、鸡鸣寺这些地方乱跑,那时她们还没有丢弃绘画,她常常将她喜欢的色调去染污那白纸。她曾有许多自己满意的作品。那时珊珊没有别的信仰,信仰便是她。没有别的兴趣,兴趣亦惟她的兴趣是从。而且她以她的聪明,她的豪迈,她的热情,吸引了一些朋友,她们终日都沉于欢乐中。现在呢,散了,都忘了她,干各自的事去了。珊珊也一样,她只信仰读书,而且她蛊惑了那些人,现在还想来强迫她。她怎能不生气!过去的一时的热闹,使她迷乱,仿佛她应该争回那失去的王座,她不能寂寂寞寞的生活。珊珊的话,也有一部分理由,她说:"这社会已不准我们再游荡了。"对,我们得找事做,我们要钻入社会去,我们要认清一条路。她决计了,她不一定要同珊珊在一条路上走的。珊珊喜欢那些书本子,她就去读书,无论结果怎样。她自己愿意干一点事,她就去找事做,不必在家里使珊珊不安。现在珊珊一定被她气哭了。她知道珊珊是比她多感伤的。她无论如何不能在街上瞎跑了。她要转去看看她朋友,向她解释,向她道歉,这真的不值她们来闹得心里难过的。她掉头在朝来的路走回去,才发现已离家好远了。她正预备雇洋车,迎头却有部洋车停下了,车上走下一个满脸都是笑的人:

"啊,怎么在这儿,要到什么地方去?"

原来是韦护从办公处回来,很高兴的神气,给了那车夫两角钱,打发他走了。他随着丽嘉慢慢的走。

丽嘉也忘记雇车了,他们讲了许多不关紧要的话。丽嘉指着一个极脏的小面馆告诉他,从前她曾和两个朋友在这里吃过面,只四个铜子一碗。她还买了一斤花雕喝,面馆里给她们一点熏鱼和白菜,她脸都喝红了。馆子外面围了许多人看她们,她的朋友实在受窘不过,强拉着她走了。她们走出面馆,那些看的人便让开一条路,不笑她们,也不同她们说一句话。她带着叹息的望着韦护说:

"总之,大约只将我们当做疯子来看而已,我们决不将我们看做同他们一样的人。"

韦护听着这些话,极感到兴趣。他幻想几个鲜艳活泼的女性,穿着上海流行的学生装,在一个只有小车夫去吃的馆子里,和那些穿脏的破衣的人厮混着,用大碗斟酒,受一群好奇的眼光凝视着;他再回头去望那面馆,好像有点感情似的笑了起来。他问她好不好再到那地方去吃面,他愿意陪她。她拒绝了,她已经懂得了这意味,再去,便无趣了。他又希望她能和他到别的地方去吃一顿饭。她笑了,那态度又变得与从前一样。韦护狠狠的望了她,她才停住笑,但她立即招来一辆洋车,她向他说:"再——会,"那全个脸都堆满了爱娇,她接着又做出一个嘲笑样子称呼他一声:"韦先生!"不等韦护的答语,便跳上车走了。

韦护心里很不痛快。为什么每当她一说起"韦先生"时,便露出那么一副鄙屑人的态度?她不过是从那些无聊的人的口中捡来这名词,这并没有被嘲笑的理由呀!韦护再举起眼去望她,只见一个蓬得很高很长的发的头庄严的放在一件紫绛色的夹衫上,被车儿渐渐的拉远去了。不知为什么,他又将她原谅了。他笑自己,怎么韦护会被一个年轻女孩逗着。他应该了解她,她实在比别人还敬重他。于是他向着那车轮所向的方向进行,但只走了几步,便又退回了,他决计还是转家吃午饭,等下课后再到浮生家去会她。

果然,珊珊哭过了,眼皮有点红肿,坐在桌边写信,旁边放的馆子里送来的包饭,饭菜都冷了,还没动一动。她已经看见丽嘉悄悄进来了,但不去理她,仍然低着头写信。

丽嘉坐到桌的那方,搭讪的问:"给谁写信?"

"给家里。"

"呵,说些什么呢?"

"不说什么,只要点钱做盘川回去。"

丽嘉认真的问道:"珊!真的吗?为什么?你给信我看,我相信你是在骗我。"于是她将脸色转改来,笑着去赔礼,她要求原谅她适才的粗暴,要求她忘掉这回事,她发誓以后决不给她难受了,她强迫她同意,她又放赖似的定要她笑,最后还乱摇着别人的头,连声问:"说,到底要不要回家?"

珊珊是常常向她让步的,自然笑了,而且还同她谈讲一切她的计划。回家的话,当然是临时编来怄她的。她又问她去什么地方跑了一趟。

她便告诉她刚才的情形,告诉她遇着韦护,两人同走了一段路,她说:"我都想同他去吃饭了,但是一想起你所说的一些话,便马上丢开他,坐车回来了。"

于是两人又和好了,一边说笑,一边将那冷的饭菜放在一口小锅内,在煤油炉上热着,她还取笑珊珊的哭。

吃过饭,她便离了珊珊到醉仙那里去。她梦想那里有许多动人的事做。那里有好些青年,都是同她一样的有许多好的理想,都急切要得到施展生平抱负的机会,都富有热血,商量着来干点轰轰烈烈的事。她不能再闲着了。

十

韦护上完课,便踱到浮生家里来。浮生家里,冷清清的,小孩睡觉了,雯坐在桌边,织一件小毛绳衣。浮生刚回来,躺在椅子上,无声的看着报。

韦护躺到椅上去,望了望房内,只想问:"她们来过么?"但不好意思,只好装做并没扫兴的样子说话。

慢慢的,他们讲到一桩恋爱的事,辗转又讲了一些别的,谈话是更其阑珊了。韦护实在觉得有走的必要,但仍是等着,只是显出了一副无聊的样子。过了一会,他正预备要走时,雯却对他一笑,说道:

"我知道你一定闷得很,我去要丽嘉她们来玩吧。"

韦护阻止她,但她却跑到间壁去了。一会儿,便同珊珊两人走了进来。珊珊的脸色,仍然有点苍白,微微罩着一层愁闷。她望了韦护一眼,便坐到先前雯坐的那张方凳上了。韦护很和善的问:"怎么今天不过来?"

"难道天天一定要过来的吗?我不知道这理由。"光这声音就辣辣的,使浮生都诧异了。韦护却笑着向她解释,他不愿使人太不愉快了,他也没有想到为什么她这样刺人。

浮生问丽嘉到什么地方去了。她便微微狡笑道:"不清楚呢,是被一个什么人约着上馆子吃饭去了的,不知怎么还不回来?"

韦护没有悟过来,以为是真的,正奇怪着:"呀,不是我明明看见她雇车回家吗?"但他也不问。倒是雯反逗着他说:"你说丽嘉怎么样?"

"自然了不起,你们朋友中,就没一个错的。"

她们都知道这是假话。

"就只太爱闹恋爱了。"浮生说,"昨天楼上住的人还问我她是谁呢。他前几天有一次看见她同几个男人在公园里玩。"

"那里面还有一个女人,怎么你们楼上的人就没看见呢?我敢说,丽嘉一次也没同人恋爱过。"珊珊有点气忿的为她朋友分辩。

但是雯却站在浮生方面,她说珊珊太偏护她朋友了。丽嘉被许多人非议过,那是不能只怪别人的。无论是哪个朋友,同丽嘉很好,好到不亚于珊珊的人,也不能不承认她是太过火一点,她同许多男人相处得很亲昵,使别人堕入了情网,好像一个小孩一样,什么都不懂,都不买账。她也从没有同一个女友能相好到稍微长久一点的。

珊珊竭力的辩着,丽嘉从没有同谁有一点恋爱的嫌疑,她完全是一个小孩子,在男人面前,稍微有点任性是有的,那完全是对方的神经过敏,才闹出一些故事。我们的友谊却是许久来都相融洽的。

她说了许多,有好些话使韦护感到不安,仿佛专为他放射出来。他很难过,又很无趣的坐了一会才走。

他还连来了三天,都没见着他要见的人。

第四天他去,又扑了空。这使浮生都对他诧异了。浮生一看到他进房便悄悄向雯说:"唉,我不很懂得,他来我们这里好像办公所了。我料定他会来的呢。只是他简直瘦了!"

"我想他是坠在恋爱中了,你看他近来那眼光,不是迟钝了许多么?"雯婉曼的望着她爱人笑,"每个人当在恋爱中,总要变得愚蠢些,或特别聪明些。我看他是变蠢了。而你当时是聪明些。"

浮生又憨笑起来,他好奇的望着韦护。

"呀,你们在议论我什么呢?"韦护心里很不高兴,这不全是因为知道别人在当面议论他,他还是保持着他原来的态度,微微带点倦,又带点兴奋却毫不轻躁的将他俩审视着。浮生拍着他的肩,安慰他:"决不会说你的,不要难过。"但他心里沉思道:"我是扯谎了!我是扯谎了!"

不过女人总常常不愿埋没了她的聪明,雯便向着他巧笑起来:

"你望我呀,眼睛不要动。我看得出你的心事呢。"

韦护心里退缩了一下,他只想骂她一句:"可恶呀,你!"但他瞬即制住了,他要报复她。他就紧盯着她,说:"好吧!你看我吧!请你一直看到我的灵魂。我心中正爱着一个女人呢。只是她不会爱我,因为……只是我终究要她知道的!"他故意再狠狠去望她一眼,像要撕碎她一样。

她终究迷惑的将头垂下了。

浮生诚恳的问着:"真的吗?我愿意知道。是谁呢?在你那里办事的那个女同事吗?"雯这时又昂起头来:"我知道!我知道!第一次我就发觉了。"

韦护不知怎样说才好,又加以这几天来的抑郁和对自己的反感,他实在需要一个地方倾泻,他不能隐秘他的这痛苦了。若果有这么一个机会,他能从始至终,连他最微细的思想都表白出来,他便弃置了这诱惑,再重新做人了。只是他一望浮生那憨直的脸,他就灰心。若希望他能了解他的情绪和痛苦,是全无望。而且他觉得雯是那样得意,他便生气了。他只想一脚跳开去,他踌躇的望着门。这时雯更迫着他,她叫着:

"是那个大眼睛姑娘啊!那常常卖弄着的。唉,不是吗?丽嘉!丽嘉!"她将丽嘉两个字叫得特别响;跳到浮生怀里莫名其妙的大笑起来。

这使韦护抑制不住了。这样久来从早到晚他都尽了镇定之责任,他没有一点想扰过谁,为什么这女人要故意来戏弄他?他听见那刺人的名字时,几乎都要发狂了,他不耐的望着她。

她本是有着过分的白皙的,激动的笑,将那脸皮陡然染得很红,一排齐整的小牙显了出来,完全是一副惟有年轻妇人才有的那丰满的媚态。韦护看见她那么不知顾忌的扭着浮生大笑,还将那身体摇摆着,简直不知要怎么恨她才好。他凶猛的扑过去便抓着她了。他紧紧捻住她手腕用力的说:"唉!你这人!怎么样?我爱的是你呀!你爱我不爱?"

她大发雷霆的嚷着:"你疯子!你癫狗!浮生!你怎么?看!唉!我手腕疼死了!"

浮生骇得像个木头人了。

"看你还凶不凶。"韦护一转身便将她推到软椅上去。他已经清醒了,只好来补救,他向浮生笑着,似乎一点也不介意的说:"逗她玩一玩的,谁知这样经不起。"

她从椅上伸过头来大大的冷笑着。

他便又跳到那边去,这次显然是虚张声势,他装着威吓她,而她却格格的笑了。

浮生还是茫然的站着,他不了解这些行为。韦护却极亲昵的抚着他的宽大的臂膀,郑重的说道:

"不好吗,你有这样的爱人?你一切都幸福,使我羡慕。我呢,无论怎么样,都不成了。我是一个不可救药的人呢。请你莫介意适才的事,我完全是游戏。你不会以为太无礼吧! 现在我走了。明天再来看,完全是看你。"他匆忙的逃走了。

他又做了这么一桩错事,他一想到心就剧烈的暴躁起来,一切都错了。他应仔细想一想,但他已不能想,他想得太多了,他还得不出一个结论来。总有一部分,他是失去了的,他已不能命令自己了。他抱着深深鄙视自己的悲哀,压制着欲狂的情绪。他怏怏的走回家来了。那房东女人,又来找他谈天。他垂着眼皮,不愿看见那女人。

这夜他喝了那些酒,他完全醉了。他发誓他要拒绝一切诱惑了。

第二天他简直没有一点力气的躺在床上,脸色白得怕人。他望望从窗外射进的阳光,好像很高兴的自语着:"一切暴风雨都过去了,我平地无缘无故的独自害了一场寒热症。我韦护仍然是韦护,我不能稍为放松一点,我还得找点事来做,对的,起来吧,不要再怠惰了。"

他到办事处时,连那大胖子执事人都注意了,问他近来身体怎么样。他笑着回复,他只稍稍有点发寒热,但已全好了;他极力粉饰着,做出有一副健康人特具的一种兴致。直到下午实在支不住了,他向学校告了假,吃了一些药,便睡去了。

但他并没有病下去,勉强挣扎着,倒也慢慢有起色了,他又在忙着做好多事。

连学校也不多停留,莫说是浮生家了,他还是那天出来后就没有去了的。

十一

有一天,他刚从学校出来,走出校门没几十步,听到有人在耳边叫他名字。他回过头来,看见丽嘉一个人靠在树干上。他皱了一下眉,只好站住了。

"到哪儿去?"丽嘉仍旧不动的靠在树干上。

他再皱了一下眉,不去望她,只说:"有点事,再会吧!"他再向前走。

可是丽嘉却随着他走去,他快走,她便跳着跑着;他一慢,她就悄声的咕咕的笑起来了。韦护不懂她意思,以为她特意跑来逗他玩,他忍不住掉头望了她一下。只见她静静的脸上布着一层和善的微笑,没有一点浅薄的倨傲和轻率的嘲讽,只是一派天真而且温柔。韦护几乎又想去触她了,勉强的笑道:

"我看你是来侦探我的了。喂,到底你想要什么?"

"我来找你玩的。这几天我太寂寞了,我有许多说不出的苦恼,只希望你来谈谈,你却不来。今天我跑到这里来等你,足足站了半个多钟头;你又不理我,借口说有事,我很失望;但我又跟着你跑来了。我相信你总不至真的就不再同我说一句话了。韦护,我们一向都很好的,为什么对我这么冷淡?"她蹿到他身旁,一边走,一边说,又一边不住的拿眼睛来观察他。

他什么都没有说,只长长叹息了一声。

她无言的随着他走了一大段路。到后来韦护简直不觉的去握着她的手了。她稍稍跑到前面半步,反转脸来望着他说:

"韦护,我只相信你!"

韦护竟抱着她了。

最后她说:"今天你有事,明天我再来等你。我好像有许多话要同你讲似的。"

韦护只想能如此再走下去,但也只好说:"好吧,明天我来看你们。"

"你说几点钟,我等你。"

"五点十分吧,明天我非到这时不能下课。"

"好,准定呵,记着不要失约!"她便从他手膀中滑跑了。

那旧有的苦恼,像虫一样的,又在咬他的心。他并不反对恋爱,并不怕同异性接触。但他不希望为这些烦恼,让这些占去他工作的时间,使他怠惰。他很怀疑丽嘉。他确定这并不是一个一切都能折服他的人。固然,他不否认,在肉体上,她实在有诱惑人的地方,但他所苦恼的,却不只限于这单纯的欲求。他不能分析他自己的情感,这是太出于他意料了。他从没有想到在他仳离了依利亚之后还能倾心于女人。他也不想他又来爱一个中国女孩子，然而现在他却确实为一个女孩子苦着了。他要摆脱她，他已经摆脱了，而她自己又走拢来。她是那么变得异常女性的被抱在他手臂上，眸子放出纯正的热烈的光辉。他寻找不出拒绝她的理由和勇气，他想不出一个完善的方法。他变得很傻气的在街上四处穿走，望着一些红墙的房子，和褴褛的小孩，从那些上面想些不关己的可笑的小事，延迟他思虑的决断。

这时丽嘉正相反。她在另一条马路上穿着，她时时去搔她蓬松的发，在有着玻璃窗的店前驻下足，赏鉴她自己愉快的仪容。她并不十分了解韦护，但她以一种女人的本能，她知道他有一点隐忧，而这一定又是与她有关的；她很高兴这发现，所以这天她特意单独来观察他，结果她满意了。她想去告珊珊，但怕珊珊要阻挠她，扫她的兴，所以她在街上徜徉了好久，等到完全收敛了那得意的欢容才归家。这是她许久以来都没有过的快乐，然而却并不全是她悟出了有一个男人在为她不安，有一大部分还是她以为她可以从这里找到一种精神上的援助。她太孤单了，一切都不如意。纵是相好的珊珊，似乎也显露出一种冷淡，这冷淡，她认为是一种嘲笑的不同情的冷淡。她带着热望走到醉仙他们那里去，而他们都只在一种莫名其妙中享受着自认的自由生活。那惟一足以使他们夸耀的，只是他们无政府主义者的祖宗师复在世时的一段勤恳的光荣；然而就只这一点，在他们自己许多人口中也不能解释得很清楚。他们曾吸引过丽嘉，因为丽嘉和他们有同一的理想。而现在呢，他们却只给她失望了。她希望不要单单用梦想来慰藉自己的懈怠，总要着手干起来才好。但他们，她认为可以帮助她的，却也是无头绪，而且也并不是有着互助的、利他的精神的。当丽嘉莫奈何想不出别的方法的时候，说她愿意进工厂做女工的时候，他们竟会笑起来。丽嘉同他们住了好几天，没有一天不在争辩中，不特使她刚去时的热心，冷了一大半，反受了一些刺耳的话。每当丽嘉用犀利的言语将他们那"崇高理想"的论调一推翻，而他们暂时找不出答语的时候,他们之中总会有一个人来嘲讽她,所以她不再留在那儿了,那里没有一个是她的朋友。她回来,珊珊也没有表示她的高兴;浮生他们更是不会注意到她了。自然她会想到韦护,她确信韦护能够听她,了解她,同情她。她开始来找韦护,韦护又正因失望而决心不再来了。她从浮生口中探听到韦护最近曾有过的一些情形,她决计瞒着珊珊和浮生他们,悄悄来在马路上等他,她喜欢知道他对她的态度怎么样。现在她满意了,她知道这个她认为惟一可亲的人,并不是不愿来亲近她的。而且她觉得当他那样沉静的,像深思到什么的,单是那么无语的抱着她走的样子,是比他在滔滔解释着什么还使人动心些。

十二

整整一天,丽嘉一刻都没有停留过,房子小,她从这边一步跳过去,便被桌子抵住了;她再一跳回来,便又睡在床上了。她很兴奋,时时觉得要笑,因为她又要避着珊珊去玩一点新的花样。正因为这于她有一种新奇的意味,她不能节制她的愉快的慌张。她已经忘掉了这几天来的打击,也不介意珊珊的不温存,她也没有想到要同韦护讲述她新近所得的感想。她连这样的自问也没有:"看见他了怎样呢?为什么要这么鬼鬼祟祟呢?"她只带着一种好奇的心情:"看他怎么样?哈——"一到四点钟的时候,她跳到桌子前去照镜子,她并不是去整理脸上的颜色,因为她从来就不屑用脂粉的。她是在镜子前,做一个可爱的怪脸,为自己发笑的借口。有一次,她竟倒在床上大笑了。这时珊珊坐在桌边看书,已经注意她好久,忍不住的问:

"我真不懂你乐的是什么呢?"

丽嘉大张着左眼,将眯着的右眼一眨一眨的笑起来:

"哈!看我啰,珊!说,我像不像美国明星玛丽碧克馥?"

"我不懂你。"

"不懂吗?有人要开电影公司了,我想去试演呢。"

"我不信。"

"真的要上台了呢,人生不演戏哪成!"

"我赞成,我也想去。"

"自然啰,你也应该演,只是怕你一到那个时候,就要拦阻我了。"她又倒在床上大笑起来。

珊珊把眼张着,怀疑她,但懒于追问,只说:

"好,我知道你,你一定有什么事故,你喜欢恋爱,我就不问。"

"你不必疑心,没有什么事,如果我有,我会告诉你的,请你看看表是什么时候了,我很想去散步。"

四点三刻,她就辞谢了珊珊的陪伴(竟弄得珊珊都变色了),一人向大学走去。时时都可以遇着一两个穿洋服戴球帽的大学生,夹几本布面书和讲义,她知道学校已经下课了。她站得离校门稍远,约六分钟的光景,韦护穿着一件深灰色的夹大衣,从那大门出来,似乎刚刚同什么人周旋过一样,因为脸上还保持得有薄薄的一层笑容。丽嘉本想笑着去招呼他的,但却没有喊出声,便默默向前走了。

"到哪儿去呢?"韦护迎着她时,仿佛异常怜惜她一样,因为她是那么不做声。她转过身来随韦护走,两个手紧紧的插在毛线衣的口袋里。

"到你那里去,好不好?"

她只用疑问的眼光答应他。

"那么,到我家去。"

她又踌躇着。

"好,还早,我们且走走路吧。昨天我走了不少。"

"为什么呢?"她为那快乐的预感鼓动着。

"唉,不为什么。丽嘉,你不笑我吗? 我实在是一个傻子呢。"

两人同时对望了一下,都了解那意义。

在走到比较僻静的路上时,韦护又去抱她,但她挣脱了。她给了一只手给他。她第一次感到那手比别人的要瘦一点薄一点。而她的手向来就被推许为最柔软的,使人只想能像什么东西一样的捻着揉着就好的。

他们走了一大段路,都在一种沉默中咀嚼着那情绪的变幻和心的颤动。到后来,丽嘉忽的想起一件可笑的事来,她向他说:

"浮生同雯吵了一大架,你一点也不知道吗?"

他不信的望着她:"有几天都没去看他们了。为什么呢?"

"为——真的你还不明白吗?"

他立即抖颤了一下,然而那太无理由;于是他只说他一点也不明白,但他很想知道这究竟,希望她能告诉他一点,而且他决计第二天去看看他们。

"我很不愿意他们这般糊涂,太冤枉了,丽嘉,你怎么去说他们呢?"

"我对于他们两人,都有一种不同的喜悦。但是我很希望……——你不知道吗?雯很有一部分像传奇上、小说中的女主人,她值得有个'维特'①呢。"

"'维特?'你是说……"他说不下去了。

她大声笑起来:"正是呀!"

在黄昏薄薄的天光下,他又看见那曾使他抑制过痛楚的眼睛,一种强炽的欲念,抹去了适才一点轻微的厌烦,他不愿再谈浮生了。他更将身体触拢些,微微带点悼惜似的说:"'维特'在为另一种苦恼所捆缚呢。"他没有望她,但他觉得他两眼正为一些东西烧得很痛,他望不清走到什么地方了。

丽嘉心里也有点惶惑,她想:"我该回去了吧?"但她却仍然仿佛缺少意志似的随着他找寻那最少人行的路,她不知说什么才好了。

两人又沉默的走了一段路,这沉默使两人都焦躁了,都有点恨起对方来。最后韦护下了决心,在街的拐角处找到了两部洋车,他命令她道:"到我家里去坐坐。"不过在脸上,他做出一个从来没有见过的那么一副极可怜的样子。

她没有拒绝他。

---

① 德国小说《少年维特之烦恼》中主人公,作者为歌德。

一路上他都将头倒转着,眼光停在她脸上,没有闪动一下的到了家。

在客厅里遇见了房东夫妇,他道了一声歉,便急急将丽嘉引上楼了。

房里的装潢,使丽嘉微微惊骇了一下,但随即便坦然了。她看出这房主人没有一点地方与这些精致的东西不相调和。她掷身在一张软椅上,泛泛的赞美这房子布置的匠心。

韦护也倒在椅上,温柔的转侧着,表示客人的降临,给予了他宠赐的光荣,和为这光荣而快乐着。

一个轻轻的指声在门上弹着,两人都骇了一跳,是那好听差送两杯茶来。他们都矜持着,一直等到听差出去。

开始还有许多拘束的地方,不久便很自然了。韦护握着她的手说:"我真感激你呵!"

但她将手甩脱了,她翻起桌上的书,只有一本他编的刊物,和一本其他小册子是认识的,其余散着的都是精装的外国书。她问是些什么书,他告诉她了,又引她去看那些俄国有名的文学家的全集。她欣奇的赞叹着,说:

"可惜我不能了解它。然而这也过去了,若是早一点的时候,我知道你有这么多的好书,我一定要学俄文了,只是现在我仿佛又不必了。但我对于这些著作是深深爱慕和尊敬的。"

"那么你对于我的这些书呢,"他指着另一个书架,"这全是世界有名的文学论著。你如果高兴看,我可以帮助你。"

她喜悦的望着他笑了一下,但最后说:

"我现在只想学世界语。"

于是他将话转到原来的方向。他说也正如她一样,只想能放弃文学,曾想将这两书架的书都送给谁去,不过这只是一种想望,他仿佛在生命的某部分,实在需要这些东西来伴奏,在这些里面有许多动人的情操,比一篇最确凿的理论还能激发他。而且最大的理由,是他最能在这里找到同情和同调……

丽嘉想起她曾有过的一些经验,她叫着:"正是呀,我也感觉过的。"

他问起她为什么要弃置音乐。她说那太气闷了,她没有那方面的天才,她好久都没有弄好。然而他说:

"那有什么要紧呢,一个乐师是并无大价值的。我们也不必要成为大艺术家,只是我们要能赏鉴一切艺术。我们可以从那些不朽的东西里面,认识出那最高的情绪的沸腾,和时代的转变。"

听差又弹门了。这次都非常坦然的毫不慌张,他们保持着原态,相对的站在书架边。韦护命令道:

"进来。"

她笑着望那听差,是一个很干净和善的年轻人。

"太太问,饭预备好了,是请客下去吃,还是搬上来?还有,太太和老爷都用过了。"

"那就——"他转过来向丽嘉说:"我看我们到外边去吃饭,怎么样?"

但是丽嘉拒绝了,她不愿白吃别人的。她要回去。

于是韦护做了一个手势,听差便退出去了。

韦护求她再留一会儿,即使不肯吃饭,也得为他再耽搁一些时,他说:"丽嘉!你不知道你走后我会多么难过。"

她做了一个怪样子给他看,意思是说:"哼!我懂得你在扯谎。"但她仍然相信了,握起他的手来。

他稍稍表白了一点他近来的苦恼。他望着她的眼睛说道:"唉,你多望我一会儿吧,不知为什么在南京第一次看见你,我便深深记住它了。而且……"他做了一个动作,想去吻那眼睛的样子。但她逃避了;虽说她心里很高兴,因为赞美她眼睛的人太多,而且她也知道自己的眼睛是太美丽而引人了,于是那嘴唇便落在那握着他的手上。他看见丽嘉有点生气的样子,便变得很悲戚的说:

"唉,你责罚我吧,我太无礼了!我知道我不配这样,你太好了。"

丽嘉妩媚的望了他一眼,嗔道:"你在骂我吗?"

他又解释,解释得过分了,却使人欢喜。丽嘉真变得温柔了,温柔之中,又带着强烈的个性,和大方的豪爽,所以就更使他满意,更觉得有崇拜她,就是说有恭维她的必要。

他再请她吃饭时,她才决意走了。他只做一个苦脸默默望着她。

然而终究他放了她,他命听差去雇了一辆人力车。他送她直到弄口。他再三再四说他最小的,又是最大的,惟一的希望,他要她明天来。

十三

走回来时,房东迎着他,关心的问到:"谁呢?"

他只摇头。

房东太太好奇的走来问:"唉,太漂亮了,太年轻了。"

这时摆上了一桌菜,因为是预备两个人的;主妇为在生人前表示贤惠,所以菜特别多。韦护问有粥没有。他吃得不多的粥,便觉得有点饱胀了,于是他加倍的抽起烟来。他在楼下客厅里延迟了许久,因为他不愿独自在着。他怕寂寞,因为刚才是太热闹了。他破例的同他们玩了一点钟的扑克。主妇说她会用牌卜命运,他好玩请她卜时,她捉弄了他。房东又问他,他只好叹息着:

"这全不是我预料的,而且也无希望。不过我可以说,她太使我迷惑了。她还年轻,不过是一个姑娘,她还不懂许多呢。"

"我希望你进行,大舅父听了也高兴呢,他老人家也该看你成家立业,快活快活了。"那表亲的房东就这么做出亲戚的关切,说出这一串自以为很得体的话。

韦护自然不会生他的气,虽说他心里想:"得了,我还管你希望不希望吗?"他只是敷衍的笑着,又将话说到牌上来。

主人夫妇虽说都太好,然而也太俗,他不能同他们说一句较深的话,他又回到楼上了,又去想她的一切,一切都可爱。她是那么善于会意的笑,那么会用眼向你表白她的心,一个处女的心。她一点不呆板,不畏缩,她没有中国女人惯有的羞涩和忸怩,又不粗鲁不低级。

他早先对于她的印象,只以为是有点美好和聪明而放浪的新型女性,但现在却不同了。他发现她许多性格上的美处,她那些狂猖的,故意欺侮人的态度,只不过是因为那起人,柯君一流,逼得她使然的。于是他又想起柯君的可怜样儿,他几乎大声的喊出:"啊!他哪配!"

他又去想那第一次见她时候的事,他记不清了,仿佛还有几个姑娘,但她是她们的代表,她们的思想显然是受了她的制约。自从来上海后,他觉得她有点厌弃他,他曾想过:"韦护有什么地方使人不舒服吗?"他觉得只有她,她始终是有生气,她若不叫你爱她,她便会给你恨她的根据。

这一晚,他什么也没做,只坐在丽嘉曾坐过的那张椅上,抽着烟,兴奋着。他不愿去想工作和爱情,因为这已经很苦了,终究是无结果,他想等过几天了再看吧,也许韦护又会厌倦的(他自己觉得这话有点骗自己)。

他到办事处去得迟了一点,他皱着眉头向别人说:"唉,只怕还得早点回去,唉,有点讨厌的事。"他既粉饰自己的惭愧,又留下早归的余地。

可是一整天丽嘉都没有来。

到六点半钟的时候,他已灰心了,勉强在吃着晚餐。而丽嘉才翩然的从听差大开着的门里,亭亭的走了进来。她在两对闪闪逼人的眼光之下,安详的要韦护不要管她,她可以一人坐在房里等他,她还向那审视她的夫妇笑了一下才上楼去。

"哼,不错呢!"

但是韦护不愿听这些,他快活得了不得的跑回自己房里去,他们见面时,不觉的走拢来友谊的拥抱了一下。

"我等了你一天。"他在她肩膀上说,微微闻着她的发的香气。

"我怕你不在家呢。"她嘴触在他的衣服上了。

"吃过饭吗?"

"自然。"

于是韦护替她取出一些水果来,自己燃起他饭后的香烟,说:"我想你不至讨厌吧。"

"我是不抽的。但我却很喜欢别人抽,只是女人除外。"

"为什么呢?"

"不为什么,大约是因为我不会抽吧。"

"那么,是欢喜我抽的。"他故意做出一副顽皮的神态。

她装着没有看见,去剥一个顶大的橘子的皮。她那又软、又润、又尖的手,在那鲜红的橘子皮上灵巧的转着。他不由的想起一句"……纤手试新橙……"的古词来。

他向她讨了两瓣剥好的橘子。

他觉得有她坐在身边,看她的一举一动,听她说话,即使是最不关紧要的也使他感到幸福。他自己知道在她面前,他是更能敬重她的。他觉得他曾枉自找了那么多的苦吃,简直是愚蠢的事,他问道:

"你那几天到什么地方去了?我真难过,我以为你讨厌我呢。"

"哈,你猜?我想你没有法猜到的。我和一个朋友到浦东的纱厂去过。还会到你的一个朋友,叫——叫什么……"

"是程涛吧。"

"对了。他告诉我他是你的朋友,我逗他说,'先生,你错了,我只认识浮生,那是因为他爱人同我曾同过学。'他回答得真妙,他说没关系,都一样,我终究会认识你的。"

韦护很诧异,与其说是诧异,勿宁说另一种爱好吧。他注视着她,他说:

"你同她们谈过话?"

他告诉她他病了几天,他实在不清楚这次事。

"唉,你还不知道我完全是为着别的更烦恼呢。"

但等他再问她时,她又说别的了。她不愿说她曾友好过的那起人的坏话,虽说他们现在使她失望和灰心,甚至动摇起来。

韦护已经了解了一部分,他热烈的希望着说:

"你还想去做一个女工吗?"

"现在不想了,因为——你愿意我离开这里吗?"

他也笑起来了,在心里大声喊着:"她爱我呢。"

于是她谈到他的病,他说那是蠢病,如果她肯早点来这里,他就不会病了。

她对他望了一眼。他又说:

"你如果这样不吝惜你的美,而要再这么望人的时候,那,丽嘉,你可以饶恕我的鲁莽和无礼吗?"

她不觉的又望了他,然而他却并没有鲁莽,他只恨恨的说:"残忍呵,可爱的!"

两人不久便坐在一张椅子上,丽嘉很幸福的被他拦腰抱着。她讲了许多她过去的事。他也讲了许多他困苦的经过。他时时很苦痛地望着她,觉得她太美了。他看见她这么不倦的听他说话,他竟快乐得有点悲观起来。他想:"若是这时大地会沉下去,倒是最好的事。"而她呢,她没有想到,她只天真地问他:

"你会讨厌珊珊来这里吗?"

"不,绝对的不,只是不能像欢迎你一样的欢迎她。"

"但是她却拒绝我邀她。她说她不会在你这儿坐一分钟的。"

"那是因为她讨厌我。"他想起珊珊说过,说是丽嘉从没有过恋爱的嫌疑的话。他问她姗姗的话错了没有。她笑道:"那自然是说的过去。"她又改变道:"那是她不懂得我,我常常都在爱人的,只是不长久,一会儿就过去了。而且也不完全,也不热烈。"他问她为什么她知道她在爱人,她便笑起来:"我做过梦呢。"于是他紧紧抱住她,在她耳边,他抖战的说:

"丽嘉:不要使我失望,告诉我,你梦见过我吗?"

"没有,但我想你呢。"

他用力将她扳过来,他要求她说一个字,只要一个字也够了,她不肯说,但她却失魂的让他接吻了。

以后,没有一个字能逾越爱情的范围,韦护太擅长这些言语了,他使自己陶醉,也陶醉了丽嘉。直到楼下客堂的钟无情的猛打了一点的时候,她才骇得跳起来嚷着:"我要回去了。"

韦护戚然的躺在椅上,将脸埋起,不做声。他想留她,但没有表示出。他命听差雇了一辆汽车来,一路上他紧紧的抱着她,吻了她好几次。她说她从前咒骂过汽车,然而现在,若是有他的话,她愿意永远坐在汽车里。这话自然是有点矜夸,不久便到了她住的那弄口了,他送她到后门边。她望见亭子间里射出的灯光,她恍声的说:

"珊还没睡吗?"

"恐怕在等你呢,好,快点进去。"

十四

她只敲了两下门,珊珊便从窗口上伸出头来:

"是嘉吗?"

"唉。"她心里有点抱歉,觉得使朋友太等久了。她望望窗口,韦护正钻到车里去,而珊已经走下楼来,为她开门了。

她随着珊珊走进去,她说:"我以为你早睡了。"

珊珊哼了一声:"我想你不回来了。"

"为什么呢,你会这么想我?"这时已走进房里,她看见珊珊像很不耐烦一样,她想问她,不过珊珊却笑了:"我逗你玩的。因为知道你会回来才等你啦。只是,就是不回来,也不要紧,我很相信你呢。"

她拥着珊珊,感谢的望着她,而且极诚恳的说:

"早上我和你说的,完全是假话呢。但是我并不是想骗你。说是只逗他玩一玩。那怎能够!他一望你,他就能了解你。我有几次想扯一句谎,只是你还没有说出来,他就说出你的意思来了。他真比我们聪明。我就只喜欢聪明的人。珊,我实在有点喜欢他呢。你不高兴吧?"

"没有,一点也没有。不过我觉得你不只是喜欢他,我早就知道你会爱他的,因为他太聪明了。我希望你能幸福,他好好的永远的爱你就好。他当然爱你的,你是太可爱了。如果他还要丢掉你,那他是傻子。"

"呵,珊珊,你说什么,我不懂得。"

"没有什么。"

丽嘉为一种自尊心,她不愿再问下去了。她不愿有人在她面前说韦护不好,总之,她喜欢他,就完了。她将衣服都脱了,只剩一件男人们用的坎肩和短裤,钻到被中去,直向珊珊说:"你也睡吧,不早了,你明天还要上学校呢。"

"明天上午不去了。但是——还是睡吧。"她也爬上了床,她望了丽嘉半天,望得丽嘉都生气了。她才说:"嘉,你真美,我如果是一个男子,我也只爱你,我看你也很感到幸福呢。"于是她关了电门,偎着她睡了。

过了许久两人都没有说话,像是睡着了似的,忽的丽嘉说道:

"珊!我不能不告你,他吻了我呢。"

"我知道,早就从你脸上知道了。那是很自然的事呢。"

丽嘉又回想了一会儿,她想韦护太爱她了,爱得一点也不俗气,一点不骇着她,不恼着她。她还想同珊珊说几句,觉得珊珊已经快睡着了,才闭住了嘴,打了一个哈欠,简直是幸福的哈欠,翻转身去,也睡着了。

她仿佛没有睡好久,便被扰醒了。她模模糊糊听到珊珊说:

"睡得正好呢,很迟才睡着。"

她觉得她床边正坐得有个人,她想睁开眼睛看一看,但是睁不开,只听见这人(决不是珊珊)说道:

"等她睡吧。你尽管看书,我就这么坐一坐。不妨害你吗?"

她心里奇怪,怎么是韦护的声音?她以为她一定在做梦,她反把眼闭着了。

"怎么这样客气,现在我们是朋友了,我们都爱丽嘉。"

"我怕你不高兴我抢走了你的朋友。"

"哪儿的话,并没抢走呀,我们的爱是不相冲突的。"

"那就好了。只是,你看——我觉得我很不配她呢。"

丽嘉已经清清楚楚听见了,她还想未必真不是梦,她故意欠伸了一下。她觉得韦护已经将头俯了下来;珊珊也在喊她。她装着含糊的问道:"珊!是谁在房里?"

"是我,丽嘉。"

珊珊借口说是叫娘姨泡开水,她避出去了。

"是我,丽嘉,你不愿意我来看看你的房子吗?而且我要来看看你,我不能等到晚上。我已起床许久了,我简直就没睡。"

丽嘉说不出的快乐和骄矜。她张开眼来,嘲笑他像个小孩子。他俯下头要吻她的时候,她才真像小孩似的钻进被窝里去了,他便狂吻了她蓬松的散满了枕头的黑发。

有他在房里,她怎么也不好意思起来。他第一次看见她的时候,她只穿一件薄的坎肩。她分辩她并不怕人,她只是不喜欢在人面前穿着,只要他出外打一转,她便可以一切都弄好了。他要她答应一个要求,才肯出去。于是她只好将那雪白的臂膀伸出来让他在手弯上吻了一下,他看见了那丰满的、没有束着的胸,微微有两条弧线凸出贴身的衣服来。然而他却不能不走了。他要去看一看浮生他们,他还想请他们吃饭呢。

自从他搅扰过他们以后,他没有再来了。以前本是为想跳出爱情的圈子,所以决计不来,他对他们没有什么疏远的必要。他虽说知道他们为了他曾相吵过,但是他没有什么内疚,他觉得那太平常了。纵使他冒犯了雯,他们也应该谅解,何况他并没有怎么样。所以他还是很坦然的到他们这里,他愿意告诉他们他是爱丽嘉的。

可是浮生是一个单纯而又固执的人。他疑心他,他同雯吵了嘴,但他却同情他,更因为他的疏远,便更觉得他们的"韦先生"之可怜。为什么他单单要爱一个朋友的爱人呢?但是在前夜,他从雯的口中听到了一些蜚语,他知道了那天真的丽嘉被这位"韦先生"引到家里去了。浮生本不相信,现在也怀疑了。他想了好久那天雯为什么要扭着雯,他还是不懂,他不相信这是逗着玩,他觉得韦护在爱情上,一定是有点靠不住的。雯呢,很恨他,一种女人的恨,他不该欺负她的,他曾经冒犯了一个女人的尊严。她起先还以为他是可饶恕的,所以同浮生吵架;现在呢,正因为有吵架那么一次暧昧的痕迹,她越觉得她是被他骗了,侮辱了。她若早知道他是这样的,她当时一定打他的耳光了。他们两人正在谈到他的时候,珊珊过这边来了。于是他们更得知了一些新的消息。他们没有为这消息欢喜,反觉得在自己心上像失去了什么一样的惆怅和不安。浮生只怀疑的反复问道:"丽嘉爱他吗?"

这时,韦护走了进来。他用一种极亲切的态度同浮生握手。浮生却淡淡的,仿佛嘲笑的说道:

"恭喜你呀,你们成功得真快!"

他叹息道:"唉,不快呢。"

他又去握雯的手,雯装做没有看见的走了开去。

"还不快,你太不费事了,因为丽嘉是小孩呢。"

"呵?"韦护去看他们,才发现他们都有着一种使人伤心的态度;他很奇异他们感情的变幻。难道韦护因为承一个女人没有鄙视他,对他和善一点,便有不耻于朋友的理由吗?他想向他们解释几句,但是那刺人的态度,就不像是肯听他的话的。他便和浮生说一点别的事。雯简直是鄙视他的坐在那里听。他不能再讲下去,他赌气似的故意说他要去看丽嘉起来了没有,他做出一副惟有在恋爱中的人才有的那急遽样子冲出去了。

他很伤心的告诉了丽嘉。她笑着说:

"他们嫉妒呢。有什么要紧?过两天就会好的。我可以同浮生讲得很好,他会了解我们。而雯呢,她很了解我,过几天就会好的。只怕他仍然要恨你呢,因为——唉,我不说了,你以后对她殷勤点,也就没有什么要责备你的了。你相信这话吗?"

他相信这话,却说他无须他们的了解,他更懒得对人殷勤,只要她不拒绝他,天天准他来,准去看他,他便幸福了。

他们正要出门的时候,珊珊转来了。于是韦护向她说:

"如果你能诚心以我为朋友,而又不反对她,我希望你能到我那里去玩玩。"

珊珊慨然的答应了。

于是丽嘉一手揪住珊珊,一手揪住韦护直跑出里门,这天韦护要请她玩一天。珊珊的准诺,更使她高兴,她还以为珊珊不愿同她一起玩呢。

他们在一个广东馆子里吃了一顿便饭,因为珊珊只答应到他家里看看,不肯陪他们在外面玩,所以她们就都到他家里去了。他招待得很好,他向学校请了假,三个人谈了许多闲话。丽嘉时时都来握他的手。韦护觉得珊珊有一种超然的态度,他想到丽嘉有这么一个朋友,真是他的光荣。不久珊珊要走了。韦护没有留她。珊珊笑着说:"好,嘉是交给你的了。"

丽嘉也想同她朋友一块回去,却被韦护用眼睛留住了。她害羞的让珊珊吻了她的发而且看着她走了。

但是他们没有出去玩,他们没有时间,他们不愿意在形式上有一点分离。丽嘉呢,她如今真正懂得了爱情,而且她拚命的享有着,这决不是像她所想的好玩的事。这是太使人好生兴奋好生难当了。韦护呢,他是战斗过来的,他要在这里偿还他曾有过的痛苦。所以他们只将自己两人关闭在一间小房里度过了一个甜蜜的下午和一个甜蜜的夜。

第 三 章

一

时间向前慢慢的爬着,韦护和丽嘉的爱情也和时间一样的进展着。很快的一个星期过去了,他们两人变成一对小鸟儿似的,他们忘记了一切,连时光也忘记了。他们日以继夜,夜以继日,栖在小房子里,但他们并不会感觉到这房子之小的,这是包含海洋和峻山以及日月星辰的一个充满了福乐的大宇宙。白天,那温暖的阳光,从那窗户,两扇落地的像门似的窗户晒了进来,照到椅子的一角,他们便正坐到这里。他们的眼光,从没有离开过,而嘴便更少有停止了,有时是话说得多,有时是亲吻得更多。丽嘉常为一些爱情的动作,羞得伏在他身上不敢抬一下头,但却因为爱情将她营养得更娇媚更惹人了。他呢,他年轻了,逝去的青春复回了,且那过去的是多么不足道呵,因为他糟蹋了它。他浪漫过,他颓废过,但他却没有真正的爱过,生活过。现在呢,他爱了,他又被爱。他不能不重视这最使他沉醉,使他忘记一切不愉快的时日。他怕她一旦厌倦了跑开去,一当她不说话默着了的时候,他便要抱过她来,小心的问:"你想到什么了,告诉我!丽嘉,爱的!"

她呢,她太满足了,这意外的爱情的陶醉将她降伏了。她将她的爱人,看成一个巨人一样,有了他,精神便有了保障。她现在不再想用一些惊人的诗句去招领一班无用的她的臣仆般的朋友,她也不想做一些动人的、虚荣的动作。她只爱他,敬重他,一切均为他倾倒了。她不愿离开他,因为没有他,思想便没有主宰,生活便无意义了。她常常在他的怀抱里那么反复的呐喊:"爱我,韦护,永远的爱我!"

饭也搬来房里用了。那年轻的听差,谨慎的一天几次叩他们的门,他们都不讨厌他,他在早晨为他们跑好远去买一包精致的点心,和各样的糖果。他们便可以少吃一点饭,因为饭吃多了,使人难过,还常常使人有一种愚蠢的感觉。而那些用最好看的纸包裹着的糖片,也便将那时时要接吻的口齿弄香了。晚上呢,他又到一个熟识的水果铺,捧一包上好的橘子、苹果、葡萄之类的东西给他们带回来。他没有一句怨言,没有一次不好看的神色,因为爱人们都是大方的,不计较小钱的,他们没有一次要过那找头。房东呢,他不管这些事,他只觉得他亲戚的这种行为使人不解,他很想得一个机会问问他们的关系,这女人到底是一个什么样的人,是不是他们就这么不正式的同居到底。而房东太太则不免有点不满意这一对,她觉得那女人太无耻了。她时时在她丈夫前骄矜着,然而她却有比丈夫还高兴的地方,就是她亲戚多给了她不少钱,仅仅为了有限的一点伙食。

丽嘉吃得太少了,因为点心水果吃得太多,又因为爱情使她觉得太饱胀了。韦护担忧她,怕她消瘦,时时问她爱吃什么。她只说:"到你不将你的嘴唇给我了的时候,我或者可以想出什么是我最爱吃的。现在呢,我一样也不爱,一样也不讨厌。"韦护却吃得比较多,他常常想,"若是都能这样有胃口,我一定会很健康起来的,像从前一样。"

一到晚餐的时候,他们都要喝一点果子酒。丽嘉不很能喝,有时鳖不过,喝一大口,却不能全吞下去,好些都溢出嘴外来了。于是韦护便爱惜的在那红唇上将那红色的酒吮干。到底不知这是爱情的酒,还是果子酒,常常这么醉得晕过去似的两人默着,红着脸,沉沉的对望,常常一顿饭使人吃惊的要用两个钟头之久。

夜晚来了,丽嘉喜欢将三盏灯都捻亮。三盏都是红色的。一盏吊在房中央,是中国宫廷里用的八角的有流苏的纱灯,一盏是小小的纸罩的台灯,放在写字桌上,也可以放在床头,上下左右,均可转动,是日本式的玲珑的东西,另外一盏,是韦护来上海不久在鲁意斯摩拍卖行买来的,又不贵,又好,他们俩都喜欢的架灯,有紫檀木的雕龙架柱,一个仿古山水画的绸罩,因为是旧东西,龙尾上又缺了一小块,所以反觉得甚是别致。房子一为这三盏灯照着时,便更觉得热闹,更使人兴奋。墙上裱糊的褐色花纸,也就变成使人欢喜的一种紫褐色了。而且在灯光之下,他们都从眼里将可爱的人看出更可爱的地方,他们总是常常舍不得睡去。

不时又有一些钢琴的声音从邻居传来,纵使是不成段落的弹奏,他们也倾耳的听着,以为这便是爱情的合奏了。

一到夜静的时候,他们便将那两盏灯关掉,只剩一盏架灯在沙发的头前。沙发是长的,丽嘉靠在上面,有时有点冷,韦护便将那幅软毯披在她身上。他呢,他枕着她。他从她手上取一张诗稿,用一种愉快的心情去读他往日写下的悲凄的诗。灯光正落在那纸上,落在他的柔软的、微微棕黄的发上。他读完一首,她便给他一个吻,或者让他吻一下。诗并不是了不得的好,但那是他爱情的自白,所以他们会常为里面的一些句子动心,常常要打断,要停下来,因此倒更感到现在真美好,真充实。

韦护又常常为她口译点诗,那些他极喜欢,他觉得比他自己写得好,而是两人都要了解的好诗。她也极愿意安安静静的听他解释之后再来读,她觉得他读起外国诗来比他读自己的诗还好听。她说她也爱那些,只是她不会写。她说珊珊写了不少好诗,只是没有他的好。有时她的腿压麻了,韦护便抱着她,她便将她飞蓬了乱发的头在他胸前揉着。他要俯曲着头,才能吻着她似羞的娇嗔的脸儿,他极自然的将她当一个小孩般的抱起来摇着。

早晨,一让阳光透过纱帘,照到房里时,韦护便先醒了。他没有想他应到办事处去,只痴痴的望着那拥在她手臂上的黑发,和黑发下的白的、腻人的项脖,一种醉人的暖香从那每一个毛孔分泌出来,还有一点像乳的气味。他希望她多睡一点,她睡熟的样子更美,更使他在身体上有一种快乐的痛苦滋生。但是,只要他轻微的转动一下,她便惊醒了。她撒娇的喊着:"爱!韦护!爱!你抱我呀!"于是她张开了眼。他们紧紧的拥着,又狂乱的接吻。他们为他们这幸福的一天的开始赞颂起来,在枕头上,她的眼睛显得更大,他有几次强逼的要吻她的眼珠,使她的泪水都流出来了,她还是没有生他的气。

现在,她不一定要他走出外面才肯起床了,她还是穿一件男人的小坎肩,她喜欢这样子,她还喜欢游泳衣,可惜她不会泅水。她说一有机会,她要学会的。

于是,一切又照旧了,不厌的重复。

直到有一天,是一个星期之后了,他们两人闲谈到珊珊的时候,丽嘉才想起她已经将她朋友弃置了这么久。她对韦护说她要去看看她。韦护也想到他应该去理发,正担忧怕将她一人放在房子里,所以也就赞成了。不过他们还是为了舍不得分开,又延迟到第二天。

二

他们在弄口分手了,丽嘉坐在洋车上,车夫飞也似的跑去,一会儿便望不清她的影子了。她带着一种久别重逢的亲昵的眼光去望到已经零落黯淡的景色,早已是初冬时分了,但她却只感受到一种喜气。她望着车夫的背,仿佛也是一个很可爱的背。她看到他快快调换着的腿,她想,为什么他要这么高兴的快跑,他有什么希望在前面吗?唉,他不知道他却将我隔离韦护越远了。她一看见汽车过身,也要看一看坐在里面的人,她想知道是不是也像她和韦护一样那么抱着。若是只有一个人孤单的坐在上面,她便怜悯的直望到那车飞去。她暗自发笑的想道,假使她再同他坐汽车,她一定不会单让他一人来吻的。

不久,她到了,她简直觉得太快了。她望见了那小楼,那亭子间的窗,她高兴的嚷着珊珊的名字,从门口一直到楼上。珊珊独自在念英文书。她几乎叫出来了,因为她觉得这房子有点阴惨,而珊珊孤寂得像一个修道女似的。她怜悯胜于友爱的将她抱着,她骂自己都忘记来看她了。珊珊也爱抚着她,说一点俏皮的埋怨。而她呢,她仿佛对于珊珊也发生了一种莫名其妙的感情了。她时时摸着她的手,告诉她一些她的幸福。她说她惟一感到缺憾的,便是没有珊珊在她的面前。她要她以后时常去看他们,去看韦护做的诗,那比他以前的《我的日记》好得多。又说韦护常常为她读一些外文诗,那些诗,她管保她是极喜欢的。珊珊答应了她。珊珊告诉她已经替她缝了一件镶了边的缎袍,是她所喜欢的紫绦色,因为天气冷起来了,她一定会忘记这件事的。她真欢喜,她觉得那紫绦色最配她那白颈项的。但是珊珊自己缝的却很坏,很不值钱,珊珊说钱不够了,只好先尽她,因为她正在恋爱中,应当穿得好一点。她反对这意见,但不好说出来,她觉得即使穿破一点,韦护还是爱她的。

她和珊珊去看浮生他们。浮生不在家,上课去了,雯便和她笑谑了好一会儿。她不高兴的走了出来,要回去了,她要珊珊也同去。珊珊没有答应,说过一两天总会来的。在她们分手的时候,珊珊迟疑的说道:

"你们是太好了,只是——我看你还是要韦护明天到学校去上课吧,缺多了课,总是不好的,何况他还是教务主任。"

"我没有不要他去呀,他简直忘记了,不过我也忘记了。好,我会提醒他的,只是——唉,他若一到学校去,我便来找你,好不好?"

珊珊笑着答应了。

她很担心韦护先到家在等她,她又怕她回去后见不到韦护。她觉得时光像停住了一样老不得到家。她走进弄口时,没有在走廊上看见等她的人,她几乎没有力气走进屋子去了。她在楼梯上遇见那女主人,那女人望着她笑起来说:

"没有事,尽管客堂里坐坐,不要客气,我们是亲戚呢。"

她脸都红了,她诺诺的回答了她,就跑进房来了。

房子里还留有一股很浓厚的烟气,她疑心是韦护回来过,叫听差来问,听差说是来过两个客,坐了快一个钟头才走,留了一张条子,交给韦先生的,现在就给小姐吧,他们说非要给韦先生不可。

丽嘉很奇怪,她说:

"知道了。"

她等听差走后,才打开那条子,纸是韦护抽屉里的稿纸,那上面写着:

"韦护:

我们本来不应该在这正唱贺歌的时候来责备你。只是你却太荒疏了,不像一个'韦护'。现在呢,学校正有点事,明天希望你要到才好,五点钟有个教务会议。谨此恭贺你(这是从你诗中抄下来的名称)。

溥,日,同留。"

她真有点说不出的不平。她去看抽屉,抽屉里都翻乱了。她很伤心,对于这些强暴者起着莫大的忿怒。她想不出一个可以惩罚他们的方略。他们对韦护太残忍了,她可以从这条纸上看出。她非常替韦护难过,于是她把纸条撕碎,放在字纸篓的下层,这样韦护便可以不看见,便可以不难过了。她把抽屉整理好,把窗子都打开,让那些讨厌的烟气出去,他真恨那些抽烟的人。她想韦护能脱离那起人就好,但是她又想道:"唉,明天就催他去上课吧!"

韦护正在这时回来了,她投到他怀里去,几乎哭了出来,韦护没有了解这情绪,只连声问:

"回来好久了,丽嘉? 都是我不好,我没有想到你回来得这么快,我只到大马路跑了一个转。你猜,这是什么?"他举起他进来时丢到椅上去的一个包。

她似笑似哭的倒在他怀里望了他一眼:

"我不知道。"

"我早上看见你的袜子尖上,破了一个小洞,所以去替你买了一双来,近处没有好看的,所以我跑到先施公司去买的,你看好不好?"

是一双肉红色的长统丝袜。丽嘉很喜欢,只是码子大了,她穿外国袜子总难得合脚,大约外国女人的脚,没有像她么么小的,她也是从来就喜欢赤着脚在地上跑的天足呀。

有韦护在她面前,她将曾过的一些不快又忘记了,他们还是很幸福的度过这天的其余的辰光。直到晚上韦护又拿起一本诗的时候,她才想起白天发生过的事,她有两次想告诉他,却还是怕他烦恼,她不做声了,只绕着大圈子问:

"韦护,你还做诗吗?"

"不做了,我的生活已经全盘是诗了,还需要很笨的去做吗? 而且我没有心去写了,心都在你身上。"

"韦护,你怎么不发表你的诗?"

"我不要那些不了解我的人,去读我的心境呢。从前以为写了只让自己一人看的,谁知它还有这么的幸运,得我爱来听它。现在只将它深藏在我们的爱情中,更不要别人来弄污它了。爱的,你不以这话为然吗?"

"韦护! 唉,这些稿子,你都未曾给人看过啰?"

"没有呀,怎么呢,你那么望着?"

"没有,没有什么。"她又伏在他胸上了,为掩饰她的难过,她咕咕咕的笑起来,然而她在心上痛楚的叫道:

"没有吗? 有呢! 我们出去之后,来过比强盗还凶的人,你不知吗? 我知道呢! 他们检查你的一切,他们在你抽屉里将你不愿人看的诗不尊敬的读过! 而且他们还嘲笑你呢! 唉,我爱的人!"

接着,她便振作起精神来,同他讲了一段有趣的故事。他也讲了一个法国人的笑话,他还模仿那法国人的腔调和神态表演了一段。后来,她装着毫不介意的说:

"我想,韦护,你缺的课太多了吧,你都忘了你的工作呢。"

这不意的话,骇了他一跳,他真的忘记了,她不该提醒他的。他诧异自己怎么会这么久都没想到。他非常难过,难过他太怠工了,他惭愧得难以见人了。他抱着她说:"假如没有这些事就好了。"

但是他马上改正了他的话:

"我要谢谢你才好,你喊醒了我。我应该出去做事了,你鼓励我吧,不然我没有离开你的勇气。明天上午,我要到另一个地方去,这比学校还要紧,以后我再告诉你吧。但是我会回来同你一道吃午饭,下午我到学校去,可以稍微迟一点,两点才走。只是,唉,你呢,你仍到珊珊那里玩去吧。"

他很纷扰的好久都不能睡着。他时时悄悄的吻她。她也没有睡着,但她不做声,装成睡得很好,像一个小哈巴狗蜷卧在他怀里。

三

韦护走了,而且带走了一切梦幻和甜蜜,只剩下一间空漠的卧室,一些呆板的用具,和那不幸的孤独的躺在床上的丽嘉。韦护放了几张风景画片在床头,给她玩。又有几张韦护过去的相片,有的穿着中国棉袍,有的穿着大皮衣帽在大雪地里拍的。照相都比现在年轻,可是在她看来只有现在才更可爱。但她很快的就厌倦了这些,仿佛一失掉韦护,便什么都不属于她了似的。她没有事可以排遣,她觉得睡得太多了。

太阳没有照到屋子,可以看见天是阴沉沉的一种脏的灰色,而且弄得太静了,听不到一点声音,静得使人怕。难道大地死去了吗?她几次神经质的跳起来,然而随即便又躺下了,她焦虑的盼着时间的逝去。

她想过她最近的幸福,这不是意料得到的。她以前没有想到韦护是这么好,给了她这么许多不胜其动心销魂的爱情。正因为她享有了,她便要牢牢捉住这爱情,不能看着这爱情又飞走。但是现在呢,一切都死寂得可怕,她仿佛正预感着那失恋的来临。她想:"也许有一日,韦护要这么将我弃置了跑掉的!唉,也许就在今天,他会回来吗?唉,我好像等了他一世纪似的!"

她哭了,她吻那些相片,又将那些丢到地上,那不是她爱的韦护,那是另外一个狠心的人在冷静的望着她。她哭了一会,被蒙着头,眼泪落在软枕上,落在白被单上,这是些多么熟稔了他们的亲密的可爱的东西呵!

因为夜来睡得不好,又思虑得太多了,人倦极,她含着泪睡着了。

这倒正好免掉了看见在脸上罩满了愁惨的阴云回来的韦护,他也忍受了一些别后的难堪,和一点不痛快的刺激。他看见她还没起床,微微有点诧异,他走拢去,才看见一手压在被面上,一手托住脸颊,那脸颊上还有许多泪痕。他捡起那些地上的相片,喃喃的说:"为什么呢,恨我吗?不爱我了吗?"

他去吻她。他触着了些湿的冰人的发,那小嘴唇嘟着,还微微保留了一点动人怜爱的伤心样子。他想叫她,告诉她爱人已经回来了,但是他觉得她一定很疲倦了,才睡得这么熟,还是让她休息一下的好。他轻轻将椅子拖在床边,望着她,坐在那里抽烟,想起那主事人说的一顿话。

没有一点错,他第一次俯首了。他找不出理由反驳,虽说在心里觉得有许多委屈。而且他真不能离她太久了,离开她,他做不出一点事。从一切的地方,有时是纸上,有时是墨水瓶里,有时竟是从一个有须的人的脸上,都会想起而浮泛出她的娇媚来,他时时都听到她在耳边腻人的叫着他名字。他想,怎么才能将她和工作融合在一起呢,既然是不能不去做工的。

他守了她好久,她才醒来。看见韦护时,她又哭了。她勾着他的颈项,说道:"我以为你不回来了呢?韦护!告诉我,你不至于丢开我吧。"

他竭力安慰她,他擦去那脸上的泪,几乎吻了她眼睛一百次,他吻一次说一次:"看,你把我的眼睛哭坏了!"

她告诉他许久都没哭了,不知怎么今天变得那么弱,不觉的就流出了好多泪。翻开被窝看时,枕上竟留下碗大一块渍印,被单上也湿了许多小块。她答应他以后不再哭了,因为她相信韦护会永远爱她的。她像一个小孩似的没有穿好衣服便站在床上跳舞了,还是他强迫她才把衣服穿好。他说今天天气特别变冷,他命听差去买了一些煤和柴来。

吃完饭已经到一点了。韦护只想还能延迟一会就好,好让丽嘉可以多快活一会,他不忍提起他吃过饭还要到学校去的事。这天丽嘉多吃了半碗饭。她说是因为哭了,小时也常是哭过后反能多吃饭。她要韦护也多吃,可是无论怎样他不能多吃,他反减饭了。他很忧愁那将来到的一刻,他不忍心又将她丢在家中哭泣,她太可爱了,天真无邪。他望着她,忍不住又想吻她,他不知说过多少次了:"我爱的小嘉呀!总有一天我会把你吞掉的。"

饭还没吃完,珊珊来了。韦护感激的望着她,他没有想到她是来看丽嘉的,他几乎以为她是为他来的了。

她替丽嘉带了许多要用的东西来。

韦护走的时候,向珊珊说:

"好,你的朋友还是交给你吧!"

丽嘉笑起来,一直追到楼梯边,她问:

"难道你不回来了吗?"

"对了,我不再来了,你相信吗?我的小嘉!"韦护大声笑着,故意骗她玩。

她也仍然笑着答应双关的话:"我相信的!"

到楼下他又要听差去买了好些丽嘉最爱吃的点心和水果。

丽嘉和珊珊这么度过了一个下午。她们将煤和柴堆在壁炉里烧起来,她们讲了好些小时在家乡烤火的事,和许多在火炉前正宜吃的东西。她将韦护写的诗给她看,告诉她韦护是没有给别人看过的。

但是珊珊不高兴看。她又拿出一张外国女人的照片给珊珊看,珊珊也夸赞那女人的健壮的美,和那刚毅的眉峰。丽嘉告诉她说:

"这便是他们说韦护坏话的道理了。韦护告诉我过,他很爱依利亚,依利亚是这女人的名字,她也爱他,他们是在一个小剧团里认识的。她的气质使他吃惊。而他呢,到现在他还不明白到底依利亚爱他什么。不久他们就同居了。然而是,幸福是不久的,他不能使她满足。他发现她常常跑到一个波兰人那里过上半夜。他同她住了三个月,后来太疲惫了,求她放了他,但是她不准。她向许多人都说这中国人骗了她。她骂他,又骂中国人。于是韦护便离开她了。但这女人真怪,韦护动身回国时,她又跑来同他一起,要一同来中国。她说中国女人会抢走他,而他也一定会爱中国女人而又会被爱的,她不能任这事发生。"

珊珊注视那相片好一会。

她又说:"你说这应有被责备的理由吗? 他们算恋爱还是问题呢。韦护也说他自己都怀疑,因为他那时没有痛苦,也没有欢愉,只有个女人罢了。他们白天各做各的事,距离得很远,晚上同一块吃饭和睡觉。星期日,两人到歌剧院,或是电影场打一个转。而且在离开她之后,他也没有什么难过。"

珊珊叹息着:"你说那不好吗? 我倒很爱这女人呢!"

"我也很爱她,她有些地方是我们学不到的!"

于是她们又都默着了,到上灯的时候,珊珊才回去。

还好,这次她没有等好久,韦护便回来了。韦护说他在路上看见珊珊,可是她没有看见他,他又说:

"丽嘉! 你真好,你有这么一个好朋友,而我却没有。她真爱你呀! 简直像个母亲了。"

"你嫉妒我吗? 我相信她也爱你呢,因为她太爱我了。而且她不会,永不会丢弃我的。而你呢,韦护,你也能使我如此深信不疑吗? 唉,未来的事,难说得很。"

"你这样不了解我,不相信我,真使我难过。"

"不要生气吧,我怄你的。我知道你比她还爱我,然而,我怕呢。"

于是他紧紧的抱了她,凭爱情发了许多誓言,他决不会丢弃她的。等她说了一打以上的相信,他才放手。他们的时间,总是在这么一点小事上,不知跑了多远。

四

韦护近来每天都出去办事,只有星期五下午和星期日才能留在丽嘉面前,然而他们却更相爱了。每到饭前,丽嘉便站在走廊上去等他,有时还走到弄外去,不管街口上有人没有人,隔好远便要跑起来欢呼,投到他怀里去。他呢,含蓄的笑着,紧紧地把她挟回来,常常都将她举得离了地面了。而且许多次,无论他的表亲在客堂也好,不在也好,他都抱起她跑上楼去,去到他们的小房里。她都叫起来了,却十分满足。他们要在这短的一瞬间,来偿还他们分离后的不尽的苦痛。丽嘉不知有多少次希望他能留住,但她却不愿说出。偶尔他偷了懒,向学校请了假,这她便更高兴了,感激得了不得。她更爱他,她也更温柔。于是他本有一点负疚和不安的心情,也为她的欢悦消逝去了。他们极端珍惜不要让下午的时间有一忽儿是空跑掉了的。

房东太奇怪他们了。有一天,他以戚谊的资格直接来叩他们的门,韦护郑重的为他介绍:

"这是我的爱人!我的生命!你看,她不好吗,她给予我的简直太多了。"

他一个字的意义也不懂。他看见丽嘉很可爱的,大胆问起她的家世来。

丽嘉很讨厌这些问询,但她现在没有憎恨的心思,也没有揶揄的趣味,她对这洋行办事员稍稍敷衍了一下。

他又装做会意的样子,向韦护说:

"爱情呢我是懂得的,我也赞成。只是你们太好了,一切小说上戏本上还找不出像你们这么好的。然而俗话讲得好,'月圆必阙'——好，你们笑了，你们一定不信这些的。我就不讲它。不过，韦护，你却太使人奇怪了。你变得太快，若不是我天天都看见你，我一定不认得你了。不是你的相貌变了，是你的气质全不同了。我想凡你的朋友，都可以看得出。不是吗，小姐？"

"是的，恐怕有点变吧，那是因为他现在有了爱情的缘故。"丽嘉爱好的望着她爱人。

韦护却否认的说：

"嘉，你错了呢。你听我说！"他望着那房东，"我丝毫没有变，我仍然是我，不过我从前只将我的一面，虚伪的一面，给人看的。现在呢，我是赤裸的，毫无粉饰的了。这因为我早先虽有一个躯壳，然而却没有心，于是我便为一切其他的东西，过着机械的时日，我只是一个世故的人，为人所了解和欢迎的人。唉，就是说只是一个市侩呢。现在呢，我有了丽嘉，我为我们爱情的享受而生活，我忘记一切对人的机智了。于是我便被不了解和诧异了。然而这一丝一毫都是毋足轻重的，因为这不能有害于我们的爱情。嘉，不是的吗？只要我们永远相爱！"

于是他们忘情的在人面前也接起吻来了。

这办事员被他们骇得只摇头，心里想：

"大约这便是所谓新人物吧！"

他走后，他们又笑起他来了，而且还笑自己。她说：

"我看你真白费力气同他那样声明，他一生也不会懂得你的。"

"为什么我不可以说呢，我恨不得要大声喊给全世界，给他们看看我们的幸福呢。"

"不过我不厌烦他，他没权利反对我们的爱情。"

"什么有权利呢？什么也没有权利！"

他们迟到很夜深才去睡，因为白天难堪的分离的记忆还遗留着，而明天的这难堪的重复，使他们时时恐怖的预感着。他们偎坐在火炉旁边，房子里的灯都捻熄了，只有熊熊的火光不定的闪着，脸儿更显得通红，眼光更充实了，他们不倦的讲着往昔的事。

她有许多姊妹,她从不困苦,但是她却孤独。她惟有在小说中,梦幻中得到安慰。她许多次幻觉着那不可言说的,又是并不能懂的福乐的来临。她现在才知道这福乐是什么。她后来离了家,读了一些书,又结识了许多朋友,似乎是应快乐了,然而还像缺少什么一样。也有人爱过她,但是她太轻视那些浅薄的忠荩,她骂那些人是阴谋者。她同男人接近过,只觉得男人们容易支使,不反抗她,而她却从不曾在他们之中,有过一点深刻的友谊。她不相信他们,甚或觉得有揶揄之必要。女友呢,她同许多人好过,都爱她,服从她,照应她,然而都不真正了解她,她太容易厌倦她们的殷勤。她只对珊珊有相当的敬仰,她看到珊珊近来刻苦念书,越佩服她的毅力,但同时她非常怜悯她,希望她也能得到一个像韦护这么好的人就好。

韦护的故事太多了。他说了好多次同他表妹的事,那只是一种中国旧式才子气派的完成,他不能不找出那么一小点点的伤感。他没有一点冲动便眼看她被别人娶去,他只留下了近一百首的押韵的诗词。他和歌女露茜的事也告诉她了,那纯粹为的好奇。露茜则为的金钱。还有,便是依利亚,依利亚是一个奇怪的女子,办起事来,一点不马虎。她同许多人好过,但不久都把他们丢了。她同韦护决裂的时候,她大声嚷,几乎打他了。她说:"你契丹人,你想跑掉吗,你不知道我爱你吗?你不喜欢那波兰人,他可以去他妈的。我也讨厌他呢。只是你不能干涉我。你应知道你不配。然而我是不能放弃你的,像你这样的契丹人,太使我爱了。"终究他还是跑掉了,他说她是一个动人的家伙,却也是个怕人的家伙。

丽嘉爱听这些故事,觉得有味,又为他惋惜。他常常要在话中停止下来,他说:

"你为什么不早点来到我的命运里呢?你看,我在年轻的时候是那么浪费了青春。"她一定道:

"现在也不迟,我们的未来还长着呢。"

于是他也学语着:

"我们的未来还长着呢。"

他们就常常这么消磨一个晚上,到钟打一点两点的时候,他看见她眼皮无力了,才将她抱上床去。

五

八点钟的时候,冬天还不算晏。韦护不能不从那使人留恋的被中起来。街上很冷,常常要飞一点小雨或小雪,办事处又没有火,他大衣也不能脱。他不时要打哈欠,他太缺少睡眠了。人人都笑他,误解他,显然是他和丽嘉的恋爱,他们是不理解和不同情的。他不去斥责他们,他知道他们没有别的,只有一副最切实用的简单头脑。但是他也忍耐着和挣扎着,他不能有弃置这些工作的念头。这是他的信仰。无论他的个性是更能成其为浪漫派诗人也好,狂热的个人主义也好,他的思想,是确实不移的。他不能离开这地方,他只能像一只蚂蚁似的往前爬去,倒在另一些蚂蚁的上面死了,又让后来的爬在他自己头上。他有几次都决计将那刊物的事委托给别人,因为已经延期好几期,但是他不肯放弃,他要在办事处抽时间来整理。他又在休息的时间编讲义。他是不怕劳苦的,劳苦之后,只要一回到家,一切便全变了,因为丽嘉在那里。他常常对丽嘉这么说,对别人也这么说,他之所以要工作,是因为有她的生活的热力在鼓动他。然而这话是不全靠得住的,人有一种惰性,而且比较起来,他常常眷恋着丽嘉这边,而潜意识里,还常常起着可怕的念头,便是丢了学校工作,成天留在我的爱面前。

同时也有许多人对他起着反感。原来就有一部分人不满意他的有礼貌的风度,说那是上层社会的绅士气派;有的人苛责他过去的历史;然而都不外乎嫉妒。现在呢,都找到了攻击的罅隙,说他的生活,他的行为,都足以代表他的人生观。说他是一个伪善者、投机者。仲清竟到学生前也说起他的坏话,公开他的住址,这本来是不公开的;他示意人们去参观,那像一个堕落的奢糜的销金窟。

于是当韦护和丽嘉饮着晚酒的时候,也有着不熟习的叩门声。他们熠熠的审视丽嘉,却不能在她身上得着什么,也自以为得意的走了。

有两次有人当面嘲讽了他。他忿怒得直想去打那些侮辱了他的人,但是他什么动作也没有,他隐忍了,装出一种不自然的笑,仿佛要人知道他不愿也不必同那一些不足道的糊涂人分辩。这是因为他知道他的地位很孤单,很孤单。

他开始了一种恐怖的预感。他试着去多做点事,接连迟回了好几天,但结局也是失败。于是他不知所以的常常烦闷起来。他想起他们刚住在一块的时日,是多么快乐的时日,他忘记了他的工作,他常常违背一点她的禁止,多喝几杯酒,他常常感伤的抱着她喊道:"我要我们离开这世界才好,我们去学鲁滨孙漂流在无人的岛上去吧!"

她呢,还天真的附和着他。

夜深了,她枕在他手臂上睡得很酣适。他望着她,更深的看出她的美,他们的生命的谐和。他痛苦的想那将要来到的恐怖。他能吗,能抱起丽嘉飞去吗?但是他不能离开丽嘉。他想起曾有过的挣扎,他愿从这女人手中跑掉,但是他痛苦,并没跑掉。只怪她,后来又找着他。然而他又打自己,为什么没有这见解?丽嘉对他太好了,给予他无上的快乐。他想了许多,总想不出一个好法子。他不能像从前与依利亚的情形,那时他没有觉得爱情和工作的冲突的。而丽嘉呢,起始的时候,就使他不敢接近,因为他不知觉间,便预感着这是不协调的。但是这能怪她吗?她没有一次有妨害他工作的动机。虽说她舍不得他,她怕那分离的痛苦,但是她不会要求他留在家里的。那么,这冲突并不在丽嘉或工作,只是在他自己,于是他反省自己了。他在自己身上看出两种个性和两重人格来!一种呢,是他从父母那里得来的,那一生潦倒落拓多感的父亲,和那热情、轻躁以至于自杀的母亲,使他们聪明的儿子在很早便有对一切生活的怀疑和空虚。因此他接近了艺术,他百无聊赖的以流浪和极端感伤虚度了他的青春。若是他能继续舞弄文墨,他是有成就的。但是,那新的巨大的波涛,汹涌的将他卷入漩涡了,他经受了长时间的冲击,才找到了他的指南,他有了研究马克思列宁等人著作的趣味。他跑到北京,跑到外国,他更坚定了自己的意志。他完全换了一个人。他耐苦,然而却是安心的锻炼了三年,他又回南方来。他用明确的头脑和简切的言语,和那永远像机器一般的有力,又永久的鼓着精神干起工作来,他得到无数的忠实的同志的信仰。但是,唉,他遇着丽嘉了!这热情的,有魔力的女人,只用一只眼便将他已死去的那部分,又喊醒了,并且发展得可怕。他现在是无力抵拒,只觉得自己精神的崩溃。他看清了自己,也看清了一切。但是他还是不能判断他自己,他太爱她了,他不准自己对她有一点不忠实。他在万般无奈时,只有竭力忘去这些可怕的,完全是幻觉的憧憬。他狂乱的去吻她全身,这样他便又可完全浸润在爱情中,而不烦恼了。

他又请了几天假。丽嘉虽不恣惠,也不反对,她以为这是她的幸福。他又预支了一些薪水,常常带她到电影院去,或是饮食馆去。他无节制的,又不思虑的度过了一些时候,像酗酒者般的醉在爱情中的一些难忘的快活时日。

六

丽嘉本很喜欢看电影,现在有韦护伴着,自然更乐意。她爱许多漂亮的明星,她爱那些能表现出热的和迷人的一些演员。韦护则说这些人都不如她,若是她能现身银幕,世间所有男子都会在他们的情人身上找出缺陷来。她常常把从电影上学来的许多可爱的动作拿来表演。她也爱吃一点好吃的东西。她更喜欢在温暖的房子里,将身子烤得热热的,又跑在冷空气中呼吸,那凉飕的风,轻轻的打击着热的、嫩的、腻的脸颊,有说不出一种微痒的舒服。

韦护呢,只要他不去办事,不去上课,不和一些难合的人在一块,他都是快乐而骄傲的。慢慢的,他有点怕到那些地方去了,每去一次,便愈觉得人人都在冷淡他,怀疑他,竟至鄙视他了;而那难处置的问题便又来扰搅他。他未必非要把这些他的生命的甘露来弃置,他苦苦的避开这些。他想,让自然的命运来支配我以后的时日吧,现在,且顾现在。但是最后,有几次他再不能忍受他的被人歧视了,他仿佛觉得人人在他背后,说他的名字,摇头,撅嘴。他想自动辞脱一切职务,退身出来,离开这里,到无人认识的地方去插田也好,做小买卖也好,甚或当乞丐也好。他做出一种闲谈的样子,对丽嘉说:

"假使我们有一天不能不离开这里,被迫到乡下去生活的时候,你觉得怎么样呢?"

她毫不思虑的率直的答道:

"那正好呢。那时候,你仍然穿你的蓝粗布短衣,我们第一次见面时,你穿的那件。你的头发长了起来,胡须也不剃了。你一定变得更好看,而且强壮。我呢,我也做一件蓝布衣穿,我最欢喜赤着脚在草地上走。我小时候那么顽皮的走过。我会做许多事。顶好我们有一间小的干净的茅屋,我们像乡下农人一样的生活起来。但是夜晚了,我们仍然可以在我们的小的摇摆不定的烛光下来读诗,那时你一定还可以做些更好的诗。"

他不免苦笑起来,还问她:

"若是连一间小茅屋也没有,要四处去讨呢?"

她对他斜望一眼,意思是说:"你怎么说一些无意思的话。"但她仍然答应他了。她觉得即使是这样,也仍然有趣味,她笑着说道:

"那不更好吗?我可以不要你操一点心思。什么地方都可以混一宵,或是那些小山羊的栏前,或是那稻草堆上。你大约不知道,那干的稻草的香气,躺在那上面,比这鹅绒还舒服呢。"

于是她躺在床上滚了起来,将那床看成稻草堆了。

他也常常为她的这无忧的气质鼓动了,他知道无论走到什么地方她不会丢弃他,而她一定比他更适宜那些新的环境。因为她单纯,她惟一的只知有爱情。只是他,他虽说幻想了许多,然而却不能得一个最后的决断。那是行不通的,他不能磨去他原来的信仰,他已不能真正的做到只有丽嘉而不过问其他的了。唉,若是在以前,当他惊服和骄矜自己的才情的时候,便遇着丽嘉,那是一无遗恨和阻隔的了。而现在呢,他在比他生命还坚定的意志里,渗入了一些别的东西,这是与他原来的个性不相调和的,也就是与丽嘉的爱情不相调和的。

他怠惰了,逸乐了,他对他的信仰,有了不可饶恕的不忠实;而他对丽嘉呢,也一样的不忠实了。他想,与其这么强做快乐去骗她,宁肯将一切均向她吐实。他又想,若是不能放弃工作而撇开她时,使她去尝试那失恋的苦,是无宁自己死去,来让她哀哭的。那样她不会对爱情生怀疑,对韦护生怀疑,她仍然可以保存一颗完美的心。假如他走了,虽则仍是同样的失了他,然而,那情景,是多么不堪设想呵!她无论如何是承受不住的。他在自己感到无力能拔起自己的时候,便又要在丽嘉处找救援,他诚恳的问她:

"你不是很讨厌我信仰的主义吗?为什么你又要爱我?"

她诚恳的答应他:

"那是你误解了。我固然有过一些言论,批评过一些马列主义者,那是我受了一些别的影响,我很幼稚,还有,就是你们有些同志太不使人爱了。你不知道,他们仿佛懂了一点新的学问,能说几个异样的名词,他们就也变成只有名词了;而且那么糊涂的自大着。是的,我喜欢过一些现代青年,但他们太荒谬和自私,我很失望。他们写信给我,寄到珊珊那里,满纸是任情的谩骂,以为我只该爱他们。但是我却只爱你,韦护!而且敬重你!"

他请她凭她的爱情说一点对于他的工作的态度,他希望她说一点她的不满意,她会强制他脱离那些,她是好胜的人,一定可以将他抢过来的。

但是她只诧异的说:

"你怀疑我吗?我没有一点什么意思呀!虽说我不能同你分离得太久,然而那并不是我的爱情的矜夸。你不是也这么感到么?我并不希望你因我而弃置你的事业,我知道,你不像我呢。唉,韦护!我感觉到呢,你常常为我请假而你又不安呢。以后,我不准你再请假了。你知道我的意思么?"

她微微有点不高兴起来。

于是他去哄她,说:

"唉!我的嘉!怎么你会这么多心?你不知道我毫没有别的意

思,只怕我的爱人会有一丝一忽在我身上感到不满吗?你看,你若还生我的气,我怎么好呢?"

他装得太好了,总容易骗过她。她还是快乐的,而他则真是一切都失败了。假使她要带起他走,那就好了。

因此他仍陷在苦恼中。

七

可是时间一天一天的紧迫起来了。学校快放假,他到底是辞了事,还是继续下去?而且,他知道不满意他的人太多了。若是他现在自愿退了出来,或是无通知之必要的就走了,那至少在一部分人看来,是值不得惋惜的,因为他太不忠实了。即使他有勇气,他愿减少这一不光荣的负疚,他以后就得到了安慰吗?是的,他是有丽嘉,他为爱而牺牲事业,那不为名为利的事业,他仍然可以骄傲而生存的。只是真的他们能跑到一个无人的岛上么,他们能恢复到简单的农人生活么?这不只是要生活简单,而是全靠他们有简单的精神。所以虽说他筹算过他最近可以得到的全部收入,足够两人跑到一个没有人认识的小县城里或乡下,可以无事的,靠极低的粮食,和爱情度过一年以上,但是无论他计算得如何周密,他自己也了然这只是想骗过自己,安慰自己,那样对丽嘉就无所抱愧了。实际他不能这么做,甚至联想到若是丽嘉能不爱他,能丢弃他,则他就可以被释放了,可以照旧努力工作了。

于是有一次,他将性子变得很无理,很粗野,为了一点小得可怜的事,他咒骂了她。她没有说一句话,只用怜悯的眼光望着他,最后她说:

"我触怒了你吗?我相信你不会介意的。那么,一定是有别的人或别的事使你烦恼了。那,韦护,你不可以告诉我吗?"

一些眼泪糊住了那双迷人的眼睛。而他,他忍不住大哭起来,跪在她膝前像一个忏悔的教徒。她又说:

"一定的,你有些什么,韦护!你说呀!"

他抱紧她的腰肢，一任他的眼泪涂污她的新衣，他神经质的哭道：

"是的，我有的，我有的……"

然而他清醒了，他用那男性特有的茹苦的忍耐，他不愿说出来，他改正道：

"是的，我有的这不可饶恕的坏脾气呵，我爱的，忘掉这可怕的记忆吧！我不是真的对你这么坏的！你能饶恕我么，我的爱嘉？"

"没有饶恕存在的，韦护！我只爱你！"

这一幕短短的悲喜剧，更证明了他的失望。他又开始振作，只是越振作，就越感到内心的冲突，就越痛苦。而这时，那最使他敬重的陈实同志，给了他一个警告的暗示。他离开家，在那冬天的无人迹的公园里，苦思了一个下午。他知道这是最后的一刻了，他不能再延缓。于是在一个长的激烈的争斗之后，那一些美的、爱情的、温柔的梦幻与希望、享受，均破灭了。而那曾有过一种意志的刻苦和前进，又在他全身汹涌着。他看见前途比血还耀目的灿烂，他走到他办事的地方，他要到广东去。

他再回到丽嘉的面前时，他已有铁的意志的决断。唉，只这女人太可怜了，当她抚着他的瘦胸和那怦怦跳着的心时，她还无感觉的沉醉在爱情中。虽然，他也不免偶尔又起了犹疑，只是他认清了爱情不可再延长，这不特害了他，于丽嘉也决不是有益的。他在第三天，选到了一个绝好的机会，便是珊珊也在这里的时候，他硬起心肠，向丽嘉作了一个最后的长久的深切的观望。然后他穿起大衣，说是要出外打一个转，他用力吻了她嘴唇，握着珊珊的手说：

"可感谢的，朋友！你且留在这儿吧，请一直等到我再回来。"

声音有点哽咽了，手微微抖颤着。珊珊也不觉的心里抖颤了一下，她骇得直着声音说：

"不，我不能等你的，你还是留着吧！"

但是他早已松脱手跑走了。

在楼下他伫立了一会，听到楼上没有一点声响，才阔步向外走去,眼泪不觉的流满脸上。呵!这不可再得的生命的甜蜜啊!

两个女人不安的坐在火炉边,那曾充满了欢乐的炉边。等了好久,夜来临了。丽嘉不快的像是自语的说:

"怎么还不回来呢?"

"我觉得他仿佛有点难过似的。为什么呢?"

"你也觉得吗?我常常都觉得呢。但是他没有向我说一句,他只反复说他爱我,唉,珊,你说他会永远爱我吗?我很怕呢。"

珊珊不知怎么回答才好,她竭力安慰了她朋友,说了一些别的故事。

然而十一点了,韦护还没有回来。丽嘉焦急起来,她要在夜暗中去寻找她的爱,却被珊珊阻住了。她说:

"若是你走了,他回来又怎办呢?"

于是她们又耐心的等到一点半,这时有人在楼下大门口按铃。丽嘉跳起来嚷道:

"一定是韦护!"

两人都走到走廊上去,丽嘉向着下面的黑暗的大门,大声的问,欢喜得声音都变得有点抖颤了:

"是谁?韦护吗?"

听差走出来开门,也同时问:"是谁?"

"送信来的,韦先生有一封信送给楼上的小姐。"

丽嘉骇得不知所措的望着珊珊,喃喃的喊着奇怪。

她冲跳到楼梯口时,听差给了她一封厚的信,她发昏似的跑回房里扯去那信封。

八

信这么写着:

"丽嘉!准韦护再这么一次喊你的名字吧!唉!我这不可饶赦的人!现在呢,我在残酷的撞起这可怕的钟,像霹雳一般的喊给我爱听:韦护走了!永远的走了!永不再回!

唉！我心痛的爱人呵！你不会惊诧吗,当你看到这封信。我哀求你莫哭吧,韦护值不得你这么深爱呢。然而我希望你听我解释几句。

说我还爱你,这只是使你更其生恨的。因为我是这么无情的负心的丢弃你走了。唉！我的小嘉！你可以骂我的,而且你该咒骂我的。你说我骗了你,骗了你纯洁的爱吧！但是,韦护呢,韦护之自责是超过了宇宙间所有的诅咒的。但是无论怎样,他自己知道,他不能不承认他是永远爱他的小嘉的。

事实是这样,一切旁人对于韦护的恶意的批评,都成了定评了,韦护又有了流氓行为,又欺骗了女人。而你所最怕的,也便如斯之快的来摧残你那纯真的性灵了。不过韦护却感到他的小嘉是有对他的宽容,所以他要说一点他近来的莫大的苦闷:

我相信你是比其他一切人都能了解我的。当你听我述完我幼时的困苦,和我母亲的自杀之后,你抱着我,为我过去嘤嘤啜泣的时候,你便应知道我是得了一种怎么样的天秉啊！是一种完全神经质的、对一切都起着幻灭之感的人。如果在那时,我能得到一点爱,即使只有你所给我的百分之一,我一定也满足了我的梦想,我一定永远睡在爱情的怀中讴歌一世。可是你知道,我却在未得爱情以前,接受了另一种人生观念的铁律,这将我全盘变了。这我所同你讲过的我三年的冷静的劳苦生活可以为证！但能诅咒谁呢,我竟遇着了你,你喊醒了我曾有过的,和未敢梦想的一切热求。于是争斗开始了:一面站在我不可动摇的工作上,一面站在我生命的自然需要上。我苦斗了好些时,我留下了一束诗作为纪念。但是太不幸了,真是你的不幸,你为什么爱我呢？我一看到我是有希望你听我说一句话的时候,我便发狂似的觉得有倾倒在你面前之必要。于是爱情战胜了！这要感谢你,呵,多么甜蜜的时日呵！我们享有过的,只是太短促了。不久这争斗便又开始,而错误(若果有错误)也应有一部分归咎于你的。假如当我犹疑而希冀于你有决断的时候,只要你一种动作,我便可以完全是你的了。多么可惜呵,你没有看出我的怯懦来。你没有一丝一毫想从我工作上取得胜利。于是终究造成了我们的爱情的不可弥补的缺憾,这分离的惨剧!所以我要说,韦护终究是物质的,也可以说是市侩的,他将爱情亵渎了,他值不得丽嘉的深爱呵!

现在我走了!就在明天清晨我到广东去,也许不久还要转来,也许……总之,丽嘉!却永不会回到你的怀里了。

而你呢,你不必伤心!我再三说这是不值得的。你应该去找一条你应走的人生大道。而且,你是那么聪明,只要你稍微刻苦一点,一切在你都不是难题呵!我现在只有一点遗恨,我后悔没有在这三月之中给你一点俄文的基础,使你能去读我所读过的那些诗句。然而这也是多么可笑的遗憾呵!

一切都不必多说了,因为这只能给你以更多的纷扰。你可以忘去我的!而我呢,虽说是离你而走了,但即使当我死时,我也可以感到充实,因为我是爱你的呵!

最后,我的那些书籍,我想送给你(我永不看了)。那些诗,还有我过去的日记,则均随你处置,焚去亦是幸事。房租已多交了三个月,最好你能继续住下去,因为这可以作为我想象你之根据,虽然我是希望我能忘掉你一点的。

好!不再说了!最后再喊你一次吧:我爱的丽嘉!而且准我再向你的眼,唇,一切……作一次最后的想象吧!

好…… 你爱的韦护给予你的惟一的信。"

丽嘉几乎昏过去了。这可怕的字组成一些可怕的句,竟成了一切可怕的印象,她疯狂的叫道:

"这是不可能的!这是不可能的!我要追他去!我要追他去!"

她跳着冲去,却被珊珊挡住了。珊珊没有一点方法。她看了那信,她知道一切已不可挽回了。然而她却不能不守着她朋友,她希望有一点什么强暴的力,将这可怜的人麻醉去,免得看这惨剧,她抱着她朋友说道:

"镇静一点吧!强一点吧!既然他能离开你而生活,那你为什么一定要他伴着你呢?而且,他还说他是爱你呢!即使他以后忘掉你,但是他却那么热烈的爱过你呀,这是不可否认的事实。嘉！你平和点吧！我们再一同好好生活吧！韦护既然已经决心走了,我看找恐怕也找不回来了。我们还是来盘算我们自己的事！"

丽嘉失望的痛哭起来。一切韦护的声音和神态都分明的显现在她眼前,但是都多么的辽远了呵！她不听珊珊的劝告,固执在床上滚着,大声的沉痛的哭着,她不知喊了韦护多少声,不知是恨,还是爱的不断的叫着那使人伤心的名字。她还嚷着要去追他回来,即使再见一次也好,因为她想起了许多还未曾、又必须向他说的话。

可是这时天已在发亮了。市声轰起,她仿佛明晰的看见那海中远去的船,而韦护正以苍白的脸色,向着海的这方。于是她又哭起来。她递过一双手去给抱着她的珊珊,无力的说：

"唉,什么爱情！一切都过去了！好,我现在一切都听凭你。我们好好做点事业出来吧,只是我要慢慢的来撑持呵！唉！我这颗迷乱的心！"

我在霞村的时候

因为政治部太嘈杂,莫俞同志决定要把我送到邻村去暂住,实际我的身体已经复原了,不过既然有安静的地方暂时休养,趁这机会整理一下近三月来的笔记,觉得也很好,我便答应他到霞村去住两个星期,那里离政治部有三十里路。

同去的还有一个宣传科的女同志,她大约有些工作,她不是个好说话的人,所以一路显得很寂寞。加上她是一个"改组派"的脚,我的精神又不大好,我们上午就出发,太阳快下山了,才到达目的地。

远远看这村子,也同其他村子差不多。但我知道,这村子里还有一个未被毁去的建筑得很美丽的天主教堂和一个小小的松林,我就将住在靠山的松林里,从这里可以直望到教堂。现在已经看到靠山的几排整齐的窑洞和窑洞上的绿色的树林,我觉得很满意这村子。

从我的女伴口里,我认为这村子是很热闹的;但当我们走进村口时,却连一个小孩子,一只狗也没有碰到,只是几片枯叶轻轻地被风卷起,飞不多远又坠下来了。

"这里从先是小学堂,自从去年鬼子来后就毁了,你看那边台阶,那是一个很大的教室呢。"阿桂(我的女伴)告诉我,她显得有些激动,不像白天那样沉默了。她接着又指着一个空空的大院子:"一年半前这里可热闹呢,同志们天天晚饭后就在这里打球。"

她又急起来了:"怎么今天这里没有人呢?我们是先到村公所去,还是到山上去呢?咱们的行李也不知道捎到什么地方去了,总得先闹清才好。"

村公所大门墙上,贴了很多白纸条,上面写着"××会办事处"、

"××会霞村分会"、"……"。但我们到了里边,却静悄悄地找不到一个人,几张横七竖八的桌子空空的摆在那里。我们正奇怪,匆匆地跑来一个人,他看了一看我,似乎想问什么,接着又把话咽下去了,还想往外跑,但被我们叫住了。

他只好连连地答应我们:"我们的人嘛,都到村西口去了。行李?嗯,是有行李,老早就抬到山上了,是刘二妈家里。"他一边说一边也打量着我们。

我们知道了他是农救会的人,便要求他陪同我们一道上山去,并且要他把我写给这边一个同志的条子送去。

他答应替我们送条子,却不肯陪我们,而且显得有点不耐烦的样子,把我们丢下独自跑走了。

街上也是静悄悄的,有几家在关门,有几家门还开着,里边黑漆漆的,我们也没有找到人。幸好阿桂对这村子还熟,她引导着我走上山,这时已经黑下来了,冬天的阳光是下去得快的。

山不高,沿着山脚上去,错错落落有很多石砌的窑洞,也常有人站在空坪上眺望着。阿桂明知没有到,但一碰着人便要问:

"刘二妈的家是这样走的么?""刘二妈的家还有多远?""请你告诉我怎样到刘二妈的家里?"或是问:"你看见有行李送到刘二妈家去过么?刘二妈在家么?"

回答总是使我们满意的,这些满意的回答一直把我们送到最远的、最高的刘家院子里,两只小狗最先走出来欢迎我们。

接着有人出来问了。一听说是我,便又出来了两个人,他们掌着灯把我们送进一个院子,到了一个靠东的窑洞里。这窑洞里面很空,靠窗的炕上堆得有我的铺盖卷和一口小皮箱,还有阿桂的一条被子。

他们里面有认识阿桂的,拉着她的手问长问短的,后来索性把阿桂拉出去了。我一个人留在这屋子里,只好整理铺盖。我刚要躺下去,她们又拥进来了。有一个青年媳妇托着一缸面条,阿桂、刘二妈和另外一个小姑娘拿着碗、筷和一碟子葱同辣椒,小姑娘又捧来一盆燃得红红的火。

她们殷勤地督促着我吃面,也摸我的两手、两臂。刘二妈和那媳妇也都坐上炕来了。她们露出一种神秘的神气,又接着谈讲着她们适才所谈到的一个问题。我先还以为她们所诧异的是我,慢慢我觉得不是这样的,她们只热心于一点,那就是她们谈话的内容。我只无头无尾的听见几句,也弄不清,尤其是刘二妈说话之中,常常要把声音压低,像怕什么人听见似的那么耳语着。阿桂已经完全变了,她仿佛满能干的,很爱说话,而且也能听人说话的样子,她表现出很能把握住别人说话的中心意思。另外两人不大说什么,不时也补充一两句,却那么聚精会神地听着,生怕遗漏去一个字似的。

忽然院子里发出一阵嘈杂的声音,不知有多少人在同时说话,也不知道闯进了多少人来。刘二妈几人慌慌张张的都爬下炕去往外跑,我也莫名其妙地跟着跑到外边去看。这时院子里实在完全黑了,有两个纸糊的红灯笼在人丛中摇晃,我挤到人堆里去瞧,什么也看不见,他们也是无所谓的在挤着而已,他们都想说什么,都又不说,只听见一些极简单的对话,而这些对话只有更把人弄糊涂的:

"玉娃,你也来了么?"

"看见没有?"

"看见了,我有些怕。"

"怕什么,不也是人么,更标致了呢。"

我开始以为是谁家要娶新娘子了,他们回答我不是的;我又以为是俘虏兵到了,却还不是的。我跟着人走到中间的窑门口,却见窑里挤得满满的是人,而且烟雾沉沉地看不清,我只好又退出来。人似乎也在慢慢地退去了,院子里空旷了许多。

我不能睡去,便在灯底下整理着小箱子,翻着那些练习簿、相片,又削着几枝铅笔。我显得有些疲之,却又感觉着一种新的生活要到来以前的那种昂奋。我分配着我的时间,我要从明天起遵守规定下来的生活秩序,这时却有一个男人嗓子在门外响起了:

"还没有睡么? ××同志。"

还没有等到我答应,这人便进来了,是一个二十岁左右的、还文雅的乡下人。

"莫主任的信我老早就看到了,这地方还比较安静,凡事放心,都有我,要什么尽管问刘二妈。莫主任说你要在这里住两个星期,行,要是住得还好,欢迎你多住一阵。我就住在邻院,下边的那几个窑,有事就叫这里的人找我。"

他不肯上炕来坐,地下又没有凳子,我便也跳下炕去:

"呵,你就是马同志,我给你的一个条子收到了么?请坐下来谈谈吧。"

我知道他在这村子上负点责,是一个未毕业的初中学生。

"他们告诉我,你写了很多书,可惜我们这里没有买,我都没有见到。"他望了望炕上开着口的小箱子。

我们话题一转到这里的学习情形时,他便又说:"等你休息几天后,我们一定请你做一个报告;群众的也好,训练班的也好,总之,你一定得帮助我们,我们这里最难的工作便是'文化娱乐'。"

像这样的青年人我在前方看了很多很多,当刚刚接触他们的时候常常感到惊讶,觉得这些同自己有一点距离的青年们实在变得很快,我又把话拉回来。

"刚才,他们发生了什么事么?"

"刘大妈的女儿贞贞回来了。想不到她才了不起呢。"即刻我感到在他的眼睛里面多了一样东西,那里面放射着愉快的、热情的光辉。

我正要问下去时,他却又加上说明了:"她是从日本人那里回来的,她已经在那里干了一年多了。"

"呵!"我不禁也惊叫起来了。

他打算再告诉我一些什么时,外边有人在叫他了,他只好对我说明天他一定叫贞贞来找我。而且他还提起我注意似的,说贞贞那里"材料"一定很多的。

很晚阿桂才回来睡,她躺在床上老是翻来覆去地睡不着,不住地唉声叹气。我虽说已经疲倦到极点了,仍希望她能告诉我一些关于今晚上的事情。

"不,××同志!我不能说,我真难受,我明天告诉你吧,呵!我们女人真作孽呀!"于是她把被蒙着头,动也不动,也再没有叹息,我不知道她什么时候才睡着的。

第二天一早我到屋外去散步,不觉得就走到村子底下去了。我走进一家杂货铺,一方面是休息,一方面买了他们很多枣子,是打算送给刘二妈家里煮稀饭吃的。那杂货铺老板听我说住在刘二妈家里,便挤着那双小眼睛,有趣地低声问我道:

"她那侄女儿你看见了么?听说病得连鼻子也没有了,那是给鬼子糟蹋的呀。"他又转过脸去朝站在里边门口的他的老婆说:"亏她有脸面回家来,真是她爹刘福生的报应。"

"那娃儿向来就风风雪雪的,你没有看见她早前就在街上浪来浪去,她不是同夏大宝打得火热么?要不是夏大宝穷,她不老早就嫁给他了么?"那老婆子拉着衣角走了出来。

"谣言可多呢,"他转过脸来抢着又说。这次他的眼睛已不再眨动了,却做出一副正经的样子:"听说起码一百个男人总'睡'过,哼,还做了日本官太太,这种缺德的婆娘,是不该让她回来的。"

我忍住了气,因为不愿同他吵,就走出来了。我并没有再看他,但我感觉到他又眯着那小眼睛很得意地望着我的背影。

走到天主堂转角的地方,又听到有两个打水的妇人在谈着,一个说:

"还找过陆神父,一定要做姑姑,陆神父问她理由,她不说,只哭,知道那里边闹的什么把戏,现在呢,弄得比破鞋还不如……"

另一个便又说:"昨天他们告诉我,说走起路来一跛一跛的,唉,怎么好意思见人!"

"有人告诉我,说她手上还戴得有金戒指,是鬼子送的哪!"

"说是还到大同去过,很远的,见过一些世面,鬼子话也会说哪……"

这散步于我是不愉快的,我便走回家来了。这时阿桂已不在家,我就独自坐在窑洞里读一本小册子。

我把眼睛从书上抬起来,看见靠墙立着两个粮食篓子,那大约很有历史吧,它的颜色同墙壁一般黑,我把一块活动的窗户纸掀开,看见一片灰色的天(已经不是昨天来时的天气了)和一片扫得很干净的土地,从那地的尽头,伸出几株枯枝的树,疏疏朗朗地划在那死寂的铅色的天上。

院子里没有什么人走动。

我又把小箱子打开,取出纸笔来写了两封信。怎么阿桂还没回来呢?我忘记她是有工作的,而且我以为她将与我住下去似的了。

冬天的日子本来是很短的,但这时我却以为它比夏天的还长呢。

后来我看见那小姑娘出来了,于是跳下炕到门外去招呼她,她只望着我笑了一笑,便跑到另外一个窑洞里去了。我在院子里走了两个圈,看见一只苍鹰飞到教堂的树林子里边去了。那院子里有很多大树。

我又在院子里走起来,走到靠右边的尽头,我听见有哭泣的声音,是一个女人,而且在压抑住自己,时时都在擤鼻涕。

我努力地排遣自己,思索着这次来的目的和计划,我一定要好好休养,而且按着自己规定的时间去生活。于是我又回到房子里来了,既然不能睡,而写笔记又是多么无聊呵!

幸好不久刘二妈来看我了,她一进来,那小姑娘跟着也来了,后来那媳妇也来了。她们都坐到我的炕上,围着一个小火盆。那小姑娘便察看着那小方炕桌上的我的用具。

"那时谁也顾不到谁,"刘二妈述说着一年半前鬼子打到霞村来的事,"咱们住在山上的还好点,跑得快,村底下的人家有好些都没有跑走,也是命定下的,早不早迟不迟,这天咱们家的贞贞却跑到天主堂去了,后来才知道她是找那个外国神父要做姑姑去的,为的也是风声不好,她爹正在替她讲亲事,是西柳村一家米铺的小老板,年纪快三十了,填房,家道厚实,咱们都说好,就只贞贞自己不愿意,她向着她爹哭过。别的事她爹都能依她,就只这件事老头子不让,咱们老大又没儿,总企望把女儿许个好人家。谁知道贞贞却赌气跑到天主堂去了,就那一忽儿,落在火炕了哪,您说做娘老子的怎不伤心……"

"哭的是她的娘么?"

"就是她娘。"

"你的侄女儿呢?"

"侄女儿么,到底是年轻人,昨天回来哭了一场,今天又欢天喜地到会上去了,才十八岁呢。"

"听说做过日本人太太,真的么?"

"这就难说了,咱也摸不着,谣言自然是多得很,病是已经弄上身了,到那种地方,还保得住干净么?小老板的那头亲事,不吹了,谁还肯要鬼子用过的女人!的的确确是有病,昨天晚上她自己也说了。她这一跑,真变了,她说起鬼子来就像说到家常便饭似的,才十八岁呢,已经一点也不害臊了。"

"夏大宝今天还来过呢,娘!"那媳妇悄声地说着,用探问的眼睛望着二妈。

"夏大宝是谁呢?"

"是村底下磨房里的一个小伙计,早先小的时候同咱们贞贞同过一年学,两个要好得很,可是他家穷,连咱们家也不如,他正经也不敢怎样的,偏偏咱们贞贞痴心痴意,总要去缠着他,一来又怪他;要去做姑姑也还不是为了他?自从贞贞给日本鬼弄去后,他倒常来看看咱们老大两口子。起先咱们大爹一见他就气,有时骂他,他也不说什么,骂走了第二次又来,倒是一个有良心的孩子,现在自卫队当一个小排长呢。他今天又来了,好像向咱们大妈求亲来着呢,只听见她哭,后来他也哭着走了。"

"他知不知道你侄女儿的情形呢?"

"怎会不知道?这村子里就没有人不清楚,全比咱们自己还清楚呢。"

"娘,人都说夏大宝是个傻孩子呢。"

"嗯,这孩子总算有良心,咱是愿意这头亲事的。自从鬼子来后,谁还再是有钱的人呢?看老大两口子的口气,也是答应的。唉,要不是这孩子,谁肯来要呢?莫说有病,名声就实在够受了。"

"就是那个穿深蓝色短棉袄,戴一顶古铜色翻边毡帽的。"小姑娘闪着好奇的眼光,似乎也很了解这回事。

在我记忆里出现了这样一个人影:今天清晨我出外散步的时候,看见了这么一个年轻的小伙子,有着一副很机伶也很忠厚的面孔,他站在我们院子外边,却又并不打算走进来的样子;约莫当我回家时,又看见他从后边的松林里走出来。我只以为是这院子里人或邻院的人,我那时并没有很注意他,现在想起来,倒觉的确是一个短小精悍、很不坏的年轻人。

我的休养计划怕不能完成了,为什么我的思绪这样的乱?我并不着急于要见什么人,但我幻想中的故事是不断的增加着。

阿桂现出一副很明白我的神气,望着我笑了一下便走出去了。

我明白了她的意思,于是来回在炕上忙碌了一番;觉得我们的铺、灯、火都明亮了许多。我刚把茶缸子搁在火上的时候,果然阿桂已经回到门口了,我听见她后边还跟得有人。

"有客人来了,××同志!"阿桂还没有说完,便听见另一个声音扑哧一笑:"嘻……"

在房门口我握住了这并不熟识的人的手了。她的手滚烫,使我不能不略微吃惊。她跟着阿桂爬上炕去时,在她的背上,长长的垂着一条发辫。

这间使我感到非常沉闷的窑洞,在这新来者的眼里,却很新鲜似的,她用满有兴致的眼光环绕地探视着。她身子稍稍向后仰地坐在我的对面,两手分开撑住她坐的铺盖上,并不打算说什么话似的,最后把眼光安详地落在我的脸上了。阴影把她的眼睛画得很长,下巴很尖。虽在很浓厚的阴影之下的眼睛,那眼珠却被灯火和火光照得很明亮,就像两扇在夏天的野外屋宇里洞开的窗子,是那么坦白,没有尘垢。

我也不知道如何来开始我们的谈话,怎么能不碰着她的伤口,不会损害到她的自尊心。我便先从缸子里倒了一杯已经热了的茶。

"你是南方人吧?我猜你是的,你不像咱们省里的人。"倒是贞贞先说了。

"你见过很多南方人么?"我想最好随她高兴说什么我就跟着说什么。

"不,"她摇着头,仍旧盯着我瞧,"我只见过几个,总是有些不同。我喜欢你们那里人,南方的女人都能念很多很多的书,不像咱们,我愿意跟你学,你教我好么?"

我答应她之后忽的她又说了:"日本的女人也都会念很多很多书,那些鬼子兵都藏得有几封写得漂亮的信:有的是他们的婆姨来的,有的是相好来的,也有不认识的姑娘们写信给他们,还夹上一张照片,写了好些肉麻的话,也不知道她们是不是真心,总哄得那些鬼子当宝贝似的揣在怀里。"

"听说你会说日本话,是么?"

在她脸上轻微地闪露了一下羞赧的颜色,接着又很坦然的说下去:"时间太久了,跑来跑去一年多,多少就会了一点儿,懂得他们说话很有用处。"

"你跟着他们跑了很多地方么?"

"不是老跟着一个队伍跑的,人家总以为我做了鬼子官太太,享富贵荣华,实际我跑回来过两次,连现在这回是第三次了。后来我是被派去的,也是没办法,我在那里熟,工作重要,一时又找不到别的人。现在他们不再派我去了,要替我治病。也好,我也挂牵我的爹娘,回来看看他们。可是娘真没有办法,没有儿女是哭,有了儿女还是哭。"

"你一定吃了很多的苦吧。"

"她吃的苦真是想也想不到,"阿桂露出一副难受的样子,像要哭似的,"做了女人真倒霉,贞贞你再说吧。"她更挤拢去,紧靠她身边。

"苦么,"贞贞像回忆着一件辽远的事一样,"现在也说不清,有些是当时难受,于今想来也没有什么;有些是当时倒也马马虎虎地过去了,回想起来却实在伤心呢,一年多,日子也就过去了。这次一路回来,好些人都奇怪地望着我。就说这村子的人吧,都把我当一个外路人,有亲热我的,也有逃避我的。再说家里几个人吧,还不都一样,谁都偷偷地瞧我,没有人把我当原来的贞贞看了。我变了么,想来想去,我一点也没有变,要说,也就心变硬一点罢了。人在那种地方住过,不硬一点心肠还行么,也是因为没有办法,逼得那么做的哪!"

一点有病的样子也没有,她的脸色红润,声音清晰,不显得拘束,也不觉得粗野。她并不含一点夸张,也使人感觉不到她有什么牢骚,或是悲凉的意味,我忍不住要问到她的病了。

"人大约总是这样,哪怕到了更坏的地方,还不是只得这样,硬着头皮挺着腰肢过下去,难道死了不成?后来我同咱们自己人有了联系,就更不怕了。我看见日本鬼子吃败仗,游击队四处活动,人心一天天好起来,我想我吃点苦,也划得来,我总得找活路,还要活得有意思,除非万不得已。所以他们说要替我治病,我想也好,治了总好些。这几天病倒不觉得什么了,路过张家驿时,住了两天,他们替我打了两次药针,又给了一些药我吃。只有今年秋天的时候,那才厉害,人家说我肚子里面烂了,又赶上有一个消息要立刻送回来,找不到一个能代替的人,那晚上摸黑我一个人来回走了三十里,走一步,痛一步,只想坐着不走了。要是别的不关紧要的事,我一定不走回去了,可是这不行哪,唉,又怕被鬼子认出来,又怕误了时间,后来整整睡了一个星期,才又拖着起了身。一条命要死好像也不大容易,你说是么?"

她并没有等我的答复,却又继续说下去了。

有的时候,她停顿下来。在这时间,她也望望我们,也许是在我们脸上找点反应,也许她只是思索着别的。看得出阿桂比贞贞显得更难受,阿桂大半的时候沉默着,有时说几句话,她说的话总只为的传达出她的无限的同情,但她沉默时,却更显得她为贞贞的话所震慑住了,她的灵魂被压抑,她感受了贞贞过去所受的那些苦难。

我以为那说话的人丝毫没有想到要博得别人的同情,纵是别人正为她分担了那些罪过,她似乎也没有感觉到,同时也正因为如此,就使人觉得更可同情了。如果她说起她这段历史的时候,并不是像现在这样,心平气和,甚至使你以为她是在说旁人那样,那是宁肯听她哭一场,哪怕你自己也陪着她哭,都是觉得好受些的。

后来阿桂倒哭了,贞贞反来劝她。我本有许多话准备同贞贞说的,也说不出口了,我愿意保持住我的沉默。当她走后,我强制自己在灯下读了一个钟头的书,连睡得那么邻近的阿桂,也不看她一眼,或问她一句,哪怕她老是翻来覆去的睡不着,一声一声地叹息着。

以后贞贞每天都来我这里闲谈,她不只是说她自己,也常常很好奇地问我许多那些不属于她的生活中的事。有时我的话说得很远,她便显得很吃力地听着,却是非常要听的。我们也一同走到村底下去,年轻人都对她很好;自然都是那些活动分子。但像杂货店老板那一类的人,总是铁青着脸孔,冷冷地望着我们,他们嫌厌她,卑视她,而且连我也当着不是同类的人的样子看待了。尤其那一些妇女们,因为有了她才发生对自己的崇敬,才看出自己的圣洁来,因为自己没有被敌人强奸而骄傲了。

阿桂走了之后,我们的关系就更密切了,谁都不能缺少谁似的,一忽儿不见就会彼此挂念。我喜欢那种有热情的,有血肉的,有快乐、有忧愁、又有明朗的性格的人;而她就正是这样。我们的闲谈常常占去了很多时间,我总以为那些谈天,于我的学习和修养,就是非常有帮助的。可是日子一天天过去,贞贞对我并不完全坦白的事,竟被我发觉了;但我绝不会对她有一丝怨恨,而且我将永远不去触她这秘密,每个人一定有着某些最不愿告诉人的东西深埋在心中,这是指属于私人感情的事,既与旁人毫无关系,也不会关系于她个人的道德。

到了我快走的那几天,贞贞忽然显得很烦躁,并没有什么事,也不像打算要同我谈什么的,却很频繁的到我屋里来,总是心神不宁的,坐立不安的,一会儿又走了。我知道她这几天吃得很少,甚至常常不吃东西。我问过她的病,我清楚她现在所担受的烦扰,决不只是肉体上的。她来了,有时还说几句毫无次序的话;有时似乎要求我说一点什么,做出一副要听的神气。但我也看得出她在想一些别的,那些不愿让人知道的,她是正在掩饰着这种心情,装出无所谓的样子。

有两次,我看见那显得很精悍的年轻小伙子从贞贞母亲的窑中出来,我曾把他给我的印象和贞贞一道比较,我以为我非常同情他,尤其当现在的贞贞被很多人糟蹋过,染上了不名誉的、难医的病症的时候,他还能耐心的来看她,向她的父母提出要求,他不嫌弃她,不怕别人笑骂。他一定觉得她这时更需要他,他明白一个男子在这样的时候对他相好的女人所应有的气概和责任。而贞贞呢,虽说在短短的时间中,找不出她有很多的伤感和怨恨,她从没有表示过她希望有一个男子来要她,或者就说是抚慰吧;但我也以为因为她是受过伤的,正因为她受伤太重,所以才养成她现在的强硬,她就有了一种无所求于人的样子。可是如果有些爱抚,非一般同情可比的怜惜,去温暖她的灵魂是好的。我喜欢她能哭一次,找到一个可以哭的地方去哭一次。我希望我有机会吃到这家人的喜酒,至少我也愿意听到一个喜讯再离开。

"然而贞贞在想着一些什么呢?这是不会拖延好久,也不应成为问题的。"我这样想着,也就不多去思索了。

刘二妈,她的小媳妇、小姑娘也来过我房子,估计她们的目的,无非想来报告些什么,有时也说一两句。但我总不给她们说话的机会,我以为凡是属于我朋友的事,如若朋友不告诉我,我又不直接问她,却在旁人那里去打听,是有损害于我的朋友和我自己,也是有损害于我们的友谊的。

就在那天黄昏,院子里又热闹起来了,人都聚集在那里走来走去,邻舍的人全来了,他们交头接耳,有的显得悲戚,也有的满感兴趣的样子。天气很冷,他们好奇的心却很热,他们在严寒底下耸着肩,弓着腰,笼着手,他们吹着气,在院子中你看我,我看你,好像在探索着很有趣的事似的。

开始我听见刘大妈的房子里有吵闹的声音,接着刘大妈哭了。后来还有男人哭的声音,我想是贞贞的父亲吧。接着又有摔碗的声音,我忍不住,分开看热闹的人冲进去了。

"你来的很好,你劝劝咱们贞贞吧。"刘二妈把我扯到里边去。

贞贞把脸藏在一头纷乱的长发里,望得见两颗狰狰的眼睛从里边望着众人。我走到她旁边便站住了。她似乎并没有感觉我的到来,或者也把我当做一个毫不足介意的敌人之一罢了。她的样子完全变了,几乎使我不能在她的身上回想起一点点那些曾属于她的洒脱、明朗、愉快,她像一个被困的野兽,她像一个复仇的女神,她憎恨着谁呢,为什么要做出那么一副残酷的样子?

"你就这样的狠心,全不为娘老子着想,你全不想想这一年多来我为你受的罪……"刘大妈在炕上一边捶着一边骂,她的眼泪像雨点一样,有的落在炕上,有的落在地上,还有的就顺着脸往下流。

有好几个女人围着她,扯着她,她们不准她下炕来。我以为一个人当失去了自尊心,一任她的性情疯狂下去的时候,真是可怕。我想告诉她,你这样哭是没有用的,同时我也明白在这时是无论什么话都不会有效的。

老头子显得很衰老的样子,他垂着两手,叹着气。夏大宝坐在他旁边,用无可奈何的眼光望着两个老人。

"你总得说一句呀,你就不可怜可怜你的娘么?……"

"路走到尽头总要转弯的,水流到尽头也要转弯的,你就没有一点弯转么?何苦来呢?……"

一些女人们就这样劝贞贞。

我看出这事是不会如大家所希望的了。贞贞早已表示不要任何人可怜她,她也不可怜任何人。她是早已决定,没有转弯的,要说赌气,就算赌气吧。她现在是咬紧了牙关要坚持下去的神情。

她们听了我的劝告,让贞贞到我的房里去休息,一切问题到晚上再谈。于是我便领着贞贞出来了。可是她并没有到我的房中去,她向后山上跑了。

"这娃儿心事大呢!……"

"哼,瞧不起咱乡下人了……"

"这种破铜烂铁,还搭臭架子,活该夏大宝倒霉……"

聚集在院子中的人们纷纷议论着,看看已经没有什么好看的了,便也散去了。

我在院子中踌躇了一会,便决计到后山去。山上有些坟堆,坟周围都是松树,坟前边有些断了的石碑,一个人影也没有,连落叶的声音都没有。我从这边穿到那边,我叫着贞贞的名字,似乎有点回声,来安慰一下我的寂寞,但随即更显得万山的沉静。天边的红霞已经退尽了,四周围浮上一层寂静的、烟似的轻雾,绵延在远近的山的腰边。我焦急,我颓然坐在一块碑上,我盘旋着一个问题:再上山去呢,还是在这里等她呢? 我希望我能替她分担些痛苦。

我看见一个影子从底下上来了,很快我便认识出就是夏大宝。我不做声,希望他没有看见我,让他直到上面去吧。但是他却在朝我走来。

"你找了么? 我到现在还没有看见她。"我不得不向他打个招呼。

他走到我面前,就在枯草地上坐下去。他沉默着,眼望着远方。

我微微有些局促。他的确还很年轻呢,他有两条细细的长眉,他的眼很大,现在却显得很呆板,他的小小的嘴紧闭着,也许在从前是很有趣的,但现在只充满着烦恼,压抑住痛苦的样子,他的鼻是很忠厚的,然而却有什么用?

"不要难受,也许明天就好了,今天晚上我定要劝她。"我只好安慰他。

"明天,明天,……她永远都会恨我的,我知道她恨我……"他的声音稍稍的有点儿哑,是一个沉郁的低音。

"不,她从没有向我表示过对人有什么恨。"我搜索着我的记忆,我并没有撒谎。

"她不会对你说的,她不会对任何人说的,她到死都不饶恕我的。"

"为什么她要恨你呢？"

"当然啰……"忽的他把脸朝着我，注视着我，"你说，我那时不过是一个穷小子，我能拐着她逃跑么？是不是我的罪？是么？"

他并没有等到我的答复就又说下去了，几乎是自语："是我不好，还能说是我对么，难道不是我害了她么？假如我能像她那样有胆子，她是不会……"

"她的性格我懂得，她永远都要恨我的。你说，我应该怎样？她愿意我怎样？我如何能使她快乐？我这命是不值什么的，我在她面前也还有点用处么？你能告诉我么？我简直不知我应该怎样才好，唉，这日子真难受呀！还不如让鬼子抓去……"他不断的喃喃下去。

当我邀他一道回家去的时候，他站起来同我走了几步，却又停住了，他说他听见山上有声音。我只好鼓励他上山去，我直望到他的影子没入更厚的松林中去，才踏上回去的路，天色已经快要全黑了。

这天晚上我虽然睡得很迟，却没有得着什么消息，不知道他们怎样过的。

等不到吃早饭，我把行李都收拾好了。马同志答应今天来替我搬家。我准备回政治部去，并且回到延安去；因为敌人又要大举"扫荡"了，我的身体不准许我再留在这里，莫主任说无论如何要先把这些伤病员送走。我的心却有些空荡荡的，坚持着不回去么？身体又累着别人；回去么？何时再来呢？我正坐在我的铺上沉思着的时候，我觉得有人悄悄的走进我的窑洞。

她一耸身跳上炕来坐在我的对面了，我看见贞贞脸上稍稍的有点浮肿，我去握着那只伸在火上的手，那种特别使我感觉刺激的烫热又使我不安了，我意识到她有着不轻的病症。

"贞贞！我要走了，我们不知何时再能相会，我希望，你能听你娘……"

"我就是来告诉你的，"她一下就打断了我的话，"我明天也要动身了。我恨不得早一天离开这家。"

"真的么?"

"真的!"在她的脸上那种特有的明朗又显出来了,"他们叫我回……去治病。"

"呵!"我想我们也许要同道的,"你娘知道了么?"

"不,还不知道,只说治病,病好了再回来,她一定肯放我走的,在家里不是也没有好处么?"

我觉得她今天显得稀有的平静。我想起头天晚上夏大宝说的话了。我冒昧的便问她道:

"你的婚姻问题解决了么?"

"解决,不就是那么?"

"是听娘的话么?"我还不敢说出我对她的希望,我不愿想着那年轻人所给我的印象,我希望那年轻人有快乐的一天。

"听她们的话,我为什么要听她们的话,她们听过我的话么?"

"那么,你果真是和她们赌气么?"

"……"

"那么,……你真的恨夏大宝么?"

她半天没有回答我,后来她说了,说得更为平静的:"恨他,我也说不上。我觉得我已经是一个有病的人了,我的确被很多鬼子糟蹋过,到底是多少,我也记不清了,总之,是一个不干净的人了。既然已经有了缺憾,就不想再有福气,我觉得活在不认识的人面前,忙忙碌碌的,比活在家里,比活在有亲人的地方好些。这次他们既然答应送我到延安去治病,那我就想留在那里学习,听说那里是大地方,学校多;什么人都可以学习的。大家扯在一堆并不会怎样好,那就还是分开,各奔各的前程。我这样打算是为了我自己;也为了旁人,所以我并不觉得有什么对不住人的地方,也没有什么高兴的地方。而且我想,到了延安,还另有一番新的气象。我还可以再重新做一个人,人也不一定就只是爹娘的,或自己的。别人说我年轻,见识短,脾气别扭,我也不辩,有些事情哪能让人人都知道呢?"

我觉得非常惊诧,新的东西又在她身上表现出来了。我觉得她的话的确值得我们研究,我当时只能说出我赞成她的打算的话。

我走的时候,她的家属在那里送我,只有她到公所里去了,也再没有看见夏大宝。我心里并没有难受,我仿佛看见了她的光明的前途,明天我将又见着她的,定会见着她的,而且还有好一阵时日我们不会分开了。果然,一走出她家的门,马同志便告诉了我关于她的决定,证实了她早上告诉我的话很快便会实现了。

一九四〇年

在医院中

一

十二月里的末尾,下过了第一场雪,小河大河都结了冰,风从收获了的山冈上吹来,刮着牲口圈篷顶上的苇秆,呜呜地叫着,又迈步到沟底下去了。草丛里藏着的野雉,刷刷地整着翅子,钻进那些石缝或是土窟洞里去。白天的阳光,照射在那些夜晚冻了的牛马粪堆上,散发出一股难闻的气味。几个无力的苍蝇在那里打旋。黄昏很快的就罩下来了,苍茫的,凉幽幽的从远远的山冈上,从刚刚可以看见的天际边,无声的,四面八方的靠近来,鸟鹊打着寒战,狗也夹紧了尾巴。人们都回到他们的家,那惟一的藏身的窑洞里去了。

那天,正是这时候,一个穿灰色棉军服的年轻女子,跟在一个披一件羊皮大衣的汉子后面,从沟底下的路上走来。这女子的身段很伶巧,穿着男子的衣服,就像一个未成年的孩子似的,她有意的做出一副高兴的神气,睁着两颗圆的黑的小眼,欣喜地探照荒凉的四周。

"我是没有什么工作经验的,将来麻烦你的时候一定很多,总请你帮忙才好啦!李科长!你是老革命,鄂豫皖来的吧?"

她现在很惯于用这种声调了,她以为不管到什么机关去,总得先同这些事务工作人员相熟。在学校的时候,每逢到厨房打水,到收发科取信,上灯油,拿炭,她总是拿出这么一副讨好的声音,可是并不显得卑屈,只见其轻松。

走到前边的李管理科长,有着一般的管理科长不急不徐的风度,俨然将军似的披着一件老羊皮大衣。他们在有的时候显得很笨,有时却很聪明。他们会使用军队里最粗野的骂人术语,当勤务员犯了错误的时候;他们也会很微妙地送一点鸡,鸡蛋南瓜子给秘书长,或者主任。这并不要紧,因为只由于他的群众工作好,不会有其他什么嫌疑的。

他们从那边山腰转到这边山腰,在沟里边一望,曾闪过白衣的人影,于是那年轻女子大大地嘘了一口气,像特意要安慰自己说:"多么幽静的养病的所在啊!"

她不敢把太愉快的理想安置得太多,却也不敢把生活想得太坏,失望和颓丧都是她所怕的,所以不管遇着怎样的环境,她都好好的替它做一个宽容的恰当的解释。仅仅在这一下午,她就总是这么一副恍恍惚惚,却又装得很定心的样子。

跟在管理科长的后边,走进一个院子,而且走进一个窑洞;这就是她要住下来的。这简直与她的希望相反,这间窑决不会很小,决不会有充足的阳光,一定还很潮湿。当她一置身在空阔的窑中时,便感觉得在身体的四周,有一种怕人的冷气袭来,薄弱的,黄昏的阳光照在那黑的土墙上,浮着一层凄惨的寂寞的光,人就像处在一个幽暗的,却是半透明的那么一个世界,与现世脱离了似的。

她看见她的小皮箱和铺盖卷已经孤零零地放在那冷地上。

这李科长是一个好心的管理科长,他动手替她把那四根柴柱支着的铺整理起来了。

"你的被这样薄!"他抖着那薄饼似的被子时不禁忍不住地叫起来了。在队伍里像这样薄的被子也不多见的。

她回顾了这大窑,心也不觉的有些忐忑,但她是不愿向人要东西的,她说:"我不大怕冷。"

在她的铺的对面,已经有一个铺得很好的铺,他告诉她那是住着一个姓张的医生的老婆,是一个看护。于是她的安静的,清洁的,有条理的独居的生活的梦想又破灭了。但她却勉强的安慰自己:"住在这样大的一间窑里,是应该有个伴的。"

那位管理科长不知怎样一搞,床却垮在地下了。他便匆匆地走了,大约是找斧子去的吧。

这年轻女子便蹲在地上将这解体的床铺再支起来,她找寻可以使用的工具,看见靠窗户放有一张旧的白木桌。假如不靠着什么那桌子是站不住的,桌子旁边随便地躺着两张凳子。这新办不久的医院里的家具,也似乎是从四方搜罗来的残废者啊!

用什么方法可以打发走这目前的无聊的时光呢,那管理科长又没有来?她只好踱到院子里去。院子里的一个粪堆和一个草堆连接起来了,没有插足的地方。两个女人跪在草堆里,浑身都是草屑,一个掌着铡刀,一个把着草束,专心地铡着,而且拨弄那些切碎了的草。

她站在她们旁边,看了一会,和气地问道:"老乡!吃过了没有?"

"没做啦!"于是她们停住了手的动作,好奇地,呆呆地打量她,一个女人就说了:"呵!又是来养娃娃的呵!"她一头剪短了的头发乱蓬得像个孵蛋的母鸡,从那头杂乱得像茅草的发中,露出一块破布片似的苍白的脸,和两个大而无神的眼睛。

"不,我不是来养娃娃的。是来接娃娃的。"在没有结过婚的女子一听到什么养娃娃的话,如同吃了一个苍蝇似的心里涌起了欲吐的嫌厌。

在朝东那面的三个窑里,已经透出微弱的淡黄色的灯光。有初生婴儿的啼哭。这是她曾熟悉过的一种多么夹着温柔和安慰的小小生命的呼唤呵。这呱呱的声音带了无限的新鲜来到她胸怀,她不禁微微张开了嘴,舒展了眉头,向那有着灯光的屋子里,投去一缕甜适的爱抚:"明天,明天我要开始了!"

再绕到外边来,暮色更低地压下来了。沟底下的树丛成了模糊的一片。远远的半山中,穿着一条灰色的带子,晚霞在那里飘荡。虽说没有多大的风,空气却刺骨的寒冷。她只好走回来,惊奇地跑回已经有了灯光的自己的住处。管理科长什么时候走回来的呢?她的铺也许弄妥当了。她到屋里时,只见一个穿黑衣的女同志端坐在那已有的铺上,就着一盏麻油灯整理着一双鞋面,那麻油灯放在两张重叠起来的凳上。

"你是新来的医生,陆萍么?"当她问她的时候,就像一个天天见惯了的人似的那么坦直和自然,随便地投来一瞥,又去弄她的鞋面去了,还继续哼着一个不知名的小调。

她一点也没有注意从这新来的陆萍那里送来了如何的高兴。她只用平淡的节省的字眼在回答她。她好像一个老旅行者,在她的床的对面,多睡一个人或少睡一个人或更换一个人都是一样,没有什么可以引起波动的。她把鞋面翻看了一回之后,便把铺摊开了;却又不睡,只坐在被子里,靠着墙,唱着一个陕北小调。

陆萍又把那几根柴柱拿来敲敲打打,怎么也安置不好,她只好把铺开在地上,决心熬过这一夜。她坐在被子里,无所谓的把那个张医生的老婆打量起来。

她不是很美丽吗?她有一个端正的头型,黑发不多也不少,五官都很端正,脖项和肩胛也很适衬,也许是宜于移在画布上去的线条,可是她仿佛没有感情,既不温柔,也不凶暴,既不显得聪明,又不见得愚蠢,她答应她一些话语,也述说过,也反问过她,可是你无法窥测出她是喜悦呢,还是厌憎。

忽然那看护像被什么针刺了似的,陡的从被子里跳出来,一直冲了出去。陆萍听见她推开了间壁老百姓的门,一边说着些什么,带着高兴地走了进去,那曾因她跑走时鼓起一阵风的被子,大半拖在地上。

现在又只剩陆萍一个人。被子老裹不严,灯因为没有油只剩一点点凄惨的光。老鼠出来了,先是在对面床底下,后来竟跳到她的被子上来了。她蜷卧在被子里,不敢脱衣裳,寒冷不容易使人睡着。她不能不想到许多事,仅仅这一下午所碰到的就够她去消磨这深夜的时候了。她竭力安慰自己,鼓励自己,骂自己,又替自己建筑着新的希望的楼阁,努力使自己在这楼阁中睡去,可是窑对面牛棚里的牛,不断地嚼着草根,还常常用蹄子踢着什么。她再张开眼时,房子里已经漆黑,灯不知在什么时候已经熄灭,老鼠更勇敢地迈过她的头。

很久之后,才听到间壁的窑门又开了。医生的老婆风云叱咤地一路走回来,门大声地响着,碰倒了一张凳子,又踩住了自己的被子,于是她大声地骂"狗×的,×他奶奶的管理员,给这么一滴儿油,一点便黑了,真他妈拉格×!"她连串地熟悉地骂那些极其粗鲁的话,她向那些粗人学得很好,不过即使她这么骂着的时候,也看不出她有多大的憎恨,或是显得猥亵。

陆萍一声也不响,她从嘴唇的动弹中,辨别出她适才一定吃过什么很满意的东西了。那看护摸上床之后,头一着枕,便响起很匀称的鼾声。

二

陆萍是上海一个产科学校毕业的学生,是依照她父亲的意思。才进去两年,她自己感到她不适宜于做一个产科医生,她对于文学书籍更感到兴趣,她有时甚至讨厌一切医生,但在产校仍整整住了四年。八一三的炮火把她投进了战争,她到伤兵医院去服务,耐心地为他们洗换,替他们写信给家里,常常为了一点点的需索奔走。她像一个母亲一个情人似的看护着他们。他们也把她当着一个母亲一个情人似的依靠着。他们伤好了,她为他们愉快。可是他们走了,有的向她说了声再会,也有来一封道谢的信,可是也就不会再有消息。她悄悄地拿回那寂寞的感情,再投到新来的伤兵身上。这样的流动生活,几乎消磨了一整年,她受了很多的苦,辗转地跑到延安,做了抗大的学生。她自己感觉到在内在的什么地方有些改变,她用心啃着从未接触过的一些书籍,学着在很多人面前发言。她仿佛看见了自己的将来,一定是以一个活跃的政治工作者的面目出现。她很年轻,才二十岁,自恃着聪明,她满意这生活,和这生活的道路。她不会浪费她的时间,和没有报酬的感情。在抗大住了一年,她成了一个共产党员。这时政治处的主任找她谈话,为了党的需要,她必须脱离学习到离延安四十里地的一个刚开办的医院去工作,而且说医务工作应该成为她终身对党的贡献的事业。她声辩过,说她的性格不合,她可以从事更重要的或更不重要的,甚至她流泪了。但这些理由不能够动摇那主任的决心,不能推翻决议,除了服从没有旁的办法。支部书记来找她谈话,小组长成天盯着她谈。她讨厌那一套,那些理由她全懂。事实是她要割断这一年来她所憧憬的光明前途,重回到旧有的生活。她很明白,她决不会成为一个了不起的医生,她不过是一个很普通的助产婆,有没有都没有什么关系。她是一个富于幻想的人,而且有能耐去打开她生活的局面。可是"党","党的需要"的铁箍套在头上,她能违抗党的命令么?能不顾这铁箍么,这由她自愿套上来的?她只有去,但她却说只去一年。她打扫了心情,用愉快的调子去迎接该到来的生活,伊里奇不说过吗?"不愉快只是生活的耻辱",于是她到医院来了。

院长是一个四川人,种田的出身,后来参加了革命,在军队里工作很久,对医务完全是外行。他以一种对女同志并不需要尊敬和客气的态度接见陆萍,像看一张买草料的收据那样懒洋洋的神气读了她的介绍信,又盯着她瞪了一眼:"唔,很好!留在这里吧。"他很忙,不能同她多谈。对面屋子里住得有指导员,她可以去找他。于是他不再望她了,端坐在那里,并不动手做别事。

指导员黄守荣同志,一副八路军里青年队队长的神气,很谨慎,很爱说话,衣服穿得很整齐,表现一股很朴直很幼稚的热情,有点羞涩,却又企图装得大方。

他告诉她这里的困难,第一,没有钱;第二,刚搬来,群众工作还不好,动员难;第三,医生太少,而且几个负责些的都是外边刚来的,不好对付。

把过去历史,做过连指导员的事也同她说了。他是多么想回到连上去呵。

从指导员房里出来之后,一个下午还遇了几个有关系的同事。那化验室的林莎,在用一种怎样敌意的眼睛来望她。林莎有一对细的弯的长眼,笑起来的时候眯成一条半圆形的线,两角往下垂,眼皮微微肿起,露出细细的引逗人的光辉,好似在等着什么爱抚,好似在问人:"你看,我还不够漂亮么?"可是她对刚来的陆萍,眼睛只显出一种不屑的神气:"哼,什么地方来的这产婆,看那寒酸样子!"她的脸有很多的变化,有时像一朵微笑的花,有时像深夜的寒星。她的步法非常停当,用很慢的调子说话,这种沉重又显得柔媚,又显得傲慢。

陆萍只憨憨的对她笑,心里想:"我怕你什么呢,你用什么来向我骄傲？我会让你认识我。"她既然有了这样的信心,她就要做到。

又碰到一个在抗大的同学,张芳子,她在这里做文化教员。这个常常喜欢在人面前唱歌的人,本来就未引起过她的好感。这是一个最会糊糊涂涂地懒惰地打发去每一个日子的人。她有着很温柔的性格,不管伸来怎样的臂膀,她都不忍心拒绝,可是她却很少朋友。这并不由于她有什么孤僻的性格,只不过因为她像一个没有骨头的人,烂棉花似的没有弹性,不能把别人的兴趣绊住。陆萍刚看见她时,还涌起一阵欢喜,可是再看看她那庸俗平板的脸孔时,心就像沉在海底似的那么平稳,那么凉。

她去拜访了产科主任王梭华医生,他有一位浑身都是教会女人气味的太太——她是小儿科医生。她总用着白种人看有色人种的眼光来看一切,像一个受惩的仙子下临凡世,又显得慈悲,又显得委屈。只有她丈夫给了陆萍最好的印象,这是一个有绅士风度的中年男子,面孔红润,声音响亮,时时保持住一种事务上的心满意足。虽说她看得出他只不过是一种资产阶级所惯有的虚伪的应付,然而却有精神,对工作热情。她并不喜欢这种人,也不需要这种人做朋友,可是在工作上她乐意和这人合作。她不敢在那里坐很久,那位冷冷的坐在侧边的夫人总使她害怕,即使在她和气和做得很明朗的气氛之下,她也感到有一种说不出的压抑。

不管这种种的现象,曾给予她多少不安和彷徨,然而在睡过一夜之后,她都把它像衫袖上的尘土抖掉了。她理性地批判了那一切。她非常有元气地跳了起来,她自己觉得她有太多的精力,她能担当一切。她说,让新的生活好好的开始吧。

三

每天早饭一吃过,只要没有特别的事故,她可以不等主任医生,就轮流到五间产科病室去察看。这儿大半是陕北妇女,和很少的几个××、××或××的学生。她们都很欢迎她,每个人都用担心的,谨慎的眼睛来望她,亲热地喊着她的名字,琐碎地提出许多关于病症的问题,有时还在她面前发着小小的脾气,女人的爱娇。每个人的希望都寄托在她的身上。这样的情形在刚开始,也许可以给人一些兴奋和安慰。可是日子长了,天天是这样,而且她们并不听她的话。她们好像很怕生病,却不爱干净,常常使用没有消毒过的纸,不让看护洗濯,生产还不到三天就悄悄爬起来自己去上厕所,甚至她们还很顽固。实际她们都是做了母亲的人,却要别人把她们当着小孩子看待,每天重复着那些叮咛的话,有时也得假装生气。但房子里仍旧很脏,做勤务工作的看护没有受过教育,把什么东西都塞在屋角里。洗衣员几天不来,院子里四处都看得见用过的棉花和纱布,养育着几个不死的苍蝇。她没办法,只好戴上口罩,用毛巾缠着头,拿一把大扫帚去扫院子。一些病员,老百姓,连看护在内都围着看她。不一会,她们又把院子弄成原来的样子了。谁也不会感觉到有什么抱歉。

除了这位张医生的老婆之外,还有一位不知是哪个机关的总务处长的老婆也在这里。她们都是产科室的看护,学了三个月看护知识,可以认几十个字,记得十几个中国药名。她们对看护工作既没有兴趣,也没有认识。可是她们不能不工作。新的恐惶在增加着。从外面来了一批又一批的女学生,离婚的案件经常被提出。自然这里面也不缺少真正有觉悟,愿意刻苦一点,向着独立做人的方向走的妇女,不过大半仍是又惊惶,又懵懂。这两位夫人,尤其是那位已经二十六七岁的总务处长的夫人摆着十足的架子,穿着自制的中山装,在稀疏的黄发上束上一根处女带,自以为漂亮,骄傲地凸出肚皮在院子里摆来摆去。她们毫无服务的精神,又懒又脏,只有时对于鞋袜的缝补,衣服的浆洗才表示兴趣。她不得不催促她们,催促不成就只好代替;为了不放心,她得守着她们消毒,替孩子们洗换,做棉花球,卷纱布。为了不愿病人产妇多受苦痛,便自己去替几个开刀了的,发炎的换药。这种成为习惯的道德心,虽不时髦,为许多人看不起,而她却在很小的时候,就已经养成。

一到下午,她就变得愉快些,这是说当没有产妇临产而比较空闲的时候。她去参加一些会议,提出她在头天夜晚草拟的一些意见书。她有足够的热情,和很少的世故。她陈述着,辩论着,倾吐着她成天所见到的一些不合理的事。她不懂得观察别人的颜色,把很多人不敢讲的,不愿讲的都讲出来了。她得到过一些拥护,常常有些医生,有些看护来看她,找她谈话;尤其是病员,病员们也听说她常常为了他们的生活管理,和医疗的改善与很多人发生冲突,他们都很同情她;但她已经成为医院里小小的怪人,被大多数人用异样的眼睛看着。

其实她的意见已被大家承认是好的,也决不是完全行不通,不过太新奇了,对于已成为惯例的生活就太显得不平凡。但作为反对她的主要理由便是没有人力和物力。

而她呢,她不管,只要有人一走进产科室,她便会指点着:"你看,家具是这样的坏。这根惟一的注射针已经弯了,医生和院长都说要学着使用弯针;橡皮手套破了不讲它,不容易补,可是多用两三斤炭不是不可以的。这房子这样冷,怎能适合于产妇和落生婴儿……"她带着人去巡视病房,要让人知道没有受过职业训练的看护是不行的。她形容这些病员的生活,简直像受罪。她替她们要求清洁被衹,暖和的住室,滋补的营养,有次序的生活。她替他们要图画、书报,要有不拘形式的座谈会,和小型的娱乐晚会……

听的人都很有兴趣的听她讲述,然而除了笑一笑以外再没有什么。

然而也决不是毫无支持,她有了两个朋友。她和黎涯在很融洽的第一次的接谈中便结下了坚固的友谊。这位在外科室做助手的同属于南方的姑娘,显得比她结实、单纯、老练。她们两人谈过去,现在,将来,尤其是将来。她们织着同样的美丽的幻想,她们评鉴着在医院的一切人。她们奇怪为什么有那么多的想法都会一样,她们也不去思索,便又谈下去了。

除了黎涯之外,还有一位常常写点短篇小说或短剧的外科医生郑鹏。他在手术室里是位最沉默的医生,不准谁多动一动,有着一副令人可怕的严肃的面孔,他吝啬到连两三个字一句的话也不说,总是用手代替说话。可是谈起闲天来便漫无止境了,而且是很长于描绘的。

每当她工作疲劳之后,或者感觉到在某些事上,在某些环境里受着一些无名的压迫的时候,总不免有些说不出的抑郁,可是只要这两位朋友一来,她可以任情的在他们面前抒发,她可以稍稍把话说得尖刻一点,过分一点,她不会担心他们不了解她,歪曲她,指摘她,悄悄去告发她。她的烦恼便消失了,而且他们计划着,想着如何把环境弄好,把工作做得更实际些。两个朋友都说她,说她太热情,说热情没有通过理智便没有价值。

她们也谈医院里的一些小新闻,譬如林莎到底会爱谁呢?是院长,还是外科主任,还是另外的什么人。她们都讨厌医院里关于这新闻太多或太坏的传说,简直有故意破坏院长威信的嫌疑,她们常常为院长和林莎辩护,然而在心里,三个人同样讨厌那善于周旋的女人,而对院长也毫不能引起尊敬。尤其是陆萍,对林莎几乎有着不可解释的提防。

医院里还传播着指导员老婆打了张芳子耳光的事。老婆到卫生部去告状,张芳子便被调到兵站上的医务所去了。大家猜测她在那里也住不长,她会重演这些事件。

医院里大家都很忙,成天嚷着技术上的学习,常常开会,可是为什么大家又很闲呢,互相传播着谁又和谁在谈恋爱了,谁是党员,谁不是,为什么不是呢,有问题,那就有嫌疑!……

现在也有人在说陆萍的闲话了,已经不是关于那些建议的事。她对于医院的制度,设施,谈得很多;起先有人说她放大炮,说她热心,说她爱出风头,慢慢成了老生常谈,不大为人所注意。纵使她的话还有反响,也不能成为不可饶恕,不足以引起诽谤。可是现在为了什么呢,她竟常常被别人在背后指点,甚至躺在床上的病人,也听到一些风声,暗地用研究的眼光来望她。

但敏感的陆萍却一点没有得到暗示,她仍在兴致很浓厚地去照顾着那些产妇,那些婴儿,为着她们一点点的需索,去同管理员,总务处,秘书长,甚至院长去争执。在寒风里,她束紧一件短棉衣,从这个山头跑到那个山头,脸都冻肿了,脚后跟常常裂口,她从没有埋怨过。尤其是夜晚,大半数的夜晚她得不到整晚的睡眠,有时老早就有一个产妇等着在夜晚生,有时半夜被人叫醒,那两位看护的胆子小,黑夜里不敢一人走路,她只好在那可以冻死人的深夜里到厨房去打水。接产室虽然烧了一盆炭火,而套着橡皮手套的手,常常冰得发僵,她心里又急,又不敢露出来;只要不是难产,她就一个人做了,因为主任医生住得很远,她不愿意在这样的寒夜里去惊醒他。

她不特对她本身的工作,抱着服务的热忱,而且她很愿意在其他的技术上得到更多的经验,所以只要逢到郑鹏施行手术的时候,恰巧她没有工作,她便一定去见习。她以为外科在战争时期是最需要的。假如万不得已一定要她做医务工作,做一个外科医生比做产婆好得多,那么她可以到前方去,到枪林弹雨里奔波忙碌,她总是爱飞,总不满于现状。最近听说郑鹏有个大开刀,她准备着如何可以使自己不失去这一个机会。

四

记挂着头天晚上黎涯送来的消息,等不到天亮她就醒了。五更天特别冷,被子薄,常常会冷醒的,一醒就不能再睡着。窗户纸透过一层薄光,把窑洞里的物件都照得很清楚。她用羡慕的眼光去看对面床上的张医生的老婆。她总像一个在白天玩得太疲倦了的孩子似的那么整夜喷着平匀的呼吸。她同她一样也有着最年轻的年龄,工作相当累,可是只有一觉好睡。她记得从前睡也容易睡,却醒的迷迷糊糊,翻过身,挡不着瞌睡一下就又睡着了。然而现在睡不着,也很好。她凝视着淡白的窗纸而去想许多事,许多毫不重要的事,平日没有时间想这些,而想起这些事的时候,却是一种如何的享受啊!她想着南方的长着绿草的原野,想着那些溪流,村落,各种不知名的大树。想着家里的庭院,想着母亲和弟弟妹妹,家里屋顶上的炊烟还有么?屋还有么?人到何处去了?想着幼小时的伴侣,那些年轻人跑出来没有呢?听说有些人到了游击队……她梦想到有一天她回到那地方,呼吸那带着鲜花、草木气息的空气,被故乡的老人们拥抱着;她总希望还能看见母亲。她离家快三年了,她刚强了许多,但在什么秘密的地方,却仍需要母亲的爱抚啊!……

窗户外无声地飘着雪片,把昨天扫开的路又盖上了。催明的雄鸡,远近地啼着,一阵阵的号音,隐隐约约传来。她又想着一个问题:"手术室不装煤炉怎么行呢?"她恼怒着院长,他只懂得艰苦艰苦,却不懂医疗护理工作必需有的最低的条件。她又恨外科主任,为什么她不坚持一定要装煤炉子!而且郑鹏也应该说话,这是他们的责任,一次两次要不到,再要一次呀!她非常不安宁,于是爬了起来。她轻轻地生火,点燃灯,写着恳求的信给院长。她给黎涯也写了一个条子,叫她去做鼓动工作,她自己上午是不能离开产科病室的。她把这一切做完后,天大亮了。她得紧张起来,希望今天下午不会再有临产的妇人,她满心希望不要失去这次见习手术的好机会。

黎涯没有来,也没有回信,她忙着准备下午手术室里所需要的一切。假如临时缺少了一件东西,影响到病人生命时,这责任应该由她一个人负担。她得整理整个屋子,把一切用具都消毒,依次序放着,以便动用时的方便。她又分配两个看护的工作,叮咛她们应该注意的地方,一点也不敢懈怠的。

郑鹏也来检查了一次。

"陆萍的信你看看好么?"黎涯把早晨收到的纸条给他,"我想无论如何今天不可能,也来不及,我并没有听她的话。不过假如太冷,我以为可以缓几天再动手术;这要你斟酌。"

郑鹏把纸条折好后还了她,没有说什么,皱了皱眉头,又去审视准备好了的那些刀、钳子、剪子。那些精致的金属的小工具,凛然的放着寒光,然而在他却是多么熟悉和亲切。他把这一切巡视一遍之后,向黎涯点了点头,意思是说:"很好。"他们在这种时候,只是一种工作上的关系,他下命令,她服从,他不准她有一点作为朋友时的顽皮的。最后,在走出去时,他才说:"两点钟把一切都弄好。多生一盆火,病人等不及我们去安置火炉。"

一吃过午饭,陆萍跑着转过这边山头来。

黎涯也传染上了那种沉默和严肃,只向她说病人不能等到装置火炉再开刀。她看见手术室里已经有几个人,她陡的被一种气氛压着,便无言地去穿好消毒的衣帽。

病人肋下的肚腹间有一小块铁,这是两月前中的炸弹,这样的弹片曾经在他身上取出过十二块,只有这一块难取,取过一次,没有找到。这是第二次了,因为最近给他增加了营养,所以他显得不算无力,能自己走到手术室来,并且打算把盲肠也割去。不过他坐上手术台时脸色变苍白了,他用一种恐怖而带着厌倦的眼光望着这群穿白衣的人,颤抖着问道:"几个钟头?"

"快得很。"是谁答应他。但陆萍心里明白医生向病人常常是不说真话的。

郑鹏为着工作轻便,里面只穿一件羊衣衫;黎涯也没有穿棉衣,大家都用一种侍候神的那么虔诚和谨慎。病人躺在那里了,他们替他用药水洗着。陆萍看见原来的一个伤口,一寸长的一条线,郑鹏对她做了一个手势,她明白要她帮着看护滴药。科罗芳的气味她马上呼吸到了,但那不要紧,她只能嗅到一点,而数着数的病人,很快就数不出声音来了。

她看见郑鹏非常熟练地去划着,剪着,翻开着,紧忙的用纱布去拭干流着的血,不断地换着使用的工具,黎涯一点也不紊乱地送上每一件。刀口剪了一寸半,红的、绿的东西都由医生轻轻地从那里托了出来,又把钳子伸进去,他在找着,找着那藏得很深的一块铁。

房子里烧了三盆木炭火,却仍然很冷。陆萍时常担心把肚子露在外边而上了蒙药的病人。她一点不敢疏忽自己的职守,她时时注意着他的呼吸和反应。

医生又按着,又听,又翻开很多的东西,盘结在一起,微微的蒸气从那翻开的刀口望外冒,时间过去快半点钟了,陆萍用担心的神色去望郑鹏,可是他没有理会她,他把刀口再往上拖长些,重新在靠近肋骨的地方去找。病人脸色更苍白,她很怕他冷,而她自己却感到有些头晕了。

房门关得很严密,又烧着三盆熊熊的炭火。陆萍望着时钟焦急起来了。已经三刻钟了,他们有七个人,这么关在一间不通风的屋子里,如何能受呢?

终究那块铁被他用一根最小的钳子夹了出来,有一粒米大,铁片周围的肉有一点点地方化了脓。于是他又开始割盲肠。陆萍实在头晕得厉害,但仍然支持着,可是黎涯却忽然靠在床上不动了。她在这间屋子里呆的很久,炭气把她熏坏了。

"扶到院子里去。"郑鹏向两个看护命令着。另外两个医生马上接替了黎涯的工作。陆萍看见黎涯死人似的被人架出去,泪水涌满了眼睛,只想跟着出去看,可是她明白她在管着另一个人的生命,她不能走。

郑鹏动作更快,但等不到他完毕,陆萍也支持不住的呻吟着。"扶她到门口,把门开一点缝。"

陆萍躺倒在门口,清醒了一些,她挥手喊道:

"进去!进去!人少了不行的。"

她一人在门口往外爬,想到黎涯那里去。两个走回来的看护,把她拉了一下又放下了。

她没有动,雪片飞到她脸上。她发抖,牙齿碰着牙齿,头里边好像有东西猛力往外撞。不知道睡了好久,她听到很多人走到她身边,她意识到是把病人抬回去。她想天已经不早了,应该回去睡,但又想去看黎涯,假如黎涯有什么好歹,啊!她是那么的年轻呀!

冷风已经把她吹醒了,但仍被一种激动和虚弱主宰着。她飘飘摇摇在雪地上奔跑,风在她周围叫,黄昏压了下来,她满挂着泪水和雪水,她哭喊着:"就这么牺牲了么?她的妈妈一点也不知道呵!……"

她没有找到黎涯,却跑回自己的窑。她已经完全清楚,她需要静静的睡眠,可是被一种不知是什么东西压迫着,忍不住要哭要叫。

病人都挤在她屋子里,做着各种的猜测,有三四床被子压着她,她仍在里面发抖。

到十一点,郑鹏带了镇静剂来看她。郑鹏一样也头晕得厉害,但他却支持到把手术弄完。他到无人的雪地山坡上坐了一个钟头,使自己清醒,然后才走回来,吃了些热开水。他去看黎涯,黎涯已经很好地睡了。他又吃了点东西,便带着药片来看她。

陆萍觉得有朋友在身边,更感到软弱,她不住地嘤嘤地哭了起来,她只希望能见到她母亲,倒在母亲的怀里痛哭才好。

郑鹏服侍她把药吃后才回去,她是什么时候睡着了的呢,谁也不知道。第二天,黎涯走过来看她的时候,她还没有起来。她对黎涯说,似乎什么兴趣都没有了,只想就这么躺着不动。

五

陆萍像害了病似的几天没有出来,医院里的流言却四处飞。这些话并不相同。有的说她和郑鹏在恋爱,她那夜就发疯了,现在还在害相思病。有的说组织不准他们恋爱,因为郑鹏是非党员,历史不明。……

陆萍自己无法听这些,她只觉得自己脑筋混乱。现实生活使她感到太可怕。她想为什么那晚有很多人在她身旁走过,却没有一个人援助她。她想院长为节省几十块钱,宁肯把病人、医生、看护来冒险。她回省她日常的生活,到底于革命有什么用?革命既然是为着广大的人类,为什么连最亲近的同志却这样缺少爱。她踌躇着,她问她自己,是不是我对革命有了动摇呢。

旧有的神经衰弱症又来缠着她了,她每晚都失眠。

支部里有人在批评她,小资产阶级意识、知识分子的英雄主义、自由主义等等的帽子都往她头上戴,总归就是说党性不强。

院长把她叫去说了一顿。

病员们也对她冷淡了,说她浪漫。

是的,应该斗争呀!她该同谁斗争呢?同所有人吗?要是她不同他们斗争,便应该让开,便不应该在这里使人感到麻烦。那么,她该到什么地方去?她拚命的想站起来,四处走走,她寻找着刚来的这股心情。她成天锁紧了眉毛在窑洞里冥想。

郑鹏黎涯两人也奇怪为什么她一下就衰弱下去。他们常常来同她谈天,替她减少些烦闷,而谴责却更多了。甚至连指导员也相信了那些谣传而正式地责问她,为恋爱而妨害工作是不行的。

这样的谈话,虽使她感到惊讶与被侮辱,却又把她激怒起来,她寻仇似的四处找着缝隙来进攻,她指责一切。她每天苦苦寻思,如何能攻倒别人,她永远相信,真理是在自己这边的。

现在她似乎为另一种力量支持着,只要有空便到很多病房去,搜集许多意见,她要控告他们。她到了第六号病房,那里住有一个没有脚的害疟疾病的人。他没有等她说话,就招待她坐,用一种家里人的亲切来招待她。

"同志！我来医院两个多星期了,听到些别人说你的事,那天就想和你谈谈,你来得正好,你不必同我客气,我得靠着才能接待你。我的双脚都没有了。"

"为什么呢？"

"因为医务工作不好,没有人才,冤冤枉枉就把双脚锯了。"

"这是什么时候的事？"

"三年了。那时许多夜只想自杀。"

陆萍不懂得如何安慰他,便说："我实在呆不下去了。我们这医院像个什么东西！"

"同志,现在,现在已算好的了。来看,我身上虱子很少。早前我为这双脚住医院,几乎把我整个人都喂了虱子呢。你说院长不好,可是你知道他过去是什么人,是不识字的庄稼人呀！指导员不过是个看牛娃娃,他在军队里长大的,他能懂得多少？是的,他们都不行,要换人；换谁,我告诉你,他们上边的人也就是这一套。你的知识比他们强,你比他们更能负责,可是油盐柴米,全是事务,你能做么？这个作风要改,对,可是那么容易么？……你是一个好人,有好的气质,你一来我从你脸上就看出来了。可是你没有策略,你太年轻,不要急,慢慢来,有什么事尽管来谈谈,告告状也好,总有一点用处。"他呵呵的笑着,望着发愣的她。

"你是谁？你怎么什么都清楚。我要早认识你就好了。"

"谁都清楚的,你去问问伙夫吧。谁告诉我这些话的呢？谁把你的事告诉我的呢？这些人都明白的,你应该多同他们谈谈才好。眼睛不要老看在那几个人身上,否则你会被消磨下去的。在一种剧烈的自我的斗争环境里,是不容易支持下去的。"

她觉得这简直是个怪人,便不离开。他像同一个小弟妹们似的向她述说着许多往事,一些看来太残酷的斗争。他解释着,鼓励着,耐心的教育着。她知道他过去是一个学生,到苏联去过,现在因为残废了就编一些通俗读本给战士们读。她为他流泪,而他却似乎对本身的荣枯没有什么感觉似的。……

没有过几天,卫生部来人找她谈话了。她并没有控告。但经过几次说明和调查,她幸运地是被了解着的。她要求再去学习的事被准许了。她离开医院的时候,还没有开始化冰,然而风刮在脸上已不刺人。她真正的用迎接春天的心情离开这里。虽说黎涯和郑鹏都使她留恋,她却只把那个没有双脚的人的谈话转赠给他们。

新的生活虽要开始,然而还有新的荆棘。人是要经过千锤百炼而不消溶才能真正有用。人是在艰苦中成长。

一九四〇年

长篇小说

太阳照在桑干河上

主要人物表

老　董	区工会主任
章　品	县宣传部长
文　采	土改工作组组长
杨　亮	土改工作组组员
胡立功	土改工作组组员
张裕民	暖水屯支部书记
赵得禄	暖水屯副村长
程　仁	农会主任
张正国	民兵队长
张正典	村治安员，地主钱文贵女婿
李　昌	村民政，支部宣传
赵全功	村干部，支部组织
任天华	村合作社主任
钱文虎	村工会主任
张步高	农会组织
董桂花	妇联会主任
周月英	妇联会副主任，羊倌老婆
刘教员	小学校教员
任国忠	小学校教员

钱文贵　　地主

李子俊　　地主

侯殿魁　　地主

江世荣　　地主

顾　涌　　被划成富农的富裕中农

顾　顺　　顾涌之子,青联会副主任

钱文富　　贫农,钱文贵之兄

黑　妮　　钱文贵的侄女

顾长生娘　中农

侯忠全　　侯殿魁佃户

侯清槐　　忠全之子

郭柏仁　　李子俊佃户

郭富贵　　江世荣佃户,柏仁之子,积极分子

王新田　　江世荣佃户,积极分子

李宝堂　　李子俊的看果园的

刘　满　　积极分子

李之祥　　董桂花丈夫

一　胶皮大车

天气热得厉害,从八里桥走到洋河边不过十二三里路,白鼻的胸脯上,大腿上便都被汗湿透了。但它是胡泰的最好的牲口,在有泥浆的车道上还是有劲的走着。挂在西边的太阳,从路旁的柳树丛里射过来,仍是火烫烫的,溅到车子上来的泥浆水,打在光腿上也是热乎乎的。车子好容易才从像水沟的路上走到干处。不断吆喝着白鼻的顾老汉,这时才松了口气。他坐正了一下自己,伸手到屁股后边掏出烟荷包来。

"爹!前天那场雨好大!你看这路真难走,就像条泥河。"他的女儿抱着小外孙坐在他右边。她靠后了一点,穿一件新的白底蓝花的

洋布衣,头发剪过了,齐齐的一排披在脊梁上,前边的发向上梳着,拢得高高的,那似乎有些高兴的眼光,正眺望着四周,跟着爸爸回娘家,是一年中难逢到的好运气。

"嗯,快过河了,洋河水涨了,你坐稳些!"老汉哒,哒,哒地敲着他的烟袋。路途是这样的难走啊!

两个车轮几乎全部埋在水里,白鼻也只露出一个大背脊,好像是浮在水上,努力挣扎,大姑娘抱紧了孩子,抓住车栏,水从车后边溅到前边来。老头用鞭子在牲口的两边晃,"呵,呵,呵"随着车的摇摆而吼着。车前边的一片水,被太阳照着,跳跃着刺目的银波。老头子看不清车路,汗流在他打皱的脸上,车陷下去了,又拉出来了,车颠得很厉害,又平正了。好容易白鼻才爬出水来,缓缓的用四个蹄子在浅水处踏着。车又走到河滩的路上了,一阵风吹来,好凉快啊!

路两旁和洋河北岸一样,稻穗穗密密地挤着。谷子又肥又高,都齐人肩头了。高粱遮断了一切,叶子就和玉茭的叶子一样宽。泥土又湿又黑。从那些庄稼丛里,蒸发出一种气味。走过这片地,又到了菜园地里了,水渠在菜园外边流着,地里是行列整齐的一畦一畦的深绿浅绿的菜。顾老汉每次走过这一带就说不出的羡慕,怎么自己没有这么一片好地呢?他对于土地的欲望,是无尽止的,他忍不住向他女儿说:"在新保安数你们八里桥一带的地土好;在咱涿鹿县就只有这六区算到家的了。你看这土多熟,三年就是一班稻,一年收的比两年还多呢。"

"种稻子收成是大些,就是费工,一两夜换一次水,操心得厉害,他爷爷还说咱暖水屯果木地好,听别人说今年是个大年,一亩地顶十亩地呢。"大姑娘想起娘家的果木园,想起满树红彤彤的果子,想起了在果园里烧着的蒿草堆,想起了往年在果树园里下果子,把果子堆成小山,又装入篓子驮去卖的情形,这都是多么有趣的事啊!但她心想起了果园里压折了的一棵梨树,她皱着眉,问道:

"钱二叔的那棵柳树锯掉没有?"

老头子没有答应,只摇了一摇头。她的声音便很粗鲁地说道:

"哼！还是亲戚！你就不知道找村干部评评，村干部管不了，还有区上呢。"

"咱不同他争那些，一棵树穷不到哪里去，别地方多受点苦，也就顶下了。莫说只压折了一半，今年还结了不少的梨呢。唉。"前年春天顾老汉的儿子顾顺挖水渠的时候，稍稍动了一下钱文贵的长在渠边的一棵柳树，后来刮大风，柳树便倒下来，横到渠这边，压在顾家的梨树上，梨树压折了半边。钱文贵要顾顺赔树，还不让别人动他的树。依顾顺要同他论理，问他为什么不培植自己的树？可是老头子不准，全村的人也明白，都看着那棵梨树一年年死下去，都觉得可惜，可是谁也只悄悄的议论，不肯管这件闲事。

老头子这时又转过脸来，用他一年四季从早到晚都是水渍渍的眼睛瞅着他女儿，半天才揩了一下眼睛，又回过身去，自言自语地说道："年纪也不小了，还是不懂世道！"

于是他又把全力注意在前面的骡子去了。车子已经绕过白槐庄，桑干河又摆在前边了。太阳已在向西山沉落，从路两边的庄稼丛里，飞出成团的蚊子围在人的四周。小外孙被咬得哭了，妈妈一边用手帕挥打，一边就指着河对面山根下的树丛哄着孩子说："快到了，快到了，你看，那里全是果木树，树上结满了红果果，绿果果，咱们去摘果果，摘下来全给不爱哭的娃娃，啊！啊！啊！"

车又在河里颠簸着。桑干河流到这里已经是下游了，再流下去十五里，到合庄，就和洋河会合；桑干河从山西流入察南，滋养丰饶了察南，而这下游地带是更为富庶的。

可是顾老汉这时只注意着白鼻，并且欣赏着它，心里赞叹着这牲口和这装置了胶皮车轮的车，要不是胡泰的这胶皮轱辘车子，今天要走那一段泥路和过两趟河是不容易的啊！

他们的车又走上河滩。到了地里的时候，还留在庄稼地锄草的人，都好奇地望着这车子和坐在车子上的人，他们心里嘀咕着："这老头子又买了车么，庄稼还没收呢，哪里来的钱？"可是他们没有时间多想，在渐渐黑了下来的地里，又弯下腰仔细的去锄草。

地势慢慢的高上去,车缓缓地走过高粱地,走过秫子地,走过麻地,走过绿豆地,走到果园地带了。两边都是密密的树林,短的土墙围在外边,有些树枝伸出了短墙,果子颜色大半还是青的,间或有几个染了一些诱人的红色。听得见园子里有人说话的声音,人们都喜欢去看那些一天大似一天,一天比一天熟了的果实。车子走过了这果园地带,转到了街上。许多人都蹲在小学校的大门外,戏台上空空的,墙这边也坐了一群人,合作社窗户外也靠得有几个人,他们时时和窗里边的人谈话,又瞭望着街头。胶皮车也惊动了这些正在闲谈的人,有人就跑拢来,有人就大声问:"什么地方套了这么一辆车来?看这头好骡子。"

顾老汉含糊地答应着,他急急地跳下车,拉着牲口笼头,赶忙趋过这十字街口,向自己家里走去。大姑娘要招呼几个熟人也来不及,车陡地转了弯。她便也感到有些话想向什么人说说,却又很难说。

二　顾涌的家

从十四岁就跟着哥哥来到了暖水屯,顾涌那时是个拦羊的孩子,哥哥替人揽长工。兄弟俩受了四十八年的苦,把血汗洒在荒瘠的土地上,把希望放在那上面,一年一年的过去。他们经过了一个朝代又一个朝代,被残酷的历史剥蚀着,但他们由于不气馁的勤苦,慢慢地有了些土地,而且在土地上抬起头来了。因为家属的繁殖,不得不贪婪的去占有土地,又由于劳动力多,全家十六口人,无分男女老幼,都要到地里去,大家征服土地,于是土地的面积,一天天推广,一直到不能不临时雇上一些短工。于是穷下来的人把红契送到他家里去,地主家的败家子在一场赌博之后也要把红契送给他。他先用一张纸包契约,后来换了块布,再后来就做了一个小木匣子。他又买了地主李子俊的房子,有两个大院,谁都说这么多年来就他们家有风水,人财两发。

他的第三个儿子顾顺,更有了进学校的福气,拿回过一张初级小学毕业文凭,他能写能算,劳动也好,是一个诚实的青年,在村子上也参加些活动,他是青联会的副主任。这主任只要不太妨碍他的生产,他父亲并不反对。

他的大女儿已经二十八九了,嫁到八里桥胡泰家。胡泰家里很不错,这两年又置了车,又有了磨坊,八里桥在铁路线上,他们家又做运销生意,生活越过越好,也不需要妇女们到地里去,都只在家里做点细活,慢慢还有点繁华,爱穿点洋货。二姑娘嫁给本村钱文贵的小儿子钱义。钱文贵是本村数一数二的有名人物,他托人来问聘,顾涌心里嫌他们不是正经庄稼主,不情愿,可是又怕得罪他,只好答应了。女儿嫁了过去,常常回到娘面前哭哭啼啼,在婆家过不惯,但生活上总算比在娘家还好,他们家里的妇女,也是不怎么劳动,他们家里就没有种什么地,他们是靠租子生活,主要的还是靠钱文贵能活动。所以钱家不过六七十亩地,算不得大地主,日子却过得比一般人都要舒服,都有排场。

去年秋天村干部把顾涌的第二个儿子动员去当兵了,顾涌心里想,日本人投降了,当兵也不会长久,误点工也误得起,家里这两年总算还宽裕。三个儿子嘛,好,叫去就去,他什么也没有要。儿子去了就驻在涿鹿县城,常有信来,只要不打仗就不要紧,过一时再说吧。今年春上钱文贵也把儿子送走了。钱义是自愿当兵,他的老婆不愿意,但也没什么好说,也不敢说什么。人家父亲钱文贵还喜欢着呢,钱文贵说他就拥护八路军,看着共产党就对劲,钱文贵还对顾涌说:"送去当兵好,如今世界不同了,有了咱们的人在八路军,什么也好说话。你知道么,咱们就叫做个'抗属'。"

三 有事就不能瞒他

自从胡泰的胶皮车被顾涌赶到了暖水屯之后,暖水屯的人就多了谈话的题材。暖水屯地势靠山,不是交通要道,附近几个村子都没有这样漂亮的大车。从前李子俊家里也只有铁轮大车,前年江世荣买了他那部车,今年合作社又买了李英俊的一辆旧车。如今怎么顾二伯弄了这么部好车回来?有些好奇的人就去打听,也没有打听出什么新鲜事,好像只是因为八里桥的胡泰生了病,他赶不了车,车搁着没用,就让他亲家借回来使用几天。顾涌果然第二天就到下花园装煤去了,第三天又去,大家也就相信了他,不再追问了。村子上只有一个人不信他这话,这人便是钱文贵。钱文贵家里本来也是庄户人家。但近年来村子上的人都似乎不大明白钱文贵的出身了;虽说种二亩菜园地的钱文富同大家都很熟识,大家都记得他就是那个钱广庚老汉的儿子,说起来也知道他和钱文贵是亲兄弟,可是钱文贵总好像是个天外飞来的富户,他不像庄稼人。他虽然只在私塾读过两年书,就像一个斯文人。说话办事都有心眼,他从小就爱跑码头,去过张家口,不知道是哪一年还上过北京,穿了一件皮大氅回来,戴一顶皮帽子。人没三十岁就蓄了一撮撮胡髭。同保长们都有来往,称兄道弟。后来连县里的人他也认识。等到日本人来了,他又跟上层有关系。不知怎么搞的,后来连暖水屯的人谁该做甲长,谁该出钱,出夫,都得听他的话。他不做官,也不做乡长,甲长,也不做买卖,可是人都得恭维他,给他送东西,送钱。大家都说他是一个摇鹅毛扇的,是一个唱傀儡戏的提线线的人。他就有这么一份势力。他们家过的生活就简直跟城里人一样,断不了的酒呀,香片茶呀,常吃的是白面大米,一年见不到高粱玉茭窝窝,一家人都穿得很时新。如今日本鬼子跑了,八路军来了,成了共产党的世界,四处都清算复仇。去年暖水屯就斗争了许有武,许有武曾经做过大乡长,他逃到了北京,家里人也去了张家口,村子上没收了他的财产。今年春上又斗争了侯殿魁,侯殿魁赔了一百石小米。可是钱文贵呢,他坐在家里啥事也不干,抽抽烟,摇摇扇子,儿子变成了八路军,又找了个村治安员做女婿,村干部中也有人向着他,说不准还是他的朋友,谁敢碰他一根毛?村子上的人遇见了他,赔上笑说:"钱二叔,吃啦吗?"遇不着最好,都躲着他些,怕他看你不顺眼,在什么看不见的地方就来害人。他要坑害人可便当,不拘在哪里说几句话,你吃了亏还不知道这事从哪儿说起,究竟是谁的过。老百姓背地里都说他是一个"尖",而且是村子上八大尖里面的第一个尖。

听见别人说顾涌借了胡泰的车子,他心里好笑:你顾老二是个老实头儿嘛,也学着扯什么谎?要真是胡泰病倒了,还能放他媳妇回娘家?不是已经到了收蒜的日子吗?胡泰今年至少也能种上四五亩蒜,他们八里桥今年正是种菜的年头,光靠他们自己家里的女人编蒜,都编不过来咧,这里面一定有讲究。钱文贵既然发现了,他就一定要知道,他喜欢打听。要是有事情瞒着他,他一时又闹不清楚,他是不舒服的。他就开始去侦查这件事,尽管大家都信以为真。

在吃早饭的时候,他注意地望着他媳妇,这顾家二姑娘忙着把饭菜端到他的炕桌上,回头就走了。她很怕她公公。这时公公却问道:"你回家去来么?"

"没有。"二姑娘站住了,用怀疑的眼睛望着公公。二姑娘生得有一副很端庄的面貌。

公公又看了那黑油油的头发一眼,接着说:"你姐姐回来了。"

"听说是昨晚跟你爹回来的。别人家穿得可是花花绿绿,八里桥到底是一个大村庄,那里的娘们谁都讲究个穿咧。"快五十岁了的婆婆,已经落了两三颗牙齿,还梳上一个假髻,常常簪一朵鲜花在上边。这时她跟着也插嘴了。

公公的眼光已经落到二姑娘的手上,手腕上套了一副银镯子,粗糙的手在这种咄咄逼人的扫射下,很拘束,她卷着衫角,雪白的洋布短衫便把那黑红色的手盖住了。她看见公公端上了酒杯,便又打算走出去,这时公公却又说了:"吃过饭回家去看看吧,问问你姐姐,她们那里的收成怎么样?"

二姑娘走出房来赶忙走到厨房里去,嫂嫂和侄儿也正在吃饭,小姑黑妮在烧开水沏茶,二姑娘一走进来就忍不住喊:"黑妮!"

厨房里的人全愣起眼睛望着她,黑妮闪着两颗大黑眼珠,半天,也哧的一声笑了:"二嫂!看你发的什么疯?"

二嫂正要告诉她,北屋里的公公却叫他侄女儿了。黑妮便忙着把开水倒在茶壶里,用一个小茶盘托着两个茶杯和茶壶到她伯父那里去。二嫂便跟着走出来,站在门外边看院子中的两棵石榴花树和两棵夹竹桃。有一个蝴蝶在那些火红的花上面穿来穿去。

钱文贵又嘱咐了侄女,他要黑妮陪她二嫂一道回娘家,看看那个从八里桥回来的女人,问问胡泰什么病,看那边有什么风声没有。那里在铁道线上,消息灵通,有什么变动知道得快些。他是很担心着"中央"军的行动和即将爆发的内战的。

黑妮说:"管它呢,问这些干什么?和咱们又没关系。"可是她挨骂了。她不敢再顶嘴。心里却想着:"哼,你就爱管闲事!"

她吃过了饭,换了一件衫子,还是和二嫂一道到顾家去了。她打算着一定照二伯父叮嘱的去问,却不一定都告诉他。她不喜欢二伯父,也不被喜欢,她怕他,不过近来她对他的感情比以前要稍微好一些,因为她觉得二伯父近来已经不那么苛刻,很少责怪她,有时还露出了一些同情的样子。

四 出侦

顾二姑娘离开了这个家,就像出了笼的雀子一样,她有了生气,她又年轻了,她才二十三岁。她本来很像一棵野生的枣树,欢喜清冷的晨风和火辣辣的太阳。她说不上什么美丽漂亮,却长得茁壮有力。自从出嫁后,就走了样,从来也没有使人感觉出那种新媳妇的自得的风韵,像脱离了土地的野草,萎缩了。她和钱义倒也没有什么可说的,人家是个年轻人,性子粗一点,可是他们是一对正经夫妇,用不着大家使什么心眼儿。春上钱义去参军,她不愿意,也不是为的舍不开男人,只觉得有些委屈,又说不出理由,她哭了。钱义也有些忍心不下,想着她年轻,没有儿女;但他父亲一定要叫去,钱义心一横就走了。她想另开过日子,公公曾经在春天分了五十亩地给两个儿子,在村上也另报了户口,形式上是分了家,不过要真的另开过就不行。公公说另开了谁给我烧饭?我现在也是无产阶级,雇不起人啦。顾二姑娘是一个种庄稼出身的女人,她欢喜在野外活动,愿意做费劲的简单的事,现在一天到晚闷在家里烧饭,做做针线,侍奉公婆,她实在不情愿。曾经要求和黑妮一道去识字班,也没有被准许。——其实这都不是使她生活不安的理由,她主要是怕,她怕什么呢?这是连她自己也不敢对自己说的,她怕,她怕她公公。

从小巷里走出来,转到村子的中心,这里有一个小学校,它占了全村最好的一栋房子,是从前的龙王庙。这小学校里常常传出来嘹亮的整齐的歌声,传出来欢笑,只有天黑了才会停止活跃。学校门外有两棵大树,树下有些不规则的石凳,常有人来歇凉,抽烟。女人们就坐在远点的地方纳鞋底,或者就只抱着她们的孩子。学校对面的空场上,有一个四方大平台,这原来是一个戏台,现在拆成了这个样子。它前面也有两棵大槐树,两棵树上边交织着,密密的叶子,天然的替这台前搭了一个凉棚。这边树底下也常歇下来一两副货郎担,或是卖西瓜的。台后边两侧有两条半圆形的街道,左边有合作社,右边有一家豆腐坊。在合作社旁边安置了一个大黑板报,豆腐坊外边的墙上就写了一条大字的标语:"永远跟着毛主席走!"中间是条向南的大路,路两旁全是砖房,村子里的有钱的人住在这里。往西去是许多小巷巷,都是土房子。这里住得又拥挤,又脏。

顾二姑娘和黑妮从东北拐角处转出来,向朝南的街上走。顾涌一家已经从西头搬到这中间街上来好几年了,住的是李大财主李子俊的房子。

这时顾家已经只剩下顾涌的妻子顾二妈和几个孙子在家;大姑娘陪着她娘没出门,正在洗濯侄儿侄女们换下的衣服。早晨院子里有一半地方阴凉,还不觉得很热。顾二妈坐在女儿侧边,拣着四季豆,两人在拉家常。几个孩子在院子里拖着一个翻了转来的小板凳,凳子前面系了一根绳,凳子中放了块砖头。

转过了骑楼进了门,二姑娘便叫姐姐,大姑娘回头看见妹妹身后还跟着黑妮,就站了起来,伸开两只湿手,迎了过去,大家互相打量着,寒暄了起来,顾二妈也说:

"黑妮！今儿什么风把你也吹来了？你二哥有信来没有？"

她们也在院子中的阴地方坐了下来，大姑娘从房里拿来了一把折扇给黑妮，黑妮打开看上边的画。

二姑娘也跟着拣四季豆。她姐姐正在向她们述说她们村子上一个人变狼的荒唐的故事。这全是听来的无稽之谈，可是说的人说得好像真有其事，听的人也津津有味。后来她又谈起她们村子上有名的马大先生，这个老秀才这次又写了黑头帖子到县上去，告村干部是"祸国殃民，阴谋不轨"，说他们是傀儡，村上干部把这封信从区上拿了回来，大家都看了，谁也不懂，大家都笑着问："什么叫傀儡？"如今在村子上没有人理他，他儿子都不爱同他说话，从前他媳妇就是因为他，因为那个老毛驴才跑走的。那家伙简直不是人，如今六十多岁了，还见不得女人。全村子谁不知道他。

大姑娘把洗的衣服晾到了铁丝上，她们转移到上房里去，纱窗破了，也没有人补上，屋子里好些苍蝇，娘自己也说把人家的大房子都住糟了。

顾二妈把拣好了的豆子放到厨房里去，又提来了一壶茶，于是她们又继续道叙，大姑娘又讲起一个戏的内容来了。这是她最近去平安镇看的。这戏里说一个佃户的女儿怎样受主家少爷的欺负，父亲被逼死了，自己当丫头去还债，老太太打她，少爷强奸她，她有了私生子，没脸见人，后来还要卖她……大姑娘称赞这戏演得太好，说看戏的人有许多都哭了。她们家隔壁住的一个女人哭得最厉害，她的日子就和戏上的差不多，也是这么被卖出来的。戏演完了大家还舍不得走。在回家的路上大家把那大少爷骂得好凶。大家都说："好了他，应该让大伙揍死的！为什么不处决又押到县上去了？知道哪天才会毙他。"

黑妮听了一会，觉得疲乏了，她就告辞先回家去，她们也没有留她。她把二伯父的嘱咐全忘了，一句也没问。她走了后，她就又变成她们谈话的材料，她们说到她的年龄，说到她没父母的可怜，唉，看起来长得很好，也穿得不错，就没有人疼，到现在还没个着落，缺一个婆家,知道将来是一个怎样的命!

最后大姑娘告诉她妹妹,她们村上言语很多,村干部到平安镇开会去了,平安镇闹得很热闹,天天开会,要共产啦,均地啦,听说八里桥也要闹起来啦。她公公为这事可发愁,去年八里桥闹清算,打死了一个人,没收了他的财产,今年又要共产,唉,有好些人已经在盘算她婆家的地了。公公安排找干部们去求情,要均地就让均吧,只是别斗争。公公又怕把两辆车也均去,所以让爹赶回来了一部,公公告诉人就说卖啦,等这阵子过去了再说。后来大姑娘也学着她公公的口吻说:"共产党,好是好,穷人才能沾光,只要你有一点财产就遭殃;八路军不打人,不骂人,借了东西要退还,这也的确是好,咱们家这大半年来,做点买卖也赚了,凭良心,比日本人在的时候,日子总算要强得多。可是一宗,老叫穷人闹翻身,翻身总得靠自己受苦挣钱,共人家的产,就发得起财来么?"

五 黑妮

黑妮五岁上死了父亲,娘跟着她胡揪过了两年,地土少,怄气,又没个儿子,守不住,只好嫁人,本想把女儿也带走,钱文贵不答应,说这是他兄弟的一点骨血,于是黑妮便跟着她二伯父过日子来了。伯父伯母都并不喜欢她,却愿意养着她,把她当一个丫鬟使唤,还希望在她身上捞回一笔钱呢,因为这妮儿从小就长得不错,有一对水汪汪的眼睛。钱文贵自己还有一个女儿,起名叫大妮,比黑妮大,长得不漂亮,狡猾像她的父亲,也是个爱欺侮人的。黑妮同他们有着本能的不相投。伯母是个没有个性的人,说不上有什么了不起的坏,可是她有特点,特点就是一个应声虫,丈夫说什么,她说什么,她永远附和着他,她的附和并非她真的有什么相同的见解,只不过掩饰自己的无思想,无能力,表示她的存在,再么就是为讨好。两个堂兄也无趣味。黑妮虽然住在这样一个家庭中,却并不受他们影响。她很富有同情心,爱劳动,心地纯洁,她喜欢种菜的大伯父钱文富,她常常到他园子里去玩,听他的话。他是一个孤老,忠厚的人,很愿意要这个侄女做伴,可是钱文贵不放。黑妮十岁上也跟着大妮到小学校去念书,念了四年,比哪个都念得好,回到家里还常常出来玩,欢喜替旁人服务,有人看见她是钱文贵侄女,不愿和她接近,可是只要接触她一二次后,就觉得她是一个好姑娘,忘了她的家庭关系。她一年年长高,变成了美丽的少女,但她自己并不懂得也不注意那些年轻男人为什么在悄悄地注视她。

当黑妮长到十七岁的那年,她伯父家里来了一个烧饭的长工,这人叫程仁,原是李子俊的佃户。李子俊把地卖给顾涌了,顾涌自己种,用不着佃户,程仁就不得已到钱家来烧饭。钱文贵贪着他年轻力壮,什么活都叫他做。这时钱义兄弟还种着五亩葡萄园子,程仁就得下地去。家里有了他,就不再买柴烧饭,也不必去下花园驮煤,工价又低,也算一房远亲,名义说照顾他,实际还是占他便宜。程仁在这里做了一年工,便又成了他们的佃户,现在还种着他们八亩水地。

家庭对黑妮既然没有一点温暖,这个新来的结实而稳重的年轻人,便很自然地成了她的朋友。她觉得他是可以同情的,便常常留在厨房里帮助他烧火洗碗筷,有时还偷着同他一道上山去砍柴。程仁也正在不得意,从小就是孤儿,就得出卖劳动力养活自己和娘,也就很看重这种友谊。他们相处越久,就越融洽,可是他们却被猜忌了,被防闲了。钱文贵是不会让他侄女儿嫁给一个穷光棍的。钱文贵停了他的工,却抽出了几亩地给他种,因为他是个老实人,而且是缺亲少友,不得不依靠着他求活的人,他还是可以叫他做些别的事。

程仁搬走以后,黑妮发现了自己缺少了什么,发现自己生活的空虚和希望,她先是不敢,后来偷偷地做点鞋袜去送给程仁,程仁也害怕,却经不起黑妮的鼓励,也悄悄的和黑妮约会,有时在黑妮大伯父的菜园子里的葡萄架下,有时在果树园里。他常常答应她道:"我一定要积攒钱,我有了钱就来娶你。"她这时恨她的伯父,想起自己没娘的苦处,她站在他身后,紧紧地靠着他,她赌咒发誓,并且说:"你还有什么不知道的,咱一个亲人也没有,就只有你啊!你要没良心,咱就只好当姑子去。"

时间又过去了一年,毫无希望,钱文贵在同人谈起她们姊妹的婚事来了,黑妮急得直哭,程仁也只能干瞪眼,想不出办法。正是这个时候,新的局面忽然到来,日本投降了,八路军到了这地区,村子上过去的工作公开了,重新建立了各种组织,农民闹起清算来。程仁卷入了这个浪潮,他好像重新做了一个人,他参加了民兵,后来又做了民兵干事,今年春上农会改组,他被选为农会主任了。

八路军解放了这村子,也解放了黑妮,二伯父谈起的那头婚事放下了,并且对她的态度也转变了,显得亲热了许多。她一天天看见程仁在村子上露了头角,好不喜欢;虽然他们见面的机会一天天在减少,但她相信程仁不是一个没良心的人。她并不知道程仁的确有了新的矛盾。程仁是在有意的和她疏远。程仁知道村子上的人都恨钱文贵,过去两次清算虽然都没轮上他,但他却是穷人的死对头。程仁现在既然做了农会主任,就该什么事都站在大伙儿一边,不应该去娶他侄女,同她勾勾搭搭就更不好,他很怕因为这种关系影响了他现在的地位,群众会说他闲话。尤其当钱文贵闺女大妮嫁给治安员张正典以后,人们都对张正典不满,他就更小心了,不得不横横心;其实这种有意的冷淡在他也很痛苦,也很内疚,觉得对不起人,但他到底是个男子汉,咬咬牙就算了。

不过村子上有些干部对黑妮的看法倒不一样,认为她也是被压迫的,还把黑妮吸收到妇女识字班当教员。她教大伙识字很耐烦,很积极,看得出她是在努力表示她愿意和新的势力靠拢,表示她的进步。她给人的印象不坏。只是程仁的态度还是冷冷的。

慢慢黑妮也发现了前途有危险,她越想抓住,就越觉得没有把握,她的这些心事只能放在心上,找不到一个可以谈谈的人。在这个时候,二伯父倒像知道了什么似的,也不说她,也不禁止她,还常常给她一些同情或鼓励。黑妮是不会了解他的用意的,心里还对他有些感激。因此在这个本来是一个单纯的,好心肠的姑娘身上,涂了一层不调和的忧郁。

六 密谋(一)

黑妮回到了家,隔着花枝看见从她伯父房里窗子上飘出来袅袅的烟丝,猛然想起叫她打听的那些事她却一句也没有问。她不说自己忘了不应该,反转来在心里却埋怨道:"唉,真是坐在家里没有事做,穷打听!"

这时又听到二伯父房里有客人说话的声音,黑妮把脸贴到窗户缝上去,刚瞧见了坐在炕对面的任国忠的脸,冷不防二伯母便在西廊上叫起来了:"黑妮!啥时候回来的?"

黑妮离开了窗户,向她伯母冷冷的一望,鼻子里悄悄的哼了一声,走回了自己的房。她鄙夷地想道:"这些人,真是,有什么了不得,值得这么鬼鬼祟祟!"

钱文贵用两个指头捻着他的胡须,把眼睛挤得很小,很长,从眼角里望着那小学校教员。任国忠抽了一口烟,便又继续说他刚才说到的那些新闻:

"……报纸上也登载了这号子事,说是孙中山的主张,平安镇都已经闹得差不多了。财主家的红契都交出来了。咱涿鹿怕也逃不脱。凡是共产党八路军管的地面就免不了。"

这时钱文贵的眼睛就更眯成了一条缝,他说:"那当然,这是共产党的办法,不,是……是叫政策!这个政策叫什么?呵,你刚才说过了的叫什么呀?啊!这叫做'耕者有其田'!是的,'耕者有其田',很好,很好,这多好听,你叫那些穷骨头听了还有个不上套的!嗯,很好,很好……"停了一会,他又接下去说道:"不过,唔,天下事也不会有那么容易,你说呢,老蒋究竟有美国人帮助。"

任国忠赶忙说道:

"是呀!嗯,共产党总是说为穷人,为人民,这也不过只是些好听的名词,钱二叔,你没有去张家口看一看,哼,你说那些好房子谁住着?汽车谁坐着?大饭店门口是谁在进进出出?肥了的还不是他们自己？钱二叔！我说，如今又是武人世界，穿长褂子的人吃不开了。"他说完后便把眼睛极力去搜索着他对面的那张脸，看有些什么反应。

钱文贵抖了抖他的袖子，弹去他白竹布短褂上的烟灰，鼻子里笑了一声说："本来么，一朝天子一朝臣。老任，你莫非有什么憋屈，哈……你是小学校教员，你应该'为人民服务'呀，哈……"

给这一笑，有些僵了起来的任国忠忍不住说道："咱横竖是一个靠粉笔吃饭的人，在什么地方什么时候都是看别人颜色，就说不上有什么憋屈。不过，总觉得有些闹得太不像话了，你看，咱们教员要受什么'民教'领导，这也不要紧，钱二叔！你也是知道的，什么'民教'，还不就是李昌那小子么？李昌那狗王八蛋的，识几个大字，懂得个屁，却不要脸，老来下命令，要这要那的……唉！"

"哈……"钱文贵仍继续着他的笑，"李昌自己原有八亩地，地是不怎么样，去年闹斗争，分了二亩，如今是十亩地，他和他老子，还有那个童养媳妇，三口人过活也差不离了。可是他们还算是贫农。你呢，你有几亩地？呵……你是个不劳动的！"

"咱一个月赚一百斤粮食，什么也没有了，可是这一百斤粮也不是好赚的，过去读书花的本不算，一天到晚和那些顽皮孩子胡缠，如今还得现学打霸王鞭，学扭秧歌……别人爱的就是这一套下流货呀；陶渊明不为五斗米折腰，咱却为了一百斤粮食受尽了李昌的气，嗯！"

"哈……一个月一百斤粮食，那不就结了，管他们共产也好，均地也好，保险闹不到你头上，跟咱一样，咱就不怕他们这一套。比方咱春上分了五十亩地给儿子，如今咱们是三户。咱这一户只剩下咱老两口，加上黑妮，三个人，只十几亩地了。一年能收个十来石粮食，穷三富五，咱顶多就成了个不穷不富。他们爱怎么样闹，就怎么闹去吧，咱们就来个看破红尘，少管为妙！"

这个乡村师范的毕业生到暖水屯来教书已经两年了。越来越觉得自己是鹤立鸡群，找不到朋友。开始还和李子俊来往，后来觉得那位没落的地主太无能。还有个刘教员应该是相处得来的,可是他的程度不如他,还不要紧,他却靠着会巴结村干部,成天带着小学生唱那些"没有共产党,就没有新中国",或者写标语,喊口号,他就因为会闹这些而被信任,而显得比任国忠还高明起来了的样子,这却使任国忠心里不服气。因此慢慢地任国忠就只有钱文贵是个可谈的对象了。有时更觉得是一个知己,一个了解他的才情,可以帮助他的心腹人了。当他听到有什么消息的时候,总爱来和钱文贵谈谈,以排遣自己的抑郁。这里也没有什么希望,也没有什么冀图,甚至有时反而更为空虚的走了回去,但总有些安慰。这天他又带着一种高兴而来,但钱文贵对这新闻却表示冷淡,无动于衷的,任国忠便觉得有些不自在。

没有风的夏天,又是中午,房子里,也觉得很闷热,钱文贵叫老婆又沏了壶茶。任国忠挥着蒲草编的小团扇,仰头呆呆地望着墙上挂的相片,又望望几张美女画的屏条。钱文贵体味到对方的无聊,便又递过去一枝太阳牌烟,并且说:"老任!俗话说得好,'寡妇做好梦'一场空,老蒋要放过了共产党,算咱输了;你等着瞧,看这暖水屯将来是谁的?你以为就让这批泥浆腿坐江山?什么张裕民,他现在总算头头上的人,大小事都找他做主了。哼,这就是共产党提拔出的好干部!嗯,谁还不认识,李子俊的长工嘛!早前看见谁了还能不哈腰?还有什么农会主任,那程仁有几根毛咱也清楚,是咱家里出去的。村子上就让这起浑人来管事,那还管得好?如今他们仗着的就是枪杆。还有,人多。为啥老是要闹斗争,清算没个完?嘿,要这样才好拢住穷人么——说分地,分粮食,穷人还有个不眼红,不欢喜的?其实,这些人也不过是些傻瓜,等将来'国'军一到,共产党跑了,我看你们仗谁去?哼,到那时候,一切就该复原了,原来是谁管事的,还该谁管。你,咱说,老任,说文才,全村也没有人能比得上你,就说你是外村人,不好管事,总不会再白受这起混蛋的气呀!"

"二叔真会说笑话,咱是个教书匠,也不想当官,管事,不过不愿看见好人受屈。二叔,话又回到本题,这次土地改革,咱说你还得当心点。"

钱文贵看见他又把话逼过来,便仍然漾开去:"土地改革,咱不怕,要是闹得好,也许给分上二亩水地,咱钱义走时什么也没有要呢。不过,为咱们这些穷人打算,还是不拿地的好,你在学校里有时候是可以找找他们和他们的子弟,聊聊天,告他们不要当傻瓜,共产党不一定能站长!嗯,这倒是一桩功德。"

任国忠听了觉得很得劲,他现在有事可做了。他会去做的,也会做得很机密。不过他总觉得钱文贵把事看得太平稳了,他还得提醒他:"张裕民那小子可鬼呢,你别以为他看见你就二叔二叔的叫。还有,说不定什么地方会钻出一个两个仇人的。"

"嘿……放心!放心!咱还能让这么几个孙子治倒?你回去,多操心点,有什么消息就来,报纸上有什么'国'军打胜仗的地方,就同人讲讲,编几条也不要紧,村子上也还有懂事的人,谁还不想想将来!嘿……"他边说边下炕来,任国忠也穿好了鞋子,心满意得,从炕桌上又拿了一枝太阳牌烟,钱文贵忙去划火柴,这时他们都听到对面房子里的帘子呱啦的响,两人不觉交换了一下眼色,而钱文贵便大声问:"谁呀?"

"二伯,是咱,"答应的是黑妮的声音,"咱赶猫呢,它在我屋子里闹得可讨厌。"

任国忠不觉地又坐到炕沿上,钱文贵明白这年轻人,明白他为什么常到自己家中来,总想扳拉自己,但他却对他使眼色,并且说:"不留你了,孩子们该吃过午饭上学了,有空再来。"他打起了日本式的印花纱帘,任国忠只得跨了出来,这中间屋子里供得有祖先和财神爷,红漆的柜子上摆设着擦得发亮的一些铜的祭器。听得对面屋子里有纸扇撕拉撕拉地响。钱文贵随即又掀起到院子里去的竹帘。两人一同走了出去,一股火热的气息直扑到身上。几只蜜蜂在太阳下嗡嗡地叫着,向窗户上撞去。钱文贵直送到骑楼下,才又会意的交换了一下眼色。

七　妇联会主任

就在这闷热的中午,趁着歇晌的空闲,顾涌的儿媳妇跑回娘家找她嫂嫂董桂花去了。嫂嫂住在村西头的一间土房里,用高粱秆隔了一个院子出来,院里还有一株葡萄,房小院窄,可是倒收拾得干干净净,明明亮亮。

董桂花也刚送饭回来,正在灶头洗碗筷。她小姑站在她旁边喘气,用神秘的眼光望着窗子外边。

"你说的这些都是真的么?"董桂花一手拉着她姑娘,两人便都踅过身来挤着靠在门边。"唉,我劝过你哥,你看他拉下了十石粮食的窟窿去买了五亩葡萄园子,唉,早知道就不该买那些地。"因为消息来得太突然了,她心里不知想哪一头的好,好像这消息可以使她得着什么似的,同时又怕失去了什么。她在铅丝上拉下了一条破毛巾,揩了揩脸上的汗,坐在一张矮凳上,打算再从头来仔细思索。

她不知一时从哪里想起,她姑娘也没有时间和她研究,匆忙的又赶回去了。她关心她的兄嫂,他们除了这所小院和新买的五亩地以外,就只剩一屁股的债。而嫂嫂又成了村干部,他们把她拉出来当了妇联会主任,这在她看来,也很倒霉。

这位妇联会主任在四年多以前从关南逃难到这里,经乡亲说合,跟了李之祥过日子。李之祥娶她不花钱,她看见他是一个老实人,两厢情愿的潦潦草草地结了婚。她是一个快四十岁的女人,很俐洒,配这个三十多岁的光棍也就差不多。两人一心一意过日子,慢慢倒也像户人家了。旁人都说李之祥运气好,老婆不错。她是吃过苦来的人,知道艰难,知道冷暖,过家有计算,待人和气,西头那一带土房子的人都说她好。去年暖水屯解放了,要成立妇联会,便把她找了来,她说她什么也不懂,又不是本地人;可是不成,她便被选上了。村子上有什么事的时候,村干部就要她去找人开会。后来又办了识字班,她都很负责。

姑娘走了后,她仍旧坐在矮的小凳上,望着院子里的天空。天空上一丝云彩也没有,是一块干净的蓝色。她感觉到也许有风暴要来,终有一天暖水屯又要闹腾起来,人们又像发了疯一样。她回忆着去年,今年春上,那个时候她是多么辛苦啊!她一家一家的去找,男人们都在骂妇女落后,可是妇女呢,总说"咱知不道嘛!咱听不精密"。开会的时候,谁也不张口,不出拳头。她也不懂什么,可是不得不站在台阶上喊,叫。可是后来呢,有些人家分到了地,她们也没分到,只得了些粮食,吃不到四个月就光了。就算买了五亩便宜地,可是却欠着十石粮食啦,那还是村干部们给的面子。现在呢,现在又要闹起来了,她觉得这对她会是件好事,要是能把窟窿填上那才好,可是……——她正要仔细地再去想一想的时候,妇女识字班的上课钟当当地响了起来。她立即站起,梳了一下头发,用夹子牢牢夹住,把身上穿的那破蓝布衫也脱了,换了一件新做的白洋布衫,锅里的碗也顾不上再洗,带关了门,扣上一把锁,匆匆的便朝识字班走去了。她很想找个人谈谈,把这消息告诉他。

识字班设在许有武家里的大厅上,这所大院已经在去年就分给六七家没房的人住下了。房子很好,原来有很多精致的摆设,如今却破破烂烂,乱七八糟,留下很多桌子放在厅子里上课。这时才到了几个年轻的妇女,她们挤在一道瞧一个绣了花的枕头,接着又津津有味地谈到丝线绒花的市价,她们完全不可能注意到她们妇女主任不安定的心情。

人越来越多,到处都叽叽喳喳。吃奶的孩子也抱着来了,她们又要哄孩子。后来黑妮也来了,黑妮是她们的教员。她一到识字班,于是她们就开始识字了。也有人在后边悄悄地谈些别的。

董桂花呢,她孤独地坐在一旁,她要告诉她们一些什么的欲望消失了。她一个一个的去找寻,她才发现还留在班上识字的,坚持下来了的一半都是家里比较富裕的人,那些穷的根本就无法来,即使硬动员来了,敷衍几天便又留在家里,或者到地里去了。只有这些无忧无愁的年轻的媳妇们和姑娘们,欢喜识字班,她们一天来两三个钟头,识三四个字,她们脱出了家庭的羁绊和沉闷,到这热闹地方来,她们彼此交换着一些邻舍的新闻,彼此戏谑,轻松的度过一个春天,而夏天又快完了。这时只有董桂花这妇联会主任一人是显然的同她的群众有了区别,她第一次吃惊自己是如何的不相宜的坐在这里。她虽然还不算苍老,不算憔悴,却很粗糙枯干,她虽然也很会应付,可是却多么的缺乏兴致啊!

她陡地有了一种奇怪的感觉,她不懂得她为的是什么?这些年轻女人并不需要她,也不一定瞧得起她,而她却每天耽误三个钟头坐在这里。从前张裕民告诉她说妇女要抱团体才能翻身,要识字才能讲平等,这些道理有什么用呢?她再看看那些人,她们并不需要翻身,也从没有要什么平等。她自己呢,也是一样,她和李之祥是贫贱夫妻,他们也很安于贫贱,尤其是多少次濒于饿死的她,有现在的日子,也就该满意了,当然他们并不能满足,他们还有希望,他们欠了十石粮食的债,他们还需要一点点财富,他们最怕的是秋后还不了债,日子就要过得更操心更坏,如今她坐在这里有什么好处呢?唉,张裕民吹得多好,他硬把她拉到这妇联会来,他老说为穷人做事,为穷人做事,如今为了个什么穷人,连自己还要更穷了呢。

"丰,丰是丰富的丰,丰富就是多,就是有多余的意思。衣,就是咱们穿的衣服……"黑妮用手指着黑板,从她的嘴唇上发出带着银质的声音。

"咱哪里有什么多余的衣服,他妈的,去你的吧。"董桂花站了起来,对平日本来有着好感的黑妮,投过去憎恶的眼光。她走出了院子。

董桂花第一次很早的离开了识字班,心里好像吃饱了什么一样的胀闷,又像饿过了时的那样空虚。巷子里没有什么人来往。一两只狗吐着舌头趴在那里,她又不愿回家去,她打算去找周月英,她是羊倌的老婆,又是妇联会的副主任,却好久不来识字班,她觉得她的话羊倌老婆一定会欢喜听的,她们彼此会很了解。

八　盼望

由顾涌赶回了大车而引起的一些耳语,慢慢的从灶头,从门后边转到地里,转到街头了。自然也有的是从别方面得到了更丰富的更确实的消息。他们互相传播,又加入一些自己的企望,事实便成了各种各式,但有一点却是一致的:说"共产党又来帮穷人闹翻身,该有钱的人倒霉了"!当大家歇响的时候,他们仰卧在树阴下,遥望着河那边的平原,向往着那平原上燃烧着的复仇的火焰。他们屈指数着那边有名的坏人名字。当他们听到某些恶霸被惩罚的时候,当他们听到去分散那些坏人家财的时候,他们并不掩藏他们的愉快。他们村子上曾有过两次清算,有些人复了仇,分得了果实,但有些人并不满意,他们有意见,没有说出来,他们有仇恨,却仍埋在心底里。也有人感谢共产党,但也有人埋怨干部们,说他们欠公平,有私心,他们希望再来一次清算,希望真真能见到青天,他们爱谈这些事。一伙一伙的人不觉的就聚在一团,白天在地里,在歇响的时候,晚上在街头巷尾,蹲在那里歇凉的时候。同时也还有一些另外的集团,他们带着恐惧,这些人都是属于生活比较宽裕一点的,他们怕的是打倒了地主打富农,打倒了富农打中农。他们也常三五成群,互相交换些新闻,盼望得到一些较好的消息。天呀!只不要闹得太厉害就成了!他们总是小声地谈话,一看见有新人加入,便扭过头去敲烟锅,把话题又扯到天气上去,或者扯到妇女身上。这一个短时期,他们所有人都变得敏感了。只要区上一下来人,或者村子上不见了张裕民和程仁几个人,他们便传开了,说暖水屯要闹开了,干部都去开会受训了,他们便早早的从地里回来,想方设计去打听消息,他们心里着急地想:"假如有什么事一定要发生,那么,就让它早些来吧!"这热的天气显得多么的闷人啊!

和这些议论同时而来的,谣传着火车又不通了。国民党又调来了许多师,许多兵,这些军队都是有许多美国的大炮,这些炮比日本的还好,八路军连见也没见过的大炮。那个叫什么马杏儿(马歇尔)的美国官,本是来调解,要国民党"改编"共产党,现在也不满意共产党了,要讲和已经没有希望了。美国又运了许多许多的什么坦克、大炮、飞机,还帮国民党办军官学校。共产党怎么也打不过,他们的枪就不行,兵也少,八路军就站不长,说不定哪天就背着小包袱走了。咱们暖水屯还得重改政权,那些闹红了的就得当心他们的脑袋,除非你拚了家不要,当八路军去……——这些谣言谁在讲着呢,好像又都是老百姓自己,他们并不愿意共产党吃败仗,他们就怕八路军站不长,可是他们却又悄悄地散播着这些谣言。

张裕民和程仁都到区上去过,回来后也没有什么动静,他们自己仍旧下地去,老百姓便又安定下来了。又当着是锄第三遍草的时候,下过雨,草长得真快,他们忙也忙不过来,于是他们便又专心到他们的谷子地、秫子地、高粱地、麻地,他们的果木园、菜园。他们像蜜蜂似的嗡嗡了一阵,他们猜疑,他们害怕,他们热望,不安定,他们起过各种各样的心,可是像夏天的阵头雨一样,一会儿就过去了。他们盼望了一阵子,没盼到什么,他们又把所有的精力集中到他们经常的劳动中去了。快乐,忧愁,都变成了平静。谣言呢,没有人听,也没有人讲了。通不通车,离暖水屯还远着呢。"中央"军来不来,有八路军挡着呢。再说,"中央"军也是中国人,咱们劳动吃饭,又不想当官当权,咱们还是做咱们的老百姓,庄稼人。如今这里是太平的天下,今年雨水很好,庄稼果木都长得不坏,还是等着即将到来的,丰收的秋天吧。

九 第一个党员

离现在两年以前,还是一九四四年春天的时候,刚过了旧历年不久,在一个落雪的晚上,在日本人政权底下当甲长的江世荣披着他新买的羊皮短袄,独自轻轻地溜出了他家的大门。风仍旧很刺骨,他缩紧了头,露着两个小眼张望着,街上没一个人影,他悄悄地走到寡妇白银儿诨名叫白娘娘的门口。门还没上闩,他轻轻地托开门走了进去。看见西屋里灯光很明亮,他在院子里不觉地停住了脚步,听见骰子清脆的正在一个瓷碗里滴溜滴溜的转,一个粗暴的男人声音在吼着:"靠,靠,二三靠呀!"同时一个沙嗓子也在喊:"三变六,三变六,哈……七点,七点!"骰子停了。一阵子喧哗,接着是数钞票的声音,人影在窗子上晃动。这个寡妇不只做着女巫,并且还招揽一些人来赌钱。江世荣急步朝静悄悄的那寡妇住的上房走去,他立刻闻到一种习惯的他认为特别好闻的气味从那有着棉门帘的房子里喷出来。

白银儿正横躺在炕上,就着小灯在收拾那些吸烟的家具,看见闯了进来的甲长,忙坐起身来让座。她接过了那件新羊皮衣,做出一副惊诧的亲热的神情,说:"啊,还在下雪?冷么?快上炕来暖一暖!你没有上西屋里去?天冷,来的人少,就几个穷鬼在那里。"

江世荣把帽子也脱了,抹那沾在皮毛上的水,他坐到了暖炕上。白银儿在炕头的小灶上端过一把茶壶,满满地倒了一杯浓茶,并且会意地说:"让咱来替你烧一口。"

江世荣就势躺了下去,却问道:

"张裕民在西屋里么?"

"他刚来一会儿,又不知在哪里喝了酒。"

"你去,你去把他找来。"他接过了那根细签子,蘸了点膏子。放到灯火苗上去,白银儿会意的便走出去了。

当白银儿再回来的时候,长得很结实的张裕民走在她的前面跨进房来。他敞着棉衣,拿着一顶旧的三块瓦皮帽,预感着有什么事要发生,却装出一副满不在乎的样子。

"啊!三哥!快上炕,来!咱替你烧一口。"倒是甲长先招呼起来了。张裕民更看出这里面有讲究。

"不,这个东西咱不来,咱抽纸烟。"张裕民跨坐在炕沿上,一个脚盘着,一个脚蹬着,头靠着墙壁,从怀里掏出自己的纸烟来,并且顺手把白银儿递过来的一根烟送回到烟盘里。

江世荣不得不坐起身,拿过刚刚落到盘子里的那枝烟,在烟灯上接上火,赔着笑脸说:"哈,三哥!咱们都是自己人,咱们什么不好谈……——哈哈,你也来这里玩,哈哈,这两天运气怎么样?"

张裕民也就半真半假的笑说道:"这两天运气不好,闹肚子痛,别人都说白大嫂的白先生灵验,咱来找白先生瞧瞧,不知道是真灵假灵,哈……"

炕对面柜子上正供得有一个红绸神龛,在朦胧的灯底下,静静的垂着帘帷,好像摆出了一副哭笑不得的神气,白银儿装做没有听见的样子,扬着头伸手从神龛旁边拿过一枝水烟袋,点燃纸媒,靠着柜子咕噜咕噜的抽着水烟。

"说正经话,三哥!咱有件事,要请你帮个忙,帮也得帮,不帮也得帮。"这时甲长把脸拉正了。

"成,你先说吧!"是张裕民爽朗地回答。

江世荣递了个眼色给白银儿。等她走出去之后,他才咳了一声嗽,把最近一件为难的事告诉了张裕民。

打上月他就收到了一封从八路军那里寄来的信,这是封很有礼貌的信,但等不到他去报告日本人,八路军的人就到他家里来了。这些人年纪不大,可是厉害,一阵软,一阵硬,说得漂亮。他们说你当甲长也不能全怪你,时势所逼嘛,不过,你既然是中国人,就应该有良心;咱们也只向你们村上借点粮,数目不多,你要能行,那就好。假如你要丧尽良心,串通日本人来收拾我们,那也行,咱们也不杀你,咱们也只去据点里报告声你通八路就成,据点里还有咱们的人呢。江世荣听了这番话吓得不成,怕这些人杀他,满口答应一定交粮,还先写了个字据,好容易等这群人走了,他才像捡得了一条命似的。可是怎么办呢?去报告么,不行,自己写了亲笔字在人家手里。不去报告么,又怕日本人知道了杀头。他找钱文贵商量,钱文贵说,这是唬人的,不用管。为什么要怕他?可是八路军的信又来了,跟着又来过人。他不得不应付他们。可是钱文贵还啃住了他,说他通八路,要去大乡里说呢,他不得不拿钱送给钱文贵。也不得不收集了几担小米,几斗白面,送给八路军去。但这差事有谁能办呀!又要机警,不能让据点知道;又要胆大,这是去见那杀人放火的八路军呀!事情要办得不好,起码也得坐牢监,谁也怕惹下这是非。他想了好几天,才想起了张裕民来。张裕民刚刚和李子俊闹了别扭,辞了工,手边正紧得很;这人又胆大心细,能办这件事,所以他这天特别到白银儿这里来找他。当江世荣述说这段历史的时候,自然把八路军渲染了一番,说送粮食去也是应该的,是替村子消灾免难,要不,八路真的来烧房子杀人怎么办。

静静地听着,一声也没响,张裕民心里已经明白了甲长的企图,而且盘算定主意了。可是他不说,只顺着答应:"呵,""有这么回事么?""是呀!""唉,""这真作难呀!""……"

"只有你,三哥! 只有你才能办,你就辛苦一趟吧! 缺什么,都有咱,咱们哥儿们,还能让你吃亏!"甲长单刀直入地提出了问题。

"嘿……"接过了另一枝烟,张裕民摇了一摇头,说:"不是咱不帮忙,实在咱办不了这差事,咱是个粗人,一个大字不识,嘴又笨,这送粮食看着不打紧,可是,哈,这就好比两国相交。不成,不成,村子上能说能行的人多着呢,你点兵点错啦! 要是差个粗活,扛锄头,抬木料,拉犁,咱张裕民帮你几个工倒是不在乎的。哈……"

江世荣又叫白银儿整了酒菜来,她也坐在旁边陪客,又帮助恭维他。张裕民心里怪好笑的,因为他一听说这差事心里就很乐意,趁机会去拜访一下早已闻名的八路英雄,是可以满足他的年轻人的豪情的。人家都说共产党什么杀人放火,他就不信这一套,他一个光杆,什么也没有,也不怕,梁山好汉还替天行道咧。但他却得装做出不愿意去的样子,他知道江世荣这起人都不是些好家伙,有了事就会把祸害全推在他身上,并且他想在这个时候落得搭搭架子。江世荣没有办法,给了他亲笔信,盖了私章,还给足了路费,并且把张裕民的舅父郭全也找了来,当面立下了保,如果出了事,叫江世荣花钱买人,这样,张裕民才算勉勉强强地答应了。

当天的晚上,张裕民披了江世荣的新羊皮袄,赶着两头大骡子,向南山出发了。第二天的夜晚,他到了一个有四十户人家的小村,找到了他要找的人。八路军穿得像普通老百姓一样,腰上插了杆短枪,露出一角红绸子。他们待人很和气,很亲热,很大方。他们说他辛苦了,倒酒给他暖身体,擀面条给他吃,同他谈这样谈那样。他很注意地看他们,听他们,他觉得这些人很讲义气。打日本,反汉奸是天经地义啦,他们又打富济贫,这全对他的劲。他们讲平等讲义气,够朋友的。于是,他就告诉他们一些村上的事,他向他们骂江世荣,说他是日本人的走狗,是村上的一个"尖",要他们多提防他。

这一次的旅行给他很满意的印象,但他向江世荣却谈得很简单。掩蔽着他的心情,江世荣就不得不屡次屡次来求他,从此他就和八路混得很熟了。他自从八岁上死了父母,和刚满周岁的兄弟住到外祖母家去以后,他就从来不知道有什么亲爱一类的事。他成天跟着他舅舅郭全在地里做活。舅舅是个老实人,像条牛,生活压在他头上,只知道受苦,一点也不懂得照顾他。他们的关系,是一同劳动的关系,像犁跟耙一样。外祖母也无法照顾他,常常背着他兄弟到邻村去讨吃。因为舅舅收得的粮食都交租了,即使是好年成,他们也常常眼看着别人吃肉,吃白面,吃小米,他们是连几顿正经高粱饭也难吃到的。他就像条小牛似的,只要有草吃也可以茁壮起来。他长到了十七岁,于是他自己立了门户,他拿自己的工资来养活着他兄弟。那瘦孩子就担负着捡柴,烧饭等等的事。这一切只使他明白一个道理,穷人就靠着自己几根穷骨头过日子,有一天受不了苦啦,倒在哪里,就算完在哪里吧。他是一个在暴日寒风中锻炼大的人,有一把好力气,有钱的人都愿意找他做活,他靠着两个臂膀也就生活下来了。可是这次他遇到了八路军,他不觉地在他们的启示和鼓励之下同他们讲起了过去的生活。这些从来想也不愿去想的生活,如今回忆起来,向他们描述的时候,他第一次感觉到难受,感觉到委屈。这是如何的困苦,如何的孤零零,如何的受压抑和冤屈啊!但他却得到很多安慰,第一次找到了亲人似的,他觉得他们对他是如此的关心,如此的亲切。当一个人忽然感到世界上还有人爱他,他是如何的高兴,如何的想活跃着自己的生命!他知道有人对他有希望,也就愿意自己生活得有意义些,尤其当他明白他的困苦,以及他舅舅和许多人的困苦,都只是由于有钱人当家,来把他们死死压住的原因。从此张裕民不去白银儿那里了。他本来也是最近因为辞了工心里烦闷才去的。假如他心里又觉到难受的时候,他就去找朋友,找那起年轻的穷小子,告诉他们他看见的八路军同志们。他以能认识他们为夸耀,他也学着八路军同志们去挑动他们对生活的不平:为什么穷人的命这样苦,是不是天生的要当一辈子毛驴?在这年的夏季,暖水屯因为他开始有了共产党员。接着他发展了李昌,和张正国。在这年的冬季他领到了一枝橛枪和一枝土枪,他们秘密的搞起民兵来了。八路来村子上的次数,也就比较多,有时就去找甲长,江世荣不能不保护他们;有时就住在西头,民兵会替他们放哨。

但工作并不是很容易就能开展的,村子上有出名的八大尖,老百姓恨这些人,却又怕这些人。江世荣就是这八大尖里的一个代表,他因为会巴结他们,他们才要他当甲长,如今已挣到了一份不错的家私。他借日本人压榨了老百姓,又借八路军来勒索,村子上也许还有比江世荣更阴险的人,但现在只有江世荣最出面。八路同志曾经帮助过张裕民他们布置过减租减息,向老百姓宣传,在背底下他们也赞成,可是不敢出面闹。直到一九四五年夏天的时候,才发动起一个改选村政权的大会。在一个夜晚,民兵和八路军的同志们突然封锁了村子,放了哨,集合了全村的老百姓在学校里面开大会。老百姓看见江世荣被绑着,便胆大了,又因为在黑夜,认不清面孔,他们就敢在人群中说话。他们第一次吐出了怨恨,他们伸出了拳头。江世荣被打倒了,他们选了赵得禄,赵得禄是个穷人,能干,能应付日本人,赵得禄自己原来怕当村长,怕村子上的旧势力来搞他,但看见那么多人举他的手,他又高兴被选上。他当了村长,他就在八路军的区干部的帮助之下,和张裕民几人商量着应付了日本人,日本鬼子一点也不知道这村子上的情况,还满相信他。村子上的几个有钱有势的人,也被他们分别看待,团结他们,也孤立、分化、威吓住他们,就连许有武、钱文贵他们一时也没想出什么好办法来,从此暖水屯的老百姓当了权。不久,就是一九四五年"八一五",苏联出兵东北,日本投降了,抗联会主任张裕民在村子里便公开的成了负责的人。他领导了两次清算复仇，穷人们有事便来找他，大家都高兴地说："他可露脸了，他给八路军教成了一个能干人。"有些人心里瞧不起他，谁还不看着这穷孩子长大的呢，想跟他过不去，可是见了他倒更凑上来叫"三哥"，为什么是"三哥"，连他自己都不明白这来历。也许因为他伯父有过两个儿子，但他伯父和他叔伯兄弟在他很小的时候就逃荒到口外去了，一直也没有回来，也没有过音讯。在过去也很少有人叫他三哥，除了有人要找他做活，或者他的赌友在他赢了钱的时候，但现在这称呼似乎很自然和很流行了。

十　小册子

张裕民和程仁曾经到区上拿回了一本石印的小书。这是县委宣传部印发的。他们两人都识字不多，到了夜晚便找了李昌来，三个人挤在一个麻油灯底下逐行逐行的念。李昌还把一些重要的抄在他的小本上。他那个小本子抄了很多珍贵的东西，入党的誓词，做一个党员的起码条款，如：一，死活替穷人干一辈子；二，跳黄河一块跳，异口同音，叫我怎办就怎办；三，要交党费；四，凡不在党的，不管父、母、妻、子，该守秘密的事，也不能告诉他们……——都写在上边。每当碰到有什么为难的问题，李昌便去查他的小本子，常常就可以在那里边找着答案。这个有雀斑的，不漂亮的年轻党员，是个爱说话而且有唱歌天才的小伙子。

他们三个人一道研究这本"土地改革问答"，却各有各的想法。总是容易接受新事物而又缺乏思考的李昌，他越念下去越觉得有兴趣。他常常联系村上的具体人物来说明谁是地主，谁是富农，谁是中农；应该打击谁，应该照顾谁，愉快的笑不离开他的脸。在他心里不断地涌起对党的，对毛主席的赞叹，他忍不住叫了起来："这个办法可好呀，这样才把那些有钱的人给治下去了，穷人真真的翻了身嘛！"他对于本村的土地改革觉得是轻而易举，有十足的把握。程仁呢，因为春天他参加了做"合理负担",他对于本村的土地比较熟悉,他又把那个户口册子拿了来翻阅,那上面登记得有详细的土地数字,他对于成份的鉴定特别细心。他常常说:"天呀!李大海有三十亩地,你能说他是富农,或中农么?他那个地是什么地呀,给人也没有人要的嘛!"或者就是说:"别看刘振东地少,一个青壮年,三亩好水地呀!"或者就又说:"李增山论地是贫农,可是他有手艺,他又讨了老婆,老婆还穿着新棉衣呢。"他觉得土地的分配是一个非常不容易的问题,要能使全村人满意,全村都觉得是公平的才算把这件事做好了;如果做不好,会反而使自己人闹起意见来,反而不好做工作了。这里只有张裕民说得比较少,他只考虑到一个问题,这就是他们究竟有多少力量,能够掌握多少力量,能否把村子上的旧势力彻底打垮。他深切地体会到要执行上级的决定,一般的是容易做到,因为有党,有八路军支持着,村子上的人也不会公开反对。但要把事情认真做好,要真真彻底铲除封建势力,老百姓会自觉地团结起来,进行翻身,可不是件容易的事。他总觉得老百姓的心里可糊涂着呢,常常就说不通他们,他们常常动摇,常常会认贼作父,只看见眼前的利益,有一点不满足,就骂干部。同时张裕民也觉得:又只有靠近他们,自己才有力量,可是他们又常常不可靠,忽东忽西的。要完全掌握住他们,张裕民清楚还是不可能,因此他对这即将到来的土地改革,虽然抱着很高的热忱,却有很多的顾虑。他只希望区上会早一点派人来,派一个得力的人来,能把这件大事好好地办妥。

不久,离他们七里路远的孟家沟也开了斗争恶霸陈武的大会。陈武在这一带是一个有名了的"胡髭"。谁要在他的地里走过,谁都得挨揍,他打人,强奸女人,都只是家常便饭。他买卖鸦片,私藏军火,也是无论什么人都知道的。当他们开大会的那天,暖水屯的村干部全体都去参加了,还去了一些老百姓。在那个大会上有四五十个人控诉他的罪恶,说到一半就忍不住冲到陈武的面前唾他,打他,妇女也站出来骂,挥动着戴手镯的膀子,劈头劈脑地去打。暖水屯的人都看痴了,也跟着吼叫,他们的心灼热起来,他们盼望着暖水屯也赶快能卷入这种斗争中,担心着自己的村子闹得不好。张裕民更去向区上催促,要他们快派人来。老百姓也明白这回可快到时候了,甚至有些等得不耐烦了。果然两天之后,有几个穿制服的人背着简单的行李到了暖水屯。

十一　土改工作小组

这正是八月中旬,照旧历来讲是过了七月半不几天的一个傍晚,从区上来的几个人打东北角上的栅栏门走进村来。区工会主任老董走到合作社去找张裕民,还有三个穿得比较整洁的年轻人,像是从县里或省里下来的。他们走到小学校的门口,卸下了背上的背包,拭着满头大汗,走过去,走过来,一会看看街上贴的标语,一会张望那正要散学了的学校的内部。坐在对面树底下谈闲天的人,便都悄悄议论起来。他们都狠狠地打量他们,想窥测出他们是些什么人,究竟有些什么能耐。刚打地里回来的人,也远远站住了朝这边望。那个最惹人注意的,生得身材适度,气宇轩昂的一个,做出一副很闲适的态度和他旁边一个小孩开着玩笑。那孩子不习惯在生人面前说话,便绷着脸走开了。那个儿小些的便朝合作社走去,并且回过头来问:"老乡!张裕民在合作社么?"只有那个瘦个子倒仍站在小学门口,他和着里面的歌声,轻快的唱着:"东方红,太阳升,中国出了个毛泽东……"

张裕民走在老董的前面,后边还跟着李昌和刘满两个人,他们一拥就拥到了这边,抢着把背包往肩上一扛便招呼着向南街走去了。那个瘦个子赶忙来抢背包,不留心脚底下一块石头,他踢着往前扑去,冲出去了好远,好容易没有让自己摔下去,站住了脚。他望见街上的人都望着他,便朝大家憨憨地笑了。大家也就都笑了起来。他又赶上去抢背包,可是李昌刘满他们已经走了好远。他们边走也边呵呵地笑,瘦个子就嚷着:"咳,咳,让咱自己拿吧,咳,这哪行,这哪行!"

张裕民把他们带到韩老汉家里。老汉家的西房正空着，老汉是个勤苦的人，他在今年春天加入了党，这房子是张裕民在春天提议分给他的，也是许有武的家财。房子很干净，又清静。他的儿子刚打山东复员回来，只有一个八岁大的孙子正上学，张裕民也为的是区上下来什么人，好安置在这里，叫老韩烧点茶水，照顾门户都很方便。

李昌像个主人似的，一进屋就让大家上炕，他用着热情的眼光打量着几个来客，惊奇地拿起一把绑在背包上的胡琴。

"这就是村支部书记张裕民，又兼村的武委会主任，过去是抗联会主任。"做过三十年长工的老董介绍着。他回头又介绍土改工作组的同志们："这是文采同志，是工作组组长，这个瘦子是胡立功同志，那小个是杨亮同志。"他又从怀里掏出一封介绍信给张裕民，这是区委书记关于这三位同志的组织介绍信，它说明他们代表区委会在这里执行土地改革的工作。他自己也参加这个小组工作。

"你们这里有多少党员呀？"文采同志即刻用着一个调查的口吻来问了，也没有注意到杨亮阻止他的眼色。

张裕民却只说："同志们肚子一定饿了，先烧饭来吧。韩廷瑞，你帮助一下你爹，赶忙烧饭；刘满，你到合作社去称几斤面来！"他也不答复杨亮要求去吃派饭的请求，并随即自己也走了出去。他到韩廷瑞的房里拿出一盏高脚的麻油灯，点燃了灯，他又向老董说："你们先休息一会，我出去就来。"他丢下这群刚来的人，快快地跑走了。这时房子里还剩下一个李昌，他舍不得走开，拿出了那二胡，一面调着弦，一面就问胡立功："你会唱梆子么？"文采走到房门口张望，黑了下来的院子里很寂寞，对面厨房里又拉开了风箱，水气在灯光下升腾，孩子、女人、老头都挤在一个屋子，忙忙碌碌的很热闹。他又转过身来找老董谈闲天，极力想抹去适才他对于张裕民所起的不良的鬼鬼祟祟的印象。

老董伏在炕桌上在写些什么，这个老长工在三年的党的工作下学到了能写简单的信。他的学习精神常被人称许，他也很自得，在他的挂包里是不会忘记带着那盖了区工会公章的信纸信封和他自己的私章的。只要有机会他就写信,如同只要有机会他就要长篇大论地讲演一样。

晚饭做好了的时候,张裕民才又走了来,他只默默地坐在旁边抽烟,杨亮又说到以后不能吃白面,也不必自己烧,最好大家都去吃派饭,并批评他不该这样费事。文采看见他敞开的胸口和胸口上的毛,一股汗气扑过来,好像还混和得有酒味。他记起区委书记说过的,暖水屯的支部书记,在过去曾有一个短时期染有流氓习气,这话又在他脑子中轻轻漾起,但他似乎有意地忽略了区委书记的另外一句更其肯定的话:这是一个雇工出身诚实可靠而能干的干部。

吃过了饭,按照杨亮和胡立功的意见,先了解这村的情况,区委书记和老董虽然曾经简单地说了个大概,究竟还模糊。张裕民和李昌也赞成这意见,正准备说开去,可是文采同志认为人太少,他决定先召开村的干部会,并说明这是走群众路线。张裕民和李昌只得到街上临时四方去找人。过了很久,来了村副赵得禄,治安员张正典,民兵队长张正国,农会主任程仁,村工会主任钱文虎,支部组织赵全功,李昌是支部宣传,连张裕民一共是八个人。只有村长没有来。村长是谁呢?却恰恰是去年打倒了的江世荣。在今年春天,他们又在赵得禄的提议下把他复了职,他们的理由是要他来跑腿办事,说他是有钱的人,误得起工,只要不让实权落在他手上就行。这意见村干部都以为很合理,于是便这么办了。

八个人都没有什么准备,心里很欢喜,一时却不知怎么说,加上这几个人都还陌生,也怕说错话。像张正国这种老实人,只觉得腼腆和拘束,他蹲在房门口,连炕也不肯上。他的心是热的,也有许多想头,就不会说,也不打算说,他自从参加了暖水屯的民兵工作,就认定水火都不怕,他是出力卖命的,却不是说话的。

爱说话的老董在这小小的会议上传达起土地改革的意义,他每次说话总是这样的开着头:"土地改革是消灭封建剥削大地主……"接着便说要去掉三怕思想,跟着话便说远了,连什么加拿大工人罢工,意大利水兵……,不知道什么时候听下的故事都说出来了。听的人完全不懂，他也不觉得，反津津有味，若不是文采同志阻止了他，他怕要把这一晚上的时间都占去了。文采同志想挽救会议的沉闷，尤其觉得首先应该把干部的思想搞通，于是他接着逐条的解释着晋察冀中央局关于执行土地改革的指示，这些几乎他都背熟了的。

他们谈得很晚，一直到他们相信在座的人都全部明了才停止，并且文采同志决定第二天晚上要开群众会，各种群众团体可以同时开会，传达政策，这几个新来的同志可以分别出席。这个通知是要在明天早晨老百姓上地里去之前就要发到的。文采同志的意见是至少一个星期，最多十天要结束这个工作，因为平绥路的局势很紧张，国民党时时要动枪刀，不得不赶快。

人都走了之后，张裕民还留在这里，似乎有些话要说。文采同志没有注意到，只再三向他指示着：要面向群众，要放手；说党员太少了。对这些批评，张裕民也不置可否，都接受了，他还想说什么时，却看到他们很疲倦，大声地打着呵欠，只得退了出来。在出来时他告诉他们，他已经放了哨，并说明在后院的院墙外边有一条通西头的小巷，那巷里全住的是自己人，还交待着他们，这村子不容易出事情的。

他走了后，文采同志给了他一个结论："这人胆子小，还有些哥老会的作风。"

十二　分歧

张裕民从西屋里走出来，心里总觉得有一些遗憾似的。老韩还坐在厨房门口歇凉，老韩问：

"你还回来不？"

"不。闩门吧。"

老韩跟着他走到外边，悄悄地说："村子上人都知道了，都在向咱打听呢，问他们是从区上，还是从县里省里下来的？"

"嗯，就说从区上下来的。"张裕民头也没回从小巷转到南街上去。看见那黑汉子张正国肩了杆枪站在街头上，他心里想："这小子是个靠得住的。"他就走过去。

张正国在屋子里的时候,已经很瞌睡,但一出来,在凉幽幽的街头走了两个来回,倒清醒了。这时他迎了上来,用肘子去碰张裕民,悄悄地说了三个字:"合作社。"张裕民在薄明的黑夜中又望了望他的面孔,没有说什么,朝北到合作社去了。

合作社的门没有关,一推就开了。在小院子里便听到许多人在里屋说话,一股热气从房里钻出来。只有刘满一个人站在外屋的柜台边,他赤着上身,两个胳膊抱在胸上,嘴里叼了一枝香烟,恶狠狠地望着进来的张裕民。张裕民没有注意到他,只听见赵全功在里边说:

"你说他是经营地主,对,他不雇长工,可雇短工啊,要论地,除了李子俊就数他多了。"

程仁却接下去说:"经营地主,嗯,他也算地主么?那么,他这个地主可跟李子俊不一样,李子俊是坐着不动弹,吃好,穿好,要钱,……他老顾么,是一滴汗一滴血赚来的呀!他的生活也不强,省吃俭用,咱们要把他同李子俊一样看待,管保有许多人不乐意!"

合作社主任任天华也接着说:"这次要把李子俊的地拿了,他准得讨饭。这个人连四两力气也没有,那年张三哥同他闹了架,他们家烧饭的又病倒了,他到井边去挑了半挑水,一摇三晃,走到大门口迈不过门槛,就摔倒了。说出了一身汗,着了凉,感冒了两个月才好呢。"

"哼!你们天天嚷替老百姓办事,替老百姓办事,到要改革地主了,又慈悲起来,拿谁的地也心疼。程仁!你个屌农会主任!你们全是软骨头!"

这说话的是张正典,长久都不活动了,今晚却留在合作社里,他说的话听来很有道理,只是使张裕民很注意,他就不进去,在刘满的旁边,柜台上坐了下来。

里边屋子里是刚才从老韩家里出来的一伙,他们在那里没有什么话说,瞌睡得很,可是一出来,大家脑子里都涌出了很多问题,谁也不想回家去,几人就到合作社来,把已经睡了的任天华也吵起来。不过他们的思想都很混乱,不知道这土地改革该从哪里做起。他们的意见也不一致,虽然不能说一人一样,可是总不齐心。尤其是赵得禄觉得很无意思,他一人坐在面柜上,心里想:"说让江世荣做村长做坏了,说这是机会主义?……"这一点曾经被文采同志批评过,他很不痛快,心里有些不平:"这又不是咱一个人的意见,从在日本人手里,咱就是村长,到如今一年多,咱误了多少工!咱是个穷人,一家五口,才三亩坡地,一年四季就靠打个短;两次分果实,咱什么也没有得到。江世荣是有的,他又能干,叫他跑跑腿,不正好?他们却说刀把子捏在人家手里去了,混话!如今江世荣敢动个屁,哪件事他不要看咱们的脸色?咱又不是个傻子,咱不弄他,还让他弄了咱不成?"他便又想到江世荣知道他日子艰难,不好当面说,托人转手借了两石粮食给他,要不是这两石粮食,他们五口人早就没饭吃了。

钱文虎是个老实人,他做了十多年长工,解放后,雇长工的人少了,他就专门打短。别人都知道他和钱文贵是远房兄弟,也知道他们并不对劲,钱文贵即使在本家也没有人说他好。

李昌也不赞成任天华的意见,却不服气张正典骂别人软骨头,他便嚷了起来:"典五哥!这次瞧咱们哥儿们的了。这次可比不得去年,去年你叫嚷得凶,那是许有武上北京了,他人不在家,谁也敢骂他的祖宗;今年春上找个老侯,清算出一百石粮食,老侯那时病倒在床上,他儿子又小,大家心里盘算得罪他不要紧。这次,嗯!程仁!你是农会主任,你看今年该斗争谁?"

"今年是只分地嘛,还是也要闹斗争?"赵全功也跟着问。

"按土地改革,就是分地,只是——"程仁想起了孟家沟的大会,又补充道:"也要斗争!"

"当然啰,不斗争就能改革了?"李昌满有把握似的。

"只是,孟家沟有恶霸,咱们这里就只有地主了;连个大地主也没有。要是像白槐庄有大地主,几百顷地,干起来多起劲,听说地还没分,多少好绸缎被子都已经放在干部们的炕上了。"逐渐腐化了的张正典,对于生活已经有了享受的欲望——不过假如他真只是有某些自私自利,那倒是可以被原谅的。他还向不大舒服的赵得禄说:"咱们这些土共产党员可同人家不一样,不是村子被解放了,哪能像大海里的鱼,自由地游来游去。咱们都有个家,叶落归根,到底离不了暖水屯。要是把有钱的人全得罪了,万一将来有那么一天——嗯,谁保得住八路军站得长,别人一撅屁股就走了,那才该咱们受呢。干水池子里的泥鳅,看你能滑到哪里去?"

赵得禄瞧不起这些没骨气的话,要害怕,当初就不用干这一行。他心里骂他是动摇分子,又不愿得罪人,就不说出来。

张正典明白有人不赞成他的婚姻,都说他给钱文贵套走了。他觉得这些人真不讲道理,"钱文贵不是反动派,也算不了什么地主,八路军连他儿子也要去当兵,为什么咱就不能要他的闺女?过两年钱义要混得一官半职,还不是八路军里面叫得响的干部,看你们还有啥好说的?"过去他在村子上很得信仰,张裕民也很看重他,到这半年来,他就一天天脱离了大伙,他觉得别人对他抱意见,他也就少管事,他的想法,说话,也就常常和别人不一样,有时他为怕别人打击他,就装得很左,有时又很消极,在后边说些泄气的话。

李昌还在追着问:"咱们这次该斗争谁?"

这个问题把大家都难住了,他们脑子里一个一个的去想,有时觉得对象太多,有时又觉得都不够条件,或者他们想到过谁,却有顾忌,他们不好说出来。

"这还要费脑子么,当然拣有钱的,哼!李子俊的甜馒头不错啊!你们都哑了?董主任不是说过土地改革是要消灭封建剥削大地主?依我说,明天就把他看起来,后天公审他。"张正典又做出一副理直气壮的样子。

李昌也争了起来:"拔尖要拔头尖!像李子俊这号子人,并非咱们是一个姓就来护住他,他有钱是有钱,可是在咱们手里他敢动一根毛,叫他向东他就不敢向西。"

张正典也接下去:"那么依你说,守着地主不斗争,是不是只有许有武才有条件?难道还得上北京把他找回来?你说咱怕他,好,只要你能找回来,咱就敢毙他。"

"哼!好费话!"赵全功也忍不住了,"咱说,你们谁也不要包庇谁。这些有钱的,吃冤枉的,作践庄户主的,谁也不能放过他。"

这把两个人都说得生气了,两人都跳起来质问他,可是赵全功还要补充说:"谁有心病,谁自己知道。"

赵得禄为解救这个要坏了下去的局面,便问大家要不要临时立个大灶,安几口大锅。他们都知道有些村子就是这样。去年暖水屯闹清算也安过。这样办起事来方便,干部们和民兵在一道吃饭,叫人有人,免得稀稀拉拉为了回家吃饭误事,这样大家也更有劲。可是又有了两个意见,而且又冲突起来了。张正典说干部日夜要开会,民兵日夜要放哨,当然要,白槐庄就是这样,五六十人一道吃饭,可不多热闹。这又不要另外开支,有什么吃什么,现存的胜利果实,有什么不应该。程仁反对这个意见,说这是浪费,干部们要开会,老百姓也要开会,民兵放哨,民兵还要打仗呢。再说区上来的几个同志,他们已经交代过了,他们有粮票菜金,哪一家都可以去吃饭,动不动胜利果实,胜利果实该归老百姓,难道就让干部吃光了?要是没有胜利果实吃,干部就不开会了?程仁这一着意见立刻得到大家的拥护,把张正典气得噘着个嘴,咕噜着:"你们就会说漂亮话,看你程仁这回分不分地!"

李昌趁机会也说:"你就是和大伙儿闹对立,你要不想包庇人,咱就不信。"

张裕民本来老早就想进去的,但他觉得当他们争论的时候,尤其是今年该斗争谁的问题,他很难发表意见,因为他还没有和区上的几个同志取得一致的意见。他们刚来,他和这几个人也还没搅熟,没有和他们搅成一体。他曾想起县上的章品同志,那是一个非常容易接近的人,尤其因为他是来开辟这个村子的,他了解全村的情况,对他也完全相信的。现在他看见屋子里的人们,要闹起来的样子,他最怕自己人先闹个不团结。他跳下柜台打算走进去,不防却一把被刘满抓住了。刘满不知怎么知道了许多人都在这里,也跑来站在外边听,他这时一手抓住张裕民,一手在空中划着,一个字一个字好像警告他似的说:"三哥!老实说,嗯,告诉你,拔尖要拔头尖,吃柿子拣软的可不成!嗯,这回,咱们就要看你这武委会主任了。哼!"他眼睛瞪得很大,像要吃人似的,又把两个拳头在赤膊的胸上擂,一说完也不等别人的回答,掉转头就大步地走出去了,口里还不住地带着察南说话时的特别腔调:"嗯,嗯。"

张裕民没有防备他这一着,开始不觉骇了一跳,却立即站住了,也大声地送过去他有力的回答:"有冤报冤,有仇报仇,你有种,你就发表!哼,咱还要看你的呢!"

里屋的人没听清外边说什么,都把头伸过来:"三哥!快进来吧!"

他一走进去,便成了中心,大家都望着他,等着他发言。

他说道:"咱们这里,连任天华也算上,都是党员,是不是?"

"那还要说吗?"大家给他的回答。

"不管日本鬼子在的时候就闹起的,还是解放后才加入的,咱们都是生死弟兄,是不是?"

"咱们有福同享,有祸同当,跳黄河一齐跳。"大家又响应了他。

"那么,咱们要是有啥意见,咱们自个儿说说,可不敢说出去。"

"那当然!"李昌证明着,"党章上有这一条。"

"工作,该怎么办,有董主任,还有工作组的同志,咱们党员,只有服从。"

"那当然,"李昌又补充他,"这是什么呀,呵……"他又在他的单衫的口袋里去找那小本子,还没拿出来,却已经想到了:"呵,是组织规矩。"

"这次该斗谁呢?说老实话,咱们也凭不了自个儿的恩仇去说话,咱们只能找庄户主大伙儿乐意的。他们不恨的人,你要斗也斗不起来,他们恨的人,咱们要包庇也包庇不来。"他把眼睛去睒了一下张正典。

"对,咱们是替老百姓办事么。"赵得禄也说了。他还想把张正典对他说的无耻的话说出来,可是一想,又咽了下去。

"咱们入党都起过誓的,咱们里面谁要想出卖咱们,咱们谁也不饶他。咱张裕民就不是个好惹的。你们说怎么样?"

"谁也不敢起这个心。"大伙儿也说了。赵得禄又把眼睛去盯张正典。他心里有点痒,好像什么东西咬着他似的。

总之,大家的思想是否就一致了呢,不一定,大家也并不明白明天该办些什么事,但大家都轻松了好些,他们的情感结在一体了。他们都有一种气概,一种赴汤蹈火的气概。

他们开始觉得天气不早了。

"咱们都回去吧,明天还要开会呢。"谁在提议了。

"对,明天还要开会,谁也不要下地去。"张裕民首先走了出来。

下弦月已经升到中天,街道上凉爽得很,安静得很。赵全功和钱文虎朝南走,剩下来的人都绕过豆腐坊朝西去,但正要转到巷子里去的时候,张裕民回过头,觉得队伍里少了一个人,而在靠北的街边上,有一个人的背影。他心里完全明白了,却没有动声色,只悄悄地同李昌说了两句话。

十三　访董桂花

文采派杨亮参加村妇联会开会,杨亮一清早便去访问董桂花。他原在边区政府图书馆管理图书,年龄虽说不大,才二十五六岁,又没有进过什么学校,只在小学里读了几年书,但在工作中,尤其是在图书馆这一时期,他读了好些书籍。他不只爱读书,也还有一种细致、爱用脑子的习惯,所以表面看来他不过是一个比较沉静的普通干部,但相处稍久,就会觉得这是一个肯思想,有自己的见解,努力上进的青年。图书馆的工作虽给了他很多好处,但他却不希望再继续这个工作了。他常想去做地方工作,到区村去,因为他在去年年底曾经到过怀来乡下,参加村的清算工作,一个多月的经历,给了他很大的兴趣。他觉得农村是一个大的活的图书馆,他可以读到更实际的书。

这些实际的生活，更能启发他和明确他的人生观，以及了解党的政策。尤其使他愿意去的是这里有一种最淳朴的感情，使他的冷静的理智，融会在群众的热烈的浪潮之中，使他感觉到充实和力量。他本来就是农村出身的，因为工作脱离了十来年，现在再返身到这里面，就更能体会这些感情，这是他在管理图书工作上所不能找到的。所以这次，他一知道政府准备派几个同志参加土地改革工作实习队，他就极力争取到这个机会。他是多么的愉快，他多么希望能在这次下来之中，做出一点成绩，和学得一些东西啊！因此昨晚文采同志分配他去参加妇女们开会，又要他去了解一下妇女的情形，虽然这使他感觉这工作对于他并不恰当，也不方便，但他也很乐意地接受了。他明白他们之中并没有女同志，妇女工作总是要人做的。他想，慢慢的来吧。趁着早晨凉快，去打听妇女主任的家宅。

他走进了村西头的第三条小巷。巷很窄，两边都是土墙，墙根下狼藉着孩子们的大便。有一个妇女正站在一家门口，赤着上身，前后两个全裸的孩子牵着她，孩子满脸都是眼屎鼻涕，又沾了好些苍蝇。她看见杨亮走了过来，并不走进院去，反转过脸来望，孩子也就在母亲身后伸过小脸呆呆地望着。杨亮不好意思去看她，却又不得不招呼，只好问："你知道李之祥住在哪儿么？"

女人不急于答应他，像对一个熟人似的笑了："不进来坐坐么？"

"以后再来看你们吧。你是谁家的？你贵姓？现在我要去找李之祥。"

女人仍旧那么憨憨地笑着，答道："进屋里来吧，看看咱们的破屋子，咱们是赵家，是村副家里，赵得禄，你看见过了吧？"

"啊！你们就是村副家？"杨亮不觉望了这个半裸的女人，她头发蓬乱，膀子上有一条一条的黑泥，孩子更像是打泥塘里钻出来的。杨亮从心里涌出一层抱歉的感情，好似自己有什么对不起她们母子似的，他很自然地去抚摸那两个孩子，答应她以后一定来看她，又问老赵在家不在。

于是他匆忙地跑走了。女人在后边还大声地说："就是隔壁，隔壁的院子里。"

李之祥已经下地里去了。董桂花也只穿一件打了补丁的背心,伸出两只焦黄的手臂,在院子里的葡萄架下松土。看见进来了穿制服的客人,很拘束地笑着,从架下走出来。

"吃了吗?"她不知道说什么才好。

"还没有呢。你是董桂花?我是来看看你的。"

"啊……"她从架下走了出来。

"今天晚上你们要开会的事,你知道了么?"

"知道了。唉,咱们这个妇女会没有什么开头呀,谁也不会说。"

"不会说,没关系,要是大家都不欢喜开会,咱们就不一定开会,找几个人道叙道叙也成。你看怎么样?咱们现在拉拉,商量商量出个办法好不好?"杨亮便坐在她屋子门外的土台阶上。

"您还没吃饭咧,咱去替您烧点吧。"她不顾他的阻止,仍旧跑进去了。再出来时手里端了一碗高粱米汤,递给杨亮,说道:"咱们吃的不像样,没有什么好吃的,喝碗米汤吧。"这时她已经把那件破背心脱了,换了那件惟一的白布单衫。

他并不同她谈妇女会的事,只谈些家常。开始的时候,她还很拘束,总是问一句答一句,后来就自己讲开了。她原来是关南人,也是受苦人。从前那个丈夫被日本抓去当兵,走了后就没信来。她还有一个儿子,丈夫走后家里就更没法过活,过不下去,又遭年馑,没有法,公公把她卖给一个跑买卖的了。她跟着他离开了家乡,后来时运不济,他又病死了,她才随着几个逃荒的到了这里。如今跟了李之祥,李之祥也是个穷人,老实。她自己呢,身体可不如以前了。可是生活逼着她,她还抽空做鞋卖,也赚不了几个钱,都是替几个穷街坊做的,他们都是些光身汉,又嫌街上买的鞋不结实。她如今还想从前的那个孩子,那孩子该有十多岁了。这些话平日也没个说处,这会不知怎么她瞧着这小个儿可亲热。他耐烦地听她说了这又说那,他还问来问去的。后来她也问起他家里还有没有父母,想不想家。原来他从小就没有了母亲,他是个孤儿,老父亲也是个庄户人,在家里种着四五亩地,几年也没有通消息了。他是跟着他的叔叔跑出来参加革命的。现在他是走到哪里,哪里就是他的家。他自己是个穷人,穷人家里就是他的家。他就愿意把穷人日子都过好了,他的老父亲也就有好日子过了。她听着他讲,心里替他难受,越觉他可亲。她又一定要去替他再热点饭来吃。他不肯,她便又替他装了一碗冷高粱饭,他吃得很香,他的肚子实在饿了,他还称赞那一小碟酱萝卜丝腌得好。这使她很满意。

他了解了这个村的妇联会的大概情形,它并没有固定的会员,要开会时,便挨家挨户的去叫,来的总是识字班的占多数。妇联会有两个主任,还有组织和宣传,大家都并不知道该管什么事,横竖有事都由董桂花一人去叫。实际工作是在识字班,识字班还有些成绩,在附近几个村子里算最好的,春上还表演过霸王鞭。但穷的妇女都没有时间去上课,也不喜欢打霸王鞭。识字班开始的时候是强迫上学,后来没法继续下去,只好随便了,来的大半都是家境比较好的。她们开会都不讲话,倒欢喜来听,有的是因为她们年轻,容易接受一些新的思想;也有的是受了家庭的指使,好多知道些事情。

她先告诉杨亮说妇女对村子上的事都不热心,后来又说妇女对分果实真注意得紧,不说张家分多了,就说李家分少了,要是自己多分得一把扫炕的扫帚都是欢喜的。妇女在开会的时候不敢说话,害臊,怕说错,怕村干部批评;会后就啥也不怕,不说这家,就说那家,同人吵架,还有打架的呢。

杨亮说:"李婶婶!"他叫她婶婶了,"我看你就很会说话,有条有理,她们选你当主任是找对了人啊。尤其是因为你受的苦多,这样才会懂得别人的苦处。咱们都是穷苦人,只有穷苦人才肯替穷人办事。"

他告诉她不要开会了,她只要挨家挨户的去找那些穷人,把刚才他同她讲的那些道理去告诉她们,同她们谈家常,听她们诉苦,看她们对村子上的谁最有意见,对村干部的意见也要说。

董桂花心里很舒服,她觉得他为人真对劲。开始当他刚进来的时候,她有一点怕他,怕他要她召集大会,要她在会上讲一套,那些事她是不容易做到的。现在呢,她只要去"串门子",他就是这么说的。只要去同人叙道,就像他同她谈话一样,这个她有准,别人一定也会欢迎她的。她常常难受了就去找羊倌老婆,她们可谈得来呢。她答应他能行。连她自己都觉得她的枯瘦的面颊上泛着微红,她还以为是今天天气特别热的缘故。

阳光的确很灼热,他们坐在阴凉的台阶上,也慢慢地觉得火似的热气从四周逼来。他再三嘱咐她,才站起来往外走。她送他到门外,向他指点着她的邻舍。他想起答应去看赵得禄的,于是就走到隔壁的那个连门也没有的院子里去了。

院子很小,却很杂乱,没有人,杨亮只好大声喊老赵。原先看见的那个赤身女人便从房子里转了出来,她仍是很殷勤地招呼着。杨亮看见在房里还有一个穿得很干净,头发梳得放亮的年轻女人。那女人好像是害羞,把身子藏到屋角里去,只伸出一副雪白的脸探望着。杨亮不便进去,又不便走,只好问:"孩子们呢?"

"睡觉了。"中年了的村副的老婆很坦然地说,"到屋里去坐坐么? 咱们家就这么一间半小屋,转身子也转不过来,这南边的两间,是咱们兄弟的,放得满满的一屋子破破烂烂。你不进来看看? 他爹一会儿就回来了。"她又凑近了些,悄声说:"那是村长家里的,看人家穿得多精致。唉,咱要找件成形的衣衫也没有。"她自己把眼睛扫过她光着的膀子,和松松的下垂的乳房。

"村长家里的?"杨亮心里自己问着,却没有表示出任何惊诧,只温和的告别了这个好性子的女主人。女人回到屋子里去时,听到里面立刻发出吃吃的笑声。

十四　谣言

杨亮回到南街上时,在另一条小横巷子里走出来好些人,他们都显着神秘的兢兢业业的神情,互相小声说着话,警告些什么。他们刚走到巷头上又站住了,回头再去望巷里的一家。杨亮不明白他们干什么,走到人群中间找到一个挂土枪的小民兵,问他这是回什么事。这个小民兵大约才十七八岁,白布头巾包着头,两个尖角垂在两肩上,他天真地望着杨亮,不答应,只憨憨地笑,看见杨亮老追着问,没有法,才不好意思的说:"咱也不清楚,老百姓迷信嘛!"

这时从后边又走上来一个人,也插嘴问:"你看见没有?"

"没有。"小民兵做出一副可惜的样子。

"什么?"杨亮再问时,那个人又跑回巷里去了。

杨亮也就跟着走进巷里去。

突然从那门里跑出一群人,有一个妇女披着头发,眼睛哭得红红的,手里抱着一个孩子。周围的人也屏住气,用着同情和恐惧的眼光随着她走,直跟到街上去。也有些人只站在远处望,慢慢地也就散了。杨亮觉得很奇怪,老百姓又都吞吞吐吐地不愿说。这是回什么事呢?他回头看见那家的大门并没有关,他被好奇心所驱使,决定闯进去看看。

院子里很清静,不像刚刚有过那么一大群人的。有一股香烛气味飘出来。他轻脚轻手的直往里走,在上屋里的玻璃窗上凑过脸去,看见里面炕上正斜躺着一个女人,她穿一身白衣服。她的脸向里,但她好像已经听到窗外边的声音,并不回过脸来,只安详的娇声娇气的喊道:"姑妈!你把刚才送来的葫芦冰①拿到屋里来吧。"

杨亮赶忙悄悄地退了出来,说不出的惊诧。这时从西房又走出来一个老妇人,那浓烈的气味就正从老妇人身后的屋子里飘出来。杨亮有些莽撞地抢过去伸手就掀帘子,老妇人并没有拦阻,反朝杨亮频频地努着嘴,又噘着向北屋里指,她的脸又瘦又枯,干瘪瘪的,眼眶周围像镶了一道红边。已经看不清她的表情了,从她的挤眼、努嘴也难使人一下明白她的用意。杨亮掀起帘子,走进去一看,原来这里正点着香烛,地下一个铜钵子里还有刚刚烧尽的纸钱,柜子上供了一个

---

① 葫芦冰是苹果一类的水果,老百姓叫做果子,又叫冰子。

神龛,沉沉地垂着红的绸帐,白的飘带上绣着字,锡蜡台和锡香炉都擦得雪亮。杨亮又要去拉红绸帐幕,老妇人却又撅着屁股走了进来厉声地问道:"你是找谁的?你来干什么?"她的身体像一张弓似的站着,两只小脚,前后不住地移动着。

"这是什么?你们这里是干什么的?"杨亮逼视着那个老妇人。

这时院子里又响起那娇声的叫唤了:"姑妈,你在和谁说话?"

杨亮在老妇人身后也走出来。刚才那个躺着的女人已经站在门外的走廊上,一身雪白的洋布衫,裁剪得又紧又窄,裤脚筒底下露出一对穿白鞋的脚,脸上抹了一层薄薄的粉,手腕上带了好几副银钏,黑油油的头发贴在脑盖上,剃得弯弯的两条眉也描黑了,瘦骨伶仃的,像个吊死鬼似的叉开两只腿站在那里。她看见从西屋里走出来的杨亮,丝毫没有改变她慢条斯理的神情,反笑嘻嘻地问道:"你找谁?"

杨亮赶快往外走,说不出是股什么味道的心情,好像成了《聊斋》上的人物,看见了妖怪似的。他急步跑到街上,原来还是在酷热的炎日下,他顾不得再看什么了,忙着向前走,并忙着去揩汗,背后却传来胡立功的愉快的笑声。

"一上午你跑到些什么地方去来,让我好找。"

杨亮抓住他的手,露出精神不定的笑容,正想告诉他什么,李昌却不知道从哪里也钻了出来,大笑着说道:"哈哈哈,看你这个同志,你怎么就会跑到那个地方去的?"

"那是谁家?他家里是干什么的?供着菩萨啊。"杨亮赶忙地问。

"那是有名的女巫白银儿,诨名叫白娘娘的。"李昌眨着鬼眼,继续说道:"她是个寡妇,会医病,她那个姑妈也是个老寡妇,年轻的时候也会医病,如今传给她侄女了。哈……"他笑个不停,却又把头凑过来,悄悄地说:"别人都说她会治个想老婆的病……哈……"

胡立功也哈哈大笑起来,用拳去捶杨亮的背部。

"鬼话可多呢。"李昌又接下去了。他们三人边朝老韩家里走着,李昌又说:"真也奇怪,今天早晨在她家里出现了一条蛇,蛇又钻到屋檐下去了,她一早就下了马,下马,你懂得吗,就是她被神附了身,她代替神神讲话,说那是她的白先生显原身——呵,'白先生'你们不懂,那就是她供的神嘛!白先生说真龙天子在北京坐朝廷了,如今应该一统天下,黎民可以过太平日子了,百姓要安分守己,一定有好报,……她就常编这么些鬼话骗人,今天好些人都跑到她家里去看白先生。刘桂生的老婆抱着娃娃让她瞧病,她说白先生说的村上人心不好,世道太坏,不肯发马,药方也没开,把那个女人急得要死。"

他们已经走回老韩的家里,文采同志还伏在桌子上写东西,他们便继续谈白银儿。杨亮盘问着她的历史,李昌又说了很多笑话,胡立功咯咯咯地不断地笑。后来文采便一本正经地警告了杨亮,要杨亮注意群众影响,不要随便四处走。但杨亮似乎已经胸有成竹,他对于这种警告,毫没有放在心上。

十五　文采同志

文采同志正如他的名字一样,生得颇有风度,有某些地方很像个学者的样子,这是说可以使人觉得出是一个有学问的人,是赋有一种近于绅士阶级的风味。但文采同志似乎又在竭力摆脱这种酸臭架子,想让这风度更接近革命化,像一个有修养的,实际是负责——拿庸俗的说法就是地位高些——的共产党员的样子。据他向人说他是一个大学毕业生,或者更高一些,一个大学教授。是什么大学呢,那就不大清楚了,大约只有组织上才了解。当他做教育工作的时候,他表示他过去是一个学教育的;有一阵子他常同一些作家来往,他爱谈文艺的各部门,好像都很精通;现在他是一个正正经经的学政治经济的,他曾经在一个大杂志上发表过一篇这类的论文。

他又博览群书,也喜欢同人谈论这些书籍。有一次他同别人大谈茅盾的《子夜》和《清明前后》,以及中国民族工业的困苦的环境及其前途。人家就请教他,为什么茅盾在这两篇作品里同样安置一个那么精明、泼辣的女性,她极端憎恨她的周围,却又不得不像个妓女似的与那些人周旋。他就乱说了一通,还说那正是作者的恋爱观,又说那是最近代的美学思想。听的人都生气了,说他侮辱了茅盾先生。他以为别人要揍他了,才坦然的承认这两本书都没看,只看了《子夜》的批评文章,《清明前后》的序和一些演出的新闻。

另外一次,他在一个县委家里吃饭,想找几句话同主人谈谈,他便说:"你的胖胖的脸很像你父亲。"那个主人很奇怪,问:"你见过他老人家么?"他指着墙头挂的一张木刻像说:"这不是你父亲么?你看你的两个眼睛多像他。"不防备把一屋子人都惹笑了,坐在他对面的人,忍不住把满嘴的饭菜喷了一桌子。"天呀!那是刘玉厚嘛,你还不认识,同志,亏你还在延安住过。""刘玉厚的像我看得多了,这个不是的,这真不是你父亲么?"他还装出一副满不在乎的样子。后来才又自己解嘲说,这张像不知道是谁刻的,一点也不像,只有古元刻的最好,古元到他家里住过很久的。人家便又指着那木刻下边的署名,他一看却是古元两个字。这一来他没有说的了,便告诉别人,古元这个名字在外国如何出风头,美国人都知道中国共产党里有个天才的木刻家,古元同志。他认不认识古元,大家都不清楚,但他的确喜欢拜访名人,只要稍微有名的人,仿佛他都认识,或者知道他们的生平;他更喜欢把这种交往让那些没有机会认识这些人的人们,和也没有兴趣打听这些消息的人们知道。

这都是他过去的事。他在延安住了一年,学习文件,有过很多反省,有些反省也很深刻,并且努力改正了许多不务实际的恶习。他诚心要到群众中去,向老百姓学习。但他去了之后,还是爱发挥些理论,把他那些学问,那些教条,那些道听途说,全搬了出来。有时他也明白,这些不会帮助他接近群众,不过可以暂时吓唬住他们,和得到些尊敬,他便也很自满了。

这次他用研究中国土地、农村经济等问题的名义,参加土地改革的工作来了。组织上觉得让他多下来学习锻炼是好的,便要他正式参加工作。可是到了区上之后,区上并不了解他,只觉得他谈吐风生,学问渊博,对他非常客气,也就相信了他,要他做个小组长,代表区委会,负责这个二百多人家的村子——暖水屯的土地改革了。

工作还刚刚在开始,文采同志便意识到有困难,这还不是由于他对村子上工作有什么了解。而使他不愉快的,甚至影响到生理方面去的,是他觉得他还没有在小组中建立起威信。他认为胡立功不过是一个普普通通做做宣传工作的人,文化程度也不高,却很骄傲,而杨亮又是一个固执的人。因此不论考虑什么问题的时候,他都会顾虑到如何能使这两个人佩服他。他并不清楚妇女青年的情形,便分配他们去参加开会,他自己则领导农会,甚至不惜花了一个上午的时间,来起草他晚上的发言提纲。这个发言既要包括丰富的内容,又要有精湛的见解,这个发言即使发表在党报上,也将是一篇很堂皇的论文才好。

老董也被派到里峪去了。里峪离这里三里地,只有五十户人家。区上的意见,那里不另派人去工作,一切由这个小组领导。恰巧里峪住得有老董的哥哥,老董也很愿意去,所以今晚的农会,主要就要靠文采同志主持了。

到了下午,那两位年轻同志又不知钻到哪儿去了。张裕民来过一次,看见没有什么事,也走了。文采一个人觉得很疲乏,天气又热,他就很无聊的倒在炕上,温习他的发言提纲,一会儿他便睡着了,大约在梦里他还会重复地欣赏着自己的发言提纲吧。

十六 好像过节日似的

这天,很多家都把晚饭提早了,吃过饭,没有事,便在街上蹓跶。好像过节日似的,有着一种新鲜的气味,又有些紧张,都含着欲笑的神情,准备"迎春接福"一样,人碰着人总要打招呼:"吃了吗?""今黑要开农会呀!"大家都走到从前许有武的院子里去。院子空洞洞的,一个干部也没有,门口来了个民兵,横挂起一杆土枪,天气很热,也包着块白布头巾。他站在门口游来游去,有人问他:"什么时候开会呀?"他说:"谁知道呀!好多人还没吃饭呢,还有的在地里。"人们又退了出来,可是无处可去。有的就到果园摘葫芦冰去了;有的坐在小学校门口捧着半个西瓜在啃,西瓜水顺着嘴流到胸脯上;也有人嗑着瓜子,抽着烟。他们一看见有干部过去,就大声地嚷:"赵大爷!还不开会呀!叫红鼻子老吴再响遍锣,唱上一段吧。"赵得禄年纪也不过三十多一点,可是辈份大,人都管叫爷爷。他好像忙得要死似的,老是披着一件旧白布褂褂,总是笑脸答应:"嘿,再等一等嘛,天一黑就开会。"张裕民也不断从这里走过,一有人看见也要问他:"三哥,今晚开会有咱的份没有?""你真寻人开心,有没有份你自己还不知道,你在不在会嘛;是贫农就都有份!"旁边听的人都笑了,在不在会自个儿也摸不清,真是掉在糨糊锅里了。

有些小孩子看见这里人多,也走了过来,又看不出有什么,便呆呆地望一会,觉得不好玩,便又走向放了学的学校大门里。里面也很冷清,两个教员都不知到什么地方去了,剩下烧饭的在侧屋门口洗碗盏,他就是红鼻子老吴,村上有事打锣也是他。孩子们便又走到空地上,不知是谁唱着今天刚学会的歌子,这是那个姓胡的同志教的,大家就跟着唱了起来:"团结起来吧!嘿!种地的庄稼汉……"这么一唱又唱出几个老头子,他们蹲在槐树下,咬着一根尺来长的烟管,他们不说话,只用眼睛打量着四方。

妇女们也出来了。顾长生的娘坐在一个石磴上,这是到南街去的街头上,她知道今晚要开会,却并没有人通知她,可是她要打听,不管开个啥会,她都想听听。自从顾长生当兵去了,村干部却只给了她二斗粮食,大家都说她是中农;什么中农她不管,她儿子既然当兵去了,他们就得优待她,说好了两石粮食却只给二斗,什么张裕民,赵得禄……这起人就只管他们自己一伙人呵,丢着她老寡妇不照顾,她还是抗属呢。她坐在石磴上,没有人理她,她鼓着一个嘴,像同她的沉默赌气似的。

这时从她面前又走过一群女孩子,也有年轻媳妇,她们几个人叽叽喳喳的兴高采烈的走过去,还有人顺手摺着吃剩的果核。顾长生的娘忽地开口了,她叫住当中的一个:

"黑妮！今晚你们开会不啦？咱也是抗属,咱能来听吗？"

"只要开的是群众会,你就能听,有啥不能？咱也不清楚开不开,咱要去问妇女主任。"黑妮穿着一套蓝底白花的洋布衣服,短发蓬蓬松松的用夹子拢住,她不等顾长生娘再问话,扭头就又随着她的女伴们走了。

顾长生娘又不高兴了,朝着那穿粉红袜子的脚踪吐过一口痰去,心里骂道："看你们能的,谁还没有年轻过,呸,简直自由得不像样儿了！"

黑妮一伙人走到西头去找董桂花。

她们几个女孩子都是识字班的,年纪轻,都喜欢活动,喜欢开会,虽然她们的家庭经济都比较不差,甚至还很好,但她们很愿意来听些新道理,她们觉得共产党的这些道理和办法都很好。今天一早便有人告诉她们说今天要开妇女会,她们好不高兴,识字班是常常参加妇联会开会的。可是一直也没有人通知她们。在上课的时候,她们大家相邀着,吃过饭,她们又挤在一块,天都快黑了,还谁也不清楚这回事,于是她们叽叽咕咕地商量了一阵,决定去问妇女主任。她们一路谈谈笑笑,不觉就走到董桂花门口了,可是谁也不愿走前边,你推我,我推你,一群人一涌便到了院子里,大家又吃吃地笑了起来,还是黑妮叫了一声：

"李嫂子！"大家也不等董桂花答应,又推推攘攘的一群挤到房门口。她们才看见房子里已经挤得满满的,大约有七八个女人,四五个小娃娃,不知道她们在说什么,好像谈得很起劲似的,可是因为她们这一来,都停止了说话,板着一副面孔望她们。

"什么事？"董桂花也没有让她们进去坐,只冷淡地说。

"李嫂子！"黑妮还来不及丧失她的愉快的心情,"李嫂子,咱们来问你今儿晚咱们开会不啦。"

"开啥会呀！"那个羊倌老婆,叫做周月英的,翻着她的细长的眼睛,"别人今晚开农会呀！是贫农会呀！"她把贫农两个字说得特别响,她还把眼光斜斜的瞟过去,一个一个的去看她们。

"咱不是问的农会呀,"黑妮也感觉得有些不自在了,但她仍是好心肠地笑着说:"咱是问咱们的妇女会。"

"咱们的妇女会?"屋角里坐的一个小个子女人也冷笑了。

"黑妮,走吧!咱们犯不着呆在这儿碰钉子!"同去的一个女孩子说了。

这时董桂花却跑上前握住黑妮的手,她想起黑妮在识字班教书很热心,很负责,从来不要去找她,她常常很亲热地叫着她,她要有个病痛,她就来看她,替她烧米汤喝,又送过她颜料、花线、鞋面布,李昌也常说她好,她便走过去安慰她说:"黑妮,别不高兴,咱们今儿晚不开会,啥时开会,咱啥时去叫你,喜欢开会是好事嘛,多少人就不愿来,咱们妇女就是死脑筋多嘛!"

"嗯……"黑妮像一只打输了的鸡,她侧过头往外走。

"不坐会儿么,黑妮,不送你了!"董桂花站在门口,看着走出去的一群和并不回答的黑妮的后影,她心里不觉嘀咕着:这姑娘确是不坏的嘛,她伯父不好,怎么能怪她呢?

可是屋子里却有人大声说:"这都是些……,哼!谁还不清楚,又想来探听什么了。"

董桂花赶忙说:"走,咱们去开会吧。今晚先去开农会,也听听人家是怎么闹的。咱们可不能不去,这回就是要把土地闹给穷人啦,咱们女人家也有份,穷人不去,穷人自己先闹不精密,事情就不好办啦!咱们走吧。"

"走,"羊倌老婆首先站起来了,她又展开她那长眉笑了起来,"咱就见不得这群狐狸精,吃了饭,不做事,整天浪来浪去的。"

这个瘦个子女人生就一副长脸,细眉细眼,有时笑得顶温柔,有时却很泼辣。羊倌总要三四天或五六天才回家来一次,有时甚至十来天半个月。她一个人生活,太孤单,又苦,不情愿,就常拿些冷言冷语来接待他,也不烧火,也不刷锅,把剩的一点粮食藏了起来,羊倌便从布袋里拿出二斤荞面,或一升豆子。羊倌告诉她谁家的老绵羊又生了小羊,却不告诉她又被狼偷走了两只的事,只说他们那只狗太老了,他们还想另外再找条好狗。羊倌又说来年不打算再看羊了,租几亩地种也好,再种上点麦子,年成要是好,就够吃,免得现买着吃,物价又涨得厉害。羊倌已经快五十岁了,没有一点地,没法才去做了羊倌。他看见这年轻窈窕的老婆尽着诉苦,尽着生气,就自己去烧火,可是老婆还站到院子里去,还尖着嗓子骂:"只怪咱前世没有修好的过,嫁给这么一个老穷鬼,一年四季也看不到个影子,咱这日子哪天得完呀!"骂着骂着,那老看羊人也就动了火,他会像拧一只羊似的把她拧进屋来,他会给她一阵拳头,一边打就一边骂:"他妈的,你是个什么好东西,咱辛苦了一辈子才积了二十只羊,都拿来买了你,你敢嫌咱穷,嫌咱老!你这个骚货,咱不在家的时候,知道你偷了人没有……"老婆挨了打,就伤心伤意地哭了。他是多么的冤枉了她呀!可是她却慢慢地安静了,她会乖乖地去和荞面,她做扁食给他吃。他便坐在炕火前面抽着烟,摸着他那像山羊胡子的胡子。她时时去看他,感到他是多么的可怜:热天还好一点,一到天冷了,也还得赶着羊群,冒着风雨,去找一些山坳坳有草的地方;也还得找个平坦的避风点的地方支起帐篷来,垫一点点蒿草,盖一床薄被,一年到头才赚得一点儿粮食,或者几匹布,或者一两只羊羔。现在他已经不年轻了,他希望回到地里来,有几亩地种。可是,哪来的地呢?每次回来,她总还要找他闹;到后来,她慢慢地觉得对他不起,就又向他送过去温柔的眼光。他也好了,过了一夜,他们就又像一对刚结婚的新郎新妇,难舍难分。她送他到村子外,坐到路口上,看不见他了才回来,她一个人的生活是多么的辛苦和寂寞啊!

这个瘦个子女人,好像除了她丈夫的拳头就没有什么可怕,也没有什么可以慰藉。所以常常显得很尖利,显得不可忍受。她在村子里是个不怕事的女人,她吵嘴打架都有过。在去年和春上的斗争里,她是妇女里面最敢讲话的。她的火一上来,就什么也不顾忌了,这时就常常会有一群人围着她,团结在她的激烈之下。

大家都走下炕来,娃娃们也嚷起来了,只有一个老太婆说她可不敢去。

董桂花去牵她,说:"姑妈!你要不去开会,就啥也不会明白,就翻不了身啦!"

"唉,"那老太婆叹气说,"咱可不敢去,你姑父那顽固劲,你还不清楚么?他今晚要去开会的,咱一去,他就看见咱了。他去,啥也不说,回来也不说,他自己宁愿去开会,只为怕别人叫咱清槐去。他说,好好赖赖,都让他老头子顶了吧。他要看见咱去了,准会给咱一顿臭骂。唉!咱们全给他没法办……"这个老太婆是侯忠全的女人。侯忠全也是这村子上有名的人物,他把春上分给他的一亩半地,又悄悄退还给侯殿魁了。他儿子清槐气得跳脚,骂他老顽固,他还拿扫帚追着儿子打呢。农会知道了,出来干涉,他不认账,还瞒着,农会也就没有什么办法。

"你就不能骂他,告诉他如今世道变了?谁也不能像他那样死奴才根子,死抱住个穷不放手呀!"羊倌老婆又像一个麻雀子似的叫了。

老太婆还是执意不去,她一个人回去了。这群女人也动身到开会的地方,许有武的院子里去。

这时已傍黑了,人站得远一点就看不清是谁。街口上时时有民兵巡逻,许有武院子的大门外,站得有十多个人和挂枪的民兵,谁走来他们也凑过去看看。顾长生的娘也站在门外,他们不让她进去,劝她道:"你老人家回去吧,天黑了。"又有人说:"你要什么明天找村干部吧,别老站在这里。"她却咕哝道:"咱爱站么,连街道上也不准人站了么?要是咱长生在家,你们,嘿,嗯,还说优待抗属咧,连大街上也不准人站了……"大家只好说:"好,你爱站,站吧。"

院子里已经挤得满满的,说是贫农会,实际一家只来一个人的多,也有很多中农。四周的台阶上,一团一团的坐着,只听见一片嗡嗡的声音。天上星星很明亮,看得见屋脊上还有人影,那是放哨的民兵。张正国自己也是来来去去,检查了这个,又检查那个。民兵们很喜欢他们的队长,虽说在他底下不容易偷懒。李昌在这里也不知忙些什么,一会儿跑出,一会儿跑进,又叫这个,又叫那个。赵得禄还披着那件白短衫,点了一盏灯,放在上边台阶上的桌子上。

董桂花她们进来的时候,顾长生的娘也跟着进来了。她们妇女站在一个小角上,董桂花看见杨同志正同几个人在谈话,一群人围着他,时时听见从那里传出呵呵呵的笑声。

胡立功也在台阶上出现了,李昌大声说道:"咱们学一个歌好不好?"有两三个年轻的农民答应了他,胡立功便唱着:"团结起来吧!嘿!种地的庄稼汉……"

但许多人都焦急地望着门外,他们等着张裕民,等着农会主任,他们都用着最热切的心来等着今晚的这个会。他们有许多话要说,现在还不知道该怎样说,也不知道敢不敢说,他们是相信共产党的,可是他们还了解得太少,顾忌太多。

十七 六个钟头的会

当文采同志走进院子里来的时候,从黑的人群中响起了掌声。大家让出一条路来,随即又合拢去,挤到桌子跟前,几个干部又拉出一条长凳。文采同志稍微谦虚了一下就坐下去了。全场人的眼睛都集中在他身上,他微笑地望着大家。

程仁,那个年轻的农会主任,穿一件白布短褂,敞着胸口,光着头,站在桌子前面。在微弱的灯光下,也可以看见那两条浓眉,和闪烁的眼光。他有一点拘谨,望了望大家,说道:"父老们!"

底下的人都笑了。有人便说:"不要笑嘛!"

他再接下去:"今天啊!今天开这个会,就是谈谈啊,谈谈土地改革啊,你们懂不懂?听精密没有?"

"听精密了。"大家答应了他。

靠桌边站着的一个红鼻子老头,伸长着脖子大声说:"有啥不精密,把财主家的地,拿出来分给庄稼人嘛,让种地的人有地种,谁也要种地,不能靠剥削人吃饭啦!"他又把眼睛望着文采,手也伸出去比画:"咱们去年就改革了一家子,去年斗争了许有武,清算了八百多石粮食,把他的地,房子,牲口全顶粮食,分给穷人了,这个院子就是他的,同志! 咱们算不算把他改革了? 是这么回事么?"这个老头就是那个打锣的老头。

后边有人喊:"不要随便说话,听同志们说。"

"咱只说了一句话,不说就不说。"老头望着文采同志不自然地笑着。

"土地改革还有许多条道理,咱们今天就来把它闹精密,咱们请文采同志给讲讲,好不好?"程仁说完了,也不等群众说什么,自己先鼓起掌来。

"好。"跟着一阵响亮的掌声。

文采站了起来。底下传过一片絮絮的耳语。人都往前挤近了些。

"老乡!"文采的北方话很好懂,他的嗓音也很清亮。"咱们今天是头一回见面,也许——"文采立刻感觉到这两个字不大众化,他极力搜索另外的字眼,可是一时找不到,想不起,他只好仍旧接下去:"也许你们还有些觉得生疏,……觉得不熟,不过,八路军老百姓是一家人,咱们慢慢儿就熟了,是不是?"

"是。"有人答应了。

"咱们这回是闹土地改革,土地改革是什么呢,是:'耕者有其田',就是说种地的要有土地,不劳动的就没有……"

底下又有人悄声说话了。

程仁喊:"不要讲话!"

文采便依照着他所准备好的提纲,说下去了。

他先说了为什么要土地改革,他从人类的历史说起,是谁创造了历史的呢? 他又分析了国际国内形势,证明着这一政策的切合时宜。开始的时候,文采同志的确是很注意自己的词汇,这些曾经花过功夫去学习的现代名词,一些在修辞学上被赞赏过的美丽的描写,在这个场合全无用了。因为没有人懂得。文采同志努力去找老百姓常用的话,却懂得这样的少。后来他又讲到应该怎样去实行土地改革,翻来覆去地念着"群众路线",而且条款是那么的多,来了第一又是第二,来了第五,又还来个第一。因此他自己也就忘记注意他的语言,甚至还自我陶醉在自己的"详尽透辟"的讲演中了。

底下的人都吃力地听着,他们都希望听几个比较简短的问题,喜欢一两句话,就可以解决他们的某些疑问。他们喜欢听肯定的话。他们对粮食,负担,向地主算账,都是很会计算,可是对这些什么历史,什么阶段,就不愿意去了解了,也没有兴趣听下去。他们还不能明了那与自己生活有什么联系。

他们大半听不懂,有些人却只好说:"人家有才学,讲得多好呀!"不过,慢慢地也感觉得无力支持他们疲乏的身体了。由于白天的劳动,又加上长时间的兴奋过度,人们都眼皮涩重,上边的垂下来了,又用力往上睁,旁边的人也拿肘子去碰他。于是有些人悄悄地从人群里走了出来,坐到后边的台阶上,手放到膝头上,张着嘴睡着了。

杨亮写了一个条子给文采,文采看后揉成一个小团,塞到裤子口袋里。

顾长生的娘,老早就不愿意听了,她要出去,羊倌老婆不准许,后来有个娃娃哭了起来,他妈抱着他硬要回去,顾长生的娘也帮着她,说:"开会,总要大家情愿嘛,还能强迫人!这可把人憋死了,我五十岁了的老太太,露水都打湿了衣服,着了凉生病谁管呀!咱长生又不在家……"

"这个老太婆真讨厌,谁叫你来的!横竖进来了的就得听到底!你走,你走!门口还有民兵呢。"

"啊哟哟,好凶!当了个妇女主任,就这么瞧不起人,咱又不是汉奸,咱怕你!"

许多人正觉得站得很困,听到这边妇女吵,就都回过头来,踮着脚去看,一个小民兵也嚷:"谁吵,就把谁绑起来。"

说话的声音更多,嚷成了一片,文采同志讲不下去了,他只好停下来,看着这群无秩序的听众,涌上一阵烦躁。

"不要吵啊!安静一点!"站在文采身后的一个干部,死劲地叫。

许多人都跑出去拉劝了,做好做歹,才把那两个要出去的女人放走,还听见顾长生的娘在院外大声说:"捆人!拿捆人来吓唬人,捆吧,看谁敢?……"

干部们又赶来维持着会场,张裕民也站出来说:"咱们还是开会吧。咱们今天听文同志讲,大家要用心听,有啥不懂,咱们明天再问他。咱们自个儿总要把这些问题闹清,咱们是农会么,这是咱们自己的事,是不是?咱们还是耐心的听着点。"

老百姓才又一个一个的站回了原位,有些留在后边,台阶上已经坐满了人,他们就靠着柱子。

会议又继续了下去。民兵队长张正国,他本来就是个坐不住的人,听不进去,便到街上去查哨,兜了一转。回到院子里,看见文采还在讲,于是他又上了房;房顶上一片月光,微风吹来,穿单衣也觉得有些凉。他极目四望,围绕着村子三面的,都是黑丛丛的树林,月光在这丛丛的林子上边,飘浮着一层灰白,连接到远远的沥青色的天,桑干河就隐立在那林子后边。林子里有几处冒上来一层薄烟,这烟不直冲上去,却流荡在附近的一片林子上。月光透过去,更显得朦胧轻柔。那是看园子人,为了薰逐蚊虫而烧的蒿草艾叶。天上的星稀疏而明亮,天河也只是淡淡的一抹白色。北斗星已经横下去,左近不知哪家的毛驴又喀喀喀的叫起来了。张正国再看看三个哨兵,他们都坐在屋脊上,托着杆枪或者横抱着,其中有一个悄悄地走近来,低低地叫:

"队长!队长!"他靠近了些,又说,"庄稼户都瞌睡得不行了,谁也听不懂,主任们讲得太长,太文……太文化了。队长!你记下他讲的是些啥么?"

张正国却答道:"人家是为咱办事嘛,咱们就得操心。咱们要警卫得好。"

院子里黑沉沉的,灯油快干了,程仁挑了几次灯捻,胡立功又去文采耳旁说了几句,文采才结束了他的演辞。就这一下,许多人都清醒了过来,他们不等程仁宣布散会,就稀稀拉拉地往外走。程仁不得不大声通知:"明天晚上早些来!"

从识字班的教室里,走出了几个揉着眼睛的干部。李昌糊糊涂涂,莽莽撞撞地问:"散会了?散会了?"

张裕民伴着文采同志几人回去,一路上谁也不吭气。有几个农会会员走在他们前边,那群人也无精打采。他们大声地打呵欠,里面更有一个人说起怪话来了:

"身还没翻过来,先把屁股坐疼了。"

另外一个回头看了张裕民他们一眼,就赶上去撞那个人。那个人没有说下去,只啊啊啊的笑了几声,他们加快了脚步走远了。

杨亮问:"是谁?"

张裕民答:"还不是那两个胡捣鬼,嗯,复员军人呢。一个是张步高的兄弟,一个就是你们房东的儿子。"

他们到了家,韩老汉还没睡,忙着过来殷勤的问讯。胡立功严肃地说道:"咱们今晚大家好好谈谈吧,工作究竟该怎样搞呀!"

文采同志从会场出来,一路上只感到辛苦和兴奋,觉得这个会开得还算不坏。他听到胡立功这种很不满的声调,不免一怔,也觉得不舒服,只想顶他几句。可是转念一想,是非自有公论,何必显得自己那么小气呢? 他便仍保持了他的高兴,问张裕民道:"老张! 你对今晚的会有什么意见呢?你觉得不需要向农民解释,先作一个思想动员么?"

张裕民还没想好怎么答复,胡立功却抢着说了:"好一个思想动员,一个会开了五六个钟头,就听一个人讲,谁要不瞌睡那才怪。文同志! 原谅我心直口快,你就没有看见许多人都睡着了么? 加上你的话,唉,实在太不群众化了。"

文采并不会为这几句话而失去了自信,他只感到胡立功的幼稚,他到桌子上拿起来一本《北方文化》,冷静地说道:"农民么,农民本来就落后,他们除了一点眼前的利益以外,就不会感到什么兴趣。这得慢慢地来,先搞通思想;想一下子就轰轰烈烈,那是不可能的,那只是小资产阶级的思想。我对今晚的会倒很满意,虽然,我承认我的话老百姓味道少一些。"于是他翻开了书本,去找他要阅读的一篇文章。

"你不要太看轻农民了。农民固然文化低,不会讲理论,可是农民老早就懂得战争,和怎样要土地了。"胡立功又说了,为证明他的说话,他更说道,"老张!你是本村人,对村上的事最熟悉,你也有过斗争经验,你说,照这样开会下去行不行?"

杨亮也不让张裕民说话,抢着说:"会是要开的,也需要向老百姓解释土地改革是回什么事,这个会当然也有它的作用。不过——今天太晚了,有话咱们明天说吧。"

"今晚就谈谈有什么要紧,老张又不是外人。"胡立功还愤愤不平的。

"老张还是主角呢。村上的事当然还是他们村干部最了解。我的意见是今晚都太疲倦了,就谈也不会有什么结果。今晚大家都多想想,明天再谈不更好些么。老张!你的意见怎么样?"杨亮用有把握的神情望着他。

"对,老杨!就照你说的这么办吧。文同志!你休息吧,咱走了。"张裕民很知趣的就往外走。

"等等,张!我来替你关门。"杨亮追了出来,他拍着老张的背,低声地说话。两人走到了门口,他说:"老张!工作中总要碰钉子的,今晚的会,我也知道稍微嫌长了些,讲话又不合老百姓口味。不过也算不了什么,第一天嘛,总得谈谈土地改革的内容。你也是解放以前的党员了,又是雇工出身,有意见多向咱们提。在群众面前不要随便说,多听他们意见,站稳立场。村上的事,你要多操心。我们是新来的,有事都得和你商量。不要作难,有困难大家设法解决。咱们明天慢慢再谈,总要把这回事做好,对不对?"

张裕民虽然有他的稳重,却喜欢痛快,他答道:"好,老杨,咱们明天说吧。村子上的事,看着就这么几户人家,可不容易办啊,啥人都有。好在有你们在这儿,你们多出些主张,咱们就照着办。你们这一来,咱们就得好好儿向你们学习。"

杨亮最后更说道:"只要我们依着毛主席的指示,走群众路线,启发群众,帮助群众,一切和群众商量,替他们出主意,事情总可以搞好的。老张!我们都要有这个信心,我们还得加油干!"

十八　会后

开完了会,董桂花同几个妇女回家去,月亮照在短墙根前,路两边高,中间低,又有些石块,抱着娃娃不好走,男人们都走在头里了,就撂下她们几个在后边高一脚低一脚走着。一个哭着的小孩走在她们中间,他妈手里抱着一个,一手牵着他,一边骂:"哭,哭,你作死呀!你娘还没死呢。等你娘死了再哭吧。"

"小三,别哭了,就到家了,明天买麻饼给小三吃啊!"董桂花也去牵他。

"唉,拖儿带女的,起五更,熬半夜,这是造的什么孽呀!六嫂,你怎么不叫小三爹带他呢?"另一个女人说了。

"唉,算了,他爹更不顶,开会都没来。农会主任找他,他说有咱就算数。他实在困得不成,连着两宿半夜就动身赶沙城去卖果子,来回六十里不打紧,要过两趟河呢。"

"你们贩的谁家的?果子还不算太熟嘛。"羊倌老婆也问她。

"咱们哪里来的钱贩果子,是替李子俊卖的,李子俊说缺钱使,赶忙选着一些熟了的,就挑去卖了。我的祖宗,你别哭了吧。"

"有几亩果园到底好,就看着也爱人。"羊倌老婆叹息着。

"咱们村那么多园子,就没有一处是穷人的。要是穷人翻了身,一家闹一亩种种多好。"董桂花也羡慕地说着。

"是嘛,也少让孩子们看着嘴馋。"

小孩听着大人谈果子,哭得更凶了。

"天呀!翻身,翻身,老是闹翻身,我看一辈子也就是这么的。明天死人咱也不来了。"

"李嫂子,"羊倌老婆好像忽然想起了什么似的,"咱说要翻身嘛,就得拔胡槎,光说道理,听也听不精密,记也没法记,真没意思。"

"嗯。"董桂花不愿说出自己有同样想法,她以为要是说了,就有些对不起那个杨同志。

当她们已经快要转进小巷的时候,她们听到从西边地里传来凄惨的女人的声音:"小保儿,回来吧!"接着是一个沉重的男低音:"回来啦!"女人又重复着那哭声:"小保儿,回来吧!""回来啦!"也跟着重复着。

"刘桂生两口子真可怜,他小保儿的病怕不支了,连白银儿也没法,她的神神不肯发马了。"那个抱孩子的女人更搂紧了怀抱着的孩子,"唉,快走吧,小三,看两步就到家了。"

"她的白先生说人心坏啦,真龙天子在北京出世啦,北京自古儿就是天子坐龙廷的地方嘛!"不知是谁也述说着。

"嗯,听那些鬼话!咱就不信!"但已经再没有人附和羊倌老婆的话了。

她们转入小巷,还听到那"小保儿,回来吧!"的衰弱的,战栗的声音,在无边的空漠的深夜中哀鸣。

董桂花到家的时候,她男人已经点燃了灯,独自坐在炕头上抽烟。她说:"还不歇着,快鸡叫了。"她拿着笤帚在炕席上轻轻地扫,从铺盖卷上拉过一个荞麦壳的方枕:"睡吧,今儿睡得晚,倒不觉得炕热。院子里没砌个灶真不成。"她自己走下地,把那件白单衫脱下,抹上一条破得不成样的围胸,又说:"小保儿怕靠不住了,刘桂生两口子在野地里叫魂呢。白银儿的神神也不发马了。怎么,你睡着了?看你,又那么噘着一口气,谁怄你来了?橱里有一瓣西瓜,你吃不吃?"

"哼,看你兴头的,"李之祥摆着副冷冷的面孔,谁也没怄着他,可是他总觉着心里不舒服。想说老婆一顿,也没有什么好说的,"赶明儿你就成天开会去吧。"

"哎,你没有去?又不是咱爱去,还不是干部们叫的。"

"啊!你也是干部嘛!咱看你能靠共产党一辈子,他们走了看你还靠谁,那时可别连累了咱。"

"哎,那时答应他们做个啥劳什子妇女主任,张裕民还给你说来,你又没说不赞成,如今又怪咱,咱横竖是个妇道,嫁鸡随鸡。咱穷日子过了一大截,讨吃到你们这搭儿的,再坏些又熬个讨吃,咱还怕?去开会还不是为了你?你今天也想有一二亩地,明天也想有一二亩地,要不是张裕民,春上你想借得到那十石粮食?总算有了几亩地种了,你就忘了秋后要填的窟窿。土地改革又不会分给咱什么,好赖咱靠着你过日子,犯不着无头无脑生咱的气。"她吹熄了灯,赌气睡在炕那头不响了。

这老实人李之祥,也不再说下去,他把烟锅里的一点红火磕在窗户台上,又装上一袋烟,接住那点火,抽燃了,叭叭叭的使力的抽着,怪老婆吗?他不怪她,他了解她的心。可是,他想起白天他堂房兄弟李之寿告诉他的话。李之寿也是穷人,他们两个在歇晌的时候碰着了,李之寿露出一副机密的样子问:"说许有武要回来了,你听到过没有?""真的吗?"李之祥一听到许有武要回来,心就不安了起来,他那五亩葡萄园子,就是在张裕民手里买的他的,作价只抵市价一半。

"知道真呢不真,咱也是听人说的,还说八路军在不长,你看这事怎么闹的?"他更把嘴凑到他堂哥哥耳朵上,"说钱二叔接到过许有武的信,他们要来个里应外合。"

这话使李之祥没法回答了。

李之寿又补充着:"他是脚踏两只船,别看他儿当八路,水萝卜,皮红肚里白。"

他们两个人还谈了半天,只是没法办。钱文贵是八大尖里的头一尖,村子上人谁也恨他,谁也怕他。要是干部们也不敢惹他,大家趁早别说话。钱文贵总派得有耳目,看谁和他不对,他就治谁。李之寿也买了三亩葡萄园子,两兄弟越说越没了主张,谁敢担保八路军能在长?"中央"军的武器好,又有美国人帮助。但李之祥对八路军是不绝望的,他觉得他们是向着穷人的,会替穷人打算盘。他们总有办法,说不定他们已经把钱文贵扣起来了,许有武是回不来的,因此他又跑去开会。文采同志讲了那么多,有些他听懂了,觉得还有意思。

后来却越听越不懂,他很焦急,又使不上劲似的,他心里说:"唉,你吹些什么呀!你那么高兴地讲,谁也不高兴听,你要不能把钱文贵扣住,把他们的同伙,他们的狗腿子抓住,你就给地也没有谁敢要。看明儿许有武回来了,你怎么招架他们的里应外合吧。"他不愿意坐下去,门口放哨的又不准回来,他心里便有些烦躁了。好容易等到散会回家,家里黑漆漆的,他去摸灯的时候,又倒了一手的油,他不免就有些怨恨老婆:"开会,开会,连家也不照一照。"躺在炕那头的董桂花,等了许久也不见他说什么,忍不住又说:"睡吧,明天还要帮大伯家割麻啦,不要咱去开会,咱以后不去就是。"

于是他告诉她:"少出头总是好的,咱们百事要留个后路,穷就穷一点,都是前生注定的。万一八路打不过'中央'军,日子又回到以前的时候,那可够咱们受的了。村子上的尖哪里一下就扳得倒?……"

董桂花也只是一个女人见识,丈夫这么一说,她心也活了。她又想起小保儿,唉,白先生就说人心不好,不肯发马嘛!还说"真龙天子在北京,……"她不愿意真有这么回事,她希望一切都像那个杨同志讲的,可是,她男人的顾虑也是对的。他们是受苦的老实人,可得罪不起人呀!她很难过,有指望,没指望都不好受。她想来想去也想不出一条路,她又回想着自己过去的痛苦,她这一生就像水上的一根烂木头,东漂西漂,浪里去,浪里来,越流越没有下场了。她悄悄地流着泪,在沉默中去看那个老实的男人。疲乏已经使他的眼皮阖下来,他在享受着他惟一的享受。天却慢慢地在转明。

十九　献地

等李之祥醒来的时候,天已经大亮了,他听见窗户外边有人窸窸窣窣的在说话。他从那破纸窟窿看出去,听见他老婆小声说:"你公公答应没有?"

"没有,他老人家一句话也没说,扛起锄头就走了。"原来那背朝屋子站着的是李之祥的妹子,顾涌的儿媳妇。她又接下去:"一夜也没有回来,咱婆婆倒哭了。"

"本来么,地是一亩一亩置的,如今要他大片往外拿,怎么舍得?你们大爷怎么说呢?"

"大爷当面不敢说什么,背底下吵着要分开过。"她又悄声地问:"嫂子,到底怎么闹的,你们昨晚会上咋说来?"

"咱以后也不打算去开会了,没意思。"董桂花却只引起了昨夜不愉快的回忆。

"你们昨晚没说要斗争咱公公吧?咱老三顾顺说村上在疑心咱们了,说怕要斗争呢。"

"不会吧!昨晚没听说要斗争你公公嘛。文同志还说,自己下力的人,就是富有,也不分他的地嘛,怎么会疑心你们?村上就是这几个人,谁还不清楚谁呢?这几天村子上的话可多啦,还不知听谁的好呢。你们老三听谁说的?"

"知道老三是从哪里听来的?昨天开会就没要他参加,以前开会总有他啦,他是青联会副主任嘛。还听到派咱们是,是什么,是'金银'(经营)地主,真是,天知道!咱们家就是多几亩地,可是人多,要说金子,那是见也没见,就说银子,媳妇们连个镯头都没有呢,就几副银戒指,这就算什么'金银'地主了?"

"你们家的地总算不少啊!就只平日老实,不是那些横行霸道的;说要斗争你们,咱想不会的,别忒多心了。"

"嫂子,咱们家已经闹得不成样子了,你到咱们家去看看吧,把昨晚文同志讲的话给学一学,让老人家也安安心。你不知道,献地还好一点,要是闹斗争,老头子可受不住啦,不送条命也落个半死。"

"咱等一会去吧,你哥还没有起来呢。"

"怎么,还没起来?"

这时李之祥便叫了她们一声。妹子也像老婆一样,蓬着头,脸黄黄的,眼皮肿肿的,李之祥便又问起刚才她们谈到的事。

事情是这么开头的:老头子两兄弟在院子里,商量着把胡泰的车送回去。弟弟说这是受人之托,只能等别人来取。哥哥说:"泥菩萨过江,自身难保,送回去也好。"恰巧顾二姑娘回娘家来串门子,听到他们商量的话,便问她爹卖羊不卖。她说她们家在卖羊了,要是不卖掉也是白给人。她公公还说这一改革,要把全村都闹成穷人,谁要有点,谁就倒霉,如今这个世道,做穷人的大三辈。

女人们都不安心地站到院子里来了,两个老人家也不做声。他们一辈子拉扯过来,不是容易的,好容易闹到现在这一份人家,可是要闹共产了。共就共吧,他们也没办法,但他们却舍不得出卖土地,也不愿分开。他们没有很多的羊,只五六只,那就更不算回什么事了。他们固然为着这个风声担心受怕,可是却更不高兴,觉得天真不长眼。后来街上敲锣喊开会,他们的顾顺便去打听,看见青联会有人也去了,他便也跑去。站岗的民兵不让他进去,他说他也是村干部。旁边有人就笑了,"你们家土地那么多,正要改革你们呢,你自己倒来了。"旁边又有人说:"村干部怎么样?连村长也不准进来,你就想来听会了?"接着还小声对人说:"这都是打听消息的。"顾顺年纪轻,脸皮嫩,他即刻感到站不住,悄悄地就走开了,可是心里非常难受。他是一个小学毕业生,是一个规规矩矩的青年,在村子里一向被人看得起。他参加青年联合会,也很热心,有时要写标语,他就自己到合作社挂私账买纸,买笔,买墨。他觉得八路军很好,他拥护他,还常常写信给哥哥,勉励他做一个光荣的军人,要他别想家。他觉得他不能去参加会,简直是很冤屈和很耻辱的。他有什么不对呢?他想怪别人,又不知怪谁好,慢慢他却对父亲生出不满来了。他以为是父亲连累了他。为什么父亲那么喜欢买土地,那么贪得无厌!要是少买一点地,那倒好些。他假使只是一个少地的农民,像李昌那样,倒也好些。尤其使他觉得难堪的,是他们派定了他是探子,只是为打听消息才去开会的,他又不是反动派,为什么会让人这么看他?他自己是想不出理由的,他愤愤地走回家去,正碰着他姐姐在说什么金银地主。顾二姑娘平日是恨她公公的,只有这次她却做了他的忠实传达者。她听见她公公说这次村子上要是闹斗争,就该轮到顾老二了,她害怕得要死,觉得要是不把这些话传给家里,她就是个没良心的人。顾顺看见他姐姐这么说,却忽然想到了另外一个问题。他说:"回到你那个家里去吧,不要同咱们有来往。要是你三天两头跑,咱们是掉到黄河也洗不清了。咱们有了你们家一份亲戚,真倒透了霉。只有你们家那个老头子,才是爱打探这打探那的。回去,要不走,咱就找同志们说理,要你家赔咱们的梨树。"顾二姑娘一听这,放声地哭了起来,边哭边骂道:"有了这份亲戚,又不是咱自个儿跑去的,还不是你们怕人家势大,才把咱丢了?如今共产党要你们的地,活该,谁叫你们有地啦!你们不情愿,找村干部说去,犯不着来撑咱……"顾顺又向他父亲说:"你老人家百事都得想开些,让人家在众人面前斗争,还不如自己先拿出去,咱们自己够吃了就成。只要爹和大伯一句话,咱就找张裕民去,这还有面子。"顾涌也不说儿子,也不答应,扛起锄头走了。大伯是个老好人,也不响。老大说:"分开过吧。咱们家人多,一分开就不像样了。谁愿意送人,谁就送吧。"顾顺还跳着脚骂:"一家死顽固,都是些落后分子,闹斗争,活该。等将来大伙儿都戴上高帽子游街,挨揍,咱可不能同你们一样。要是你们老顽固下去,咱就找二哥去,穿上一身二尺半,啥也不要了。那几亩地会跟你们进棺材的……"他的话只说得大家心里更乱,老太婆也哭了,还要劝着那个怄了气的女儿。家里像死了人似的,屋子显得空空阔阔。谁都憋住一口气,谁同谁都像有仇恨似的,就这样惶惶地熬过了一夜。后来还是老太婆想起了董桂花,她是妇女主任,又是亲戚,总会知道些情形。她便叫媳妇来问问,看看究竟怎么样,她们也好有个打算。唉,逢到了这种年头,真是新媳妇坐在花轿里,左右都是任人摆布啊!

李之祥听他妹子说完了,也提不出好办法,他觉得要是真的肯把地送出来,倒也是好事。本来么,他家自己就种不过来,总要雇短工,一个人够吃就对了,要那么多地干什么?要说斗争他这户人家,那可不应该,他只说:"你们老三到底还是开通,有脑筋。到什么世界做什么人,如今就不时兴那个有钱有势压迫人的那种劲儿。要是你公公真能听他的,倒也好。人好人坏,大家眼睛看着的嘛,还能冤好人!为人不做亏心事,半夜敲门心不惊,也别怕斗争。劝大伯二伯别着急,路走到尽头总会转弯的,事情总有一天闹明白。你男人已经当了兵,你怕个啥,总闹不到你头上。你放心,先回吧,等吃过饭叫你嫂子过去看看。"

他妹子走了,董桂花烧起火来,她也不同她男人说什么。她觉得有些迷迷糊糊,假如顾涌家也被斗争,那不就闹到没有安生的人了?

二十　徘徊

吃过饭,董桂花到顾家去了。李之祥觉得浑身发软,他答应替他大伯收麻的,也懒得去了。躺着又感到发慌,他便踱到巷头上,那边树阴底下蹲着有几个人,看杀猪。李之祥走过去,他们笑问:"割一斤回家吃饺子吧,比集上便宜,一百六一斤呢。"李之祥也只淡淡地问:"生病了?""没有,好猪肉。""谁家的? 大伏天杀什么猪,要是一天卖不尽不坏了?"大家却不答应他。隔半天,里面那个叫王有才的后生才说:"是咱哥的。咱哥听人说要共产了,他就这口猪,也舍得杀了。他说一年四季没吃到什么肉,大家都尝尝腥味儿吧。卖得出去就卖些,卖不出去就自己吃,多搁些盐就不碍事。连挑到集上他都不情愿,说费那个事干吗咧。"这倒把大家都说笑了。大家说:"村子上论有钱人,要轮到你哥可早呢,真是着的什么急!"也有人说:"你哥真小气,就是共了你们一只猪,也没关系。村上就这二百多户人,不是大伯子就是小叔子,还请不得客? ……"

李之祥也忘了问这群人为啥不下地去,自己又走开了。在大街上碰到了李昌,李昌的兴致仍旧很好,他喊:"大哥,没下地去? 今晚还开贫农会呀! 你早些来啊!""嗯。"李之祥懒懒地答应。"大哥,得起劲地闹,这是咱们穷人翻身的时候。你别信那些鬼话,说共产党在不长……""嗯!"李之祥想到昨天李之寿告诉他的话,他说:"小昌兄弟,"可是他没说出来,只说,"'中央'军有美国人呢。就拿咱们村子上讲,唉,穷人心笨,咱们都是老实人,别人有摇鹅毛扇的,赛诸葛……"李昌抢着说下去:"拔了他的鹅毛扇,怕什么! 只要心齐,就不怕。我看你这劲儿就不行。"李之祥决不定告诉他不,李昌却走开了,只说:"害怕可翻不了身,晚上早些开会去吧,换换你那脑筋。"李之祥也不愿再说了,心里想:"唉,咱也想换换脑筋嘛,只是磨不开啦,咱们是翻不了身的。唉,你们翻了身,可要站得稳呀,别再翻过来才好。"

大伯一家人都收麻去了,女人们也不知到哪里去了,门上只剩一把锁。同院子的人惊诧地问:"李大哥,你病了?看你脸色白的!"

他退回来的时候,又串到了他姑丈家里。姑丈是个干瘪的老头子,刚泥完了屋顶,从房上爬下来,一身都是土。看见内侄来了,张开两只手,赶忙朝里让,一边说道:"怎么,今儿闲下了?咱这屋一年拾掇的钱可不少,太破了。前一晌那一场雨,漏得够瞧,院子里下大雨,屋子里就下小雨,院子里不下了,屋子里还在滴滴答答下不完。咱老早想搬个家,拿拾掇的钱添做房租,保险要住得宽敞些。只是,唉,别看你姑丈人老了,面皮可薄呢,开不出口嘛。这房子也是殿魁叔爷的,几十年种着人家的地,又是一家子,如今人家也在走黑运,墙倒众人推,咱不来这样事。哈哈,屋里坐吧,看你姑妈穷忙些什么。"他自己走进屋,在瓢里含了一口水,喷在手上,两手连连的搓着,洗掉了一半泥,剩下的便擦在他旧蓝布背心上了。

这个在四十多年前曾被人叫做糯米人儿的侯忠全,现在已经干巴成一个陈荞面窝窝了,只有那两颗骨碌碌转着的闪亮的眼睛,还没有改变旧形。

侯忠全的女人也笑着走下炕来:"唉,一年到头就忙着这点穷活,缝不完的破破烂烂。"她抱着一堆分不清颜色的破布,塞在炕头上,又接下去说:"你媳妇如今算有出息,东跑西跑忙的才是正经事呢。"

"快上炕,坐会儿吧,你也是难得有空的,先抽上一口。"老头儿把烟管从裤腰带上抽出来递给他侄儿,看见侄儿不爱说话的样子,把烟管推回来,便自己点燃了它,搭讪地说:"哈,一辈子就这么点嗜好,戒不了。"

侯忠全的女人,他姑母,昨晚害怕老头子,没有去开会,心里却老

惦念着,她问道:

"昨晚你媳妇开会去了,你去了么?讲了些什么来?说又要闹清算,要把地均匀,谁种着的就归谁,真有这回好事?"

老头子却忙着说:"唉,一个妇道人家,老也老了,还爱打听,咱说这就不关你的事。还吵着要去开会,也不管自个听不听得懂,顶不顶事。还是守点本分,少管闲事吧。"

李之祥也赶忙答道:"咱们家那个简直是封了王啦,好像她真能干个什么的。咱也摸不清,还是让去,还是不让。姑爹,你老人家说说,如今这会的事,到底会怎么样?村上人的话,各式各样,可多着啦。"李之祥觉得找到了一个可以商量的人,心里顿时觉得轻松了一点。

"你问咱么,"老头子摸了摸那几根短胡子,把眼朝两人脸上扫了一下,却笑了起来:"哈,不行了,咱这个脑子不时兴了。如今是新世界,新世界有新的办法,夜个人家同志说得多好呀!哪一桩不为穷人打算?不过——唉,咱这一辈子就算毬了。你姑妈,你表弟、表妹都反对咱老头子呢,要没有咱,他们都已经翻了身,发了财了,哈……你还是随着你媳妇吧,她是个能干人;如今是母鸡也叫明,男女平等,哈……"

"这就叫做问路问到瞎子头上来了。村子上谁还不知道你姑爹,把侯殿魁的一亩半地又退给人家了?你问他,他就会告诉你:'守着你那奴才命吧,没吃的把裤带系系紧。'嗯,树叶子落下来都怕打死人的,有啥好说的嘛,嗯!"平日拗不过老头子的姑母,今天就在侄儿面前,发起牢骚来,提起那最不愉快的旧事。

李之祥听着这两个老人,这个这么一说,那个又那么一说,心里又作难起来。他想起侯忠全这老头的固执,想起村上人对他的不同情,都骂他是死人,一点人气也没有,他便告诉他说,村上人讲,他若是肯出头的话,侯殿魁准得赔他十亩地和一所房子。

老婆便附和着答应,"嗯,可不是,嗯,嗯,"她还用眼睛在老头脸上搜索,想在那里找出一点仇恨,或者一点记忆也好。可是她失望了,老头子一点表情也没有,他打断了李之祥的话。

"唉,这全是老话,别提了。"显然他已经对这个谈话毫不感到趣味。他走下炕,收拾着刚才泥屋子的家什。李之祥只好站起来。老太婆心里很难过,送了侄子出来,悄悄地告诉他,说自己晚边要去看桂花媳妇,要他少理他姑丈,这老头儿不是个好东西。

二十一 侯忠全老头

侯忠全年轻的时候,并不是这个样子的,村子上的老人还可以记得,当他二十来岁的时候,在村子上曾是一个多么伶俐的小伙子。他家里在那时还很过得去,有十九亩半地,三间瓦房。他又在私塾里念了两年书,识得下许多字。他爱看个唱本本,戏本本,那些充满了忠孝节义悲欢离合的故事曾迷惑了他。他沉醉在那些英雄烈女,忠臣义仆,轰轰烈烈的情节里。他又常把这些故事讲给他的邻舍听,许多年轻人都围绕在他周围。他又学会了唱,扮谁像谁。过年的时候,村子上人都要找他,就爱看他的戏,他的父亲也禁止不得。他又讨了一个村子上最漂亮的姑娘,生了个白胖的小子,他父母正乐得什么似的。可是那年遭了年馑,他们借了他叔爷爷侯鼎臣家三石粮食,也就糊过去了。第二年利也没还上。侯鼎臣没有逼他们要账,只常常叫他媳妇去帮忙做针线,他们也没有什么话说,也不好有意见,这是人情呀!又是自己一家,叫去,就去吧。只怪他媳妇也是水性杨花,和侯鼎臣的大儿子殿财竟勾搭上了。侯忠全听到一两句风声,也不问青红皂白把媳妇叫回来打了一顿,要休她,媳妇心里觉得委屈,一赌气在夜晚便跳了井。殿财看见他心爱的女人死了,气愤不过,唆使了那女人娘家和他打官司。他坐了两个月大狱,赔了六亩地,才算把这案情了结。父亲气得生了一场病,到年底就死了,连买棺材的钱也没有。母亲要他又到叔爷爷家去借,他不肯,赌气过了年,母亲自己去借了十串钱埋了父亲。他在家里憋不过这口闷气,跑到口外帮别人拉骆驼,成年累月在沙漠地里跑。他开始还幻想着另打江山,发笔财回家。可是望不断的白云,走不尽的沙丘,月亮圆了又缺了,大雁飞去又飞回……整整五个年头,侯忠全的蓝布褂子穿破了,老羊皮短袄没有了袖子。家里带了信来,娘躺在炕上等他回去咽气呢。他没有法子,走回家去。家里已经住了别的人,娘搬在破庙后的一间土房里。他的白胖孩子成了一个又瘦又黑的小猴子。娘看见他回来了,倒高兴,病就转轻了。娘能起炕的时候,他却病倒了。娘守着他,求神问卜,替他找医生,也不知道钱从哪里来的,等他病好了,才明白几亩地全给了他叔爷爷了。可是现在他不能再走了,他得留在村子上给人家种地。这时候鼎臣和侯殿财都死了,他的第二个儿当了家。侯殿魁把他找了去,说:"咱们还是叔伯叔侄,咱哥哥做的事,也就算了,让亡灵超生吧。如今你的地在老人手上就顶了债,只怪你时运不好。你总得养活你娘你儿子,你原来的那块地,还是由你种吧,一年随你给我几石租子。"他低着头,没说什么,就答应了。搬到侯殿魁的两间破屋去,算是看在一家人面上,没要钱。从此侯忠全不再唱戏了,也不说故事。有好些年他躲着村上人,他把所有的劳力都花在土地上。他要在劳动之中忘记他过去的事,他要在劳动之中麻木自己。一年四季,侯殿魁常来找他,他就也常去帮忙。他不愿计较这些小事了,能做的他就去做。母亲也常去帮忙做饭做针线。到秋后把上好的粮食也拿了去,自己吃些坏的。侯殿魁总让他欠着点租子,还给他们几件破烂衣服,好使他们感谢他。侯殿魁更是个信佛的人,常常劝他皈依天帝;家里有了说善书的人,便找了他去。他有时觉得有些安慰,有时更对天起了怨怼,觉得太不公平了。正在这时,好像就对他这种怨恨来一个惩罚似的,他的孩子又因为出了天花死了。他的生活就更没有了生气,村子上就好像没有了这么个人。直到他母亲又替他找了个媳妇,这才又和人有了来往。这媳妇不漂亮,也不会说,他对她也很平常。可是这个穷女人却以她的勤劳,她的温厚稳定了他。他又有了孩子,他慢慢才又回复到过去的一种平和的生活了。他不再躲着人,甚至有时还讲故事。不过不再讲杨家将,也不讲苏武牧羊,他却只讲从侯殿魁那里听来的一些因果报应,拿极端迷信的宿命论的教义,来劝人为善。他对命运已经投降,把一切的被苛待都宽恕了,把一切的苦难都归到自己的命上。他用一种赎罪的心情,迎接着未来的时日。什么样的日子都能泰然地过下去,几十年来都是这样地生活着,他全家人都劳动,都吃不饱,但也饿不死。他不只劳动被剥削,连精神和感情都被欺骗得让吸血者俘虏了去。他成为一个可亲的老头儿,也就常成为一个可笑的老头儿了。

今年春上,大家斗争侯殿魁,很多人就来找他,要他出来算账。他不肯,他说是前生欠了他们的,他要拿回来了,下世还得变牛变马。所以后来他硬把给他的一亩半地给退了回去。这次他还是从前的那种想法,八路军道理讲得是好,可是几千年了,他从他读过的听过的所有的书本本上知道,没有穷人当家的。朱洪武是个穷人出身,打的为穷人的旗子,可是他做了皇帝,头几年还好,后来也就变了,还不是为的他们自己一伙人,老百姓还是老百姓。他看见村子上一些后生也不从长打算,只顾眼前,跟着八路后边哄,他倒替他们捏着一把汗呢。所以他不准他儿子和这些人接近,有什么事他就自己出头,心想六十多岁的人了,万一不好,也不要紧,一生没做亏心事,不怕见阎王的。但他在脸上却不表示自己的思想,人家说好的时候,也只捻着胡子笑笑。他明白,一只手是挡不住决了堤的洪水的;但他并没有料到,这泛滥了的洪水,是要冲到他家里去,连他自己也要被淹死的。

二十二　尽量做到的一致

不愉快的夜晚过去了。当张裕民回家以后,这三个工作组的同志是曾有过争辩的,但并不剧烈。文采同志以他的冷静,忍受了他们的率直。由于他在人事上的老练,也没有一定要坚持自己的意见,同时他也为着要把工作搞好,为着大家团结,文采同志是做到从未有过的宽容。虽然他并未被说服,也没有取消对他们的成见,但表面上总算一致,没有什么隔阂。

早饭以后,这院子里又热闹了。李昌带了黑板报的稿子来,又带来了他们在春天编好的一个梆子戏剧本。杨亮替他修改稿子。胡立功拉着二胡,他就唱起梆子来了。接着,村干部又都集合在这里了。文采同志向他们征求意见,想从干部中能解决一切问题,却又不能分别他们意见的是非,因为缺乏真实的材料作为依据,他要他们酝酿斗争对象。于是他们又吵成一片,又笑成一片;当他们意见不同的时候,他们就吵着,如同那晚在合作社:张正典和李昌对李子俊的分歧,张正典和程仁对顾涌的分歧。后来他们说到侯殿魁的花花牛的事,全体就笑了,侯殿魁把公款买了一头花牛,说是自己的。他们又说起侯殿魁在村子上设一贯道,赵全功还说自己也去磕过一个头,他学着侯殿魁的神气说:"荒乱之年,黎民遭劫,入了道,可以骑烈马上西天嘛!……"赵全功这么一说,把大家说得高兴了,又要他背诵真言,赵全功便念着:"双关窍,无太佛弥勒,子亥相掐怀中抱,阿弥陀佛……"李昌便告诉文采他们,今年春天斗争老侯的时候,老侯说有病,不肯来开会,后来硬把他拉了出来,赵全功还打了他一耳光,说害了他,骗他入了道。他们又提到江世荣,又觉得他已经被斗过了,甚至有人还以为他现在态度好。不知是谁提出许有武的狗腿子王子荣,说去年就有人要斗争他的,没斗成;今年春上,区里同志说斗争目标不能太多,又放松了他。许有武当大乡长时,什么事都是他跑腿,后来许有武到新保安搞煤炭组合,他也去帮他做事,两只狗眼,可势利呢。他兄弟是个残废,他占了他的财产,却不给他吃好的,也不替他聘老婆。大家把他说了半天,可是后来一查他的财产时,原来他到如今还是个穷汉,勉勉强强连中农也算不上,他的残废兄弟也不过三亩半坡地,又不能劳动,全靠他养着呢,这怎么够得上条件呢?但大家认为仍须要彻底斗争和彻底清算。

这个会开得很长,人名提得很多,凡是有出租地的或土地多的,凡是当过甲长的,都提到了,材料也谈出了很多,可是没有结果。这些人都应该被清算,分别轻重,但似乎在这之中,找出一个最典型的人来,这个人是突出的罪大恶极,是可以由于他而燃烧起群众的怒火来的就没有。这些村干部每当提到一个人的时候,似乎都够条件了,但一详细研究,就又觉得为难。他们说:"咱们村上就找不出一个像孟家沟的陈武。"陈武过去克扣人,打人,强奸妇女,后来又打死过区干部;陈武私自埋有几杆枪,几百发子弹;陈武和范堡的特务在地里开会,陷害治安员,这些事都是有证据的,老百姓都知道。老百姓一知道这人该个死罪的时候,他们就什么也不怕,大家就把他往死里斗。暖水屯就没有一个这样的恶霸,也没有像白槐庄的李功德那么大的地主,有一百多顷地,建立过大伙房。假如暖水屯有那么大的地主,那么多的地,每户都可以成为中农了,还怕大家不肯起来? 他们算来算去,怎么也找不出一两个为首的人来,到下午他们就散了。文采同志要他们到老百姓里面去打听,现在暂时不做决定;假如真的没有,也就不一定要斗争。干部们一听这话,气就更松了,却也不好再说什么,他们只得退出来,又准备今天晚上的农会去了。

　　文采同志在他们走后,写了一个汇报给区上,征求区上的意见,却并未给任何人看,他把它夹在一个记录本子里,等有机会的时候,叫一个民兵送到区上去,自己便又一个人,预备这天晚上的时事讲述了。他觉得胡立功反对他讲话,真是可笑:"农民什么也不知道,你不讲给他听,他不明白,他如何肯起来呀! 胡立功只希望有一个热热闹闹的斗争大会,这不是小资产阶级架空的想法吗?"他也承认自己是缺乏经验的,但他也不承认他们的见解会比他高明。他们的微薄经验,有什么重大价值呢? 没有总结过的经验,没有把经验提升为理论,那都是片面的,不足恃的。他承认他们比他会接近群众,一天到晚他们都不在家,可是这并不就等于承认他们正确。指导一个运动,是要善于引导群众思想,掌握群众情绪,满足群众要求,而并非成天同几个老百姓一道就可以了事的。毛主席完全了解中国人民,提出各种适时的办法,可是他就不可能成天和老百姓一起。所谓群众观点,要融会贯通的去了解,并非死死的去做。只有这些幼稚的人,拿起一知半解,当《圣经》看呢。但他还是原谅了他们。他觉得他们都只能是半知识分子和半工农分子,两者都有点,两者都不够,正因为两者都不够,就很难工作了。文采觉得自己还是要同情他们,在工作上也需要团结他们。这么想来,文采就比较坦然于对他们的让步了。

后来文采同志感到一个人在屋子里很寂寞。他很想知道他们到什么地方去了,他们在搞些什么,而且这群村干部们又在搞什么,他们究竟怎样想呢。于是他放下了笔,一个人踱到街头上来。

二十三 "下到群众里面去"

街上静静的,巷口上坐了两个女人,叽叽喳喳在谈话,看见文采同志走过来,就都停住了,四个眼睛定定地望着他。文采同志心里想,女人们总喜欢说闲话,她们为什么大白天跑到巷口上来说话呢,也不做活?两个女人等他一走过,便又叽叽喳喳起来,文采听不清,也听不懂,好像这次正说他自己,他只好装做完全不知道,转过巷口,向北走去了。他走到街头上,看不见一个认识的人。戏台前的槐树下,有一个西瓜摊,四五个老头子蹲在那里,他们并非买西瓜吃,就像守候着什么人似的。豆腐坊里面伸出一个年轻女人的头,特为来看他,又掉转脸去向里面说什么。文采一时不知向哪里走才好,去买西瓜吃,也不好,他便踱到黑板报跟前。那上边的稿子他曾在早上看过的,他便又从头读一次。那字写得很工整,整齐,李昌曾经说过那姓刘的教员很好,有一笔不坏的字。他一面读着稿子,一面就想着那几个老头一定在看着他的后影,那个豆腐坊也许伸出两个人头了。他并不怕这些人看他说他,可是总不舒服。他便又离开了这个地方,走到小学校去。也许胡立功在那里教歌,替他们排霸王鞭。这个曾在剧团里工作过的青年人,是不会隐藏他的兴趣的,他觉得能找到胡立功也很好。他踱进了校门。院子里也是静悄悄的,忽然从门侧边的一个小房里,走出一个穿短衣的人来,他向着这个闯入者极谦逊地让着:"进来坐坐么,嘿,嘿,请,请……"

"你们还在上课?"文采只得问了。

"是,是,还没下课,一会儿就下课。"

文采跟着他走进了一间屋子,像客室的样子。靠窗放了一张方桌,桌上玻璃匣内放了一个八音钟,一边一个帽筒。对面墙上挂了一张孙中山的石印像,旁边是毛主席的画像。像的两旁,贴了两条油光纸的标语:"为人民服务","开展新民主主义的文化教育"。下边花花绿绿的贴了许多小学生的作文和图画。靠左放了一张矮的长柜,柜头上卷着一床铺盖。右边墙头,密密的挂着两排霸王鞭,鞭上还有大红和粉红的纸花。主人忙着请文采同志坐,又忙着在靠柜子的桌上倒过一杯茶来。

"请喝茶,请喝茶,嘿,简陋得很,嘿,简陋得很。"

文采便又问:"你是这学校里的么?"

"是,是,鄙人就在这里。嘿……"

"你姓什么?"文采又不得不问。

"敝姓刘。"

文采同志才想起,他就是教员,他便再问:"那黑板报是你写的吧?"

"不敢,不敢,写得不像话。"

文采同志再望望他,是一个快四十岁的人,长脸,眼睛很细,有点像近视,鼻子很大,头发很长,白布褂子很脏。他那过分拘谨的样子,使文采十分不快,他想:"你为什么要这样呢?"文采又问了他几句,他总是恭恭敬敬地答应着。文采有些不耐烦了,只好说:"我们的同志不在你这里么?我是来找他们的。"

"刚刚走,胡同志刚刚走。要不,我替您找去。"

"不必,不必。"文采便走出来了。这时里面正下课,像黄蜂分窝似的,一群孩子冲了出来,大嚷大唱的。有的还冲到前面来看他。一大堆就拥在他后边,嘻嘻哈哈地学他开会讲话的口气:"老乡们,懂不懂?精密不精密?"文采很不习惯这种混乱,却只好装出不在乎,连连往外走。刘教员不安地送出来,追在他后边,还咕噜着:"请指教,请指教……"

文采跳出了校门,感到一阵轻松。他昂头走回去,却忽然有人在合作社窗口叫他了:"文主任!"

这是治安员张正典,不知为什么,他叫他主任。

文采赶忙走过去,张正典接着喊:"来参观参观咱们的合作社吧。"

从窗口望进去,里面有两柜子货物,全是些日用品,还有一张面柜,一块案板,一个打烧饼的炉子。张正典好像刚喝过酒似的,脸有些红,里面一个小个子忙走出来招呼。张正典介绍着:"这是咱们合作社的主任,任天华,是个好买卖人,有一手。"

文采同志觉得应该同他谈谈合作社的生意,便稍稍问了他几句。任天华并不像商人样子,很老实,一句一句的答应他。文采想起张裕民曾说过有事到合作社来找他,他便问:"张裕民常在你这里的么?"

"是的,他常在这里。"

文采看了看张正典的脸,又看了一看柜子上的一个酒坛,觉得明白了许多。

张正典看见文采同志不肯进来,便从窗口里跳了出去,顺口问:"主任,你是要找张裕民么?他家离这儿不远,就在这西头。"

"不,我随便问问的。"

"张裕民公私都忙,一天到晚只见人找他。哈……"

"什么?"文采觉得那话里面有文章。

"主任,这次要分胜利果实的话,你替咱三哥分上三间好北屋吧。张裕民现在住的那一间东房可是不行,又有他兄弟。哈……"

"你这是什么意思?你是说——"

"啊,就是,对着嘛!主任,你得喝了他的酒才走啊!"

"是谁家?事情怎样了呢?"

"那还要问,是一个寡妇,人家地倒不少,也就是缺房子。哈……"

文采听到这些话,心里很不高兴,但也觉得有些自得,自己的眼光究竟还不错。他便再朝北走去,想同张正典再说点什么。

张正典便跟了过去,张正典告诉他说,他自己也是解放前就参加了党的,只因为自己老实,干不了什么事,治安员也是挂个名,什么事都是张三哥一个人办了。后来他又说出了他对这次清算斗争的估计是闹不起来。文采再三问他的理由,他总是吞吞吐吐不肯说,最后才说:"主任!你看嘛,放着封建地主,为啥老百姓不敢斗?那关系全是在干部们嘛!你说,大家都是一个村子长大的,不是亲戚就是邻舍,唉——,有私情就总难办事嘛……主任,你还有不明白的?"至于这里面是谁有私情,他就不肯说了,他们一直走到村口上。

当他们再走回来的时候,文采看见街边上站得有个年轻男人,黑黑的,抱着两个拳头,冷冷地望着他们。文采觉得很面熟,便问他:"你没有下地去么?"

那个人还没有答应,张正典却说了:"我走了,主任,你回吧。"他在身后一下便不知转到什么地方去了。

那个黑汉子却仰头向街对面的人们说:"白天也见鬼,嗯,邪究不胜正,你们看,嗯……溜了。"

街对面的人说:"唉,刘满,回家去吧,你家里的找你吃饭找了半天了,你看你这两天,唉,平下心来干活吧。"

那黑汉子把膀子一撒:"嗯,干活?如今就干个土地改革么!"他又掉转脸来问文采:"同志,是不是?"

文采觉得这人有些神经失常的样子,便不再问下去,一直往回走。那个叫刘满的人便又站住了,抱着拳头,眼送着他回去。

文采走回家的时候,家里还是没有人。韩老汉已经拉开风箱在做晚饭了。他的孙子坐在房门口,玩一个去掉了翅膀的蚱蜢。

二十四 果树园

这时张裕民和杨亮还留在果树园里。熟了的果子已经渐渐多了起来。他们两人慢慢地走。从树叶中漏进来的稀疏的阳光,斑斑点点铺在地上,洒在他们的身上。他们一边吃着果子,一边已经摘了满满的一篮。这是张裕民舅舅郭全的,他在去年清算复仇后,分得许有武的五分果木园子。杨亮从来也没有看见过这样的景致。望不见头的大果树林,听到有些地方传来人们讲话的声音,却见不到一个人影。葫芦冰的枝条,向树干周围伸张,像一座大的宝盖,庄严沉重。一棵葫芦冰所覆盖的地面,简直可以修一所小房子。上边密密地垂着深红,浅红,深绿,淡绿,红红绿绿的肥硕的果实。有时他们可以伸手去摘,有时就弯着腰低着头走过树下,以免碰着累累下垂的果子。人们在这里眼睛总是忙不过来,看见一个最大的,忽然又看见一个最圆最红最光的。并且鼻子也不得空,欢喜不断地去吸取和辨别各种香味,这各式各样的香味是多么的沁人心肺啊!这里的果子以葫芦冰为最多,间或有几棵苹果树,或者海棠果。海棠果一串串地垂下来,红得比花还鲜艳,杨亮忍不住摘了一小串拿在手里玩着。这里梨树也不少,梨子结得又重又密,把枝条都倒拉下来了。

杨亮每走过一棵树,就要问这是谁家的。当他知道又是属于穷人的时候,他就禁不住喜悦。那葫芦冰就似乎更放耀着胜利的红润,他便替这些树主计算起来了,他问道:"这么一棵树的果子,至少有二百斤吧?"

"差太远了。像今年这么个大年,每棵树至少也有八九百,千来斤呢。要是火车通了,价钱就还要高些。一亩果子顶不上十亩水地,也顶个七八亩,坡地就更说不上了。"

杨亮被这个数目字骇着了,把眼睛睁得更大。张裕民便又解释道:"真正受苦人还是喜欢水地,水地不像果木靠不住。你看今年结得多爱人,可是去年一颗也没结,连村上孩子们都没个吃的。果子结得好,究竟不能当饭。你看这葫芦冰结得好看,闻起来香。可是不经放,比不得别的水果,得赶紧发出去。发得猛,果行里价钱就订得不像话了。你不要看张家口卖二三百元一斤,行里却只收一百元,再迟一点就只值七八十元一斤了,运费还在外。损了的就只能自己留着晒果干,给孩子们吃。"

杨亮又计算着这十亩地的收入。这十亩地原是许有武的,去年已经分给二十家赤穷户。假如这十亩地,可以收获三万斤,那么至少值钱三百万元。每家可分得十五万,合市价能折小米七百五十斤。

三口之家,再拉扯点别的活计,就勉强可以过活了,要是还有一点地当然更好。杨亮不觉对果木园发生大的兴趣,于是便更详细地问着全村果木的数字,和属主的姓名,也就是那些地主和富农的名字。

他们走了一阵,仍觉得园子里很静,没有什么人。只有郭全老头儿一个人在他们摘过果子的树下去耙松土。把土梳得松松的,平平的。要是有人再去摘这树上的果子,土上面会留下脚印,他就能知道。

他们把果子账算到一个阶段的时候,张裕民又接着他们在路上没谈完的话:"在会上我当然不能提,干部里面就有他的耳目呢。事情没闹成,他一抽身就又走了。再说,提出来了,通不过也是白费,谁心里也在琢磨着:'出头橡子先烂'咧。你说,他们真的还不明白?"

"你不是已经派了民兵暗地监视着吗?"

"民兵也不敢全告诉呀!要是都能像张正国那才好。这是一条汉子,大义灭亲,死活只有一个党。"

"赵得禄是个老村长了,我看倒也是个精明人。他家里穷得那样子,老婆连件上衣也没有,这样的人也靠不住?"

"这人心里明白,就脸软,拉不下来。今年借了江世荣两石粮食,还当人不知道,欠了人家的,就硬不起来了。唉,这几个人呀,各有各的藤藤绊绊。所以斗哪一个,也有人不愿意!"

"照你这么说来,村子上要拔胡楂,就得这个人。可是要斗这个人,首先干部就不可靠,是么?"

"着呀!咱也不说全不行,这里面要是有了一半不说话,你说别人要不要看眼色呢?有些话也只有咱们自己人说说,咱们别人不讲,单讲程仁,他过去是他的长工,后来又成了佃户,如今又当了农会主任,该积极了;嗯,这人啥事也能走在头里,就是这桩事装糊涂。你别看他老实,算一个好干部,唉,人心都是肉长的,他总忘不了别人侄女给他的那个情分!老杨,你要还在咱们村再住上几天,你就全懂了。老百姓的眼睛在看着干部,干部却不肯带头,你说这事怎么办嘛!"

"全村就没有一个敢走在头里的?咱们试着去找一找,总有受害深的肯出来。干部不出头,咱们先找群众,只要群众肯出头,就不怕干部讲私情。"

张裕民又说老百姓脑子没有转变的时候,凭你怎么讲也没用。他把侯忠全做例子来说明。张裕民过去领导过两次清算斗争,都觉得很容易。他觉得老百姓很听他的话。这次当他明白到不仅要使农民获得土地,而且要从获得土地中能团结起来真正翻身,明了自己是主人,却是一件很难很难的事,因此他显得更为慎重。同时在工作中又发生许多困难,他就甚至觉得很苦恼。但他是一个坚强的人,他决不会消极的。他向杨亮说明这些情况之后,已经感觉轻快了许多。接着杨亮又鼓励了他,也使他勇气增加。尤其当他觉得杨亮并非一个没有办法的人,他就更感到有依靠了。他听从了杨亮的嘱咐,在今晚开完农会以后,把这件事重复向文采同志反映,大家要共同商量出一个办法来。

他看到天色已经不早,就先提着一篮果子走回去。杨亮便再走到郭全住的看园子小屋来。

这个老头有两撇八字胡,是一个不爱多说话的老头子。他靠在屋外的一个树根上,仿佛很悠然自得。

杨亮看见他膝前篮子里捡得有十几个烂了的果子,便问:"这有什么用呢?"

老头子笑了,含糊地说:"全是烂的,唉……还有半边不坏,晒干喝茶可好呢……"后来他睁眼望着杨亮说:"同志,以前连捡这么个烂的也不成呀!干望着这几棵树五六十年了,今年这才算有了三棵半树,就敢把这烂的丢了?不丢,不丢!"

杨亮听到他这样说,又想起适才当他外甥来摘果子时他的慷慨样子,他指点着,他叫他们多摘些,他还说吃完了他会再送去,要张裕民不要来,他明白他外甥是个忙人。杨亮便不觉地说:"你这人太好了,看我们刚才摘了你那么多。"

"多?不多。"老头子又正经地说,"这还不全是你们给咱的。你们是好人,你们把富人的东西全分给咱们穷人了。你们这回又来干这号子事,村子上人全明白呢。"

"咱们是什么人呢？为啥要干这号子事呢？"杨亮觉得这老头很有趣。

"你们，"老头子确切地笑了，"你们是八路军，是共产党。你们的头子毛主席叫你们这么干的嘛！"

"毛主席又为啥呢？老伯，你再说说看。"

"他为咱们嘛！他为的是穷人，他是穷人王。"老头子仍然是很肯定的笑着。

"哈……"杨亮也靠在树干上笑开了。他笑过之后，却悄悄地问着老头子："你们村上有共产党没有？"

"没有。咱们没有这个。"

"你怎么知道没有呢？"

"咱村子上的人咱全认识，都是老百姓，没这个。"

"老伯，假若你们村上有共产党，你入不入？"杨亮试探着他。

"为啥不入？只要有人我就入，要是没有人，我一个人就不入。"

"一个人怕什么呢？"

"不怕什么，一个老头子办不了事呀！"

"啊……"杨亮觉得意外的高兴了，却更追下去，他告诉他村子上早就有党员了，只因为他不是，所以别人不告诉他。他劝他参加党，参加了党大家团结得更紧，更不怕那些坏蛋。翻身只有靠自己，才翻得牢。共产党是为了许多许多人的幸福的。老头子听得迷迷糊糊的笑着，结果他也告诉杨亮，假如他入党，得先找一个人商量商量。杨亮说："这种事怎么能找人商量呢？只能你自己做主呀！万一碰着一个坏人了呢？"老头子便显出为难的样子，最后杨亮只好问他想和谁商量，老头子也低低地说："咱外甥嘛！你看能成不能？"杨亮便又呵呵的大笑了，连连点头说："能成，能成。"

天已经在黑下来，杨亮觉得这果园真使人留恋，他再三地去握老头子的手，告诉他，他将会再来看他。老头子也憨憨地高兴地笑着，要留杨亮吃晚饭。但杨亮却不得不走了，走以后还时时的回头望着这渐渐被黑暗模糊了的果木林，和模糊在林中的郭全老头儿。

二十五　合作社里

杨亮刚从北街上转到小学校院墙外，就听到对面合作社里嚷成一片。他赶忙走去，只见里面黑影幢幢的，人影很杂乱，同时有很多人说话。他挤到程仁的跟前，只听程仁说："你们这些人呀！做负担的时候，要你们报户口，你们怎也不报。如今么，一起一起来问。好，请你们大家来评评，爷儿俩光棍，也要算两户，咱们全村千来人口，能不能算做千来户？！你们恨不得把吃奶的娃娃都要算上一户，好分上二亩水地。你们也不想想，咱们村上能有多少点地嘛！这不是给人找麻烦！"

站在炕角边的那个年轻农民，看来只十八九岁，并不停止下去，他申辩道："咱爹种的是李子俊的地，咱种的是江世荣的地，你们不知道？咱们一个炕上睡觉，可是做的两家活。咱们老早就是各管各。"

"你赶紧讨老婆，生个儿子吧，那不就是三户了吗！"是谁在门口也投进来讽刺。

"可不是，今早李振东娘就说，她家得算五口人，因为她媳妇已经有了七个月身孕，这个娃儿也该算进去。咱就说，要是怀了只野猫呢，那老太婆气得直跳脚……"这是农会的组织张步高。近两天来报户口，说分家了的就一伙一伙地来找他。

"哈……"接着是一阵哄笑。

"你们农会不管？"那个青年农民仍未被压服下去，气嘟嘟地不走。

"咱们农会管得可太多了，你的那个东西硬不硬起来，咱农会还得管上一手么？"张步高得意洋洋地。虽然在黑暗中看不清他的脸色，语气中的报复味是很重的。他这一句话把满屋子人都说得大笑了，站在远处的也听清了，都响起朗朗的哗笑。

那个青年感到被羞辱了，他已再不能忍受，气汹汹的冲到张步高面前，只想伸出拳头来："你欺侮人，你仗着你是农会组织，你欺侮人……"

杨亮正感觉得这玩笑开得太过分,想走过去解围,看见从人群中已经站出胡立功。胡立功一手拉住那个年轻人,一手按住张步高,说:"老乡,别生气,老张这个话可真说得不好。你们爷儿俩是一家还是两家,农会当然要管,农会得按理说,也不能怕麻烦。农会主任!你们农会还是讨论出一个章程来,照章程办事,对不对?"

"对,胡同志说得对,"程仁也觉得适才闹得不大好,赶忙来收场,他转向那年轻人说,"你回去,你和你爹的事,等咱们农会商量了再告诉你。"

张步高已趁势溜到了外屋,那年轻农民就不好再多说了,却并不即刻退走,他站在那里不动。

"你姓什么?"胡立功便问他。

"咱姓郭,叫郭富贵,咱爹叫郭柏仁。"

"你爷儿俩都是佃户?"

"是,他们都是种的别人的地,他爹种李子俊的八亩山水地,他种江世荣十亩旱地,一个在南头,一个在东头,相隔十里地。"群众中不知是谁代替他答了。

胡立功又向郭富贵说道:"你种江世荣的地,你要找江世荣去算账;你爹种李子俊的地,就要找李子俊去算账。一个户口两个户口没关系,你懂不懂?"

旁边的人便附和着胡立功的话:"是呀!你们冤各有头,债各有主,各算各的,不就结了?"

"咱不会算,咱是会员,农会为啥不给咱去算?咱爹更不成。"

"要算账容易,你不会,我教你,只要你敢去;农会只能帮助你,却不能代替你,你明白不?"

"咱一个人去?"

"你怕么?"

"咱一个人说不上。"

"那么,你邀几个人去……"胡立功正要问还有哪些人是江世荣的佃户,程仁却走出来打断了他的话,"你们挤在这里做啥呀,不买东西的出去,这里是合作社嘛!"程仁一边大声喊,一边悄悄的拿肘子碰杨亮,一边就去碰那个年轻人。有些人慢慢地走出去了。任天华点着一盏清油灯走到里间来。杨亮看见有个三十来岁的人站在房门边,两个圆鼓鼓的眼睛四面睃着,勉强赔着一副笑脸,想走进来又逡巡着。胡立功也注意到他,问道:"你找谁?"

"咳,……不找谁,主任,您……"

"这是咱们的江村长。"站在胡立功旁边的李昌说了。

"咳……咱就是江世荣,打前年起章品同志就常到咱家里,还住在咱家里……"他小声地嘟哝着。

里屋外屋一共还剩七八个人,却都不说话。

杨亮对胡立功使了个眼色,说:"回家去吧。"他打头里就朝外走。

"对,"胡立功紧跟了出来,到了院子里悄声说:"哼!这些家伙可活动得厉害呢,小学校里那个任教员,也不是个好东西。"

他们俩到了街上,街上已经全黑了,他们就大步地朝韩家走去。在到家的转角处,仿佛有个黑影蹲在那里,胡立功急声问:"什么人?"

那个人却低低的答道:"放哨的。"杨亮走近去看,果然是个民兵,他已站了起来,杨亮好声的问:"你吃过饭没有?""吃过了。张裕民正在你们那里呢,董主任也在。"

"啊,"他们已经走到了家,杨亮才又低声地说:"这村子可不简单,咱们告诉文采和老董,好好地计划着办吧。老董回来了更好,他总比咱们熟悉。"

二十六 区工会主任老董

屋子里很热闹,里峪还跟来了几个人,他们用热切的眼光望着文采同志。老董红涨着脸坐在炕那边,看样子已经说了半天了,只听他说:"那是个小村子,不行,他们也不会画表格,也不会打算盘,又没个地主,有几家富农,富农也不顶个啥。有个富农叫杨万兴,是个坏家伙,可以斗争一下。可是谁也不敢讲话,大家都说,人少了斗不起来。开了个干部会,全没信心。开了个农会,就咱一个人叨叨。赖泥下窑,烧不成个东西,白下力。谁也不说话,全像哑子一样……"

文采坐在炕这边哈哈地笑着,那几个干部有时点头,有时说"是呀,对着啦"来证实老董的汇报。这时胡立功也在旁边参与着他们的谈话,他插上去问:"你们那里就没有一个人会拨算盘?你们那个学校里的教员也不会?"

"没有一个拨得好的,教员当然会啦!"

"那就成,会加减法就成了。这个问题不是可以解决了么?"那个干部还在迟疑地笑。

"表格咱们给你们画个样子,拿做负担的户口册做底子,再重新调查一下,把自耕地、出租地、租种地、典当地、租外村地、外村租地分开来填写,再把水地、山水地、坡地、旱地、果木园、葡萄园、菜园注清楚。只要调查周到,没有遗漏就行。你们只那么四五十户人家,就你们几个凑凑也就凑到一块儿了,那有什么难?字写不好,不要紧,只要你们有数,别人也看得清,就行,你们说是不是?"

那几个干部在胡立功的愉快的影响和鼓励之下,比较活泼起来,他们说:"同志说的全对,咱们就是没闹过,只要你们来教教咱们就好,咱们就是请同志住到咱们村里去嘛。"他们又拿恳切的眼光望着文采,等文采说话。

张裕民又催着文采去开会,文采临走才答应里峪的人,明天他要亲自去看看。这把那几个人可喜欢透了,几个人拥在文采的后边,走了出去,连声说:"早一点来啊!到咱们那里吃早饭去吧。"

屋子里只留下他们三个人,杨亮问老董吃过饭没有,老董说在里峪吃过了,于是他们又重新谈到这村上的事。

老董今年够五十岁了,面孔红红的,上嘴唇和下巴颏光光的,胸脯臂膀长得顶有劲。打共产党从南山刚伸到三区来的时候,他就跟着打游击。有人嫌他年岁大,他说:"别看咱大几岁,咱们比比力气,比比腿劲,种庄稼不让你们,打游击更不让呢。"那时在三区负责的是章品同志,便把他收留了。开始只跟着跑,也不会使枪,看见了敌人,脚只往上跳,迈不开步子,嘴里酸辣,大伙儿笑他,可是经过了几次,他说:"死活一般大,"就不怕了。他们给了他一杆水连珠,又没有子弹,只好用七九子弹,打完一次,就要用通条通一次。这一带原来都是敌人占领的地方,据点又多,一时刚刚搞游击,可不容易。有一次,他们二十来个人,跟章品同志在一个村子里开会,被敌人特务知道了,开来三四十人,还带一挺机关枪。那时他们只有一句话:"咱们革命要革到底,跳黄河一齐跳!"他们撤出了村子,埋伏好,敌人已经追到了。敌人清楚他们的力量,只有六杆枪,再加两杆水连珠,两杆湖北造;又全是刚放下锄头,才拿起枪的,瞄不准,心里慌。敌人开他们玩笑,大声喊:"三区游击队,我们交枪。看啊……这全是三八大盖,要不要?"游击队员都气得没办法。章品说:"不怕,你们沉住气,大家都瞄准一个人,瞄那个戴皮帽子的。我叫一、二,你们一齐发,听到没有?"他们就照着这样办,十杆枪同时响,打伤了一个,大家都欢喜得跳起来了。后来还是这样办,一连打伤了三四个,敌人就赶忙逃走了。老百姓马上擀面条,区公所买了五只鸡来,后来县上还奖了他们一枝步枪。老董就更死心塌地跟着跑,过了三年比做长工还苦上百倍的生活:睡觉常是连个土炕都没有,就在野地里挖个土窑,铺点草;吃冻成冰了的窝窝。他学会了打枪,他做了一个忠实的党员,只要上级有个命令,死也不怕。后来他们把他放在区上工会工作,工会主任调走后,他就又当主任了。

他是一个肯干的党员干部,却还不习惯用思想。他喜欢老老实实地做一两件事,苦一点也不要紧,却怕独当一面,要自作主张。这次区上派他到暖水屯来,虽然因为他是里峪的人,可以熟悉些,但主要还是由于已经有了文采几个人,让他跟着当向导,也可以学习学习。区上对于文采是做到了十分敬重和完全相信,老董也就带着他的依靠心理,一道来了。文采又派他去里峪,他就落得顺便回家去看看他久别的哥哥了。暖水屯的情况他既没有去了解,连他过去所了解的,也没有很好向这几个人来反映。

当杨亮和胡立功把这两天来所搜集到的材料告诉他,而又加以分析的时候,他还没认为有什么值得研究,他却考虑到自己有一件事要不要告诉他们。当他回到里峪的时候,他哥哥正闹肚子疼。他哥哥劝他回到村上来,分上两亩地,他年岁也不小了,受的苦也不少了,哥儿俩过两年太平日子吧。他拒绝这个建议,他说他活是共产党人,死是共产党鬼,还得替老百姓办事呢。但他哥哥却说到他自己身体已经不很好,兄弟俩到如今都是光棍,连个女人边也没挨着,就算为老百姓办事,总也得替祖先留个后呀。他哥哥又说本村有个寡妇,年纪虽然已经四十岁了,看样子身体还不错,可以生育,也会做人家;他自己是不行了,他想托人给他弟弟做媒。如今弟弟是个干部,不愁女家不答应。老董是个没讨过女人的人,听到这些话,脸也红了,还不好意思,嘴里说"你真是说笑话!"心里却不安定起来。村上干部也说他革命有功劳,要给他分三亩葡萄园子。他没说话。他做几十年长工,连做梦也没想到有三亩葡萄园子,他很想要,他还可以抽空回家耕种,他哥哥也能帮他照顾。可是这事万一区上同志不赞成呢? 说他自私自利,说他落后呢? 同时他又想,他不能吃公家一辈子,他要有几亩地,他还可以吃自己的。说自私自利,他又没有发财,不过他可以有地劳动嘛。毛主席说实行"耕者有其田",他不是种了几十年的地么,为什么就不可以有田呢? 最后他决定,只要不会受处分,他就要地;至于老婆,过一阵再说吧。只是到底会不会受处分,他就捉摸不定了。他只想和面前的两个人商量商量,而这两人毫没有体会到他的心情,一点也不给他讲话的机会,全心一意,尽在那里说什么干部作风,打通思想,扩大组织,加强武装……后来他们看见老董精神不好的样子,就说他这两天太辛苦了,要他休息,他们便到会场去了。

这天晚上的会,人数虽然没有第一天多,散会仍然很晚。文采同志为了要说服农民的变天思想,他不得不详细地分析目前的时局。他讲了国民党地区的民主运动,和兵心厌战,又讲了美国人民和苏联的强大。他从高树勋讲到刘善本,从美国记者斯诺、史沫特莱,讲到马西努,又讲到闻一多、李公朴的被暗杀。最后才讲到四平街的保卫战,以及大同外围的战斗。说八路军已经把大同包围起来了,最多半个月就可以拿下来。这些讲话是有意义的,有些人听得很有趣。可惜的是讲得比较深,名词太多,听不懂,时间太长,精神支不住,到后来又有许多人睡着了。但文采同志很热心,恨不得一时把心都呕给他们,让他们什么也明白,所以他无法压缩自己的语言。散会后,他自己觉得非常疲惫,头昏昏的,一到家,倒头便睡了。杨亮他们也就只得把计划推迟到第二天去。可是第二天文采仍没有空,他已经答应了里峪,他连简单的工作也没布置,匆匆忙忙催着老董就走了。而且在里峪滞留了两整天和一个晚上,他在那里又替他们开了两个会,把在暖水屯讲的又重复了一遍。杨亮和胡立功便商量着如何再去进行调查,尤其是要找出证据来,证明张裕民讲的那些事实,和如何在群众中去执行点火的任务。

二十七 "买卖果子"

自从工作组的同志到了村子上之后,小学校也就更为显得热闹。打架告状的事多了起来,常常会听到里面有人喊起来:"打倒封建小地主!"于是也就有孩子哭了。胡立功去教过一次唱歌,这个歌非常为那些穷孩子所爱唱,一下了课就要高兴地唱:"地主压迫咱,压迫了多少年,……咱们要团结起来把账算,把账算……"清脆的童音,响遍了每个角落。当他们一群群挤在一堆玩耍的时候,他们之中会有一两个顽皮的,故意地用肩去撞那些平日比较穿得好的地主家的孩子,有意地去侮弄他们。而那些孩子便尖声地叫了起来,教员们就不得不常要解决这些纠纷。刘教员从来也不骂这些穷孩子,最多只不过说:"找他们没有用呀,他们不能负这个责。"他又安慰那些在现在变得孱弱了的孩子:"你们将来要好好劳动,靠自己生活,做一个好公民,劝你们的父母,要不,迟早都要挨打的……"但任教员就不是这样,他用威胁的眼光去望着那些没有袜子穿的孩子们,他不敢大声骂他们,只低声地狠道:"别兴头得太早了,看'中央'军来了,一个一个收拾你们这些兔崽子!"有些孩子便被他吓住了,不敢再调皮,有些孩子便又悄悄地去告刘教员,刘教员把这些都放在心上,不马上说出来。任教员也用劝告的同情的口吻去暗示那些孩子,希望他们把这些含意都带回到家里去。他不只在学校里显得忙碌,放了学又要去串门子。他到过几家地主家里,说几句不冷不热的话,加重别人的不安,然后再给他们一些希望,一些勇气。世界不会长久这样的,有钱的人在共产党里永远是受不完的罪。但共产党是斗不过老蒋的,纵然斗过了,也斗不过一个美国,迟早要把他们扫光的。他本人也并不富有,他是一个没落下来的中产阶级的知识分子。可是他对那些有钱人却有同情,愿意为他们奔走,希望在那些人的牙缝里把自己肥胖起来。他不喜欢穷人,嫉视那些替穷人办事的干部。他愿望土地改革不成功,搞出乱子来,至少搞得不好。

当老董从里峪回来的那个傍晚,任国忠又踱到李子俊家里去,这是李子俊最后的一栋家宅了。门廊很高,一上去就有两三个台阶,包了铁皮的大门,虚掩着。他一直冲了进去,一拐弯,忽然两只狗从空廊上向他送来一阵疯狂的猎叫,幸好已经用一根大铁链拴在柱子上。他快步地走到院子中,喊了声"大哥",却没有人答应,半天才从上房里走出李子俊的大女儿李兰英。这十一岁的小姑娘也刚从学校回来不久,脸上还留着墨迹,她一看见是学校的教员,便规规矩矩地站着问道:"找爹吗?爹不在家。"

"你娘呢?"任国忠向四周搜索着,只见院子里铅丝上晾着几件小孩的衣裤,和一个大红绸子的妇女的围胸。东屋外边晒了两大筛子果片。

小姑娘迟疑了一下,才说:"娘在后院。"

任国忠心里已经明白,但还要走进去看,这时小姑娘便跑下台阶来,赶快向左转过去。她走在头前,一边说:"娘有事呢,"看见没有法子阻止住他,便大声嚷,"娘!娘!有人找你,任老师来了!"

一个三十来岁的生得很丰腴的女人,从堆草的房里急忙走了出来，脸上还显着惊惶和不安，却笑着说："我当是谁呢？快回上房里坐去。"她的花标布衫子上和头发上全挂着一些草。

"大嫂！你把红契藏在草堆里也是不中用的！"任国忠用着坏心思来打趣她。

这个女人曾经是吴家堡首富的闺女，从小使唤着丫鬟仆妇，而且是出名的白俊。她听到任国忠的话，不觉一怔，却立即镇定了下来，笑着回答："红契么，早拿出来放在抽屉里了。你是来拿红契的么？成！只要农会答应你。"

"咱不是来拿红契的，迟早有人来拿。"任国忠又向她飞过一个分不清是什么意思的眼色。

她并没有把他引向上屋，却引到了东屋。这间屋里有个大炕，炕前安了两口大锅。炕对面立放着两个装碗盏的柜子，像一个杂货铺似的，摆满了油盐酱醋的坛子，都擦得亮亮的。她用一个放亮的铜勺子在水缸里舀了一勺水，倒在一个花瓷盆里去洗手，手上全是些泥土么。任国忠便又笑着说："唉，看把你们那些有钱奶奶们折腾的！"

李子俊老婆是一个要强的女人，在娘家什么也不会做，只知道绣点草儿、花儿玩耍。嫁到李家来，头几年日子过得还不错。可是李子俊是个大烟鬼，又耍钱，租子不少，还不够花，年年多少都要卖点地。有一年钱文贵撺掇他当伪甲长，别人当甲长积攒家财，他是个大头，结果给人要了，又卖了一百亩地和一座房子，才赔清款项。央人求告，送了钱文贵好大一笔人情，好容易才脱了这件差事。这两年，论收入还是不少，他们家是雇得起长工的。雇个人做做饭，挑挑水，跑个城里，要方便得多。可是老婆不赞成，老婆看着世道不对劲，便劝着他："就那么一点地了，你又不掌财，村上人的眼睛都看着你呢，少抖一下吧。"她就下决心自己下厨。原来她还只看到村子上几个汉奸混子，怕他们把李子俊的几个钱骗完，她就吃苦一些，自己做，到收租的时候，自己也上前，不让全落到丈夫手里，自己抓一把，攒些私房，也是怕将来不好过。后来一解放，眼看着张裕民他们得了势，她就知道事情更不好闹，于是就更要装穷，更不肯雇人了，吃穿都省俭了下来。见了村干部总是笑脸迎人，说李子俊已经把烟戒了，又说他身体坏，说自己四个孩子都小，丈夫又不可靠，将来还不知怎么过日子呢。她教出来的孩子也机灵，从不得罪人，功课好，但孩子们心里都明白，到家里就再也不唱在学校里的歌子，也不讲那些开会的事。她恨钱文贵那伙人，李子俊是受他们欺侮的，可是她更怕张裕民他们。有时她还特意做点东西请张裕民，她知道他爱喝一口酒，但那个曾当过她们长工的人，却摆足了架子，不给她脸面，一点也不喝就走了。半个月前她曾回娘家，吴家堡也正闹得激烈，她哥哥吴自强跑到涿鹿城里，又被农民追回来，连百年的红契都给人要走了。如今是六亲同运，大河里的水向东流，没法儿挽回的啦。她一回来，就叫李子俊去张家口躲一阵。她一人留在家里，她是个妇道，难道张裕民他们好来难为她？拚着多说些好话，求求人，总可以挡一阵。可是李子俊想着去也是枉然，又不能长久在外边混，他又不是有办法的人，自己琢磨村上仇人不多，所以就挨着，也想看看风色。白天他就在果木园子里，晚上偶然回来一转。女人成天就设法东藏一个箱子，满满地装着首饰衣服，西又藏一缸粮食，总想把所有的东西全埋在地下。一颗心悬在半天里，一天到晚，盼不到太阳落了土，又盼不到太阳再出来。有时还要出门转一转，打听点消息告诉丈夫去。

这女人洗过了手，便拿钥匙去开南屋的门。三间南屋里满满堆着一些用具和装粮食的缸，还有一些不知是装了什么的大篮子小篮子。这本来油漆得很漂亮的，炕围上都描满了花的屋子，却蒙着灰尘，挤得不像样，窗户上又钉了一层苇席，怕别人看见那里面有那么丰富的宝藏，因此白天也没有一丝阳光进来，充满一股什么气味。女人匆匆地量了半钵子白面，赶回厨房来陪客，她知道任国忠也不过是个两面三刀的势利人，可是她知道从他那里总能听到一点什么消息。

"哟！那么多白面，你看你们尽吃好的，不共你们的产还共谁的去！"任国忠又跟着她走回厨房，故意地说。

"共就共吧，左右这么点家产，迟早是个完，你高兴什么？又不会有你的份！你们在学校，听到什么么？"

"没有听到什么,只听说又要闹清算,说去年没有被清算的人,今年就要轮到了,今年特别的是要消灭封建剥削大地主!"

那女人又是一怔,却连和面的手也没停,继续问:"什么叫个封建剥削大地主呢?"

"黑板报上都写得清清楚楚的了,就指的你们吃租子的嘛!要消灭个干干净净呢。"

女人心一凉,手便停住了。正想再问怎样个消灭法,却听到南屋走廊上的狗又叫了起来,接着就是叱狗的声音。女人知道几个替她们卖果子的又来吃晚饭了,她伸头出去说:"嗯,可不来得正好,你们这两天太辛苦了,今晚咱们烙些饼吃吧。哈哈,刚好碰着这位任老师,他就说咱面多,眼红,要共咱的产了。行,粮食是地上长的,谁吃不是一样?左右都是自己人,哈……"随着她的笑声,进来了三条高大汉子,脸都看不清,好像都敞着上衣。

"到炕上去坐吧,让我来点灯。"这原来很嫩的手,捧着一盏高脚灯送到炕桌上去,擦根洋火点燃了它。红黄色的灯光便在那丰满的脸上跳跃着,眼睛便更灵活清澈得像一汪水。

有个男人坐到炕头去拉起风箱来,女人还客气地说:"你歇着吧,你已经跑了一天,让我来,这锅里有开水,先喝点!"

任国忠觉得在这里看这个女人向那几个受苦的傻子献殷勤,很没意思,他便问道:"李大哥呢?他什么时候回来?"

"他回来的时候可说不准,"但在她踌躇了一下之后,却接着说:"你就为的那桩果子买卖么?那你就到园子里去找他。"

"什么果子买卖?"任国忠刚一怀疑,随即就明白了,他望了这三个人一眼,忙答道:"就为的这事,不找他也行,等他回来你告给他吧。不早了,我回去啦!"他不等女人再说什么,就跑走了。在门口又碰到几个刚回家的孩子,一人手里拿了两个果子,他问他们:"你爹还在园子里么?"

几个孩子望也没望他,随口答:"在呢,爹还在呢。"

二十八　魅黑的果园里

这时街上已经慢慢地黑了下来,但任国忠仍然轻轻地走着,他走西边的小弄拐了出去,还听得见有几家门口有人说话。因为村子里的狗全拴住了,就更显得静静的,只有四野的虫鸣和远远的蛙叫,以及围绕在身周围的蚊子哼哼。任国忠走进了一个果园,林子里边一点星光也没有,全是一片黑幢幢。他歪着头去看地面,伸手出去四面摸索,怕撞到果树上去。走了一会儿,眼睛刚刚比较习惯了黑暗,却看见前面有一堆篝火。这火引导着他走到那儿去,他已经听到洋井里的汩汩的水声,他知道没有走错,便踏响地面,小声地哼起皮簧来。

他越走近了火,便越觉得高兴似的,他好奇地想:"这个脓包怎么这样胆小,连家也不敢回了,我倒要吓唬吓唬他。"

落叶和野艾堆成了一个小堆,火在里面慢慢地燃烧。浓厚的烟向上冲去,却又碰到密密层层的树叶,烟就向四周伸开来,像一幅薄薄的透明的帐顶。但这时什么也看不见,只闻到一股刺人的烟味。火的周围有一圈微弱的亮光,照见近处一两株树干,和能够辨别出旁边还有一间小屋。任国忠走拢到火边,没看见一个人影,他摸到小屋去,又叫了一声,也不见人答应。他再回头走过来,仍没有一点声音,只听到远处的林子里有斧子劈柴的声音,连篝火也被果树遮断了,看不见什么。他不觉浮起一层恐慌,正想找出回家的方向的时候,忽然发现不远的地方,有个红光一闪一闪,是谁在那里抽烟呢,他欣喜地问道:"是谁?"但没有人答应,红光却熄了。他又烦恼起来,再冲向前去,脚底下有什么把他绊住,他倒在一个东西的上面了。爬起来仔细一看,原来这里正罗列着十来个篾篓子,走不过去。这时那黑处才响起来了一个人声:"碰着鬼了,你跑到这里乱闯些什么,看把果子都压坏了。"任国忠听得出这就是李子俊的看园人李宝堂老汉。他也正因为绊倒了有些生气,却只得忍住了,他叫:"宝堂叔,好你老人家呢,你藏在树底下看人摔跤,还说把果子压坏了!咱来找李大哥的,他又回家去了么?"

老人并没有答应他,只走出来察看那被压过了的果子,整理那几个篾篓子。任国忠只好再问:"李大哥呢?"

老人还是没有答应,却抬起头来,直直地望着任国忠的身后。火光映在那两颗呆板而顽固的眼睛上,那种木然,无表情,很使任国忠惊疑。他还想问下去,身后忽然出现一个颀长的人影,慢慢地说:"是老任么?"

任国忠不觉一下跳回身,抓住了那瘦长个子,大声说:"啊!可把我好找。你藏到哪儿去了!"

"别嚷嚷!有事么?"李子俊掏出了纸烟递过来。

"唉,也没有什么事,几天不见你,来看看你的,知道你心里也是不宁——"他被李子俊在腰上撞了一下,说不下去了。

"吃过饭了吗?咱还没吃饭咧。咱今晚不回了,宝堂叔,你老人家回村上一趟,拿点吃的来,再把被子也捎来,园子里比家里凉快多了,舒服!"李子俊靠在一棵树干上,伸手摘下一个果子,随手扔给了任国忠,"给你,看这葫芦冰多大!"

"就是蚊子多,"任国忠用力在额头上打了一掌,"别人都说你今年的果子结美了,这片园子真不小。"

"结得多也不顶,如今一天卖个七八担,拿回五六万块钱,划出雇工的花销,就只剩三四万,还春上的工钱还不够呢。"

老人在什么时候已经悄悄地离开了他们。

"你这果子还得赶紧卖呢,再便宜总比白送人好些,多少捞几个。"

两个人都蹲了下来,李子俊向四周的黑暗望了一巡,便悄声问:"有什么消息么?我仕到这里,就像个死人一样,啥也不知道。"

"大哥,你不走开躲躲么?村子上数你地多,你又当过甲长,凡事小心为是。"

"嗯!"李子俊把手举起来扶着他那只想垂下去的头,即使在微弱的火光中也看得出他的苍白。他沉默了好一会,才又叹了一口气:

"唉！咱这个甲长,天晓得,还不是许有武、钱文贵这起人冤的！"

任国忠也听到说过,他当甲长时得向村上几个大头发薪水,一家一家的送粮食去,大乡里要五万款子了,这起人便加二成。老百姓出不起就骂他,说他不顶事,他要不送给他们,人家又拿住他说要往大乡里告。一伙伙的人拉着他要钱,大家串通了赢他。这些人都和日本人,或者和汉奸们有来往,他又不敢不去。但任国忠却并不同情这些,他仍说:"如今怪谁也不顶事,钱二叔是抗属,江世荣靠当甲长发了财,还是村长,谁也不会动他们。只有你,你有钱无势,咱就替你担心。你尽想不得罪人,结果还是落得仇人多。你还不想个法?如今冤家对头倒是张裕民那伙子人,他曾替你当长工,你就会没有得罪过他?"

李子俊想不出话可以回答,便又点燃了一枝烟,用力地抽着。心里十分无主,张眼望了望四周,就像有许多人埋伏在黑暗深处,只等时间一到就要来抓他似的。他不觉又叹了一口气。

任国忠也朝黑暗里去搜寻,从那里送来一阵凉幽幽的微风,他把身子靠得更近些,低声地说:"如今是个没王法的世界！这就叫做拔萝卜,去年拔了个许有武,人家到底是能干人,见机得早,连家也搬走了,嗯,说不定哪天还要回来报仇呢。今年春上拔了个侯老头,侯老头的菩萨也没有保佑住他,赔了一百石粮食。眼前呀,你看啊！可比去年还要凶。一来又打省里下来了三个,孟家沟的陈武也教毙了,去年咱们村上总算没死人,就不知今年怎么样呢?唉！"

夜风抖动着树叶,李子俊的心也怦怦地跳着。他本来是个胆小的人,听任国忠一说,便更沉不住气了,不由得从心里叫了一声:"天呀！这要咱怎么办呀！咱有几亩地么,又不是偷来的,又不是抢来的,还不是祖先留下的?如今叫咱好受罪！老任呀！你说叫咱怎办嘛！"

"看你这人,小声点吧。"任国忠站了起来,绕着火走了一转,仍没有看到什么,夜很静,他便又走了回来,悄悄地安慰这个慌做一团的年轻的地主:"怕什么,村子上又不只你一个财主,大伙儿一齐心,想想办法。像你的佃户,同姓的又多,说来说去都是一家人。他们就不看情面,也得想想后路。八路军就能在一世?总有一天'中央'军要来的。你总得找他们去活动活动,老躲在园子里就顶事了?"

"唉!"李子俊已经坐到了地上,摊开两只手,表现出一副完全绝望了的样子,停了一会他又说:"唉!老任呀!什么一家人,什么情面,都靠不住了啊!如今是四面碰头,叫人家爷还怕不应呢,唉!"

"那就老实地告诉他们,问他们将来还要命不要啊!大哥!平绥路又不通了,八路军围了大同,你说'中央'军还不会来么?嗯……"

突然在他们左边响起了脚步,两人骇了一跳,都停止了声音。任国忠更退后了一步,站到更黑的暗中去。他们屏住气,慢慢地听到那人走近了,李宝堂老汉夹了一床铺盖,提了一个篮子,从黑处走了出来。他一声不响地把篮子朝李子俊面前一放,便朝小屋走去了。李子俊装出一副关心的样子问道:"路上不好走吧,今晚黑得很。宝堂叔,来吃一块烙饼。"他已经打开了篮盖。

"路倒没有什么,还有民兵查哨呢。他们在这个园子周围查查,又到那个园子外边看看,说是怕谁家没有把狗拴好,让它们出来糟践果子呢。"

这两人在暗中互相交换了一下眼色。任国忠又站了一会,听到老汉走进了屋子,好像上了炕,他便悄悄地推了一下李子俊,转身向黑暗中消失了。

二十九 密谋(二)

一路上就没有遇见什么民兵,任国忠从来的路上溜进了村,回到了小学校。刘教员正坐在灯底下修改学生的作文卷子。他看一看自己桌上也堆了厚厚的一堆,却懒得去看,便去找烧饭的吴老汉,老汉也到南头开贫农会去了。他觉得屋里很闷热,跑到厨房舀一瓢凉水喝了。他又走回他和刘教员同住的那间房来,刘教员还是正襟危坐在那里,一心一意地看卷子,他便更不屑去看卷子了,只好一人躺在床上出神。蚊子也好像同他作对一样,就在他身体周围哼哼地叫,并且时时出其不意地来袭击。他本来是很轻快的,甚至得意的,因为他自以为刚刚去做了一件好事,他给了一个人以同情,安慰了他和帮助了他。李子俊过去和他很亲密,现在正处在一个可怜的情境里,村子上都想拿他来开刀。他有一百多亩地,这使许多穷人眼红。他害怕得要死,家也不敢回。有钱人平日也欺侮他,这个时候更躲着他。他一个朋友也没有,他正需要友情,而这时,任国忠,一个小学教员,却向他伸出了手,他能不感动吗!任国忠以为自己完成了一件伟大的事,他很想有人知道,会说他好话,可是回到了学校,找不到一个可谈的人,只有刘教员一人。刘教员没有在乡村师范毕过业,有时改卷子自己先写上别字,就离不开一本字典。然而他会巴结李昌,李昌总说他好话,看得起他,有事总来找他,他又是本村人,当然更沾光。他已经快四十岁了,儿子都快娶媳妇了,还那么热心去学打霸王鞭,扭起来简直是丑得可笑,却又拉胡胡,又吹笛子。任国忠硬是看不顺眼,常常都想走,并且想:假如我走开了看他们怎么办?不过他也总没有真的走,他一时到哪里去找事做呢?只好勉强呆在这里。两人平日很少讲话,只有当任国忠实在觉得太寂寞,忘记了这老家伙的执拗时,才同他说几句,结果总是话不投机半句多,两人又没得说了。现在任国忠又到了想找个人谈谈才好的时候,可是这些话却不能向他说,甚至怕被这老家伙知道了去告村干部呢。因此他就更恨他,尤其当任国忠感觉到这老家伙像一点苦闷也不会有的时候。

任国忠在这个村子上是如此的孤独,好像没有根的浮萍,无依无靠。可是他又舍不得离开这里,原因是他觉得暖水屯虽然什么都不如他的意,却又有比什么都可以吸引住他的东西。他已经二十五六岁了,他读过一些香艳的言情小说,到现在还没有老婆。他很希望能在暖水屯下种开花,安家落户,他还相信有某一种力量是在帮助着他的,这就鼓励了他的幻想。

他躺在炕上翻过去又翻过来,抽了一枝烟,又抽一枝烟。刘教员老是写东西,有时还念念有声。他实在忍不住了,便从床上坐了起来,在院子里来回散步,最后便悄悄地溜出了门。街上水也似的凉快,风吹着槐树沙沙地响,他忽然看见一个人影在那边晃了一下,他心里一迟疑,却问:"谁呀?"那人影便转到他面前,很客气地问询着:"任先生还没睡么?"原来是一个民兵,他横肩着一枝土枪,接着笑道:"嗬!这两天会可开得晚了。"任国忠认识他,便也说:"这就辛苦你们了。"他连忙说:"自己的事,还有得说,应该的嘛,任先生,你歇着吧。"说着他就往南去了。任国忠又稍微站了一下,便急步地向东朝北拐弯走过去了。

没有走多远,他便站在一家门口,门已经上闩,但他只轻轻地撞了两下,便听到有人走出来开门,门廊里很黑,一个女人声音低低地问:"是任先生么?"他知道这是钱文贵的老婆,也低声问:"钱二叔在家么?"却不等她回答,一直朝里走进去了。

上屋里的亮光从窗子里射出来,院子里布着朦朦一片灰白。从夹竹桃树影下,钱文贵穿了一件纺绸短衫,走出来迎接他,又把他让进那黑影里,边说:"就在这儿坐,这儿凉快。"

这里已经放有两个矮凳和一张炕桌,炕桌上的茶也凉了。任国忠看见只有靠右手的那间上房里有灯光,其余都是黑幢幢的,他便注意地朝有灯的那间房望着,听到那房里有唏嘘的声音,他不觉浮起一层疑问,和感到某种不安。

老太婆走过来沏了壶茶,又拿了一个矮凳,坐在下边,悄悄地问:"任先生没听到什么风声么?这回村上安排个怎么闹法呀?"

"别人怎么个闹法,还能告诉咱们?你们守着个女婿是治安员,还能不清楚么?农会主任也是你们亲戚——"他没有说下去,便又注意地去听,看那间有灯的房子里还有什么响动。

"咱女婿说——"老太婆的话还没说完,却被钱文贵抢在前面答应了:"老任兄弟,咱们总算意气相投,有什么话还能不向你说,咱们哥儿俩都没走红运,咱们一切事都得放谨慎些。"

"二叔!"任国忠便想起有很多人对于钱文贵是有着无言的仇恨,他便又说,"我也替你担心呢,村子上有人在说你。"他更发觉钱文贵很不自在,这是他从没有看见过的神情。

"怕,我当然不怕,"钱文贵又把眼眯成了一条细缝,眼光便在细缝里飞到左边又飞到右边。每当他要装成泰然,应付有方的时候,就总有这么一副表情的。他接着哼了一声说下去:"哼!凭张裕民那小子就能把咱治下去!"他便又用两根指头捻着他那几根不密的须尖,呵呵地笑着。

任国忠这时便也学着钱文贵平日的声口:"你当然不怕,你又是抗属,管他们呢,由他们闹去吧。"

"对,"钱文贵立刻恢复了平常的态度,他在黑影下更打量了一下这坐在他对面的青年人——这个老早已成为他的俘虏的小学教员——反更为关切地说道:"咱早就想劝你了,别人的事少管。听说你今天又到白银儿那里去了,那是个是非窝,这种风雨飘摇的时候,别人躲还躲不及呢;再说江世荣那小子,是个滑头,弄得不好,他就会把你卖了的。你看,他发了多少财,白手起家,靠的是谁? 如今也忘了水源头了,墙上的草,两边倒着呢。白银儿到底是个妇道,她能跟你说什么呢?"

"白银儿说江世荣还欠她几万块钱,要是他不赶忙归还,到那天,她就什么也说了出来,同他一刀两断,再不替他胡说八道了。"

钱文贵心里悄悄跳了一下,却沉住气答道:"咱说呢,这种女人还能共事? 江世荣究竟在打算些什么?"

任国忠明白钱文贵唆使他去同一些地主联络,却又假劝他不要去,他心里想:"你还不相信咱么? 看你小心得那样子,咱任国忠就不是那号子不讲义气的人。"

任国忠也明白钱文贵的仇人太多,但他却以为不要紧,他的女婿,他的亲戚都会帮他。他也明白钱文贵是恐慌的,虽然他装出一副满不在乎的样子,但他却很高兴,他希望钱文贵有些急难,方好表示他的义侠,而从中得到某种意外的收获。他有时也明白这不是个好惹的人,跟着他没有什么好处,可是他又找不到另外的朋友,何况还加上他有别的企图。

他把李子俊的情形也告诉了钱文贵。钱文贵又吓他,说假如李子俊真的去找佃户活动,而又泄露了,那是会连累他的,他应该设法脱掉关系;他又暗示他可以写点短文给黑板报,告发李子俊;他又向他说了李子俊很多坏话,他说李子俊仗着自己是师范毕业生,瞧不起人,李子俊还说任国忠不够师范程度;又说李子俊这人最不讲交情,过去许多大乡上下来的警察,特务队里的一些流氓,伙着他耍钱,赢他的,又拖他去涿鹿县逛俱乐部,什么都来。他奉承别人像爹娘老子,把钱赔光了,又卖房子又卖地,对本村上却不懂得面子。他当甲长的时候,有次连钱文贵也派起公差来了。钱文贵说没有空,不想去,他还说"只要你们家的长工",钱文贵才告诉他,干脆不去,问他要多少钱。后来李子俊才知道自己一时糊涂了,跑来赔不是。他又说李子俊如今可变得吝啬,留人吃饭总只吃小米,装穷,白面大米就藏着和老婆两人吃。任国忠就也想起几次在他家里吃饭,都只烧点素菜下酒,连个鸡蛋也没炒,他们还现养得有鸡呢。

这时房子里又传出来争吵的声音,任国忠很想走过去看看。钱文贵知道他意思,便向他解释道:"没有什么,就是咱那个侄女,年岁大了,又没有婆家,本村上总是找不到一个如意的,老留在家里就不能安静了。我老早说,只要人有人才,没有家当也成。如今说不上耽搁,可也不小了。你是自己人,我才告诉你,有人来提农会主任,这怎么成呢?咱自己大闺女嫁了个治安员,咱已经不如意,这是终身大事么!别看着人家眼前是村干部,也得想想过去,从前这都是批什么东西;也得谋虑谋虑日后,有天'中央'军一来,这伙人还不知道落个什么下场呢。到那时又该哭着回来了;叫做上辈的这颗心,也是过不去。你要是看着有什么年龄相当,有些程度,人老实,就告诉咱,也好把这件心事了啦。"钱文贵说了还故意地叹息,却又眯着眼睛,在黑影里有意无意地望着那个局促不安的小学教员。

任国忠不知道要怎样答应才好,一时也想不起别的话说,喝了一口茶,又觉得烦热,树底下的蚊子也显得厉害了。大家都沉默了一会儿,任国忠只好站起来告辞。钱文贵并没有留他,老妇人又送了他出来,街上一点声音也没有,他到了街上后,门便在他的后边耷地关上了。

三十　美人计

自从那晚在董桂花家里碰了钉子回来,黑妮心里有许多说不出口的不痛快。她常常待人都很好,她大伯父常常叮咛她,钱文富说:"黑妮呀,你二伯在村子上做的罪孽太多了,咱们就总得想办法避着点。让人家忘记咱们和他是一家吧,免得日后受害啦!"她又极力去和董桂花靠拢,别人来找她去教识字班,还有人反对过呢。可是她的努力,认真教字,博得了董桂花和李昌的信任,李昌曾经说过她好,负责任,可是她总免不掉偶然之间要遭受到一些白眼,一些嫉视和怨怒。甚至她的美丽和年轻,也会变成罪恶,使人憎恨,这些不公平的看法有时也会得到同情,而她却好像真成了狐狸精,成了怪物,成了可厌的东西。每当她怄了气的时候,她又无法发泄,便跑到菜园子里去,在那些瓜棚底下,在那个劳苦的老人面前,哭诉这些不平的待遇。钱文富便停止了工作,坐到她面前来,叹着气。或者就说:"唉,作孽呀!这都只怪你二伯嘛!咱看,还是跟咱来过日子吧。"钱文富有时很想劝她早点嫁人,可是这又不是对闺女们能讲的话。何况她也由不了自己。钱文贵并不喜欢她,却偏要管着她,他明白这个姑娘还不难看,可以做他钓鱼的香饵,他就不愿意把她轻易地嫁了出去。钱文富也明白黑妮的一些心事,觉得这孩子太痴心,可是只要他刚一触到这问题,黑妮就会忍不住地伤心地哭了起来。这个老伯父也就感到很为难,不知道怎么办才好。

黑妮没有开成会,回到了家里,又只见伯父和伯母总是喊喊喳喳,姐姐也是一趟两趟地跑回来,一回来就躲到她父亲房里,像有什么大事要发生一样。黑妮一走进去,他们就不说了,伯母就支使她去烧水啦,或者就叫她到西院大嫂子那里去拿剪刀,拿针线。她有时也为好奇心所驱使,想打听打听,究竟他们商量些什么呢?可是有时就赌气不去管他们,让他们鬼鬼祟祟地去闹吧。但慢慢她也有些明白,大约就为的村子上要土地改革,她二伯父为这件事情有着某些惊惶。同时也使黑妮意识到她伯父有着某种计谋,这种猜测给了她很大的不安。她是无法能预料到结果的,她就只有把她的简单的揣想去告诉大伯父。老实的大伯父也不能解决或解释黑妮的担心,他们只有为他们那种茫然的,不幸的预感而惶悚焦心。

黑妮的二嫂顾二姑娘从娘家回来后,大哭着要分家。她不敢向钱文贵说,却跑到黑妮的大嫂子那里,说得大嫂子也活动了。她们各自都早已分得二十五亩地,又报了户口,可是红契仍放在公公手里,她们只背上一个名,什么家产也没有。要是这回闹清算,都清算走了,她们才跟着倒霉呢。她们就在厨房里摔碗摔锅,冷言冷语,这个说了一句,那个又接上一句,她们连黑妮也不给好颜色看,谁教她是他的侄女呢。钱礼是个老实人,一句话也不响,看见老婆、兄弟媳妇闹得厉害,一起身就躲到地里去了,他自己还种着三亩葡萄园子,后来索性就搬了过去住。他怕他父亲,却又不能压制住老婆。黑妮的大嫂又跑去找工会主任钱文虎,声明他们在春上就分了家。钱文虎平日同他们并不好,便说咱不管你们这号子事。她又去找程仁,程仁躲开了,没见着,她就更着急了,只是不敢向公公要红契。后来钱文贵知道了她们的意思,并没有骂她们,只说:"你们好没有良心,田地又不是祖先传下的,一点一滴都是我钱文贵一人挣的,我爱给谁就给谁。春上说分给你们,也全是为的你们成家立业。如今钱礼是个傻子,又不会掌财,钱义上队伍当兵去了,你们妇道人家,能干个什么?家当放在咱手里,还不是替你们操一份心。如今村子上闹共产,你们就先嚷起来,先从家里杀起,谁知道当先锋,打头阵,倒是你们!好,你们就以为翅膀硬了,不要靠老子了?嗯,红契放在这里,要,你们就拿去,只是将来有了事可不要来找我!"两个媳妇一听,反不敢拿了,她们又怕有一天要受公公的害,她们都怕他怕得厉害。后来还是钱文贵去安定她们的心,说不会有什么事,连累不到她们,他们老早就报了户口,地也分了,不碍事。红契么,暂时放几天,哪天要哪天就给她们。为着让人知道他们是真的另开了,也行,他叫她们都各自去烧饭吃。现存的粮食油盐柴草,都各自搬些去用也成。这倒又把两个媳妇说高兴了,顾二姑娘又趁时机搬到西院里去住,这样她就离公公远一些,她们就小锅小灶的自己闹起来了,都自以为得计,并不曾明白这正是公公所安排好的退步之计。

两个媳妇分出去之后,院子里显得冷静多了,在钱文贵看来却是比较妥当,而黑妮就觉得寂寞。过去这个院子还常常可以听到姑嫂间的融洽的笑谈,和侄儿们的天真的哭闹,如今就只有老人的空洞的咳嗽,和鬼鬼祟祟的喊喊喳喳。

一向同黑妮作对的姐姐,却忽然变得和善了起来,很关心到妇女识字班。她称赞她妹子,勉励她好好做下去,说只有她能干,她和村上干部们有来往,比她姐夫还顶事。她又说了程仁许多好话,说程仁是个可靠的人,有出息,并且说当程仁在家里当长工的时候,就觉得他不错,好像她从来也没有挪揄过黑妮对程仁的亲近一样。她还描述了许多过去她们两人的生活,这都可能引起黑妮的有趣的回忆。但黑妮并不喜欢这些谈话,她家庭对于他们的婚姻,在过去采取的反对态度,她是记得的,有时还会有怨恨。而且这么久来了,程仁对她的冷淡的态度,也使她的热情由希望而变成了惶惑,又由惶惑而变成冷峻了。失望愈多,便愈痛苦,心情也愈深沉,她是不愿和任何人提到关于婚姻的事。她姐姐却不明白,看见她只是沉默着,或者就只说:"你别说了吧,我真不愿听。"她以为这不过由于女孩子们单纯的害臊,谁家大姑娘不欢喜听别人谈她婚姻的事,却又要装成不爱听的样子呢?于是她便更进一步,直截了当地向黑妮提出了问题。这就是当任国忠在院子里,听到上房里小声的哭泣和争吵的原由。

黑妮姐姐要黑妮去找程仁,她说:"你当日对他那么好,他总答应你什么过,你打十七岁就跟他要好起,到如今这么个大姑娘,耽误了整整四年,他就能没良心把你闪了?你们说过了些什么,你总该记得,你就一条一条地去问他,看他怎么说,他总得答应你的。这是你的终身大事么,你总得自己做主呀!"

黑妮咬紧了牙关,只答应:"咱就从来没那么个心思,咱不去。"

姐姐便又讽示道:"那你不给人白占了便宜?"又用话来诈她,想了解他们之中有没有难于告人的关系,她说:"一个女人家,只一条身子,跟过谁就总要跟到底,你还读过书,书上不是说过,一女不事二夫么!"

黑妮听到这些无礼的话,觉得太冤枉,便哭了,只想骂她姐姐,可是一个没有出嫁的姑娘,怎么能把这些事吵出去呢?她又羞又气,只好跳脚,心里想:唉,跳在黄河里也洗不清,还不如死了好,于是就更伤心地哭了起来。

一直到最后姐姐看见黑妮很坚决,才又劝说:"黑妮呀!你不为你自己打算,就也不为老人家着想么?自从打你娘嫁人以后,你就跟着咱爹过日子,咱爹把你当亲生女一样,拉扯成这样大,他老人家平素爱管点闲事,免不了要得罪人。如今村子上闹清算,你说那些王八崽子们还有个不趁火打劫,公报私仇的么?幸好守着程仁是个农会主任,他要找咱们麻烦,别人就不能不找,他要为着咱们点,别人也就不敢说什么。你不说报恩报德,咱们总算一家人,你就忍心看着大伙儿来作践你伯么?弄得不好,把咱们全家也拉出去闹个斗争,咱们怎么受得了呀!"

这时黑妮的伯母也走了进来,坐在她旁边,抚摸着她因哭泣过度而软瘫了的身体和麻木了的四肢。那个老女人什么也不说,做出一副愁苦不堪的样子,凝视那黯淡下去了的油灯,一声一声地叹气。黑妮这时只感觉到虚弱和头的胀痛,只想什么也不思索,只想能离开一切事物,但这新问题却又把她吓住了。她不喜欢她二伯父,有时还恨他,甚至有过让他吃点亏也好的念头。但现在当她姐姐提出这问题之后,二伯母又来守着她,并且向她哀求说:"黑妮呀!你救救咱们老两口嘛!"她就实在不知道要怎样答复才好,她真的去找程仁,去求他把自己收容了吧,可怜她是个闺女呀,这种话怎么说得出口呀!何况,唉,知道人家到底是怎么样呢?

钱文贵看见程仁在村子上出头以后,就想靠侄女把他拉了过来,所以他就常常给黑妮以暗示,鼓励她大胆地去进攻,却又不正正当当地解决这一拖了几天的纠纷。谁知这个愿望没有达到,程仁是个谨慎的人,而黑妮又只是一个小姑娘,没什么办法。到如今他就不得不拿利害来逼迫黑妮,拿家属的关系感动黑妮,如果这次能够把程仁俘了过来,那么这个赛诸葛虽然赔了侄女却赚了兵。

经过了一天一夜的争吵,啼哭,黑妮最后才采用了一个缓兵之计,拖到第二天再决定,她好去找大伯父出点主意。

三十一 "炸弹"

清早起来,刘教员在凉爽的院子里踱着。在另一个角上,老吴在那里扫地,地上狼藉着一些纸屑,毽子上的鸡毛,果核,尘土。这个敲锣的快乐的老头儿,用着他那调皮的小眼对这边睒了几睒,像自言自语地说道:"唉,跳秧歌总要把人跳年轻的……"他的红鼻子便直朝刘教员冲了过来,摇曳着他的嗓音,小声地唱了起来:"五更里,门儿开,多情的哥哥转回来,咿呀嗨……"

刘教员被他弄得莫名其妙,却只好笑问道:"老吴,昨晚开会谈了些什么,你看你又在发什么疯?"老汉并不答应他,只一本正经地警告似的答道:"以后你要回家去,得关照咱,咱是学校看门的。你成天摇摇摆摆,哼哼唧唧,和老婆子也偷偷摸摸,当我不知道,书本本把你们这些人都念坏了。"

"胡说,你简直在胡说!"

老头儿又睒了一睒眼,说道:"咱还能冤你? 一早起,咱就看见门开了,心想好早;等咱拉了屎回来,嘿,门又闩上了,一会儿你就在这里癫头癫脑的,看你这样子,就猜得到你干了什么事回来,嗯,还想瞒过咱呢。"

"哪有这回事,就不会是任教员出去过吗?"

"别人睡得好好的,咱刚才还去看了来,你听,就像圈了一条肥猪。"

"真有这件奇怪事？要么你昨晚回来忘了关门。"刘教员搔着他那一头板刷也似的头发，"以后倒要留心些，老吴，如今是闹土地改革的时候呀！"

"着呀！咱正这么想呢！咱昨晚回来，把门闩得牢牢的，你又没有回家去，难倒会有鬼？那么你在这里走来走去，做诗云子曰么？"

"我想，"刘教员忽然显出高兴的样子，说："老吴，你是啥也明白的人，你说，炸弹，炸弹两个字怎么讲？昨天胡同志告诉我，说黑板报要像个炸弹，这是啥意思？"

"炸弹，"老头子从怀里掏出一个小烟袋，"胡同志为啥这样说呢？唉，你们念书人说话，总不直截了当，好像不喜欢别人听懂似的。他说黑板报要像颗炸弹，嗯，让咱想想吧，炸弹，炸弹是要炸死人的，不对，黑板报还能炸死人？不是这意思。炸弹一点就着，啊，刘先生，擦根洋火点上灯，想起爹娘死得好伤心，嗯，黑板报要像一把火，把人的心都烧起来，你说咱这瞎胡猜怎么样？"

"嗯，有点意思，只是怎么能像把火呢？"

"人家说那黑板报是九娘娘的天书，谁也看不懂，这还能像炸弹么？同咱们就没关系。"

"那上面全是解释什么叫个土地改革的文章，就那么几篇，已经不容易啦，你看，村子上又没有人写，光靠我一个人，我都送给李昌和胡同志去看过，怕胡同志说写得不好。"

老吴摇了一摇头，说道："你要写文章，咱是擀面杖吹火——一窍不通；假如要黑板报像个炸弹，像一把火，那么，你那些之乎者也的不是倒成了一瓢凉水。咱有这么一个意思，你琢磨琢磨看，对也不对。黑板报要使人爱看，得写上那么几段唱的，把人家心事写出来，比如咱打锣一样，一开会就打锣，一打锣咱就喊：'开会啦，开会啦，'这有啥意思？咱就编上几段，一面敲，一面唱，大家听你唱得怪有味，就都知道了。"

"是的，哪一次你都编了些新的，你打着锣在街上走过去，常常后边跟了一堆人，笑呵呵的。说实在话，拣些老乡们平日说的编几句，比写文章还容易,就怕干部们不同意。"

老吴显得有些着急了,他说:"唉,李昌叫你写,就是说你行,叫你拿主张,你怕三怕四干什么?他要不满意,他自己来写。咱说你这个人呀,可是个好人,就是六月里的梨疙瘩,有点酸。要是你肯听咱的话,咱不怕你笑话,咱还能编上几段,咱念,你写,村上的事,咱全知道,把张三压迫李四的事编上一段,又把王五饿饭的事也加上一段,他们听说他们自己上了报,谁也愿意看。只要是讲到他们心里了,他们就会伤心,一难受,看见仇人就眼红了,你说这不好?再说,日本鬼子在村上,咱们庄稼人受的压迫,咱们统统算算账,叫那些汉奸狗腿子给吐出来,这岂不好?好,咱就念上一段,你听听,看行也不行。"于是他停了一停,咽了下口水,便念起来了:"共产党,人人夸,土地改革遍天下!穷乡亲,闹翻身,血海冤仇要算清。想当兵,受压迫,汉奸地主好欺诈。苛捐杂税不得完,田赋交了交附加。附加送到甲长家,公费杂费门户费,肥了咱村八大家。西头逼死李老汉,张真送儿铁红山,侯忠全一贯道里受欺骗,疯疯癫癫傻刘乾……你说怎么样?"老头儿得意地蹲下去,用火石打燃了火,抽他的烟去了,又歪着个头,对教员睐了几睐眼,呵呵地笑开了。

刘教员也眯着他那双近视眼,笑了起来,陪着他蹲了下去,指指画画着说:"老吴呀!你真成!咱可想开了,咱编黑板报是写给老百姓看呀!不是给那几个干部看呀!要那么一停一顿地写个啥文章,把我这脑筋都想痛了。咱们不管写个什么,能唱不能,总要像咱们自己说话,要按照大伙的心思,咱们得诉诉咱们的苦情,想想咱们的冤仇,三十年河东,三十年河西,鹅卵石子也有翻身日,咱们得团结起来推倒五通庙,打碎五通神,拔了胡楂享太平!哈,老吴呀!你今天可当了我的老师,来,咱们就照刚才说的闹吧。这些鬼文章,去他妈的。"他从怀里掏出几张稿子,把它扯得粉碎,又哈哈地笑了起来,那种愉快的笑,简直和他那长年被生活所围困得极抑郁的面容不相调和。

这时李昌却从外面匆忙地走了进来,刘教员抬起他的愉快的头,兴致勃勃地叫道:"小昌兄弟!"

李昌不等他说下去,一手去揩头上的汗,一边说:"你怎么闹的,你看你在黑板报上写了些什么?"

"那些狗屁文章,那些九娘娘的天书,真没有道理,咱这就要去把它们全擦掉,嗯,你也说不好了,你昨天还点头说好来咧。"

李昌又抢着叫道:"咱不是指的那个。"

刚刚起床的任国忠,也站到房门口来。

"不是那个是这个?"他指着那些扯碎了的纸片,做出一副苦恼的样子。

"要不是咱明白你这人,换了谁也得怀疑你!你说村干部耍私情,你有什么证据?"

"什么?"刘教员像掉在云雾里了,用力睁着他那近视眼。

"你说李子俊在收买佃户,要明里土地改革,暗地不改革,这倒没有什么;你又说干部耍私情,说干部们都被地主们收买了,你写这些是什么意思,鬼把你迷住了?"李昌又从肩头上取下一条毛巾,向袒着的胸扇着,并且摇着头,接着说:"胡同志说,干部不好,老乡们应该批评,可是得有证据,黑板报不能胡说。他又说这同那些坏分子造谣,说八路军在不长是有配合的,是一样的坏作用。"

"呀!老天爷!这从哪里说起!咱刘志强对天盟誓,一字一句都给你们看过,你们批准了才往黑板报上写的。我靠教几个孩子糊口,二十年了,说起来是斯文人,一辈子见着有钱的打恭作揖,特务汉奸到学校来了,我像个衙役似的站班受训,好容易到如今,共产党瞧得起知识分子,春天调我去张家口参观,见了多少大官,首长,哪一个不是礼贤下士,咱才感觉得咱也算个人,算个有用之才,咱下决心要听他们的好话,改造自己,要为老百姓服务,我怎能靠会写几个字来反对干部,破坏土地改革呢?唉,小昌兄弟,这个冤枉我可受不了呀!你也不调查调查。"

红鼻子老吴站在旁边听了半天,这时才插嘴道:"咱看,说不定一清早,有谁去悄悄地写了来,村子上会写字的,又不止一个教员。"

"是呀！教员也不止我一个。"

"老刘,你别狗急跳墙,乱咬一下子,说话得清楚些。"任国忠装出气势汹汹的样子。

"咱看事情总得闹个水落石出,被窝里不见了针,不是婆婆就是孙,咱村上会写字的人,扳着脚趾头数得清的,把笔迹拿来对对,不一下就明白了吗？任教员,你说对不对？"老吴便又睒开了眼。

"对,"任国忠不由自主地说,却又立刻否认了："也不一定就对,粉笔字就分不清。"

"咱老吴不识字,不敢说,可是你和刘教员的字,咱常常擦黑板,咱看就不一样。他的字像个豆腐干,四四方方,整整齐齐；你的字是歪手歪脚,就像你人一样不规矩。你说分不清？不信,找几个学生子说说。"

"还是老吴有主意,咱村上就这么几个会写字的,什么初小毕业的就算不上。就说咱吧,也算念了两年书,写的字有时连自己也认不得。老刘,你别急,这事容易。"李昌也平静了下来。

"那么,走吧,咱们看笔迹去。这村里几个人的字,烧成灰咱也认识。"刘教员也像有了把握似的,推着李昌就往外走。

"走就走。"任国忠也只得跟了出来。

"啊呀！"李昌却停住了,跳着脚骂道："你们看该死不该死,咱一看完就把它擦掉了,咱怕让大伙儿看见,传出去,就顺手把它擦掉了。唉！真该死,就没想到要调查调查这个人嘛……"

任国忠悄悄地揩掉额头上的汗水。

"唉！这黑锅该我背定了呀！"刘教员摆出一副要哭的脸。

"老刘,你别着急,咱总要把这事追出来。"

"这件事,咱看没追头,咱全明白,等会儿就找张裕民去,咱可得全告他。哼,咱老早就看在眼里了,这几天有人可忙得厉害,起早睡晚,鬼鬼祟祟尽不干好事。"老吴点着头,睒着眼,露出一副得意样子。

"你说谁？"李昌还不明白他的意思。

老头子却调皮地说："你还不明白？只要你答应咱,把这些人押起来,我准告诉你,你说,押不押嘛!"他笑笑地望着走到一边去了的任国忠。刘教员也给李昌使眼色,李昌就不再追问下去了,只说:"赶紧再去写吧,你有没有写好的稿子?"

"有,有,有,"刘教员又恢复了适才的高兴,"咱老吴肚子里多着呢,他是出口成章,比曹子建,就是那个曹操的儿子还不错呢。哈……你们要文章,难,假如只要炸弹,倒容易,咱们这就制造它,一点就着,哈……"

三十二 败阵

任国忠执行钱文贵的主张,利用黑板报去告密李子俊的企图失败了,但李子俊的突然逃走,却扇起了人们的议论纷纷。当李兰英给她爹送饭到园子里来的时候,才引起那看园子老头李宝堂的注意。宝堂说:"五更天还在这里的嘛,卖果子的走了才没有看见他,咱只当他回家里去了,兰英呀,他没有回去么?"

小孩一直急得摇头。沿路的人,都看见这孩子疯了似的直往家跑。有人还在旁打趣说:"像死了娘,她奔丧去呢。"

李宝堂也走回村子,把这事告了他侄子,侄子告诉了邻居,慢慢这事便传开了。有些佃户着了急,悄悄地去告干部。街头上又有了闲蹲在那里的人,合作社的门口,常常聚着一群群不买东西的,有人说:"地主都跑了,还改革什么?"也有人说:"天天开会干响雷,不下雨,造反还有个不动刀枪的?"更有人嘲笑张正国:"张大哥,你们民兵爬灰去了?"但也有人悄悄地说:"李子俊是个孱种,受不起吓唬,这是有人吓唬了他,说这次改革,第一就该改革他,他一听就沉不住气了。"另外人也说:"这些话咱们也听到,说斗争就从他斗争起咧。"不管怎样,大家是增加了对他的愤恨:"谁说这小子老实!嗯,自从听说要改革,他就天天躲在园子里卖果子。从前他大把大把的钱送给特务,送给汉奸,送给那些有钱的人,他不心痛,如今一听说改革他土地,他就溜了!溜了你就别回来!走了和尚走不了庙,看你有本事守得住那点地,你一走咱们就不敢动你么?"并且有人到农会去说:"说不定把红契都带走了。"

农会对这事也慌了起来,马上就要派佃户去拿红契。郭富贵的父亲郭柏仁也被叫了来,他毫无主张地坐在合作社里间的炕头上。程仁在底下走来走去,时时在一个瓷壶里倒水喝,他问:"郭大伯,你种他那八亩地多少年了?"有些佃户还不愿意去拿红契呢。农会用过一些命令,他们口头答应,却又自己下地去了。农会不得不一个一个去说服。

郭柏仁屈着手指,算了半天,答应道:"十二年了。"

"你一年交多少租?"

"咱种那地是山水地,租子不多,以前是一亩三斗,这几年加成四斗半了。"

"为啥要加租子呢?"

"地比以前好了。这地靠山边,刚租下来的时候,石头多,土硬,从咱种上了,一年翻两回,上粪多,常挑些熟土垫上,草锄得勤,收成可比前几年强。"

从外间屋里走进来的张步高,看见郭柏仁那老实劲,忍不住说道:"那么,依你说加租是应该的啦!"

郭柏仁只用眼对他翻了几翻。

程仁却耐烦地继续问下去:"你一亩地打多少粮食呢?"

"你还不清楚? 这还有准? 年成好一亩打个六七斗;要是天旱,四斗五斗收不上呢。"

"郭大伯,你日子过得啥样呢?"

"啥也不啥。"他拉出一副微笑的脸。

这时走来他儿子郭富贵。郭富贵站在门口望着他爹,说道:"爹呀! 哪一年咱不闹饥荒? 一年四季你吃了啥正经粮食? 豆皮,麸皮,糠皮,就断不了。咱们炕上那床破席,铺上你那边,铺不上咱这边。你还说是'啥也不啥',牲口也比你过得像样嘛!"

"嗯……看你说……"好像是责备儿子似的,却又立即咽住了嗓音,嘴唇不住地颤抖着。

"大伯,你想想么,你天天背着星星上地里去,又背着星星回家来,你打的粮食哪里去了?别人哪边阴凉坐哪边,手脚不动弹,吃的是大米白面,你说该也不该?"

"唉,地是人家的么!……"他用潮湿的眼睛去望着程仁。

"人家的,要没有咱们做牛做马,给他干活,那地里还会自己长出粮食来?咱爹就是这么一个牛马心,要他去听个贫农会,他也不去,说腰板疼。如今李子俊走了,你还怕个啥?"

"唉,地是人家的嘛。"

"人家的,人家的,你十二年的租子,还买不下那几亩地!"不知是谁在外边屋里也接腔了。这时外边站了几个李子俊的佃户,他们老早就知道,土地改革,是把谁种的地就给谁,他们老早等着干部给地。如今听说李子俊跑了,担心红契拿走了没办法,挤在外边听农会调动。程仁看见他们便问道:"你们人来齐了没有?"

"没有,他们有的怕事,有的是他们姓李的一家,不愿来。"他们又答应了。

"一家,一家怎么样,还短得了租子?"张步高又说了,他是农会的组织,常会自己着急,嫌老百姓落后,容易发火。

"好,就你们几个人也成,你们去要吧,把你们自己种的那地契拿了来。她要不给,就同她算账,尽管说是农会派你们来的。"程仁马上下决定,他也还是强调农会的命令。

"要是没有,你们就别走,要他们交出李子俊,明白不明白?"张步高也补充着。

"对,咱们就这么办。郭大伯,咱们走。"

"唔……"

"爹,又不是你一个,怕什么,是农会叫去的嘛!"郭富贵把他爹搀了下来。

"唔,人家一个娘们……"

"娘们还不吃你的血汗?"这时人声乱成一片,院子里挤满一群看热闹的人。他们都踮着脚,张着眼,看见人们出来了,便又忙退到一边去。张步高还在后面大声说:"别怕那女人耍赖。"他又低声地向程仁说:"红契准拿到涿鹿县去了,派人到县里去追人吧。"

"农会叫你去,不去也不成啦。把契拿回来,那八亩地就是咱们的啦!"郭富贵把他爹推到那几个佃户队伍里。

一行人便拥到李子俊大门口。看热闹的远远站住了,他们几个佃户商量了起来。后边有人喊:"你们不敢进去么?一个娘们,有什么怕的!"

他们几个轻轻地走了进去。郭柏仁也被他儿子推进了门。

在骑楼下玩耍着的三个小孩都呆住了,望着进来的人群。那个懂事了的李兰英,掉头就往里跑,锐声地叫道:"娘!他们来了!他们来了!"

拴在走廊上的狗,跟着汪汪地吠了起来。

他们几人站在空廓的院子里,互相望着,不知怎样开口。只见上屋里帘子一响,李子俊的女人走出来。她穿一身浅蓝色洋布衣裤,头也没梳,鬓边蓬松着两堆黑发。在那丰腴的白嫩脸庞上,特别刺目的是眼圈周围,因哭泣而起的红晕,像涂了过多的胭脂一样。在她胸间,抱了一个红漆匣子。这时不知道是谁叫了一声:"大嫂!"

那女人忽地跑下了台阶,就在那万年青的瓷花盆旁边,匍匐了下去,眼泪就沿着脸流了下来。她哽咽道:"大爷们,请你们高抬贵手,照顾咱娘儿们吧。这是他爹的……唉,请大爷收下吧,一共是一百三十六亩半地,一所房子,乡亲好友,谁不清楚。他爹也是个没出息的,咱娘儿们靠他也靠不住,如今就投在大爷们面前。都是多少年交情,咱们是封建地主,应该改革咱,咱没话说。就请大爷们看在咱一个妇道人家面上,怜惜怜惜咱的孩子们吧,咱跟大爷们磕头啦!……"她朝着众人,连连地叩着头,又举着那匣子,眼泪流满了一脸。李兰英也跟着跪在她旁边,两个小的在人丛里边哇的一声哭了。

那群雄赳赳走来的佃户,这时谁也不说话,望着那个趴在地下的女人,仍旧还当她是金枝玉叶,从来也没有受过折腾的。想起她平日的一些小恩小惠,反而有些同情她现在的可怜。没有人去接那匣子,他们忘记了他们来这里的目的,完全被女人所演的戏麻醉了。郭柏仁叹了一口气,趄转身退到院子的最后边。

"大嫂,有话起来说。"那个叫大嫂的人又说了,大约是她的亲属,也许就不是存心来拿红契的。

那女人打算立了起来,又装出无力,坐在地上了,只拍打着女儿说:"还不给大爷们送过去。"女儿接过匣子,站了起来,走向人群,人群便退了一步。

"这都只怪你爹呀!……"女人便又哭了起来。

人群里面,有谁已经往外走了。跟着又走了第二个。于是队伍慢慢地溃退了,只剩下郭柏仁还痴痴地站在那里,他想说什么,又不知怎样说。女人站了起来,哭着说:"大伯,你坐会儿走吧。大伯同咱们认识,日子也不短了。咱们对不起你老人家的地方,请你包涵着点,请大伯开恩,咱们娘儿一点一滴地报答。只怪他爹,看他丢下咱们不管,就走了。咱好命苦呀!这红契,请大伯带给农会去,求大伯跟咱娘儿们说几句好话,咱在大伯手底下超生啦!"

郭柏仁也做出一副难受的样子说:"你别哭了吧,咱们都是老佃户,好说话,这都是农会叫咱们来的。红契,你还是自己拿着,唉,你歇歇吧,咱也走了。"

溜出去了的人,也不回合作社去,都一个一个下地里去了,或者就回到家里。程仁他们等了一会,没见有人回来,便派人去打听。李子俊的大门外,院子里,静悄悄的,孩子们坐在晒果干筛子旁,口里含着红艳新鲜的果子,就像什么事也没发生。来人觉得很奇怪,只好又跑出去再找,到他们家去问,他们只平淡地说:"李子俊在家也好说。一个娘们,拖儿带女,哭哭啼啼的,叫咱们怎好意思?又都是天天见面的。唉,红契,还是让农会自己去拿吧。"

三十三　好赵大爷

程仁听到这消息的时候,张裕民也在合作社。但他所表示的镇静态度,使程仁很吃惊。他心里想咱们弟兄们,在一道这么久,都是义气相投,心贴心的,为什么这一向他对咱老是像隔着一重山？他看得出张裕民有烦恼,却摸不清为什么,他甚至认为张裕民对他有意见,却又不愿意去看自己的缺点。他常感觉到在他的周围有一种空气,不止张裕民对他有忌讳,每当大家谈到斗争对象的时候,他总觉得有些眼睛在悄悄地审视他。他在这种冷眼之下是不安的,但他又没有勇气来冲出这种氛围。有时他会想着："要斗你们就斗吧,咱总不会反对,咱还是农会主任啦。"有时他也想把这个意见向张裕民提提,可是总说不出口。他有许久没有见到黑妮了。他不希望看见她,但她的那些求怜的,热烈的,怨恨的眼神,特别在最近使他常常回想起。他觉得自己对她是亏了心的,他不愿意去想与她有关的事。

合作社里很嘈杂,村子上没一个办公的地方,干部们都喜欢在这里碰头。这时大家又把这事说开了,程仁便直接问张裕民的意见,大家也附和着问："这事怎闹的嘛,农民都不要红契啦！"张裕民说："庄户主还没有翻心啦,他们害怕,不敢要嘛。"

大家说："怕那个女人？"

"不,女人是不拿枪打仗的,女人的本领可多呢,人常说：'英雄难过美人关',嘿……哼！这次是给人家拿眼泪鼻涕迷糊了,李子俊那老婆可是个两面三刀,是个笑面虎,比她男人厉害,一句话,输了,吃了败仗啦！农会还是着急了些。咱们还没有一条心嘛,就出马打个什么仗！"他说完话,又拿眼睛去看程仁。程仁觉得他话里有话,又碍着许多人,不便说什么,便只拨着他面前的一个算盘。张裕民咬了咬牙,站起身走出去找赵得禄去了。

张裕民明白,老百姓希望得到土地,却不敢出头。他们的顾忌很多,要是不把旧势力打倒,谁也不会积极的。村子上有几个尖,要真的把这一伙人压下去不容易,今年春天,他们便选了一个比较软的来斗争。侯殿魁是个老头子了,躺在炕上。干部们想,大家该不怕他了,可是结果还是只有几个积极分子跳脚,出拳头。农会的干部们在群众里叫着:"你们吼呀!一句话!"老百姓也出拳头了,也跟着吼了,却都悄悄地拿眼睛看蹲在后边的钱文贵。侯殿魁赔了一百石粮食,只折成四十亩地,分给了二十几家人。有的人欢喜,有的人地是拿了,心里怀了个鬼胎,连侯家的大门外都不敢走。像侯忠全那老家伙,还悄悄把地又退回去了。斗争会是开了,区上还说不错;可是这台戏跳进跳出,就这几个人,张裕民心里是清楚的。如今呢,干部们心里还是没个准,加上里面有内奸。张裕民开始也动摇,觉得钱文贵是抗属,不该斗。即使该斗了,他怎么也没有个死罪。所谓没有个死罪,当然也是张裕民的估计,这是他从很多经验中体会出来的。春天上级就来过一次"纠偏",好些老百姓要杀的人,一送到县上,关两个月又送回来了,说要讲宽大政策。去年就闹过了火啦!老百姓总还有变天思想,不斗则已,一斗就要往死里斗,不然将来又来个报复,那时可受不了。因此像钱文贵这样的人,在现在的形势底下,就成了一个难题。张裕民对这些情况全清楚,他也有决心,他不只把这些都同杨亮谈过,并且也在干部中进行很多说服和争取的工作。他同李昌张正国都谈好了;赵全功大致不会反对,他永远是随着多数的。他们的思想渐趋于一致。同时他也看见,杨亮和胡立功成天都在老百姓家里,或者到地里去。他相信他们一定得到不少材料,这会加深他们的了解,也就是他的意见他们更可能接受。他现在已经只剩下两个占重要位置的程仁和赵得禄,还没有进行肝胆的谈话了。他对程仁没有足够的把握,也没见程仁有什么表示。他便想慢点找他,怕谈不出结果,或者就不找他,把他和张正典划在一边。

他一走进小巷,便看见赵得禄的门外围了许多人,又听见有叫嚷的声音,他急忙走过去。有人看见他来了,想凑过来告诉他什么,他顾不得去听,别人就让开一条路。他冲到了屋外的空地上,只听得赵得禄狠狠地骂道:"……你简直丢尽了脸,你叫咱在村上怎么说话嘛!

……"张裕民正打算走进去,又从屋里劈面冲出一个女人。那女人陡地看见外面站满了这么多人,怔了一下,却随即反过头去,用手指着窗户,向里骂道:"红嘴白牙,你赵得禄就能这样血口喷人,你冤死人不要偿命的呀!我×你的祖宗!"

张裕民认出这正是那江世荣的老婆,这个妖精一样的女人,又瘦又小,吊着一双老睡不醒的眼睛,背脊上披着一绺长发。原来她是一个邻村的破鞋,在江世荣做甲长的时候便搬过来了,也没有三媒六聘,也没有坐轿骑马,就住在一起了,算是他的老婆。她在村子上一天到晚串门子,牵马拉皮条,不干好事。这时她还在那里指手顿脚的撒野,张裕民不管三七二十一,两步抢到她面前,厉声问道:"你要干什么?"

那女人还想骂下去,发现站在身前的是张裕民,马上停住了,却扭头就哭,一边往外走,一边向看热闹的人诉说道:"真是好心当做了驴肝肺,好人不得好报呀!这可把人冤枉死了。咱们活不下去呀!天啦……"她脚底下却加快了速度,哭着哭着就溜走了。

屋里面更传来乒乒乓乓的声音,和女人的锐声的喊叫:"打死人了,救命呀!"张裕民还没走到门口,从门里又冲出赵得禄的女人,像个披发鬼似的,跟跟跄跄地逃了出来,还在一个劲喊"救命",谁也来不及走上去劝解,赵得禄光着上身追了出来,一脚又把他老婆踹在地上了。张裕民伸手拉住了他,他什么也不顾忌地又抢上去,只听哗啦一声,他老婆身上穿的一件花洋布衫,从领口一直撕破到底下,两个脏兮兮的奶子又露了出来,他老婆看见他已经被几个人架住了,近不了她的身,便坐在地上,伤心伤意地哭了起来,双手不断地去拉着那件又小又短,绷紧在身上的漂亮的小衫,却怎么也不能再盖住她胸脯了!赵得禄被几个人架住,气呼呼地骂道:"看那不要脸的娼妇!把咱的脸丢尽了,咱在村上好歹还是个村副呢!"

几个邻舍的女人也走拢去劝他老婆,她们同情她,好凶的赵大爷啊,有事好讲还不成,当个干部,怎么动手打人呀!人家也是几个孩子的娘了,可是当她们看着那件绷在她身上的花衣却不能不发笑。

这正是江世荣老婆送的。江世荣每天都派他的狐狸精似的老婆来收买她,给她孩子们一点吃的,给她一件花衣,赵得禄的老婆就认为她们是好人,穿上那件衣服,还好得意呢,也就真的在赵得禄面前说江世荣的好话了。如今挨了打,看着撕破的小衫,又可惜,又伤心,她天真地向大家哭道:"嗯……一个夏天,都光着膀子的,他就不让人有件衣服。一说就说他是村副,村副怎么样?老婆连件褂子都没有,那就不丢人呀!……"

赵得禄跟着张裕民到了张裕民家里,这是租的别人的一间东屋,屋子不大,却显得空廓,炕上也空空的,有两个黑黑的枕头,炕角上堆了一堆被子或衣服。炕头有一个小灶,一口锅,那边靠墙有个破柜子,上边放了一些碗筷之类的东西,柜头前有一口小水缸。赵得禄走到水缸前舀了一瓢水喝,又用光膀子去擦头上的汗。张裕民坐在炕沿上说:"男不与女斗,老夫老妻了,打架也不像样,给人家笑话。"

"唉,有什么好说的,人穷志短。蠢婆子死落后,你不揍她,她还不安静啦!也只有这样,把事情闹开来,那妖怪才不好意思再来。"赵得禄也坐在炕上,把腿伸得直直的,接过张裕民给他的一枝烟,看见窗外没有人,便又说:"老张,不瞒你,今年春上咱们借了江世荣两石粮,谁也不知道如今又闹土地改革。文采还说,咱们让他做村长做坏了,江世荣看见咱们开会都不叫他,哑巴吃饺子,心里有数,他找咱去吃饭,咱没去,难道两石粮还能买了咱?老实说,咱赵得禄要是没两根骨头,也不会叫老婆眼红别人的花衣服。咱想,高高低低划出去了,抗日的时候,咱就当的村长,家里除了那几个小王八蛋,又没个啥,没个什么怕前怕尾的,咱说咱们这次劲头可是不够大,老百姓嘴里不说,心里才不满意呢,你说是不是?"

"好赵大爷呢,咱就为的这个事来找你呢。"张裕民跳在地下,走来走去,掩藏不住他的高兴。张裕民正想把来的目的说出来,赵得禄却又接下去说:

"你来得正好,咱还要找你呢。嘿,多少人都向咱说了,这可是桩大事呀!你明白么,你想到没有?咱们村今年是个大年,你看看,全村一百多亩果木园,你走走吧,全结得密密的,又逢到土地改革,看,这是多么教人睡不着觉的事呀!唉,就是地不能马上分下来,拖拖拉拉,等咱分好了,树上就只剩下叶子了!这会儿财主家都在抢着卖果子呀!这把穷人急坏了,都跑来问咱,要咱们拿个办法;你说怎么办?咱想从今天起,就不准财主们卖了,把园子通通看起来。这可是桩大事呀!看值多少钱!"

张裕民前几天也曾经想到这个问题,但他事情多,一岔就忘了,这两天又找人谈话忙,就更忘了,赵得禄这一提醒,着了急,他跳起来说:"着呀!这是桩大事呀!只是看起来也不成,这种鲜货可不能等咱去慢慢改革啦!真是怎么办好?"

"咱们去找程仁吧,咱想这事由农会出头干要好些,这不是几个人办得好的,你说对不对?"赵得禄看见张裕民点头了,便又加上说:"得找一些会算账的来,咱看,把果子全由农会掌握住卖了,将来地分给谁,钱便分给谁。"

张裕民一边往外走,一边说:"还得多找些人,可得让大伙知道。唉,咱看,咱们先去找老杨商量商量吧。"

三十四　刘满诉苦

这两个人走回来的时候,又遇着那个发髻挼得光光的顾长生的娘。她拐着一双小脚,几乎是挨家挨户的跑去告诉人:"嗯,张裕民怎么样,这批东西好厉害呀!咱长生参加队伍的时候,说得多好听,人一走就翻了脸,答应给咱两石粮食,只给两斗,欠下一石八斗粮食,老拖着,说咱又不缺吃的,嗯,还总说咱是中农;中农,嗯,那就不要中农当兵好啦!……"她把这一串早就说熟了,也被别人听熟了的话,说完以后,接着就笑了起来:"哈,总算见青天了,这回下来的人顶事啦!杨同志说:'中农也是咱们自己人嘛,还不是一样受苦,有好处,中农多少还得沾上些咧;顾大娘送儿子当兵,是抗属,怎么能扣她一石八斗粮食呢。'哼!赵得禄还不高兴,叫咱上合作社去背,咱说:'赵大爷,咱等长生回家来了去背吧!'张裕民气呼呼说:'就叫人送给你!'哈,咱老婆子也有今天啦!"

街上的人也知道这老婆子平日嘴厉害,缠不清,常惹人厌,所以明知道村干部少给她粮食不应该,也不愿说话。这时见她的问题给解决了,也替她欢喜,只劝她:"还了你粮食,就别再四面八方说人坏话吧。"于是她又说开了:"别看杨同志个儿小,年轻,人家说话才有斤两呢。他说:'顾大娘!你有意见,敢说话,是好事啦,如今就是要老百姓说话啦。张裕民是替老百姓办事的,要是老百姓不满意,就该说他。只是,都是自己人,可不能骂大街,抱成见,你说是不是?'啊呀!咱可给他说愣了,只好说:'唉,咱女人家见识,有时候可不会讲究个态度啊。'他还说:'没关系,你还有什么冤屈都可以说。'咱一想,他来是闹清算的,咱老跟干部过不去,也不像话,咱连说'没啦,没啦',这一下咱可舒心,一石八斗粮食不争什么,张裕民可不能再说什么中农中农了吧?咱就托人给长生捎了一个信,叫他放心,说区上下来的人可关照咱呢,咱中农也不怕谁啦!"

村上还有两个使干部头痛的人,一个是韩老汉的儿子韩廷瑞,一个是农会组织张步高的兄弟张及第。他两个都是复员回来的军人,可有些调皮。他们常常批评村干部,瞧他们不起,又嫌他们对自己尊重不够,也没有什么优待。村干部说他们不好好生产,吊儿郎当,怕听他们讽刺,说也说不赢他们,资格也不如人,一讲,别人是为革命流过血的,怎么也奈何他们不得,只好凡事避开他们。这次不知怎么一闹,韩廷瑞和杨亮他们做了好朋友,他老老实实的到农会去帮助整理户口册,一家家的仔细调查,登记地亩和其他的财产。他连烟也不抽农会的一根,自己带上一根旱烟管和火镰。程仁先还不大愿意他来参加工作,怕他们瞧自己不上,受他们奚落,后来倒满高兴,觉得得到了一个帮手咧。张及第更是一个好活动的人,爱说怪话。如今民兵队长张正国来找他,张正国说:"你同咱们民兵一天讲上一课吧,咱到时就集合人。你是个老战士咧,打仗总比咱们经验多啦!"张及第曾经和杨亮谈过话,明白这是杨亮叫他来找的,却也愿意露一手,让大家看看,他这个老党员不是冒牌的,(他因为党的关系还没有转到村,张裕民说手续不够,没有把他编入支部,心里非常不服。)便说:"好啦!咱讲得不好,请你们批评!"他从此每天就去讲战斗动作,讲打游击的经验,很生动地描述他自己所经过的一些战役,大家听得很有趣。张正国也说:"咱们有空再演习演习吧。早先没请你来吹吹,真不该,要真打仗,你可比咱这个队长顶事啊!"张正国是个实心汉子,便立刻和他有了交情,说:"同姓便算一家,就认了弟兄吧。"

这样一来,村子上人便传开了,说这次来的人能拿事,于是有人便为了某些银钱纠纷、土地纠纷、婚姻纠纷、房产纠纷来找杨亮和胡立功。他们两人便拣一些比较简单的给解决了,有些复杂的就慢慢进行调查。他们也就借这一些官司,认识了很多人,对村上情形也比较熟悉了一些,和大家的关系也就不同了。已经不像前几天,每到一家去,主人总是客气地招呼着:"吃了吗?"或者答应:"土地改革,咱也不知道闹精密没有,主任们说的全对着啦,穷人要翻身嘛!"他们也笑着说:"欢迎啦,咱们穷人不拥护共产党拥护谁!"可是也就只限于这么一点点简短的对话,不再往下说了。现在已经没有那么多的礼貌,他们叫着:"老杨,咱有个问题,你给批判批判吧!"或者就挨过身来,悄悄地说:"到咱家去吃饭吧,咱有几句悄悄话道叙道叙……"

这天杨亮打地里帮老百姓锄草回来,刚走进了村,转过一堵土墙,突然有一个巴掌在他的肩头用力一拍。杨亮回头一看,认得是那黑汉子刘满。只见他头发很长,两眼瞪得圆圆的,闪着焦躁的神气,光着上身,穿一条黑布裤子,他说:"老杨!你单不来看看咱,咱可等着你啦!"杨亮顺口就答应:"可不是,就没找着你家,你住在这儿吗?"他马上记起有谁说过,刘满的哥哥刘乾,也当过一任甲长的。

"走,跟咱来,咱家里就是脏一点,可是不咬人。"他几乎是推着把杨亮送到一个小弄里来了。杨亮还问他道:"你为啥不去找咱呢?"

"唉,"刘满从心底里抽出一口气来,半天没言语,停了一会,才说:"这是咱家,咱哥不在,进去坐会儿吧。"

杨亮跟着他进到一个院子,就像一条长弄,东西房都挤拢了。刘满往院子中一站,四周望了望,不知把杨亮往哪里让才好。

一个害着火眼的女人,抱着个孩子从东屋出来,孩子的眼也被眼屎糊满了,睁不开,苍蝇围着他的头飞了出来。女人说:"一天不知往哪里去了,饭还留着呢,吃了不?"

刘满并没有理会她,像不知道她的存在一样,只焦躁地说:"屋子里更热,老杨,就这里坐吧。"

"这是你的屋吗?"杨亮走到东屋门口去张望,又接着说:"你们还在屋子里烧饭?"

女人轰着孩子头上的苍蝇,叹气了:"唉,一天到晚就不顾家,也不回来,咱又忙不过来,屋子里热得不成,回来了也就是那么一副铁青脸相。唉,吃点饭不啦?"

这时西屋里又走出一个年轻的女人,也瑟瑟缩缩的走过来,怯生生地小声说:"三叔,到咱屋里去坐吧。"

杨亮跟着他走进了西屋。这里要干净些,墙上还贴得有褪了色的对联和一张美女画。炕上的被子卷起的,炕席显得还新。有两个半新不旧的蓝布枕头,两头绣得有花。柜子上还放了一面镜子和两个花瓶咧。杨亮不觉地露出一种惊诧和满意的样子,他正想赞美一下,可是刘满却抢着道:"老杨,别瞧咱不起,咱原来也还不是这么一份寒伧人家,如今给人治得穷苦些倒也算了,憋住了一口气,闷得没法过呀!"

刘满又睁开他那一双圆眼,打量着杨亮,杨亮便坐到炕上去,答道:"慢慢儿说吧,咱们自家人,透不了风,有什么,说什么。"

可是刘满又沉默下来了,他不知道怎么说才好,他在屋子里来回地走着,捏着拳头,有时又去拨他那满头直竖着的厚重的头发。

他的女人又送过来一碗小米稀饭,一碟咸菜,并且递给杨亮一枝烟和一枝燃着的线香,她站在门口,用手去揩她的火眼,对旁人并没什么顾忌,等着她男人吃饭。

"刘满,你吃饭吧。"杨亮叫他。

刘满却一冲站到杨亮跟前,急速地说:"不瞒你说,打暖水屯解放那一天起,咱就等着,等着见青天啦。唉!谁知人家又把根子扎到八路军里了。老杨!咱这回可得要看你的啦,看看你是不是吃柿子拣软的!"

"你有话慢慢地说嘛!同志,你担待他些吧,咱们老二是逼疯了的,……唉,你把这碗饭吃了吧。"女人虽然有些怕他的样子,却有她的那一股韧劲。

"对,刘满,你吃了饭咱们再说。"

"你不收走,老子打了你的碗。"刘满又站到一边去,恶狠狠望着他老婆。女人并不示弱,还横扫了他一眼,无限埋怨地悠长地说道:"就不想想人家的作难呀!"然后她转过身出去了,还听得到在外边又叹了一口气。

"刘满!"杨亮又说了,"如今是咱们农民翻身的时候,咱们过去吃了人家的亏,受了压迫,现在都得一桩一桩的算账。越是恶人越要在他的头上动土,越要把他压下去,为什么吃柿子要拣软的?不要怕,你有冤尽管报冤,共产党撑你们的腰。"

"嗯!老杨,你说得好,事情可不像你说的一样,我给你说老实话吧:你们老听干部们那一套就不成!干部们可草蛋,他们不敢得罪人。你想嘛,你们来了,闹了一阵子,你们可是不用怕谁,你们是要走的啦。干部们就不会同你们一样想法,他们得留在村子上,他们得计算斗不斗得过人,他们总得想想后路啦。嗯,张裕民原来还算条汉子,可是这会儿老躲着咱,咱就知道,他怕咱揭穿他。咱一见他就嚷:'你抗联会主任,你到底要舐谁的屁股?'他有天想打咱,嗯,碍着了你们啦,只说:'刘满,哥待你不差,你要拆哥的台吗?'他待咱倒是不差,还介绍咱当过一名党员啦!"

"党员?"杨亮觉得更奇怪了,他来村子后,十八个党员全认识,就从来没听到有刘满这个党员,他便追问他这个问题。

"嗯,咱还是老牌呢,打解放前就参加,背棍打旗的跑过一阵子龙套,今年春上就把咱甩了。还是张裕民说好话,才说只停止一阵。从此村上的事就没有咱的份,咱成了一个长翅膀的党员①啦。不是咱为什么不服气,那是他们向着胡楂,把咱的官司判输了不算,还到区上受了批评。如今,老杨!咱就是要把这官司判回来,这并不争那几亩地,咱就为的要争这口气,咱为的要钱文贵不舒服。嗯!钱文贵,你知道吗?"刘满一气说了这么多,他也不管人家听不听得懂,总以为别人全明白这些事一样,只管自己得了一个机会,就把心里的不平忙端出来了。他说了后却又并不显得轻松,倒像一个刚刚接触战争的战士一样,说不出的紧张,顾不到头,也顾不到尾地那么站在那里,望着杨亮。

"啊!"杨亮只微微嘘了一口气。

刘满又冲过来,夹七夹八的嚷了一阵。有时他女人听到他的刺耳的声音,怕他闯祸,跑过来站在门边瞧瞧,只见他擂拳跳脚,没有个安静。杨亮倒是很平和地望着他,总是说:"慢慢说吧,还有呢?"一直到后来,刘满气呼呼地直挺挺地躺在炕上,杨亮不断地说:"我明白了,我明白了,刘满!你歇歇吧,不要着急,咱们慢慢想办法。"女人便又走了进来,站在门口也说道:"唉,要是同志能帮忙把这口气争回来,咱这日子才过得下去呀!咱们老二是个疯子,如今,你看他这样儿,也不差啥了,唉,这仇恨根子可种得长远啦!"

杨亮还陪着他坐了好一会,看见刘满已经渐渐平静了,才招呼他老婆给拿点米汤来。刘满站起来送他走,那眼睛也像他老婆的火眼一样红,周围更显得润湿,可是却很沉静,他把手放到杨亮的肩头上,朗朗地说:"你说得对!天上下雨地上滑,各自跌倒各自爬,要翻身得靠自己。你更说得对,天下农民是一家,不团结,就没有力量,就翻不了身,老杨,你是咱指路的人,可是咱也是讲义气的!"

---

① 非(飞)党员。

三十五　争论

杨亮刚走出刘满的家,就碰着老百姓告诉他,说文采回来了,四处在找他呢。他赶忙跑回去,才走到院子里,就听到文采的愉快的声音,他在述说里峪工作的顺利。杨亮走进屋时,文采只向他点了一点头,仍继续下去道:"那简单得多,明天晚上就开斗争会,四十九家斗一家,那还不容易,全村就那么一家富农,真是个穷村子。"

"能解决多少土地呢?"胡立功坐在柜子上聚精会神地听。

"他一共有三十多亩地,在里峪就得算个富农,准备留给他二十亩,哈,老董还分了三亩葡萄园子呢。老董……你要了那几亩地,谁给你种嘛?"

坐在炕桌前擦他那杆橛枪的老董,也许由于包枪的红绸子映在他脸上,显得有些红。而文采同志又说起他的笑话来了。说这次一定要吃了老董的喜酒才回去,老董便赶忙分辩没有这回事。

杨亮从这些简单的言语之中,对里峪情形的看法,觉得并不能同文采一样,却也不好多说,只问:"那么是四十九家分十几亩地,老董还占了三亩呐。"

"不,"文采仍然很自得地说,"同志,你别急嘛,当然不会这样,他们种得有外村的地嘛,暖水屯就有五十几亩。龙王堂还有十几亩。这么一来,除开几家中农,平均每家可以分到二亩地了。他们很高兴,老董,你说是么?"

"是,那几个村干部可起劲。"老董也附和着说。

"咱说,那个支书比暖水屯的好,你说怎样,老董?"

"差不离,那边村子小,有事好布置。张裕民也不错,暖水屯的事难办些。"老董把枪包起来,又去翻他的挂包了。

杨亮又问道:"这恐怕还只能解决佃农,赤贫户还是没办法。干部起劲,不一定就是老百姓全高兴。四十九家斗一家,就只因为他是惟一的富农么?"

文采觉得杨亮老欢喜挑岔子,他有点不高兴,冷冷地说:"要不够条件还能斗他?你要是有兴趣,明晚去参加他们的会去吧。咱们全布置好了。"

杨亮还想说:"靠布置不一定办得了事。"但还没说出,文采却问起这几天暖水屯的情形了。胡立功和杨亮便一件一件地汇报着。胡立功把张裕民,赵得禄来商量卖果子的事也谈了。

文采坐在那里耐心地听着,做出一副只有他才能掌握政策的样子,他很不喜欢这两个人轻易发表自己的一知半解,和坚持一端。他心里想:"你们做做调查工作是可以的,可是要决策于千里之外的才干却没有。"他总是做出一副最老练最懂政策的样子,常常引用一些书本上的话,可是他其实是并没什么办法,照他自己的真心话,他这人是一个谨慎的人,不致犯多大错误的。他就是一个常常以为自己看准了,在事后才来批评,而且是很会发议论的人。

"聪明人"是不容易碰钉子的,即使在群众运动面前,也常常会躲闪,会袭击,事情出岔子的时候,便插科打诨,轻松地把责任卸在别人头上,不论在什么时候,都要摆出一副自己很正确的架子。这种人表面上常常是很积极、很灵活,也很能一时的把少数人蒙混住,以为他倒比较有用,但在群众眼中,常常觉得很难与那些隐藏在革命队伍里的投机者区别开。

"唔,刘满那个人,我知道,"文采想起那天在路上遇到他的情形,"完全像个有神经病的;既然他哥哥是个疯子,很可能有遗传。老董,他家里还有什么人有神经病的么?"

"没听见,"老董答应,"他春上那场官司,咱知道,村干部怕是有些马虎,这里面说不定钱文贵、江世荣都有鬼。他过去的确是个党员,啥时把他停止了,连区上也不清楚呢。"

文采认为当甲长总是赚钱的,都是汉奸,如今听说有人当甲长是被强迫的,是为仇家所陷害,结果破产,成了极贫的农民,还逼疯了,怎么会有这回事呢?他不大相信这种话。钱文贵在村子上包揽词讼,出出歪主意,一定是可能的,可是,从经济上来看,他三口人只有十多亩地,把他分给儿子们的五十亩划开了,顶多是个中农,纵使出租,也不是什么大事,从政治上看,他是一个抗属。对一个革命军人家属,在社会上不提高他的地位,已经不对,怎么能打击他呢?因此他觉得干部们不提出他来作为斗争对象,完全是对的。他反而不赞成张裕民,在会上不提,会后叽叽咕咕,这是种什么作风!这只有扰乱目标,也就扰乱了阵容。而这两个同组的工作者,很能接近群众是真的,但分析能力不够,容易被片面的事实所迷惑。文采还特别向他们指出黑板报那件事,明明是群众起来说话,他们却听信了李昌的话,以为这是坏分子的破坏活动,李昌不是和李子俊同姓么,这些干部都有些耍私情!偏偏这两个少不更事的同志,却相信干部的意见。

老董以他的对村子上的了解,和他用一个农民的直感,他觉得不管李子俊也好,顾涌也好,分他们的土地,大家也会乐意。但如果要斗争,那么就很少有人发言了,甚至会有人同情顾涌。而李子俊平日的某些小恩小惠,也会使人觉得对他太过了。他的思想常会不约而同地接近张裕民,但却比张裕民更小心,更多犹疑。他觉得在文采的理论政策的渊博学问之下,就不敢坚持一个一定的主张,就不得不采取些模棱两可,含混的语句了,虽然这是同他的性格完全不调和的。

一些纠缠不清的争论,继续着,一些夹七杂八的所谓群众观点,空洞的语言,使胡立功不能忍受了,他跳起来说:"咱们的工作,如果老这样吵下去的话,只有一个前途,就是垮台!我也曾经做过减租减息的工作,从来没有见过这种做法!"

"是的,我也认为工作组的意见太难于统一了!"文采慢吞吞地答道,"枝节太多,民主也太多,很难集中。主要还是由于我们对政策理解的深度不一致。不过,至于工作,我想还不至如你所希望——就说是担心也可以——那么的坏吧。哈……"

杨亮简直觉得只有用痛苦两个字来形容自己的心情了。像李子俊那样的封建地主,应该被清算的,而且应该很彻底。但农民还没有阶级觉悟以前,他们不清楚恶霸地主的相互关系,他们恨恶霸比恨地主更甚,如果不先打倒这种人,他们便不敢起来。他觉得如果这样搅不清,倒不如先回区上去一趟,或到县上去,让他们来决定这工作吧。可是他又压制住自己,他责备自己的办法太少,自己不善于与人合作,他想:"这恐怕是给我的一个最好的锻炼吧。"他又想:"何必在形式上争上下呢?先做一两件事,从事实上来说明我们的想法,让实际来决定行动吧。"于是他提议,根据要红契失败的经验,再进行一次有把握的胜利的战斗,用小小的胜仗来鼓舞士气,磨炼斗志,在大的决战之前,小的胜仗是有它的作用的。

果然,这个提议立刻为大家所接受,这不会有妨碍于任何人的自尊心,和新的行动的布置的。为着消弭适才争吵的厌倦之感,新的问题,具体的准备工作,是比较容易得到一致的。因此房子里的空气有了转换,大家在这个问题上谈得很融洽。

合作社里的郭富贵的印象,在胡立功脑子里活跃了起来,他笑道:"父亲打了败仗,那么,让儿子去打胜仗吧。"

"是的,这不是一个孬种!可以上阵的角色!"大家同意这个想法。

老董说江世荣是个大滑头,应该先告诉佃户们,怎么去算账,该不该算账。这个意见也很对,上次就因为事先没有使佃户们明白,为什么要去拿红契,这不是讹人抢人,只为去算还自己被剥削了的血汗!

文采在对于分配果实上,也提出了意见,也被赞同,并补充了些办法。总之,在重新拿红契这件事上,大家思想倒很一致,这给了人很愉快的感觉,大家又有了信心。那么,就先来把这件事办好再说吧。他们立刻一同动身去合作社找张裕民,程仁他们,商量着开始这工作。

三十六　果子的问题

合作社门外的街头上,靠墙根阴处,站了好些人,平台的侧边树阴下,也蹲了不少人。他们都在那里交头接耳。杨亮看见董桂花的男人李之祥也在这里,知道他心里有事,还没得到解决,一时积极不起来,便走过去问他这几天干什么活,葡萄快下来了没有?李之祥回说,他的园子已经找了他的一个老寡婶去看着,白天他老婆去帮忙收拾,葡萄已经快熟,过十来天就好下了。他因为眼前没吃的,给人打短工,跑沙城,卖果子呢。

"你们都是卖果子的么?"杨亮把眼睛扫到旁边去。

"不是的,"旁边一个老头答应了,"咱是看园子的。"

"你看的谁家的?"

"他叫李宝堂,就是李子俊的看园子的。"李之祥代他答应了。

"啊!"杨亮便仔细地打量这个老头儿,继续问道:"李子俊怎么跑的呢,他说过什么没有?"

"没有,他啥也没说,就卖果子,打你们来就卖起,那会儿果子还没全熟呢。一天要出脱七八百,千来斤。"

"他走的头天夜里,村子上有人去找过他呢。"李之祥又补充道。

老头子却用肘子碰了他一下,只说:"卖果子的已经不只他一家,要是村干部不管这回事,暖水屯的胜利果实可就去了一大半呢。今年是个大年,近十年也没这样好过。"

"要是把大同拿下来了,果子还会马上涨价呢。以前咱们不只往西去,还往东销呢,哪趟火车不运上几节车厢的果子。"蹲在旁边的另外一个人也说了。

"你也是卖果子的?"杨亮看见他是一个年轻小伙子。

"不,咱哥有一亩半葡萄园子,听说农会要把果子都卡起来,咱哥害怕要清算他的果园,急得要死,自己又不敢来问,叫咱来打听。杨同志,咱哥一共才五亩地,三亩半是水地,三口人,日子过得还可以,也算不上什么富有,你说会均他的地吧?"那年轻人便趁机会问开了。

"你哥在村上做过坏事么?"

"哈,好事坏事全没他的份,忙自己几亩地就忙不过来。他哥也是个老实人。"李之祥又替他答应了。

"那怕什么,又不是地主,又不是恶霸,着什么急?一个庄稼人,同大伙儿站在一起,不分得点地,分点浮财,穷人掌权,自己也有好处啦!你告诉你哥,说不要怕,要是谁欺侮过他,他还可以报仇啦。你们大家看,该不该这样?"

"对啦,有几亩地也算不了什么,地又不会自己长出谷子来,还不是吃的自己的一把汗一把血的。"大伙儿都笑着说了。

"他哥可给人吓唬得够呛。别人吓唬他,说他是中农,说扳倒了地主扳富农,扳倒了富农扳中农,说如今只有穷光蛋才好过日子,穷光蛋又不劳动,靠斗争,吃胜利果实,吃好的啦。他哥不服气,把一口猪也杀了,说自己也开开荤吧,别到往后看见别人吃了心痛。"是谁也挤过来抢着说。

"真的不会卖他的果子么?"那年轻人还追着问清楚。

"唉,看你这人,同志不是刚说过,看大家的意见么!"

"嗯,大伙儿有个啥意见么,农会说要卖,大伙儿也不敢说不卖,要是同志说一句,那才顶事。杨同志,请你跟农会说说吧。"那年轻人更凑了过来。

"农会是大伙的么,又不是几个人的,农会就得听大家意见。要是不听,你们就不依他们,有话尽管说,共产党在这里撑大家的腰。怎么样?"杨亮这话把大家都逗乐了,有的人半信半疑,有的人顺着说:"有同志们在这里,咱们啥也不怕,要不,还能卖别人的果子!"

这时老董,文采,胡立功也被人围在中间,大家都谈卖果子的事,文采问道:"有果园的人不都害怕起来了么?有多少家有园子的?"

"可不是都慌了。"群众答应。

胡立功告诉他,十一家地主,十五家富农全有园子,还有五家中农,二十家贫农也有果子呢。葡萄园没有算在里边,葡萄的收成不算什么。

"还能把穷人的果子也拿出卖?只能卖地主和富农的。"人群中又有人说了。

"富农也有不被清算的,一古脑儿都掌握起来,不大好吧。这样那五家中农也要恐慌的。这个办法是你们想的,还是农会想的?"文采觉得这么不分青红皂白就不大好。

大家便都彼此望着,不再说什么。

"这有什么要紧,"停了一会,里面有个人站出来说,这人是侯忠全的儿子侯清槐,"咱们又不抢人讹人的,不该被清算的果子账,还是可以还给他的嘛,他有多少果子他自己来过秤,咱们公事公办,不就行了。"

"把果子看起来,迟几天卖,不行吗?那时候,地归谁,谁就去卖,不省事吗?"文采又问他们。他的神气当然还是看出有某种程度的肯定。他看见大家没有答应他,便又重问了一遍。

群众中有个年岁长的便答道:"当然成,这事还不是看同志们的命令,同志们说怎么办就怎么办。"

老董却说道:"要是很快能把地分精密,那是成的,果子搁几天也不要紧,就怕行情跌,日子要拖久了,苹果,梨,都好办,就是葫芦冰为难……"

"对,"群众还没等他说完便嚷起来了,"董主任懂得,就是这个讲究,到底是这地方的人!"

文采不好再说什么,只同胡立功说:"咱们突击一下吧,找程仁他们去,要是能突击出来,还是慢点好。这工作要做不好,也会很麻烦的。"

"突击是突击不出来的。不过连富农的也统制起来,是不太好,我同意你的这个意见。"胡立功便跟着他离开了人群,杨亮也走了过来,还听到侯清槐问老董说:"一听说土地改革,穷人们就望着这些果子呢。谁不想分个几百斤,千来斤。要是果子都吹了,光树杆子就差劲了。董主任,你得替穷人们想想这个道理,你看,连咱爹那个老顽固,听说要卖果子,他还不反对,还悄悄向咱娘打听呢。"

三十七　果树园闹腾起来了

暖水屯的人们都你跟我说,我跟你说着:"嗯,十一家地主的园子都看起来了,说有十一家咧,贫农会的会员都在那里放哨呢。""唉,是哪十一家咧,怕都是要给清算的吧?""说是只拣有出租地的,富农的让他自己卖。""那不成呀!富农就不清算了么?""说不能全清算呀!有的户要清算的,那时要他交钱就成,这好办。""这也对,要是把全村的都卡起来,农会就只能忙着卖果子,还闹什么改革,地还得要分嘛!"……

一会,红鼻子老吴又打着锣唱过来了。他报告着卖果子委员会的名单,和委员会的一些决定。

"着呀!有任天华那就成呀!他是一个精明人,能替大伙儿打算,你看他把合作社办得多好,哪个庄户主能挂账,不给现钱,可还能赚钱呀!"

"哈,李宝堂也是委员了,他成,果园的地他比谁也清楚,在果子园里走来走去二十年了,哪一家有多少棵树,都瞒不过他,哪一棵树能出多少斤果子,他估也估得出来,好好坏坏全装在他肚子里。"

"照情况看来这一回全给穷人当权着呢。侯忠全的儿子也出头了,这不给他的老头子急坏了么!"

人们不只在巷子里和隔壁邻舍谈讲,不只串亲戚家去打听,不只拥在合作社门外传播消息,他们还到果子园去;有些人是指定有工作的,有些妇女娃娃就去看热闹。

曾经听说过要把全村果树都卡起来的十五家富农,如今都露出了笑容,他们互相安慰也自己给自己安慰道:"咱说呢,共产党就不叫人活啦,还能没有个理!"于是也全家全家的赶快出发到园子里,把熟了的果子全摘下来,他们怕落后了吃亏,要把果子赶早发出去。

那被统制下来了的十一家,也派人到园子来,他们有的来向大伙要求留下一部分,有的又想监视着那些农民看他们能怎么样,会不会偷运,把些小孩子也派来,趁大伙忙乱的时候,孩子们就抱些回家去,哪怕一个果子也好,也不能随便给人呀!

当大地刚从薄明的晨曦中苏醒过来的时候,在肃穆的,清凉的果树园子里,便飘起了清朗的笑声。这些人们的欢乐压过了鸟雀的喧噪。一些爱在晨风中飞来飞去的有甲的小虫,不安地四方乱闯。浓密的树叶在伸展开去的枝条上微微地摆动,怎么也藏不住那累累的沉重的果子。在那树丛里还留得有偶尔闪光的露珠,就像在雾夜中耀眼的星星一样。那些红色果皮上有一层茸毛,或者是一层薄霜,显得柔软而润湿。云霞升起来了,从那密密的绿叶的缝里透过点点的金色的彩霞,林子中反映出一缕一缕的透明的淡紫色的、浅黄色的薄光。梯子架在树旁了。人们爬上了梯子,果子落在粗大的手掌中,落在箩篮子里,一种新鲜的香味,便在那些透明的光中流荡。这是谁家的园子呀!李宝堂在这里指挥着。李宝堂在园子里看着别人下果子,替别人下果子已经二十年了,他总是不爱说话,沉默地,像无所动于衷似的不断工作。像不知道果子是又香又甜似的,像拿着的是土块,是砖石那么一点也没有喜悦的感觉。可是今天呢,他的嗅觉像和大地一同苏醒了过来,像第一次才发现这葱郁的,茂盛的,富厚的环境,如同一个乞丐忽然发现许多金元一样,果子都发亮了,都在对他映着眼呢。李宝堂一面指挥着人,一边说:"这园子原来一共是二十八亩,七十棵葫芦冰,五十棵梨树,九棵苹果,三棵海棠,三十棵枣,一棵核桃。早先李子俊他爹在的时候,葫芦冰还多,到他儿子手里,有些树没培植好,就砍了,重新接上了梨树。李子俊没别的能耐,却懂得养梨,告诉咱们怎么上肥,怎么捉梨步曲,他从书上学来的呢。可惜只剩这十一亩半。靠西北角上五亩卖给了江世荣,紧南边半亩给了王子荣,一个钱也没拿到。靠洋井那三亩半还卖得不差,是顾老二买的,剩下七亩半,零零碎碎的卖给四五家人了。这些人不会收拾,又只个半亩,亩多的,就全是靠天吃饭,今年总算结得不错。"

有些人就专门把那些装满了果子的篮子,拿到堆积果子的地方。人们从这个枝上换到那个枝上,果子逐渐稀少了,叶子显得更多了。有些人抑制不住自己的欢乐,把摘下的大果子,扔给邻树上摘果子的人,果子被接住了,大家就大笑起来,果子落在地上了,下边的人便争着去拾,有的人拾到了就往口里塞,旁边的人必然大喊道:"你犯了规则啊,说不准吃的呀,这果子已经是穷人们自己的呀!""哈,摔烂了还不能吃么,吃他李子俊的一个不要紧。"

也有人同李宝堂开玩笑说:"宝堂叔,你叨咕些什么,把李子俊的果园分了,就打破了你看园子这碗饭,你还高兴?"

"看园子这差事可好呢,又安静,又不晒,一个老人家,成天坐在这里抽袋把烟,口渴了,一伸手,爱吃啥,就吃啥,宝堂叔——你享不到这福了。"

"哈,"李宝堂忽然成了爱说话的老头,他笑着答道:"可不是,咱福都享够了,这回该分给咱二亩地,叫咱也去受受苦吧。咱这个老光棍,还清闲自在了几十年,要是再分给一个老婆,叫咱也受受女人的罪才更好呢。哈……"

"早就听说你跟园子里的果树精成了亲呢,要不全村多少标致闺女,你都看不上眼,从来也不请个媒人去攀房亲事,准是果树精把你迷上了,都说这些妖精喜欢老头儿啦!"

一阵哄笑,又接着一阵哄笑。这边笑过了,那边又传来一阵笑,人们都变成好性子的人了。

果子一篮一篮的堆成了小山,太阳照在树顶上,林子里透不进一点风。有些人便脱了小褂,光着臂膀,跑来跑去,用毛巾擦脸上的汗,却并没有人说热。

比较严肃的是任天华那一群过秤的人。他们一本正经目不斜视的把秤过的果子记在账上,同时又把它装进篓子里。

李子俊的女人在饭后走来了。她的头梳得光光的,穿一件干净布衫,满脸堆上笑,做出一副怯生生的样子,向什么人都赔着小心。

没有什么人理她,李宝堂也装做没有看见她,却把脸恢复到原来那么一副古板样子了。

她瑟瑟缩缩地走到任天华面前,笑着道:"如今咱们园子不大了,才十一亩半啦,宝堂叔比咱还清楚啦,他爹哪年不卖几亩地。"

"回去吧,"那个掌秤的豆腐店伙计说了,"咱们在这干活穷人们都放心,你还有什么不放心的。你们已经卖得不少了!"

"尽她呆着吧。"任天华说道。

"唉,咱们的窟窿还大呢,春上的工钱都还没给……"女人继续咕噜着。

在树上摘果子的人们里面不知是谁大声道:"嘿,谁说李子俊只会养种梨,不会养葫芦冰?看,他养种了那么大一个葫芦冰,真真是又白又嫩又肥的香果啦!"

"哈……"旁树上响起一片无邪的笑声。

这个女人便走到远一点的地方坐下来。她望着树,望着那缀在绿树上的红色的珍宝。她想:这是她们的东西,以前,谁要走树下过,她只要望人一眼,别人就会赔着笑脸来奉承来解释。怎么如今这些人都不认识她了,她的园子里却站满了这么多人,这些人任意上她的树,践踏她的土地,而她呢,倒好像一个不相干的讨饭婆子,谁也不会施舍她一个果子。她忍着被污辱了的心情,一个一个的来打量着那些人的欢愉和对她的傲慢。她不免感慨地想道:"好,连李宝堂这老家伙也反对咱了,这多年的饭都喂了狗啦!真是事变知人心啦!"

可是就没有一个人同情她。

她不是一个怯弱的人,从去年她娘家被清算起,她就感到风暴要来,就感到大厦将倾的危机。她常常想方设计,要躲过这突如其来的浪潮。她不相信世界将会永远这样下去。于是她变得大方了,她常常找几件旧衣送人,或者借给人一些粮食;她同雇工们谈在一起,给他们做点好的吃。她也变得和气了,常常串街,看见干部就拉话,约他们到家里去喝酒。她更变得勤劳了,家里的一切活她都干,还常常送饭到地里去,帮着拔草,帮着打场。许多只知道皮毛的人都说她不错,都说李子俊不成材,还有人会相信她的话,以为她的日子不好过——她还说今年要不再卖地,实在就没法过啦!可是事实上还是不能逃过这灾难,她就只得挺身而出,在这风雨中躲躲闪闪地熬着。她从不显露,她和这些人中间有不可调解的怨恨,她受了多少委屈啊!她只施展出一种女性的千依百顺,来博得他们的疏忽和宽大。

她看见大伙的工作又扩展开来了,便又走远些,在四周逡巡,舍不得离开她的土地,忍着痛苦去望那群"强盗"。她是这样咒骂他们的。

到中午时候,人们都回家吃饭去了。园子里显得安静了许多。她又走回来,巡视那些树,它们已经不再好看了,它们已经只剩下绿叶,连不大熟的果子都被摘下来了。她又走过那红色的果子堆成的小山,这在往年,她该多么的欢喜啊!可是现在她只投过去憎恨的视线。"嗯,那树底下还坐得有人看着呢!"

她通过了自己的园子,到了洋井那里,水汩汩地响着,因为在水泉突出来的地方,倒覆了一口瓦缸,水在缸底下涌出来,声音听起来非常清脆,跟着水流便成了一条小渠。这井是他们家开的,后来同地一道卖给顾老二了。顾老二却从来没有改变水渠的道路,也就是说从来没有断绝他们家的水源。这条小渠弯弯曲曲的绕着果子园流着,它灌溉了这一带二三十亩地的果子。她心想:"唉,以前总可惜这块地卖给别人了,如今倒觉得还是卖了的好!"

顾涌的园子里没有人,树上的果子结得密密层层,已经有熟透了的落在地上了。他的梨树不多,红果却特别大,这人舍得上肥和花工;可是,还不是替别人卖力气。她感觉到这三亩半园子也被统制了,把顾老二也算在她们一伙,她不禁有些高兴,哼,要卖果子就谁的也卖,要分地,就分个乱七八糟吧。

可是当她刚刚这样想的时候,却听到一阵年轻女人的笑声。接着她看见一个穿浅蓝衣服的影子晃了过去,谁呢?她在脑子里搜寻着,她走到一条水渠边,有一棵柳树正从水渠那边横压了过来,倒在渠这边的一棵梨树上。梨树已经大半死去,只留下一根枝子,那上边却还意外地结着一串串的梨。她明白了对面是谁家的园子,"哼!是他们家呀!"

她已经看见那个穿浅蓝布衫的黑妮,正挂在一棵大树上,像个啄木鸟似的,在往下边点头呢。树林又像个大笼子似的罩在她周围。那些铺在她身后的果子,又像是繁密的星辰,鲜艳的星星不断地从她的手上,落在一个悬在枝头的篮子里。忽地她又缘着梯子滑了下来,白色的长裤就更飘飘晃动。这时她的二嫂也像一个田野间的兔子似的跳了过来,把篮子抢了过去,那边她姐姐又叫着了:"黑妮!你尽贪玩呀!"

黑妮是一个刚刚被解放了的囚徒。她大伯父曾经警告她道:"村子上谁也恨咱那个兄弟,咱们少出门,少惹事,你一个闺女家千万别听他的话,防着他点,是是非非你都受不了啦!"黑妮听了他的话,坚决不去找程仁,干脆地答复了二伯父道:"你们要再逼咱,咱就去告张裕民。"但不管怎样,家里总还是不放松她,死死地把她扭着,不让她好好呼吸一口新鲜空气。正在无法摆脱的时候,却一下晴了天,今天全家都喜笑颜开,当他们听到十一家果地被统制的消息时候,其中却没有钱文贵三个字,都会心地笑了。二伯父已经不再在院里踱来踱去,他躺在炕上,逍遥地摇着一把黑油纸扇。伯母东院跑到西院,不知忙什么才好。妇女们都被打发到园子里来了,钱礼就去找工人雇牲口。黑妮最感到轻松,她想他们不会再逼迫她了。她悄悄地向顾二姑娘说道:"二嫂,别怕咱爹,哼!他如今可是沾的咱二哥的光啦!"

李子俊的女人却忍不住悄悄地骂道:"好婊子养的,骚狐狸精!你千刀万剐的钱文贵,就靠定闺女,把干部们的屁股舐上了。你们就看着咱姓李的好欺负!你们什么共产党,屁,尽说漂亮话;你们天天闹清算,闹复仇,守着个汉奸恶霸却供在祖先桌上,动也不敢动!咱们家多了几亩地,又没当兵的,又没人溜沟子,就倒尽了霉。他妈的张裕民这小子,有朝一日总要问问你这个道理!"

她不能再看下去了!她发疯了似的往回就跑,可是又看见对面走来了许多吃过午饭的人,还听到他们吆牲口的声音,她便又掉转头往侧边冲去,她不愿再看见这些人,她恨他们,她又怕不能再抑制住自己对他们的愤恨,这是万万不准透露出来的真情。她只是像一个挨了打的狗,夹着尾巴,收敛着恐惧与复仇的眼光,落荒而逃。

人们又陆续的麇聚到园子里了。侯清槐带领着运输队。两部铁轮子大车停在路上等装货,连胡泰的那部胶皮轱辘也套在那里,还加了一匹骡子。顾涌不愿跟车,没出来,李之祥被派定站在这里,拢着缆绳,举着一根长鞭子。他已经展开了笑容,不像前一向的畏缩了,他觉得事情是有希望的。一串串的人扛着篾篓子,从园子深处朝这边走来了。只听见侯清槐站在车头上嚷道:"老汉,你下去!到园子里捡捡果子吧,找点省劲的干!唉,谁叫你来的!"

这话是朝后边那辆铁轮车上的郭全说的。这老头戴了一顶破草帽,穿一件旧蓝布背心,连身也不反过来说:"谁也没叫咱来,咱自个儿来的。咱自个儿还搁着两棵半果树没下呢。老头怎么样,老头就不办事了?!"他忽然看见那小个儿杨亮也扛着一篓果子走过来,不觉便去摸了一下那两撇八字胡,也高声道:"咱老头还能落后,老杨!到咱这里来!装车是要会拾掇,又不要蛮力,对不对?"

"啊!是你!你的果子卖了么?"杨亮在车旁歇了下来,拿袖子擦脸上的汗。又向旁边搜寻着。

"没呢,咱那个少,迟几天没关系。"郭全弯着腰接过送上来的篓子。

杨亮想起那天他们谈的事,便问道:"和你外甥商量了没有?打定了主意么?"

"什么?"他凝视着他一会,忽然明白了,笑了起来:"啊!就是那事啊!唉,别人成天忙!你看,小伙子都嫌咱老了干不了活啦!嗯,没关系,咱老了,就少干点,各尽各的心!"

杨亮看见一个年轻女人也站到身边来,她把肩头上沉重的篓子慢慢的往下移,却急喊道:"郭大伯,快接呀!"

她是一个瘦条子女人,黑黑红红的面孔,眉眼都细细的向上飞着。头发全向后梳,又高高地挽了一个髻子,显得很清爽。只穿一件白布的男式背心,两条长长的膀子伸了出来,特别使人注目的,是在她的一只手腕上,戴了好几道红色的假珠钏。

"嘿,坐了飞机呀!"一个走过来的年轻农民笑说道,"你真是妇女们里面的代表,羊栏里面的驴粪球啦!"

那女人决不示弱,扭回头骂道:"你娘就没给你生张好嘴!"

"对!咱这嘴就是笨,咱还不会唱'东方红太阳升'呢,哈……"谁也没注意他给大家做的鬼脸,但大家都笑了。还有人悄悄说:

"欢迎唱一个!"

"唉!看你们这些人呀!有本领到斗争会上去说!可别让五通神收了你的魂!咱要是怕了谁不是人!"她趄转身走回去了。她走得是那样的快和那样的轻巧。

"谁呀?这妇女不赖!"杨亮觉得看见过这女人,却一时想不出她的名字,便问郭全。

郭全也挤着眼笑答道:"羊倌的老婆,叫周月英,有名的泼辣货,一身都长着刺,可是个天不怕地不怕的女人,开起会比男人们还叫得响。算个妇女会的副主任唎。今天她们妇女会的人也全来了。"

"扛了一篓子果子,就压得歪歪扭扭叫叫喊喊的,还要称雄呢!"

"称雄!不成,少了个东西啦!"

于是大家又笑了。

一会,车子上便堆得高高的,捆得牢牢的。侯清槐得意洋洋,吆喝了一声,李之祥便挥动长鞭,车子慢慢地出发了。三辆车,一辆跟着一辆。在车后边,是从园子里上好了驮子的十几头骡子和毛驴,一个长长的行列,跟车的人,押牲口的人在两旁走着,有些人便靠紧了路边的土墙,伸长着头,目送着这个热闹的队伍。有些人也不愿立刻回园去,挤在园门口,指指点点赞谈着。这比正月的龙灯还热闹,比迎亲的轿马还使人感到新鲜和受欢迎啊!这时郭全也靠墙站着,轻轻的抹着他那八字胡,看行列走远了,才悄悄地问他身旁的杨亮道:"这都给了穷人吗?"

文采也到园子里来了,他的感觉完全和过去来这里不同。他以前曾被这深邃的林地所眩惑。他想着这真是读书的胜地啊!也想着是最优美的疗养所在。他流连在这无边的绿叶之中,果子便像散乱的花朵。他听着风动树梢,听着小鸟欢噪,他怡然自得,觉得很不愿离开这种景致。可是今天呢,他被欢愉的人们所吸引住了。他们敏捷,灵巧,他们轻松,诙谐,他们忙而不乱,他们谨慎却又自如。平日他觉得这些人的笨重,呆板,枯燥,这时都只成了自己的写真。人们看见他来了,都向他打招呼,他却不能说出一句可以使人发笑的话,连使人注意也不可能。他看见负指挥总责的任天华,调动着,巡视着,计算着,检点着,又写些什么。谁也来找他,来问他,他一起一起打发了他们,人们都用满意的颜色离开他。可是他仍是像在合作社的柜房里一样,没一点特别的神气,没一点特别的模样,只显出他是既谦和又闲暇的。

胡立功更明确的说道:"这要换上咱们来办成么?"

当然文采还会自慰:这到底只是些技术的,行政的事,至于掌握政策农民们就不一定能够做到。但他却不能不在这种场面里,承认了老百姓的能力,这是他从来没有想到的,更不能不承认自己和群众之间,还有着一层距离。至于理由何在,是由于他比群众高明还是因为他对群众的看法不正确,或者只是由于他和群众的生疏,那就不大清楚,也不肯多所思虑了。

他们没有在这里呆许久,便又回去,忙着布置昨天商量好的事去了。

园子里却仍旧那么热闹,尤其当太阳西斜的时候,老婆子们都挂着杖走来了。这是听也没听过的事呀!财主家的果子叫穷人们给看起来,给拿到城里去卖。参加的人一加多,那些原来有些怕的,好像怀了什么鬼胎的人,便也不在乎了。有些本来只跑来瞧瞧热闹的,却也动起手来。河流都已冲上身来了,还怕溅点水沫吗?大伙儿都下了水,人人有份,就没有什么顾忌,如今只怕漏掉自己,好处全给人占了啦!这件事兴奋了全村的穷人,也兴奋了赵得禄张裕民几个人,他们满意着他们的坚持,满意着自己在群众中增长起来的威信,村上人说他们办得好咧。他们很自然地希望着就这么顺利下去吧,这总算个好兆头。他们不希望再有什么太复杂,太麻烦的事。

三十八 初胜

吃过了早饭,郭富贵到韩老汉家里来,院子里还只到了三家江世荣的佃户。他们一共是九家,昨天在这里开了一个小会,文采同志向他们说了很多道理,他们都似乎懂得了,今天约好一道去要红契,为什么还不来呢?他们便又分头去找那几家。郭富贵很兴奋。他种了江世荣十亩旱地,每年要交四石租。年年就为这四石租同江世荣吵,怄他的气。这地就不好,一共也不过出四石多五石谷子,要不是再去打个短工,一年四季就连水也没喝的。几次想退了这地,可是要另外找也不容易;别人看得起他有一把力气,却愁着他没家当。他想土地改革要把这地分给了他,他便算有了老本,够吃不算,把裤带系系紧,再喝两年稀的,仗着年轻力壮,也许再苦出一两亩地来,扎下了根,就不怕了。他要地的心切,有股猛劲,不怕事,他一个劲的四处找人,只想一下就把红契拿到手。他一生还没见过这个命根子的东西啊!

慢慢地人都来齐了。里面有一个才十七岁的佃户,叫王新田,还有三个老头子,他们夹在一群年轻人中,便也不怎么怕,不过他们总是比较沉默些。他们经过了昨天的一次小会,都愿意去把红契拿来,他们只告诉文采,说江世荣是当过甲长的,能说能办,就怕不给呀!

张裕民也说,江世荣要白银儿造谣,说真龙天子在北京;又天天派老婆去活动赵得禄。这个人狡猾,怕这几个佃户不顶事。文采便又钉住他们几人问:"你们还怕不怕?"

他们几人都同声答道:"有你在这里,咱们不怕。"

程仁又把侯忠全的故事说了一番。去年清算侯殿魁,大家都分了地,村干部逼着侯忠全也去找他算账,侯忠全没法,进去了。侯殿魁躺在炕上问道:"谁在院子里?"侯忠全说:"二叔,是咱呢。""啊!是你,你来干什么呢?"侯忠全便说:"没什么事,来看看二叔的啦。"说完话他找了一把扫帚,在院子里扫了起来。"啊!到底你还有良心,我以为你也是来找咱算账的。要算,到阎王爷那里去算吧!看他注定到底是给谁的!唉,咱说忠全,你欠咱的那一万款子,就算了吧。咱们是一家人啦,几十年工夫咱们总算有情分。""啊,那哪成,那哪成,……"侯忠全就走出来了。外面的人问他算了没有,他说:"算了,算了,咱还欠人家一万款子啦!"后来农会分了他一亩半地,他到底还悄悄给人家退回去了。程仁更说:"你们不会做侯忠全吧?这种死也不肯翻身的人!"大家都笑着答:"谁也没那样孱头,尽给人当笑话!"

虽说他们也诉说了许多种地人的苦痛,给了许多诺言,但文采总觉不放心。他一时又没有更多的办法,便只好模仿着一个地主声口,厉声问道:"你们来干什么的?"郭富贵知道了他的意思,答复道:"咱们来给你算算账的。""算账?很好!"文采接着说下去:"你种了咱十亩旱地,当日是你求着种的,还是咱强迫你种的?那时言明在先,白纸黑字,一年交四石租子,你欠过租没有?如今你要算账,成!把欠租交了来再算!要是不愿种,那就干脆,老子有地还怕找不到人种?咱问你,地是你的还是咱的?""地自个会给你长出谷子来?"那个王新田也说了。郭富贵更继续说:"江世荣!告诉你!你早先当甲长,凭着日本人势力,吞了咱们的配给布,谁不知道?还有那年替你修房子,说好一升米一天,咱替你做了一月零三个工,你只给十升米,你想想,有这回事没有?""有呀!"文采仍旧装腔作势地答道,"配给布,不是在唱酬神戏时做了帐篷么?咱又没有要它!你替咱修房子,咱也没亏待你,你吃了一月零三天的伙食就不算了吗?再说,前年日本鬼子还没走,你们就给咱斗争了,要还的都还了,你们讹人就没个完么?咱也曾给八路办事来啦!"这给大家都说气了,大家都吵了起来:"好,你还说咱们讹你,没有咱们受苦,就没有你享福!你以前多少地?这会儿多少地?要不是咱们的血汗就养肥了你?你今天不把红契拿出来,咱们揍也揍死你……"他们吵着吵着,看见文采他们都笑了,便也笑了起来,有人还说:"文同志,你装地主真能成呀!"也有人说:"就像江世荣,江世荣可是个难斗的家伙!"

文采又问他们,如果江世荣老婆也学李子俊老婆一样,跑出来哭哭啼啼怎么办?他们都答应,谁管那个破鞋呢。郭富贵更说:"那年那个破鞋刚来,一天找咱去帮他们家推碾子,咱不敢不去。碾完了麦子,又碾黍棒。到天黑,给他们扫净了碾盘,又把骡子牵到槽头上,喂上了草。正要回家,那女人才说一句,'喝碗米汤走吧',咱还没停脚,江世荣却回来了,一进门就说:'咱不在家,你跑来干什么?你调戏咱女人啦!好!送到甲公所罚苦力去!'那女人坐在房子里,一气也不吭;咱怎么说,江世荣也不依。后来还是替他到下花园驮了两趟煤,才算没办咱呢。要不是这破鞋,咱也不会吃那次亏。咱还要同她算账啦,她要哭咱就揍她!才不像咱爹!"

文采又问了他们一些问题,他们都答应得很妥当;还要给他们一些鼓励,他们却忍不住了。有个人说:"咱们全闹精密了,走吧。"王新田也说:"咱们一定要胜利,同志放心!"于是他们把他们送到街头上,望着他们走出,后边仍旧跟了一些人,程仁也尾随在后边,好打听消息,看这几个人究竟怎么样。

他们九个人,一阵风似的,拥到江世荣门口了。郭富贵打头一个跨进了大门,其余人便跟在后边。院子里没有人,听到上房有移动家具的声音。郭富贵抢步上了台阶,冲进了中间屋子。这时江世荣已经站在房子中间了,看见进来的就几个穷佃户,他猜算是来要红契的。但他并不怕他们,他说道:"是农会要你们来的么?你们要什么都成,咱也是跟过八路军的,什么事还不明白!不过你们自己得放清楚些,别上了人家的当!好,王新田,你也来了?"

别的人都没有说话,只有郭富贵大声说:"咱们什么全明白,江世荣!咱们要来算算这多年的账!"

"还算什么账!"江世荣只说了一句,注意了几个人的脸色,又听到院子里有脚步声音,怕是工作组和村干部们也来了,立刻改变了面容,接着说道:"村上要土地改革,咱还有不知道的?这是好事呢,咱地是多些,自个儿要种也种不过来。咱老早就和干部们商量过了,咱要献地呢,有地大家种,有饭大家吃,才是正理嘛!"

王新田一听说他要献地,心里就蒙了,急说道:"红契呢?"

江世荣忙着打开抽屉,拿出一个纸包,边说:"老早就准备好了,正打算给农会送去。你们来得正好,这里一共是十二张,五十三亩三分地。这些地都不坏,咱年纪轻,能受苦,多拿些地出来,没关系;王新田,你的五亩地也在内,你拿给农会去。要是还嫌少,就说咱江世荣说的,再献些地也没有什么。咱还是个村长,总要起点模范作用啦!"

"江世荣!你装的什么蒜!……"郭富贵还没说下去,王新田抢过那包红契,便往外跑。别的人看见他一跑,又见红契也拿着了,也跟了出来。院子里,门廊口,大门口站着的人,一看见昏昏然跑出来的王新田,不知出了什么事,问也不问,跟着往外挤。有的还用着恐惧不定的声音问道:"什么事啦?"

这群人莽莽撞撞跑出了门,朝回去的路上跑。程仁赶忙抢上来问道:"干啥呀?唉,看你们的!"

王新田把手举得高高的,抑制不住自己的兴奋,他像刚刚打过架的雄鸡一样不安,他说不出话来。

旁边一个佃户说道:"拿回来啦!红契拿来啦!咱一去就给了!"他的声音与其说是喜悦,毋宁说是惊悸。

这时文采杨亮等也走过来了,他们又以为他们被吓回来了,赶忙问他们的情形。

王新田还紧紧地抱着那包红契,露出一副天真的紧张的样子。文采说:"你们就啥也没说,把别人的红契拿来了么?"

他们还糊糊涂涂地望着他,觉得这有啥不对呢?

"咱们是要和他算账,咱们不要他献地。地是咱们的嘛,他有什么资格,凭着什么说献地?咱们不要他的地,要的是咱们自己的。你们不算账,拿着红契就跑,不行,人家就说咱们不讲理呀,是不是?"

这几个没经验的佃户一听,说:"对呀!咱们是去要自己的账的嘛!怎么一下就给人封了嘴呢?都是王新田孩子家不顶事,他一跑把大家都带出来了,回去!走啦!"

"郭富贵呢?他回家去了吗?"

"没有。"于是他们发觉,只有他一个人还在江世荣家里,谁也没有看见他出来。"走!"大家勇气更增加了,又一团人转了个方向跑回去。

当郭富贵看见王新田他们跑走的时候,心也慌了,连连喊道:"咱们的账还没算啦,你们跑什么?"可是谁也没有听他,他正不知如何是好的时候,那破鞋女人却从里间闯出来了,她用一种嫌厌的眼光,打量了他一下,便向她丈夫怪声怪气地问道:"简直是一帮土匪,把红契全拿走了么?"于是郭富贵便停止了脚步,也恶狠狠地望着她,问她道:"你骂谁?谁是土匪?"

那个女人蓬着一头长发,露出一副苍白的小脸,眉心上的一条肉,捻得红里带紫,上嘴唇很短,看得见一排不整齐的牙齿,因为有两颗包了金,所以就更使人注目。她仍旧不理郭富贵,好像避开一堆狗屎似的远远的走过去,并且撒泼地说:"你这个死人呀!你就都给人拿走了,你的地不是买来的么?难道是抢的!你就不会同人说说道理,共产,共产,你就给人共产完了,公妻,公妻,看你明天再当王八去!"

"放你妈的狗屁!闭住你那臭嘴!"江世荣知道对她使眼色也是没用,便申斥着,并且也没好气地向着郭富贵:"你还要什么,你的那十亩地也献出去了,你还不回去?"

"咱们还没算清楚咧。"郭富贵记得说好了是来算账的,可是现在只剩他一个人了,他觉得他的嘴这时很笨,讨厌极了那女人,打她几下么,一时又伸不出手,走开了吧,又不甘心示弱,他并不怕江世荣,只是感觉窘迫,忽然他又看见王新田他们回来了,他像一个得赦的囚徒一样高兴,他禁不住大叫:"王新田!"

王新田并没有理会,一直朝屋里走去,把红契往桌上一丢,嚷道:"谁要你献地!今天咱们只要自己的!"然后他向着郭富贵使了个眼色,好像很有把握似的。

郭富贵立刻也有了主意,他挺起胸脯说道:"姓江的,咱们以前的账不算,只打从日本占了这里之后,你说你那块地一年该打多少?咱们就不管什么三七五减租,只就咱们对半分吧,一年你看咱可多出了一石五六,还有负担,九年了,利上打利,你说该退咱多少?还有你欠咱的工钱,你常叫咱帮你家里做这做那的,再算算。"

后面跟着一阵嚷:"姓江的,咱不能给你白种六年地!"

这时村上有好多人,知道这里在算江世荣的租子账,也跑来看热闹,看见江世荣还在屋子里支支吾吾,便在窗户外面助威:"他妈的!

他当个甲长,乱派款项,乱派夫子,把咱村上人送到唐山,送到铁红山,到如今还有人没回家呢。咱们要他偿命!"

屋里面的看见外边人一多,胆也壮了,同来的那三个老佃户,本来不想说话的,这时是"和尚念经,那么也是那么"了,便也跟着嚷了起来。其中一个骂道:"姓江的,大前年三十晚上,你记得不记得,你带着甲丁到咱家里,把咱什么坛坛罐罐都拿走了,就因为欠你三斗租子,咱犯了个啥抄家的罪?大年初一,咱一家人连口米汤也没喝的,老老小小哭作一堆,你好狠心呀!"

屋外面总是比里面还叫得凶:"他妈的,揍死他,枪毙!"

那破鞋女人看见势头不好,怕挨打,便躲到屋里去。江世荣一肚子火,却再也不敢强了,他心想:他妈的,该咱倒运!好汉不吃眼前亏。可是他不敢想——枪毙就枪毙吧!许多的影像刺激着他,陈武不就是榜样么。他心一横,跑到里面,又拿出一个红布包,当众一躬到地,哭丧着脸央求道:"好爷儿们,咱江世荣对不起各位乡亲,请大家宽大咱,咱欠各位的实在太多,没法还,只好把地折价,这是咱的红契,全在这里了,一百二十七亩。望各位高抬贵手,咱一定做个好公民……"

大家看他低了头,把红契也全拿了出来,于是便打退堂鼓,原来就没有更进一步的计划的,大家做好做歹,才把红契拿了,还说:"好,咱们算着看吧,有多的还你,不够你再想办法吧。"

一声"走吧",屋里屋外的人,便都哄的一下抽步走了,只听见一阵杂沓的脚步声,虽然还夹杂着一些骂,但那只充满着得意。江世荣走到院子里,用失神的眼色送着逝去的人影,望望灰暗的天空,他不觉"唉"了一声。同时屋子里"哇"的一声嚎啕起来女人伤心的哭。

三十九　光明还只是远景

把红契拿回到农会的九个佃户,现在就由他们来处理江世荣的土地了。这是他们做梦也没有想到的。九个人挤在郭富贵家里,农会派了韩廷瑞来帮他们写账。他们不知道从哪里做起,只觉得心口上有很多东西,他们要倾吐出来。这三天来的生活,变化得太剧烈了,尤其是那里边的三个年纪大的,有一个说:"唉,前天农会叫咱说说咱这一生的苦处,咱想,几十年过来了,有过一件痛快的事么?别人高兴的事,临到咱头上都成了不高兴的事。那年孩子他娘坐月子,人家看见咱,说恭喜你做了上人啊!咱心里想,唉,有什么说场,他娘躺在炕上,等咱借点小米回去熬米汤呢。咱跑了一整天也没借着,第二天才拿了一床被子去押了三升米回来……又一年,咱欠江世荣一石八斗租,江世荣逼着要。咱家连糠也没有了,可是咱怕他,他要恼了,就派你出夫。咱没法,把咱那大闺女卖了。唉,管她呢,她总有了一条活路吧。咱没哭,心里倒替她喜欢呢。——横竖咱没有说的,咱已经不是人啦,咱的心同别人的心不一样了。咱就什么也没说。农会叫咱一块儿去拿红契,咱不敢去,老也老了,还给下辈人闯些祸害做啥呢。可是咱也不敢说不去,咱就跟着走一趟吧。唉!谁知今天世界真的变了样,好,他江世荣一百二十七亩地在咱们手里啦!印把子换了主啦!穷人也坐了江山,咱真没想到!唉,这会总该高兴了,说来也怪,咱倒伤心起来啦!一桩一桩的事儿都想起来哪!"

另一个也说了:"以前咱总以为咱欠江世荣的,前生欠了他的债,今世也欠他的债,老还不清。可是昨天大家那么一算,可不是,咱给他种了六年地,一年八石租,他一动也没动,光拨拉算盘。六八四十八石,再加上利滚利,莫说十五亩地,五十亩地咱也置下了!咱们穷,穷得一辈子翻不了身,子子孙孙都得做牛马,就是因为他们吃了咱们的租子。咱们越养活他们,他们就越骑到咱脖子上不下来。咱们又不真是牲口,到底还是人呀!咱们做啥像一只上了笼头的马,哼也不哼的做到头发白!如今咱总算明白了,唉,咱子孙总不像咱这辈子受治了啦!"

第三个老头也说:"江世荣的地,咱们是拿到手了。只是他还是村长,还有人怕他,得听他话,咱们这回还得把他村长闹掉!再说有钱人,压迫咱们的也不光他一个,不把他们统统斗倒也是不成。咱说,这事还没完啦!"

这时也有人说:"平日江世荣好神气,你们看他刚一见咱们,还想给咱们耍威风,怎么一下就像见了火的蜡一样,软了,又打躬,又作揖?咱看,这都是见咱们人多,人多成王,他也知道咱们如今有了靠山,有八路军共产党撑咱们的腰啦!"

韩廷瑞在八路军呆过,这时便鼓励他们,说八路军怎么好,死活就为穷人。王新田是个年轻人,听了这些,热心得很,他跳起来说:"咱明天就要告同志们去,把你们的话全告给他们,咱们要不起来闹斗争,不好好把钱文贵斗一斗,咱可不心甘。那年咱才十四岁,把咱派到广安据点去修工事,说咱偷懒,要把咱送到涿鹿城里当青年团员去。咱爹急得要死,当青年团员就是当兵当伪军嘛!咱爹就找刘乾,那会儿是刘乾当甲长。咱爹也是火性子,把刘乾骂了一顿,骂他没良心;刘乾没响,第二天同两个甲丁来绑咱,甲丁还打了咱爹,咱爹就要同刘乾拚命。刘乾倒给咱爹跪了下来,说:'你打死咱,咱也是个没办法。你不找阎王找小鬼,生死簿上就能勾掉你儿子的名字了?'后来还是别人叫咱爹找钱文贵,钱文贵推三阻四,后来还是咱们卖了房子,典了六石粮食,送到甲公所才算完事。咱爹还怨刘乾霸了咱们六石粮食;直到刘乾卖地还账,后来他又疯了,咱爹才明白是谁吃了冤枉啦!爹不敢再说什么了,惹不起人家呀!哼!要是斗他呀,只要大伙干,咱爹就能同他算账,要咱那房子!"

大家都几乎去想过去的苦日子了。郭富贵也说了许多,不过他总觉得还是赶快把江世荣的地分好,他记得文采说过要借这个来使别的佃户都着急,都自己去找他们的主家算账,这样斗争就容易闹起来。所以他催着大家,并且说:"咱们这一露脸,可别垮台呢。同志们和干部们都给说了,这是给穷人办事。咱自己就不打算要这个地了,咱们把这些地分给那些顶穷的人,让村上人看起来说咱公道,不自私就成。咱年轻,也没老婆孩子,怎么也能吃上一口,咱是不要这地的。你们有老有小,留下一点也应该,可不要留得太多,咱们留个不多不少。村子上受他害的人多啦,咱们也要想想他们的苦;农会也说了,地大半都种在咱们手里,总得看着让出来,咱们提出来的意见拿到大会上去评,总要众人说好才成。"

昨天他们回到农会后,文采,杨亮,张裕民几个人商量了。大家的意见是,先把江世荣的地分了。但一时又不可能开群众大会,推选评地委员,只好暂时决定,就让这几个佃户去做一个初步的分配,再拿给群众讨论,为的好使这几天已经波动起来的热潮更高涨上去,也更坚定这些胜利者的信心。所以他们九个人便又临时成了评地委员了。

消息一传播出去,许多人都着急了,一伙一伙的跑到合作社来找农会。他们告江世荣的状,他们也要求找江世荣算账去,他们要求没收他的家产,为什么还让他住那么好的房子?那房子是他当甲长时新修起来的,都是老百姓的血汗!为什么还让他存那么多粮食?他有一夹墙的粮食,他们知道他房子后面有一条窄巷,那是他藏粮食的地方;为什么让他柜子里收藏着那么多衣服?如今多少人正没有衣穿呢。他们吵着吵着,有些人就拥到江世荣家里去了;江世荣正在四处活动,找干部,想给他多留些地呢。大家看见人不在,又怕干部被他说糊涂了,听了他的话,于是更多的人便又去找杨亮、文采,要求把那些东西全搬出来。死怕自己闹左了的,机械地抱住几条"政策"的文采,觉得这已经不是土地的问题,不愿意管这些事,反而劝大家罢手。可是这些人不散,有些人便要自己去搬。民兵也走了过来。大家说:"你们跑来干什么,来看守咱们么?"杨亮和文采商量了半天,才算得到了他的同意,所有江世荣的浮财,让农会没收了再说。文采看情势,不去管也不成,便把这责任交给农会。程仁便带上民兵去贴封条,把柜子,缸,不住人的房子,通通封了起来,只留下一间住房,一间厨房给他们暂住。可是一群群的人还跟着去看,还不相信,还要嚷着:"咱们不动手,只看看,有你们农会来办着就对啦!只要不是给江世荣留下来的就成!"他们在旁边指点着,监视着,结果把江世荣日用的油盐罐都封上了。江世荣已经回到家,向大家作揖打躬,要求少贴几张。那个破鞋红着一双眼,气狠狠地坐在他们院子里的碾盘上;还有人说:"这碾盘也要贴上一张条子。"又有人说:"怕他搬到哪儿去?不要贴了!……"

到下午,白银儿也跑到合作社来找农会,说江世荣怎么强迫她,她死了男人,没法过活,她要嫁人,江世荣不准,只准她请神。他常邀些人来赌钱,抽头钱给她,有时他把头钱也拿了。如今江世荣还欠她七八万块钱呢。农会的人忙得要死,大家懒得理她,看热闹的人也说:"回去吧,你们的账可多着呢,还是在炕头去算吧。"白银儿又说,江世荣要她造谣,说白先生显神,真龙天子在北京,好让村子上的土改闹不起来。大家才又笑了,骂道:"刘桂生的小保儿,就是你们害死的!都是你说人心不好,天爷爷罚的,刘桂生老婆哭得死去活来,小保儿的病便耽误了,要不到新保安,涿鹿城里去找大夫看看,总也有点巴望嘛!'人心不好',就你们的心不好!"白银儿看见不理她,又怕那七八万块钱甩了,更怕有什么连累,便远远地坐在门外边,看见一有干部来,便迎上去叨叨咕咕,后来人们只好说:"等开大会的时候你去说吧,只要老百姓都相信你的,也许给分上二亩胜利果实呢。如今别在这街头上说吧。"

这些情形,虽然还不足说明群众已经起来了,但却是部分的有了觉悟的萌芽,已经开始回想,自己的苦痛怎么样来,已经自动地来清算了,这是在这村子上从来没有过的情形。文采同志从他的极少的经验中,觉得群众发动得太好了,甚至想也许有了过火的地方。他非常欣赏着这些小小的胜利,欣赏着这些成功,他觉得这都是因为有他在这里领导。像张裕民他们,也觉得出乎意料,过去虽然有过斗争大会,但那总不像今天这样的无秩序,那是在一呼百应的情况下完成的,而今天却是乱嚷嚷,干部常常是在群众调动之下办事,连文采也只得依从大家,要不立即去贴封条,说不定不等命令就动手了。星星之火是可以燎原的,这虽然只是一点点火,却可以预见到前途的光明。工作组在兴奋的情绪中,便要求加速工作,于是本来暂时搁置下来的分歧,也就立刻要求一致,于是矛盾便更尖锐了。杨亮根据他同群众的接近,——这大半都是贫农,他们都曾对钱文贵提过意见,——认为钱文贵是一个最阴险的、地主阶层里面的头子,为着使老百姓翻身,主要应该打击他。对张裕民的看法也很尖锐地提到眼面前了,张裕民是雇工出身,今天仍是没有隔夜粮食,也并没有脱离最苦的群众,他在他们里面有威信,怎么能把他和群众对立来看呢?不能机械地看干部与群众的关系,同不能机械地看什么所谓抗属一样。可是文采同志却认为他是投降了干部,毫无理由的对张裕民更不信任起来。然而他自己又并不深入群众,求得客观事实,只一味把个别人的诽语,如张正典的话,强调起来。更把他过去偶然去白银儿那里赌钱的事,夸张为流氓,或江世荣的狐群狗党,……这样的来看事实,如何能有是非皂白呢?杨亮虽然也缺乏工作经验,但他比较能冷静看事,比较的接近了一些贫农,得到了些从群众那里来的呼吸,所以他是比较了解这里的问题些。可是由于他年轻,由于他还没有从工作中积累成相当的魄力,和能说服人的分析能力,尤其因为文采在这里是负责的,他不能决定什么问题,便使他对文采常常感到头疼,甚至后悔同这样的人一起工作。本想来多方面向群众学习些东西,谁知自己伙里,却是这样的麻烦,比发动老百姓更复杂困难。

但文采正在沾沾自满于对江世荣的胜利的时候,他并不懂得,这只是激动了群众的情绪,这还不能说,群众已完全觉悟,形成了一个运动。他却把这个估计得过高了,他已经在担心,当一个运动来的时候,必然会走到左的方面去。因此他觉得在这种时候,领导者就更要善于掌握,更要审慎地听从群众那里来的,各式各样的声音,这时最怕是自己也跳到浪潮里去,让水沫模糊了自己的眼睛,认不出方向。因此他就更坚决地不接受意见,而只从事布置类似的斗争。他正在极力搜求替顾涌做过短工的人,因为他没有佃户,只有短工。但替他做过工的太多了,一时又不能找出一些骨干来。好些村干部也都替他打过短,可是连他们也不积极。文采认为,他们不特被些有钱人的小恩小惠,和某些奉承所麻痹,而且他们居然把他的儿子顾顺,吸收到青联会去当了副主任。仅从这一点,他便又判定了干部的阶级路线差,这是要注意研究的。张裕民说得好听,他们几人都从没有分到胜利果实,那么,他现在一天到晚不下地,他吃的什么呢? 赵得禄不就借了江世荣的粮食么! 他恨不得立刻召集群众大会,把这些自私自利的干部,这些幼稚的工作者,都好好地教训过来。他认为时机已到,再不能迟缓了!

　　胡立功当然是站在杨亮一面,却也不能解决问题。他们一直辩论到晚上,晚上却来了出人意外的消息。清算江世荣的火虽然被煽起,但热闹的果子园却烟消云散,很多人都回到家去了。曾经使人多么兴奋和欣悦的对果子的统制和发卖,现在却陡地失去了兴致。据说只为了个人的小小口角,刘满和张正典吵起来了,后来还动了手;当时谁也没有劝解或左袒,他们只静静地观察着治安员的态度,等待着事情的结果。这仿佛是一件很平常的事,但看得出几天来的努力,几乎完全被摧毁,假如不能及时挽回这种颓势,还将迅速地影响开去。这便立刻警告了浅薄的自得。光明还只是远景,途程是艰难着的啊!

四十　讹地

　　事情是这样的,原来张正典有二亩水地在河滩边,刘满也有一亩半地在那里,正在他的渠下边。张正典曾经想把自己的三亩山水地来换这一亩半地,这样可以使自己的地连成一片。他和刘满去商量,刘满盘算了一下,两块地收成差不多,甚至那三亩地比自己这一亩半地要多打二三斗粮食,可是费工,负担也要多些,他不情愿。从此刘满轮到浇水的时候,水总常给张正典劫去了;张正典自己不按时浇地,过了时候才来,便同刘满挤在一道争水,于是两人就常常闹架。张正典又透过话去,还是想要这块地。有人也劝刘满放手的好,换了也不吃亏,何苦同个治安员赌气呢。刘满想了想也是,只好同意换地。但不知为什么这时张正典忽然反倒不肯换了,并且说刘满想占他的便宜,拿一亩半地换他的三亩,他不干这种傻事。刘满听到了气得不行,便说了一两句闲话。张正典更堵塞他的渠路使他难堪,意思是让刘满受不住了,就不得不把这块地更便宜的换去,他可以只拿一亩半或两亩地就换了回来。刘满受气不过,就去找干部交涉,说自己宁愿换地。村干部不明内情,只说人家不愿换,就不能强迫别人,不肯管这件事。刘满急了就吵了起来,顶撞了他们几句。当时有几个人就说他调皮捣蛋,还要捆他。那时有些人是听了张正典的一面之词,还以为刘满硬要换地。刘满斗不过张正典,心里委屈得很,有天在地里又因为浇水他就骂开了。后来张正典也走过来,两个人扭在一块打了一架。张正典反告他打人,村干部又把他骂了一顿,连党籍也停止了。这次刘满却不再闹了,只放在心里怀恨。后来又有人告诉他说张正典原来是想拿三亩地换他一亩半地的,并没安什么坏心,后来是听了他丈人的话,才想贪便宜,借他是个治安员来欺负他的。刘满就更灰心,地也因为不能及时浇水,庄稼也长不好。别人高粱长得一丈多高,谷穗穗又大又密,他的高粱就像他那个常常害病的女人,又瘦又软弱,连阵风也经不起似的。他为着一去地里就生气,好像看见自己抚养的孩子给人糟践了似的难受,有时便看也不去看。从此他便同张正典结上了仇,他总希望有一天能把道理给评出来。

张正典原也没有把刘满放在心上,但自从这次区上下来人闹土地改革以后,他便觉得刘满不是一个好对付的人。他会常常看见刘满跟在他后边,常常觉得从刘满那里射过来的眼光有一股复仇的锋芒,并且还会听到刘满流露出刀一样的话语,这更刺着他的隐痛。在开始的时候,他只害怕把自己拉进斗争的漩涡,他明白由于自己的婚姻,和很多意见的分歧已经得不到一部分干部的支持,也明白庄稼主对自己是有所不满的。所以还只不过因为老婆和姻亲关系,不自觉地对钱文贵有一点同情,实际也的确是因为他年轻,没经验,没有阶级觉悟受了他丈人的欺骗。但现在他却为了自己的安全,有意识地明白自己需要凭借一种力量来把刘满压住,不准他起来。只是,凭借什么力量呢?于是他不得不更为关心,和极力活动来保持他丈人在村子中的势力。他便不得不背叛了张裕民,而且小心地应付着这一群干部,把一些听到的,意会到的情况都拿去告诉钱文贵,同他商量,听他的话。

张正典并不是一个富有的人,只有几亩地刚够过日子,吃得不好,穿得不好,一样的受财主,狗腿,汉奸,甲长的气。他念过两年书,也有一把力气,能受苦,脾气暴躁不能受气,敢和有钱人抬杠,自从村上有了党以后不久,张裕民就把他发展进来了。他一进来就表现得很积极,他比张裕民会说话,一到出头露面的时候,他总是走在张裕民头里,接着他便当了治安员。去年暖水屯一解放,这群人就更得势了。钱文贵看见换了朝代,自己便收敛了许多,但他恨这群人,总想慢慢设法降伏他们。一方面把儿子送去当兵,在了八路,有了依靠,村干部就不好把他怎样。钱义走时还留下了话,要是谁敢得罪了他爹,他回家时便给谁"黑枣"吃。张裕民他们后悔叫他儿子走了,却也没办法,村上人的确又多了一层顾忌。钱文贵又想借女儿挤入村政权,张正典被他的甜言蜜语,被他给女儿的陪送所诱惑,同时黑妮姐姐也很能如她父亲的意思,帮助父亲一下就把这个治安员俘虏过去了。自然这也有它的作用,干部们有时便碍住情面,不好说什么了,庄稼主更是不敢吭气。可是这倒并没有完全达到钱文贵的理想,治安员在干部中陡地失去了信任,他渐渐被疏远了。虽然这次土地改革,他又积极了起来,而且极力卫护他的岳丈,钱文贵却看得出他还是很孤立,于是他就不得不又去打程仁的主意。只要程仁有点动摇,他至少也可以利用治安员去鼓动群众,反转来把农会主任打倒,这样便给阵容扰乱了,甚至治安员可以从中取得群众和干部。但他不料碰到了一个顽固的侄女,软硬都调不动她。他的确恐慌了几天,但果子的统制,却使他松懈了,十一家里面并没有他的名字,这不就很明显的表示了村干部对他的态度么?可是他没料到张正典和刘满会打了起来,他们冲突的原因,恰恰正为了他的没被统制的果园。刘满在果园里大声地讽刺着说干部钻到了女人裤裆里,变成狗尾巴了,又说治安员给治到汉奸窝里去了。谁也不敢附和他,却有些人暗暗鼓励他,他就更说开了,指着钱文贵的果子园骂,一句一句都特意的骂给张正典听。张正典本来也不是个好惹的人,为的怕把自己牵扯到斗争里,已经在装聋装哑,如今怎么能受这种羞辱,几乎当着全村的人?他也仗着这次地主名字中没有钱文贵,胆壮了好些,所以也就回骂了。刘满似乎在精神上已经有了准备,他相信有很多人都会撑他的腰,便划开了,巴不得他回骂,于是更嚷得不行,张正典只好动手来止住他。刘满还想趁势闹起来,任天华他们却把张正典劝走了。张正典也怕吃亏,就离开了园子,想找干部帮忙,再来制伏刘满。这件事不只引起庄户主儿的注意,同时也把钱文贵紧张起来了。尤其是果园里骤然的安静,使他预感到有一种于他不利的暗影。他焦急地等着张正典的来到,他盘算着另开局面的棋局,而且不得不要使用他的老婆,这已是他最后的一步棋了。

这时张正典却正在合作社大骂,他找着了张裕民,程仁一群干部也都在那里,他声言要把刘满捆起来,他说这是他治安员的职责,他说刘满破坏了土改,他声势壮大,好像连干部们也都有了过错似的。但大家回报他的冷淡和严峻,却把他声音慢慢的压低了。没有人同情他,也没有人反对他,但他看得出这里面却充满了异议。最后张裕民只这样说:"你回去吧,用不着捆人,咱们谁也不捆,农会要调查这事,一切归农会处理。"

张正典还想声辩,还想说自己是治安员,可是大伙儿都劝他回家去,他不得不走出来,怀着满心恨恼,又无处可走,不觉便又朝着钱文贵家走去。当他完全感觉在群众中孤立的时候,他就会越靠近他,到他那里去拿点主张来。

四十一 打桑干河涉水过来的人

这次口角,人们虽然不做声,却都明白它的性质,不愿在吵架的本身上来评论曲直。刘满找人生事有什么不对呢,他天天饭也不吃,活也不做,像热锅上蚂蚁,谁也清楚是为桩什么事。村干部也不会不明白。大家心里都有数,那就不需要多说,只看村干部对这事怎么办了。他们退回到家里,互相以全部理解的眼光来谈话,他们再不愿交换关于果子的事,只用嘲笑的声音把他们的不愉快,不平之感送走。从村子上的表面看来似乎也没有发生过什么事,但却不真是这样平静。在许多家庭里已经引起了小声的争论。无言的争执,在许多人的内心里,两种不同的情绪斗争着。他们的希望,已经燃烧起来了,却又不得不抑制住,甚至要拿冷水去浇。更有一些人再也不能站在冷静的地位,也不愿更考虑自己的前途,他们焦急地去找张裕民,去找李昌。民兵们便和他们的队长说,他们自动地严密地放哨,怕再有什么人逃走,李子俊的事已经使他们觉得很难受了。

李之祥在他的老婆鼓动之下,邀了他兄弟李之寿去找李昌,把过去听到的关于里应外合的话全讲了,而且他责备道:"你们不圈他的果子是不公平的啊!你们怎么能把他划成中农,你们就不怕庄户主说你们做了他的狗腿子么?你们会真的听了治安员的话去捆刘满么?你们知不知道如今谁的心眼都赞成着刘满呢!……"

李昌这个快乐的年轻党员,跳起来了!他跺着脚,急躁地说:"为什么你不早些讲,这样的大事你们听见了也不说,啊呀!这还了得,让我去找张三哥,唉!……"

侯清槐被他父亲关在屋子里,他威吓他父亲道:"你要不放咱出去,咱放火烧了你这屋,看你怎么样。"侯忠全弯着腰在院子里转来转去,叹着气。他的女儿在他身后跟着转,向他要开门的钥匙。他老婆撅着嘴,坐在门外的一个草蒲团上,她已经弄糊涂了,不知同情哪一个好。

"咱又不出去杀人,你怕什么嘛!咱的好顽固的爹!咱们刚刚翻过身来,总还得使把劲,咱们不能又躺下,让人踩在脚板心啦。你是一个死顽固,你的心再也不能精密了,你要再不开门,咱真的烧房子啦!"

老头子怎么也不理他,自己以为看事情要比儿子清楚得多。他是一个宿命论者,九九归原,不管眼面前怎么热闹,他总以为过不了几天,区上来的人一走,村子上事又全照旧了。再过一向,大同拿不下来,"中央"军向怀来这边一开,不行,连张裕民都得逼着走呢。他只有清槐这一个儿子,他一生又没有做过恶,他得顾着他,不准他胡来,他拚命也得把他管住。可是儿子这次不像以前了,他决不妥协,他是一个青年人,他容易接受新的东西,当他做运输队长时,他在群众的力量底下,感觉不同了。他扬着鞭,他下号令,他把地主的财宝,那些平日看也不敢多看的果子运走了,谁也不敢拦住他。沿路碰着的穷人都问他们往哪儿去,他大声地告诉他们,说这是胜利果实,于是那些人就张着嘴笑,用羡慕的眼光送着他和他所引导着的这个行列。他便像个凯旋的战士似的笑了。他觉得他有权力,只要大伙一心就有权做一切事,什么也不必怕。他也很担心干部们对刘满的处置,可是他不愿意等着,他要去,他要去把自己的意见说出来,把大伙儿的不痛快,大伙儿的顾忌说出来。他要去找杨亮他们,他心里着急:唉,他们才来了十来天,他们怎么能把村上的事全弄明白呢。但他父亲却乘他不备把他反锁在房子里了。他父亲的确也去园子里看过,父亲还笑呢,但他经不起吓唬,一场口角又把他拉回原来的地位了。侯清槐恨死了他父亲,他就真的到灶里找了些废柴在屋子当中烧了起来,威胁着父亲。母女两个一见火光急得乱嚷,便把老头扭住了,从老头口袋里抢了钥匙。门开了,年轻人高兴地跳着跑走了,老头便疯也似的追出去,又被绊倒在地下,便气呼呼哼个不住。

那个小学教员任国忠也跑出来四处打探,他走到街口上站站,看见有人说话便走拢去,可是人们立刻不说了。在这个时候他又不敢去找钱文贵,或江世荣,只好去找白银儿。白银儿极力要脱出同江世荣的关系,看见他嚷道:"任先生!你没事就不要来吧,咱是个妇道人家,又没个男人,可受不起拖累。别人说咱是懒婆,要改造咱,咱以后连白先生也要送走,不敢请神了。你们多少也是个是非人,还是请你少到咱家门上来才好啊!"任国忠想对她发一顿脾气:"好,你这个臭婊子也神气了,就看你以后别过日子!"可是他又忍住了,再走到街头上来,他并不打算回去。他觉得老吴常常要说一些刺心的话给他听,他写的稿子刘教员不用,却叫老吴编些顺口溜,他恨死了他们,只想有报复的一天。后来他又遇见青联会副主任顾顺了。顾顺过去为写些标语常到学校来,他们认识。他好一向没有看见他了,知道他们的果子全让大伙下了,便向顾顺挑拨说道:"刘满是替你们打抱不平啊,可惜他会吃亏,干部总是向着干部的。至于你呢,那就不同了,你这个主任帽子要不给摘掉,换上个白高帽游街!我输你一抬酒,你信不信?"顾顺近来同父亲闹别扭,一满肚子气恼,可受不住别人瞎说,他一点也不像平日的温和,他凶狠狠地向着他:"咱家的事,有咱自己管,用不着你操心,你要再说,咱敢保揍你!"顾顺说完了还拿眼瞪住他,他只好赶快溜了,心里诅咒着道:"看吧,非斗争你不可,看你还凶!"

任国忠四处碰钉子,找不到一个可以亲近的人,只想有些活动,又活动不开,他明白老吴已经同村干部说了他许多坏话,好多人都在拿异样的眼睛望着他,又好像他是瘟疫一样,都在逃避他,这就使他不得不胆怯一些。钱文贵总企图用侄女来鼓励他,但那些不肯定的言语也常常会使他感到希望辽远,有时就提不起更多的劲来。这时他的确有说不出的埋怨,他恨这全村的人,他觉得无处可以排遣,他便向村外踱出来。路两边全是短短的土墙,但园子里静悄悄的,只有一阵阵的聒耳的蝉鸣,太阳照在身上,虽然已经不太灼热,但任国忠却感到很烦躁,他走过了这带地方,便踱步到靠河滩的那一片大高粱地了。这足有四十亩地的高粱都长得极其肥壮,秆子高,叶子大,穗子又肥又粗,站在高处望去好像一片海也似的。在太阳光下,更其耀眼,那密密挤着的鲜红的穗子随风微微颤动,就像波荡的海面。他知道这是白槐庄地主李功德的地,如今已经划归给暖水屯,这是多么使人羡慕和热爱的事啊!但任国忠看到这种丰美的景致,却不能有些喜悦,只投过去憎恨和鄙视。这个做地主朋友的穷教员,是常常要提高着自己的自尊心的,哪怕他后面只有空虚的感觉。

"任国忠!"忽然有谁在叫他了,他惊惶地四顾,他看见从对面的田塍上走过来一个穿白衬衫的人,光着个头,肩膀上搭着一件蓝布上衣,裤脚管卷得很高,是刚刚打桑干河那边涉水过来的。任国忠认识出来后,呆了一会,但却不得不叫一声,"啊!章同志!才来,打哪儿来？"

这个章同志已经走拢了,在他年轻的面孔上总是泛着朝气的笑容,他那长眯眯的细眼,一点不使人感觉其小,只觉其聪颖,尖利。他亲热地拍着任国忠的背膀,问道："近来学校里忙么？把你们村子上的事讲讲,土地改革闹成个啥样儿了？"一口纯熟的察南话,只有本地人才能辨别出这还不是真的涿鹿口音。

任国忠只得跟着往回走,无精打采地说道："咱不大精密,唉……"可是他一转念,又觉得高兴了,他看看那张年轻无垢的面孔,觉得是可以欺骗的,于是接着说道："事情搞得可糟呢,他们把地主头儿放了,庄户主儿全说村干部都拿了他的钱,庄户主都编了歌子说：'只开会,不分地……'如今听说要斗抗属啦！这抗属究竟能斗不啦？"

年轻人并没有一定的表情,只是一副鼓励他说话的样子。这个不知深浅的家伙便一下把适才的抑郁都抹走了,他觉得他的瞎话是可以生效果的,他便像捡着了一个宝贝似的那么高兴起来,又拍他的马屁,又吹起牛来。但恰好他们已走进了街口,年轻人要去找张裕民,到分手时只对这教员说道："老任！你以后可别再乱说了,老老实实地教点书,有知识的人应该有头脑嘛！啊！今晚你在学校等等咱,咱们有点事商量商量啦！"

任国忠头一缩,心又凉了下去,这个年轻人是县上的宣传部长章品同志。

四十二　县宣传部长章品

章品本来在六区搞土改工作。六区在桑干河北岸和洋河南岸的一块狭长三角地带,那里有十来个村子,又有较大的地主,又有天主教堂的势力,问题比较复杂。这次土改工作因为战争环境不得不求快,县上决定阳历八月底九月初一定要完成,九月上旬召开全县农民大会。因此他就很忙,每天从这个村子又转到那个村,逐村检查督促。县委书记曾经再三叮咛过他:"看怀来做得多快,他们已经完成三分之二,已经在准备开农民大会了,我们一定要克服过去的缩手缩脚的作风,大刀阔斧放手发动群众,上面也有指示,要尽早完成,平绥路不会是永久太平的……"章品过去曾经是一个青年工作者,到察南来开辟工作也有了三年,长得比刚来时高了一些,成了一个颀长的个子,腿长,走路又快,又没有声音。村子上人一下又看见他来了,还以为他没有离开过,连连问道:"老章! 到哪儿去呀?"

他做事非常明快,虽然在村子上耽搁不久,却能迅速的解决问题。他知道区上的工作干部配备得不够整齐,有许多都是刚提拔起来的;他对工作组的同志也不能完全放心,他常常不赞成他们的意见。有时,他觉得他们给地主的地留多了,他就大嚷道:"这样不行呀! 顶多留个'上贫农'。"那些工作组里面有人说:"中央有电报来呀! 说对开明的地主,对某些人还要留两个中农,或四个中农呀!"他便更急了,用手去摸他的光头,连连摇头道:"什么,两个中农,你真瞎扯,同志! 你别瞎拿中央骇人呀! 你到什么地方听来的谣言? 中央,共产党的中央呀! 不会,不会,我不能听你的谣言! 我只能按老百姓的情况办事!"如果还有人说话,他就果断地说道:"不管,错了我负责任。土地改革就只有一条,满足无地少地的农民,使农民彻底翻身。要不能满足他们,改革个卵子呀!"有时有些富农来献地了,也会有些人说这个富农不错,不能拿得太多,怕影响中农,可是他也总说:"要拿,为什么不拿呢,还要拿好地。"他是很坚定的人,虽然他的坚决同他稚嫩的外形并不相调衬。

同他一道工作的人,也常同他开玩笑,学他的手势,摸着光头,摸着脖项,那个瘦长的脖子是伸在一件没有领的衬衫上面的;学他的声音,有些急躁,但却是果决的;也学他的笑,天真的笑,那在解决了问题之后满意的天真的笑。但人们却不能轻视他,并非因为他是部长,而是因为他对群众的了解,和处理问题时的老练。

他的老练和机警的确只是因为环境逼迫他而产生的。当他脱离青年工作到察南的时候,他还不够十九岁,开始连杆枪也没有,常常只两颗手榴弹。伪甲长瞧不起他,以为同这样一个孩子办事要容易得多,还常常考他,试试他喝过墨水没有,识多少字,会打枪不会。他要学着应付人,学习懂得别人的圈套,他不只要会拿眼睛看,并且还要会拿鼻子闻。当他每进一个村子之前,就要能嗅出村子的情况。那时四处都是陷阱,只要他走路重了一点,咳嗽大了一点,睡觉沉了一点,都会有生命的危险的。他到这里工作已经有了三年。刚来的时候,跟着别人跑,后来单独负责几个村子,慢慢负责一个区,又要发展党,又要建立武装,终于消灭白点村。他吃的苦是说不尽的,他自己就懒得说过去的事,因为太多了。有几次一月多找不到熟的吃,并且还常常吃生的南瓜,生的玉米。同在一块的人牺牲了。也有扩大了来的游击队员又投了敌,反转来捉他,他跳墙逃走过。他要没有鹰的眼睛善于瞄准和鹿的腿跑得快,敌人就会像捉小鸡一样的把他捉住的。有一次他到一个靠近据点的村子去,还是第一次去,村子上一个熟人也没有。他打听到伪甲长的家,这个伪甲长是一个大地主,他一进门,便拉住了他不放。恰巧敌人进了村,在大街上找甲长呢,伪甲长忙把他带到后门,说你从这儿逃走吧,咱不害你。可是他不走,他怎么能放心他,敢于走呢?他说:"走,不,咱还刚来呢。请你先把你儿子叫来,陪咱呆一会,你再出去陪日本人吧,告诉你,敌人什么时候进来这院子,咱就什么时候打死你儿子,你大约是明白人吧!"于是他抓住地主的儿子爬伏在房子里的窗户后边,举着枪,等着。甲长一点也不敢怎么样,过了好一会,把敌人打发走了,回来看他,他倒没有什么,那儿子却尿了一炕。后来这事被传了出去,谁也想看看他。老百姓说好厉害,八路军的人都有这样大胆,那还怕什么日本,中国再也不会亡了。他就在这种艰难的环境中,懂得只有斗争,只有坚定才有出路;懂得怎样来制伏敌人;更懂得一切应该依靠谁,怎样才能从老百姓中找到最可靠的朋友——穷人了!

他从靠近涞水县的红峪一直向北走,打开了一个村又一个村,慢慢就到了这桑干河下游的南岸。那时这老三区就成为他最活动的地方,三区的游击队也是有名的,一直到现在这一带的民兵还是比较有规模,能自动地担负一些工作。

自然第一个到暖水屯来的八路军就是他。那靠山的一排葡萄园子,就常常成为他的家。在冬天的夜晚他就住在那看园的小屋里,或者一个土坎坎里,左手拿一个冰冻的窝窝,右手拿一个冰冻的咸萝卜,睡一会又跳一会,为的不让脚给冻僵了。后来村子上工作健全了些,他才常到西头的土屋里来。开始认识他的并不多,但多知道有个章同志,那些人只要知道章同志到了村上,他们就会自动的为他警戒。后来他在村子上露面了,认识他的人就多了起来。人们都叫他章队长,又叫他章区长,也有叫老章的,如今更叫他章部长了,可是不管叫他什么,他们都同他是一样的亲热。他们是一同共过苦难来的,自从有了他,人们才对黑暗有了反抗,对光明寄与希望;人们才开始同强权斗争,而且得到了胜利。他的困难的环境和艰险的工作,人们都看得很清楚,他们相信他为了老百姓,为了中国的穷苦人民才那么拿生命去冒险同死亡做了邻人的。他们互相依靠着战斗了生存了下来,所以他们就有着同一般人不同的,更其理解和更其融洽的感情。

章品前两天就接到县委书记来的信,并附有暖水屯的汇报。县委书记告诉他,那里由区上委派了一个缺少经验的知识分子去工作,两个多星期了,还没有发动斗争,内部也还存在些问题。区上的同志又认为对于这群文化比较高的人没有办法,他们希望县上派人去帮助解决。因此便要他就近过河去视察,那里的情形他也较清楚。他接到信后不能马上走,顺便问了一下附近的老百姓。老百姓却都说暖水屯可闹好了,今年恐怕要数暖水屯闹得好,暖水屯的农民都排队伍去沙城去涿鹿城贩卖胜利果实;今年果子出产又好,哪一家也能分个几十万吧。咱六区土地是肥,可是一棵果树也没有,地主大,土地集中该好办,可是土地大半还在外村呢,斗的时候使劲,分的时候好处落不到自己头上。……这些消息使他很高兴,所以他便又迟了一天才渡过河来,他还计划当天晚上又赶回六区去。他认为这个村子是比较有可靠的干部,和较好的群众基础。虽然也属于新解放区,但在抗战期间就有了工作,改造过村政权,而且也从没有发生过什么事的。他并没有料到当他来的时期,这村子上正处于一种较混乱的状态,尤其是在村干部之间。他们议论纷纭,而这种议论又还只成为一种背后的耳语,这就更造成彼此的猜疑,和难于有所决定的了。因此章品的出现就更容易看出来恰是时候,也更有他的作用了。

四十三　咱们要着起来

章品站在街口上,想看看有熟人没有。忽然从后面转过一个人,用力地在他肩头一拍,笑道:"你好大的眼睛,真是到了县上工作,就不认识咱了,咱在后边跟了你半天。"这正是那黑汉子张正国,他横挂了一杆三八大盖,愉快地咧开着嘴,更接下去说道:"还是单人匹马的走,县干部嘛,也不跟个带盒子的,威武威武?"这个容易在人面前害臊说话的汉子却并不怕年轻的部长,看着他那没领的衬衫和光头觉得好笑。

年轻的部长也给了他一拳:"你这个家伙,做啥要吓唬人呀!"

张正国却正色道:"咱在庄稼地里老早就看见你了,看见那个坏小子向你嘀嘀咕咕,咱就没叫你,咱告诉你,他的话不能听,"他又凑过脸去,悄悄地说:"咱别的都不怕,就怕把这个人跑了。知道么,就是人称赛诸葛的,嗯。"

"老章!啥时来的呀!怎么悄悄的不给人知道?嗯!昨天咱们村可闹腾咧,你来迟了。"有几个人从对面走来,章品便一个一个去问他们好。

他们也笑说道:"看你把裤子卷得这么高,到了县城里,还这么个土样子,纸烟总会抽了吧,来,抽一根。"

大家看了看没有外人,有一个便低低地说道:"老章!昨天咱们村打了架,今天还没解决啦,说今晚开农会解决。你看刘满可能赢?"也不管别人知不知道就这么提出问题来了。

"赢不赢就看咱大家敢不敢说话嘛!老章!咱们找张三哥去。"张正国忙着往头里带路。

章品还在一边向那群人说:"一个人力量小,大伙儿力量就大了;一把麦秸不顶事,一堆麦垛就顶事了。刘满打了先锋,你们跟着就上去嘛!干部是你们选的,鸡毛令箭是你们给封的,谁要不替你们办事,不听你们指示,你们可以重选嘛!……"

转过弯走到了小学校门口,老吴从里面跑出来,也忙着打招呼,并且说:"可把你盼来了,帽子也不戴一顶,看把你晒的,进来喝口水吧。"章品走过去同他小声说了一句话,他连连点头,看见人很多,也没说什么,后来看见章品要走了,才说:"老章!看一段黑板报吧。"

旁边也有人跟着说:"嘿!看看咱们老吴的顺口溜吧,人家见天编上一段上报,编得怪有趣的,村上啥事他不清楚?"

章品真的走去看了一段。

人越围越多了起来,远远的墙根下有个老头坐在那里晒太阳。张正国碰了一碰章品,章品认得那老头是一贯道的侯殿魁,他问:"他病好了么?"

"老早好了,今天跑到农会来问还要清算他不;说只有四五十亩地了,要是村上地不够均,他还可以献点地。农会在动员侯清槐向他要红契呢。他成天坐在这里晒太阳,观风看色咧!谁在背后也笑他:'你不骑烈马上西天啦?……'"张正国告诉他时,旁边有听见的人也笑了。那老头子装着没看见。像个老僧入定的那样呆坐着。

任天华也从合作社的窗户里伸出头来。他刚从果园里回来,果园里很冷清,只有十来个老头子在那里把堆在地下的果子装到篓子里去。任天华四处找人,竭力想赶快把这工作做完。他又抽时间跑回来把这两天的果子账结了结,打算在今天晚上农会开会时给报告报告。

"老任!合作社里有谁呀?"张正国问。

"有咱一个。"任天华答应,并招呼道:"老章!进来沏茶喝。叫人去给你寻他们去。"

"等会再来吧。"章品便又问文采他们住在哪里。

有个站在旁边的,十二三岁的小孩子道:"咱知道张裕民在哪里,咱引你们去。"

"好,还是先找张三哥吧。"张正国把孩子推在前面,又推着章品,章品说:"也好,先看他去,你要有事你就回吧。"张正国跟了一段路,便又岔出去了,只说:"咱还是操心点好。"

一路上章品便和这孩子一搭一搭地说。沿路看见了熟人也招呼几句,也有不认识的,别人却叫着他。知道他有事也不打扰他。他们两人慢慢便走到赵得禄的隔壁李之祥家里了,小孩子还介绍着,"是妇女主任家里。"

董桂花穿一件旧布衫,坐在门外台阶上做针线,赶忙站起来,却向里喊道:"小昌兄弟!县上的老章来了。"

好几个人头都挤在一块小玻璃后面,接着听见一群人从炕上跳下来往外跑。董桂花还接着说:"进来吧,张三哥在这里。"但她自己却反而站在院门口去了。

他们在门口把他接住,忙忙往里拉,连连地说道:"啊!你来得真好!"

章品看见张裕民和李昌之外还有两个不大认识的人,李昌便说道:"这是咱本家两个哥哥,都是老实人,这个叫李之祥,就是咱们妇女主任的男人,这是他兄弟李之寿。"

"还是谈你们的吧,咱先听听。"章品又把他们让到炕上面,自己也靠墙坐了。

这两个本来就有些胆小的人,便显得很拘束,李之祥说:"早上是咱跟小昌兄弟说了,也是咱女人说不报告怕不成。到底有没有这回事,也不见得,他也只给咱讲这么多。"李之寿也说:"真只这么多,这可不是小事,咱可不敢乱添,你们要拿这话问钱文贵,可别说咱讲的。咱也是听学校里一个小孩子说的,孩子们的话,也不见得就靠准……"

章品问他们道:"你们村上有几个尖?"

李之祥答道:"咱也不知道有几个,人都说八大尖。"

"八大尖也就是那么叫叫的,其实也只有几个是厉害的。"李昌说。

"对呀!"章品更说道,"去年跑了个许有武,今年春上又斗争了侯殿魁。如今侯殿魁天天坐在戏台前晒太阳,谁也不理他。李子俊听说分地,就逃跑了。你看还是他们怕咱们,还是咱们怕他们?"

"他们怕得可厉害,孟家沟打死了陈武可把他们吓坏了。他们怕八路军,怕共产党。"李之寿也说。

"他们就不怕你们?"章品又问。

"怕咱们,哈哈……他们可不怕咱们。"

"当然他不会怕你们一个人,要是你们全村穷人齐了心,他不怕?你们不说他坏,八路就认得他?人多成王,这道理明白不明白?"

"明白是明白,可是老百姓就不齐心。干部还不齐心呢,不信你问张三哥,庄稼主谁都在骂治安员娶了人家闺女,吃了迷魂汤,人家不向着丈人还向着咱们?昨天不就为了这事和刘满闹架?"李之祥不觉便都说了出来。

张裕民赶忙分辩道:"那只是治安员一个人的事,咱们不是在今晚开农会解决么,你们要说他不对,咱们能说他好?咱们并没有护着他嘛!"

章品又解释道:"那些坏蛋并不怕几个干部,他们只怕穷人一条心。干部是能撤换的,要是有那些软骨头,稀泥泥不上墙的角色,就别叫他当干部嘛。以前日本鬼子在的时候,咱们还改选了江世荣,如今反不行?谁要给财主家当走狗,咱们就叫他和财主一道垮台,全村子穷人都一条心了,他就没办法。穷人当家了,穷人都敢说话,别说这几个尖,蒋介石来还得请他滚蛋呢。"

两兄弟又笑了,李之祥道:"杨同志也是这么给咱们说。唉,咱们脑筋死,一下子变不过来,咱总是想:人穷了惹不起人,咱姑爹也这么说,倒是咱女人还开通些,咱心里也明白,可就是个怕,没长肩膀,扛不起个事。"

"他姑爹就是侯忠全。"李昌给补充了。

"有了带头的就好了,你说是不是? 别人走在头里了,你还怕么？"

"如今就是谁也不走在头里。"

"只要大伙儿都上来，就谁也不怕了。"李之寿也显得活泼些了，不觉也有些眉飞色舞。

"怎么没人，刘满就是一个，那些找江世荣要红契的，那些要分他房子的，给他柜子上贴封条的不都是带头的么？如今就差大伙儿赶上去。干部也不只是布置些工作，下命令，要自己也在群众中起带头作用。你们自己一辈子也受了不少罪，在大伙面前向地主们算算账，不要照老一套工作手法，你们还怕暴露了自己么？咱们涿鹿县的工作从去年到今年都是吃了这个亏，咱们老是怕闹过了火，只肯自己几个干部考虑了又考虑，就怕不能掌握住，就怕老百姓犯错误，不敢去发动他们，这是不相信老百姓。如今老百姓已经批评咱们了，他们说得对，他们说咱们'老沤不着'，你们说是么？"

"唉，就是这样，咱们摸不清上边意见，又怕下边不闹，又怕闹出乱子，咱们倒不是不懂得村上事，就是怕犯错误哪！再说，也还有区上来的同志，凡事得经过他们决定才行。"张裕民听到批评他，立刻感觉到自己是太没有勇气了，很容易办的事却使自己那么作难。

"不用怕！"章品又拍着李之祥的背，"咱们这会要着起来，把那些坏蛋都烧光，看他们还来个里应外合啦。咱们先下手为强，斩草除根，人们就不会害怕了。"

这两兄弟都欢喜得跳下地来，呵呵地齐声笑道："这话太对了！咱们要不翻透身，就不翻，夹生饭没吃头。"

"翻不透，就再使把劲，夹生饭就再加上把火，咱们还能不翻身，不吃饭？咱们想问题总要往长远想，咱们如今才好比一枝小树，青枝绿叶的，它还得长大，开花，结果。财主们已经是日落西山，红不过一会儿了。你们别看他们还有人怕他，世界已经翻了个过，世界还要往好里闹啦！咱们如今就是叫大家多想想人家给咱们的苦处，多想想过去的封建社会是怎的不合道理没有天理良心，这样斗起来才有劲头。还要想怎么才能把人制伏住，好叫他们不敢再报复。你们就把咱们这些话去告诉人,你去多劝劝你姑爹。"章品也走下地来,向张裕民道:"走,时间不多,咱们还是找工作组的同志们去,有事还是大家商量。"

李昌和张裕民跟着他出来,到老韩家里去。他们并不敢批评文采,一路只告诉他文采和杨亮胡立功合不来。杨亮争执着今晚开农会解决打架的事,打算在今晚就提出斗争钱文贵,已经布置许多人说话。只有文采还不知道,他还说开会也好,看群众究竟什么意见。他们只说他是一个有文化的人,不容易接近他。张裕民也感到很委屈,说他听信了张正典的谎言,冤枉自己在村子上搞破鞋,他向好几个干部调查这回事。

四十四　决定

文采这几天仍旧生活得很安闲,他常常告诉人一切的创作,一切的思想的精髓都是在"好整以暇"四个字中产生的。他批准了杨亮他们的提议,今晚开农会,可是他并不知道杨亮他们的布置。他还相信以他的讲演,他的气度,他的地位,都可以战胜杨亮。农民会同情他的,也就是同情钱文贵是中农,是抗属,同情干部对果园的处理,同情张正典。他甚至以为也只有在多数人的意见中才能使杨亮无话可说。因此他很乐观,陶醉在他的主观愿望里面,实际是苟安在他的昏聩里面;他对于这个年轻部长的访问,也只看成多一番麻烦而已。但他仍旧很高兴,他觉得暖水屯的工作成绩该使部长很满意的了。

文采在县上的时候,曾经见过章品。他对他的印象是年轻,大约同那些生长在革命队伍里许多年轻人一样,有着可爱的单纯,和忠实。他们能吃苦,也勇敢,只是总带着一种从农村来的羞涩,又还有些自满。这种自满也并非由于他们骄矜,只是因为他们还不了解更其广阔的世界。文采可以说很喜欢这样人,并常羡慕着他们,也曾拍过这些人的肩膀说道:"你们是从群众斗争中,从实际经验中生长的。你们有比我们更丰富的学问,我们是应该向你们学习的。"不过这些话也只有在口头上说说,他对那些经历并不真的认为有多少价值,所以他就不会有足够的尊敬,更谈不到学习。

现在已经是几个人把村子上情况都谈了以后,在商量今后怎样办的时候了。章品还先鼓励了几句:"这次咱们涿鹿动手迟了,幸亏有你们一批人下来帮忙。你们搞工作可比咱们有办法。六区老百姓都说你们卖果子卖得好;像昨天群众自动要封房子封家具,在涿鹿还是头一次呢。这个咱要回去报告给县上,作为放手发动群众的一个经验咧。"

文采当然很高兴,不觉说道:"咱们现在开会决不老一套。你们从前总是预先布置,有一定发言人,现在我们就是让老百姓自己讲,所以事前很难说定会上能解决些什么问题。昨天去封江世荣房子就是群众自动的,现在群众已经起来了,咱们只要掌握住一点,不要让他们闹得过火就行。"他已经完全忘记昨天他是反对封房子,和没收一切浮财的了。

杨亮和胡立功并不讲述他们对今天晚上会议的预谋,他们觉得这是被逼迫着的一个良善的动机,他们只要求能把这两个星期来的工作加以检讨。假如对过去没有一致的认识,没有是非,以后的事总是难办的。

可是文采是一个不喜欢算旧账的,他气度宽容地说道:"我看不必强调有什么原则性的不同了,只有对工作进行的顺序有差异。章同志也讲过,一切看老百姓的觉悟态度,不必死照条文,这话极是。至于我们彼此之间还有什么意气,以后可以谈的。"

章品也赞成以后谈,只又问了问杨亮他们布置的情形,章品觉得还满意。张裕民又补充了农会的成分全是贫农,也有一些少地的中农,只是常常一家一个人到会。以前开会有时青联妇女全参加,连识字班也参加了,就保不住有地主富农的人。这次限制得严些,地主富农子女全不让进去。这些人脑筋都已经转过来了。自从果树园刘满和张正典打架,很多人心里添一个疙瘩,怀疑干部有偏向,说干部当了旧势力的狗腿子。甚至还有人说怪话,说八路军也不见得比日本人好,不是为啥在日本鬼子在的时候吃得开的猫头鹰,在共产党手里还是亲热得像自己人?今天就解释了一天,这些人才又放下心来,说到底还是向着穷人,这样,才有个斗头,要不,夹着尾巴睡觉,斗个屁啦!……

文采听到这些话的时候,很惊异,因为他从来也没有听到过这些话。他恨他过去为什么不同自己讲,今天才同章同志谈出来,他心里想:"什么叫组织观念,唉!这都还算党员!"但他也不打算争辩了,他觉得这些问题在这个年轻部长面前是无法处理的。而且他疑心章品和张裕民事先也有商量,"唉!他们原来就是一帮子,他是他提拔起来的干部,他当然听他的。"于是他只好采取消极态度,尽量做到组织上的服从。

章品果然一下就做了决定,他偏向了杨亮,但他认为撇开了干部,不进行干部教育在这个村子上是不合适的。他认为大部分干部是经过考察,比较好的人,他停止了今晚的农会,改成为党员干部大会,并且仍要程仁参加,虽说他在这件事上显得有些暧昧。连极力为钱文贵活动的张正典也一样要参加。他的确还没有学会耐烦地和各个人详细商量的工作作风,过去的工作环境养成他这样,今天的有限的时间也不得不使他这样。

这个决定的确有些使文采扫兴,把他原来有的一点自鸣得意完全收敛了,静默地不发一言,冷眼去看杨亮和胡立功的愉快,和章品的年轻的武断,当然他就更觉得张裕民讨厌。

这时老董也从里峪回来了,他是这年轻部长的老部下。他完全同意他的决定,还说:"咱老早就说暖水屯要不斗争钱文贵,工作就做不下去,老百姓最恨的就是这个人。"但他也老实地说:"咱脑子笨,文同志带的那本指示咱看了几天也记不清,咱是个背棍打旗的人,吆喝吆喝,唱正台戏就上不得台啦!咱不敢出主张,咱还愿意回到打游击的时候,啥地方咱也敢去。"

问题决定了以后,谈话更显得活泼些。这时李昌也说了许多村子上的故事,把白银儿、李子俊老婆都好好地形容了一顿。白银儿已经不敢擦脂抹粉，把她的白先生请到箱子里去了；听见别人说肚子痛，便赶忙说："咱如今不迷信了，你请医生去吧，咱从前也是给人家欺负得没办法……"李子俊女人却更常站在街口上，装做找孩子，一看见干部走过便走过来招呼，斜眉斜眼的，还叫张裕民做三哥，把李昌也叫小昌兄弟。李昌同他们又不是一家，假如要认亲，李昌还得比她晚两辈咧。

章品也大笑了起来，说道："这些不要廉耻的东西！李子俊这只寄生虫，赌钱喝酒，不干好事，剥削老百姓好几辈了。还有他兄弟，李英俊，一个也不要放松他。咱明天回涿鹿就把他搞回来，也让他吃吃苦头。老张！你是他长工，找他算账呀——可别饶他。"

张裕民也说过去在他家里啥活也干，他老婆的尿盆也要他倒。张裕民说他高低是个男子汉，还要图个吉利，这种倒霉的事不干。那女人还说："替咱倒尿盆就倒霉了，咱还怕把财气给你倒走了呢。看你不倒能发财……"又有一回她在屋里洗脚，她把张裕民叫进去，要他递给她矾盒子，他妈的，把张裕民气坏了，一掉头就走出来了，"咱又不是你买的丫头！"别的事还好说，就这些事受不了，所以同他们吵了嘴，饿死也不干了。

但章品后来又解释，像这种新解放区，老百姓最恨的是恶霸汉奸狗腿，还不能一时对这种剥削有更深的认识，也看不出他们是一个阶级，他们在压迫老百姓上是一伙人，哪怕有时他们彼此也有争闹。所以第一步还是要拔尖，接着就得搞这些人。不过得让老百姓从事实上启发思想，认清自己的力量，才会真正扫除变天思想，否则总是羊肉好吃怕沾上腥的。

文采还是不说话，以为这些话是在教训他，他有些难受地想道："哼！好，就看你的。如今年轻人又没有学问却又太瞧不起人了！"

"这个村子过去工作没有做好，"章品又说下去，并且望着张裕民，"不能怪你们，主要咱负责，区上也没有经常领导，帮助都差劲。你想，连六区的老百姓都告诉咱说你们村上最坏的要数钱文贵，说许有武都没有他阴险狡猾，可是咱们几次也没有打击他。你今年春上就同咱讲过,可惜那时咱没有深刻调查,找了几个干部谈谈,大家也没提他,马马虎虎就决定了侯殿魁,布置了下去。侯殿魁也不是好家伙,可是不碰钱文贵,老百姓就不敢起来说话。那次会上就几个党员说了话,叫口号,出拳头,看起来热闹,如今想来,那只是不得已罢咧。你们总骂侯忠全落后,实际是咱们没办好。老张!你这人别的都好,耐得起穷,坚决不自私自利,也能团结干部,你原来也不是个胆小的人,可是在这件事上你的顾虑未免太多了。你反省反省是个啥原因!是个什么坏东西作怪。啊!哈……"

他笑得是那样的坦白,引起许多人都笑了。这气氛也传染给张裕民,他也愉快地哈哈笑了起来,并且不觉地模仿着他去摸摸脖项说道:"脑子糊涂是一个原因;没有真正为老百姓着想,'怕'是第一条道理。唉!总是怕搞不起来,又疑心这个,疑心那个,心想要是闹不起来,扳不倒他怎么样呢?不是白给咱丢脸,又要受批评吗?咳!这次总算咱不勇敢,咱有自己打算,咱没有站稳脚跟啦!这次还幸亏杨同志,三番五次同咱计谋,凭良心说话,咱可不是存心啊!哈……"

老董也说自己放弃责任,马马虎虎,一心只跑里峪,就为了干部说要替他分三亩葡萄园子。唉!总是农民意识,落后……

胡立功也笑着问他那头亲事订了没有。老董脸也臊红了,连连否认道:"那可不敢,那太笑话了……"

在这样的笑话之下,文采也比较有些释然了。胡立功又问起张裕民找对象的问题,张裕民很老实地否认,李昌才说明过去有一次张正典说要把他的寡妇表嫂介绍给他,"张三哥没答应,说自己一个穷光棍,养不起老婆,张正典还叫咱劝他。咱跟三哥说,三哥还把咱骂了一顿。听说他表嫂男人死后也有些不规矩,张正典倒反造谣,可不是有意使坏心眼。"

胡立功却打趣他说,这也没有什么不好。人财两得,难道当了支部书记还能不讨老婆?他一定要替他找一个,不吃喜酒就不离开村子咧。

于是李昌的那个十四岁的童养媳妇也成为笑话的资料了。这时空气便慢慢松缓下来,活泼起来,文采也就加入了。章品也是一个年轻人,自己也还是个光棍,却很老面皮地说有一次一个妇女主任握过他一次手,他一夜没有睡好,第二天同那妇女主任做了一次正式的谈话,要她以后努力工作,注意影响。

正谈到很热闹的时候,赵得禄、程仁一同闯了进来,他们也笑得不止。但他们却催他们去吃晚饭,不得不给半天的紧张的生活做了一个结束,而且得准备晚上的党员大会。

四十五　党员大会

张正典从他丈人家里出来,打算去合作社,又打算去找文采同志,想把章品到村子后的情况打听打听。他丈人向他说了不少话,他心里忐忑不定,但他又想着文采曾经再三说过,是抗属就应该另眼相看,而且文采是打张家口下来的,是个有来头的干部,章品未必敌得过他。他老婆也跟在他后边,频频地嘱咐道:"可得听爹爹的话,你可得记住啊!要是他们真想,——唉!你就千万别再去了,赶快回家告诉咱。唉!到时候总要圆滑些……"

天已经黑了,如眉的新月挂在西边天上,薄弱的一层光照了东边半截墙。四方的墙根下都有蟋蟀在嚁嚁地叫,天气已经含有秋意了。街上已经没有什么乘凉的人,张正典也低低地叫老婆放心,要她先回家,自己很快就回来。老婆还想说什么,却从墙角转出一个人,大声地问:"什么人?"张正典已经看出是一个民兵,一手拉住受了惊的老婆,也大声说:"你还不认识,是咱,是治安员。你那么大嚷些什么,要有坏人,也给你骇走了。"

"啊!是治安员,张三哥找你找了半天,叫你到韩老汉家里去。"那个民兵走近了,却仍举着一杆土枪。更把那个女人上上下下地打量了一番。

"什么事?县上的老章走了没有?他在哪里?"他又随即撞了他老婆一下,接着说:"你先回去吧。"

"嘿！那可不是治安员？"这时从黑暗里又转出了两个人影，"你到哪儿去了？可把人好找，原来在这里放哨呀！"这是李昌和赵全功，他们嘻嘻哈哈地抓住了张正典，拉着他便走。

张正典只得说："开啥个玩笑，拉到哪儿去嘛！"

那两人又笑说："你又不去探亲，屁股后边跟个老婆做啥嘛！也不怕给人笑话。"

张正典担心着，好像对某些不祥之事有着微微的预感，他问道："你们又不开农会了，章品对咱们昨天闹架的事怎么说，那可怪不上咱，谁也知道是刘满存心捣蛋的啊！"

"章品啥也没说，尽在那里和文采他们谈白槐庄李功德家里的事。没收出三千多件衣服，没一件老百姓能穿的，全是些花花绿绿的绸旗袍，高跟鞋。又说他那个续弦老婆可厉害，一滴眼泪水也没掉，直着脖子走出她那间满房玻璃家具的正房，住到厨房旁边那过去给厨子住的一间小房里去了。"赵全功还保存着听这些故事时候的浓厚趣味。

张正典也说："老早咱就说过咱们就没有那么大地主，没闹头，数李子俊家里富些，又给逃走了。你们看今晚会不会谈到咱昨天闹架的事？"

李昌一句也没说，只问："你怕什么？"

"怕，"张正典不爱听这种话，所以答应："咱什么也不怕，咱一不是地主，二不是汉奸，咱入党还不是他章品批准的，他能把咱怎么样？"

老韩门口也站得有民兵。张正典想："土地改革，总不能拿咱开刀啊！咱昨天曾经说钱文贵是抗属，这话也没错，文主任也这么说的。上次定成分又不是咱定的，咱才不怕咧。"

房子里装不下，人都坐在院子里，看不清面孔，院子太大，虽说只有二十来个人，也就显得很热闹。

这一群人大半都是解放前的党员，都是生死弟兄，谁对谁也没有什么过不去的事。所以这院子的空气就显得很融洽，加以有了章品的参加,更为活跃,仿佛许久没有这么多的人在一道似的。

只有张正典好像怀了鬼胎似的,他谁也没理,自己找了个地方坐下了。他旁边坐了个赵得禄,也没同他说什么。

张裕民清查了一下人数便开会了,可是张裕民啥也没说,却把自己数落了一阵:他说他自己过去两次在会上也没有提钱文贵,怕提出来不顶事,他怀疑过一些同志。可是常常有老百姓来找他,问他的情形,给他提意见,他也没有告诉文同志,连区上的人也不相信。他说他自己这种不放手作风如何不好,说自己如何违背了群众利益,他说:"咱张裕民闹革命两年多了,还是个二五眼,咱应该叫老百姓揍咱。咱自己打哪里来,活了二十八年,扛了十多年长活,别人吃粮食长大,咱吃了什么,糠比粮食多!像个槽头上的驴,没明没黑的给人干活,可是还没驴值价。咱从头到脚也只是个穷,如今还不能替老百姓想,瞒上欺下,咱简直不是个人啦!老百姓的眼是雪亮的,咱们有没有私情,人家全看得清。后脑勺子上长疮,自己看不见以为别人也看不见,那才笑话咧。今晚上咱们凭良心说话,凭咱们两年多的干部,凭咱们是出生入死的兄弟伙子说话,咱们谁没有个变天思想,怕得罪人?谁没有个妥协,讲情面?谁没有个藤藤绊绊,有私心?咱们有了这些,咱们可就忘了本啦。如今咱掏心话就这些,要是还有半句谎,你们开除咱。咱另外还有个意见,谁也得把自己心事掏出来表白表白。"

院子里的空气跟着他的话慢慢严肃了起来。大家心里都感到难受,又感到痛快,也想像他讲个什么。但因为突如其来,思想上没有准备,不知怎样说才好。而且对于张裕民讲话所充满的惊叹,也使许多人反呆了起来。

过了一阵,没人说话,愈来便愈觉得沉默。忽然那个黑汉子张正国却跳起来了,粗声粗气地嚷:"谁没有?谁也有!咱天天叫老百姓翻身,咱们自己干部却甩手甩脚的坐在合作社沏茶喝,串街。一开会谁心里也明白咱村子上杀人不用刀的是谁,尽瞎扯一气,都碍着干部里面有他的兄弟又有他的女婿,不是怕得罪他的,就是想同他拉点关系的！你看，张三哥要咱们表白，就没有人说话。还说不讲情面，谁也看见的吧！"他说完了，便蹲在一边去，气呼呼的。

钱文虎是个老实人，只知道干活，做了个工会主任，也不知做什么。他和钱文贵算堂房兄弟，井水不犯河水，就没关系，他从来也没说要斗钱文贵，可也不反对，他也不会知道有人因为碍着他才没说，这可把他冤枉了，他是一个不爱说话的人，这时却不得不结结巴巴地说："什么兄弟，谁还不清楚咱们一家人谁也同他没来往，你们没看见他们家老大，种一亩菜园子的钱文富，是个寡老，都不同他来往呢。他有钱有势也没分给谁，他过去同大乡里有来往，同村子上有钱的人有来往，他同咱们穷本家就没来往，他要是能改姓，还早不姓钱了呢。你们要斗他，咱没意见，咱们姓钱的人全没意见。"

"不是问你有没有意见，是问你赞成不赞成！"人丛里谁说了。

"咱赞成，咱赞成，不过，咱在大会上可不说话呀！不为别的，咱说他不过呀！"

于是大家又笑了，大家还问他怕什么。

跟着又有些人说话了，也有长篇大论的，也有三言两语，任天华提到果子园闹架的事，他说他今天跑了一天，才拉了十几个人在那里工作，这事总不能做半截子吧。

张正典这时已经拿定了主意，他佩服他丈人有先见之明，这么多同志们的诚恳，却抵不过一个钱文贵，他并不去思索是非皂白，他毫无感动。他只有一个想法，先使自己跳出这个漩涡，钱文贵曾经吩咐他，要是看风色不对的时候，就得掉转船头。只要钱文贵能熬过这一关，或者他就躲避一时，将来总有报复的一天。并且告诉他有朝一日钱义也会回来报仇的。他相信他，依靠他，也害怕他，便不得不把自己和钱文贵系到一根命运的绳子上去，一点也不觉得这根绳是很细很糟的了。他盘算了半天，考虑他的措辞，他找到一个间隙的机会，发言了。

"咱有什么好说的呢？咱横竖给你们认死了是走钱文贵的路子，

不是还能娶他的闺女!"他顿了一顿,看有没有人反驳他,院子里却很静,都在听着他咧。"自从娶了他闺女,谁也就把咱看外啦。俗话说老婆面前不说真,咱还给一个女人迷糊住了?哪个入党还没有盟过誓?你们要疑心咱嘛,咱有啥办法!有什么事,你们也背着咱叽叽咕咕,咱又不明白你们是个什么打算,咱就只能依着猜想去办事啦。你们要说土地改革该找个有计算的人斗争,咱也不反对那个人称赛诸葛的,他得罪的人多,咱有啥不知道,以前和日本汉奸特务都有来往的。你们又没这样说,说来说去也只是消灭封建大地主,咱就捉摸成拣谁的地多就该谁啦。就是昨天咱同刘满闹架,咱说钱文贵是抗属,这也不是咱自己想出来的,那次会上主任们也说了这个。再呢,咱看你们订成分就没有他,就只当没有他的事。咱说咱这人真糊涂,咱可不敢忘本,咱还能反对大伙儿的决定,咱张正典也是打解放前就参加革命的。"

"嗯!听他说得多漂亮!"大家心里都有这样感觉,一时还不知应怎样说。

文采却说道:"张正典这种态度很好。过去我们对他的怀疑是不正确的,不能对一个革命的同志轻易不相信,这是一个经验。"

接着是一片沉默,正在准备把过去张正典的一些活动来质问他的赵得禄,便嘘了一口气,把身子拉了拉,使能离张正典远一些。

过了一会,张正典起身出外小便,赵得禄却忽然把他压住,大声向主席道:"不散会,谁也不许出去!"张正典只得又坐下了,嘟哝着:"唉!还不相信人。"

会场又一致的欢腾起来,嚷道:"对,不散会,谁也不准出去。"跟着又喊:"把钱文贵扣起来。"大家都响应了:"要是扣起来你看明天老百姓可有劲咧!""对,扣起来!"

程仁也升起来一种厌恶的感情,但他不能驳斥他,他没有勇气,他常常想要勇敢些,却总有个东西拉着他下垂。他想:"人家也是受压迫的,偏又住在他家里,外人又不知道,只知是他侄女,唉,咱也不便说,唉,何苦让人作践她呢?咱不反对斗那个老家伙就成。"——程仁自己总以为他是很公正的,他也恨那个老家伙,他很愿意斗争他。可是他就不愿提到他侄女,总以为会把他侄女连上,没有想到这倒可以解放她的。他觉得自己已经对不起她了,如果再把她扯进去,拿她来洗刷自己,就更过意不去。心想,反正一辈子不娶她,事情自然会明白的,这用不着分辩。

好些人看着他,要他说话,后来他才说明他曾把钱文贵划成地主,遭到了张正典反对,说他已经和儿子分了家,张裕民却依照张正典的意思给改了成分,这事他不能负责任。他认为钱文贵应该是地主,他们是假分家。

在这整个晚上,他是不使人满意的。他是钱文贵的长工,又是他佃户,又是农会主任,他却不坚决,不积极。有人提出第二天的农会开会要选举主席,凡是与钱文贵有亲属关系的都不能担当。大家同意这种主张——对!让群众自己选自己愿意的。

章品也说这是一个思想问题,不能强迫,说得好,做得不好,也不行。将来要看事实,要从具体的行动中表现,他又从他们每个人的出身来说,勉励他们打先锋,不要落在群众运动浪潮的尾巴上去。这使得每个人都警惕起来,都觉得自己有些缺点,都愿意做一两桩好事。

会议快结束的时候,张正国站了起来,压低了声音问道:"咱先走啊?"张裕民答道:"对!你先走,把人暂时押在许有武后院堆草的屋子里,多派上几个人。"

张正典一怔,明白什么也来不及了,他还说:"对!先扣起来,咱治安员亲身出马吧。捆他个紧紧的。"他遭到大家的反对,谁也说就队长便行了。

张正国走了后,空气又紧张了一会儿,已经没有什么事好谈了,却都不愿走。隔一阵等张正国返身回来,才放心地回家去。一路上大家忍不住高声地谈着这件使人痛快的事,因此等不到第二天,村上便已经有许多人知道这晚上发生了什么事,这事却为人人所愿意传播开。

四十六　解放

程仁跟着大伙儿走回家去,显得特别沉默,大家高声说话,笑谑,人家互相打闹,碰在他身上时,他也只悄悄地让开。他无法说明他自己,开始他觉得他为难,慢慢成了一种委屈,后来倒成为十分退缩了。仿佛自己犯了罪似的,自己做了对不起人的事,抬不起头来了。这是以前从没有过的感觉。他听章品说了很多,好像句句都向着自己,他第一次发觉了自己的丑恶,这丑恶却为章品看得那样清楚。本来他是一个老实人,从不欺骗人,但如今他觉得自己不诚实,他骗了他自己。他发现自己从来说不娶黑妮只是一句假话,他只不过为的怕人批评才勉强地逃避着她。他疏远她,只不过为着骗人,并非对她的伯父,对村上一个最坏的人,对人人痛恨的人有什么仇恨。他从前总是扪心无愧,以为没有袒护过他,实际他从来也没有反对过他呀!他为了他侄女把他的一切都宽恕了呀!他看不见他过去给大伙儿的糟害,他忘了自己在他家的受苦和剥削了。他要别人去算账,去要红契,可是自己就没有勇气去算账!他不是种着他八亩旱地二亩水地么!章品说不应当忘本,他可不是忘了本!他什么地方是为穷人打算的呢?他只替自己打算,生怕自己把一个地主的侄女儿,一个坏蛋的侄女得罪了。他曾经瞧不起张正典。张正典为了一个老婆,为了某些生活上的小便宜,一天天往丈人那里凑过去,脱离了自己兄弟伙子的同志,脱离了庄户主,村上人谁也瞧不起他。可是他自己呢,他没有娶人家闺女,也没有去他们家,他只放在心里悄悄地维护着她,也就是维护了他们,维护了地主阶层的利益,这还说他没有忘本,他什么地方比张正典好呢?

他的步子越走越慢,这一些模糊的感觉,此起彼伏地在他脑子中翻腾,他落在大伙儿的后面了。小巷子有一家门开了,呀的一声,听见走出来一个人,在黑处小便,一会又进去了,把门砰地关上。程仁无力地茫然望着暗处,他该怎么办呢?

不远就到了他的家,他住在一个大杂院里。门虚掩着,他轻轻地走了进去,院子里都睡静了,听到上屋的房东的鼾声。对面那家养的几只鸡,也不安地在它们的小笼子里转侧,和低低地喀喀喀地叫着。

从他的屋子里露出一些微弱的光亮。他忘记他母亲已不在家,她到他姐姐家去了,去陪伴刚刚坐月子的姐姐。因此他对于那光亮毫没有感到惊诧。他懒洋洋地跨进门去。

一星星小火残留在豆油灯的灯捻上,那种不透明的灰沉沉的微光比黑暗更显得阴沉。当他进屋后,在靠炕的那个黑角角里便慢慢移动出一个黑影。他没有理会它,只觉得这阴影同自己隔了很远似的。偶然那么想道——娘还没睡么?却仍旧自管自地往炕这头坐上去。

这个黑影果然是个女人,她靠近他了,他还没有躺下去,却忽然意识到他娘已经几天不在家了。而这个女人却又不像他娘,他不觉发出一种突然受惊后的厉声问道:"你是谁?"

那女人也猛地一下把他的臂膀按住,连声道:"是咱!是你表妗子。"

他缩回了手,把背靠紧了壁,直直地望着这个鬼魅的人影。

她迅速地递给他一个布包,做出一副和缓的,实际是尴尬的声音,要笑又笑不出来,低低地说道:"给你,是咱黑妮给你的。黑妮还要自个来,她有话要给你说,她发誓赌咒要跟你一辈子。咱说仁子!你可别没良心啦……"

他本能地想挥动自己的手,把这个女人,把这个布包,把这些话都挥开去。可是他没有那样做,他手举不起来,罪恶和羞耻压住了他。他想骂她,舌头却像吃了什么怪药一样只感到麻木。

那个老妇人,便又接下去道:"她伯父啥也答应她了。人也给你,地也给你,这一共是十八亩,连菜园子的全在这里哪。仁子!咱黑妮就靠定了你啦。"

一阵寒噤通过程仁的全身,他觉得有许多眼睛在顶棚上,在墙缝隙里望着他,向他嘲笑。

钱文贵的老婆把脸更凑近了过来,嘴放在他耳边,清清楚楚地说道:"她伯父说也不能让你为难,你是农会主任嘛,还能不闹斗争,只要你心里明白,嗯,到底咱们是一家子啦!……"她发出鹭鸶一样的声音笑了,那样的无耻,使人恐惧。

程仁不能忍受了。他抖动一下自己,像把背上的重负用力抖掉一样。一个很难听的声音冲出了喉咙:"你走! 你出去!"

老女人被他的声音震动了,退了一步,吃吃的还想说什么,一时又说不出来。

他顺手把那个小布包也甩了过去,被羞辱的感觉更增加他的愤怒,他嚷道:"咱瞧不起你这几亩臭地,你来收买咱,不行! 拿回去,咱们有算账的那天!"

女人像跟着那个甩下来的布包往外滚,两只小脚像踩不到平地似的,身子乱摇晃。好容易才站住脚,她一手扶着门,喘了口气,停了停,又往前凑过来,她战战兢兢地说:"咱黑妮……"

"不准你说这个名字,咱不要听!"程仁陡地跳下来,恶狠狠地站到她面前,她害怕他拿拳头打她,便把头偏下去,却又不敢喊出来。

微微的灯光照在她可怕的脸上,头发蓬着,惊惶的眼睛睁得大大的,嘴歪扭在一面,露出里面的黄牙。程仁感到一种报复的适意,不觉狞笑道:"你还不走,你们那个老头子已经扣起来了,关在许有武的后院子里,你回家哭去吧。准备准备木料。"

那个影子缩小了下去,慢慢地离开他,她退到了院子。他再跟到大门上,她又忽然往前看了看他,便哇地一声哭了起来,直冲出门外去了。哭声也渐渐消失在黑暗里。

程仁突然像从噩梦惊醒,又像站在四野荒漠的平原上。他摇了摇头慢慢踱到院子里来,抬头望了望秋凉的天空,星儿在那里悠闲地眨着眼。上屋里已经没有鼾声,只听见四围的墙脚下热闹的虫鸣,而那对面鸡笼里的鸡,却在那黑暗的狭笼里抖动着翅膀,使劲高啼了。

"不要落在群众运动的尾巴上,不要落在群众的后面,不要忘记自己从哪里来。"这些话又在程仁的脑中轰起,但他已不再为那些无形中捆绑着他的绳索而苦恼了,他也抖动两肩,轻松地回到了房里。

四十七　决战之前

　　这家的人跑到那家,老头子找老头子,青年人找青年人,妇女找妇女,人们见着时只用一个会意的眼光,便凑拢到一起了。他告诉他这件事,他也告诉他这件事,他们先用一种不相信的口气来谈,甚至用一种惊骇的声调,互相问询。他们去问那些靠近干部的人,去问民兵,有的就去问干部。消息证实了,可是消息也增多了。有人说当张正国去到钱文贵家的时候,已经找不着他了,后来是在圈牲口屋里的草堆里拉出来的。有的说他还躺在炕上,看见张正国时只说:"啊,你来了!咱老早就等着你的。"又有人说民兵都不敢动手,张正国捆了他一绳子。还有人说他走的时候,把一双新洋纱袜子也穿上了,还披了件青呢大衫,怕半夜冷哩,嗯,说不定是怕捞不到一件像样的衣服回老家咧。

　　年老的女人们还坐在炕头烧早饭,可是年轻的人连吃饭也没有心肠,一群群的绕到许有武的门口去瞧。门口有个放哨的民兵不准他们进去,他们说找人,硬闯进去了。他们钻进那几户人家,问他们,他们说也没见着咧,只知天还没亮就有人闹起来,人是关在后边的一个较远较小的僻院子里。那里只有一大间柴房,如今柴也没有,只有一个土炕,一些烂木料。他们还要往里去,小院的门关得紧紧的。里外都有民兵,他们只得退回来。还有人以为在门缝里瞧见了钱文贵,说他很悠然地在摇着扇子。

　　有些知道的人便说:"昨天县里的老章下来了,别看人长得嫩,到底是拿枪杆出身,在咱们地区混了不少时候,经过场面。办这些事,文绉绉就不行。"

　　街上像赶集一样的人来人往,黑板报前挤满了人,前边的人念着,后边的人听着,念着听着的人都笑了。他们站到合作社卖东西的木窗前,伸着头往里望,看见有干部在里边走动,便扯长耳朵想听到些什么。

那个顾长生的娘饭也顾不上烧,把她稀薄的顶发挼了挼,又站在街头了。她女儿时时跑出来叫她回去,她也不回,她一望着有人过路就问:"咱村子昨晚上扣下了人,你知道么?"

人们知道她话多,不爱理她,马马虎虎答应她一句便走过去了。也有人会因为高兴,便忘记了她的脾气,她便凑过来说道:"嗯!这可见了青天啦!要是咱村子上不把这个旗杆扳掉,共产党再贤明太阳也照不到的。从前咱长生他爹,赶冬里闲空点,有时卖个花生饼子,他说咱们赚了钱,没有孝敬他,在年里把他爹的篮子收了。他爹没法,送给他十斤花生,一斤白糖。这可反把他臊了,把送去的东西倒了一地,说咱们看扁了他,硬加上咱们一个违法的罪名,要把他爹送到大乡里去惩办。他爹是个老实人,没有法,叩头,赔钱,总算没送去。后来又要把咱长生送到铁红山去当苦力,铁红山谁不知道,有去路,没回路的,咱们又把一只猪卖了。嗯!咱总得要回咱这只猪来的,总有七八十斤啦……"

那些积极分子,像郭富贵,王新田,侯忠全的儿子侯清槐都更挤到合作社来,跟在张裕民,李昌他们后边往韩老汉家里跑。他们愿意找那些工作人员,从他们那里得到更多的启示。

民兵也好像多了,川流不息,有时几个人一串串地跑,像发生了重大事件一样。人家问他们什么,他们也一本正经的不说。

侯殿魁也走出来了,仍旧悄悄地坐在墙根前,天时还早,太阳只照到墙头上,他还披了一件夹衫,装晒太阳呢。他趁着大伙儿不注意的时候,偷听几句,放在心里捉摸。侯清槐偏爱往这里走过,每走过总露出一副得意的样子,有时就高声向旁人说:"咱们要一个一个的来收拾!"

刚刚在昨天把儿子关在屋里的侯忠全,一早就听到那个羊倌老婆跑来叽叽咕咕,他平日看不上这个女人,嫌她爱说话,爱管闲事,赶忙走到屋子外边去。但他仍旧听到她们所说的内容了,他舍不得不听下去,站在窗外拨弄挂在廊上的几根火绒,不走开,他不敢相信有这回事。羊倌老婆走了,他老婆也像看赛会的那么高兴的出去了。儿子女儿不在家。他忍不住站在门口望望,一会儿他侄子李之祥走来了,李之祥别话都不说,只说:"姑爹!咱看你那个皇历使不得了,如今真的换了朝代啦。"他也只说:"怎么?真的?""对,扣起来了,要大家告状咧!""该个什么罪?""咱说该个死罪!"老头子不说了,禁不住有些惊惶,好像一个船客突然见着大风浪来了似的那种说不清的心悸。又觉得喜欢,这种喜欢还只能深深地藏在心里,好像一下看见了连梦想也不敢去想想的东西实现了,东西就放在手边,却还要掩饰自己的感情,不愿动手去拿,惟恐把这东西骇跑,现实仍旧又变成一个幻影,他只能用怀疑的心情,反复地问自己:怎么搞的?真有这回事么?但最后他仍给了自己一个满意的答复:坏人,终有坏报,因果报应是逃不脱的!后来他也忍不住跑出去,装做并不打听什么的样子走到大街上去,他朝人多的方向走,慢慢便也踱到戏台的场子跟前了。他看见人太多便背转身,躲到一边去敲他的火镰,却在这一敲的时候,他看见坐在墙角落里像个老乞丐的侯殿魁,他还看见那个一贯道正在悄悄看他咧。他觉得像被打了一样,那悄悄投过来的责罚的眼光,反使他抬不起头,他赶忙把两手垂下,弯着腰,逃走了。

小学生也不上学,站在学校门口观望,有些人又跑到学校里面去,看不见什么又退出来了,别的人也跟着去看看。两个教员都不知忙什么,一个跑进,一个跑出。人们还抓着任国忠呢。任国忠心慌得很,想回家去,看见民兵太多又不敢,他想骗自己:"你怕什么?你又不是地主,又不是汉奸,又不是'方块'①,又不是这村的人,教书还有错,不怕,他妈的钱文贵扣起来了,活该,与你有什么相干?"但心总是不安,为什么章品昨天叮嘱他要等着他呢?他有什么鬼事要找他,这会儿还有好事!他的确没有办法可以离开这个村子。那个老吴就像知道他的心事似的老在他前前后后转,他走到什么地方都看得见

---

① 指国民党特务。

那个红鼻子在眼前晃。

后来章品也出现了,他还是穿了那件没领的衬衫,光着头,没穿袜子,用根绳把鞋子系上,衫子薄,看见腰上有件东西鼓了出来,下边还露出了一块蓝绸子,人们都围了上去,七嘴八舌,他不知听谁的好。

"老章!你把咱们村搞完了走吧。"

"你们要把钱文贵怎样啦?"

"什么时候闹斗争呀?"

"早就该扣他了的。"

"哼!不扣起来,谁敢讲话?"

"这一下可是毛主席给咱做主啦……"

章品看见人们这样高兴,也禁不住愉快地笑着,两片嘴唇笑开了就合不拢来,又拿手不住地去摸那伸长在外边的脖项,便说道:"你们看吧,还是谁的力量大,只要老百姓乐意怎样,就能怎样,如今可得大家紧紧地团结着,只有团结起来才能推倒旧势力,才能翻身!你们村上头一个尖已经扣下来了,你们有冤伸冤,有仇报仇,把头一尖扳倒了,就不怕了,有什么,说什么,告下状来好办他,咱们县上给你们撑腰,腰壮着咧,不怕,嘿……"

章品走到了学校,学校外边围了很多人,张裕民也跟着进去了,门上站一个民兵,有些人猜着了,有些人莫名其妙,都在外边等着瞧。只见老吴跑过去了,又跑回来。一会刘教员也走了过去,看了看外边,没说什么。不久章品和张裕民都出来了,小学教员任国忠跟在他旁边。他背了个小铺盖卷,结结巴巴地不知在说些什么,章品看见很多人围着,便向那个民兵说:"你陪任教员先走一段,慢慢走,咱随后就来。"

任国忠只得装出若无其事的样子,跟跟跄跄地走了出去,有些人也跟去看,跟了一段路又踅回来了。

群众中有人说:"咱早就说这家伙不是好人,鬼鬼祟祟尽在有钱人屁股后边跑,也不知忙些什么?"

又有人问:"把他扣到县上去?"

章品只笑着问:"你们看这人怎么样?"

大家答:"谁还看不出,他把墨水吃到肚子里去了,一身透黑。"

"年轻人嘛!咱们想法教育,还教不过来?咱带他回县上入教员训练班去,把他脑子改造好再给你们送回来,这才免得误了你们的子弟。"章品说完便往外走。

大家又说:"这可对着啦,好好给管教管教。"

人们跟上来又说:"老章!你就走啦,你走了咱们怎么搞呀!"

章品一边走一边道:"过两天咱再来,咱还有事啦。这里有文同志他们,你们有意见就去找他们。找张裕民也行。"

张裕民一直送他往外走,他们又说了半天,到村口章品才说:"你回去吧。一切事看老百姓的意见,就容易办,你看今早这情况,人都胆壮了,不怕斗不起来,不过,唉——"他迟疑了半天没有说下去。

张裕民又望望他,他也对他望望,两个人都明白了是个什么问题梗着,半天,章品不得不说:"人千万别打死。"

"那么交给你们吧。"

章品又沉思起来,他想不出一个好办法,他经常在村子里工作,懂得农民的心理,要么不斗争,要斗就往死里斗。他们不愿经过法律的手续,他们怕经过法律的手续,把他们认为应该枪毙的却只判了徒刑。他们常常觉得八路军太宽大了,他们还没具有较远大的眼光,他们要求报复,要求痛快。有些村的农民常常会不管三七二十一,一阵子拳头先打死再说。区村干部都往老百姓身上推,老百姓人多着呢,也不知是谁。章品也知道村干部就有同老百姓一样的思想,他们总担心着将来的报复,一不做,二不休。一时要说通很多人,却实在不容易。

"交给我们,那倒不必,县上一下子也不能解决许多人,还是在村上解决。"

"唉,"张裕民也感觉得太为难了,说道:"你还有什么不知道的?老百姓有劲没劲全在这里。"

"你也有这种想法么?"章品问。

"干部里边有这种想法的可多着呢。"

"这是一种变天思想,咱们要纠正它,随便打死人影响是不好的。咱们可以搜集他的罪状交给法院,死人不经过法院是不对的。咱们今天斗争是在政治上打垮他,要他向人民低头,还不一定要消灭他的肉体。你得说服大家。"

"嗯。"张裕民只得答应他。

"事情办着再看,咱到县上先把情况汇报了后大家再商量,如果老百姓一定要他死,罪也该死,那时咱们再派人来吧。我一个人也做不得主,你是明白的,——听,打锣了,暂时就这样吧:要往死里斗,却把人留着;要在斗争里看出人民团结的力量,要在斗争里消灭变天思想。"

当张裕民走回村子时,老吴已经把锣打向南街去了,锣声特别响亮,许多人吆喝着,跟在他后边。只听见:

"铛……铛铛"锣声一住,他的沙嗓子便愉快地大声唱了起来:"活捉五通神,快乐赛新年,赶快来开会,告状把身翻。"

四十八 决战之一

人们像潮水一样涌进了许有武院子,先进去的便拣了一个好地方蹲着,后来的人又把他推开了。大家涌来涌去。人一多便不好找人了,也不知道干部们来了没有,民兵没有办法维持秩序,几次跑来问张正国,张正国也说:"农会哪来这么多会员,平日开会就有百十来个人嘛。"于是他站在台阶上大声喊:"不是农会的出去!咱们是农会会员开会!"可是还是只有进来的人没有出去的人。张正国又跑去问农会,农会组织张步高说:"这事叫咱也难办呀!以前一开会就是一家来上一个人,有时是他爹,有时是他儿子,有时还派上媳妇老婆来代表咧。如今你说该谁呀!"

张正国是急性人,急了,大声说:"你是组织嘛!你们的会员还没有个花名册?"

"谁说没有呀!"张步高也急了,"一家只有一个家主才上名单,可是一开会他们老不照名册来。老子生病了,儿子来代替,你能说不成?儿子出门了就换老子来,来总比不来好。如今他们就都来了嘛!你能叫谁出去。"

张正国更生气了:"你们平日乱七八糟,工作不知怎么做的,如今叫咱怎么维持秩序?"

"为啥不能全叫他们都进来呢?"不知是谁说了。

"全进来,全进来,把屋子也挤破了!"张正国唧哝着。

人们看着他们吵,悄悄地更挤到里边去些。

李昌在一个角落里领导青年唱起歌来了,歌声越来越雄壮,唱歌的范围越来越展开,把他们的吵闹立刻压下去了。他们不得不站到一边去,立刻又给挤到人堆里去了。全院子只听到怒吼也似的歌声:"团结起来吧!嘿!种地的庄稼汉!……地主压迫咱,压迫了多少年,咱们……把账算,把账算!"

人越来越多,门廊里站满了人,门口拥塞着,街上还有三三五五的,他们试着向门里冲来,被挡回去了,歇了一会又嚷着来了:"咱是农会会员嘛!为啥不要咱进去?"

赵全功找赵得禄,赵得禄找张裕民,张裕民找工作组的同志,大家在人堆里挤,刚刚看见在这里的,怎么一忽儿就看不见了。工作组又说要找大家商量。于是张裕民又找赵得禄,赵得禄又找赵全功,赵全功又找另外的人。唉!说好大家都集中在一块儿,为什么老是不容易找人,大家都没有走出这个院子嘛!

唱歌真讨厌,老闹得喊人也听不见,可是不唱歌,人们会更闹起来的。

几个人挤在一道了要商量一下,却找不到地方,张裕民把大家带进上边侧屋里。房子里还剩一个老太婆,她的牙缺了,耳聋了,腿不方便,却把一个脸贴在玻璃窗上,望着外面的群众憨憨地笑,眼泪镶在眼角上。她看见这群闯入者,呆了一会,忽然好像明白了什么,从炕那头爬了过来。头老是不断地摇着,她举着手,嘴张开,却什么也没有说出来。只是笑,笑着笑着,眼泪忽然像泉涌一样地流出来。胡立功刚站在炕边,便赶忙跑过去扶住她,她一下伏到了他肩上,像个孩子似的哼着哭起来了。胡立功也把她像个孩子似的拍着。她哭了一会,抬起头来,望了望大家,一手去揩没干的眼泪,一手又扶着墙壁,爬回去了。仍旧用着那种憨态把脸贴到玻璃窗上去。

大家挤在后边的屋角里去说话,文采说:"秩序太坏了,秩序太坏了!"

张正国说:"都怪农会,不知怎么搞的,连个会员到底是谁也搞不清!"

"人们愿意来开会,就让大家来,农会不可以改成群众大会吗?"老董这样提议。

赵得禄也说了:"唉!昨晚为什么不决定开大会呢?唉!如今又改变。"

"改变也行。"杨亮说,"昨天估计不够,说开农会也有理由,既然人多了,就临时改变。索性到戏台那里去。"

"对,到戏台那里去,嘿,要不把钱文贵扣下,老百姓能这样?"

"换个人也不行。"

"别说空话了,叫老吴再打一遍锣吧。还有些没有参加农会的人家呢,叫他们都来。"

"老张慢点走,有些事还得重新布置一下,咱们再谈谈。"杨亮把张裕民又拖回房子里去了。"对!对!对!"大家赶忙跑出房来,院子里还是一团嘈杂,什么也听不见。

很快老吴便出现在台阶上了。他用力打了一下锣,歌声停止了,全场立刻静了下来。老吴嚷:"院子太小了,到戏台那里开大会去!……"可是再也没等他说下去,秩序又乱了起来,都向大门口奔去,人多门小,挤得只听见叫声。妇女小儿的声音,时时像被卡住了似的叫出来,响得特别尖锐。

门外边的人还不知道是回什么事,跟着也跑。像哪里起了火似的,只听见脚板在地下咚咚咚……地响。

一会儿,人都集聚在戏台前了,这里到底宽敞,用不着争地盘,便也不挤了。有些人还退到墙根前去了,坐在石磴上,坐在几条木料上,他们几个人几个人地谈着他们的感想。

不知什么时候,那个侯殿魁又走出来了,悄悄地仍旧坐在老地方。坐在他旁边的人,一看是这个一贯道,便换了个地方走到离他稍远一点的空地上去。

这时还听到老吴在另一条巷子里,打着锣。他不断地唱着:"妇女儿童团,老少青壮年!大家来开会,就在戏台前。报仇在今天;耕者有其田!"

四十九　决战之二

老吴匆忙地走着,从大街到小巷,从这条巷转到那条巷,有许多人早就站在街口的,看见人们从巷口流到街上又流到戏台前时,已经跟踪走来了。这里面有些人穿得比较整齐,露出一副极慎重的样子。偶然有一两个戴绅士草帽的买卖人,他们挤在人中间,和人开着玩笑。还有擦了薄薄一层粉的女人,头发上的油光照人,衣服剪裁合身,扭扭捏捏的三三两两的挤在一团,站在靠后边。也有原来留在屋子里的穷老汉,穷老婆,这时也锁了屋子赶来了。还有因为孩子太多无法出来的女人也抱着一个,牵着一个,蹒跚地走来。有些人问:"还不开会么?"

张裕民站在台中央,指挥着:"妇女都靠右边站,你们那几个让来些。大家站好地位不要动。墙根前的站过来。"

人们都听着他的号令移动着。刚刚站好,却又回过头去,有人就又在往后走,学校里的小学生排着队来参加大会了。刘教员带领着他们,他们还唱歌,这些孩子们像参加运动会的选手,生龙活虎的,又紧张又活泼,他们用力的唱:"没有共产党就没有新中国……"歌声响彻云霄。张裕民便忙着招呼,在台前让出一角地方。队伍便从人丛中走进来。人们自然而然地替它让了一条道路。刘教员也忙迫得不堪,好容易才把他们安排好,又叫他们停止了唱歌。

人们在底下悄悄谈话:"对象来了没有?"

"没有,还扣着呢!"

"看侯殿魁那老头。"

钱文贵的老婆也站在台后边,她拿背靠着台,时时把衫子扯来揩眼泪,鼻涕吊在嘴唇上,她刚刚给丈夫送饭回来,她一看见干部便给磕头,她哭着说:"打从你们当干部以来,他爹有啥对不起你们吗?不看金面也得看佛面啦,看咱钱义还是八路军咧!"

有人吓唬她:"你再说,就一绳子捆了你。"但她还是不走开。

有人喊:"开会吧!"

"对,开会啦!"张裕民又跳上台中央了。他仍敞着汗衫和纽扣,他望着群众,等人声静下来。

李昌吹着一个口哨,"嗶嗶——"

张裕民报告了:"咱们村闹土地改革到如今已经十多天了,咱们要翻身,可不容易,咱们村上有好些剥削咱们的地主,压迫咱们,咱们今天就来拔尖。昨天晚上咱们把那个有名的人,诨名叫赛诸葛的扣下了!……"

人们不觉鼓起掌来,并且吼着:"扣得好!打他那个狗×的!"

"还有呢!"张裕民又接下去,"咱们的治安员张正典那小子,心眼里不向咱们老百姓,向着他丈人,破坏咱们的土地改革,县上撤了他的职,以后咱们要多看着他点……"

底下又鼓掌了。大家互相交头接耳地说:"啊,还有这回事,这可做对呢。"并且有人喊:"打倒投降分子!""把这些溜沟子的都捆起来。"

张裕民又说:"今天咱们这个会就是和钱文贵算账。咱们先算算,算得差不多了,改天再当着他算,咱们农民自己来主持这个会,咱们选老百姓来当主席。你们说成不成?"

"成!""就是张裕民!""农会也成!""……"几种声音嚷着。

"老百姓好。你们自己选好,选几个你们觉得可靠的。"老董也站在张裕民身后说。

"成,选就选哪,咱提郭富贵。"是王新田那个小伙子的声音。

"郭富贵,赞成不赞成?"

"赞成。咱提李老汉。"

"哪个李老汉?"

"提人还得不提名……"

"李宝堂叔叔……"

"李宝堂叔叔,好。"

"咱还提张裕民,没有他不顶事。你们看怎么样?"

"好,就是他。"

"举手!举手!"

"哈……"

人们在人丛中把郭富贵,李宝堂推上去了。李宝堂只笑。郭富贵也不知道怎么样才好,像个新郎似的那么拘束着。

张裕民把李宝堂拉在中间,又同他叽咕了一阵。这老头子把脸拉正了,走出来一步,他说话了!他说:"咱老汉是个穷人。看了几十年果园子,没有一棵树。咱今年六十一岁了,就像秋天的果树叶一样入土也差不离了。做梦也没梦到有今天,咱当了主席啦!好!咱高兴,咱是穷人的主席,咱们今天好好把那个钱文贵斗上一斗,有仇报仇,有冤申冤,有钱还钱,有命偿命。咱只有一个心眼,咱是个穷汉。咱主席说完了,如今大家说。"

谁也没有笑话他,很满意这个主席。

要说话的人很多,主席说一个一个来。但一个一个来,说话的人又说不多了。说几句便停了。大家吼着时气势很高,经过一两个人稀稀拉拉的讲,又没讲清楚,会议反而显得松了下来,李昌便使劲的喊口号,口号喊得不对时候,也不见有力量。这时只见刘满急得不成,他从台下跳上了台,瞪着两只眼睛,举着两个拳头,他大声问:"你们要不要咱说?"

"刘满!刘满!你说吧!你会说!"

"你们要咱说,咱得问问干部们,咱说了要不要处罚咱?"

"刘满!你说!谁敢处罚你!今天就要看你的,看你给全村带头啦!"张裕民笑笑地安慰他。

"谁敢处罚你!刘满!你说!你打那个治安员打得好!"底下也有人鼓他的气。

"说钱文贵的事吧!"张裕民又提醒他。

刘满用着他两只因失眠而发红的眼睛望着众人,他捶着自己的胸脯,他说:"咱这笔账可长咧,咱今天要从头来说。咱的事有人知道,也有人不知道,啊!你们哪里会清楚这十年来的冤气。咱就是给冤气填大的。"他又拍了拍胸脯,表示这里面正装满了冤气,"咱爹生咱们弟兄四个,咱弟兄谁也是个好劳动,凭咱们力量,咱们该是户好人家呀!事变前咱爷儿五个积攒了二百来块钱,咱爹想置点产业。真倒霉,不知怎么碰着了钱文贵,钱文贵告咱爹,说开磨坊利大,他撺掇咱爹开磨坊,又帮咱爹租了间房子。他又引了他的一个朋友,来做伙计,又不是咱村上人,咱爹不情愿,可是看他面子答应了。那个朋友在磨坊里管起事来,不到两个月,他那朋友不见了。连两匹大骡子千来斤麦子全不见了。咱爹问他,他说成,骂那个朋友,说连累了他,他拉着咱爹,一同到涿鹿县去告状,官司准了。咱告诉大家这官司可打不得呀!咱们一趟两趟赔钱,官司老不判案。咱爹气病了,第二年就死了。咱们四弟兄在年里杀鸡赌咒,咱们得报这仇。唉!咱们动还没动,有天咱大哥给绑上拉去当兵啦!这还要说么,这里边是有人使了诡计啦!咱大哥一走,日本鬼子就来了。石头落在大海里,咱们年年盼,也盼不到个信息。咱大嫂守不住,嫁了。落个小女子,不还跟着咱吗?"

底下有人答应他:"是有这回事。"

"日本人来的第二年,"刘满又接下去说了,"钱文贵找咱二哥去说,过去对不起咱爹,磨坊赔了钱,他心里老过意不去,他说要帮咱们忙,劝咱二哥当个甲长,说多少可以捞回几个。咱二哥不愿意,他是老实人,家里又没人种地,又不是场面上人,咱弟兄全恨他,不肯干这件事。咱们回绝了他,他走了,过了半个月,大乡里来了公事,派了咱二哥当甲长。咱二哥没有法,就给他套上了。大乡里今天要款,明天要粮,后天要夫,一伙伙的特务汉奸来村子上。咱二哥侍候不来,天天挨骂,挨揍,哪一天不把从老乡亲们那里讹来的钱送给他去?他还动不动说咱二哥不忠心皇军,要送到兵营里去。咱二哥当了三个月甲长,要不是得了病,还不会饶他咧。二哥!你上来让大家来看看是什么样子!咱二哥呢,二哥!二哥!……"他的声音嘶哑了,模糊了,他说不出话的时候,就用两个拳头擂着他的胸脯。

人群在底下骚动,有人找着了刘乾,把他往台上送,他痴痴地笑着,人们将他互相传递,把他送到台口了,郭富贵忙着把他拉上来。那个疯了的伪甲长不知是回什么事,傻子似的望着大家。他的头发有几寸长,蓬满一头,满脸都是些黑,一条一条的泥印子,两个大眼深凹下去,白眼仁一闪一闪的,小孩在夜晚遇着他时都会吓哭的。

底下没有人说话了,有年老的轻轻地叹着气。

刘满忽然把两手举起,大声喊:"咱要报仇!"

"报仇!"雷一样的吼声跟着他。拳头密密地往上举起。

李昌也领着喊:"钱文贵,真正刁,谋财害命不用刀!"大家都跟着他,用力地喊。那边妇女也使着劲,再也不要董桂花着急地催促。

"咱也要同钱文贵算账咧!"王新田那个小伙子跳了上来。几天的功夫,已经改变了他,他好像陡地长大了几岁。他不再是那么荒荒唐唐的,他心里已经有了把握,他把闹斗争这件事看成了天经地义似的,好像摆在眼前,就这一件事好干,越闹越有劲。他看见有些人还在迟迟疑疑,唉声叹气,他就着急。这个年轻小伙子充满了信心,他诉说过去刘乾做甲长时,钱文贵暗里使诡计用绳子捆他,要把他送到青年团去的事。他在台上问他爹要不要钱文贵退还房子。他爹在台下答应他:"要他退还房子!"于是人们便吼起来:"钱文贵,乱捆人,要人房子,要人粮!"

从人丛中又走出一个老头儿,他是人们把他推上去的。他一句也不会说,只用两眼望着大家。人们都认识他叫张真,他的儿子被送到铁红山,当苦力,解放后有许多苦力都回家了,只有他的儿子一直没回来。他对大家望着,望着,忽然哭起来了。大家催促他:"你说呀!不怕!"可是他张了张嘴,说不出话来,又哭起来了。唉!全场便静了下来,在沉默中传来唏嘘的声音。

接着又一个一个的上来,当每一个人讲完话的时候,群众总是报以热烈的吼声。大家越讲越怒,有人讲不了几句,气噎住了喉咙站在一边,隔一会,喘过气来,又讲。

文采几人从来也没见过这种场面,他们禁不住兴奋和难受。尤其是老董,他高兴地走来走去,时时说:"啊!这下老百姓可起来了!"胡立功也时时问那几个主席团的人:"你们看今天怎么样,以前你们有过这种情形吗?"李宝堂老汉说:"没有,如今是翻身了,啥也不怕,啥也不管哪!好,让他们都说说,把什么都倒出来啦!要清算李子俊时,你看咱也要说,咱还要从他爷爷时代说起咧。"

他们觉得机不可失,他们商量趁这劲头上把钱文贵叫出来,会议时间延长些也不要紧,像这样的会,老百姓是不会疲倦的。

李宝堂将这个意见向群众说了,底下也一片赞成。于是李宝堂下令立刻带钱文贵。张正典亲自带几个民兵走了。

讲话便停顿了下来,有些人便悄悄地嘀咕着。有些孩子们便离开了会场,在巷口上去等着,用一种好奇的心等在那里。

跟着走开去小便的也有了,咳嗽的声音此起彼落,怀里的娃儿们哭了,妇女哄起孩子来。主席没有办法,报告休息三分钟。

但人们仍旧很快走了回来,他们要等看钱文贵咧。只有很多妇女又溜到远点地方坐下来,董桂花,羊倌老婆周月英便一个一个的去拉,拉来了这几个,又走了那几个。

主席团干部们又忙着去商量一些事情,安排一些事情。

一会儿,担来了一担凉水,人们便都抢着去喝。

一会儿,又拿来了白纸糊的一顶高帽子,上边写着"消灭封建势力"。

民兵排列得很整齐,分作几排站着,台前台后都有,他们严肃地雄赳赳地举着枪。

于是人们又围了拢来,他们看帽子,他们观赏着民兵,这都是自己人呀,看他们多神气。

大家都在等着那个斗争对象到来。

五十　决战之三

听到孩子们的脚步声,跟着他们转到了街上,台上的人互相使了个眼色,大家都明白是一回什么事!人们都站着不动伸着头去望。民兵更绷紧了脸,不说话。张裕民,李宝堂,郭富贵往台中一站,李昌喊起口号来:"打倒恶霸!""打倒封建地主!"人们一边跟着喊,一边往前挤,但他们是用一种极紧张的心情看着,等着,他们除了喊口号的时候肃静极了。

"哗"的一声,民兵们在一个轻轻的命令底下同时扳动了一下枪栓,人们更紧张起来。这时只见三四个民兵把那个钱文贵押上台来。钱文贵穿一件灰色绸子夹衫,白竹布裤子,两手向后剪着。他微微低着头,眯着细眼,那两颗豆似的眼珠,还在有力地睃着底下的群众。这两颗曾经使人害怕的蛇眼,仍然放着余毒,镇压住许多人心。两撇尖尖的胡须加深着他的阴狠,场子里没有人说话。

主席焦急地望着主席,老董几人也互相焦急地望着,他们又焦急地望着李昌,李昌焦急地望着主席,主席们又望着群众,群众们看着钱文贵,他们仍然不说话。

几千年的恶霸威风,曾经压迫了世世代代的农民,农民在这种力量底下一贯是低头的。他们骤然面临着这个势力忽然反剪着手站立在他们前面的时候,他们反倒呆了起来,一时不知怎样才好。有些更是被那种凶狠的眼光慑服了下去,他们又回忆着那种不堪蹂躏只有驯服的生活,他们在急风暴雨之前又踌躇起来了。他们便只有暂时的沉默。

这时只有一个钱文贵,他站在台口,牙齿咬着嘴唇,横着眼睛,他要压服这些粗人,他不甘被打下去。在这一刻儿,他的确还是高高在上的,他和他多年征服的力量,在这村子上是生了根的,谁轻易能扳得动他呢。人们心里恨他,刚刚还骂了他,可是他出现了,人们却屏住了气,仇恨又让了步,这情形就像两个雄鸡在打架以前一样,都比着势子,沉默愈久,钱文贵的力量便愈增长,看看他要胜利了。这时忽然从人丛中跳上去一个汉子。这个汉子有两条浓眉和一对闪亮的眼睛。他冲到钱文贵面前骂道:"你这个害人的贼!你把咱村子糟践得不成。你谋财害命不见血,今天是咱们同你算总账的日子,算个你死我活,你听见没有,你怎么着啦!你还想吓唬人!不行!这台上没有你站的份!你跪下!给全村父老跪下!"他用力把钱文贵一推,底下有人响应着他:"跪下!跪下!"左右两个民兵一按,钱文贵矮下去了,他规规矩矩地跪着。于是人群的气焰高起来了,群众猛然得势,于是又骚动起来,有一个小孩声音也嚷:"戴高帽子!戴高帽子!"郭富贵跳到前面来,问:"谁给他戴?谁给他戴,上来!"台下更是嚷嚷了起来:"戴高帽子!戴高帽子!"一个十三四岁的孩子跳上来,拿帽子往他头上一放,并吐出一口痰去,恨恨地骂道:"钱文贵,你也有今天!"他跳下去了,有些人跟着他的骂声笑了起来。

这时钱文贵的头完全低下去了,他的阴狠的眼光已经不能再在人头上扫荡了。高的纸帽子把他丑角化了,他卑微地弯着腰,屈着腿,他已经不再有权威,他成了老百姓的俘虏,老百姓的囚犯。

那个汉子转过身来,朝着台下,大家认得他是农会主任,他是程仁。

程仁问大家说:"父老们!你们看看咱同他吧,看他多细皮白肉的,天还没冷,就穿着件绸夹衫咧!你们看咱,看看你们自己,咱们这样还像人样啦!哼!当咱们娘生咱们的时候,谁不是一个样?哼!咱们拿血汗养了他啦,他吃咱们的血汗压迫了咱们几十年,咱们今天要他有钱还债,有命还人,对不对?"

"对!有钱还债,有命还人!"

"咱们再不要怕他了,今天已经是咱们穷人翻身的时候!咱们再不要讲情面。咱是农会主任,咱头几天斗争也不积极,咱不是人,咱忘了本啦! 咱对不起全村的父老们。咱情愿让你们吐咱,揍咱,咱没怨言。咱如今想清了,咱要同他算账。咱从小就跟着娘饿肚子。咱为的哪桩?为的替他当牛马,当走狗吗?不成,咱要告诉你们,他昨晚还派老婆来收买咱呢,你们看,这是什么?"程仁把那个小白布包打开。一张张的契约抖落了下来。底下便又传过一阵扰攘,惊诧的,恨骂的,同情的,拥护的声音同时发着。

"哼! 咱不是那种人,咱要同吃人的猪狗算账到底! 咱只有一条心,咱是穷人,咱跟着穷人,跟着毛主席走到头!"

"咱们农民团结起来! 彻底消灭封建势力!"李昌也冲到台前叫着。群众跟着他高呼。

张裕民也伸开了拳头,他喊:"程仁不要私情,是咱们的好榜样!"
"天下农民是一家!""拥护毛主席!""跟着毛主席走到头!"

台上台下吼成了一片。

于是人们都冲到台上来,他们抢着质问钱文贵。钱文贵的老婆也哭巴着一个脸,站到钱文贵身后,向大家讨饶说:"好爷儿们,饶了咱们老头儿吧! 好爷儿们!"她的头发已经散乱,头上的鲜花已不在了,只在稀疏的发间看得出黑墨的痕迹,也正如一个戏台上的丑旦,刚好和她的丈夫配成一对。她一生替他做了应声虫,现在还守在他面前,不愿意把他们的命运分开。

一桩一桩的事诉说着,刘满在人丛中时时引着人喊口号。有些人问急了,便站在台上来,敲着他问,底下的人便助威道:"打他,打死他!"

钱文贵被逼不过了,心里想好汉不吃眼下亏,只得说:"好爷儿们,全是咱错了! 有也罢,无也罢,咱都承认,咱只请大家宽大宽大吧!"

老婆也哭着说:"看咱八路军儿子的面子,宽大宽大他吧!"

"他妈的!"刘满跳了上来,"咱冤了你啦! 你说你骗咱爹爹开磨坊,有没有这回事?"

"有,有。"钱文贵只得答应。

"你把咱大哥拉去当兵,有没有这回事?"

"有,有。"

"咱二哥给你逼疯了,有没有这回事?"

"有,有,有。"

"咱冤了你没有?"

"没有,没有。"

"他妈的!那你为什么要说'有也罢,无也罢',你们问哪件事冤了他?他妈的,他还在这儿装蒜咧。告诉你,咱同你拚了,你还咱爹来!还咱大哥来!还咱二哥来!"

底下喊:"要他偿命!""打死他!"

人们都涌了上来,一阵乱吼:"打死他!""打死偿命!"

一伙人都冲着他打来,也不知是谁先动的手,有一个人打了,其余的便都往上抢,后面的人群够不着,便大声嚷:"拖下来!拖下来!大家打!"

人们只有一个感情——报复!他们要报仇!他们要泄恨,从祖宗起就被压迫的苦痛,这几千年来的深仇大恨,他们把所有的怨苦都集中到他一个人身上了。他们恨不能吃了他。

虽然两旁有人拦阻,还是禁不住冲上台来的人,他们一边骂一边打,而且真把钱文贵拉下了台,于是人更蜂拥了上来。有些人从人们的肩头上往前爬。

钱文贵的绸夹衫被撕烂了,鞋子也不知失落在哪里,白纸高帽也被踩烂了,一块一块的踏在脚底下,秩序乱成一团糟,眼看要被打坏了,张裕民想起章品最后的叮嘱,他跳在人堆中,没法遮拦,只好将身子伏在钱文贵身上,大声喊:"要打死慢慢来!咱们得问县上呢!"民兵才赶紧把人们挡住。人们心里恨着,看见张裕民护着他,不服气,还一个劲地往上冲。张裕民已经挨了许多拳头了,却还得朝大家说:"凭天赌咒,哪一天咱都焦心怕斗争他不过来啦!如今大家要打死他,咱还有啥不情愿,咱也早想打死他,替咱这一带除一个祸害,唉!

只是!上边没命令,咱可不敢,咱负不起这责任,杀人总得经过县上批准,咱求大家缓过他几天吧。就算帮了咱啦!留他一口气,慢慢地整治他吧。"

这时也走来好些人,帮着他把人群拦住,并且说道:"张裕民说得对,一下就完结了太便宜了他,咱们也得慢慢地让他受。"很多人便转弯:"这杀人的事么,最好问县上,县上还能不答应老百姓的请求,留几天也行。"但有些人还是不服:"为什么不能打死?老百姓要打死他,有什么不能?"老董走出来向大家问道:"钱文贵欠你们的钱,欠你们的命,光打死他偿得了偿不了?"

底下道:"死他几个也偿不了。"

老董又问:"你们看,这家伙还经得起几拳?"

这时有人已经把钱文贵抬回台上了。他像一条快死的狗躺在那里喘气,又有人说:"打死这狗×的!"

"哼!他要死了,就不受罪了,咱们来个让他求死不得,当几天孙子好不好?"老董的脸为兴奋所激红,成了个紫铜色面孔。他是一个长工出身,他一看到同他一样的人,敢说话,敢做人,他就禁止不住心跳,为愉快所激动。

有人答:"好呀!"

也有人答:"斩草不除根,终是祸害呀!"

"你们还怕他么?不怕了,只要咱们团结起来,都像今天一样,咱们就能制伏他,你们想法治他吧。"

"对,咱提个意见,叫他让全村人吐吐啦,好不好?"

"好!"

"咱说把他财产充公大家分。"

"要他写保状,认错,以后要再反对咱们,咱们就要他命。"

"对,要他写保状,叫他亲笔写。"

这时钱文贵又爬起来了,跪在地下给大家磕头,右眼被打肿了,眼显得更小,嘴唇破了,血又沾上许多泥,两撮胡子稀脏的下垂着,简直不像个样子。他向大家道谢,声音也再不响亮了,结结巴巴地道:

"好爷儿们！咱给爷儿们磕头啦,咱过去都错啦,谢谢爷儿们的恩典！……"

一群孩子都悄悄地学着他的声调:"好爷儿们！……"

他又被拉着去写保状,他已经神志不清,却还不能不提起那枝发抖的笔,一行行的写下去。大会便讨论着没收他的财产的问题,把他所有的财产都充公了,连钱礼的也在内,但他们却不得不将钱义的二十五亩留下,老百姓心里不情愿,这是上边的规定,他是八路军战士啦！老百姓也就只好算了。

这时太阳已经偏西了。有些孩子们耐不住饿,在会场后边踢着小石子。有些女人也悄悄溜回家烧饭,主席团赶紧催着钱文贵快些写,"谁能等你慢条斯理的,你平日的本领哪里去了！"

主席团念保状的时候,人们又紧张起来,大家喊:"要他自个念！"

钱文贵跪在台的中央,挂着撕破了的绸夹衫,鞋也没有,不敢向任何人看一眼。他念道:

"咱过去在村上为非作歹,欺压良民……"

"不行,光写上咱不行,要写恶霸钱文贵！"

"对,要写恶霸钱文贵！"

"从头再念！"

钱文贵便重新念道:"恶霸钱文贵过去在村上为非作歹,欺压良民,本该万死,蒙诸亲好友恩典……"

"放你娘的屁,谁是你诸亲好友?"有一个老头冲上去唾了他一口。

"念下去呀！就是全村老百姓！"

"不对,咱是他的啥个老百姓！"

"说大爷也成。"

"说穷大爷,咱们不敢做财主大爷啊！大爷是有钱的人才做的。"

钱文贵只好又念道:"蒙全村穷大爷恩典……"

"不行,不能叫穷大爷,今天是咱们穷人翻身的时候,叫翻身大爷没错。"

"对,叫翻身大爷。"

"哈……咱们今天是翻身大爷,哈……"

"蒙翻身大爷恩典,留咱残生……"

"什么,咱不懂。咱翻身大爷不准你来这一套文章,干脆些留你狗命!"人丛里又阻住钱文贵。

"对,留你狗命!"大家都附和着。

钱文贵只得念下去道:"留咱狗命,以后当痛改前非,如再有丝毫不法,反对大家,甘当处死。恶霸钱文贵立此保状,当众画押。八月初三日。"

主席团又让大家讨论,也就没有多的意见了,只有很少一部分人还觉得太便宜了他,应该再让打几拳才好。

钱文贵当众被释放回去,只准暂时住在钱义院子里,他的田地以外所有的财产,立刻由农会贴封条去。留多少给他,交由评地委员会分配。

最后选举了评地委员会,刘满的名字被所有的人叫着。郭富贵也被选上了。李宝堂的主席当得不错,人们也选上了他。郭全是一个老农民,村上的地亩最熟,便也当选了。他摸着他那像两把刷子似的胡须难为情地说道:"你们不嫌咱老,要咱办点事,咱还能不来!"

人们又选了任天华,他是一个打算盘的能手,心里灵,要没有他,账会搞得一片糊。侯清槐也能算,又年轻,不怕得罪人,有人提议他,也通过了。最后他们还选了农会主任程仁。程仁不受钱文贵收买,坚决领导大家闹斗争,他们拥护这个农会主任。

这次闹土地改革到此时总算有了个眉目,人们虽然还是有许多担心,但总算过了一个大关,把大旗杆拔倒了。他们还要继续斗争下去,同村子上的恶势力打仗,他们还要一个一个地去算账。他们要把身翻透。他们有力量,今天的事实使他们明白他们是有力量的,他们的信心提高了,暖水屯已经不是昨天的暖水屯了,他们在闭会的时候欢呼。雷一样的声音充满了空间。这是一个结束,但也是开始。

五十一　胡泰

这天顾涌带着和大伙一样的心情，也来开会了。他先站在墙根前，离侯殿魁不远，他不愿和这老头站在一道，便又走开些，站到一边去。可是又发觉有几个地主的家属，也站到他附近，他只好又走开。他为着不愿被别人注意，便悄悄挤到人堆里面。四周八方都有人交换意见，他们也和他讲。他先不敢答应，只听着，他知道今天是斗争钱文贵，他心里喜欢。可是又怕别人斗争自己，不是说自己是"金银"地主吗？大会开始了，他看见李宝堂当了主席，他放心了。这是个好老实人，他们很熟，从小就在一道种地。他后来买了李子俊的园子，常到园子去，开始的时候，自己不会收拾，常去问李宝堂。他们常在一起，一个替别人看园子，一个收拾自己园子，他们之间，还是同年轻时一样，并没有什么隔阂。因为他们生活的方式，也还是相差不远，劳动吃苦，他觉得李宝堂是懂得他的。李宝堂决不会把他当一个"金银"地主，决不会向他清算复仇的。因此他就站得舒服些，敢于看看他周围的人，也敢答复别人向他提出的一些问题，有时也插上去发表几句自己的见解。后来他看见刘满上台了，刘满的控诉引起他很大的同情。"唉！你看，他一家人给他折腾的，这假如不报仇，还能有天理么？"因此他也跟着许多人出拳头。后来他忽然看见他的儿子顾顺出头了，顾顺要钱文贵赔他的梨树，并且说钱文贵逼着他们讲亲，钱文贵还逼迫他姐姐，调戏她，不安好心，哼！这还是他儿媳妇呢。顾涌听他儿子这样说，有时心里高兴，觉得替自己出了气，有时又着急，觉得不该把什么都说出来，多丢脸啊！但并没有谁笑话他们，只激起大伙的怒气，大家嚷："不要脸！简直是毛驴！"最后他也完完全全投入了群众的怒潮，像战场上的一匹奔马，跟着大伙，喊口号，挥拳舞掌，脸涨得红红的，忘记了自己这半月多来的痛苦，忘记了背上的重负"金银地主"！当钱文贵在台上歪着脸求饶，不断地喊："好爷儿们！好爷儿们！"他就也笑了，真有这样的世界吗？这怎么搞的，这不是把天地都翻了个过吗?哈……因此他拥护每一个站在台上的人,拥护人人的控诉和反抗,拥护共产党,要没有共产党能这样吗?共产党这可闹对了!

大会散了,他回到家里,男女老少都在那里,好像还在开会似的,你一言我一语,孩子们也夹杂在里面,重复表演着他们所欣喜的一些镜头,一个大声骂:"这台上没你站的份,你跪下,给全村父老跪下!"一个又用哭腔学着:"好爷儿们!"这时只听顾顺在人丛中大声问道:"娘,爹!你们大伙说吧,咱们的地,献不献些出去?"顾涌听到这句话,就像被什么东西打了一下,适才的激奋和快意,全被震落了,他呆呆地站在门廊里,没有勇气走进去。这时顾顺又说道:"你们说共产党有什么不好?他帮助穷人打倒恶霸,连咱们家的气也给出了。咱们家的地,比钱文贵多了,人家又不开会斗争,又没派人来拿红契;你们想,难道是因为怕咱们吗?咱们就是老顽固,硬卡住几亩地,咱说这可办不到啦,咱们还是早点找张裕民他们,等人家上门来就不好看啦!你们说,怎么样?大伯!爹!爹呢?爹怎么还没回来?"

"老三的话不错,咱们少几亩地不打紧,也是分给穷乡亲们,有什么要紧?咱娘儿们就这个见识。"这是顾涌大媳妇的声音。

有些妇女也嚷开了,这里面带了些昂奋,也带了些恐怖。顾涌不愿谈这个问题,他不知怎样才好,又听到里面大伙找他,于是他便悄悄地退了出来。街上没有人,他一个人在这里漫步,他又踱回到戏台前的空地上。满地散着一些混着泥土的瓜子壳,果核,西瓜皮,还有一顶撕碎了的白纸帽子,纸都一片片地飞在地下,只剩一个帽架,上边粘着几条破纸,也随风往这边飞飞,又往那边飞飞,飞不远又躺在地上滚着。这地方因为适才的热闹便更显得空虚,顾涌的心,也和那破纸帽一样的不安定。他走到墙根前的一根木椽上坐下来了,他痴痴地望着四周,想能排遣一下他不愉快。他并不反对他儿子的意见,他只是不断地想,他想找个人问问:"像我这样的人,受了一辈子苦,为什么也要和李子俊他们一样?我就凭地多算了地主,我的地,是凭我的血汗,凭我的命换来的呀!"这个什么"金银地主"的帽子,他觉得很不舒服,而且不服气,他常常想:"我就不献地,你们要多少,拿多少,你们要斗争就斗争吧。"

天已经黄昏了,乌鸦一阵阵在头上飞过。这老头儿仍旧坐在那儿,抽了一袋烟又一袋烟,而且时时用他那水渍渍的眼睛四处张望,总想找到一个可以慰藉的东西。

隔了一会,从东北角的那个拐角处,走进来了一个人影,腰微微有些弯,慢慢的一步一步朝前走,他也四方打量,却没有看见顾涌。顾涌看出他不是本村人,又看出是一个熟人,他一时想不起他的名字,他站起来,走过去抓他。那个人忽然发现他了,也呆了一会,然后欢喜地叫道:"顾老二!亲家!你怎么了?"于是顾涌陡然明白了这是谁,他抓住了他的手,也说不出的喜欢,抖抖索索地叫道:"啊!是你,老胡泰呀!"但他忽然像看见了什么鬼怪一样,惊恐地把他抓紧,机警地朝四方望着,好像要搜索出什么东西一样,接着他压低了声音说道:"到咱们家去说,你们村子上的事闹得怎么样了?"

那个叫胡泰的老头子却坦然地答道:"咱们村的事闹完了,咱来拿咱的车,这车他们也知道在这里,说这是跑买卖的,不要咱的。"

"啊!"顾涌惊奇地望着他,想在他脸上找出更多的证明来。

老头子也把他拉着往家走,边说道:"没事,你放心!你们村还没闹完么?像咱,他们只评成个富农,叫咱自动些出来,咱自动了六十亩地。咱两部车,他们全没要,牲口也留着,还让做买卖,羊也留着的,你呢?你连长工也没雇,就更够不上。"

"唉,咱可说不清,他们也没说什么,把咱果子也收了,有人说咱是'金银地主'。"但他却升起一线希望,老胡泰的家当,只有比自己强多了的,看人家,共产党总得一样的闹啦!

胡泰到他们家里,他们足足谈了一夜。胡泰说像他们家拿几十亩地出去不算啥,地多了自己不能种,就得雇人,如今工价大,不合算。八路军来了,跑买卖好,留下车就比什么都强。自己过去没压迫过人,如今也没人欺侮。过去捐税大,坏人多,老实人不敢得罪他们,也是受气。如今讲的是平等,有话就能说,有什么不好?"他们订了我个富农,管他呢,只要不是地主就成。"胡泰又劝他找工作组的人去谈谈,问清到底是什么,还能有个全家受苦的地主吗?就连富农也说不上。胡泰也劝他献地,说不献是不对的,穷人一亩地都没有,自己也是穷人过来的,帮穷人一手是应该的。顾涌觉得他的话很对,听得很舒服,答应照着他说的办。

他们又谈到战事。胡泰说亲眼看见许多兵,都坐火车到大同去了,还拉了许多大炮。大伙都说大同一定拿得下来,张家口满城人都在为拿大同忙着,没有一个人不送慰劳品的,识字的人就给前方战士写信。大同一拿下来,咱们买卖就好做了。还说他们村以前大伙都胆小,后来斗倒了两个恶霸,有个和国民党有关系,专门造谣的人也给打了,现在还关在县公安局,大家便不怕了。要不,谁敢说什么?就怕万一将来老蒋来了,又受他们的制啦。胡泰又说老蒋不行,老蒋就来不了,他们村上住得有八路军,一个个都神气,人强马壮!国民党军都是拉来的,打仗不顶事,哼!青龙桥那一带,他们的正规军,还顶不上咱们的游击队呢。

第二天天一明,顾涌套车送他亲家走,他一直送他到河边。他看见白鼻拉着那车,下到河里去,想起一月前的情况,他觉得共产党不会难为他的。共产党帮穷人有什么不对呢?假如自己年轻穷苦的时候,就遇着这样一个世道,那多好!他大声呼唤着已经乘车到了河中央的胡泰,祝福他的买卖。胡泰也回头对他望了望,回答了他一句什么,他也没听清,但他明白那意思,他们在新社会里生存,是只有更容易的。于是他也往回走,伸头望了望不远的自己的地,那片即将献出去的田地,但他已经再没有什么难舍,倒觉得只有一种卸去了一副重担后的轻松的感觉。

五十二 醒悟

当顾涌找到农会去献地的时候,合作社里挤满了人,院子里也水泄不通,大门外也一层一层站着。各人有各人的要求,每个人都来找他们,都希望立刻得到解决,里面屋子简直连说话都听不清了。顾涌看见人多,有些害怕,却仍鼓足了气,往里面挤。他问张裕民在不在,也没有人答应他;他又问程仁在不在,也没有人答复他。好容易挤到里边,却一个负责人也没在,只有张步高坐在炕上,围着他的人,一个个向他说明自己的地亩。张步高说:"咱们登记了,咱们明白。"可是人们还在重复着说:"咱的地是旱地啊!又远,要给咱对换些好地啊!"张步高便把他的意见写下来,好转给评地委员会去。有的人又在说明他租的是外村地,这地究竟怎么办呢?张步高便又替他写介绍信,要他到外村去拿红契。有了契就好说话,好办交涉了。顾涌在人堆中站了好一会,没有人理他,张步高忙不过来,瞧也不瞧他,他又拿不定主意了。他怕说不好,这么多人,都来反对他,那怎么办呢?于是他又往外走,他挤出来了,他站在街上,踌躇起来。看见许多人往街上走,走到小学校去了,他也跟去看。原来那空着的侧院子,已经收拾好了,那些评地委员都在那里。这里也挤满了人,有些是有事的,有些也没事。他们好奇,他们张望着,而且等着。顾涌仍不敢走过去,远远地看了半天,那里边的人全认识,全是些好人,要是单独在一块,和谁也敢说。如今他们在一道,他们结成了一气,后边又有几个区上同志撑腰,好像那些人就忽然高大了,他们成了有势力的人,他们真就成了办公事的人,也不寒伧,也不客气,有说有笑的,他们就谁也没有看见他,就让他老站得远远的,唉,连李宝堂也瞧不起人了,因此他又害怕起来,他只得又慢慢地回去,他还是想:"唉,凭命算了吧,看你们愿怎么就怎么吧。"

其实这时在院子里边的人,正在谈到他。头天晚上,干部们和评地委员已经又开了一次会,他们把全村的庄户,都重划了一次阶级,一共有八家地主,以前有几家是订错了的。大伙对于他的成分,争论很多,有人还想把他订成地主,有人说他应该是富裕中农。从剥削关系上看,只能评他是富裕中农,但结果,马马虎虎把他划成了富农,应该拿他一部分地。至于拿哪一块呢,是好地还是坏地,交给评地委员会决定。因此现在评地委员一面在算地主的地亩,一面就在估计拿出富农的一些地,这就把他也包括在里面了。

关于划成分的问题,工作组和干部们也曾起了一些争执。杨亮的意见是交给农会去划,但时间却不允许他们这么办。章品同志曾说,分地工作最好在五天到一个星期之中结束。中秋节前,如果不能把一切工作弄停当,那就要影响秋收,何况还有平绥路上的战争情况,这是一个大的问题。因此这么一件重大的事,就只能在一群新旧干部的会议上决定了一切,而且等不到收集意见,就开始动作起来了。这自然免不了有错误。有的人也许会有意见,却没有说话的机会;有的人担心自己的事,就四面八方找干部,找评地委员,因此院子里显得格外热闹和拥挤。

侯忠全这天也来了,他拿着两张契约来找张裕民,两只眼睛骨碌碌地望着大伙,他儿子侯清槐不等他说话,就嚷了起来:"你回去!你走来干什么?"他还以为他爹来找他,不准他当委员,叫他回去呢。可是那老头子只嘻嘻地笑,结结巴巴地说道:"唉,真想不到,你们说这是个什么世道呀!"大伙问他怎么回事,要他慢慢地讲,他才把他早上的那一段稀罕事,说了出来。

一清早,他刚从屋里走出来,觉得门外站了一个人,他问:"谁呀?"也没人答应,他再问,那人就走进来了。那人是从来不来的,这使他惊奇了,他赶忙往里让,连连招呼:"啊!是殿魁叔!殿魁叔,您请进屋来,您请坐吧。"侯殿魁一声不响,跟着他到了屋里,也不往炕上去坐,反推侯忠全,把侯忠全往炕上按住了,自己就扑通朝他磕下头去,并且求告他:"忠全!你可得救救我啊!往日咱全家对不起你,请你宽大了咱吧,咱年纪大了,受不起斗争,你们要什么都行,唉!……"侯忠全给吓住了,连忙拉他,也拉不起来,只说:"坐着说吧,坐着说吧!"好容易那老头才起来,怎么也不肯坐炕,蹲在地下,侯忠全也就陪他蹲着。两个人都老了,都蹲不稳,都坐在地下了。侯忠全看见他那过分谦虚的样子,过意不去,安慰他道:"你怕什么呢?咱们都是一家子,几十年来了,咱们还是照旧过,咱怎么也不能难为你,你别怕,咱清槐那小子就不是好东西。"这时侯忠全女人也来了,侯殿魁又给她磕头,她被弄糊涂了,呆呆地扶着门站着。侯殿魁便又说自己过去怎么对不起他们,嘴里甜,要他做了好多事,实际也没有照管他们,他们的生活,跟要饭的差不多。他塞给他两张契约,有十四亩地,他一定求他们收下,求他们看他老了,饶了他,求他在干部们面前说几句好话。侯忠全不敢留地契,他便又要跪下,不留就不起来,哈……那老家伙还哭了呢。他闹了一阵才走,又走到另一个佃户家去,他就准备拿这个法宝,挨家去求,求得平安地渡过这个难关。他被昨天的那场剧战吓住了,他懂得群众已经起来,只要他还有一丝作恶,人们就会踩死他的,像一个臭虫一样。他走后,这老两口子,互相望着,他们还怕是做梦,他们把地契翻过来翻过去,又追到门口去看,结果他们两个都笑了,笑到两个人都伤心了。侯忠全坐在院子的台阶上,一面揩着眼泪,一面回忆起他一生的艰苦的生活。他在沙漠地拉骆驼,风雪践踏着他,他踏着荒原,沙丘是无尽的,希望像黄昏的天际线一样,越走越模糊。他想着他的生病,他几乎死去,他以为死了还好些,可是又活了,活着是比死更难啊!慢慢他相信了因果,他把真理放在看不见的下世,他拿这个幻想安定了自己。可是,现在,下世已经成了现实,果报来得这样快啊!这是他没有,也不敢想的,他应该快活,他的确快乐,不过这个快乐,已经不是他经受得起的,他的眼泪因快乐而流了出来,他活过来了,他的感情恢复了,他不是那么一个死老头了。但他的老婆还在旁边叨咕着:"你还他么?你还他么!他爹呀!"侯忠全竭力使自己镇定了下来,他拿着地契往外走,老婆着急追了出来,仍旧说:"你还顽固呀!你还不敢要呀!你还信他的一贯道么?"他只说:"不,我给农会去,我要告诉他们,我要告诉许多人,这世道真的翻了呀!哈……"

大家听完了他的话,都笑了起来,说:"你为什么不问他,是不是因为他命好才有钱的?"也有人说:"侯大伯,你不跟着他骑烈马上西天了吧!"也有人赞叹道:"这老头可老实,一辈子就给他糟践,如今算醒过来了!"侯清槐也笑道:"爹,菩萨不是咱们的,咱们年年烧香,他一点也不管咱们。毛主席的口令一来,就有给咱们送地的来了,毛主席就是咱们的菩萨,咱们往后要供就供毛主席,爹,你说是么?"侯忠全谁的话也不答复,只痴痴地笑,最后有人问他:"这地要分给你了,你还退给人家么?"他只一个劲地摇着头,答道:"不啦!不啦!昨天那么大的会,还不能把我叫醒么?哈……"

这些事又被传开去,被传开的很多的事,就更鼓舞了人们,加强了人们的信心。

五十三　加强组织

人们都不到地里去了,一伙两伙的闲串。他们不找村干部,就找工作组。不然他们自己就一群群的议论,常又把议论,或听来的一些乱七八糟的意见,又找村干部去说,这样常常扰乱评地委员的工作。干部们着急了,他们嚷道:"唉,你们翻了身就无法无天啦,要么你们来办公吧。"他们主张不听他们的话,他们在门上贴了一张条子:"闲人免进"。杨亮说这样不成,应该听他们意见。干部们不好违拗他,只得说:"太民主了还行?这样办事都没个头了,意见还有个完么?"因此杨亮和张裕民商量,又开辟了一个办公开会的地方,他们把江世荣的三间北屋收拾出来,他的院子里有一棵大槐树,满院没一点太阳,人多点也容得下。江世荣两口子,仍旧搬到他以前的旧房子去住,那里大半还空着,只住了一家替他看房子的穷亲戚,还收人家房钱呢。农会在这里办起公来,杨亮和胡立功就开始来整理组织,把他们编组,重选组长。有什么问题都在小组会上提,大家说话,评评意见对不对,小组长汇报,有事就开小组长会。这样一来,大伙都满意,都说这比一个人一个人去找张裕民强。张步高一个人做组织忙不过来,韩廷瑞就帮他。杨亮,胡立功,轮流到每个组去。张裕民也抽空下来。文采成天坐在评地委员会,帮助分地,但看见小组会开得热闹,有时也来听听。组员一天天多起来,不是一家一个了。于是又编组,妇女也编了组,也叫她们开会。她们把饭吃过了,收拾收拾也就聚在一起。杨亮要她们都说说自己的冤气,说说自己的苦情。她们就说个没完,谁说着自己的难处谁也哭。董桂花现在没有顾忌了,她丈夫李之祥说:"没事,你尽管去开会吧,咱还要开会呢。许有武就回不来,回来也不怕,回来了就像对付钱文贵一样,他要真的反……对,反……动呀,哼!那还会有他的命,章品说要好好追他们的关系呢。嗯,你们,咱们姑爹都不怕啦,那就什么也不怕了!"

不只妇女这样,男人们,尤其是上了年纪的老头,他们喜欢谈过去,讲他们的痛苦历史。有些没有在大会讲的,觉得很可惜,便在小会上讲。现在谁也不同情地主了。李子俊老婆也不敢站在街头,她一站出来,人们就笑她:"嗯,她倒贴咱钱,咱也瞧不上眼,整天斜着眼睛瞧人,就想找绿帽子给她男人呢!"

那个一贯道就像土拨鼠,再也不敢坐在墙根前晒太阳。

那些地主全没有了威风,那些狗腿子就四处找人献殷勤,赔笑脸,认错。那个许有武的帮凶王子荣,怕自己逃不过斗争,自动给农会送来悔过书。

人们越想自己的苦处,就越恨那些坏人,自己就越团结。但人们不能尽闹斗争,有些小的就算了,人们还要忙着自家伙的事呢。果子没卖完,还得组织人。任天华、侯清槐、李宝堂都到评地委员会去了,这就得另外找人,但并不困难,人都乐意做点什么。村子上几个跑买卖做小本生意的也参加了进来,这就更利洒,两三天就全办好了。苹果和梨都还没卖,光葫芦冰一共卖了七八百万。有的人提议,把这钱买牲口分给穷人;有的主张打洋井。但大家都怕自己分不到,结果照大伙的意见办事,大伙分。杨亮也估计自己会很快离开这个村,拖着不处理,的确会出问题,也就同意大伙分,并按家和人口分等级。评地委员忙不过来,便把这事交给了小组长。

八家地主的家具,用具,粮食,只给他们留了一点点,其余的全拿出来了,登记了,编好了号码。人们在小组会上调查需要,讨论分配。人们在对恶霸地主的斗争上容易一致,但对个人的得失上,总是希望太多,心事不定,都想能多分点。因此小组会就开得更勤,更热闹,他们一定要在这个会上,解决一个问题。他们天天都在进行一个教育,对敌人斗争要狠,要坚决;对自己伙要让,要彼此相让。这样才会团结得好,这样才不会让地主笑话。

有些人听懂了,说:"是呀,天下没那么平的事。大河的水,总算平的了,可是它底里还有个坑坑凹凹,面上还有个浪头浪尾。都是自己人,五个指头总有长短的。"有些人嘴上也懂得,会说,心里还在盘算,怎么找评地委员说个情,好多分点地,分好地。

民兵们的训练更加紧了。他们里边全是穷人,都丢下家里的活不干,查岗放哨,日夜不空,还要开会。他们瞧不起那些自私自利的念头,他们骂那些人:"穷人也是财迷,你发财了,你又要剥削人,还不一样斗争你!"他们是有光荣历史的,他们曾经做过抗日的先锋,捉过汉奸。他们现在要做人民的保卫者,他们要使村子上没有一个坏人敢活动。这里面党员的成分,一天天在加多,这支小小的队伍,的确是这村子的一个坚强堡垒啊!

张正国就是这里面的模范。他家里没有粮食了,他悄悄去借,怕工作组的同志知道了,拿胜利果实的粮食给他。后来这事传到杨亮的耳里,杨亮问他,他臊得脸都红了,硬不肯承认。他想,叫杨同志知道了,多不好,咱张正国又不是图个好名声。

但干部之中,却有向自私自利发展的。在评地委员会里面,就演了一场很热闹的戏。

五十四　自私

评地委员会办公的地方,自从有了小组会以后,就少有人来了。他们很顺利的把分地的准备工作做好,把可以分的地计算出来,列成等次,又把分地户计算出来,也分出等级。这群人都的确是没有自己打算,而且也希望分得公公平平的。尤其像郭全这种老头儿,他自己没儿女,抚养大的外甥已经成人了,如今成了村子上管事的,他自己有了几棵树,已经很满足,他只有一个心:"唉,毛主席都那老远的操心着咱们,咱们自己村上的事,还能不管么?让大伙日子都好过了,毛主席也好放心!"但他是个老好人,记性也差,他对谁都愿意给些好地。因此当他回家吃饭的时候,常有人找他,他答复得好:"孩子,你别急,少不了你的。咱一定给你说,可是咱也做不得主啊,是大伙的事呢。"可是一在分地的时候,他果然要说:"给他水地吧,他家里人少。"或者是:"唉,人穷,从来也没见过什么,水地就水地。"他外甥常常说他:"看你,这里还有不是穷人的?地只有这些,好坏总得配搭着。"或者就索性说他:"唉,你老人家歇会儿吧。"

评地委员会闲人少了,只有干部们还是常来。斗争大会的胜利,使每个干部的腰都挺直了,俨然全村之主,因此也不大注意文采的劝告。程仁和张裕民很难叫他们走开,都是兄弟伙子的,他们来了,站一阵,听一阵,插几句嘴,有时对工作也有些帮助。只是因为他们常在这里,每当分地分到他们的时候,就使得评地委员不得不要替他们找块好地,也不管他们家里的情况究竟如何。他们本人总是不言语,就是说不推辞。这种时候,文采就只得恳切地说道:"老郭大伯呀!你别老做好人,干部当然都是咱们自己人,可是也得看家境,别让众人说咱们有偏心,那咱不就白费劲了。"

郭全摸摸胡子,作难起来,他望着每个人,大家都不说话。郭富贵算是这里面最积极的分子,可是他说:"干部嘛,总得不同点,他们一年四季为咱们操心,干活,比谁也辛苦,误多少工呀!咱看,就这么好。"

这时李宝堂也就跟着说了:"对,他们是有功之臣,应该论功行赏,嘿……"

张裕民常到小组去开会,因此他懂得,群众已经在监视着干部们了,凡办事不通过他们是不行的。但他常不在这边,照顾不到。这些事是应该由程仁来起些决定作用的。程仁自从那晚下决心,打破了以前的顾虑,在大会上揭露了钱文贵的阴谋,表示了不屈不挠的态度,对群众情绪起了很大作用。大家都说这是条好汉,他也满意大家对他的拥护,觉得没有做对不起大伙儿的事。他更要自己的工作做得好,他愿好好的听工作组同志们的话,他的确这样做了。他按时到会,不和人闹意见,屋子的打扫都是他。可是他并不爱说话,在他应该坚持某些意见的时候。谁也不会清楚,也无人注意,这是什么原因。他自从大会以后,同着他许多积极想法的里面,也有了一些某种程度的心神不宁,他常悄悄地咬着牙齿想道:"唉,管它呢,反正咱是个没良心的人了!"他在挂念黑妮,他不知道她现在跟着她二伯父怎么过日子,她一定恨他。他后悔在大会上忘记看她了,她站在哪里呢?总是和妇女班一起吧,当她二伯父被群众唾骂捶打的时候,她是怎样呢?她是一个没娘没爹的可怜孩子,以前跟着那坏伯父受苦,如今还要更受罪。他,程仁打击钱文贵是对的,但他却没有援助她,而且把她也压到苦痛里去。他觉得很过意不去,他又没勇气去打听她的情况,可是又不能一下子不想这些问题。这一个不易解开的结子,就妨碍了他的积极性。他没有像他自己所盼望的那样坚强,常常做了群众的尾巴。

本来这里是有一个比较坚决,不讲情面的人,那就是刘满。但这个急性人,却因为他二十多天来的烦恼焦躁,生活失常,他是用全力在打仗的,他在这场恶战里面当了急先锋;他胜利了,然而他的力竭了。他感到了疲惫,感到头痛,胸脯疼。他坐一会,就闷胀难受,只好悄悄地溜到屋后边的廊下睡觉。那树阴下很凉,很静,他就像个久病之人那样无所思虑的,望着那被树梢扫拂的晴空。有时别人批评他了,他也只轻轻地摸着胸脯,用无言来回答。他需要休息,在适当的休息里,来恢复他的豪杰之气吧。

一天,他们分地分到赵全功头上了,赵全功刚好在这里。他们分给他二亩果园,二亩山水地。赵全功不要果子地;他们只好找了一块二亩半水地给他。赵全功又嫌少,尽着啰嗦。郭全告诉他,那块地好,水路也好,劝他要了,说不容易找对块的,他硬不要。当时钱文虎在旁边,直愣愣说道:"他不要咱要,你们给咱吧。"他们就答应了。又找了半天,找了一块足有三亩半的水地给赵全功,赵全功才欢喜了,连忙跑到地里去看。一看却又不高兴了,这块地的确不坏,可是太靠河滩,已经被水冲坍了一块,约摸有七八分地,还有被冲的危险。他急了,又赶忙跑回来,一走进来就嚷。

"你们同咱开什么玩笑?"他又要那块给了钱文虎的,他们劝他要果木园,他不干。他们同钱文虎商量,钱文虎也不让,说道:

"闹斗争是替你一个人闹的,全村的地就由你拣了?"

赵全功平日就瞧不起这老实人,于是也凶凶地说道:"你凭什么不给我?你还想仗着你叔伯哥哥的势么?以前都因为你们是一家,闹不起斗争,如今闹好了,你也来分地,你就不配!"

这把钱文虎说急了,他怎么能受这个冤屈,他大喊:"好,换地,行!咱们把家产全换换,看谁真穷!你去年分了许有武五分果木园,又置了五亩葡萄园子,今年春上分了一亩八分地,你自己原有三亩山水地,你还算贫农呀!咱不是同你一样闹斗争?老子就今年春上分了八分地,一石粮食,换,要换全换,要不换全不换!"

"你说咱不是贫农,咱是地主吗?好,你来斗争咱啦,要分咱的地,好!你是要给你叔伯哥哥报仇啦!"

"放你娘的屁!你不要欺侮人!"钱文虎跳过去要打他。

李宝堂,郭全都围拢来拉劝:"别吵了,叫别人笑话!"

郭富贵抱着钱文虎。侯清槐拉着赵全功。任天华是个不说话只做事的人,这时倒忍不住生气了。他把算盘一推,笔一搁,骂道:"咱是为全村人办事,又不是替你们这些自私自利的人干活。咱不干了,开大会叫他们重选,咱干不了!"

程仁也发脾气道:"你们闹得太不像话,文同志说了不要你们来,你们偏要来,你们就操心自己的几亩地;你们把咱们干部的面子丢尽了!你们全出去,这不是你们打架的地方!你们到外边打去!"他接着又转了口气:"好哥哥兄弟们,咱们忘了是生死弟兄吗?怎么胳膊肘子往外弯?咱们要一条心,为芝麻大一点地,就闹不团结,这叫什么翻身!咱们快别说了,看文同志回来了受批评。咱们当干部的,分了哪块地就哪块地,不分就不要。你们看张三哥从来也没分一块地,今年春上分了一石粮食,老早吃光了,也没说什么,咱们要学学他。"他自己也同张裕民一样,只分到过一石粮食。

这两个人经不住众人劝,没有打下去。赵全功知道自己理短,没有人同情,悄悄地走出去,还说:"别给咱地了,咱什么也不要,咱几十年没翻身,也没饿死,咱不翻身也行。"

钱文虎气狠狠地坐着不走,他也不说话,他想:"咱怎能为了叔伯哥哥受一辈子气呢!"

这件事,等不到文采从小组里回来,便又传开了,小组里一传两,两传三,慢慢又传到家庭里,于是小巷里,小院子里,又议论纷纷,他们并且互相鼓励说:"就几个评地委员也不行,他们要不向咱们报告,咱们就都不要地,让他们几个干部翻身就算了,咱们以后不去开会,看他们当谁的干部去!"

这事一直到文采杨亮宣布了,分地结果一定要在农会通过才能决定,大家才又高兴起来,他们并且帮助小组长,把浮财很快就分好了。

五十五 翻身乐

人们像蚂蚁搬家一样,把很多家具,从好几条路,搬运到好几家院子里,分类集中。他们扛着,抬着,吆喝着,笑骂着,他们像孩子们那样互相打闹,有的嘴里还嚼着从别人院子里拿的果干,女人们站在街头看热闹,小孩们跟着跑。东西集中好了,就让人去参观。一家一家的都走去看。女人跟在男人后边,媳妇跟在婆婆后边,女儿跟着娘,娘抱着孩子。他们指点着,娘儿们都指点着那崭新的立柜,那红漆箱子,那对高大瓷花瓶,这要给闺女做陪送多好。她们见了桌子想桌子,见了椅子想椅子,啊!那座钟多好!放一座在家里,一天响他几十回。她们又想衣服,那些红红绿绿一辈子也没穿过,买一件给媳妇,买一件给闺女,公公平平多好。媳妇们果然也爱这个,要是给分一件多好,今年过年就不发愁了。有的老婆就只想有个大瓮,有个罐,再有个坛子,筛子箩子,怎么得有个全套。男人们对这些全没兴致,他们就去看大犁,木犁,合子,穗顿,耙。这些人走了这个院子看了这一类,又走那个院子去看那一类。中等人家也来看热闹。民兵们四周监视着,不让他们动手。他们回到家里,老头老婆就商量开了,"唉!还能尽你要?就那么多东西,缺什么才能要什么,能够使唤的就不要,要多了也是不给。""对,人太多了,总得谁也分点。"

人们要忙着看,忙着商量,还要忙着分呢。小组长们把东西统计好,按组分摊。组员就在小组会上将填就的需要单和东西来斟酌。大伙公议,等到谁也没有话说了,小组长就把领来的条子分发。那上边有物件的名字和号码,大家将领得的条子到指定的地点去对条领货,丝毫都不会有错误。这些办法,也全是大家商量出来的,因为谁也没有什么经验。小组原来还有些涣散,开会人少,在背底下乱说话的人多。但自从有了这些事以后,他们觉得在会上讲话顶事,人就越来越多,也能按时。人多意见杂,于是又要经过大伙评,评定了才算数,这样小组会就严整起来了。谁也不敢马马虎虎,这样事情就进行得很顺利,几天他们就把什么都准备好了,现在只等着一个号令来搬东西了。

文采和杨亮他们已经没有什么多大的分歧,文采被群众的力量和智慧纠正了很多自高自大。他坐在评地委员会,听着他们争论,他从原则上可以发表意见,却不能解决具体问题。他们对地亩熟悉,一个人说了,别人全懂得那块地在哪里,那地的好坏应该列在哪一等,块头有多大;谁家的地四邻是谁,水路在哪儿,能打多少粮食。他们对人熟,谁种着的,地主怎么样,种地的人怎么样,给谁合适,他们谈得热闹,他插不下话。他帮他们写,名字又不熟;他帮他们算,他连三角几何都还懂得些,可是任天华的算盘子比他快得多。分物件也是一样,他开始不知怎样分才好,又怕大伙打架,都抢着要一样东西,但他们都想出法子来了,这个又能激起群众的情绪,又分得大家没意见。他对杨亮他们也减少了许多成见,他们在群众里比他有威信,那的确是因他们的作风是群众化的,自己总脱不掉那股知识分子的臭架子。他觉得群众不易接近,他常常就不知道该和他们说些什么话。像章品那样,与群众毫无间隔,了解他们,替他们做主,他是那样年轻,却又有那样魄力,这是他对群众运动的知识和坚定的立场所造成的,他不敢再把他看成一个幼稚者,不得不给他相当的尊敬。当然文采还是很轻松,有他的主观,还会装腔作势,但他的确已在逐渐修改自己,可以和人相处了。他这天就和他们赞叹着群众的聪明,也到各个放东西的地方去参观,也跟着大伙喜笑颜开。

分地的工作也做得差不多了,他们在写榜,在大街上公布,让大伙提意见。他们决定在旧历八月十四分东西;十四的晚上讨论分地;十五发出地亩条子,并且分卖果子的钱,晚上,全体休息;十六量地去,赶忙量好了地就要收秋了。这是不能耽误的大事,所有的忙碌都是因为这个理由啊。这时杨亮他们就可以回到县上去报告工作和回到原来的岗位上去了。

十四的那天,分得了领条的,都准备好了搬运东西时所需要的物件。有的准备了绳子,棍子,有的准备了麻袋,邀好了人,妇女也出发了。这次分东西分得很普遍,有许多中农也分到了一个小瓶,或者一个镜子,因此去领物件的人特别多。小组长们也分开了几个地方负责,对条,发货,号码不能错,人名不能错。货物出院还得有新条,有图章戳记,有条有理,一点也不会错。工作组的同志全来了。评地委员会的人也全来了。他们的地已经分好了,已有了空闲,有的人也要来搬取物件。杨亮和胡立功就常下手帮他们搬,一边搬一边就问:"还有什么吗?"人挤得很,又要验条子,这里就常塞住。妇女们总是挤在衣服、被子、厨房用具那些地方,她们又不识字,条子交上去了,领的东西不如意,眼睛望着更好的,就嚷道:"错了吧!咱不要这件,这件衣服太旧了。"拿了好衣服的,就笑逐颜开,披在身上比比画画。有些拿到了古老的、绣花的、红色的大衫时,便笑弯了腰,旁人也就戏谑开了。这一堆物件分发真繁重,有两个识字的男组长,还有女的也在这里看管递送。周月英就站在这里,她戴了顶破草帽,仍旧穿着她那件男式白布背心,手上拿了半截高粱秆,在那里指挥。她在那次斗争会上,妇女里面她第一个领头去打了钱文贵,抢在人中间,挥动着她的手臂,红色假珠子的手镯随着闪耀。那样的粗糙的妇女的手,从来都只在锅头,灶头,槽头,水里,地里,一任风吹雨打的下贱的手,却在一天高举了起来,下死劲打那个统治人的吃人的恶兽,这是多么动人的场面啊!这个也感动了她自己,她在这样做了后,好像把她平日的愤怒减少了很多。她对羊倌发脾气少了,温柔增多了,羊倌惦着分地的事,在家日子也多,她对人也就不那么尖利了。这次分东西好些妇女都很积极,参加了很多工作,她在这里便又表现了她的能干。

赵得禄的老婆,也分得了两件大衫,她穿了一件蓝士林布的,又合身又漂亮,手里拿了一件白布的,还有一段格子花布。她自己摸着胸前的光滑的布面,沿路问着人:"这是什么布呀!你看多细致,多么平呀!"

程仁跟着跑了几个地方看热闹,他看着人人都拉满了东西回家,禁不住欢喜。他分得了一些农具和粮食,有李昌帮他搬运。李昌自己抱着四个大花瓶,一跳一跳地往外走,碰着了胡立功,胡立功说:"要那个干什么?"李昌摇着他那雀斑的脸,笑道:"谁也不要这个,咱就要。"人丛里也有人笑道:"小昌兄弟!给你的'二尺半'要的吧,为什么不要件花衣服,今年冬天要坐轿了。"那个雀斑的面孔红了,他不答理人,一跳一跳地又走了。胡立功问:"谁叫二尺半?"那人答:"就是他那小个子童养媳妇,哈……""二尺半……哈……"胡立功也笑开了。

他们又看见顾长生的娘抱着两个鸡在人里面一拐一拐,她四处找人说话,看见文采了,急忙走过来,招呼道:"同志!你们太操心了,真想得到,这样谁也不缺什么了。"文采也笑起来,问她:"你没有母鸡吗?这是一对啊!""鸡!咱有,咱有好几只,都是咱花钱买了养大的,嗯,这个呢,嗯,这是翻身鸡呀,嘿……"这把很多人都引笑了。文采又问:"就没有分别的东西给你么?"那个女人又走近了些,眯着眼笑说:"嗯,还能不分吗?咱是抗属啦,是抗属就有五斗粮食,咱也有了,唉!庄稼也要收割了,咱也不缺,不过,嗯,文主任,咱也不能不要,为着是抗属才给的,是面子物件啦,嗯,对不对?"杨亮在旁边也觉得她很有意味,便也笑了:"大娘!快回去吧!好好的养着这两只翻身鸡啊!"

有些人挤在那里搬缸,年轻力壮的一人扛着一个,太大的就两人抬着走。这时里面有个老头围着一口黑的缸打转,他想方设计要拿走它,却又想不出一个办法。程仁也没有看清他是谁,想走过去帮他,刚走了几步,却听到一个极熟的声音在旁边响起,那声音说道:"大伯,咱们还有一个盔子呢!你来看,这盔子多么好呀!是白瓷的!"程仁停住了脚,看见从人丛里挤过去黑妮。她还穿着她的蓝色衫子,她并没有望见程仁,她高兴地跑了过去,把盔子举起来,在她大伯父脸前晃。钱文富跟着她笑,点着头,边说:"妮!你先把这缸想个办法吧,咱以为是个小缸,也没带根绳来。"黑妮答:"咱来背,大伯,你拿盔子。"于是她就去拿缸。只听她又大声笑道:"大伯!这缸是咱们家的啦,这缸咱就认识,是二伯那年打县上买回的,是口好缸,你看这釉子多厚……""嗯……妮,别多说,上到咱肩上吧。""不,咱背。""嗯……让大伯背吧。""大伯背不起,还是让咱背……"程仁呆了,这个意外的遇见使他一时不知所措,他奇怪:"你看,她还那么快乐着呢!她快乐什么呢?"但程仁立刻明白了,像忽然从梦中清醒一样,他陡地发觉了自己过去担心的可笑,"为什么她不会快乐呢?她原来是一个可怜的孤儿,斗争了钱文贵,就是解放了被钱文贵所压迫的人,她不正是一个被解放的么?她怎么会与钱文贵同忧戚呢?"程仁于是像一个自由了的战士,冲到钱文富面前,大声说道:"大表舅!咱来替你背。"他没等他们答应就把缸肩上了肩头,老头子摊开两只手望着他,不知说什么好,黑妮看见程仁那样的亲热的笑着,脸刷地一下就红了,她不知道怎么样才好,只好把脸回过一边去,装出好像不是这伙人一样。接着钱文富就跟在他后边慢慢地往外走,叽叽咕咕道:"嘿!嘿!……"黑妮已经收敛了笑容一言不发远远地走着。在他们后面更拥挤着一起起的人群。

一会儿,东西便搬完了,在各家的院子里空房子里却热闹了,有的小房塞满了红货家具,那些物件当摆设在自己家中时,更显得光辉,更显得可爱,满街满巷腾满了欢笑。

五十六　新任务

晚上，农会在开会的时候，老董从区上回来了，他走得满头大汗，一点也不像在秋凉的夜晚。他等不及会议的完结，便把文采拉了出来，他交给了他一封信，他带来了大同撤围的消息。大同的攻城工作实在做得好，眼看不几天就可以拿下了，可恨那×××，却带着绥远的队伍来援，咱们在卓资山消灭了他一部分，在丰镇又消灭他一个师，可是他还是带领了他的骑兵进了丰镇。张家口原来便处于两面作战的形势，拿大同还没有解决这个问题，现在就又回到原来的局面了，主力不得不东调，以防青龙桥的敌人西进。我们是有力量打退进攻的反动军队的，我们的士气仍然非常之高，许多在大同外围捞不着打仗的，可高兴了，宣誓不缴他几十枝美国枪就不算人呢。我们延庆那边的工事原来就做得不错，顶坚固，不过现在仍须发动所有人力急速去怀来一带加修。如今是紧急任务来了，明天，唉，明天是中秋节，可是也不能管了，明天就得动员人夫出发呀！

这个消息当然不会使文采他们惊惶，然而也实在太出乎意外了。住在乡下，离城较远，看隔四五天的报纸，知道情况很少，如今忽然在军事上来了个突变，这就不得不使他们要慎重考虑今后村子的工作。但同老董同时下来的另外一个命令，即是"土改工作告一段落，结束后可暂不回返张垣，即日转赴涿鹿八区，有新的工作任务。"这是什么工作呢？可以不管它，但必须很快离开村子却是一定的。村子上的工作自然不会发生问题，这批村干部和积极分子都能担当得了；只是谣言，变天思想也许要乘机而起吧。这倒是不能不使人颇为担心的事。

会场上空气仍旧很热闹，赵全功被人提出来质问，他当然有些不服气，大声嚷："你们说咱分了啥地呀！咱啥也没分，咱不分地你们还说咱吗？"郭全就向大伙儿认错，说自己糊涂，不会办事，并且他也向大伙儿声明：过去他们是给干部们分了一点好地，但自从经过打架，文采召集所有干部和评地委员开会,批评了某些人以后,他们就没有那么做了,知道那么不对,"总以为他们是有功之臣,唉,错了,咱错了……"

有些人也提出一些关于自己土地的问题。程仁,任天华,李昌,便向大家解释,大伙儿又提意见,在能够修改的情形下就调换一些地,开始好像意见很多,后来也就没有什么了。散会时间不晚,大家都感到很轻松,二十多天来的紧张,现在快结束了。他们等着明天的佳节,是中秋的佳节,也是翻身的佳节,有人说:"这还不容易记么,咱要告诉咱的子子孙孙,要他们都不要忘记,就是那年中秋,咱们家得了地,有了本,咱们才翻了身的啦!"而且他们愉快的计算着收秋应该有些准备,这是个什么年月啊!

张裕民他们回到文采的院子里来,他们感到工作的胜利,李昌更是愉快地唱着,程仁也露出稀有的笑容。他们带来了很多熟透了的葡萄,这里的葡萄是有名的好葡萄,比蜜还甜呢。他们自己吃着又让着,李昌还要去拉胡琴。但他们慢慢看出严肃性来了,他们问老董:"有事情发生了么?"

"没有什么要紧,"文采安慰他们,"不过咱们今晚得好好地讨论一下村上的工作,现在又有新的任务来了!"

张裕民是白色时代的党员,他是不容易受惊的,他说:"没关系,什么任务也要完成它!你们说吧!"

他们很细密地把收秋、出夫的事情和人员布置了一下。出夫至迟得在明天下午出发,而收秋工作因为战争的关系更要加紧,应该有组织地突击,妇女老头也要编在收秋小组中,他们按新地亩分粮。他们又来整理民兵,扩大一些人,他们要检查枪械子弹,并且老董和文采用了区上名义把张及第也委派当了副队长。张及第有打仗的经验,这就更加强了暖水屯的民兵小队。他们又委任了刘满来代替张正典,治安员的工作在这时很重要,要严密监视地主坏人的活动,要依靠群众。刘满是个坚决的人,做治安员很好,他会得到群众拥护的。他们把最近参加的党员也统计了一下,连旧有的共三十九个人,应该怎样加强他们的教育,给他们一些具体的工作,影响谁,帮助谁和监视着谁。这就要李昌和赵全功努力地负责,不要让黑板报停了,建立屋顶广播。村长江世荣已经撤消了。赵得禄当了村长。叫李宝堂郭富贵做村副,以后可能有战勤工作,一个人忙不过来的。农会还是程仁,程仁要抓紧收秋,要坚持分好的土地,不让有些人像今年春天一样,把地退回去。要多开小组会,听取大伙的意见。要教育他们,只有自己团结,坚决反对封建势力才能保障胜利。

事情来得匆促些,更没有想到他们走得这样快,大家都有些说不出来的感情。但没有时间惜别了,夜色已经很晚,他们还须忙着明天的事呢。

五十七　中秋节

天色一明,小学校门外就热闹起来了。有人从山上砍了松枝来,戏台上挤满了人工,他们把木条竖立在这儿。红色的纸花也来了,他们扎成了一个高大的彩牌。彩牌上边垂着大的红布横匾,匾上有几个大字:"庆祝土地还家"。后边两侧都挂了芦席,芦席上贴满了红绿纸条,上写标语:"彻底消灭封建","拥护土地改革","土地还老家,大家有饭吃","团结起来力量大","毛主席是咱们的救星","咱们要永远跟毛主席走","拥护八路军","共产党万岁"。跟着小学校的锣鼓也拿了出来,就在台上一个劲地敲。有的人赶来看热闹,有的人就赶忙跑回去吃饭。很多人家喝酒吃饺子呢。

文采他们也吃了顿饺子,主人还说:"唉,真对不起,咱们没买肉,就是西葫芦馅。"文采出来顺便走了几家去看,有的不错,至不如也吃南瓜面疙瘩。有很多人给他们送了水果来,梨子,苹果,葡萄,他们不肯收,送的人就生气,只好放在那里。早饭前他们就已经开了干部会,把夫子都准备好了。一百名青壮年一开完会就要出发,三天就可以回来。

全村子的人都知道今天是个什么会,都愿意热闹一下,他们换了件新衣,早早收拾家里,也有人知道了一些时局,都并不在乎。有人去沙城买了炸药回来,他们把三眼枪也放开了,这种枪已经有好些年都不用了,是专门在过生日,娶媳妇时候用的,声音又大又脆,可好听呢。村子上有班会玩耍的旧人,也聚在一块,凑出一个音乐班子,他们还怨着前几天太忙了没想到,要是昨晚不开会也好,他们要演台戏是不困难的。这群人就在台上收拾了一个角落,他们便在那里吹打起来,街上人谁也知道他们是爱玩的,围着不走,问他们唱不唱。

侯忠全老头子也来看热闹,年长人都记得他年轻时的光景,告诉大伙说他扮相俊,嗓子脆,功架好,暖水屯就数他出色,年轻人都望着他那瘦猴儿样子发笑,问他道:"大伯!再来它一套吧,唱唱晦气,洗洗这几十年的背兴,你看怎样?"老头不言语,尽笑,但也老站在文武场前,听他们吹打。

人都来了,有几个小贩也在后边靠墙根摆下了摊子,许多人又吃水果又嗑瓜子。

过了一会,小学校的秧歌队出发了,他们扭了几条小巷两条大街,便又转回到台前了,他们在场子上打开了霸王鞭,他们打得很熟练整齐,歌子多,队形变化多,大伙都看呆了,说亏这群孩子们,记性真强。

像过大年似的,人们都拉开了嘴,互相问询。

干部们开完了会都来了,他们带来了一张毛主席的画像,是临时找了一个画匠画的,画得很有几分像,贴在一块门板上,他们把它供在后边桌子上,有人还要点香,大伙反对,说毛主席是不喜欢迷信的。人们都踮着脚看,小学生也挤在前一个角落里唱"东方红,太阳升,中国出了个毛泽东……"

民兵增加到五十来个人,都穿着一色的白裨子,头上系毛巾,腰上系皮带,每人都斜挂一个子弹带,和一个手榴弹带,里面有两颗手榴弹,两根带子成一个十字交叉在胸前,他们雄赳赳的。张及第也一样的装扮,他和张正国指挥着他们,他们排着队,站在一道,他们全体参加了会,他们唱歌,唱《八路军进行曲》,歌声雄壮,可威武咧。

干部们都挤在台上,程仁站了出来,宣布开会了。程仁说:"父老们!乡亲们!咱们今天这个会是庆祝土地回老家,咱们受苦,咱们祖祖辈辈做牛马,可是咱们没有地,咱们没吃的,没穿的,咱们的地哪儿去了?"

"给地主们剥削走了。"底下齐声地答应他。

"如今共产党政策,是耕者有其田,土地给受苦的人,你们说好不好?"程仁又问。

"好!"

"等下咱们要发纸条,这纸条条上写的是地,旧地契不顶事了,咱们要烧掉它。"

高兴的耳语通过全场。

程仁又接下去说:"这个办法,是咱们毛主席给想出的,毛主席是天下穷人的救星,他坐在延安,日日夜夜为咱们操心受累。咱们今天请出他老人家来,你们看,这就是他老人家画像,咱们要向他鞠躬,表表咱们的心。"

"鞠躬!给毛主席。"

"给毛主席鞠躬是该的!"

"……"底下纷纷地答应着。

程仁转过身去,恭恭敬敬望着毛主席像,喊道:"鞠躬!"台底下男男女女没有一点声音,都跟着把头低下去了。一共鞠了三次。程仁再转过身来,还得说下去,底下不知是谁领导着喊起来口号了:"拥护毛主席!毛主席万岁!"

接着李宝堂报告分地的情形和问题,并且向大伙解释为什么要给钱文贵他们留下够生活的地,只要他向大伙低头,不做恶事,他又愿意劳动,那还应该给他们地的,难道叫他讨饭或者偷人抢人吗?不给他地种,他就不干活,讨饭还不是吃咱们吗?他解释得大家都笑了,并不坚持原来的意见,什么也不留给他。

到了发条子的时候,全场没一个人讲话,注意地听着那条子上谁的地块亩数和四边,大伙都用眼睛紧张地送着每一个去领条子的人。

走回来时,旁边的人就伸头来看他,他便紧紧地拿着那张小红纸条,好像那纸条有千斤重似的。有的便把它揣在腰带荷包里,再把手压在外边。有的又悄悄地问着,给识字的人看看,看和刚刚念的对不对。

名字一个一个地叫着。又分卖果子的钱,占了很长的时间,都没有一个人心急。条子散完了,也还没有人走,程仁大声喊:"打鼓放炮庆祝!"

李昌又领着喊口号,口号声震动山岳。锣鼓也打开了,乱打鼓,乱敲锣,唢呐也跟着吹奏。三眼枪一个跟着一个响。人们还是不断地喊。小学生又唱起歌来,谁也听不清他们唱的是什么。人们都像变成了小孩,欢喜这种乱闹。他们为一种极度欢乐,为一种极有意义的情感而激动而投入到一种好像是无意识的热闹了,这是多么的狂欢啊!

但程仁又在台上大喊了起来,许多人帮助他喊:"大家不要讲话,不要闹,不要唱歌。"声音还是不易停止下来,隔了一会,安静了些,才听到他喊:"游行示威!"

台上的红布横帐子穿在两个竹篙上取下来了,这一面横旗做了开路先锋,紧跟着它走的是丝弦班子,其次民兵,民兵后边便是全村老百姓,男子在前,妇女在后,最后是小学生。他们从大街穿小巷,从小巷走到村外边,队伍拉得很长,街巷两旁还有少数留在家的走出来看。每当他们走过一个地主家时,便喊"打倒封建地主"的口号,声震屋宇。那些地主家里都大敞开门,都没有人出来,只有少数几家有一两个站在门外,瞪目向着怒吼的群众。

队伍走过钱文贵家的时候,队伍大声喊:"打倒恶霸!"钱文贵的老婆,没躲开,她畏缩地站在那里,毫无表情地看着走过的人群,也像看热闹似的没有什么感觉,好像走过的人都同她没有关系,她并不认识谁一样。后来,她忽然发现了什么稀奇物件一样,她惊讶地摇着头,手打哆嗦,她朝队伍里面颤声叫道:"妮!黑妮!"但没有人应她,队伍一下就冲到前面去了。她摸着头,一拐一拐往回走。她觉得这世界真是变了。

队伍绕在村外走了一遭,到刚刚要踅回的时候,忽然刘满带着一些人站在队伍外边去,刘满又恢复了那天斗争会上的气概,他的疲乏已经休息过来了,他喊道:"到怀来去挖战壕的站出来!"

队伍停止了,人纷纷地走向他那边去,里面也有干部也有民兵。

刘满又问:"带了家伙没有?"

大家把铁锹举起来,啊!他们早都准备好了。

"不带被子,为什么棉衣也不带?晚上很冷的。"张裕民看着有些只披一件夹衫的人问。

"站队!"刘满又喊:"快些!"他们立刻站成了一个小队伍,全是年轻力壮的人,足有百来个。

"咱们为了保护咱们的土地去筑工事啊!走上!"刘满带领着他们往村外大道走去了。他们喊着口号,这群剩下的人停止不动,目送着他们,张裕民李昌也领导着喊开了:"保卫我们的土地,打倒反动派!拥护八路军!"小学生便又唱起歌来。小小的队伍越走越远,他们是多么的壮实,多么的迅速和精神饱满啊!到了望不见的时候,他们这才往回走,他们回到了戏台前,这时人就显得少了好些。张裕民又说了些明天到地里去的话,谁也得编在收秋队里,谁也得服从组织。大家听到都很高兴,都觉得他们想得周到。只有少数人背底下悄悄问道:"是怎么一回事呢,东边又要打仗了?"但大部分人都有着自信,他们散了会,一样的回家吃饺子过节。

五十八　小结

早早的吃了些晚饭,文采三个人和老董背着背包,让张裕民,程仁,赵得禄,张正国几人送出村东,他们都在尽力搜求村上有什么遗忘的事没有,都希望尽可能把什么事都想周到。但好像什么都说过了,几个村干部总是问:"还有什么话么?"或者惋惜地说:"唉!刚刚住熟!以后有空来啊!来帮助咱们工作!"他们不叫送了,他们又送了一程,到最后分手时,杨亮仍旧只能说:"依靠群众,才有力量,群众没觉悟时,想法启发他,群众起来时,不要害怕,要牢牢站在里面领导。对敌人要坚决,对自己要团结,你们都很明白,就是要一个劲干下去啊!"

他们分了手,文采几个朝县上走去,去到新的工作岗位去,沿路遇着一队一队的去挖战壕的民夫,那些人都是各村翻身的农民,都洋溢着新的气象,兴高采烈,都好像在说:"土地是咱们的,是咱们辛辛苦苦翻身的结果,你蒋介石就想来侵占吗?不行!咱们有咱们人民的军队八路军,有咱们千百万翻身农民,咱们一条心,保卫咱们土地!"

半路上老董去区上了,他们仍然继续前进,他们也同那些开赴前线的民夫一样,觉得是多么的自信和充实啊!当他们快到县城要过河的时候,一轮明月已在他们后边升起,他们回首望着那月亮,和望着那月亮下边的村庄,那是他们住过二十多天的暖水屯,他们这时在做什么呢?在欢庆着中秋,欢庆着翻身的佳节吧!路旁的柳丝轻轻地在天空上扫着。他们便又朝前赶路,他们跣足下水,涉过桑干河去。而对河的村庄,不,不只是村庄,县城南关的农民也同样地敲起锣鼓来了。欢腾的人声便夹在这锣鼓声中响起。啊!什么地方都是一样的啊!什么地方都是在这一月来中换了一个天地!世界由老百姓来管,那还有什么不能克服的困难呢。

他们晚上到了县上,汇报了工作,第二天当太阳刚刚出来照在桑干河上时,他们便又出发了,他们到八区一个新兵营去,帮助做一些政治教练的工作。

创作要目

1927 年　秋,写短篇小说《梦珂》,载 12 月出版的《小说月报》,使用"丁玲"笔名。冬,写完《莎菲女士的日记》。

1928 年　《莎菲女士的日记》载 2 月出版的《小说月报》,引起轰动,一举成名。春抵杭州,作《暑假中》。夏抵上海,作《阿毛姑娘》。10 月开明书店出版第一本小说集《在黑暗中》。

1929 年　1 月与胡也频、沈从文合办红黑出版社。在红黑月刊上发表《过年》《小火轮上》等。5 月光华书局出版第二本小说集《自杀日记》。冬,完成小说《韦护》,次年 1 月至 5 月在《小说月报》连载。

1930 年　6 月作《一九三〇年春上海(之一)》,10 月作《一九三〇年春上海(之二)》,均载《小说月报》。

1931 年　作《从夜晚到天亮》。5 月新月书店店出版小说集《一个人的诞生》。7 月主持筹办"左联"机关刊物《北斗》。9 月《北斗》创刊。《水》连载于《北斗》一至三期。

1932 年　5 月开始写自传体小说《母亲》,6 月起在《大陆新闻》连载。

1936 年　春,作《松子》《一月二十三日》等。11 月下旬至次年 2 月,作《彭德怀速写》《记左权同志话山城堡之战》等。

1937 年　2 月,作《一颗没有出膛的枪弹》等。5 月,参加编选《红军长征记》。9 月写下十几篇战地散文。

1940 年	作《开会之于鲁迅》《在医院中》《我在霞村的时候》等。
1941 年	作《夜》。
1942 年	作《"三八节"有感》《风雨中忆萧红》。
1944 年	4 月到陕甘宁边区文化协会专职写作。6 月写报告文学《田保霖》载《解放日报》。7 月采访刘伯承等高级将领,写《一二九师与晋冀鲁豫边区》。10 月、12 月写《民间艺人李卜》《袁广发》。
1946 年	4 月作《吊"四八"殉难诸同志》《我们永远在一起》。10 月,开始写作《太阳照在桑干河上》。
1947 年	继续写作《太阳照在桑干河上》。
1948 年	续写及全面修改《太阳照在桑干河上》。6 月全书完稿。8 月《太阳照在桑干河上》由大连光华书店出版。
1951 年	《欧行散记》出版。
1952 年	《太阳照在桑干河上》荣获斯大林文艺奖金。
1954 年	7 月开始写作长篇小说《在严寒的日子里》。
1955 年	继续写作《在严寒的日子里》。
1956 年	10 月《在严寒的日子里》前八章载《人民文学》。
1965 年	续写《在严寒的日子里》,写《杜晚香》。
1976 年	续写《在严寒的日子里》。
1979 年	3 月作《牛棚小品》载《十月》。5 月为人民文学出版社即将再版《太阳照在桑干河上》写《重印前言》。6 月作《"七一"有感》,载《北京日报》。7 月《人民日报》发表《重印前言》,《人民文学》发表《杜晚香》,《清明》创刊号发表《在严寒的日子里》前 24 章。
1980 年	1 月写完《我所认识的瞿秋白同志》发《文汇增刊》。写《也频与革命》发《诗刊》。
1981 年	1 月写《鲁迅先生于我》。5 月作《诗人应该歌颂您》献给

重病中的宋庆龄。
1982年　2月写《会见尼姆·威尔士女士》。5月写回忆录《毛主席给我们的一封信》。8月写《回忆潘汉年同志》。
1984年　1月《访美散记》由湖南人民出版社出版。写完《魍魉世界——南京囚居回忆》。

图书在版编目(CIP)数据

丁玲精选集/丁玲著.-北京：北京燕山出版社,2012.12(2015.3重印)
ISBN 978-7-5402-1752-5

Ⅰ.①丁… Ⅱ.①丁… Ⅲ.①中篇小说-作品集-中国-现代
②短篇小说-作品集-中国-现代 Ⅳ.①I246.7

中国版本图书馆 CIP 数据核字(2005)第 158036 号

丁玲精选集

丁玲 著
责任编辑/尚燕彬　王　滢
装帧设计/小　贾
北京燕山出版社出版发行
北京市西城区陶然亭路53号　邮编100054
全国新华书店经销
北京盛源印刷有限公司印刷

开本 850×1168　1/32　印张 13　字数 348,000
2015 年 3 月第 4 版　2015 年 3 月第 5 次印刷

定价:35.00 元

版权所有　盗版必究